Emma

Angelina Iacovone
Damien Maric

EMMA

VOTRE VIE EST LIÉE À LA SIENNE...

Michel LAFON

S'AGISSANT D'UNE FICTION, TOUTE RESSEMBLANCE
AVEC DES PERSONNAGES EXISTANT OU AYANT EXISTÉ
NE POURRAIT ÊTRE QUE PUREMENT FORTUITE.

7-13, boulevard Paul-Émile Victor - Île de la Jatte
92521 Neuilly-sur-Seine Cedex

« *Faites que le rêve dévore votre vie*
afin que la vie ne dévore pas votre rêve. »
Antoine de Saint-Exupéry

« *Un pessimiste voit la difficulté*
dans chaque opportunité.
Un optimiste voit l'opportunité
dans chaque difficulté. »
Sir Winston Churchill

Avant-propos & règle du jeu

Qui n'a jamais rêvé de pouvoir choisir son destin ou le corriger ?

Qui n'a jamais dit : « Ah, si j'avais su » ?

S'il est un désir que chacun d'entre nous a déjà formulé, c'est bien celui-ci : remonter le temps et changer les choses en évitant les écueils.

Mais le sablier se vide, et notre vie nous échappe...

Nous avons voulu ici vous permettre de gagner contre ce joueur avide qu'est le temps. Vous faire ressentir la toute-puissance incroyable de décider de votre destin et de le modifier. Cette faculté, vous pourrez l'exercer dans la peau du personnage de ce « roman ». Vous le conduirez où bon vous semble, vous le ferez agir à votre guise, vous trancherez pour lui.

Votre parcours vous réservera bien des surprises. Beaucoup d'obstacles se présenteront à vous, comme des défis à relever, des épreuves à surmonter. Vous déciderez de les affronter ou non.

Ce livre, et votre jugement, seront vos seuls outils pour relever les défis... Pas de dé, pas de crayon !

Si vous faites un mauvais choix, vous aurez la possibilité de revenir en arrière afin de corriger vos erreurs, sans revivre les mêmes expériences, ni relire les mêmes choses : car vous progresserez au fur et à mesure de l'histoire que vous écrirez.

Pour vous lancer au mieux dans l'aventure, il y a quelques règles à respecter :

– Ce livre ne se lit pas comme un livre traditionnel. Vous

serez amené à choisir entre plusieurs voies. Pour cela, une fois votre décision prise, rendez-vous simplement au chapitre indiqué.

– Si le chemin sur lequel vous vous êtes engagé a des répercussions négatives sur votre existence ou celle des autres, vous reviendrez dans le passé, comme nous l'avons dit. Mais attention ! Dès lors que vous changez un événement, vous bouleversez non seulement la vie de votre personnage, mais aussi celle de son entourage... Un simple choix peut tout faire basculer.

– Enfin, si une telle puissance vous est offerte, c'est aussi pour vous donner l'occasion d'éprouver votre cœur. Vous pouvez choisir de faire le bien, ou le mal. Si, en corrigeant vos erreurs, vous devenez meilleur, une **victoire** vous sera accordée en temps voulu, de façon claire (en gras dans le texte) et solennelle. Au bout de **trois victoires**, la vérité s'ouvrira à vous... Mais nous ne vous en disons pas plus – nous vous conseillons en revanche de noter ces victoires.

– Dernière recommandation : il est vraiment inutile de tricher ! Et ce serait bien dommage. Car en essayant de regarder à l'avance quel est le meilleur chemin à prendre, vous vous gâcheriez tout effet de surprise. Faites-vous confiance et vivez cette expérience à fond : que vos choix soient bons ou mauvais, ce sont les vôtres. Ne faussez donc pas votre parcours, votre aventure n'en sera que plus édifiante.

Respirez un grand coup, détendez-vous, installez-vous confortablement.

L'aventure commence en tournant cette page...

Bonne chance !

INTRODUCTION

Là où tout a commencé...

Vendredi soir, 17 h 30. Vous sortez du travail, refermez la porte derrière vous. La semaine est terminée. Vous avez envie de rentrer, envie d'un bain, d'un bon massage. Quelle journée exténuante ! Pourquoi ce sac est-il si lourd ? Ne plus y penser et avancer. Vos doigts commencent à s'engourdir. La douleur monte lentement de vos poignets à votre bras, jusqu'à votre épaule et toute la moitié du dos, envahit vos vertèbres depuis le cou jusqu'aux reins. Vos chaussures vous enflamment les pieds. Un bon bain. Envie de partir d'ici. Deux jours devant vous. Et si vous preniez la voiture ? Rouler jusqu'à la mer, fuir cet univers fermé, ces blocs de béton, ce bitume...

Ce soir : aller prendre un verre à La Chope ? Trop lasse, trop gluante. Se mettre en pyjama et regarder la télé jusqu'à l'engloutissement total ?

Vous attendez le bus.

Il arrive enfin. Bondé, bien sûr...

Au troisième arrêt, vous réussissez tout de même à vous glisser sur un siège. Vous effleurez en vous asseyant les genoux de l'homme qui vous fait face. Vous vous excusez poliment et lui souriez ; mais aussitôt vous voudriez le reprendre, cet aimable sourire, car le regard de l'homme coule déjà sur vos seins. Vieux dégoûtant. Il se met à tripoter un dossier de carton écorné qu'il ne cesse de retourner nerveusement, sans vous quitter des yeux. Son regard lubrique glisse sur vous comme une limace baveuse.

Un bain. Prendre un bain, se calmer, se détendre...

La lumière du soleil déclinant filtre au travers des vitres sales et éclaire une galaxie de particules de poussière qui flottent dans l'air. Cette magie vespérale vous apaise. Que se cache-t-il derrière ce visage ingrat ? Quelle vie peut-être pitoyable ? Pauvre homme, après tout, vous ne devez pas le mépriser... Par la fenêtre ouverte, un souffle de vent s'engouffre. Un orage se prépare. La transpiration imprègne vos cheveux qui retombent en mèches collantes sur votre front. En faisant un geste pour les repousser, vous levez les yeux. L'homme vous sourit.

Ce large sourire découvre alors ce qui se dissimulait derrière les lèvres humides : des dents disposées au hasard et couvertes par endroits d'un film jaunâtre. Il déplace insensiblement son genou de manière à vous frôler. Écœurée par ce contact et vaincue par les effluves de son haleine, vous franchissez là les limites de votre tolérance. Vous vous levez brusquement, nauséeuse, sans vous excuser cette fois de l'avoir bousculé.

Arrêt : « Rue du Calvaire ». Vous descendez du bus. Une main surgit devant vous. Au bout de cette main, un tract que vous prenez mécaniquement et fourrez dans votre poche. Vous vous mêlez à la foule des femmes qui reviennent du marché, chargées de sacs. Vous êtes si fatiguée... Qu'allez-vous manger ce soir ? Un sandwich que vous engloutirez devant un feuilleton américain ? Non, vous êtes au régime... Vous passez devant la boucherie. Steak-brocolis, c'est parfait ! Une petite vieille en robe défraîchie vous précède et pénètre en clopinant dans la boutique, les mèches jaunies de ses cheveux clairsemés bien tirées en arrière. Serrant la poignée de son cabas vide, elle demande des déchets pour ses chats. Le boucher la regarde tout en essuyant ses mains sur le grand tablier blanc maculé d'écarlate, avec un petit sourire dont vous ne sauriez dire s'il est tendre ou narquois. Après avoir donné son paquet à la petite dame, il la regarde s'éloigner, les poings calés sur les hanches. Il trône au-dessus des viandes du comptoir. À peine la dame est-elle sortie qu'il s'esclaffe : « Pour ses chats ! Elle a pas de chat ! » Il trouve ça drôle, le boucher. Vous sortez de son magasin. Un flash vous aveugle, quelqu'un a pris la boucherie en photo avec vous devant... Quel joli portrait cela fera, pensez-vous ironiquement.

Enfin chez vous.

Un homme vous attend sous le porche et retient galamment la lourde porte d'entrée.

Tous les deux, vous vous dirigez vers les boîtes à lettres. Vous ouvrez la vôtre. Pas de facture, ni de relance. Une lettre.

– Je ne vous avais jamais vue. Vous habitez l'immeuble depuis longtemps ? demande l'inconnu.

– Presque quatre ans.

Vous n'avez pas envie de discuter. La façon qu'a cet homme de vous dévisager vous déplaît. D'ailleurs, à cet instant, l'humanité entière vous insupporte. Vous avez envie de silence, de solitude, vous trouvez les villes trop peuplées et rêvez de grands espaces...

– Je m'appelle Olivier. On pourrait boire un verre à l'occasion, pour faire connaissance ?

– Oui, plutôt à ce moment-là. Bonne soirée !

– Vous ne voulez pas me dire votre nom ?

Votre nom ? Emma.

Votre âge ? Vingt-neuf ans.

Mais qui êtes-vous vraiment ? Qu'allez-vous faire de votre vie ?

Ça, c'est à vous de le décider !

À cet instant, vous avez le sentiment de n'être qu'une coquille emportée au gré du temps, vous savez que votre travail vous vide de toute votre substance jour après jour. Vous savez aussi que vous avez tendance à vous juger sévèrement. Vous ne vous aimez pas beaucoup, même si vous y travaillez avec votre psychothérapeute. Vous doutez de vous, de vos talents, et cela vous rend dépendante du regard des autres. Vous avez peur de l'inconnu et anticipez l'échec.

Vous manquez de confiance en vous. Cela vous fait souffrir, vous inhibe dans vos actions et gâche parfois vos relations avec les autres. Vous êtes jalouse. Follement. Pourtant votre entourage vous croit forte. Vos amies viennent se confier à vous et vous demandent conseil. Vous trouvez la vie difficile. Vous aspirez parfois à vivre dans le monde de rêve dont parlent les romans. Votre premier rendez-vous avec Éric vous avait persuadée qu'un tel monde existait. Vous avez connu les bonheurs du parfait amour, le premier baiser du Prince qui réveille d'un long sommeil. Vous vous sentiez forte et belle. Vous pensiez pouvoir goûter sans fin aux délices du plein épanouissement. Cependant, vous vous êtes assez vite rendu compte qu'Éric n'arrivait pas à vous comprendre, qu'il n'anticipait pas vos désirs ni ne lisait dans vos pensées. Lorsque vous lui demandez s'il vous trouve belle, plus belle que la fille que vous venez de croiser, il répond : « Mais toi je t'aime, ce n'est pas pareil... » Certains diraient qu'il est sur Mars tandis que vous l'attendez sur Vénus !

Vous rentrez chez vous ce soir, mais vous savez que personne ne vous y attend : Éric est parti en voyage.

Vous êtes fatiguée...

CHAPITRE 1

Vendredi 1er mars – 18 heures

Vous gravissez les deux étages qui vous séparent encore de votre refuge. Où avez-vous mis vos clefs ? Vous videz votre sac. Un mouchoir, des chewing-gums, vos cigarettes, deux briquets, un trombone, trois stylos, un tube de rouge à lèvres, un tampon, un ticket-restaurant, le tract... Pas de clefs ! Quelqu'un descend.

– Salut Emma !

– Salut Camille !

– Je rejoins Vincent et Xavier à La Chope, tu viens prendre un pot ?

– Je suis morte ! Mais pourquoi pas... Si je retrouve mes clefs et que je peux venir en chaussons, je vous rejoindrai peut-être. Vous y restez longtemps ?

– Tu nous connais : on part pour un verre et on y reste toute la nuit.

– OK, à plus !

– À plus !

Ils sont sympas, vos voisins. Vous vous souvenez de votre emménagement : ils sont arrivés à la rescousse alors que vous vous battiez avec un gros meuble genre bahut breton. À vrai dire, au départ, ce n'était pas uniquement pour vous rendre service, mais simplement pour pouvoir sortir de l'immeuble. Vous aviez coincé dans l'escalier cette énorme commode, un cadeau de votre grand-mère : très moche mais en chêne véritable, qui prenait trop de place dans son garage et qu'elle vous avait offerte « de bon cœur » – tout en laissant entendre que ça lui coûtait. L'escalier était trop étroit, il aurait fallu la porter verticalement mais Éric n'en faisait qu'à sa tête : il « savait ce qu'il faisait ». Une fois la commode bloquée, vous avez commencé à douter de ses talents. D'où persiflage de langue venimeuse, puis perte de sang-froid conduisant à d'impardonnables noms d'oiseaux. Ce fut votre première dispute. Mais quelle dispute ! Finalement, il a laissé le meuble en plan et il est parti déjeuner. Personne ne pouvait plus descendre...

Vincent et Camille ont réussi, au prix de quelques éraflures dans la peinture de la cage d'escalier, à dégager le mastodonte. Couverts de sueur et épuisés, vous êtes allés tous les trois vous désaltérer à La Chope, ce petit bar du coin de la rue qui est aujourd'hui votre point de ralliement. Vincent et Camille sont plus que de simples voisins, ils sont devenus des amis. Ils ont la joie, la légèreté et la générosité des gens heureux. Vincent compose pour Camille de merveilleuses chansons qu'elle interprète avec passion : ils sont pauvres mais font ce qu'ils aiment, et mènent la vie dont ils ont toujours rêvé.

Le contenu de votre sac est maintenant étalé devant votre porte. Apparition des clefs tout au fond, enfin.

Vous posez en soufflant vos provisions dans la petite cuisine, retirez vos chaussures et vous laissez tomber sur votre canapé. Quel bonheur ! Demain, samedi, ne rien faire. Dimanche matin, dormir... Vous réalisez que vous avez toujours dans les mains la lettre et le tract.

Vous posez le tract sur la table basse et déchirez l'enveloppe avec précipitation.

Emma chérie,

Je t'envoie ces quelques lignes en hâte pour te dire que je suis bien arrivé. Tout se passe comme prévu. Les contacts que j'avais pris se sont révélés fort utiles et le tournage s'annonce bien. L'hôtel où je suis descendu est assez confortable et la télévision est reliée au câble. Je sens que je vais passer mes nuits à zapper... Il fait un temps pourri, merci d'avoir glissé un pull dans la valise. Comme j'ai oublié la batterie de mon téléphone, je ne l'allumerai que de 20 h à 20 h 30 mais tu peux toujours me laisser des messages.
Je t'embrasse fort. Fais une caresse à Youyou.

À très vite,

Éric

Que ressentez-vous ? Quelle est cette lassitude qui vous envahit, vous diriez presque ce malaise ? Est-ce la fatigue de cette fin de semaine ? Pourquoi cette crispation de vos nerfs, cette inquiétude qui vous serre la gorge ? Est-ce cette vie de routine usante qui vous entraîne jusqu'aux fonds asphyxiés d'un océan d'ennui, ou cette lettre ? Vous la relisez et elle vous semble encore plus vide d'espoir. Quelque chose manque... Pourquoi n'a-t-il pas écrit « Je t'aime », lui qui le déclinait sur des pages entières... au début ? Est-ce une telle évidence aujourd'hui qu'il n'éprouve plus le besoin de le dire ou, au contraire, n'est-ce plus du tout aussi évident ?

Vous sentez en vous une nervosité qui grandit, qui vous fait vous redresser brutalement alors que vous auriez voulu être détendue. Une nervosité qui vibre dans vos entrailles, quelque part, si fort que vous éprouvez le besoin de hurler. Une folle nervosité qui vous fait battre le cœur violemment et sans raison. Confusément, vous sentez que vous êtes en train de craquer, de perdre le contact, tout contact avec le monde substantiel et vivant. Il ne vous reste qu'Éric. Vous voudriez pouvoir le toucher, mais il est si loin...

Vous êtes trop lasse pour avoir les idées claires, mieux vaut ne plus y songer. Vous reposez la lettre d'Éric et prenez le tract.

VENDREDI 1er MARS

19 h, au BAR DES AMIS, 120 rue de la Libération

Manatongua : premier camp de concentration off shore de l'Empire !

Depuis un an, 625 citoyens de 42 pays sont enfermés dans le Camp baptisé G-Ray (« Rayon G ») de la base militaire impériale de Manatongua, sur l'île de Buca. Étiquetés « combattants ennemis » par le « club des Cinq », ils n'ont aucun statut.

Ils ne sont en effet ni prisonniers de guerre, ni prisonniers politiques, ni même détenus de droit commun. Enfermés dans des cages, ils sont otages du bon vouloir du chef de la première puissance mondiale, le nouveau

croisé Giorgio Boca. La juridiction impériale ne s'appliquant pas sur le territoire de Manatongua, le Camp G-Ray est le premier camp de concentration off shore (= extraterritorial) de l'Empire. Hors du droit, les otages de Manatongua sont aussi maintenus hors du monde, pratiquement coupés de toute communication avec l'extérieur, que ce soit avec leurs parents, leurs avocats ou les élus de leur pays. Cette situation unique est une grande première dans l'histoire mondiale. Si nous ne nous y opposons pas, elle est appelée à se reproduire ailleurs, pour d'autres otages, par exemple demain pour des militants anti-mondialisation de pays démocratiques. L'effet Manatongua se fait déjà sentir aux quatre coins de la planète. De très nombreux gouvernements, cédant aux pressions de la « Société secrète impériale » (SSI) et du « club des Cinq », ont déjà pris des dispositions pour créer dans leur pays des zones de non-droit, au nom de la « guerre contre le terrorisme ». Nous vous appelons donc à vous mobiliser pour animer **une campagne mondiale contre Manatongua,** sur les thèmes suivants :
1° - Les otages de Manatongua ont des droits : droit à la défense, droit à la communication, droit à la justice.
2° - Ils doivent être soit jugés, soit libérés.
3° - L'Union des Nations Libres (UNL) doit constituer une commission indépendante d'enquête et d'instruction, composée d'experts des 5 continents, pour déterminer où et par qui les prisonniers doivent être jugés. Pendant les travaux de cette commission, les prisonniers doivent être transférés de Manatongua vers un pays neutre et confiés aux bons soins de la Croix-Rouge et du Croissant-Rouge. La commission devra trancher entre 4 possibilités : remise en liberté, jugement sur le territoire impérial, jugement en Afnaghistan, jugement dans le pays d'origine du détenu. Elle devra établir un montant d'indemnités à verser par le gouvernement de l'Empire à tous les prisonniers remis en liberté et à leurs familles.
Aujourd'hui à Manatongua, demain chez toi !

Il n'est que 18 h 30.

Vous vous glissez dans l'étroite baignoire comme dans un berceau de nacre. Vous sentez vos muscles se délier. Votre esprit s'enfuit ailleurs. Vous avez l'impression d'être une huître arrachée à sa coquille rugueuse par le couteau ébréché de l'écailler. Vous êtes à présent sans protection et vous glissez lentement, régulièrement, dans le flux et le reflux d'une respiration apaisée. Vous baignez mollement dans une sorte de niche tiède dont le fond a exactement la forme de votre corps accroupi. Vous vous diluez. Recroquevillée sur vous-même, les genoux remontés au menton, les mollets croisés, les pieds dans les mains... Une perle odorante se dissout dans l'eau.

Vous ressortez du bain, calme et détendue. Il s'est mis à pleuvoir.

Vous allumez une cigarette. Youyou – le chat – saute sur vos genoux. Vous le caressez, et de plaisir il vous enfonce ses griffes dans le ventre... Au-delà de la fenêtre, la pluie est devenue plus violente, frappant la vitre de grosses gouttes qui commencent à descendre lentement en traçant des ruisseaux obliques. Vous vous sentez protégée, comme dans un cocon douillet et chaud.

Cet appartement vous a toujours donné cette sensation d'être à l'abri de tout. Il est aussi sombre qu'une caverne. Doux comme un ventre de mère. Le miroir au-dessus de la cheminée renvoie une partie de la lumière du lustre et brille comme un mirage dans la pénombre.

Votre regard se perd quelques instants sur les photos qui recouvrent le mur, sur ces fragments éclatés de votre vie. Des photos de vous à différents âges, votre père sur un banc, votre mère luttant contre le vent. Puis vous prenez votre journal et, comme chaque fois que quelque chose vous tracasse, vous décidez de recourir à ce confident très discret.

Vendredi 1er mars. Quelque chose a changé. Je ne suis plus sûre d'aimer Éric. Il est à 200 km. Il ne me manque pas vraiment. Quand il est parti, mercredi, je me suis levée avant lui, je l'ai regardé. Aucun élan vers lui. Pas de doux baisers pour le réveiller tendrement comme autrefois. Le réveil a sonné. J'ai préparé le café pendant qu'il se douchait. En fait, j'aurais préféré rester au lit. On a échangé des banalités et un baiser maussade sur le palier. J'ai l'impression que nous sommes devenus deux étrangers vivant sous le même toit. Je ne suis pas heureuse.

Est-ce que finalement, je ne tiens pas à lui comme à une vieille habitude ? On se dispute sans cesse. Tout cela me fatigue.

Je me souviens du premier regard. Mon cœur avait cessé de battre... On ne se regarde plus aujourd'hui. La vie de couple a congelé nos enthousiasmes. Qu'est-ce qui s'est passé, qu'est-ce qui a passé sur nous ? Est-ce le temps qui a recouvert le désir d'une brume opaque ? Peut-être... Depuis un an, il est plus distant, comme si quelque chose avait brusquement changé, comme si j'étais transparente. Au lieu de terminer les repas par des élans passionnés, on reste rivés au petit écran et je suis obligée de subir la maniaque indécision d'Éric qui change de chaîne toutes les trente secondes, incapable de faire un choix ou cherchant à tout voir en même temps. J'ai vieilli, j'ai pris du poids. C'est sans doute pour cela qu'il me néglige et ne me fait plus l'amour que rarement et distraitement comme s'il pensait à autre chose, au travail qui l'obsède ou à une autre femme peut-être...

Lorsque vous l'avez rencontré, vous étiez encore chez vos parents. Votre rêve était de pouvoir vivre avec lui. Vous avez arrêté vos études, trouvé un travail et ensemble vous avez loué le deux pièces où vous logez encore aujourd'hui. En plus de ce travail alimentaire, vous suiviez des cours par correspondance sur lesquels, bien souvent, vous vous endormiez. Vous n'aviez plus le temps de sortir, plus d'argent pour vous évader. Peu à peu, vous vous êtes isolée du monde. Lui était stagiaire dans un journal, et ne gagnait pas même de quoi payer la moitié du loyer... De stage en stage, il est devenu directeur de la communication pour une chaîne de télévision – toujours stagiaire, à cent cinquante euros par mois ! Cette vie a duré deux années. Puis vous avez réussi vos examens. Vous avez trouvé un vrai travail. Lui a miraculeusement hérité de son grand-père, ce qui lui a permis de financer la réalisation de son film et d'acheter un studio qu'il considère aujourd'hui comme sa « garçonnière ». Et vous ? Que possédez-vous aujourd'hui ? Même plus l'espoir de vivre vraiment ensemble dans un seul appartement, de fonder une famille... Il vous encourage à acheter celui-ci, que vous louez depuis quatre ans. Il parle d'indépendance, de jardin secret, de liberté à préserver pour éviter l'enlisement dans la routine quotidienne... La liberté, son maître mot.

Mais vous ne voulez pas être libre, vous voulez être la moitié d'une paire ! Tout ce qui compte fonctionne par paire ! Les humains sont faits pour aller deux par deux comme les paires de gants, les paires de claques ou les bœufs à l'attelage. N'est-ce pas ce à quoi chacun aspire depuis l'enfance ? Deux morceaux séparés au départ qui sont attirés l'un vers l'autre par un procédé chimique que l'on appelle « coup de foudre », qui se collent solidement l'un à l'autre et demeurent théoriquement inséparables, pour le meilleur et pour le pire. Et tout comme les bœufs, attachés jadis toute la journée au même joug pour le travail des champs, partageaient le soir la même litière et la même mangeoire, les deux parties du couple sont censées partager leur soupe et rester soudées jusque dans le sommeil, au creux d'un lit unique.

Vous regardez le grand lit vide... Vide et froid.

Vous vous sentez mal, une immense faiblesse envahit tout votre corps, vous tombez. Un vertige, un évanouissement... Une douleur aiguë à la tête vous transperce le crâne. Vous avez envie de vomir. Vos yeux se ferment. Vos paupières sont lourdes. Votre vision se trouble. Vous perdez conscience. Vous tombez dans un profond sommeil comme dans un gouffre sans fond. Une glissade vertigineuse dans un tuyau sombre avec la sensation familière des viscères qui remontent, comme le frisson éprouvé sur un manège de fête foraine. Quelle main viendra vous sortir de ce puits ? Vous vous perdez dans la nuit. Votre corps reste dans le canapé. Vous le voyez... Vous flottez au-dessus, vous flottez dans un halo de lumière et ondulez vers un continent de paix où toute douleur a disparu. Vous êtes légère, si légère, comme portée par les ailes d'un ange... Vous voyez votre corps encore englué dans cette vie morne et sans surprise. Votre âme, elle, se détache et part à la dérive. Vous entendez le son étouffé d'une sonnerie, loin, très loin, comme à des kilomètres... C'est une sonnerie de téléphone. Un appel, quelqu'un vous appelle, vous rappelle dans ce monde.

Réveillez-vous ! Surtout ne vous rendormez pas. Il faut vous raccrocher à la vie.

Le téléphone sonne.

Qu'allez-vous faire ?

Votre vie est peut-être suspendue à ce choix : laisser sonner ou décrocher.

Certains pensent que chaque choix que l'on fait divise le monde en univers parallèles. En existe-t-il où nous sommes différents ou bien, au contraire, est-ce que nous étions destinés à être ce que nous sommes ?

Vous êtes au croisement des chemins. Il faut que vous continuiez à vivre, vous ne devez pas renoncer. Reprenez les fils et suivez-les, voyez où cela vous mène...

Vous êtes aujourd'hui Shéhérazade repoussant l'heure de l'exécution.

Vous décrochez : vous êtes alors brutalement ramenée dans ce corps qui l'espace d'un instant avait semblé vous échapper. Vous revenez à la vie. Tout va bien.

« Allô, Emma ? » C'est Solenne, une vieille copine d'école, qui vous propose d'aller danser dans un pub que vous ne connaissez pas. Cela vous changerait les idées ! Pourquoi pas... Solenne est une fille rigolote et légère, remplie de joie de vivre, qui adore s'amuser et bouger. Le genre d'amie à laquelle on ne confiera pas ses détresses, mais dont l'extraordinaire énergie finit toujours par être contagieuse.

* Si vous êtes tentée par sa proposition et décidez de vous aérer un peu la tête, vous lui donnez rendez-vous à 22 heures ; elle passera vous prendre au **chapitre 6** (p. 32).

Si, en regardant le tract posé devant vous, vous fulminez et songez qu'il serait irresponsable d'aller danser lorsque tant de choses graves se passent dans le monde, alors ne vous laissez plus désinformer mollement : prenez ce tract et enfilez un jean pour assister à la réunion sur la situation à Manatongua Bay, au **chapitre 8** (p. 36).

Mais si l'idée de vous mettre en pyjama et de manger de la glace à la cuillère, la télécommande à la main, en faisant table rase de tout esprit critique pour vous lobotomiser devant le programme télé du vendredi soir, vous paraît bien plus alléchante, allez faire du zapping au **chapitre 9** (p. 38).

CHAPITRE 2

Vendredi 1er mars – 19 heures

Vous ouvrez les yeux, le cœur battant. Vous regardez autour de vous. Vous êtes chez vous dans votre salon, seule. Vous entendez le son étouffé d'une sonnerie, loin, très loin, comme à des kilomètres... C'est une sonnerie de téléphone.

Le jeune homme a disparu. Vous êtes revenue dans le passé. Vous êtes vivante ! Les souvenirs s'effacent rapidement de votre esprit, vous essayez d'en rattraper quelques bribes... Vous avez appris la trahison d'Éric, vous avez eu Aurélie, la suite vous échappe... Vous ne réussissez plus à relier les faits. *Tout s'est effacé de votre mémoire*. Cette vie disparaît dans les abîmes du temps.

Une violente migraine vous vrille les tempes. Vous tombez à genoux, le souffle haletant et court.

Quelques minutes passent. La douleur s'estompe. Vous vous massez les tempes, reprenez vos esprits. Que faites-vous donc par terre ? Vous vous rasseyez sur le canapé, encore un peu étourdie.

Le téléphone ! Réveillez-vous !

Trop tard. Tant pis.

Vous revenez à la réalité et émergez peu à peu de ce lourd sommeil qui vous a terrassée. Vous avez mal à la tête.

Vous regardez devant vous, sur la table, et voyez le tract. Tant de choses graves se passent dans le monde ! Vous ne pouvez rester aveugle à la souffrance des autres.

* Bien décidée à faire entendre votre voix, vous enfilez un jean pour assister à la réunion sur la situation à Manatongua Bay au **chapitre 4** (p. 26).

CHAPITRE 3

Vendredi 1er mars – 20 h 55

Vous ouvrez les yeux, le cœur battant. Vous regardez autour de vous. Vous reconnaissez votre chambre : vous êtes chez vous, vivante ! Votre guide a disparu. Vous êtes revenue dans le passé. Les souvenirs s'effacent rapidement de votre esprit, vous essayez d'en rattraper quelques bribes... Vous êtes allée à La Chope, en rentrant vous avez croisé Philippe, vous étiez dans la rue, devant chez lui, vous hésitiez... La suite vous échappe. Vous ne réussissez plus à relier les faits.

Vous éprouvez un drôle de sentiment, comme si vous veniez de faire un rêve éveillé. Vous étiez sur une rivière et deux directions s'offraient à vous. Comme vous n'aviez pas de rames, vous vous êtes laissé porter par le courant. Au début, le hasard a bien fait les choses et vous étiez heureuse d'avoir été menée sur des eaux si tranquilles. Bercée par la douceur des flots, vous vous êtes endormie. À votre réveil, il était trop tard, la barque était au bord du précipice... Comment auriez-vous pu éviter cela ? Vous songez qu'il aurait peut-être fallu que vous sachiez où vous vouliez aller, quel genre de personne vous vouliez devenir, quelle vie vous vouliez avoir et, une fois ce but fixé, regarder sur une carte quels itinéraires étaient susceptibles de vous y conduire. Vous pouviez sûrement emprunter diverses routes. L'essentiel était de maintenir le cap, mais sans rames, c'était perdu d'avance !

Tout s'est effacé de votre mémoire. Cette vie disparaît dans les abîmes du temps.

Une violente migraine vous terrasse et vous vrille les tempes. Vous tombez à genoux, le souffle haletant et court. Quelques minutes passent. La douleur s'estompe. Vous vous massez les tempes et reprenez vos esprits, encore un peu étourdie.

Vous ne comprenez pas ce que vous faites par terre, vous vous relevez. Vous vous souvenez alors du coup de fil de votre amie Solenne. Elle vous a invitée dans un pub dansant, elle va venir vous chercher... Ce soir, vous sortez !

* Préparez-vous, il n'y a pas de temps à perdre... Foncez dans votre salle de bains, au **chapitre 6** (p. 32) !

CHAPITRE 4

Vendredi 1er mars – 19 h 15

Lorsque vous arrivez, la réunion a déjà commencé. Vous vous installez le plus discrètement possible, un peu en retrait. Celui qui préside la séance a, semble-t-il, bien du mal à faire respecter l'ordre du jour et les digressions des intervenants se multiplient malgré ses tentatives pour « recentrer le débat ».

– Vous parlez toujours des étudiants et des facs, y en a marre ! Ce qu'il faut, c'est se tourner vers les travailleurs. On f'rait mieux d'investir un peu plus d'énergie dans les luttes syndicales plutôt que courir derrière le mouvement anti-mondialisation !

– Non, c'qu'y faut c'est donner une vraie direction politique au mouvement...

Le président de séance se montre ferme :

– Bon, il est déjà tard, on va laisser la parole à Christine qui va faire un point sur la situation à Manatongua. Après, on aura environ une heure de débat. Pendant l'intervention de Christine, je prendrai les inscriptions pour les tours de parole. On y va ? OK ? Silence... Christine, on t'écoute !

Christine doit avoir une cinquantaine d'années. Vous repensez à cette phrase de votre oncle, le jour où vous cherchiez à le convaincre que seule une révolution pourrait améliorer le sort de l'humanité : « C'est des idées qu'on a à vingt ans. Tu verras, dans dix ans, quand tu seras mariée avec des gosses, tu penseras plus qu'à protéger ton petit confort. » Cela fait dix ans à présent...

– Avant de parler plus précisément de la situation des prisonniers labitans à Manatongua, je voudrais juste dire un mot sur la façon qu'ont les médias de traiter les morts. Quand il s'agit de victimes des attentats des tours dorées de l'Empire, on s'attarde sur les familles éplorées qui racontent l'histoire individuelle de leur parent disparu, on montre des photos de tel homme jouant avec ses enfants, de telle femme au bras de son ami, ces vies d'hommes et de femmes comme vous et moi que « ces monstres de terroristes barbus » ont abattus sans état d'âme. Alors que lorsque des civils labitans tombent sous les bombes, les journalistes font simplement un décompte approximatif du nombre de personnes qui ont *trouvé la mort*... S'ils l'ont trouvée, n'est-ce pas finalement parce qu'ils la cherchaient ? Pour en venir au droit et au statut de ces prisonniers, il faut rappeler que, normalement, les personnes arrêtées dans le cadre d'un conflit sont toutes protégées par les conventions de Genève.

Cette femme parle trop vite, elle ne devrait pas lire ses notes... Concentrons-nous !

– Si l'Empire soutient que ces personnes sont des membres des forces armées labitanes ou de milices combattant avec ces forces, il doit traiter les détenus en prisonniers de guerre et les rapatrier maintenant que les hostilités actives sont finies. Mais puisqu'il leur refuse ce statut, l'Empire laisse entendre qu'il s'agirait de civils. Dans ce cas, les autorités impériales, en les déplaçant hors du territoire où ils ont été arrêtés, ont commis une violation grave de la 4e Convention (article 49), violation qui est un crime de guerre selon le protocole de la Croix-Rouge de 1977. Toute exception à ces règles constitue une détention arbitraire, comme l'a rappelé la FIDH. On peut aussi ajouter que notre gouvernement a laissé sans réponse les demandes des familles qui voulaient obtenir des informations sur le sort de nos ressortissants. Enfin...

Ça y est, vous avez décroché. Vous regardez la porte : vous pourriez vous sauver discrètement, rentrer chez vous, enfiler votre pyjama... Après tout, vous en savez assez : l'Empire a violé les conventions de Genève, il refuse aussi de signer la convention sur les droits des enfants, sur les mines antipersonnel, de ratifier le protocole sur l'environnement ainsi que le statut de la Cour pénale internationale.

Personne ne fera attention à vous... Vous enfilez lentement votre veste et, sur la pointe des pieds, disparaissez de la réunion.

Qu'allez-vous faire ? Vous n'avez aucune envie de rentrer chez vous.

Sur le chemin du retour, vous passez devant l'immeuble d'un de vos collègues. Il vous a souvent proposé de venir prendre un verre, vous habitez à côté. Mais jamais vous n'avez trouvé le temps jusqu'aujourd'hui. Pourquoi ne pas lui téléphoner ? Après tout...

21 heures. Vous venez d'appeler votre collègue, David. Vous lui avez proposé de venir le voir. Pourquoi a-t-il accepté avec autant d'empressement ? Parce qu'il est seul ? Est-ce qu'une femme munie d'un petit ami tout à fait officiel peut se permettre d'inviter un collègue à boire un verre pendant que ledit petit ami est en voyage ?

Hier soir, après le travail, vous êtes tous les deux restés un peu autour de la machine à café. David vous a mise au courant des derniers événements au bureau : il paraît que Thomas vient de quitter sa femme – enfin, c'est plutôt elle qui l'a jeté dehors : il la trompait avec Élodie ! Élodie, la stagiaire ? Vous l'ignoriez. Saviez-vous que Danielle partait à la retraite ? Si, si, le mois prochain. D'ailleurs, Mélanie aimerait bien récupérer son poste. C'est une ambitieuse aux principes élastiques, cette fille. Elle est prête à tout pour réussir, *à tout*, si vous voyez ce que je veux dire...

Vous arrivez chez David. Les murs tout blancs de son appartement vous glacent immédiatement. Pour ne rien arranger, son chat est complètement abruti ! Et puis, David n'a rien à boire... Vous l'emmenez à La Chope.

21 h 30. Le café est tout bourdonnant de bruits accueillants. Au fond, caché derrière un mur de brume, votre voisin Xavier est seul à une table. Il a l'air accablé. Vous vous frayez un chemin jusqu'à lui et lui proposez de se joindre à vous mais il attend quelqu'un. Il vous apprend que les autres viennent de partir. Virginie doit être encore dans les parages. Virginie ? « Oui, tu sais, la copine de Ludo au troisième (votre voisin du dessus). Y a de l'eau dans le gaz... Il paraît que Camille lui a proposé de prendre la chambre d'amis chez eux le temps que ça s'arrange ! Parce que depuis deux jours, elle est plus chez Ludo, elle s'est installée à l'hôtel de la rue Muller... D'ailleurs, quand elle t'a vue entrer dans le bar, elle a décidé de passer la nuit ici à enchaîner les bières : elle a dit que si elle était trop ivre pour retrouver son chemin, elle pourrait toujours s'accrocher à ton bras ! » Vous aimeriez en savoir plus mais votre collègue s'impatiente. Il vous fait signe de venir le rejoindre à la table qu'il a choisie. Vous laissez Xavier et vous dirigez vers David.

Galant, il prend votre manteau, puis s'assied en face de vous. Il vous sourit.

C'est à ce moment précis que vous réalisez qu'il faut trouver de quoi vous allez bien pouvoir parler.

De quoi on discute, d'habitude ? Du travail ? Vous n'allez pas encore parler boulot ! N'y a-t-il rien d'autre que le travail dans votre vie ? De la faim dans le monde ? Non, vous allez encore pleurer, et vous nc savez pas pleurer. Vous n'avez pas l'art de laisser couler de nobles larmes ; les vôtres dévastent votre maquillage, ce qui est pour le moins disgracieux. De l'amour, alors ? C'est ça qui serait intelligent : lui parler d'Éric et de votre vie de couple le soir où vous invitez votre collègue célibataire à boire un verre ! Bon, alors de quoi parlez-vous avec Éric ? Eh bien, justement, de travail, du journal de 20 heures. Et de votre couple... En attendant, David a fini de lire la carte et il faudra bien trouver quelque chose à dire avant qu'il ne vous prenne pour une imbécile. Qu'est-ce qu'il peut penser de vous ? Au travail, vous êtes Mlle Guerlin. La « fille cool », aimée de tous, toujours un peu débordée, abattue parfois devant l'ampleur de la tâche. Courant toujours, toujours anxieuse... Mais ici, dans ce bar ? Si seulement vous étiez au restaurant : au moins, vous pourriez manger !

Le précis de philosophie ! Oui, vous êtes sûre que dans votre précis de philosophie il y a assez de sages pensées réunies pour tenir une conversation toute la soirée. Seulement vous n'avez pas ouvert ce florilège des méditations les plus absconses depuis dix ans et vous voudriez dire à David : « Excuse-moi, si tu veux bien on va reporter à la semaine prochaine, juste le temps de relire Platon, Nietzsche et les autres, et je te promets une conversation extrêmement intéressante. » Comme ça, vous auriez tout à fait l'air d'une imbécile.

Brusquement, David commence à parler de son ex-femme. Il vous raconte l'histoire passionnante de leur vie. Elle était son premier amour. Ils se sont connus à l'école. Ils ont tout découvert ensemble. Elle voulait un enfant. Lui, ça le paniquait, alors...

Pendant qu'il débite son monologue, vous pouvez l'observer tranquillement. Vous n'aviez jamais remarqué ce début de calvitie... Quel âge peut-il avoir ? Trente ? Trente-cinq ? Les hommes aussi devraient se faire des gommages : les points noirs sur le nez, ce n'est pas très seyant... Mais qu'est-ce qu'il vous raconte, qu'est-ce qui lui prend ? Vous n'étiez pas bien, là, sans rien dire ? Qu'est-ce que c'est que cette histoire qui va mal finir ? Comme si vous n'aviez pas assez de la vôtre !

Mais l'histoire n'est pas encore terminée. Ce n'est même que le commencement. Cela se passait il y a cinq ans. Avec ces histoires d'enfants, de famille, d'engagement et de long terme, il s'est senti vieillir d'un coup, lui, et il ne voulait pas vieillir, mais alors pas du tout. Il s'est mis à sortir le soir, il a essayé de retrouver l'excitation de la séduction. De bar en discothèque et de verre en verre, il a fini dans d'autres draps. Quelle histoire ennuyeuse ! Bref, elle, l'amour de sa vie, a tout découvert. Elle l'a quitté. Neuf mois plus tard elle accouchait. Sa bien-aimée, dont vous avez déjà oublié le nom, vient de lui envoyer une lettre. Et qu'est-ce qu'elle dit, la femme parfaite, dans cette lettre ? Qu'elle n'a pas le droit de cacher plus longtemps à son enfant l'existence d'un père. Elle voudrait qu'ils parlent, qu'ils se voient, blablabla.

Vous comprenez maintenant que si David s'est montré à ce point ravi de votre invitation tout à l'heure, ce n'est pas parce qu'il avait succombé à votre charme. Il avait apparemment besoin de vomir sa vie passée et il cherchait un récipient à portée de main. Et vous, vous n'êtes qu'un pot qui se remplit au fil des heures de ses dégoûts, de ses peurs, de ses regrets et remords. Mais vous ne dites rien. Vous ne dites rien parce qu'il a les yeux pleins de larmes et pleins d'innocence aussi. Vous avez envie de lui prendre les mains. Arrêtez ! Enlevez votre main ! Vous êtes devenue folle ? Vous allumez une autre cigarette. Il est comment, votre Mojito ? Comme un Mojito.

Et voilà, on fait de son mieux pour passer une bonne soirée bien tranquille (parce qu'une vie, ça ne dure pas cent ans), et une lettre arrive, et c'est avec vous qu'on pleure sur la perte de miss Perfection et qu'on fantasme sur des retrouvailles dont vous n'avez que faire... Quelle soirée !

Et dire que vous allez continuer à écouter David patiemment. La nuit va être longue...

❋ Rendez-vous au **chapitre 27** (p. 88).

CHAPITRE 5

Vendredi 1er mars – 20 h 55

Vous ouvrez les yeux, le cœur battant. Vous regardez autour de vous. Vous reconnaissez votre chambre : vous êtes chez vous, vivante ! Votre guide a disparu. Vous êtes revenue dans le passé. Les souvenirs s'effacent rapidement de votre esprit, vous essayez d'en rattraper quelques bribes... Vous êtes allée à La Chope, vous avez suivi Virginie, un homme était avec elle... la suite vous échappe. Vous ne réussissez plus à relier les faits. *Tout s'est effacé de votre mémoire*. Cette vie disparaît dans les abîmes du temps.

Une violente migraine vous terrasse et vous vrille les tempes. Vous tombez à genoux, le souffle haletant et court. Quelques minutes passent. La douleur s'estompe. Vous vous massez les tempes et reprenez vos esprits, encore un peu étourdie.

Que faites-vous donc par terre ? Vous vous relevez et vous souvenez soudain du coup de fil de votre amie Solenne. Elle vous a invitée dans un pub dansant, elle va venir vous chercher... Ce soir, vous sortez !

* Préparez-vous, il n'y pas de temps à perdre... Foncez dans votre salle de bains, au **chapitre 6** (p. 32) !

CHAPITRE 6

Vendredi 1er mars – 21 heures

Bon, Solenne passe dans une heure.

Devant le miroir, vous soupirez de ne pas avoir les yeux plus grands. Vous ouvrez le tiroir magique... Lorsque la nature est déficiente, il faut lui donner un coup de pouce ! Créer une simple illusion, une petite fraude innocente. Et une fois la première impression produite, l'illusion est tenace, dit-on.

Ce tiroir que vous ouvrez contient tous les secrets de la charmeuse, l'arsenal de la beauté, les flèches de Cupidon. Dans une petite boîte cartonnée se trouve l'éclat de votre chevelure ardente aux lueurs de soleil dans le feuillage d'automne ; à côté, les nattes postiches et les rouleaux lui assureront épaisseur et boucles. Sur le bord de la coiffeuse les crayons, les pinceaux et les pots de fards attendent votre main experte.

Vous êtes face au miroir. Ce miroir que vous a offert votre mère pour vos vingt ans et sous lequel elle a fait graver une citation de Baudelaire : « Que c'est un dur métier que d'être belle femme... » Dur métier, oui, de plus en plus ! Profil droit, profil gauche, les yeux fixés en avant comme l'aimant d'une boussole... Tout commence bien, le menton levé, le nez en raccourci, mais vous froncez les sourcils : vous découvrez de petites rides. Que s'est-il passé ? À quel moment ne vous a-t-on plus appelée « mademoiselle » mais « madame » ? Vous ne voyez pas. Quelques rides ridicules aux coins des yeux, presque rien ! Le menton un peu épaissi, les joues un peu tombantes, mais si peu... Pourquoi quelques millimètres en trop au cou ou sur les joues vous rendent-ils définitivement *has been* ?

Bon, fini de se lamenter, au travail ! Tout d'abord les yeux. Vous appliquez un fard clair sur la paupière mobile, un gris perle qui s'accordera avec vos yeux. Vous soulignez ensuite au crayon le bord de la paupière supérieure puis vous estompez, vous passez au ras de la paupière inférieure un khôl mauve qui fait ressortir le blanc de l'œil. Vous adoptez un mascara noir pour ouvrir votre regard. Après les yeux, les lèvres, dont il faut déborder le contour trop fin.

Vous choisissez ensuite parmi ces huiles puissantes élaborées pour combattre les regrettables émanations de la nature. Votre parfum doit être envoûtant.

Vous ouvrez un autre tiroir : celui-ci contient les beaux seins bondissants et la taille fine. La finesse et la grâce encerclées d'armature de fer...

Quarante-cinq minutes plus tard, c'est enfin terminé : de beaux cheveux roux à l'ondulation enivrante, de longs yeux singuliers, d'une couleur profonde et troublante, une bouche voluptueuse, une poitrine d'une ferme plénitude et une taille si fine que vous pouvez à peine respirer.

Les femmes ont des doigts de fées !

Maintenant, il s'agit de vous habiller. Jupe noire ? Non, vous n'avez pas le temps de vous épiler les jambes. Tout bien réfléchi, vous enfilez votre jean : quelle que soit l'occasion, c'est la tenue idéale. Par contre, tout l'effet de style réside dans le choix du haut et des chaussures. Chemise noire sensuellement déboutonnée et talons aiguilles ? Vous aurez mal aux pieds avant même d'avoir dansé, et vos chaussures marron ne vont pas avec cette chemise. T-shirt moulant rouge ? Mmmm... pas très seyant, le bourrelet ! Et avec une veste par-dessus ? Oui, mais pour danser, vous allez avoir trop chaud, il faudra retirer la veste. La chemise beige, parfait ! Zut, une tache de sauce... Bon, alors on garde la chemise noire. Avec des tennis ? Ça vous ratatine, il faut des talons, pff ! Et si vous vous rasiez les jambes vite fait ? Vous pourriez mettre votre robe bleue...

Désespoir ! Drame de la peau d'orange ! Vous avez pourtant dépensé une fortune en crèmes astringentes, gainantes, anti-relâchement, superdrainantes. Vous avez effectué tous les jours, durant une semaine, les exercices de gym « cent pour cent string » ! Rien, aucun changement, pas de déstockage des graisses et les capitons bien accrochés aux fesses.

Il vous faut trouver une gaine. Sinon, la robe bleue, vous pouvez l'oublier.

22 heures. Ça sonne. Solenne ! Comment lui ouvrir ? Vous

êtes coincée dans la fameuse robe, les bras en l'air, à faire des moulinets désordonnés...

– J'arrive ! Une minute !

Vous essayez de la retirer par le bas, mais elle est bloquée au niveau des hanches, misère ! Le mot « hippopotame » s'affiche brusquement sur l'écran de votre cerveau... Vous allez ouvrir la porte tant bien que mal. Solenne entre et se fraye un passage au milieu de l'amoncellement de vêtements multicolores qui jonchent le sol :

– Tu vas bien ?

– Euh, en f...

Vous vous apprêtez à lui dire qu'en fait, non, vous ne vous sentez pas très bien ce soir, ce qui n'est pas un mensonge. Mais Solenne poursuit :

– Je suis super contente que tu viennes, ça fait longtemps qu'on s'est pas fait une soirée entre filles. (Vous êtes fichue ! Impossible de la décevoir.) En plus, tu vas voir, c'est un endroit hyper sympa. Mais ça va ? T'as l'air...

– Ouais, ça va, ça va. C'est juste que je me sens vieille, moche et flasque.

– Waouh ! C'est la pêche, à ce que je vois ! Tu penses te suicider bientôt ?

– Pourquoi pas demain ?

– Ah, non ! Ça m'arrange pas ! Tu veux pas faire ça plutôt lundi, vers midi ? J'ai une réunion l'après-midi, ça me donnera une excuse pour pas y aller.

– OK, on dit lundi alors !

– Parfait ! T'auras besoin d'aide ? Je peux t'apporter des pilules, un rasoir, une corde, une tronçonneuse ?

– C'est chouette d'avoir une vraie amie !

– Bon, sérieusement, je t'embarque, on va s'éclater. Allez ! enfile un truc et c'est parti pour une nuit de folie.

– Justement, c'est ça le problème : enfiler un truc.

– Tu rigoles ? Avec toutes les fringues que tu as ?

✻ Une demi-heure plus tard, vous êtes enfin prête, vêtue d'une jupe fendue, de votre chemise noire et de vos chaussures marron, bien décidée à partir vous amuser au **chapitre 25** (p. 84)...

CHAPITRE 7

Vendredi 1er mars – 20 h 55

TV2 : « Persistance des tendances orageuses... »

Vous ouvrez les yeux, le cœur battant. Vous regardez autour de vous et reconnaissez votre appartement. La télévision est allumée. Vous êtes revenue dans le passé. Les souvenirs s'effacent rapidement de votre esprit, vous essayez d'en rattraper quelques bribes... vous étiez là en train de regarder la télévision... vous trouviez un ticket avec un nom inscrit dessus... La suite vous échappe. Vous ne réussissez plus à relier les faits. *Tout s'est effacé de votre mémoire.* Cette vie disparaît dans les abîmes du temps.

Une violente migraine vous terrasse et vous vrille les tempes. Vous tombez à genoux, le souffle haletant et court. Quelques minutes passent. La douleur s'estompe. Vous vous massez les tempes et reprenez vos esprits, encore un peu étourdie.

Que faites-vous donc par terre ? Vous vous rasseyez. Vous vous dites que vous avez dû vous endormir devant la télévision, écrasée par la fatigue de la semaine.

Voilà, on est vendredi soir et vous êtes affalée dans votre canapé, à zapper fébrilement. Il n'y a rien d'intéressant à regarder : vous décider d'éteindre et de vous détendre autrement.

✱ Allez au **chapitre 11** (p. 43), si vous voulez lire votre horoscope.

Si vous préférez feuilleter un magazine féminin, allez le chercher au **chapitre 18** (p. 60).

CHAPITRE 8

Vendredi 1er mars – 19 h 30

Lorsque vous arrivez, la réunion a déjà commencé. Vous vous installez le plus discrètement possible, un peu en retrait. Celui qui préside la séance a, semble-t-il, bien du mal à faire respecter l'ordre du jour et les digressions des intervenants se multiplient malgré ses tentatives pour « recentrer le débat ».

– Vous parlez toujours des étudiants et des facs, y en a marre ! Ce qu'il faut, c'est se tourner vers les travailleurs. On f'rait mieux d'investir un peu plus d'énergie dans les luttes syndicales plutôt que courir derrière le mouvement anti-mondialisation !

– Non, c'qu'y faut c'est donner une vraie direction politique au mouvement...

Le président de séance se montre ferme :

– Bon, il est déjà tard, on va laisser la parole à Christine qui va faire un point sur la situation à Manatongua. Après, on aura environ une heure de débat. Pendant l'intervention de Christine, je prendrai les inscriptions pour les tours de parole. On y va ? OK ? Silence... Christine, on t'écoute !

Christine doit avoir une cinquantaine d'années. Vous repensez à cette phrase de votre oncle, le jour où vous cherchiez à le convaincre que seule une révolution pourrait améliorer le sort de l'humanité : « C'est des idées qu'on a à vingt ans. Tu verras, dans dix ans, quand tu seras mariée avec des gosses, tu penseras plus qu'à protéger ton petit confort. » Cela fait dix ans à présent...

– Avant de parler plus précisément de la situation des prisonniers labitans à Manatongua, je voudrais juste dire un mot sur la façon qu'ont les médias de traiter les morts. Quand il s'agit de victimes des attentats des tours dorées de l'Empire, on s'attarde sur les familles éplorées, on montre ces vies d'hommes et de femmes comme vous et moi que « ces monstres de terroristes barbus » ont abattus sans état d'âme. Alors que lorsque des civils labitans tombent sous les bombes, les journalistes font simplement un décompte approximatif du nombre de personnes qui ont *trouvé la mort*... S'ils l'ont trouvée, n'est-ce pas finalement parce qu'ils la cherchaient ? Pour en venir au droit et au statut de ces prisonniers, il faut rappeler que, normalement, les personnes arrêtées dans le cadre d'un conflit sont toutes protégées par les conventions de Genève.

Cette femme parle trop vite, elle ne devrait pas lire ses notes... Concentrons-nous !

– Si l'Empire soutient que ces personnes sont des membres des forces armées labitanes ou de milices combattant avec ces forces, il doit traiter les détenus en prisonniers de guerre et les rapatrier maintenant que les hostilités actives sont finies. Mais puisqu'il leur refuse ce statut, l'Empire laisse entendre qu'il s'agirait de civils. Dans ce cas, les autorités impériales, en les déplaçant hors du territoire où ils ont été arrêtés, ont commis une violation grave de la 4e Convention (article 49). Toute exception à ces règles constitue une détention arbitraire, comme l'a rappelé la FIDH. On peut aussi ajouter que notre gouvernement a laissé sans réponse les demandes des familles qui voulaient obtenir des informations sur le sort de nos ressortissants. Enfin...

Ça y est, vous avez décroché. Vous regardez la porte : vous pourriez vous sauver discrètement, rentrer chez vous, enfiler votre pyjama... Après tout, vous en savez assez : l'Empire a violé les conventions de Genève, il refuse aussi de signer la convention sur les droits des enfants, sur les mines antipersonnel, de ratifier le protocole sur l'environnement ainsi que le statut de la Cour pénale internationale.

Personne ne fera attention à vous... Vous enfilez lentement votre veste et, sur la pointe des pieds, disparaissez de la réunion.

Qu'allez-vous faire ? Vous n'avez aucune envie de rentrer chez vous.

Sur le chemin du retour, vous passez devant l'immeuble d'un de vos collègues. Il vous a souvent proposé de venir prendre un verre, vous habitez à côté. Mais jamais vous n'avez trouvé le temps jusqu'aujourd'hui. Pourquoi ne pas lui téléphoner ? Après tout...

✻ Si vous décidez de lui téléphoner, rendez-vous vite au **chapitre 21** (p. 68).

Vous pouvez aussi rejoindre Vincent et Camille à La Chope au **chapitre 23** (p. 75).

CHAPITRE 9

Vendredi 1er mars – 20 h 45

TV2 : « Persistance des tendances orageuses... »

Affalée dans votre canapé, vous allumez une cigarette. Encore une...

Vous savez que vous avez cette maladie de trop penser, vous sentez approcher le danger du cynisme et de l'aigreur. Vous préférez autant devenir sotte : « Heureux les simples d'esprit » ! Vous vous vous réjouissez que les progrès de la civilisation aient permis de produire un antidote parfait contre le savoir et l'intelligence, un remède qui possède toutes les nuances de la bêtise chatoyante pour une quiétude synaptique complète et rassurante. Vous allez goûter aux effets tranquillisants et anxiolytiques de la Télévision...

Vous vous échauffez quelques minutes en commençant par un petit zapping ; vos doigts s'agitent sur la télécommande et la télé vrombit, vous délivre son message :

TV1 : « Politique extérieure : guerre sans limite ! »

TV4 : « C'est vous qui allez choisir la prochaine star en votant par SMS au... »

TV6 : « – C'est le Chinois le coupable. Il faut qu'on aille à New York.

– Qu'est-ce qu'il y a à New York ?

– Une taupe, mon petit ! »

TV2 : « Je suis quelqu'un qui réfléchit énormément dans sa tête », dit une candidate de « L'amour est aveugle ».

Vous vous demandez quelle est cette nouvelle émission qui fait la une des magazines : « Les belles et la bête ». D'ailleurs, elle fait aussi la une de votre programme télé. Vous ouvrez celui-ci pour en savoir plus et lisez la présentation de l'émission :

Les belles et la bête

Rémi est un homme qui gagne à être connu.

Bien sûr, il est physiquement repoussant, mais nos 25 candidates devront chercher à voir ce qu'il y a au-delà des apparences... Défiguré à la suite d'un grave accident, Rémi vit depuis l'enfance loin des regards. Jugeant que le temps est venu pour lui de trouver une femme, il s'est lancé dans cette aventure.

Qui voudrait de lui, nous dira-t-on ? 25 superbes femmes ! Pourquoi voudraient-elles épouser un homme hideux ? demandera l'incrédule. Eh bien, il n'a pas été difficile de les convaincre, dès lors qu'elles croyaient que cet homme hideux était aussi l'héritier d'une grande famille, le PDG d'une grosse entreprise, et qu'il ne comptait plus ses millions.

Nos 25 candidates ont un mois pour le séduire. La règle est simple : il peut tout exiger... Libre à elles de quitter l'aventure si elles refusent.

Parmi 25 prétendantes magnifiques, parviendra-t-il à trouver la femme de sa vie ? Si tel est le cas, il lui passera la bague au doigt et l'heureux couple se mariera sous les caméras durant le dernier épisode.

La question est de savoir comment réagira l'élue en apprenant à la fin du jeu (et donc après son mariage) que l'homme qu'elle vient d'épouser est, en réalité, un artiste peintre sans le sou.

Sur le plateau, le présentateur, micro en main, marche jusqu'au centre du dispositif scénique où l'attendent deux jeunes femmes très apprêtées. Elles sont belles et minces. En les voyant, vous vous sentez aussi attirante qu'une pâtisserie dégoulinante... Le public, réparti sur dix rangées de gradins, se met à applaudir avec enthousiasme, répondant sans aucun doute aux injonctions d'un panneau électronique.

– Bonsoir... Aujourd'hui, nous avons la joie d'accueillir sur notre plateau Isabelle et Jeanne, candidates de « Les belles et la bête ». Applaudissez-les bien fort !

Le public s'exécute.

Zoom sur le visage parfait d'Isabelle.

– Isabelle, comment allez-vous ?

– Très bien, merci...

Elle vous agace déjà !

– Une question me brûle les lèvres, Isabelle : auriez-vous participé si Rémi avait été pauvre ?

– Isabelle : Heu... Oui ! Heu... pauvre comment ?

– Jeanne : Y a pauvre et pauvre...

– Isabelle : Pauvre mais qui veut devenir riche dans la vie ?

– Croyez-vous au prince charmant ?

– Isabelle : Ben, à chaque fois que j'ai embrassé un prince charmant, il s'est vite transformé en crapaud... *(Gloussements.)*

Le présentateur ne perd pas de vue l'essentiel :

– Saviez-vous que Sarah avait accepté de faire un strip-tease pour Rémi ?

– Jeanne *(visiblement en état de choc)* : On s'en doutait !

– Isabelle : Mais on en a rien à faire, de toute façon, c'est une idiote !

(Sourires complices des deux poufs.)

* Si vous profitez de ces âneries pour aller chercher une crème glacée, bien décidée à zapper toute la soirée, rendez-vous au **chapitre 17** (p. 56).

Si vous en avez assez, vous pouvez toujours éteindre la télévision et feuilleter un magazine féminin (rendez-vous au **chapitre 13** (p. 49), ou bien vous mettre au lit avec un livre au **chapitre 20** (p. 65).

CHAPITRE 10

Vendredi 1er mars – 20 h 55

TV2 : « Persistance des tendances orageuses... »

Vous ouvrez les yeux, le cœur battant. Vous regardez autour de vous et reconnaissez votre appartement. La télévision est allumée. Vous êtes revenue dans le passé. Les souvenirs s'effacent rapidement de votre esprit, vous essayez d'en rattraper quelques bribes. Vous vouliez séduire Éric, vous l'emmeniez à l'hôtel, du sang sur les murs, un cri d'horreur, il était ligoté sur un lit, bâillonné... La suite vous échappe. Vous ne réussissez plus à relier les faits. *Tout s'est effacé de votre mémoire*. Cette vie a disparu dans les abîmes du temps.

Une violente migraine vous terrasse et vous vrille les tempes. Vous tombez à genoux, le souffle haletant et court. Quelques minutes passent. La douleur s'estompe. Vous vous massez les tempes et reprenez vos esprits, encore un peu étourdie.

Que faites-vous donc par terre ? Vous vous rasseyez sur le canapé et attrapez la télécommande. Sur l'écran de la télévision, vous apercevez le cadavre d'un homme torturé : ses yeux grands ouverts sont emplis d'effroi. Vous zappez !

TV2 : « Les orages emportent tout... »

Vous somnolez. Accablée par l'ennui, vous allumez une cigarette.

TV21 : « L'amour est aveugle, la haine aussi... »

TV66 : Des rangées de moutons décapités, des dindes par milliers, et une douce voix féminine qui raconte : « Les dindes partent pour les abattoirs quand elles atteignent l'âge de 9 à 21 semaines, alors que leur longévité est estimée à 10 ans. Elles sont entassées dans des caisses et doivent parfois supporter de longs trajets. Ces manipulations peu délicates leur occasionnent de nombreuses blessures... »

Zappez !

TV2 : « Je suis quelqu'un qui réfléchit énormément dans sa tête... », dit une candidate de « L'amour est aveugle ».

Vous éteignez, bien décidée à ne pas vous laisser abrutir.

Pourquoi ne pas vous détendre ?

* Allez au **chapitre 11** (p. 43) si vous voulez lire votre horoscope.

Si vous préférez feuilleter un magazine, allez le chercher au **chapitre 18** (p. 60).

CHAPITRE 11

Vendredi 1er mars – 21 h 30

Vous allez directement à la fin du programme télé. Vous commencez comme d'habitude par l'horoscope d'Éric, puis vous lisez le vôtre :

BÉLIER (21 mars – 20 avril)

Amour : Par amour, vous faites un gros sacrifice financier et raclez les fonds de tiroir. Mais Mercure dans un signe ami vous tourne la tête et le cœur. Vous explorez de nouveaux terrains de chasse...

Travail : En renonçant à ce qui est à portée de main, il arrive qu'on atteigne ce qui semblait inaccessible. Concentrez-vous sur un objectif précis.

TAUREAU (20 avril – 21 mai)

Amour : Vos sentiments tournent à l'idée fixe. Plongé dans un climat passionnel et, osons le dire, obsessionnel, vous ne jurez que par lui ou par elle. On a beau vous raisonner, vous faites la sourde oreille. Mais attention aux dérapages...

Travail : Vous vous faites un peu violence pour imposer vos choix ou prendre énergiquement position mais, finalement, vous y arrivez très bien.

GÉMEAUX (21 mai – 21 juin)

Amour : Vous vous faites une idée très précise des relations que vous souhaitez vivre. Cela vous rend à la fois plus audacieux et moins tolérant. Vous préférez même renoncer à un amour qui ne correspond pas à vos aspirations plutôt que de vous en contenter.

Travail : Énergique et déterminé, vous ne vous en laissez pas conter ! Ou bien vous aspirez à une plus grande liberté d'action et vous militez dans ce but, non sans faire preuve d'un authentique esprit de solidarité.

CANCER (21 juin – 22 juillet)

Amour : Apparemment, vos problèmes avec votre ami(e) ne sont toujours pas résolus. Cela vous perturbe un peu et bouleverse votre équilibre. Dites-vous bien que cette situation augure de profonds changements dans votre comportement relationnel et affectif.

Travail : Vous avez le vent en poupe, et cela vous contraint à prendre vos distances avec vos amis, mais aussi à renoncer à des projets personnels.

LION (22 juillet – 23 août)

Amour : Vos désirs sont des ordres. Autoritaire et un peu péremptoire, vous faites votre loi. Toutefois, vous faites preuve d'une telle générosité et d'une telle joie de vivre, sans parler de votre pouvoir de séduction, qu'on ne peut rien vous refuser. Vos relations avec votre partenaire se révèlent mouvementées, et des modifications importantes risquent d'avoir lieu.

Travail : Partenaires ou adversaires, amis ou ennemis ? Vous vous interrogez. En effet, vos idées ne font pas l'unanimité. On les conteste. On cherche peut-être même à vous déstabiliser. Mais ce qu'on ignore, c'est que vous bénéficiez d'une authentique baraka.

VIERGE (23 août – 23 septembre)

Amour : Selon une croyance antique, les Chinois estiment que les pensées résultent des mouvements du cœur. En ce qui vous concerne, cela ne fait aucun doute, tant vos émotions, sentiments, et convictions forment un bloc inaltérable. Au point que, selon vous, l'amour repose sur de profondes affinités intellectuelles. Si vous en doutez, la rupture semble inévitable...

Travail : Vous affichez clairement vos opinions, au grand dam de quelques-uns dont vous bousculez les habitudes et dénoncez les préjugés.

BALANCE (23 septembre – 23 octobre)

Amour : Avec vous, il ne faut pas toujours se fier aux apparences. Vous savez si bien les sauver qu'on finit par y croire. Mais, à y regarder de plus près, on se rend compte que si vous extériorisez vos sentiments d'une manière sereine, c'est pour mieux exprimer vos désirs de changement.

Travail : Vous vous remontez les manches et vous vous apprêtez à mettre sérieusement la main à la pâte.

SCORPION (23 octobre – 22 novembre)

Amour : La situation semble toujours aussi tendue entre votre partenaire et vous. Cela ne vous rend pas la vie facile.

Travail : Vous savez ce que vous voulez, par quels moyens l'obtenir, et même comment tirer avantage des circonstances pour vous mettre en avant ou gagner une situation plus prestigieuse.

SAGITTAIRE (22 novembre – 21 décembre)

Amour : Tout à coup, vos désirs, sentiments, affections se sentent à l'étroit. Vous aspirez à repousser les murs et limites du quotidien qui ne vous satisfont absolument plus. Cela vous met en crise, vous vous sentez agacé, contraint, empêché, et vous n'aimez pas ça.

Travail : Dans le cadre de vos activités aussi, certaines choses vous déplaisent. Mais, cette fois, vous n'hésitez pas à mettre les pieds dans le plat, bousculer les habitudes, réveiller ceux qui, selon vous, s'endorment sur place.

CAPRICORNE (21 décembre – 20 janvier)

Amour : Tout bien considéré, c'est avec vous-même que vous éprouvez les plus grandes difficultés à vivre en paix. Vous remettez en cause vos sentiments, désirs et relations. Peut-être aspirez-vous à autre chose, mais à quoi ?

Travail : Vos efforts se concrétisent par un excellent résultat financier, une transaction avantageuse, une augmentation de vos revenus ou un très bon investissement.

VERSEAU (20 janvier – 19 février)

Amour : Vous passionnez le débat avec des proches ou des parents. Apparemment, la cause de ces échanges mouvementés est que vous avez beaucoup de mal à rester deux minutes à la même place. Pourtant, on vous aime ! Alors détendez-vous et réfléchissez sereinement à la situation nouvelle.

Travail : Encore un peu de patience. Vous pourrez très

bientôt prendre des résolutions énergiques, saisir une occasion intéressante ou booster vos gains d'un seul coup.

POISSONS (19 février – 21 mars)

Amour : Vous faites des concessions pour éviter de faire des vagues. Il n'empêche, vous vous sentez déçu ou frustré, sentimentalement parlant, ou bien quelqu'un que vous aimez ne se comporte pas bien selon vous, et cela vous chagrine.

Travail : Malgré quelques dissonances, vous obtenez un résultat dont vous pouvez être fier. Vous avez l'occasion d'exercer vos activités dans des conditions plus agréables.

Mmmh... Pas étonnant qu'Éric « explore de nouveaux terrains de chasse » ! Vous décidez de vérifier tout ça dans *Marie-Claude*. Après tout, deux avis valent mieux qu'un.

Bélier : « Un peu perdue au départ, vous remettez en cause vos habitudes nuisibles. Mais très vite, vous serez comme un poisson dans un nouvel aquarium... plus grand ! » Bon, de toute façon, il y a un *e* à « perdue ». Cet horoscope ne concerne pas Éric ni son nouveau bocal !

Et pour vous, que disent-ils ? « Vous voudriez que ça clique d'un simple regard, qu'on vous offre un amour inconditionnel... Vous lisez trop de contes de fées ! Réveillez-vous ! »

L'horoscope, c'est vraiment n'importe quoi, non ?

* Rendez-vous au **chapitre 19** (p. 63).

CHAPITRE 12

Vendredi 1er mars – 20 h 55

Vous ouvrez les yeux, le cœur battant. Vous regardez autour de vous... Vous êtes chez vous dans votre salon, seule. Le jeune homme a disparu. Vous êtes revenue dans le passé. Les souvenirs s'effacent rapidement de votre esprit, vous essayez d'en rattraper quelques bribes... La boîte de nuit avec Solenne, un homme nommé Federico, le retour d'Éric... La suite vous échappe. Vous ne réussissez plus à relier les faits. *Tout s'est effacé de votre mémoire*. Cette vie disparaît dans les abîmes du temps.

Une violente migraine vous terrasse et vous vrille les tempes. Vous tombez à genoux, le souffle haletant et court. Quelques minutes passent. La douleur s'estompe. Vous vous massez les tempes et reprenez vos esprits, encore un peu étourdie. Vous ne comprenez pas ce que vous faites par terre, vous vous rasseyez sur le canapé et attrapez la télécommande. Vous vous dites que vous avez dû vous endormir devant la télévision, écrasée par la fatigue de la semaine.

Voilà, on est vendredi soir et vous êtes sur le point de passer la soirée à zapper.

✱ Rendez-vous au **chapitre 16** (p. 55).

CHAPITRE 13

Vendredi 1er mars – 21 heures

Vous feuilletez le *Kika, nouvelle formule*. Page 10 : tiens, Aquapeau réorganise les cellules ! Un mannequin dégraissé, languissant en maillot de bain, les lèvres entrouvertes et sortant de l'eau parfaitement coiffée et maquillée, vous apprend qu'elle a trouvé un ange gardien « très protecteur » plus fidèle que son ombre. Une pub pour parfum... Deuxième pub pour parfum... Troisième pub pour parfum... Un article : « Les plantes carnivores, elles font peur, c'est ça qu'on aime. » Pub pour parfum... Vous repensez à ce que dit votre grand-mère : « C'est les gens sales qui se parfument ! »

Une crème antirides qui redonne joie et bonne humeur à vos cellules... Il faut donc que vos cellules soient heureuses, en plus ? Antirides Leauquibouge : la peau est ressourcée, gorgée de vie, le calcium reconstitue les réserves d'eau de votre épiderme (avec échantillon, chouette !). Tuyaubol aquadrainant, sélectionné pour ses propriétés anti-eau prouvées... Qu'ils se mettent d'accord, à la fin ! On en fait quoi, de cette eau ? On la garde ou pas ?

Pub, pub, pub, pub, pub... Oh, un article !

L'enfer de la cellulite

La peau d'orange, avec son aspect de cratères lunaires ou d'enveloppe d'agrume, est le fléau des femmes qui essaient mille et un trucs pour l'enrayer. Mais de quoi s'agit-il exactement ?

La cellulite est un problème hormonal : l'œstrogène cause un engorgement des tissus de la peau par de l'eau, des graisses et des toxines. Étant donné que la cellulite est un problème de graisse et de rétention d'eau au niveau de la peau, l'alimentation y est certes pour quelque chose. *(Attendez ! Vous allez deviner la suite : il faut supprimer les aliments gras et sucrés ?)* La diminution des sucres raffinés (chocolat, pâtes, pain blanc etc.), des boissons alcoolisées et du sel (qui provoque la rétention d'eau) et l'augmentation de votre consommation de fruits et de légumes vous aideront énormément à empêcher l'intoxication des tissus. *(Monde cruel !)*

On a appris aussi que ce ne sont pas les graisses en elles-mêmes qui contribuent à l'apparition de la cellulite : les mauvaises combinaisons alimentaires y sont pour beaucoup. Évitez à tout prix de mélanger lesdites graisses avec des féculents (pommes de terre, riz, pâtes) car ils provoquent une grande sécrétion d'insuline, laquelle incite les gras à s'assimiler et à s'incruster dans l'organisme. Cette règle vaut d'autant plus au repas du soir, car durant les heures qui suivent, nous ne dépensons pas beaucoup d'énergie. *(Ça, c'est sûr ! On ne peut pas dire que vous ayez des nuits torrides...)*

Bougez ! Privilégiez les zones atteintes en faisant des exercices adéquats. La marche, le jogging, l'aérobic et les exercices au sol, qui font travailler ces parties, peuvent devenir vos meilleurs amis. *(Aucune chance !)*

Les boissons comme les thés ou les tisanes peuvent vous être d'un précieux secours. Pensez à celles composées de reine-des-prés, d'artichaut, de bardane ou de sureau, qui sont d'excellents éliminateurs et désintoxiquants. Le thé vert a la réputation de déstocker les graisses et il possède en outre de grandes vertus médicinales. La cellulite ne s'enraye pas du jour au lendemain. Le jour où elle aura disparu de votre vie, vous ne devez pas tout arrêter en criant « Victoire ! », car elle reviendra bien assez vite. *(Encourageant !)*

Bon, conclusion : il n'y a pas de miracle. Et vous serez obligée de cacher vos cratères lunaires pendant des mois encore...

Vous continuez à feuilleter le magazine le plus démoralisant de la planète. Ce magazine qui vous explique combien vous, qui êtes grosse, moche et abandonnée, vous allez devoir souffrir pour devenir comme les filles sur les photos, en sachant très bien que vous n'y arriverez jamais...

« Comment lui redonner envie de m'aimer » : des conseils pour garder son mec... ça peut toujours servir ! Vous feuilletez rapidement : « Le moteur du couple, c'est le désir. Les hommes ont besoin de diversité, soyez plusieurs femmes à la fois, variez les styles, changez de coupe de cheveux », etc.

Vous devriez peut-être changer de coiffure et sortir du placard votre pantalon en skaï... Vous allez jusqu'à l'armoire et décidez de l'essayer. Aïe ! Impossible de le fermer !

Il ne vous reste plus qu'à faire ce que *Kika* appelle un « régime flash ».

✱ Si vous voulez vous plonger dans la lecture de cet article, rendez-vous au **chapitre 14** (p. 52).

Si vous trouvez tout cela déprimant, vous pouvez toujours aller vous coucher au **chapitre 20** (p. 65).

Si vous préférez discuter un peu avec vos voisins, souvenez-vous que Camille vous a dit qu'ils iraient à La Chope. Ils y sont sans doute encore : allez les voir au **chapitre 23** (p. 75).

CHAPITRE 14

Vendredi 1er mars – 21 h 10

Le régime flash

La perspective de plusieurs semaines voire plusieurs mois de régime amaigrissant vous effraie ? Vous décourage ? Vous rebute ? Vous avez besoin de maigrir vite pour renforcer votre motivation et ne pas vous essouffler dès le début du régime ? D'accord ! Maigrir vite et efficacement, sans pour autant vous priver de tout, est tout à fait possible.

Les principes diététiques du régime flash :

– Lorsqu'on est pressé d'atteindre son but, il importe cependant de ne pas faire n'importe quoi pour y parvenir... La fin ne justifie pas forcément tous les moyens ! La faim non plus, d'ailleurs.

– Que l'on ait 5 kilos à perdre ou 30, il n'est pas question de manger 3 radis et 1/2 pomme par jour jusqu'à ce que l'on atteigne le poids voulu... Ce serait dangereux. Il faut faire de vrais repas, qui ressemblent à de vrais repas, qui ont le goût de vrais repas et apportent le contentement de vrais repas ! Vous devez privilégier les aliments riches en protides (viande maigre, poisson, œufs), les légumes verts, et les aliments riches en fibres (aliments complets et au son notamment), qui augmentent la vitesse du transit intestinal tandis qu'ils ralentissent la vidange gastrique, ce qui signifie que le repas consommé séjourne plus longtemps dans l'estomac : on est donc rassasié plus longtemps, ce qui évite la réapparition précoce de la faim.

Il faut bien sûr exclure les produits sucrés, les matières grasses cuites et contrôler les matières grasses d'assaisonnement.

Voici un exemple de répartition alimentaire comprise entre 1 000 et 1 100 kcal :

Petit déjeuner :

Café, thé ou chicorée sans sucre
150 ml de lait demi-écrémé
1 tranche de pain complet (60g)
5 g de margarine végétale allégée
Apport énergétique = 260 kcal

Déjeuner :

100 g de riz complet cuit
125 g de piperade basquaise en conserve
84 g de moules au naturel en conserve
1 yaourt brassé nature à 0 % de M.g.
1/2 pamplemousse de 150 g
Apport énergétique = 420 kcal

Dîner :

100 g de salade verte + 5 g d'huile de noix + vinaigre, sel et poivre.
90 g de jambon cuit dégraissé découenné
200 g d'endives cuites à l'eau
40 g de pain complet
17,5 g de fromage allégé à tartiner
1 pomme de 150 g
Apport énergétique = 370 kcal

Valeur énergétique totale de la ration journalière = 1 050 kcal

---

Quelle horreur !

❋ Si cet article ne vous laisse plus que l'envie de vous coucher, rendez-vous au **chapitre 20** (p. 65).

Si vous préférez discuter un peu avec vos voisins, souvenez-vous que Camille vous a dit qu'ils iraient à La Chope. Ils y sont sans doute encore : allez les voir au **chapitre 23** (p. 75).

CHAPITRE 15

Vendredi 1er mars – 20 h 55

Vous ouvrez les yeux, le cœur battant. Vous regardez autour de vous. Vous êtes chez vous, dans votre salon, seule. Le jeune homme a disparu. Vous êtes revenue dans le passé. Les souvenirs s'effacent rapidement de votre esprit, vous essayez d'en rattraper quelques bribes. La boîte de nuit avec Solenne, un homme nommé Federico... Vous dansiez la salsa, Ludovic était assassiné, et puis les cauchemars et la peur, Morgane... La suite vous échappe. Vous ne réussissez plus à relier les faits. *Tout s'est effacé de votre mémoire.* Cette vie a disparu dans les abîmes du temps.

Une violente migraine vous terrasse et vous perfore les tempes. Vous tombez à genoux, le souffle haletant et court. Quelques minutes passent. La douleur s'estompe. Vous reprenez vos esprits, encore un peu étourdie.

Que faites-vous donc par terre ? Vous vous rasseyez sur le canapé et attrapez la télécommande. Vous vous dites que vous avez dû vous endormir devant la télévision, écrasée par la fatigue de la semaine.

Voilà, on est vendredi soir et vous êtes sur le point de passer la soirée à zapper.

✻ Rendez-vous au **chapitre 16** (p. 55).

CHAPITRE 16

Vendredi 1er mars – 21 heures

TV2 : « Persistance des tendances orageuses... »

Vous somnolez devant la télévision. Accablée par l'ennui, vous allumez une cigarette. Encore une...

Vous vous réjouissez que les progrès de la civilisation aient permis de produire un antidote parfait contre la maladie de trop penser, un remède qui possède toutes les nuances de la bêtise et entraîne une quiétude synaptique complète et rassurante. Vous allez goûter aux effets tranquillisants et anxiolytiques de la Télévision...

Vous vous échauffez quelques minutes en commençant par un petit zapping ; vos doigts s'agitent sur la télécommande et la télé vrombit, vous livre son message :

TV1 : « Politique extérieure : guerre sans limite ! »

TV4 : « C'est vous qui allez choisir la prochaine star en votant par SMS au... »

TV6 : « Il y a une nouvelle victime. Un homme, la trentaine. Poignardé chez lui. Une vraie boucherie. Suspect n° 1, sa petite amie qui... »

TV2 : « Je suis quelqu'un qui réfléchit énormément dans sa tête », dit une candidate de « L'amour est aveugle ».

❋ Suite au **chapitre 17** (p. 56).

CHAPITRE 17

Vendredi 1er mars – 21 h 30

Il n'y a vraiment rien... Vous essayez la bonne vieille TV11 :

– Nous allons immédiatement accueillir notre second candidat. Applaudissez Jean-Paul ! (*salves d'applaudissements.*)

Jean-Paul semble détendu et s'installe derrière un pupitre.

– Bonsoir...

– Jean-Paul, je vous rappelle les règles. À chaque bonne réponse, vous gagnez mille euros. Si vous répondez mal à une question, vous avez le choix entre arrêter le jeu et repartir avec vos gains ou infliger à cette personne, qui vous est inconnue, une décharge électrique (*il désigne alors un homme attaché à une chaise électrique, les yeux bandés*), sachant qu'à chaque fois, l'intensité de la décharge augmente jusqu'à atteindre un seuil critique de tolérance que vous seul pourrez décider de ne pas dépasser. Vous êtes prêt ?

– Oui, je suis prêt.

– Attention, concentrez-vous. Première question...

Bof.

TV3 : – Annie, vous ignorez ce que vous faites sur notre plateau. Eh bien, je vais vous donner un indice : si vous êtes là ce soir, c'est que votre premier amour, Paul Janet, nous a raconté votre histoire...

– Oh non ! Mon Dieu, pas ça...

– Il y a trente ans, vous n'étiez qu'une toute jeune femme de dix-sept ans...

– Non, c'est pas possible...

La femme est sur le point de s'effondrer complètement, son visage devient livide, ses mains tremblent.

– Vos parents étaient extrêmement sévères et vous ne leur aviez pas avoué votre relation amoureuse avec Paul. Vous n'avez pas non plus osé leur dire que vous étiez enceinte, certaine que votre père vous renierait, alors vous avez caché votre grossesse sous des vêtements larges et lorsque l'enfant est née, vous l'avez abandonnée.

Le regard fixe et hagard, Annie est en état de choc. La caméra se rapproche d'elle de plus en plus, zoomant sur le visage congestionné et le tremblement des lèvres.

– Eh bien, Annie, nous avons retrouvé votre enfant ! Elle est là, derrière cette porte... Voulez-vous ouvrir la porte ?

Vous éteignez.

Les émissions avec des « vrais gens » vous dépriment. Vous ne parvenez pas à savoir s'il faut les condamner ou les défendre. Bien sûr, cette dimension romanesque de la vie réelle vous attendrit et vous donne l'impression d'être connectée aux autres, d'appartenir à la communauté humaine. Vous pleurez de compassion, par une sorte d'empathie étrange provoquée par les violons, les larmes et les gros plans sur visages défaits. Et puis presque aussitôt, dans un sursaut de colère et d'indignation, des mots vous viennent à l'esprit : voyeurisme, sadisme... Vous culpabilisez de vous délecter ainsi du malheur des autres, de voir toute cette misère humaine pour finalement en arriver à cette invariable conclusion que vous n'êtes pas la plus malheureuse, qu'il y a toujours pire ailleurs, que vous avez de la chance. N'est-ce pas le but de ces émissions, après tout ? Nous faire accepter nos propres misères par la vision du désespoir d'autrui ? On est si bien chez soi !

Vous éprouvez le désir de vous laver l'esprit et d'effacer toutes ces images qui se sont imprimées dans votre mémoire au cours de la journée. Pour glisser dans le sommeil et larguer les amarres, vous avez un besoin impérieux de fiction. Vous hésitez devant la bibliothèque. Qu'allez-vous choisir ? Un policier, un thriller ? Vous avez envie de vous détendre. Pourquoi pas de la science-fiction ? Oui, c'est exactement ce qu'il vous faut !

Vous vous installez confortablement sous la couette avec un bon bouquin et posez un cendrier à côté de vous sur la table de nuit. Mais, dans un mouvement brusque pour remonter les oreillers, vous le faites tomber. Il est coincé sous le lit... Vous vous agenouillez pour regarder dessous et apercevez, derrière une chaussette grise roulée en boule, un livre de poche posé du côté d'Éric. Vous en profitez pour le ramasser. Il doit avoir glissé là il y a quelque temps déjà, à en croire l'épaisse couche de poussière qui le recouvre. Un léger sentiment de honte vous envahit, mais au lieu de vous lancer dans un grand ménage, vous feuilletez le livre oublié. C'est un recueil de nouvelles. Vous parcourez la première :

Pour Thomas Prescot, l'arrivée de ce petit génie était une aubaine. Il avait ramé toute sa vie pour plaire à ses parents, être l'élève parfait, le fils bien élevé. Il était devenu, une fois son diplôme décroché, un ingénieur très demandé... mais, ironie du sort, rien de ce qu'il faisait ne parvenait à lui plaire. Il travaillait pour Huxton, une grande boîte informatique vendant les plus petits microprocesseurs au monde. Il était célibataire et sa vie n'était que routine : il regardait un peu la télévision le soir avant de se coucher et se levait tous les matins à sept heures pile pour aller travailler. Le week-end, il arrosait son petit jardin avant de se plonger dans un roman d'amour et de couple-qui-se-déchire-pour-mieux-se-retrouver. Ce n'était pas la vie dont il avait rêvé : il aurait voulu, comme le dit la chanson, « être un artiste ». Il la fredonnait souvent sous la douche, cette fameuse chanson, entre deux sanglots. Au bureau toutefois, il faisait bonne figure, souriait et donnait chaque matin une bonne poignée de main chaleureuse à son patron. Celui-ci l'encourageait à lui faire gagner plus de pognon, afin qu'il puisse prendre des vacances avec sa femme puis avec sa maîtresse dans les îles les plus lointaines et paradisiaques, neuf semaines par an.
Quand il rentra chez lui ce soir-là, Thomas trouva devant la télévision un étrange petit être...

Au moment où vous tournez la page, un ticket de bus tombe du livre. Sur ce ticket, un nom, « Aurélie », et un numéro de téléphone : 07 34 12 88 18.

Les battements de votre cœur s'accélèrent. Ce prénom... Qui cela peut-il être ? Une collègue d'Éric ? Vous ne réussissez pas à vous souvenir pourquoi ce nom vous trouble tant. Vous sentez confusément qu'il est la clef de quelque chose. Ce n'est pas normal, pas dans l'ordre des choses. Pourquoi avoir noté le numéro sur un ticket et pas dans son agenda ? Il l'a écrit sur le premier papier qu'il a pu trouver, il n'était donc pas au bureau quand cette fille lui a donné son numéro... Vous cherchez une date sur le ticket, mais il n'a pas été poinçonné. C'est peut-être une vieille connaissance qu'il a croisée par hasard dans la rue... Mais alors pourquoi ne vous en a-t-il pas parlé ? Peut-être l'a-t-il fait et vous n'y avez pas prêté attention ?

Vous vous sentez soudain idiote de cette jalousie paranoïaque. Depuis quelques mois, vous voyez des signes de trahison partout et pourtant, chaque fois, Éric vous donne une explication si simple que vous rougissez d'avoir l'esprit aussi soupçonneux. Vous décidez de ne plus y penser et de ne pas ennuyer cette fille avec vos doutes absurdes... De toute façon, on n'appelle pas les gens à cette heure-là.

* Si vous avez envie de terminer votre lecture, rendez-vous au **chapitre 24** (p. 80).

Si vous êtes fatiguée et préférez vous coucher rendez-vous directement au **chapitre 60** (p. 178).

CHAPITRE 18

Vendredi 1er mars – 21 h 30

Vous feuilletez le *Kika, nouvelle formule*. Page 10 : tiens, Aquapeau réorganise les cellules ! Un mannequin dégraissé, languissant en maillot de bain, les lèvres entrouvertes et sortant de l'eau parfaitement coiffée et maquillée, vous apprend qu'elle a trouvé un ange gardien « très protecteur » plus fidèle que son ombre. Une pub pour parfum... Deuxième pub pour parfum... Troisième pub pour parfum... Un article : « Les plantes carnivores, elles font peur, c'est ça qu'on aime. » Pub pour parfum... Vous repensez à ce que dit votre grand-mère : « C'est les gens sales qui se parfument ! »

Une crème antirides qui redonne joie et bonne humeur à vos cellules... Il faut donc que vos cellules soient heureuses, en plus ? Anti-rides Hidramouve : la peau est ressourcée, gorgée de vie, le calcium reconstitue les réserves d'eau de votre épiderme (avec échantillon, chouette !). Tuyaubol aquadrainant, sélectionné pour ses propriétés anti-eau prouvées... Qu'ils se mettent d'accord, à la fin ! On en fait quoi, de cette eau ? On la garde ou pas ?

Pub, pub, pub, pub, pub... Oh ! Un article sur la cellulite...

Vous continuez à feuilleter le magazine le plus démoralisant de la planète. Ce magazine qui vous explique combien vous, qui êtes grosse et moche et abandonnée, vous allez devoir souffrir pour devenir comme les filles sur les photos, en sachant très bien que vous n'y arriverez jamais !

Page 109 : « Comment lui redonner envie de m'aimer ». Tiens tiens, voyons voir ce qu'ils écrivent...

Pourquoi l'homme est-il las ?

Avant tout, vous devez déterminer avec précision pourquoi votre homme s'éloigne de vous : êtes-vous directement la cause de ce détachement insidieux ou est-ce que d'autres soucis bloquent la pompe de votre Jules (*mais qui est ce Jules dont on vous parle ?*) Votre homme peut être déprimé à cause de son travail, et si c'est le cas, ce n'est pas juste en lui faisant la danse du ventre que ça va s'arranger. Ne vous arrêtez cependant pas à la première explication que vous donnera l'Homme Las. S'il se dit surmené, exténué, s'il invoque des soucis de travail, approfondissez. N'y a-t-il pas, quand même, un manque de désir initial que le stress ne fait qu'amplifier ? L'avez-vous froissé ? Poussez-le à s'épancher, à se décharger de ce poids.

Ça laisse à désirer

Le moteur du couple, c'est le désir. Celui de la femme éveille l'excitation de son mâle. Autrefois, le sex-appeal était très stéréotypé : pour devenir miss Irrésistible, on déployait forcément la panoplie simpliste bas, porte-jarretelles, cascade de cheveux sensuelle. Désormais, vous devez jouer plus subtil. Il s'agit de montrer que vous avez du désir, pas de lui annoncer le topo de À à Z. Modérez vos effets : s'ils adorent qu'on prenne l'initiative, les hommes se braquent si on les invite de manière trop brutale. « De la douceur avant toute chose », aurait dit le poète... À un « Je te veux ! » préférez des caresses suggestives et un regard qui en dit long.

L'homme descend du singe

Inutile de recourir au piercing intime et aux colorations rose bonbon. Vous devez être vous-même... et votre clone en plus sexy. Hélène Millet, dans son célèbre ouvrage *Le couple : ça va, ça vient*, achève de nous convaincre avec une anecdote préhistorique : « À l'époque des cavernes, l'homme ne pouvait pas satisfaire la même femme plus de trois fois d'affilée. En revanche, avec une nouvelle proie, il reprenait ses activités sans souci. Ceci était dû au fait que son instinct lui commandait de distribuer sa semence dans le clan. » On a beau descendre du singe, on se passerait bien de l'héritage.

Donc, innovez pour être toutes ses femmes à la fois. Changez de coupe de cheveux ou de couleur, variez les styles. Au choix : cuir fatal, sportswear, très chic, poupée... Abandonnez les culottes blanches en coton confortables et enveloppantes, optez pour le string ou la dentelle noire. Vous pouvez bousculer Jules à d'autres niveaux, tout aussi stratégiques : changer de place dans le lit, ou la place du lit dans la chambre. C'est rien, mais c'est énorme. Proposez de dîner plus tard le soir, sur la terrasse dès qu'il fait beau. Partez en week-end ou dites à tout le monde que vous êtes partis et fermez les volets pour rester 48 heures au lit...

Vous vous rappelez avec une certaine amertume la dernière fois que vous avez fait l'amour avec Éric. Dès que ça a été fini, il s'est écrié : « Merde ! J'ai oublié d'appeler le mec des effets spéciaux pour la pub d'Évane ! » Effectivement, vous devriez peut-être changer de coiffure et sortir du placard votre pantalon en skaï...

Vous allez jusqu'à l'armoire et décidez de l'essayer... Aïe ! Impossible de le fermer !

Il ne vous reste plus qu'à faire ce que *Kika* appelle un « régime flash ».

Tout cela est bien déprimant...

✱ En attendant, chouchouter un peu votre corps ne serait pas du luxe : rendez-vous au **chapitre 19** (p. 63).

CHAPITRE 19

Vendredi 1er mars – 21 h 45

Après avoir longuement hésité dans la salle de bains (masque Coup d'éclat ? gommage Douceur de miel ?), vous décidez de vous faire les ongles de pieds : vous ne connaissez rien de plus relaxant. Ah, le plaisir enfantin du coloriage ! Un pur moment d'absence au monde. Quelle couleur de vernis choisir ? Terrible dilemme. Prune ou rouge carmin ? Et pourquoi pas rose ? Allez, soyons folle : fuchsia ! Vous vous installez confortablement sur le lit, les doigts de pieds en éventail.

Cinq minutes plus tard, votre vernis sèche tranquillement et vous feuilletez un magazine avec nonchalance, activité totalement futile qui vous emplit d'un bonheur sans nom. Éphémère moment de sérénité que votre chat Youyou n'est pas décidé à vous laisser savourer seule. Il s'ennuie, le pauvre minet, alors il vient réclamer sa petite caresse. Vous l'entendez venir mais avant même que vous ayez pu anticiper la catastrophe il a déjà sauté sur vos jambes, renversant les flacons de vernis qui s'en vont rouler sous le lit. Il ronronne et se frotte, le maudit matou... Une petite roulade sur le dos et hop ! son postérieur sur vos pieds... Et voilà, c'est fichu ! Vos ongles sont tout poilus. Vous pourrez toujours lancer une nouvelle mode : les extensions de pieds ou les faux cils pour les ongles...

Il faut retrouver les flacons. En vous agenouillant pour regarder sous le lit, vision d'horreur ! Chaussettes sales oubliées, livres poussiéreux, vous croyez même distinguer votre bracelet de bois que vous avez tant cherché la semaine dernière... Un vague sentiment de honte envahit cette partie de vous atteinte du syndrome de la maîtresse de maison. Vous allez remédier à tout ce désordre. Les chaussettes : au panier ! Le bracelet : dans la boîte à bijoux ! Les livres : dans la bibliothèque ! Vous avez même retrouvé un vieux livre d'Éric, abandonné depuis quelque temps déjà si l'on en croit l'épaisse couche de poussière qui le recouvre. Vous l'époussetez. Zut, il vous a échappé des mains et tombe par terre. Voilà, toutes les feuilles sont écornées... Heureusement qu'Éric n'est pas maniaque ! En le ramassant, vous remarquez un ticket de bus coincé entre deux pages. Sur ce ticket, il y a un nom : « Aurélie », et un numéro de téléphone : 07 34 12 88 18.

Les battements de votre cœur s'accélèrent. Vous avez déjà vu ce numéro ! Déjà entendu ce nom ! Mais où ? Il faut que vous appeliez, vous en avez la certitude.

Oui, comme la sensation d'avoir déjà vécu ça...

Souvent vous vous demandez si l'on ne revit pas plusieurs fois sa vie, jusqu'à ce qu'on s'améliore, jusqu'à ce qu'on corrige toutes les erreurs. Les signes seraient là pour nous mettre en garde, nous prévenir de l'imminence d'un moment crucial où un choix déterminera la suite de notre existence. Un principe de réincarnation mais dans le même corps... Cela expliquerait les sensations de déjà-vu et les rêves prémonitoires.

Peut-être avez-vous déjà vécu tout cela, peut-être devez-vous repasser pas ces chemins déjà traversés mais, cette fois, en évitant les ornières ?

✱ Vous le saurez au **chapitre 22** (p. 72).

CHAPITRE 20

Vendredi 1er mars – 21 h 45

Impossible de dormir si vous ne lisez pas un peu avant. Seule la lecture vous permet de lâcher prise et de vous glisser dans le sommeil. Vous hésitez devant la bibliothèque. Qu'allez-vous choisir ? Un roman policier, un thriller ? Vous avez envie de vous détendre... Pourquoi pas de la science-fiction ? Oui, c'est exactement ce qu'il vous faut !

Vous vous installez confortablement sous la couette avec un bon bouquin et posez un cendrier à côté de vous sur la table de nuit. Mais, dans un mouvement brusque pour remonter les oreillers, vous le faites tomber. Il est coincé sous le lit... Vous vous agenouillez pour regarder dessous et apercevez, derrière une chaussette grise roulée en boule, un livre de poche posé du côté d'Éric. Vous en profitez pour le ramasser. Il doit avoir glissé là il y a quelque temps déjà, à en croire l'épaisse couche de poussière qui le recouvre. Un léger sentiment de honte vous envahit, mais au lieu de vous lancer dans un grand ménage, vous feuilletez le livre oublié. C'est un recueil de nouvelles. Vous commencez la première.

Pour Thomas Prescot, l'arrivée de ce petit génie était une aubaine. Il avait ramé toute sa vie pour plaire à ses parents, être l'élève parfait, le fils bien élevé. Il était devenu, une fois son diplôme décroché, un ingénieur très demandé... mais, ironie du sort, rien de ce qu'il faisait ne parvenait à lui plaire. Il travaillait pour Huxton, une grande boîte informatique vendant les plus petits microprocesseurs au monde. Il était célibataire et sa vie n'était que routine : il

regardait un peu la télévision le soir avant de se coucher et se levait tous les matins à sept heures pile pour aller travailler. Le week-end, il arrosait son petit jardin avant de se plonger dans un roman d'amour et de couple-qui-se-déchire-pour-mieux-se-retrouver. Ce n'était pas la vie dont il avait rêvé : il aurait voulu, comme le dit la chanson, « être un artiste ». Il la fredonnait souvent sous la douche, cette fameuse chanson, entre deux sanglots. Au bureau toutefois, il faisait bonne figure, souriait et donnait chaque matin une bonne poignée de main chaleureuse à son patron. Celui-ci l'encourageait à lui faire gagner plus de pognon, afin qu'il puisse prendre des vacances avec sa femme puis avec sa maîtresse dans les îles les plus lointaines et paradisiaques, neuf semaines par an.
Quand il rentra chez lui ce soir-là, Thomas trouva devant la télévision un étrange petit être...

Au moment où vous tournez la page, un ticket de bus tombe du livre. Sur ce ticket, un nom, « Aurélie », et un numéro de téléphone : 07 34 12 88 18.

Les battements de votre cœur s'accélèrent. Ce prénom... Qui cela peut-il être ? Une collègue d'Éric ? Vous ne réussissez pas à vous souvenir pourquoi ce nom vous trouble tant. Vous sentez confusément qu'il est la clef de quelque chose. Ce n'est pas normal, pas dans l'ordre des choses. Pourquoi avoir noté le numéro sur un ticket et pas dans son agenda ? Il l'a écrit sur le premier papier qu'il a pu trouver, il n'était donc pas au bureau quand cette fille lui a donné son numéro... Vous cherchez une date sur le ticket, mais il n'a pas été poinçonné. C'est peut-être une vieille connaissance qu'il a croisée par hasard dans la rue... Mais alors pourquoi ne vous en a-t-il pas parlé ? Peut-être l'a-t-il fait et vous n'y avez pas prêté attention ?

Vous vous sentez soudain idiote de cette jalousie paranoïaque. Depuis quelques mois vous voyez des signes de trahison partout et pourtant, chaque fois, Éric vous donne une explication si simple que vous rougissez de honte à l'idée d'avoir l'esprit aussi pervers et soupçonneux.

* Si vous décidez de ne plus y penser et de ne pas ennuyer cette fille avec vos soupçons absurdes, terminez votre lecture au **chapitre 24** (p. 80).

Si vous appelez cette fille, rendez-vous au **chapitre 22** (p. 72). Vous savez que, si vous n'en avez pas le cœur net, vous ne réussirez pas à dormir !

CHAPITRE 21

Vendredi 1er mars – 21 h 30

Vous venez d'appeler votre collègue, David. Vous lui avez proposé de venir le voir. Pourquoi a-t-il accepté avec autant d'empressement ? Parce qu'il est seul ? Est-ce qu'une femme munie d'un petit ami tout à fait officiel peut se permettre d'inviter un collègue à boire un verre pendant que ledit petit ami est en voyage ?

Hier soir, après le travail, vous êtes tous les deux restés un peu autour de la machine à café. David vous a mise au courant des derniers événements au bureau : il paraît que Thomas vient de quitter sa femme – enfin, c'est plutôt elle qui l'a jeté dehors : il la trompait avec Élodie ! Élodie, la stagiaire ? Vous l'ignoriez. Saviez-vous que Danielle partait à la retraite ? Si, si, le mois prochain. D'ailleurs, Mélanie aimerait bien récupérer son poste. C'est une ambitieuse aux principes élastiques, cette fille. Elle est prête à tout pour réussir, *à tout*, si vous voyez ce que je veux dire...

Vous arrivez chez David. Les murs tout blancs de son appartement vous glacent immédiatement. Pour ne rien arranger, son chat est complètement abruti ! Et puis, David n'a rien à boire... Vous l'emmenez à La Chope.

21 h 30. Le café est tout bourdonnant de bruits accueillants. Au fond, caché derrière un mur de brume, votre voisin Xavier est seul à une table. Il a l'air accablé. Vous vous frayez un chemin jusqu'à lui et lui proposez de se joindre à vous mais il attend quelqu'un. Il vous apprend que les autres viennent de partir. Virginie doit être encore dans les parages. Virginie ? « Oui, tu sais, la copine de Ludo au troisième (votre voisin du dessus). Y a de l'eau dans le gaz... Il paraît que Camille lui a proposé de prendre

la chambre d'amis chez eux le temps que ça s'arrange ! Parce que depuis deux jours, elle est plus chez Ludo, elle s'est installée à l'hôtel de la rue Muller... D'ailleurs, quand elle t'a vue entrer dans le bar, elle a décidé de passer la nuit ici à enchaîner les bières : elle a dit que si elle était trop ivre pour retrouver son chemin, elle pourrait toujours s'accrocher à ton bras ! » Vous aimeriez en savoir plus mais votre collègue s'impatiente. Il vous fait signe de venir le rejoindre à la table qu'il a choisie. Vous laissez Xavier et vous dirigez vers David.

Galant, il prend votre manteau, puis s'assied en face de vous. Il vous sourit.

C'est à ce moment précis que vous réalisez qu'il faut trouver de quoi vous allez bien pouvoir parler.

De quoi on discute, d'habitude ? Du travail ? Vous n'allez pas encore parler boulot ! N'y a-t-il rien d'autre que le travail dans votre vie ? De la faim dans le monde ? Non, vous allez encore pleurer, et vous ne savez pas pleurer. Vous n'avez pas l'art de laisser couler de nobles larmes ; les vôtres dévastent votre maquillage, ce qui est pour le moins disgracieux. De l'amour, alors ? C'est ça qui serait intelligent : lui parler d'Éric et de votre vie de couple le soir où vous invitez votre collègue célibataire à boire un verre ! Bon, alors de quoi parlez-vous avec Éric ? Eh bien, justement, de travail, du journal de 20 heures. Et de votre couple... En attendant, David a fini de lire la carte et il faudra bien trouver quelque chose à dire avant qu'il ne vous prenne pour une imbécile. Qu'est-ce qu'il peut penser de vous ? Au travail, vous êtes Mlle Guerlin. La « fille cool », aimée de tous, toujours un peu débordée, abattue parfois devant l'ampleur de la tâche. Courant toujours, toujours anxieuse... Mais ici, dans ce bar ? Si seulement vous étiez au restaurant : au moins, vous pourriez manger !

Le précis de philosophie ! Oui, vous êtes sûre que dans votre précis de philosophie il y a assez de sages pensées réunies pour tenir une conversation toute la soirée. Seulement vous n'avez pas ouvert ce florilège des méditations les plus absconses depuis dix ans et vous voudriez dire à David : « Excuse-moi, si tu veux bien on va reporter à la semaine prochaine, juste le temps de relire Platon, Nietzsche et les autres, et je te promets une conversation extrêmement intéressante. » Comme ça, vous auriez tout à fait l'air d'une imbécile.

Brusquement, David commence à parler de son ex-femme. Il vous raconte l'histoire passionnante de leur vie. Elle était son premier amour. Ils se sont connus à l'école. Ils ont tout découvert ensemble. Elle voulait un enfant. Lui, ça le paniquait, alors...

Pendant qu'il débite son monologue, vous pouvez l'observer tranquillement. Vous n'aviez jamais remarqué ce début de calvitie... Quel âge peut-il avoir ? Trente ? Trente-cinq ? Les hommes aussi devraient se faire des gommages : les points noirs sur le nez, ce n'est pas très seyant... Mais qu'est-ce qu'il vous raconte, qu'est-ce qui lui prend ? Vous n'étiez pas bien, là, sans rien dire ? Qu'est-ce que c'est que cette histoire qui va mal finir ? Comme si vous n'aviez pas assez de la vôtre !

Mais l'histoire n'est pas encore terminée. Ce n'est même que le commencement. Cela se passait il y a cinq ans. Avec ces histoires d'enfants, de famille, d'engagement et de long terme, il s'est senti vieillir d'un coup, lui, et il ne voulait pas vieillir, mais alors pas du tout. Il s'est mis à sortir le soir, il a essayé de retrouver l'excitation de la séduction. De bar en discothèque et de verre en verre, il a fini dans d'autres draps. Quelle histoire ennuyeuse ! Bref, elle, l'amour de sa vie, a tout découvert. Elle l'a quitté. Neuf mois plus tard elle accouchait. Sa bien-aimée, dont vous avez déjà oublié le nom, vient de lui envoyer une lettre. Et qu'est-ce qu'elle dit, la femme parfaite, dans cette lettre ? Qu'elle n'a pas le droit de cacher plus longtemps à son enfant l'existence d'un père. Elle voudrait qu'ils parlent, qu'ils se voient, blablabla.

Vous comprenez maintenant que si David s'est montré à ce point ravi de votre invitation tout à l'heure, ce n'est pas parce qu'il avait succombé à votre charme. Il avait apparemment besoin de vomir sa vie passée et il cherchait un récipient à portée de main. Et vous, vous n'êtes qu'un pot qui se remplit au fil des heures de ses dégoûts, de ses peurs, de ses regrets et remords. Mais vous ne dites rien. Vous ne dites rien parce qu'il a les yeux pleins de larmes et pleins d'innocence aussi. Vous avez envie de lui prendre les mains. Arrêtez ! Enlevez votre main ! Vous êtes devenue folle ? Vous allumez une autre cigarette. Il est comment, votre Mojito ? Comme un Mojito.

Et voilà, on fait de son mieux pour passer une bonne soirée bien tranquille (parce qu'une vie, ça ne dure pas cent ans), et une lettre arrive, et c'est avec vous qu'on pleure sur la perte de miss Perfection et qu'on fantasme sur des retrouvailles dont vous n'avez que faire... Quelle soirée !

Vous regardez l'heure : 23 h 30...

* Si vous sentez que vous êtes à bout de patience, abandonnez votre collègue en lui apprenant que vous avez rendez-vous avec une amie à minuit. L'envie soudainc dc rcjoindre Solenne en boîte vous fournira l'excuse idéale pour partir au **chapitre 25** (p. 84).

Mais si vous êtes une âme charitable et compatissante, vous continuerez à l'écouter : rendez-vous au **chapitre 27** (p. 88).

CHAPITRE 22

Vendredi 1er mars – 22 h 15

Vous cherchez un prétexte qui justifierait cet appel et vous éviterait d'avoir l'air trop idiote. Vous êtes crispée comme si vous passiez un oral. Vous devez respirer un grand coup !

– Oui, allô ?

– Bonjour... Excusez-moi, vous êtes Aurélie ?

– Oui.

Quelle voix profonde et sensuelle... Du calme !

– Excusez-moi de vous déranger, je suis la femme d'Éric...

– Qui ?

– La femme d'Éric Léger...

– Sa femme ?

– Oui, il est en déplacement et m'a demandé de joindre son assistante Aurélie de toute urgence. Vous êtes bien son assistante ? Il... je... enfin, sur son agenda, il y avait juste Aurélie sans nom de fa...

– Attendez, là... Je ne comprends pas bien. Vous dites que vous êtes la *femme* d'Éric ?

– Oui... enfin, tout comme...

– Bien !

Une espèce de rire nerveux la secoue. Après un silence qui vous semble interminable, elle reprend :

– Je ne vous crois pas.

– Comment ça ?

– Ça va faire un an que je sors avec Éric et...

– *Un an* ?

– On va emménager ensemble bientôt, alors permettez-moi de douter de votre histoire ! Et puis vous m'expliquerez également quand il trouve le temps de vous voir, entre son travail, ses tournages et les heures que nous passons ensemble !

Vos forces vous abandonnent, la nausée vous serre la gorge. Vos tempes bourdonnent. Vous avez des dizaines de questions mais vous ne pouvez plus parler. Vos nerfs sont des fils barbelés. Aurélie est très agressive :

– Je ne comprends pas, qu'est-ce que vous voulez ? Vous êtes son ancienne copine, c'est ça ?

– Oui, enfin non, pas ancienne, on est toujours ensemble... Ça fait quatre ans...

– Comment ça, toujours ensemble ?

– Oui, on vit ensemble. Même s'il a aussi son propre appartement...

Vous répondez à ses questions maladroitement. Vous n'êtes plus à même de réfléchir. Vous êtes vide.

Elle vous sent désemparée. Son agressivité retombe :

– Et vous n'auriez rien remarqué, rien senti, rien vu ?

– Non.

– Mais les nuits où il vient dormir chez moi ?

– Je ne sais pas, en déplacement, en tournage, je crois... J'ai reçu une lettre de lui aujourd'hui, il me disait qu'il était bien arrivé, que tout se passait comme prévu. Il doit rentrer jeudi.

Votre voix s'étrangle. Vous devez lui faire pitié ! Face à votre effondrement, elle semble vouloir, d'autorité, gérer la situation :

– Mais vous ne l'appelez jamais ?

– Il m'a dit qu'il n'avait plus de batterie et qu'il ne serait joignable que de 20 heures à 20 h 30.

– Il faut qu'on se voie, où est-ce que vous habitez ?

– Près de la mairie... Et vous ?

– De l'autre côté de la ville.

– Maintenant, c'est possible ?

– Non !

– Demain ?

– Oui, on peut se retrouver chez moi. Vers midi ?

– D'accord.

– L'adresse, c'est le 12 rue Feuillantines. Aurélie Lafade.

– C'est noté.

– À demain, alors...

– Oui... Oui, à demain midi...

Vous raccrochez, brisée.

Vous appelez Éric. Vous tombez sur le répondeur, laissez un message. En fait, vous ne savez pas où il est... Dans quel hôtel ?

Vous allez chez lui, vous cherchez un sac, videz ses poches.

Rien. Prise d'une inspiration subite, vous allumez l'ordinateur et vous connectez sur le site de sa banque. Mais il vous faut le code. Il doit être quelque part dans ses dossiers : vous fouillez, videz les chemises à élastiques où il range ses relevés... Ça y est, vous l'avez !

Vous pouvez accéder à son compte. Il a utilisé sa carte bancaire, jeudi 28 février : « *Paiement C.B. Le Bon Coin* ». Quoi ? Le Bon Coin ? C'est ici... Il est revenu !

* Vous regardez le ticket de bus. Qu'allez-vous faire ?

Si une vague de colère monte en vous, si vous vous sentez trahie et humiliée après tout ce que vous avez fait pour lui, si vous voulez qu'il paie... Alors rappelez-le et laissez un second message, qui crachera votre mépris et votre intention d'être consolée cette nuit par un autre que lui... Puis téléphonez à votre amie Solenne et filez la rejoindre au pub **chapitre 35** (p. 108) !

Si vous préférez voir Camille et Vincent, qui sont vos voisins et amis depuis plus d'un an, allez chez eux pleurer sur leurs épaules au **chapitre 26** (p. 86).

Si vous voulez oublier, vous anesthésier, ne plus ressentir cette insupportable souffrance, levez-vous, et allez chercher une bouteille de whisky au **chapitre 30** (p. 96)...

Si vous décidez de savoir ce qu'il faisait au Bon Coin hier, rendez-vous au **chapitre 28** (p. 90).

CHAPITRE 23

Vendredi 1er mars – 21 h 20

La Chope. Vous entrez dans le bar enfumé, tout bourdonnant de conversations. Derrière un mur de brouillard, vous distinguez vos amis, Vincent, Camille, Xavier. Il y a aussi Virginie, la copine de votre voisin Ludovic, et une amie de Camille très laide que vous n'avez vue qu'une fois et dont vous n'avez pas compris le nom. Vous vous frayez un chemin au milieu des clients.

– Hello !

– Oh, Emma, c'est cool que tu sois venue ! On était sur le point de partir, mais puisque tu es là on va reprendre une petite bière...

Vincent joint le geste à la parole en faisant un signe au serveur, qui comprend immédiatement de quoi il s'agit. Camille en profite pour résumer les épisodes précédents :

– Alors Xavier était en train de nous dire qu'à onze heures, il avait rendez-vous ici avec une fille rencontrée sur Internet !

Le petit groupe éclate de rire. Pauvre Xavier ! Il a la tête de quelqu'un qui vient de manger des huîtres avariées.

– Qu'est-ce qui m'arrive ? J'ai la pression, c'est pire qu'avant un examen, putain ! J'ai une boule au ventre... J'te jure, j'ai jamais ressenti ça avant un rencard !

– T'as peur d'être déçu ? demande l'amie de Camille, dont vous n'avez toujours pas enregistré le nom.

À quoi elle joue, cette fille ? À la psychologue de comptoir ?

– Ouais, d'être déçu, de décevoir... Ça fait trois jours que je discute avec elle, beaucoup... toute la nuit, hier ! Y a ce côté un peu bizarre où on a l'impression d'être super proches alors qu'on s'est jamais vus...

Camille et Virginie s'isolent un peu. Vous ne pouvez pas vous empêcher d'entendre ce qu'elles se racontent.

– Alors ? Avec Ludo ? demande Camille.

– Bof... Je comprends pas ce qui se passe, il est tout le temps agressif, j'ai l'impression qu'il me supporte plus ! répond Virginie.

– Tu es chez lui, là ?

– Non, j'ai pris une chambre à l'hôtel.

– C'est ridicule... Viens dormir à la maison, on a une chambre !

– C'est vraiment gentil, mais non merci.

– Tu devrais te vider la tête, voir des gens !

– J'essaierai... Pour l'instant, je suis pas super ouverte, je me sens trop triste.

– Il faut que tu t'expliques avec Ludo !

– Ça fait deux jours que je n'ai pas de nouvelles de lui, ça me rend folle de rage. Je suis partie, et il ne cherche même pas à me rattraper. Mais j'ai du mal à le sortir de ma tête, j'ai du mal à accepter qu'il vive sans moi. C'est super chaud ! Je ressens plein de sentiments contradictoires et j'ai envie de mordre, et puis je n'aime pas être seule !

– Mais pourquoi tu ne l'appelles pas *toi* ?

– Non, c'est à lui de m'appeler. Tu ne te rends pas compte de ce que ça peut être, de dormir avec quelqu'un qui n'a plus envie de toi. Ça fait des semaines qu'on n'a pas fait l'amour... J'ai l'impression que je l'étouffe et qu'il a besoin de respirer un peu. Quand il sera prêt, et s'il m'aime vraiment, il me rappellera. Mais bon, ça n'empêche pas la douleur et puis c'est si simple pour lui, je lui ai vraiment facilité les choses. Lui, il s'est contenté de dire qu'il me comprenait, que je méritais mieux et qu'il n'était pas à la hauteur ! C'est ce que je disais avant quand je voulais me débarrasser d'un mec.

– Bon, il faut que tu penses à toi, Virginie ! Si tu n'es pas heureuse avec lui, quitte-le. Ça ne sert à rien d'attendre qu'il change ou comprenne quoi que ce soit. Personne ne change, jamais.

– T'y vas un peu fort !

– Non, je pense que toi tu te fais du mal.

– Mais je l'aime, je n'ai pas la force de vivre sans lui.

– Tu es intelligente et jeune, tu vas trouver un type bien en claquant des doigts.

– J'ai intérêt à claquer fort, alors ! C'est pas simple de trouver un mec... faudrait que je mette mon nez dehors !

– Sors, je suis sûre que ça ira vite... Prends des cours de danse, de dessin, je sais pas, moi !

– En plus, je me trouve moche ! C'est la grande forme.

– N'importe quoi, tu n'es pas moche ! Mais bon, c'est sans doute l'occasion de faire un petit régime. Et de changer de look, peut-être ? Non ?

Ça, elle aurait mieux fait de ne pas le lui dire ! Du coup, Virginie se referme comme une huître et vous n'en saurez pas plus ce soir...

Quant au laideron, elle en est toujours à sa tentative de thérapie comportementale sur le malheureux Xavier :

– Il faut te détendre...

– J'ai pris un bain au cas où. J'ai ciré mes pompes. J'ai fait tout le ménage chez moi, la lessive et la vaisselle. Y a des préservatifs et de l'aspirine dans la table de nuit...

– Le chat, il va tout foutre en l'air : ce changement radical de son environnement va le perturber et il va pisser partout ! remarque Camille.

– Tu pourras toujours dire : C'est pas moi, c'est le chat ! ironise Vincent.

Camille pousse soudain un petit cri strident qui vous fait frôler l'attaque cardiaque :

– T'as pensé à lui acheter un petit truc ? Une fleur, une bricole ?

– Une fleur ! Tu me prends pour Charles Ingalls, ou quoi ? Une fleur ! Y a pas plus ringard !

» En fait, si, je lui ai offert quelque chose : une webcam pour la voir quand on chatte sur Internet.

– Ouais, ouais, ricane Vincent, pour qu'elle te fasse des stripteases... Petit cochon !

Minuit : tout le petit groupe part, sauf Virginie, qui est partie s'asseoir au comptoir, complètement soûle, le regard vague et un sourire comme peint sur son visage.

Chaque seconde qui passe sonne le glas de l'idylle de Xavier... Vous décidez d'attendre avec lui l'arrivée de la dulcinée mais, pour vous, le temps semble ne plus avancer et Xavier commence à vous casser les oreilles. Bientôt une heure ! Xavier ne veut pas décoller de sa chaise et décide d'attendre jusqu'à la fermeture, certain qu'elle finira par venir...

Vers 1 heure du matin, Virginie est toujours accoudée au comptoir. Elle regarde l'homme assis à côté d'elle et lui dit d'une voix éraillée d'ivrogne :

– Je boirais bien un dernier coup, mais j'ai plus un rond...

L'homme lui offre un demi. Puis il se retourne légèrement et regarde les gens tout autour de lui en attendant que Virginie finisse son verre. Vous l'observez. Même assis sur un tabouret de bar, l'homme paraît immense et massif. Son visage vous trouble : un grand nez aquilin qui plonge sur une moustache de cavalier mongol, une épaisse et longue chevelure noire et bouclée tombant directement sur ses larges épaules, un front coupé en deux par un épais sillon qui ressemble à la marque d'un coup de sabre. Mais le plus impressionnant dans ce visage, c'est le regard. Un regard profondément enfoui sous un front proéminent, avec des yeux d'un bleu pâle, presque blanc. Un regard mort, sans expression, comme celui d'un squale.

Vous le fixez ainsi, fascinée, lorsqu'un homme ivre mort se répand à quelques pas de vous. L'infâme relent de vomi vous fournit une excuse pour partir...

L'odeur est insoutenable. Xavier, pourtant, se refuse à quitter les lieux. Les derniers clients se pressent vers la sortie. Deux hommes se bousculent. Une querelle d'ivrognes éclate juste devant vous, torses bombés, poings serrés... Les langues pâteuses se chargent d'insultes. Vous ne pouvez plus avancer. De loin, vous voyez Virginie sortir du bar en zigzaguant et se parlant à elle-même. Elle oscille comme une brindille emportée par le vent. L'homme qui lui offrait des verres n'est plus au comptoir. Vous voudriez partir, vous aussi. Les deux mâles imbibés s'essoufflent en vaines menaces, leur imagination est noyée dans la bière : depuis quelques minutes, ils ne trouvent plus autre chose que des « Tu vas voir... ouais ouais, attends, tu vas voir... » Navrant !

Et puis la dispute s'achève comme elle a commencé : sans raison. Les deux hommes s'éloignent en grognant : l'allée centrale est libérée, vous atteignez enfin la porte.

Vous sortez du bar enfumé et respirez avec bonheur l'air frais de la rue, encore pleine de vie à cette heure avancée de la nuit. Vous cherchez Virginie du regard, mais elle a déjà dû tourner à l'angle de la rue.

✻ Si vous décidez de rentrer chez vous, rendez-vous au **chapitre 44** (p. 127).

Si vous vous dites que ce n'est pas très prudent de laisser Virginie rentrer seule dans son état, vous pouvez vous dépêcher de la rejoindre sur la route afin de la raccompagner à son hôtel. Ce sera l'occasion de faire une belle action, et même si cela vous coûte un peu, vous aurez la satisfaction de penser que vous êtes quelqu'un de bien : allez au **chapitre 46** (p. 129).

Si vous préférez la suivre de loin comme un ange gardien discret, pour vous assurer qu'elle rentre bien, rendez-vous au **chapitre 42** (p. 123).

CHAPITRE 24

Vendredi 1er mars – 22 h 15

... Quand il rentra chez lui ce soir-là, Thomas trouva devant la télévision un étrange petit être...
C'était un génie. Il sentit que sa vie allait changer. Trois vœux lui étant accordés, Thomas prit bien son temps : il n'ignorait pas que, généralement, les gens formulent un peu trop vite leurs souhaits. Il savait que le lutin avait été auparavant un être humain qui, trop avide, avait demandé d'avoir tous les pouvoirs d'un génie et s'était retrouvé à son tour prisonnier de sa fonction, délivrant par là même son prédécesseur. Thomas pensa donc d'abord qu'il serait généreux d'utiliser son troisième vœu pour libérer de son sort le petit génie.
– Merde ! se dit-il finalement, ma vie est bien trop pourrie pour que je me montre altruiste une fois de plus...
Avant de formuler ses souhaits, Thomas voulut poser quelques questions : et s'il exprimait mal ses demandes, que se passerait-il ? Il savait les génies farceurs et parfois même fourbes au point de prendre un malin plaisir à vous faire gaspiller vos vœux. Il se souvenait de l'histoire de cet homme qui avait demandé que tout ce qu'il touche se transforme en or, et qui avait fini par mourir de faim et de soif...
– Imaginez que je désire avoir beaucoup d'argent : qui me dit que les billets que vous allez me sortir ne seront pas tirés d'un jeu de société ? Je connais vos astuces.
– Ne soyez pas si méfiant, monsieur Prescot. Je suis un bon génie et mon but est tout à fait honorable ; même si

vous oubliez certaines précisions, vous obtiendrez ce que vous avez demandé. Il n'y a pas d'insatisfait.

L'espace d'un instant, Thomas se serait cru avec un vendeur d'électroménager lui certifiant que son lave-linge était ce qui se faisait de mieux : le top du top.

– OK, j'en suis bien content. Mais alors, il doit peut-être y avoir un genre de contrepartie... Vous me demanderez mon âme en échange ?

– Non, monsieur Prescot, pas de contrepartie, pas de contrat, juste trois vœux que je dois satisfaire.

Thomas avait besoin de réflexion et réclama un délai de vingt-quatre heures. Le petit génie répondit qu'il comprenait et que cette demande était légitime. Il fit un geste pour prendre congé et disparut dans un nuage de fumée rose.

Bien sûr, Thomas ne ferma pas l'œil de la nuit, il se tournait et se retournait dans son lit. Qu'allait-il choisir ? Argent, amour, santé, paix dans le monde ? Le matin pourtant il ne se sentait pas fatigué. Au contraire, il était aussi excité qu'un gamin attendant le matin de Noël pour ouvrir ses cadeaux. Le monde autour de lui avait changé, il était devenu sympathique et lumineux.

En sortant de chez lui, il prit le temps de regarder les fleurs se faire butiner par les abeilles. Il fit même un détour par le parc, où il s'acheta une glace. Il arriva au bureau sans même s'en rendre compte : il flottait sur son petit nuage, l'esprit entièrement occupé par le choix de ses trois vœux.

C'est alors qu'un événement se produisit. On annonça que le PDG de Huxton Corporation viendrait visiter les bureaux à 19 heures. Tout le monde devait être présent à son poste, le patron insista bien sur ce point. Thomas n'en croyait pas ses oreilles ! Ce type ne venait qu'une fois tous les deux ans, et il fallait que ça tombe justement ce jour-là ! Il décida d'aller en toucher deux mots à son patron. Bien sûr il ne parlerait pas de son génie, mais il alléguerait un rendez-vous important qu'il ne pouvait manquer sous aucun prétexte et dont sa vie dépendait. Le boss ne l'entendit pas de cette oreille et lui signifia on ne peut plus clairement que s'il ne restait pas, il perdrait son emploi. Scandalisé par tant de mépris et d'ingratitude pour tous ses efforts dans la boîte, Thomas donna sa démission sous les yeux ahuris de son ex-patron. Il mit son poing dans la figure de Lanley, un fayot prêt à tout pour monter en grade. Il n'oublia pas non plus d'embrasser goulûment, au passage, la secrétaire au décolleté outrageusement profond qui aguichait sans vergogne depuis huit ans tous les employés de Huxton, s'amusant à les voir ramper devant elle sans jamais leur accorder la moindre faveur – à l'exception du patron, bien entendu.

Pas de temps à perdre. Thomas rentra chez lui à toute vitesse, évitant les gens comme s'il avait sur lui un billet gagnant du Loto. Il était 16 heures, cela lui laissait le temps de réfléchir une dernière fois à ses trois désirs les plus chers.

Une heure après, il savait exactement ce qu'il voulait.

Le génie revint, exauça ses trois vœux, et Thomas fut un des hommes les plus heureux de la planète. Tout lui souriait, il était le centre du monde aussi bien dans les affaires que dans ses amours. Il vécut comme un prince de nombreuses années puis mourut paisiblement, le sourire aux lèvres, un soir d'hiver au coin du feu.

*
**

À une époque, moi, Thomas Prescot, j'aurais aimé écrire ce dernier paragraphe, et que ce soit vrai. Mais la réalité est différente. Le génie ne revint jamais. Ni le lendemain, ni le jour d'après. À bien y réfléchir, il n'avait pas formellement promis de revenir et j'avais la cruelle impression d'avoir laissé passer ma chance.

Après cela, j'ai dû affronter une période très difficile : les aléas de la vie, le chômage, la dépression, la solitude. Et puis je me suis relevé. Bien sûr, la plupart d'entre vous diront que cette histoire, c'est du vent. Je vous assure pourtant que j'ai bien vu ce génie devant moi ce soir-là : il regardait un dessin animé tout en sifflant une de mes bières. Comme tous les génies, il m'a joué un bien vilain

tour, mais, après toutes ces années, je ne lui en veux plus. J'ai compris la leçon ! Prendre la chance quand elle se présente, cesser de tergiverser, cesser d'avoir peur de vivre. Je sais maintenant que je n'ai pas besoin de génie pour exaucer mes vœux les plus chers : je peux les réaliser si je m'accroche. J'ai fait la liste des dix choses que je rêvais d'avoir. Évidemment, une seule existence ne sera pas suffisante pour achever les dix, mais qu'importe ! Aujourd'hui j'en suis à six, et il me reste encore pas mal d'années devant moi. J'arriverai sûrement à huit. Voilà ! Que vous dire d'autre ? Chaque jour je fais un pas de plus et je suis heureux. Pour beaucoup, je mène une petite vie simple et modeste. Mais c'est la mienne, je la dessine et lui ajoute les couleurs que je désire.
Ah oui ! Un dernier mot : si le génie vient vous voir un jour, j'aimerais que vous lui disiez une chose pour moi, c'est important ! J'aurais préféré le lui dire en personne, mais je doute qu'il repasse par chez moi. Dites-lui simplement : « Merci. »

Si un génie venait vous voir, vous lui demanderiez d'abord de vous débarrasser de cette jalousie qui fait de votre vie un cauchemar. La suspicion vous ronge comme de l'acide. Vous avez vraiment envie de savoir qui est « Aurélie ». Vous ne parvenez pas à chasser ce prénom de vos pensées.

Depuis quelque temps Éric vous délaisse, vous êtes devenue transparente pour lui. L'idée qu'il ait une liaison vous traverse l'esprit de plus en plus souvent. Cela vous tracasse. Bien sûr, il est trop tard pour joindre qui que ce soit maintenant... Quel dommage !

À 2 heures, lasse de vous retourner dans votre lit, vous rallumez la lumière. Vous regardez le téléphone : vous auriez dû appeler... Mais vous ne pouvez plus rien faire à cette heure.

✻ Vous n'avez plus d'autre choix que d'essayer de dormir en attendant le lever du jour au **chapitre 60** (p. 178).

CHAPITRE 25

Vendredi 1er mars – 23 h 59

– C'est sympa ici !

– Qu'est-ce que tu dis ?

– Je dis que c'est sympa ici.

– Hein ?

– Laisse tomber.

– Répète, tu disais quoi ? J'entends rien avec la musique...

En désespoir de cause, vous dressez le pouce avec un sourire crispé, elle fait le même geste en signe d'accord.

Un homme traverse la piste. Il est assez beau, habillé avec soin. Vous le regardez fendre la foule d'un geste majestueux tel Moïse ouvrant la mer Rouge. Démarche ferme et assurée. Cheveux noirs gominés, chemise blanche entrouverte sur un torse viril, regard profond. Ayant sans doute remarqué que vous ne le quittiez pas des yeux, il vient vers vous. Vous avez soudain l'impression de n'être plus qu'une petite transparence gélatineuse qui tremblote sur la banquette. Que faire ? Que dire ?

La question se résout finalement au mieux puisqu'il vous tend la main et qu'il vous entraîne sur la piste pour une salsa torride.

– Comme un lama ?

– Pardon ?

– Comme un lama ?

Mais qu'est-ce qu'il raconte ? Vous comparerait-il à ce ruminant au long cou ?

– Moi, Federrrrico... roucoule-t-il.

Révélation : c'était « Como te llamas ? ».

– Emma, répondez-vous avec un certain soulagement.

À la fin du morceau, il vous ramène à votre banquette : le camion-benne retourne au garage... Qu'espériez-vous ? Vous commandez une autre bière.

Solenne retourne danser. Vous la suivez. Cette troisième bière semble avoir sur vous un effet désinhibant. Le rythme pénètre en vous. Vous vous sentez libre. Vos déhanchements sont de plus en plus lascifs, pour ne pas dire une invitation explicite à la gaudriole...

Federico vous regarde de loin. Tout en continuant à danser, vous gardez les yeux fixés sur lui. Il s'approche... encore un peu... Vous dansez, de plus en plus près l'un de l'autre. Il vous prend par la taille. Vous posez une main sur son épaule, l'autre dans le bas de son dos. Un peu plus près encore. Vos jambes se mêlent. Le désir monte au creux de vos reins, monte et descend comme une vague. Une invitation au voyage...

La musique change de rythme, vous ne pouvez décemment plus danser la salsa sur du disco. Vous en profitez pour filer aux toilettes et vérifier que vous sentez toujours bon. Une blonde monumentale attend derrière vous. Elle vous dépasse d'une tête et ses épaules de nageuse russe passent à peine dans l'encadrement de la porte. La blonde vous regarde avec insistance. Vous lui souriez pour chasser la gêne qui commence à s'emparer de vous et supposez que la seule hypothèse valable pour expliquer ce visage crispé et ces poings serrés est celle d'une envie pressante et impérieuse qu'elle chercherait à vous faire comprendre par télépathie. Elle va parler... Mon Dieu ! Non, qu'elle referme la bouche ! Vous lui proposeriez bien une pastille de menthe si vous étiez sûre qu'elle ne le prenne pas mal.

– Il te plaît, Federico ? lâche la fille d'un ton menaçant.

– Qui ça ?

– Federico, le mec avec qui t'as dansé la salsa.

Dans ce genre de situation, mieux vaut tout nier en bloc.

– Pas du tout, pourquoi ?

Vous avez dû dire cela d'un air assez convaincant puisqu'elle s'en va brusquement sans même se retourner.

✱ Si vous vous sentez un peu coupable vis-à-vis d'Éric et si l'idée de briser un couple vous rebute, au lieu de rejoindre Federico, rendez-vous au **chapitre 39** (p. 118).

Si vous pensez ne rien avoir à vous reprocher, si vous voulez tenter le diable, redescendez tout de suite et rejoignez Federico au **chapitre 43** (p. 125)...

CHAPITRE 26

Vendredi 1er mars – 23 heures

CAMILLE : Mais quel enfoiré ! J'aurais jamais cru ça de lui !

Visiblement, Vincent ne partage pas entièrement l'opinion de Camille. Mais il ne se risque pas à donner un avis et encore moins un conseil...

Ce soir, vous avez débarqué au milieu d'un dîner avec une copine féministe farouchement « célibattante ». Celle-ci s'empresse de lâcher un avis de laideron frustré, il faut bien le dire.

LAIDERON : Je suppose qu'elle est jeune et jolie ?

Vous fondez en larmes de nouveau. Camille fusille son amie du regard.

VOUS : Je vais finir toute seule !

CAMILLE : Mais non...

VOUS : À vingt ans, c'est pas grave, mais là, je vais en avoir trente... Des enfants, il me reste deux jours pour en faire et en plus, maintenant, il me manque le père, donc ça va pas être facile...

Regards apitoyés.

LAIDERON : Tu sais, t'es pas si vieille...

Des expressions toutes faites de roue qui tourne, d'attrait de la nouveauté, d'horloge biologique, vous viennent à l'esprit.

VOUS : J'aurais pas dû lui dire que je voulais des enfants, ça lui a fait peur.

LAIDERON *(d'un ton de médecin légiste)* : Ouais, c'est typique du mec qui a peur de l'engagement et qui cherche une issue !

VOUS : Une issue ? Dis tout de suite que la vie avec moi, c'est la prison !

LAIDERON : Arrête de tout ramener à toi ! Il faut d'abord réussir à déterminer avec précision une grille d'analyse de son profil psychologique et en tirer les conclusions qui s'imposent.

Vous devinez qu'un acte de violence – certes inadmissible et peu courtois – pourrait réussir à vous calmer momentanément...

* Si vous décidez de soulager votre rage, accordez-vous ce petit plaisir au **chapitre 29** (p. 95).

Mais si vous gardez votre self-control, rendez-vous au **chapitre 32** (p. 99).

CHAPITRE 27

Samedi 2 mars – 0 h 30

Vous vous ennuyez mortellement. Il semble que son puits de misères soit intarissable ! Vous commandez un autre verre. En vous retournant pour appeler le garçon, vous apercevez au comptoir une fille rousse aux cheveux courts et aux courbes sensuelles. Elle rit très fort, le regard vague et un sourire comme peint sur son visage. Vous la reconnaissez : c'est Virginie, la petite amie de Ludovic, votre voisin. Elle est accoudée au comptoir. Elle regarde l'homme assis à côté d'elle et lui dit d'une voix éraillée d'ivrogne :

– Je boirais bien un dernier coup, mais j'ai plus un rond...

L'homme lui offre un demi. Puis il se retourne légèrement et regarde les gens tout autour de lui en attendant que Virginie finisse son verre. Vous l'observez. Même assis sur un tabouret de bar, il paraît immense. Son visage vous trouble : un grand nez aquilin qui plonge sur une moustache de cavalier mongol, une épaisse et longue chevelure noire et bouclée tombant directement sur ses larges épaules, un front coupé en deux par un épais sillon qui ressemble à la marque d'un coup de sabre. Mais le plus impressionnant dans ce visage, c'est le regard. Un regard profondément enfoui sous un front proéminent, avec des yeux d'un bleu pâle, presque blanc. Un regard mort, sans expression, comme celui d'un squale.

Xavier avait raison : « Y a de l'eau dans le gaz », sinon Virginie ne serait pas avec ce type. Vous cherchez votre voisin dans la salle mais ne voyez personne, il a dû partir.

– Alors ? Qu'est-ce que t'en penses ? demande David.

Vous l'aviez complètement oublié, lui...

Apparemment, vous êtes censée dire quelque chose ! Vous n'avez pas entendu le long discours qui a précédé la question... Mon Dieu, quelle plaie, ce garçon !

C'est alors qu'un homme ivre mort se répand à quelques pas de vous. L'infâme relent de vomi vous fournit une excuse pour partir...

L'odeur est insoutenable. Les derniers clients se pressent vers la sortie. Deux hommes se bousculent. Une querelle d'ivrognes éclate juste devant vous, torses bombés, poings serrés... Les langues pâteuses se chargent d'insultes. Vous ne pouvez plus avancer. De loin, vous voyez Virginie sortir du bar en zigzaguant et se parlant à elle-même. Elle oscille comme une brindille emportée par le vent. L'homme qui lui offrait des verres n'est plus au comptoir. Vous voudriez partir, vous aussi. Les deux mâles imbibés s'essoufflent en vaines menaces, leur imagination est noyée dans la bière : depuis quelques minutes, ils ne trouvent plus autre chose que des « Tu vas voir... ouais ouais, attends, tu vas voir... » Navrant !

Et puis la dispute s'achève comme elle a commencé : sans raison. Les deux hommes s'éloignent en grognant : l'allée centrale est libérée, vous atteignez enfin la porte. Vous sortez du bar enfumé et respirez avec bonheur l'air frais de la rue, encore pleine de vie à cette heure avancée de la nuit. Vous cherchez Virginie du regard, vous ne la voyez pas. David propose de vous raccompagner mais l'idée de rester cinq minutes de plus avec lui est au dessus de vos forces. Vous le remerciez donc pour « cette délicieuse soirée » et lui souhaitez une bonne nuit. Il a compris le message et s'éloigne de vous. Enfin !

✻ Si vous décidez de rentrer chez vous, rendez-vous au **chapitre 44** (p. 127).

Si vous vous dites que ce n'est pas très prudent de laisser Virginie rentrer seule dans son état, vous pouvez vous dépêcher de la rejoindre sur la route afin de la raccompagner à son hôtel – ce sera l'occasion de faire une belle action, et même si cela vous coûte un peu, vous aurez la satisfaction de penser que vous êtes quelqu'un de bien : allez au **chapitre 46** (p. 129).

Si vous préférez la suivre de loin comme un ange gardien discret, pour vous assurer qu'elle rentre bien, rendez-vous au **chapitre 42** (p. 123).

CHAPITRE 28

Vendredi 1er mars – 23 heures

Vous arrivez au restaurant et vous sentez soudain idiote. Que faites-vous ici ? Que croyiez-vous trouver ? Vous choisissez de dire la vérité, d'expliquer avec la plus grande honnêteté possible pourquoi vous avez besoin de savoir. Vous avez apporté une photo d'Éric, vous la montrez au serveur et au barman, vous décrivez votre petit ami. Mais ils ne savent rien. Quand bien même ils sauraient, comment avez-vous pu imaginer une seconde qu'ils se mêleraient de la vie privée d'un client ? Vous ressortez et, à présent, un sentiment profond d'humiliation vient s'ajouter à votre désespoir. Vous vouliez les toucher, vous n'avez réussi qu'à vous avilir...

À peine avez-vous fait quelques pas sur le trottoir que vous entendez quelqu'un vous interpeller :

– Mademoiselle ! Attendez !

Un homme vient à votre rencontre.

– J'ai entendu ce que vous disiez au serveur, je crois que je peux vous aider. Mais il faudrait que je voie votre photo pour être sûr.

Vous lui tendez le cliché : l'homme reconnaît Éric sans la moindre hésitation. Vous appréhendez terriblement ce qu'il va vous révéler.

Il vous demande si vous voulez dîner, il est encore temps et ce restaurant est excellent, il s'y rend presque tous les soirs, il connaît tout le monde ici... Vous voudriez qu'il en vienne rapidement aux faits, mais il semble que son flot de paroles soit tout à fait incontrôlable. Et puis, avec sa veste bleue et sa cravate jaune canari, ses chaussures bleu turquoise scintillant dans la lumière... quelle horreur ! On le croirait tout droit sorti d'un film des années soixante.

Vous ne voulez pas dîner ? C'est dommage ! Un verre alors, juste un verre. C'est lui qui vous l'offre. Son nom est Frédéric. Et vous ? Emma, c'est un très joli prénom, doux et tendre comme le verbe aimer mais qui serait conjugué au passé simple, comme si vous aviez aimé et que vous n'aimiez plus... Vous n'aimez plus, Emma ?

Si, si... Mais venons-en aux faits !

Il vous ramène à l'intérieur du restaurant et vous raconte enfin ce qu'il sait. Vous le laissez parler...

« Mademoiselle, votre ami était au restaurant hier. Il était avec une jeune femme blonde. Je pouvais les voir parfaitement l'un et l'autre. Comme j'étais seul, je m'amusais à les observer et à lire sur leurs lèvres toutes les absurdités que peuvent se dire deux amants. Eh bien celui-là, sous ses airs mielleux, vous pouvez me croire : c'est un vrai radin, tyrannique et autoritaire... S'il vous a quittée, vous ne perdez rien ! Bon, revenons à nos moutons.

» Lorsque le serveur est arrivé près d'eux et qu'il leur a demandé s'ils prendraient le menu ou s'ils préféraient découvrir la carte, lui, il a tout de suite répondu “le menu”, sans prendre la peine de consulter la fille ! Elle faisait un peu la tronche. Mais bon, il a réussi en une seconde à lui faire oublier cette petite contrariété en la caressant dans le sens du poil. Je parle au sens figuré, bien sûr – on ne sait jamais, je préfère préciser... Si vous voulez, je peux vous rejouer cette scène d'une mièvrerie exemplaire. Je suis acteur, vous savez ? Je joue dans une petite pièce rue de la Fer... D'accord, d'accord, je reviens à nos moutons et ce n'est pas la peine de me lancer ce regard noir ! Allez, c'est comme si vous y étiez ! Rideau !

– *Le menu a l'air très bien !* souligne le type. Et après quelques secondes de contemplation béate, il ajoute : *Que tu es jolie ! J'adore tes cheveux, longs et soyeux...*

– *C'est vrai ?* répond-elle (elle était un peu conne, je crois).

– *Sais-tu ce qui me séduit chez toi, ce qui m'attire ? Ce que j'ai toujours préféré ? Ta douceur, comme une espèce d'abandon...* (et tout ça d'un ton baveux de vieux crapaud aux lèvres humides de désir – oh, pardon, je suis maladroit ! Vous l'aimez toujours ? Vous avez tort ! Oui, d'accord, je poursuis...)

– *Ah bon, c'est drôle, ma mère ne me voyait pas du tout comme ça !* (Je vous l'avais bien dit, qu'elle était conne... Première erreur : ne jamais contredire l'Homme. Deuxième erreur :

ne jamais parler à l'Homme de sa belle-mère, ce seul mot fait fuir en courant n'importe quel type sensé.)

» L'entrée arrive, elle reprend :

– *Veux-tu savoir ce qui me plaît chez toi ? Ton air dominateur, cette assurance qui m'a subjuguée dès la première seconde.*

– *Je suis un tyran, en somme ! Et qu'est-ce que tu aimes le moins chez moi ?*

– *Rien, tout me plaît ! hi, hi, hi...* (gloussement stupide).

– *Mais non, personne n'est parfait ! ha, ha, ha...* (rire grave bouche fermée, ressemblant un peu à une toux sèche, se croyant – à tort – subtil).

– *Bon, une chose peut-être... Parfois, tu es injuste.*

» Là, le mec se fige, la fourchette à deux centimètres de la bouche : elle vient de commettre le crime de lèse-majesté... Mais non, pas la fourchette, la blonde ! Oh, faut suivre, un peu !

– *J'accepte tout, sauf ça ! Peu de gens ont un sens de la justice aussi développé que moi !* déraille-t-il.

» Vexé comme un pou, le mec reste quelques minutes en silence à observer la salle. Son regard s'arrête alors avec insistance sur moi, moi le très séduisant Italien, hantise de tous les mâles jaloux, glorieux spécimen de notre fabuleuse nation, visage carré, torse poilu, cheveux ondulés... Bref ! Je le salue d'un signe de tête digne de César. Et alors, avec un détachement feint, il demande à la blonde qui, ma foi, était assez à mon goût, je dois bien le reconnaître :

– *Le type là-bas n'arrête pas de nous fixer, tu le connais ?*

» Elle se retourne légèrement de mon côté, je lui souris à pleines dents et fais un signe de la main.

– *Non.*

– *Pourquoi il te salue, si tu ne le connais pas ?*

– *Je ne sais pas, parce que je l'ai regardé...*

– *Il n'arrête pas de regarder par ici.* (Elle esquisse un mouvement mais il l'arrête aussitôt.) *Ne bouge pas !*

– *Laissons tomber...*

» Je suis un habitué ici, je plaisante souvent avec les serveurs, mais à ce moment, mes éclats de rire ont semblé l'assombrir et peut-être même l'offenser. Pour faire bref, il a cru que je me foutais de lui !

– *Je suis sûr qu'il se moque de moi, viens, on s'en va !* dit-il.

» Pff... Vous vous rendez compte ? Est-ce que vous vous rendez seulement bien compte du genre de type que c'est, votre...

comment déjà ? Oui, votre Éric ? Il croit que je me fous de lui et il se barre ! C'est dingue, ça ! Aucun honneur ! S'il en était si sûr et qu'il se sentait offensé, pourquoi ne pas me proposer un duel ? Pourquoi ?

» Finalement, ils sortent du restaurant au moment où le serveur apporte le plat.

» C'est alors qu'une très jolie femme entre dans le restaurant. Je réfléchis un instant... la regarde... elle semble seule et facile d'accès... Je me lève... Pardon ? Ah non, en fait, non ! Ça n'a rien à voir avec Éric...

» Donc, après mon repas, une danse torride, un baiser et une gifle (je ne vous raconte pas tout, vu votre impatience), je ne songeais plus une seconde à votre Éric et sa blonde. Je me promenais calmement sur les trottoirs bruyants et encombrés du boulevard Sainte-Marguerite lorsque, tout à coup, je vois la jeune femme, le nez collé à la vitrine d'un magasin de vêtements, bavant comme toutes les femmes devant des parures hors de prix dont elle n'avait pas besoin. Comment je le sais ? Vous avez vraiment de drôles de questions : je n'en sais rien, je devine ! Évitez de m'interrompre dorénavant, je vous prie, c'est assez impoli et ça me déconcentre. Après, je perds le fil de mon récit...

» Je reprends : elle appelle son ami, il ne répond pas. Elle se tourne vers lui et le voit tout crispé : il regarde dans ma direction. Elle semble réellement inquiète, et je la comprends. Son, enfin *votre* Éric, ne faisait clairement pas le poids face à moi. Il se tient là à me dévisager, les poings serrés. Je les salue tous deux de mon sourire éclatant-totale-blancheur et lance un regard peut-être trop appuyé à la cavalière de cet homme fou. Il s'emporte et m'arrête :

– *Vous nous suivez ou quoi ? Qu'est-ce que vous avez à mater ma copine comme ça ?*

» Je tente de lui expliquer que je pensais juste que c'était un drôle de hasard de se croiser deux fois le même jour dans une si grande ville. Je l'invite à se calmer, sans pouvoir m'empêcher de le prévenir qu'il finira par avoir une attaque cardiaque : le pauvre, il était tout rouge !

» Alors ses mâchoires se contractent et il m'attrape par le col de ma veste :

– *Arrêtez de vous foutre de moi, vous allez cesser de nous suivre !*

» Cette fois je ne pouvais laisser passer l'affront, une veste de ce prix ne pouvait être traitée de la sorte ! Je lève les yeux vers lui et le frappe au visage. Il est surpris par la soudaineté et la puissance du coup, tombe à terre – non, il ne m'a pas donné de coup de poing, ce cocard n'a rien à voir, je me suis cogné dans une porte cet après-midi. Donc, disais-je, il tombe à terre tandis que moi, indemne, immaculé et sans la moindre égratignure, je pars sans me presser vers d'autres aventures. La jeune femme sort de sa torpeur pour aider sa pauvre loque de mec à se relever (c'est la honte quand même...). Elle s'approche de lui pour essuyer le filet de sang et de bave agglutinés qui coule sur son menton. Mais elle est prise d'un mouvement de recul devant son regard haineux :

– *C'est à cause de toi tout ça, je ne te le pardonnerai jamais !* glapit-il.

» La blonde lui prend le bras, il la repousse violemment en lui criant :

– *Dégage ! Je veux plus jamais te voir !*

» Après, je n'ai plus rien entendu parce qu'une sublime créature est passée dans mon champ de vision et m'a en... Vous vous en foutez ? Ce n'est pas gentil de dire ça ! Maintenant que vous n'avez plus besoin de moi, vous êtes désagréable ! Que les gens sont ingrats tout de même...

» Enfin, voilà, j'espère avoir relaté au mieux cette triste aventure dans laquelle votre ami fait figure de tyran, de lâche et d'imbécile ! Vous auriez bien tort de le regretter. Puis-je vous inviter à dîner ? »

Vous déclinez son invitation et le remerciez pour son récit très théâtral. Vous sortez du restaurant et vous retrouvez seule dans la rue. Vous souffrez. La force virile qui conduit ses gestes et sa voix vous a éclaboussée comme un soleil dans le désert. Cet homme est trop vivant, c'est insupportable. Vous avez besoin de marcher un peu. Vous ne savez qu'en penser... N'a-t-il pas inventé tout cela ? C'est un comédien qui aime se donner en spectacle : avec vous, il a trouvé un public.

✱ Si vous vous sentez triste et choisissez de vous remonter avec un ou deux verres et peut-être un bon film, rendez-vous au **chapitre 30** (p. 96).

Si vous préférez la foule et le bruit, vous pouvez encore rejoindre votre amie Solenne au pub, **chapitre 35** (p. 108)...

CHAPITRE 29

Vendredi 1er mars – 23 h 30

La violence ne résout rien, vous persuadez-vous dans un effort héroïque. Mais le laideron reprend : « Tu vois, des gens comme toi, il y en a un paquet. Vous ne voyez rien venir, vous êtes incapables d'analyser les signes précurseurs... »

Là, vraiment, c'est trop !

❋ Défoulez-vous au **chapitre 31** (p. 98).

Sinon, rejoignez le monde des gens civilisés au **chapitre 32** (p. 99).

CHAPITRE 30

Samedi 2 mars – 0 heure

Vous voulez chasser la douleur. Ne plus penser à Éric, ne plus imaginer sa trahison. Il vous faut un lieu neutre sans rien pour vous rappeler son corps, son odeur, ses gestes...

Vous pensez à l'appartement de votre voisine. Elle habite au cinquième étage. Nadège est la première personne que vous avez rencontrée quand vous avez emménagé dans cet immeuble. Vous vous acharniez sur votre boîte à lettres, elle s'est approchée et vous êtes convenues de boire un verre chez elle le lendemain pour mieux faire connaissance. Elle est le genre de fille à laquelle vous aimeriez ressembler : belle, aventureuse, dominatrice ! Danseuse professionnelle, elle est partie pour plusieurs jours en tournée en vous laissant les clefs de chez elle.

Vous entrez. Il faut absolument que vous chassiez les images qui apparaissent sur votre écran intérieur. Il y a une quantité incroyable de DVD sur les étagères... Quoi, et des pornos cachés derrière ? Vous n'auriez jamais cru ça d'elle ! Vous remettez tout en place et choisissez une comédie romantique. Vous vous installez confortablement.

Votre esprit ne parvient pas à s'accrocher aux images. Vous avez tellement mal... Il faut que cette douleur s'apaise. Vous allez jusqu'à la cuisine et sortez une bouteille de whisky. Vous remplissez un verre que vous buvez très vite. Vous sentez le liquide passer dans vos veines, irriguer votre corps en longeant vos os.

Deuxième verre... Le film est terminé depuis un certain temps déjà mais vous restez là à regarder l'écran vide. Quand vous vous levez, les murs tanguent. Vous lancez un autre film.

Soudain, la sonnette de la porte d'entrée retentit.

* Si vous allez ouvrir, rendez-vous au **chapitre 33** (p. 103).

Si vous préférez ne pas ouvrir et attendre, vous vous approchez de la porte. De l'autre côté, vous entendez le bruit métallique d'une poignée qu'on tourne. Vous cherchez l'œilleton. Un visage distordu apparaît à quelques centimètres du vôtre. Vous retenez votre souffle. L'homme finit par faire demi-tour. Rendez-vous au **chapitre 38** (p. 114).

CHAPITRE 31

Vendredi 1er mars – 23 h 45

Vous attrapez cette espèce de conne par les cheveux et l'envoyez valser contre le mur en crépi. Son nez éclate dans un horrible craquement d'os, un long filet de sang chaud coule sur sa lèvre. Elle se retourne vers vous. Ses yeux disparaissent sous la marée noire de son maquillage. Vous la frappez avec votre poing droit sur la mâchoire, vous sentez ses dents se casser et vous continuez, vous frappez plus fort. Elle se broie sous vos poings. Elle fait un demi-tour sur elle-même et s'écrase violemment sur la table en renversant verres et assiettes. Vous l'attrapez alors par les jambes et la tirez vers le milieu du salon, elle essaie de s'agripper au parquet mais ses ongles se retournent, elle hurle de douleur. Vous la mettez sur le dos et lui explosez une chaise sur le ventre. Elle vomit du sang maintenant. Vous prenez le pied de la chaise comme une batte de baseball. Elle relève la tête : vous lui explosez le peu de dents qui lui restent avec le pied de la chaise. Sa tête vient heurter le sol sous la force du choc. Vous vous penchez vers elle et lui arrachez de vos dents sa langue de pute, que vous recrachez dans un coin de la pièce. La saveur cuivrée de son sang reste dans votre bouche. Vous retournez le pied de la chaise et lui enfoncez le côté pointu dans le cœur telle une tueuse de vampire. Le sang gicle sur les murs et éclabousse Vincent et Camille pétrifiés. Vous vous relevez, le sourire aux lèvres, avec cette envie de hurler le bien que cela vous a fait. Vous ouvrez la fenêtre, prenez une grande inspiration et...

– Ça va, Emma ? T'as mal quelque part ? T'es toute crispée.

Vous sortez brutalement de votre rêverie, mâchoires et poings serrés. Vous regardez autour de vous : le laideron vous sourit !

* Rendez-vous au **chapitre 32** (p. 99).

CHAPITRE 32

Samedi 2 mars – 0 h 00

VINCENT (*sentant la tension dans l'air et voyant vos joues virer à l'écarlate, il cherche à dédramatiser*) : Enfin pour l'instant, tu ne sais pas vraiment ce qui s'est passé. Attends de parler avec lui avant de paniquer. Ce n'était peut-être qu'une aventure sans lendemain, une perte soudaine de contrôle.

VOUS : Ça fait un an, tu te rends compte ? Un an !

VINCENT : C'est ce qu'elle te dit... Imagine, il l'a larguée comme une merde en lui disant qu'il avait déjà une copine. Peut-être qu'elle a voulu se venger de lui en cassant votre couple.

VOUS : Mais si c'était sans importance, alors pourquoi ne m'en a-t-il pas parlé ?

VINCENT : Honnêtement, s'il était venu te voir en te disant qu'il avait couché avec une pouf dans un moment d'égarement, tu aurais réagi comment ?

VOUS : Je lui aurais fracassé le crâne !

VINCENT : Tu vois, ça n'aurait pas été, hum... constructif.

Vous commenciez à entrevoir une embellie, toute prête à croire à la thèse de la folie passagère, mais le laideron interrompt Vincent et vous replonge brutalement dans les affres du doute et de la remise en question.

LAIDERON : Tu as tort de croire que les histoires d'amour durent. Moi, j'ai compris : dès que je commence à m'attacher à un type, j'en prends un autre.

VOUS : Tu ne sais pas ce que c'est, l'amour.

LAIDERON : Si ! Mais l'amour, ça dure pas ! Après quelques semaines, quelques mois, c'est plus de l'amour, mais de l'habitude. Franchement, la perspective de rentrer éplucher les pommes de terre pour préparer le repas de M. Ventripotent après une journée crevante au boulot, tout ça pour qu'il se vautre devant la télé à peine le dîner terminé, qu'il daigne m'honorer une fois par mois et finisse par sauter son assistante, non merci... Tu vois où ça mène ! *(Petit rire intellectuel.)*

VOUS *(grommelant, dents serrées)* : Ouais, et quand tu seras trop vieille et trop moche pour avoir des aventures passionnelles, avec ton cimetière de peaux mortes sur le visage et un goitre sous le menton, tu pourras toujours manger ton bouillon de poule en charentaises devant « Le Millionnaire » pour combler le vide affectif abyssal de ta vie !

LAIDERON : Mais arrête ! Tu peux pas compter sur un homme pour remplir ta vie. Ils sont tous égoïstes et sexuellement incontinents, moi je refuse de faire dépendre mon bonheur d'un mec !

VOUS : OK, tu le fais dépendre de quoi, alors ? Du boulot ? De l'achat d'un super vibromasseur trois vitesses ?

Elle ne relève pas et poursuit son réquisitoire de féministe hystérique.

LAIDERON : Ton mec est loin d'être un salaud, c'est juste un mec. Évidemment, c'est dur pour toi mais il obéit simplement à sa nature. Est-ce que vous connaissez Hélène Millet, la célèbre anthropologue ? Eh bien, elle explique que les hommes préhistoriques...

CAMILLE *(ironique)* : Ouais, ouais... Moi aussi, j'ai lu *Kika* !

Vincent ne peut réprimer un gloussement.

LAIDERON : Maintenant, la question qu'il faut te poser, c'est : pourquoi ? Au lit, ça se passait comment ces derniers temps ?

CAMILLE : Dans *Kika* d'ailleurs, ils ont fait un article sur les différentes façons d'entretenir le désir dans le couple...

VOUS : Tu crois que c'est ma faute s'il m'a trompée ? Camille, tu nous as vus vivre. N'aie pas peur de me blesser. Dis-moi.

CAMILLE *(gênée)* : Je ne sais pas... Tu sais, c'est peut-être juste une envie de voir autre chose avant de s'engager vraiment dans une vie de famille ?

VOUS : Je n'ai peut-être pas été à la hauteur, je me suis laissée aller...

VINCENT : Ou alors, c'est le besoin de se rassurer sur son pouvoir de séduction. Au lieu de lui prendre la tête quand il reviendra, tu devrais peut-être essayer de le reconquérir.

VOUS *(outrée)* : Il me trompe, et en plus je devrais le flatter ?

CAMILLE *(elle s'emporte)* : Tu veux quoi ? Le quitter, ou rester avec lui ?

VOUS *(penaude)* : Rester avec lui.

VINCENT *(se sentant très concerné par la détresse de sa voisine et ne cherchant absolument pas à glisser un message subliminal dans l'esprit de Camille)* : Alors, il faut que tu passes l'éponge, sinon cette histoire va te ronger et tu deviendras tellement insupportable que vous n'aurez plus aucune chance de vous retrouver. Tu vas jouer la grande tragédie de la femme trahie. Et après ? Écoute, je suis sûr qu'il t'aime, laisse-lui une chance... Si tu le culpabilises au point qu'il ne puisse plus se regarder dans la glace, il fuira parce que toi non plus, il ne pourra plus te regarder en face. Soit il pensera qu'il n'est vraiment pas digne de toi, soit il ne verra plus en toi qu'une victime souffrant par sa faute et qui serait bien plus heureuse sans lui ; alors que si tu te montres gaie, légère et aimante comme au premier jour, il reviendra vers toi naturellement et te sera encore plus attaché...

Vous avez un peu décroché au milieu de la tirade, mais vous avez globalement compris où il voulait en venir.

LAIDERON *(foudroyant Vincent du regard puis recentrant le débat sur son idée fixe)* : Tu sais, peut-être qu'il t'aime vraiment et qu'avec elle, c'était juste sexuel ?

VOUS : La nouveauté, c'est ça ?

LAIDERON : Oui, il avait peut-être envie de... certaines choses ? D'assouvir certains fantasmes qu'il ne pouvait pas te faire partager ?

VOUS : Mmmm, peut-être...

VINCENT *(soudain frappé par une réminiscence)* : Vous savez, ça me rappelle un film que j'ai vu il y a très longtemps. Une femme allait trouver la maîtresse de son mari et lui disait quelque chose du genre : « Pour vous ce n'est qu'une aventure agréable, une passade, mais moi je l'aime, il est toute ma vie... » La maîtresse émue a envoyé la femme à sa place au rendez-vous nocturne. La femme s'était étendue en peignoir de soie sur le lit de la chambre d'hôtel, elle avait retiré les ampoules de toutes les lampes et avait apporté une écharpe de velours. Lorsque le mari est arrivé, elle lui a pris les mains, les a attachées aux barreaux du lit et lui a mis un bâillon sur la bouche. Le mari et la femme ont fait l'amour comme jamais. Et le mari n'a plus trompé sa femme ! C'est aussi une pièce de Beaumarchais, *Le Mariage de Figaro* je crois...

Après cette soirée trop riche de conseils en tout genre, vous rentrez chez vous. Vous auriez préféré rester chez eux mais c'est apparemment la nuit des âmes en peine et une autre fille en pleurs, la copine du voisin du troisième pour être exacte, occupe déjà la chambre d'amis. Vous vous mettez en quête du fameux *Mariage de Figaro* et finissez par vous endormir à la scène 7 de l'acte V, lorsque au cours d'un rendez-vous nocturne la comtesse se déguise en Suzanne que le comte courtise en secret.

LE COMTE. En vérité, Suzon, [...] [nos femmes] n'étudient pas assez l'art de soutenir notre goût, de se renouveler à l'amour, de ranimer, pour ainsi dire, le charme de leur possession par celui de la variété.
LA COMTESSE, *piquée.* Donc, elles doivent tout ?...
LE COMTE, *riant.* Et l'homme rien ? Changerons-nous la marche de la nature ? Notre tâche à nous fut de les obtenir ; la leur...
LA COMTESSE. La leur... ?
LE COMTE. Est de nous retenir : on l'oublie trop.

Ce ne sera plus vous qui l'oublierez, en tout cas ! À 2 heures du matin, vous vous réveillez en sursaut, vous avez fait un cauchemar : vous avez du mal à vous calmer et à dissiper l'angoisse qui vous étreint.

Vous devez dormir, vous avez rendez-vous avez Aurélie demain et avez hâte que ce mauvais moment soit passé.

✻ Si vous prenez un cachet et tâchez de vous rendormir en oubliant les heures jusqu'à demain, rendez-vous au **chapitre 69** (p. 211).

Mais peut-être savez-vous déjà ce qu'il va se passer lorsque vous aurez parlé à cette fille, peut-être en avez-vous la terrible intuition... Vous préférez la chasser de votre esprit. Vous décidez de vous habiller et d'aller chez votre voisine du cinquième, Nadège. Elle est partie pour plusieurs jours et vous a confié ses clefs. Vous pourrez boire un verre et profiter de son équipement vidéo ultra sophistiqué au **chapitre 38** (p. 114).

CHAPITRE 33

Samedi 2 mars – 2 h 30

Dans l'encadrement de la porte se tient un homme. Il mesure au moins un mètre quatre-vingt-quinze, avec des muscles et une carrure d'haltérophile. Plus que sa carrure, c'est son visage qui vous trouble : un grand nez aquilin qui plonge sur une moustache de cavalier mongol, une épaisse et longue chevelure noire, bouclée, tombant directement sur ses larges épaules, un front coupé en deux par un épais sillon qui ressemble à la marque d'un coup de sabre. Mais le plus impressionnant, c'est le regard. Un regard profondément enfoui sous un front proéminent, avec des yeux d'un bleu pâle, presque blanc. Un regard mort, sans expression, comme celui d'un squale. L'homme vous demande brusquement :

– Nadège est là ?

– Non.

– Il faut que j'la voie tout de suite.

– Elle n'est pas là.

– Elle revient quand ?

– Je ne sais pas, dans quelques jours.

– Non, c'est pas possible. Il me la faut tout de suite !

– Bon, écoutez, elle est absente. Dites-moi votre nom, je lui dirai de vous rappeler.

– Non. Tu vas lui téléphoner maintenant !

L'homme force l'entrée. Vous reculez à l'intérieur du salon. L'alcool que vous avez bu vous monte à la tête et votre esprit se brouille. Que faut-il faire ? hurler ? Vous préférez ruser.

– Très bien, je vais l'appeler.

Vous prenez le téléphone et sortez sur le balcon. Là, vous voyez qu'au troisième étage les fenêtres de Ludovic sont éclairées. Vous composez son numéro. Après deux sonneries, Ludovic décroche.

– Oui ?
– Allô Nadège ? C'est Emma.
– Euh... non, vous êtes chez Ludovic !
– Oui, oui, tout va bien... Justement, je suis chez toi ! Oui, je suis sur le balcon, en train de fumer une clope.
– Emma ? Mais qu'est-ce que tu racontes ?
– Oui, j'adore ton appart... En fait je t'appelle parce qu'il y a un ami à toi qui est là et il veut te voir *tout de suite*. Il dit que c'est très urgent. Il faut que tu reviennes. *Immédiatement.*
– Tu as des problèmes ?
– Oui.
– Tu es chez Nadège ?
– Oui.
– Il y a quelqu'un qui te menace ?
– Oui, oui, c'est ça. Un homme très grand et musclé avec de longs cheveux noirs et des yeux bleus...
– J'arrive.
– D'accord, très bien. OK, Nadège, je lui dis ça tout de suite...
Vous raccrochez et vous retournez vers l'homme.
– Voilà, j'ai fait ce que vous vouliez.
– Bien. Elle vient ?
– Oui.
Il semble se détendre un peu mais sa tension est encore palpable. Il ouvre un placard et sort un verre. Visiblement, ce n'est pas la première fois qu'il vient dans cet appartement. Il s'assied dans le canapé et se sert un whisky tout en vous fixant d'un regard inquisiteur.
– Tu fais quoi, toi, à part picoler ?
– Pardon ?
– C'est quoi, ta spécialité ?
– Quoi ?
– Ben quoi, t'en es pas ? Oh, putain ! Mais elle entrave que dalle, celle-là ! Tu débarques ?
Décidément, vous ne comprenez rien à ce qu'il raconte. L'important est de gagner du temps.
– Vous... Vous connaissez Nadège depuis longtemps ?
– Ouais, elle devait avoir quatorze, quinze ans la première fois.
– Et ses parents, vous les connaissiez ?
– C'est quoi toutes ces questions, t'es flic ou quoi ?
– Non, désolée. C'était pour faire connaissance...

– J'suis pas là pour causer. Tiens, bois un coup ! On va faire connaissance à ma façon...

À cet instant, un bras armé d'une statuette en bronze se dresse derrière le canapé. Avant même que vous ne réalisiez ce qu'il se passe, l'homme est déjà étendu à terre. Très vite, Ludovic lui attache les mains dans le dos. La police arrive presque aussitôt.

Vous expliquez aux policiers que ce type est entré de force et vous a menacée. Vous ne leur dites rien au sujet de Nadège. Mais vous l'appelez immédiatement après leur départ.

Vous lui expliquez ce qui s'est passé et comment Ludovic vous a sortie de cette situation. Elle est gênée et le silence s'installe au bout du fil. Vous tentez de renouer le dialogue :

– Tu sais, si tu as des problèmes, tu peux compter sur moi.

– T'as dit quoi aux flics ?

– Le minimum. J'ai pas dit que le type venait pour toi.

– Merci.

– Il a l'air dangereux. Qu'est-ce que tu vas faire ?

– Il faut que je parte. Je ne veux pas avoir affaire aux flics. Écoute, est-ce que tu veux m'aider ?

– Oui, dis-moi ce que je peux faire.

– Je voudrais que tu vendes tout ce qu'il y a dans l'appart et que tu m'envoies l'argent à une adresse que tu ne devras donner à personne. Tu m'entends ? Personne. Même pas Ludovic.

– D'accord. Tu peux compter sur moi.

– Ouais, je sais... S'il y a des trucs que tu ne vends pas, garde-les pour toi.

– D'accord.

– Et, il faut que je te dise... euh... il y a une malle sous le lit. Tu pourras la vendre à une fille que je connais. Elle est fermée mais cette fille sait ce qu'il y a dedans. Quand elle aura payé, je lui enverrai la clef du cadenas. OK ? Elle s'appelle Marianne : je te donne son numéro, tu notes ?

– Oui.

– 07 03 22 58 06. Je vais l'appeler et lui dire le prix. Après, tu vois avec elle pour un rendez-vous. Mais ne lui dis rien, d'accord ?

– D'accord. Tu as de l'argent en attendant ?

– Oui, ne t'inquiète pas, merci.

– Je te rappelle quand tout est vendu.

– OK. Merci, vraiment.

– Fais attention à toi.

Votre portable ne cesse de sonner.
C'est Éric qui vous appelle.

✱ Si vous avez eu très peur et avez besoin de réconfort, si vous ne pensez pas pouvoir surmonter toutes ces épreuves toute seule, alors décrochez et rendez-vous au **chapitre 40** (p. 120).

Si vous ne décrochez pas : rendez-vous au **chapitre 37** (p. 112).

CHAPITRE 34

Vendredi 1er mars – 22 h 55

Vous ouvrez les yeux, le cœur battant. Vous regardez autour de vous et reconnaissez votre appartement. Vous êtes revenue dans le passé. Les souvenirs s'effacent rapidement de votre esprit, vous essayez d'en rattraper quelques bribes. Vous trouviez un ticket avec un nom inscrit dessus, Aurélie, morte, la nuque brisée, les barreaux de la prison... La suite vous échappe. Vous ne réussissez plus à relier les faits. *Tout s'est effacé de votre mémoire.* Cette vie disparaît dans les abîmes du temps.

Une violente migraine vous terrasse et vous vrille les tempes. Vous tombez à genoux, le souffle haletant et court. Quelques minutes passent. La douleur s'estompe. Vous vous massez les tempes et reprenez vos esprits, encore un peu étourdie. La douleur et la colère vous submergent : Éric vous a trompée, vous venez d'appeler Aurélie et avez appris qu'elle était sa maîtresse depuis un an ! Inutile d'en savoir davantage. Vous avez besoin d'évacuer votre colère. Vous vous habillez et allez rejoindre votre amie Solenne au pub. Vous pourrez vous défouler et vous décharger de toute votre violence.

❋ Rendez-vous au **chapitre 35** (p. 108).

CHAPITRE 35

Vendredi 1er mars – 23 h 59

Le pub est bondé. La voix d'Aurélie ne résonne plus aussi fort dans votre tête. Vous avez réussi à l'étouffer avec le bruit et la bière. Vous vous détendez un peu. Vous avez déjà pas mal bu et tout commence à se diluer dans une savoureuse inconscience. Vous vous souvenez à peine du message que vous avez laissé sur le répondeur d'Éric. Finalement, venir rejoindre Solenne dans cette boîte était une bonne idée : qu'auriez-vous fait sinon ? Vous auriez pleuré, tourné en rond ?

– C'est sympa ici !

– Qu'est-ce que tu dis ?

– Je dis que c'est sympa ici !

– Hein ?

– Laisse tomber.

– Répète, tu disais quoi ? J'entends rien avec la musique...

En désespoir de cause, vous dressez le pouce avec un sourire crispé, et elle acquiesce.

Un homme s'approche de vous... Vous le regardez traverser la foule, lançant des œillades veloutées de maquignon à tous les seins qu'il croise sur sa route. Le Don Juan dans toute sa splendeur, un vrai stéréotype ambulant... Cheveux noirs gominés, chemise blanche entrouverte sur un torse velu... Quelle horreur ! Ayant sans doute remarqué votre regard inquisiteur, il semble vouloir relever le défi de votre mépris. Il vient vers vous et vous tend la main pour vous entraîner sur la piste. Une salsa n'engage à rien, n'est-ce pas ?

– Comme un lama ?

– Pardon ?

– Comme un lama ?

Mais qu'est-ce qu'il raconte ? Vous comparerait-il à ce ruminant au long cou ?

– Moi, Federrrrico... roucoule-t-il.

Révélation : c'était « Como te llamas ? »

– Emma, répondez-vous avec un certain soulagement.

À la fin du morceau, vous allez commander une bière. Solenne retourne danser. Vous la suivez. La bière que vous venez de terminer, la cinquième pour être exact, semble avoir sur vous un effet désinhibant. Le rythme pénètre en vous. Vous vous sentez libre. Vos déhanchements sont de plus en plus lascifs... L'image d'Éric s'évapore... Vous avez décidé de refuser la souffrance et les affres de la jalousie. Federico vous regarde de loin. Après tout, il n'est pas si mal pour une distraction... Tout en continuant à danser, vous gardez les yeux fixés sur lui. Il s'approche... encore un peu... Vous dansez, de plus en plus près l'un de l'autre. Il vous prend par la taille. Vous posez une main sur son épaule, l'autre dans le bas de son dos... Un peu plus près encore. Vos jambes se mêlent et vous ne pouvez alors ignorer plus longtemps la formidable érection que même l'épaisseur de son jean ne réussit pas à dissimuler. Le désir monte au creux de vos reins, monte et descend comme une vague. Une invitation au voyage...

La musique change de rythme, vous ne pouvez décemment plus danser la salsa sur du disco. Vous remontez vers le bar avec Federico. Il vous sourit comme dans une pub pour dentifrice. Il a l'air assez niais mais après tout, vous n'attendez pas de lui qu'il vous explique la physique quantique. Il vous propose d'aller discuter à une table pour mieux faire connaissance. Vous le suivez. Il vous raconte qu'il aime flirter avec la mort. Qu'il fait de la moto et sait piloter un avion. Il vous fait le récit de ses aventures. Vous relate par le menu comment un jour, au cours d'un saut en parachute, il faillit s'écraser contre une falaise, et comment il s'en sortit grâce à sa montre. Vous n'écoutez plus ce coq prétentieux... Quand va-t-il enfin cesser de parler ? Reprenez les choses en main ! Jouez de son excitation et penchez-vous d'un air détaché pour échancrer davantage votre chemise. Ses yeux ne savent plus où se poser, il croise les jambes. La tension érotique est presque palpable. Vous vous accrochez à son regard. Son trouble vous amuse.

Il vous propose de venir boire un verre chez lui, il habite à côté...

❋ Êtes-vous bien sûre de ce que vous voulez ? Si vous n'êtes pas assez ivre ou pas assez en colère pour suivre ce type, vous pouvez toujours vous évader et aller au **chapitre 38** (p. 114), boire quelques verres dans l'appartement désert de Nadège, votre voisine du cinquième. Vous avez les clefs, Nadège est en voyage et vous savez qu'elle a de l'alcool, des films par centaines...

Mais si vous êtes bien décidée à vous décharger de votre colère avec le premier venu, à vous épuiser sur lui et vous vider la tête, suivez Federico au **chapitre 51** (p. 145).

CHAPITRE 36

Samedi 2 mars – 3 h 40

Vous ouvrez les yeux, le cœur battant. Vous entendez le son étouffé d'une sonnerie, loin, très loin, comme à des kilomètres... C'est une sonnerie de téléphone. Vous regardez autour de vous. Vous reconnaissez votre chambre, vous êtes chez vous ! Votre guide a disparu. Vous êtes revenue dans le passé. Les souvenirs s'effacent rapidement de votre esprit, vous essayez d'en rattraper quelques bribes. Vous avez appris qu'Éric vous trompait, vous êtes allée vous réfugier chez votre voisine Nadège, un homme est entré, vous vous rappelez la peur... Vous ne réussissez plus à relier les faits. *Tout s'est effacé de votre mémoire.* Cette vie disparaît dans les abîmes du temps.

Une violente migraine vous terrasse et vous vrille les tempes. Vous tombez à genoux, le souffle haletant et court. Quelques minutes passent. La douleur s'estompe. Vous vous massez les tempes et reprenez vos esprits, encore un peu étourdie.

Votre téléphone sonne.

Vous ne comprenez pas ce que vous faites par terre, vous vous relevez.

Votre téléphone sonne.

Vous l'éteignez !

✱ Rendez-vous au **chapitre 37** (p. 112).

CHAPITRE 37

Samedi 2 mars – 3 h 45

À cette seconde, vous prenez la décision de quitter Éric. Il vous a trompée. Tout est fini. Vous ne voulez pas retomber dans ses pièges, vous savez que vous êtes trop jalouse pour pardonner et que la rancœur aurait de toute façon rongé votre couple. Vous êtes libre aujourd'hui, libre de reconstruire votre vie telle que vous la rêviez souvent, sans personne pour vous juger, vous décourager ou vous empêcher de dormir !

Enfin, vous pourrez vivre à votre rythme, et vous occuper de vous, prendre le temps de réaliser des projets enterrés depuis quatre ans. Comment avez-vous pu vous oublier à ce point durant toutes ces années ? Quel envoûtement funeste a bien pu vous conduire à vous épuiser dans un travail idiot, à manger et dormir pour reconstituer bêtement votre force de travail, à boire des coups, à tenir des conversations vides dans des cafés pleins ? Ce roman que vous vouliez écrire, ces cours de dessin, de salsa, de théâtre que vous n'avez jamais pris... Bien sûr, vous êtes triste d'avoir perdu celui que vous pensiez être l'homme de votre vie. Mais de quelle vie, après tout ? Cette vie ? Cette petite vie de routine avec lui, qui avait fini par vous rendre lasse de vous-même, de cette partie de vous terne et sans surprise ? Depuis longtemps déjà vous sentiez que le sol sur lequel vous preniez appui était lézardé, mais vous posiez des tapis sur les brèches pour ne plus les voir...

Dans une semaine, tout sera vendu et vous enverrez l'argent à Nadège.

Vous ne la reverrez jamais. Vous apprendrez par voie de presse que le type qui est venu chez elle était recherché dans plusieurs affaires de viol.

Vous avez besoin de vous reconstruire. De vous dégager de

l'emprise d'Éric, mais c'est difficile... Plus encore du fait de sa persévérance. Tous les jours, il vient chez vous. Il sonne. Il attend derrière la porte. Vous restez immobile, figée, jusqu'à ce qu'il renonce. Après quelques minutes, vous entendez ses pas dans l'escalier : vos muscles se détendent. Les premiers jours, il restait des heures sur le palier. Vous ne pouviez plus sortir de chez vous !

Aujourd'hui, vous avez décidé de partir quelque temps loin de lui, là où il ne pourra pas vous atteindre. Vous avez prévenu votre employeur de votre absence pour les jours à venir. Deux choix s'offrent à vous.

* Vous pouvez aller chez votre mère vous reposer un peu au **chapitre 126** (p. 411).

Si vous préférez vous changer les idées, vous appelez votre amie Claire. C'est une fille joyeuse et énergique, vous savez qu'elle ne vous laissera pas tomber. Elle vous propose de venir passer quelque temps chez elle. Si vous acceptez, rendez-vous au **chapitre 132** (p. 439). Peut-être réussira-t-elle à vous remonter le moral ?

CHAPITRE 38

Samedi 2 mars – 2 h 30

Troisième verre. Vous ne sentez quasiment plus la douleur. Le bien-être engourdit vos membres. Vous vous asseyez par terre et posez vos coudes sur la table basse pour soutenir votre tête ; vos yeux perdent les images, vos paupières se ferment un peu. Vous goûtez la jouissance du doux sommeil qui vous prend. Vous laissez tomber votre menton sur vos mains.

Combien de temps avez-vous somnolé ainsi ? Vous vous redressez, prise d'une soudaine colère, d'une envie de sauter par la fenêtre, d'avoir Éric près de vous et de lui crever le ventre. Tout se brouille. Vous voyez le plafond avancer, le salon danse avec les lampes qui filent comme des étoiles.

Il y a sûrement une explication. Peut-être est-il toujours à l'hôtel ? Peut-être parlait-elle de quelqu'un d'autre ? Oui, d'un autre Éric... C'est un malentendu, un quiproquo dont vous rirez dans quelques jours ! Oui, vous en êtes certaine, tout cela est absurde... Il vous aime. Et s'il vous trompait, vous l'auriez senti !

Vous composez son numéro de portable. Vous ne respirez plus, votre souffle est suspendu à la tonalité. Son téléphone est allumé – s'il était éteint, vous seriez tombée directement sur le répondeur. Il a donc écouté votre message, il sait que quelque chose ne va pas ! Vous lui avez demandé de vous rappeler de toute urgence... Brutalement, tout s'arrête. Ça sonne occupé. Est-ce lui qui a coupé ? Il sait que c'est vous, votre numéro a dû s'afficher. Pourquoi couper ?

Il n'est pas seul. Vous en êtes certaine à présent.

Vous voulez atteindre la salle de bains, vous vous sentez mal. Vos jambes vous portent à peine, elles semblent être en caoutchouc. Vous devez vous appuyer aux meubles pour avancer mais quelque chose vous tire en arrière et vous tombez plusieurs fois.

Lorsque vous vous remettez sur pied, vacillante, vous réussissez à tituber jusqu'au lavabo, dans lequel vous vomissez avec une telle force que les éclaboussures vont consteller le miroir. Vous nettoierez tout cela demain. Nadège vous a bien dit de faire comme chez vous ! Vos genoux vous trahissent et votre front vient heurter le rebord du lavabo.

Votre reflet dans la glace vous fait frémir : vous avez le regard hébété, les yeux jaunes, la bouche convulsée et une énorme bosse au milieu du front...

Quelques heures plus tard, vous réussissez à atteindre la chambre d'amis. Vous vous endormez.

*
**

11 heures. Vous vous éveillez.

Un moment vous demeurez immobile dans le lit aux draps froissés, avec sur la peau une moiteur désagréable.

Derrière la fenêtre, des cloches : elles sonnent, elles pleurent, quelque part au loin, on entend à peine. Là-bas, au loin, le monde... les gens. Ils marchent, ils se dépêchent, ils parlent... Votre cœur martèle les murs froids, en suffoquant, il les cherche comme de l'air, les gens.

Votre cœur se décroche et se glace... Non ! Non ! Ne pas se souvenir. Respirer, doucement. Au-dessus de vous tombent des bruits, au-dessus quelqu'un de vivant déchire le silence de l'appartement vide. De l'eau coule dans les tuyaux, des pas, une voix... Mais vos pensées tournoient comme une feuille emportée par la tempête : lui caressait-il les cheveux après l'amour ? est-elle plus jolie que vous ? que font-ils à cet instant ?

Simples, compréhensibles et impitoyables, les mots d'Aurélie piétinent votre âme avec des hurlements sauvages. Vous vous repliez sur vous-même, sur le tourbillon de feu de vos pensées. Elles vous semblent étrangères, vous n'avez plus aucun contrôle sur elles. Les souvenirs vous assaillent. Mourir... Vous voulez mourir pour que s'arrête la souffrance.

Une idée s'insinue. L'espace d'un instant vous vous y accrochez : « Vivre pour lutter contre eux, pour me venger ? » Et aussitôt elle se brise : vous regardez en vous-même et n'y trouvez plus ni hargne, ni force, ni volonté. La vie est morte en vous. Vous vous remettez à tomber, tomber... La tête vous tourne. *Comment a-t-il pu ?* Qu'avez-vous été l'un pour l'autre ? Vous essayez de reconstituer votre histoire pour relever les indices de cette dissolution. Vous vous racontez vos premières rencontres, les problèmes d'argent, les luttes qu'il a fallu mener... Mais vous réalisez que vous n'êtes capable que de réciter des noms, des dates, comme un élève débite une leçon bien apprise sur un sujet qu'il ne maîtrise pas. Éric vous a-t-il aimée comme vous l'aimiez ? Au début, sans doute... Avez-vous consacré trop d'énergie à votre travail ? C'est possible... Il s'est peut-être senti délaissé. Vous ne partiez plus en week-end, et le soir vous aviez toujours du travail. Vous deviez vous coucher tôt pour être réactive... Il avait sans doute besoin d'une expérience excitante. S'il ne vous en a pas parlé, c'est que cela ne devait pas compter. Vous êtes dans sa vie *un invariant*, vous en êtes certaine.

Vous êtes fatiguée de vous interroger. Les mots se décomposent dans votre tête : amour, trahison, manque... ce sont des bruits dénués de sens.

Quelle heure peut-il être ? Vous avez rendez-vous avec Aurélie à midi. Vous devez vous lever, lui parler. Mais vous vous sentez mal. Vous décidez de téléphoner à Aurélie pour repousser le rendez-vous et vous allez chercher votre portable resté au salon : cinq messages, d'Éric ! Vous le rappelez. Il est chez vous, il vous a attendue toute la nuit, il veut que vous rentriez.

Vous refusez de le rejoindre chez vous, et lui demandez de quitter votre appartement. Il ne sait pas où vous êtes. Vous ne voulez pas parler de tout ça au téléphone et vous décidez de vous retrouver au parc à 17 heures. Vous joignez Aurélie. Elle vous fixe un nouveau rendez-vous pour 18 heures chez elle. Très bien.

Vous prenez une douche et vous habillez en empruntant quelques affaires à Nadège, qui est à peu près de la même taille que vous. À 15 h 30, vous sortez et vous dirigez vers le parc mais au dernier moment vous changez d'avis : voir cette fille avant qu'Éric ne parvienne à vous embobiner.

À 16 heures, vous êtes devant le 12 rue Feuillantines. Il faut sonner. Vous voyez son nom : Aurélie Lafade. Appuyer sur l'interphone ou faire demi-tour ? Vous hésitez.

* À quoi bon subir cette humiliation ? Vous savez d'avance ce qu'elle va vous dire : « Éric et moi nous nous aimons. » Si vous voulez tirer un trait et prendre un peu de recul, prévenez

votre employeur et partez vivre quelque temps chez votre amie Claire au **chapitre 132** (p. 439).

Si, au contraire, vous tenez à entendre Aurélie et ainsi enterrer à jamais votre amour pour Éric en le couvrant de boue, mettre un terme à l'imposture de votre couple entretenue depuis trop longtemps, alors appuyez sur le bouton au **chapitre 67** (p. 197).

CHAPITRE 39

Samedi 2 mars – 0 h 45

Cette cave vous échauffe l'esprit. Un vrai hammam ! Vous vous accoudez au bar et commandez un verre de vin. Vous préférez vous éloigner de Federico...

À côté de vous, deux hommes discutent, vous écoutez leur conversation :

– Tu vois, dans la Torah, il est écrit que les juifs n'auront le droit de manger parmi les animaux de la mer et des rivières que ceux qui ont des écailles et des nageoires. Qui, à part le Créateur, pouvait savoir qu'il n'existerait jamais de poisson avec des écailles et sans nageoire ou de poisson avec nageoire et sans écailles ? Ça prouve bien que Dieu existe et qu'il sait tout.

– Ouais, d'accord... Alors moi, aujourd'hui, je te dis que dans ma religion tu n'auras le droit de caresser que les chiens qui ont une truffe et une queue. Tu relis ça dans mille ans et tu te dis : c'est forcément le Créateur qui a dit ça puisqu'il savait qu'il n'y aurait jamais de chien avec une truffe et sans queue ou avec une queue et sans truffe !

Silence religieux, réflexion intense...

– Mmmm, il faudra que je demande au rabbin...

Federico vient vers vous. Il est encore plus attirant que tout à l'heure.

Qu'allez-vous faire ? Le dragon n'est-il pas dans les parages ?

* Si vous souhaitez résister au regard de braise, au torse viril, au sexe turgescent dont le souvenir vous hante encore, à cette langue qui roule les *r* avec tant de sensualité, alors, femme fidèle envers et contre tout, avec les honneurs et votre furieuse envie de... danser, retournez sur

la piste, amusez-vous puis rendez-vous au **chapitre 54** (p. 150).

Si vous vous dites que cela fait une éternité que vous n'avez pas éprouvé de plaisir, succombez aux charmes de Federico au **chapitre 45** (p. 128).

CHAPITRE 40

Samedi 2 mars – 3 h 45

– Oh, Emma, enfin, tu réponds !

Oui, effectivement, vous l'avez fait. Vous êtes bien en train d'écraser le combiné contre votre oreille. Vous avez encore du mal à y croire ! Pourquoi avez-vous décroché ? Trop de pression sans doute. Vous avez besoin de soutien et de réconfort. Vous avez commencé à faiblir. Vous vous êtes dit que si vous ne décrochiez pas maintenant, peut-être qu'il ne rappellerait plus jamais. Qu'il finirait par laisser tomber. Vous ne voulez pas vous retrouver seule comme Nadège.

– Oui, Éric...

– Je croyais que plus jamais tu ne me parlerais...

– Oh, Éric !

– Je crois que j'en serais mort. Écoute, je suis tellement désolé, je ne sais pas ce qui m'a pris, pourquoi j'ai...

– Tu m'as fait beaucoup de mal, Éric...

– Je sais, moi aussi je suis en miettes. Je t'en prie, il faut tout oublier ! Je ne m'étais pas rendu compte, je ne peux pas vivre sans toi, je veux dire... Enfin, je voudrais...

– Dis-le, alors...

– Je t'aime tellement fort. Je voudrais qu'on vive ensemble pour toujours. On pourrait acheter une petite maison pour tous les deux et repartir de zéro, non ?

– Et l'autre ? On l'emmène avec nous ? Tu lui as prévu une chambre ?

– Arrête, je t'en prie. Tu sais bien qu'elle ne compte pas, qu'elle n'a jamais compté. C'est toi que j'aime. Il n'y a jamais eu que toi. Je suis chez toi. Viens vite me rejoindre !

Enfin, cet arrogant reconnaît qu'il a besoin de vous !

De l'appartement de Nadège, vous voyez les fenêtres de votre salon. Mais l'angle ne vous permet pas de voir ce qu'il se passe à l'intérieur. Vous demandez à Éric de se pencher à la fenêtre. Il le fait. Vous lui dites où vous êtes. Il monte vous rejoindre. Après des heures de discussion, vous parvenez tout de même à grossir son forfait à la hauteur d'un crime, le crime de haute trahison ! Mais vous lui donnez une autre chance, parce que vous l'aimez. En vérité, tous les deux, vous êtes effrayés de voir vos vies basculer dans l'inconnu, vous avez besoin de cette sécurité que le temps procure. Et vous êtes finalement heureux de retrouver la paix.

Pour l'heure, vous êtes allongée dans le canapé devant la télévision, zappant de chaîne en chaîne. Tout à coup, tout se dérègle. L'image se perd puis réapparaît. Mais c'est la même sur toutes les chaînes : vous avez beau appuyer sur les boutons de la télécommande, toujours le même présentateur, toujours le même décor psychédélique ! Vous vous levez pour bouger l'antenne. À ce moment, vous reconnaissez le visage du présentateur. Un visage familier, étrangement rassurant. Sa silhouette souple et gracile glisse vers vous sans même toucher le sol. Il vous parle et sa voix douce et lointaine pénètre votre esprit comme une révélation intérieure. Il vous parle et ses lèvres ne bougent pas.

– Ne fuis pas la vérité, Emma. Regarde ce qu'est devenue ta vie : est-ce vraiment comme ça que tu l'imaginais ? Comment as-tu pu accepter d'être ainsi trompée, humiliée ?

– On s'est retrouvés, c'est l'essentiel !

– Mais non ! Tu as retrouvé tes pantoufles, c'est tout ! Tu as été lâche : tu découvres que ton copain te trompe et tu fais comme si rien ne s'était passé ! Mieux vaut ne pas pardonner que le faire pour de mauvaises raisons, non ? En fait, tu as eu peur de la vie sans lui. Tu as cédé à cette peur. Il faut recommencer, remonter le temps, corriger tes erreurs. Revenir à l'instant de ta capitulation. Affronte ta peur de l'abandon et de la solitude, quitte Éric et ne réponds pas à ses appels !

Le sol se dérobe sous vos pieds, un vertige vous fait vaciller. Vous tombez dans un puits sans fond. Vous êtes comme aspirée en arrière, votre cœur se serre, la chute est infinie... Vous perdez connaissance.

* Rendez-vous au **chapitre 36** (p. 111).

CHAPITRE 41

Samedi 2 mars – 1 heure

Vous ouvrez les yeux, le cœur battant. Vous regardez autour de vous. Vous êtes devant La Chope et le jeune homme à la voix lointaine a disparu. Vous êtes revenue dans le passé. Les souvenirs s'effacent rapidement de votre esprit, vous essayez d'en rattraper quelques bribes : vous avez bu quelques verres, un type a vomi au milieu du bar, Virginie était soûle... La suite vous échappe. Vous ne réussissez plus à relier les faits. *Tout s'est effacé de votre mémoire.*

Une violente migraine vous terrasse et vous vrille les tempes. Vous tombez à genoux, le souffle haletant et court. Quelques minutes passent. La douleur s'estompe. Vous vous massez les tempes et reprenez vos esprits, encore un peu étourdie.

Vous ne comprenez pas ce que vous faites par terre. Votre tête vous fait mal. Vous ne pensiez pas avoir bu tant que ça !

Les gens rentrent chez eux. Le bar va bientôt fermer. Vous respirez avec bonheur l'air frais de la rue, encore pleine de vie à cette heure avancée de la nuit. Vous cherchez Virginie du regard, mais elle a déjà dû tourner à l'angle. C'est étrange, vous avez un drôle de pressentiment. Vous sentez que vous devez retrouver Virginie.

✱ Rendez-vous au **chapitre 42** (p. 123).

CHAPITRE 42

Samedi 2 mars – 1 h 05

Pour se rendre à son hôtel, elle a sûrement pris la rue du Square. Elle n'a pas beaucoup d'avance sur vous : vous l'apercevez presque tout de suite au loin. Sa démarche n'est pas très assurée mais l'hôtel est juste en bas de la rue. Vous vous arrêtez et guettez de loin. Lorsqu'elle aura franchi la porte, lorsqu'elle sera en sécurité dans les murs de son hôtel, vous rentrerez chez vous. Elle arrive au square.

À ce moment-là, un homme surgit. *C'est l'homme du bar*. Il a certainement traversé le parc et sauté par-dessus les clôtures. Virginie se met à rire et lui prend le bras. Vous les suivez de loin. Vous ne devez surtout pas les perdre ! Quelque chose vous dit que cet homme n'est pas ce qu'il paraît... Virginie tient à peine sur ses jambes. Elle s'appuie sur l'homme pour avancer. Ils ne prennent pas la direction de l'hôtel. Ils marchent... longtemps. Vous les suivez toujours, vous aimeriez appeler la police... mais pour leur dire quoi ? Qu'un homme et une femme consentante marchent dans les rues bras dessus bras dessous ? Vous êtes inquiète. Ils sortent de la ville et se dirigent maintenant vers les jardins ouvriers. Ils prennent des chemins détournés et pénètrent dans une cabane perdue au fond d'une parcelle abandonnée, entourée d'herbes folles.

Vous ne doutez plus un instant de ce qui va se passer dans cette cabane. Vous pénétrez dans le jardin. Une bougie vacille à présent dans la petite pièce et vous pouvez voir à l'intérieur. Virginie s'allonge sur un divan et l'homme essaie d'allumer un vieux poêle à pétrole. Au bout de quelques minutes, la chaleur semble embraser Virginie qui commence à se déshabiller langoureusement. L'homme s'approche. Il se met à la caresser. Elle rit tout en ouvrant les boutons de son chemisier.

Que faire ? Elle a l'air d'apprécier la situation, et puis elle est majeure et vaccinée...

Soudain, vous entendez un bruit de branche brisée derrière vous. Vous vous retournez mais, dans l'obscurité, vous ne pouvez rien distinguer. Vous bougez légèrement de votre position, cette fois vous voyez nettement une ombre s'éloigner vers la petite barrière du jardin. Vous vous redressez, l'ombre se met à courir et disparaît en une fraction de seconde. Vous commencez à regretter sérieusement de ne pas avoir d'arme, un outil quelconque. Vous avez vraiment peur.

✱ Si vous décidez de rentrer chez vous – vous n'aimeriez pas être surprise à espionner votre voisine... –, rendez-vous au **chapitre 65** (p. 189).

Si vous préférez vous assurer que Virginie ne risque rien, restez là et tâchez de vous dissimuler derrière un buisson, au **chapitre 48** (p. 135).

CHAPITRE 43

Samedi 2 mars – 0 h 45

Après avoir commandé un verre de vin au bar, vous redescendez sur la piste, votre verre à la main. Vous essayez de ne pas le renverser... Voilà, oups, c'est plein à ras bord... Il vaudrait mieux que vous en preniez une petite gorgée avant d'essayer de marcher avec. Votre main, attention ! Vous avez la main qui tremble ! Évidemment, il fallait que ça arrive, on vous bouscule et voilà le vin qui dégouline le long de votre verre, vos doigts sont tout collants maintenant...

Mais c'est Federico, en bas des escaliers ! Une rousse roucoule à son bras ! Calmez-vous, sinon votre vin va encore déborder.

Elle a vraiment tort de porter un jean aussi moulant, cela ne doit pas être très confortable, et puis il faudrait que quelqu'un lui dise que ça fait transpirer. Et son string qui dépasse, là, c'est vulgaire, non ? Il paraît que les strings favorisent les infections urinaires. Si Federico savait cela...

Comment ça ? Non, vous n'empêchez personne de passer, ils ont largement la place ! Peu importe ! De toute façon, vous ne comptiez pas rester toute la soirée au milieu de l'escalier. Il est temps de descendre affronter bravement votre rivale ! Elle se déplace légèrement sur la droite, ce qui vous permet alors de voir son profil. Sans doute frappée par l'ampleur de la phénoménale poitrine de cette fille, vous ratez une marche, votre cheville se vrille. Vous dévalez l'escalier et vous tapez violemment la tête contre la rambarde...Vous vous sentez ridicule, les jambes en l'air sur la dernière marche, la tête dans les mégots de cigarettes et gluante de vin, sous le regard hilare des danseurs. Federico, manque de chance, tourne justement la tête vers vous à cet instant. La rousse rit tellement qu'elle doit s'accrocher à son bras pour ne pas tomber à la renverse. Vil prétexte bien sûr pour lui tâter les biceps, la garce !

On se calme, on se calme...

Face à ce genre de situation stressante, quelques exercices respiratoires vont vous aider à vous détendre, sinon vous savez que vous risquez de devenir insultante, voire violente, et cette soirée se terminera en pugilat. Vous ouvrez la main droite et repliez le pouce, l'annulaire et l'auriculaire. Vous placez l'index et le majeur sur votre front, bouchez votre narine droite avec le pouce et vous inspirez par l'autre. À la fin de l'inspiration, vous bouchez la narine gauche avec l'annulaire et l'auriculaire, vous soulevez le pouce pour expirer par la droite puis inspirez à nouveau...

Si cela ne suffit pas, vous avez toujours la posture du lion. Oui, pour vaincre la nervosité, c'est de circonstance : assise sur vos talons écartés de la largeur du bassin, posez vos mains à plat entre vos genoux, les doigts dirigés vers vos pieds. Inspirez profondément puis, en écarquillant les yeux, ouvrez grand la bouche, tirez la langue à fond et expirez en émettant le son *Aaaa* pendant toute la durée de l'expiration. Non, vous n'avez absolument pas l'air ridicule !

Vous êtes un peu étourdie. À ce moment-là, Federico rejette la rousse avec mépris – il n'aime pas les gens méchants – et se précipite vers vous, vous aide à vous relever et vous porte jusqu'au bar... Quel homme ! Après vous avoir déposée délicatement sur un siège comme la petite chose fragile que vous n'êtes pas, il vous apporte gentiment un verre d'eau. Vous rejouez les dames aux camélias sur le point de défaillir dans les bras du premier homme viril capable de vous soutenir...

Qu'allez-vous faire maintenant ?

* Si vous souhaitez résister au regard de braise, au torse viril, à cette langue qui roule les *r* avec tant de sensualité, alors, femme fidèle envers et contre tout, avec les honneurs et votre furieuse envie de... danser, retournez sur la piste, amusez-vous puis rendez-vous au **chapitre 54** (p. 150).

Si vous souhaitez succomber aux charmes de Federico, restez donc avec lui au **chapitre 45** (p. 128).

CHAPITRE 44

Samedi 2 mars – 1 h 05

Vous respirez à pleins poumons l'air frais de la rue. Vous marchez en regardant vos pieds, songeant avec satisfaction que ces chaussures hors de prix vous vont très bien... Au croisement de la rue Saint-Paul et de la rue Émile-Zola, vous levez le nez. Vous pouvez prendre indifféremment l'une des deux rues pour rentrer chez vous. Vous vous rappelez cette énigme qu'Éric vous avait posée le jour de votre rencontre et qui vous avait occupé l'esprit durant des jours entiers :

« Après un long périple, vous vous retrouvez à la croisée de deux chemins, chacun étant gardé par un sphinx.

» Vous entendez alors une voix qui vous dit : "L'une de ces routes vous mènera dans un lieu paradisiaque, l'autre vous conduira à la mort. Pour savoir quel est le bon chemin, vous avez le droit de poser une question, et une seule, à l'un des deux sphinx. Sachez seulement que l'un des sphinx dit la vérité et que l'autre ment."

» Quelle question devez-vous poser ? »

Si vous choisissez la rue Saint-Paul, tournez au **chapitre 47** (p. 132).

Si vous choisissez la rue Émile-Zola, tournez au **chapitre 49** (p. 138).

Solution de l'énigme au **chapitre 50** (p. 144).

CHAPITRE 45

Samedi 2 mars – 1 heure

Il est près de vous. Il vous propose d'aller discuter à une table pour mieux faire connaissance. Vous le suivez. Il vous raconte qu'il aime flirter avec la mort. Qu'il fait de la moto et sait piloter un avion. Il vous fait le récit de ses aventures. Vous relate par le menu comment un jour, au cours d'un saut en parachute, il faillit s'écraser contre une falaise, et comment il s'en sortit grâce à sa montre. Vous n'écoutez plus... Quand va-t-il enfin cesser de parler ? Reprenez les choses en main ! Jouez de son excitation et penchez vous d'un air détaché pour échancrer davantage votre chemise. Ses yeux ne savent plus où se poser, il croise les jambes. La tension érotique est presque palpable. Vous vous accrochez à son regard. Son trouble vous amuse. Vous vous sentez soudain belle, désirable. Vous lui en êtes tellement reconnaissante. Vous voudriez le touchez, le dévorer, sentir l'odeur du mâle... Depuis combien de temps n'aviez-vous pas ressenti cela ? L'animal sexuel qui est en vous se réveille après tous ces mois d'hibernation. Vos phéromones se déchaînent !

Il vous propose de venir boire un verre chez lui, il habite à côté...

* Si vous acceptez de le suivre, rendez-vous au **chapitre 52** (p. 147).

Si vous préférez museler la « bête » et continuer à flirter innocemment avec lui, retournez danser, amusez-vous puis rendez-vous au **chapitre 54** (p. 150).

CHAPITRE 46

Samedi 2 mars – 1 h 10

Les vertus euphorisantes de l'alcool sont bien connues, et Virginie affiche en effet un sourire béat, ricane d'un rien et trouve la vie merveilleuse... Bienheureux les ivrognes, malheureux qui les porte ! Elle se sent légère. Sur ce point vous pouvez apporter un démenti formel : elle n'est pas légère, mais alors pas du tout, bien au contraire ! Avachie sur vos épaules, traînant les pieds et incapable de se redresser, vous affirmeriez plutôt qu'elle est devenue très lourde (dans tous les sens du terme). Vous êtes en train de vous demander ce que vous faites là avec cette fille sur le dos. Elle n'est même pas votre amie, seulement l'ex-copine de votre voisin du dessus... Quelle galère ! Si seulement elle pouvait fermer la bouche et cesser de vous regarder comme ça... Elle commence à vous faire peur, ça y est, elle vous dit qu'elle vous aime et qu'elle veut vous embrasser ! Mais elle est folle ! Vous tâchez tant bien que mal de repousser les assauts de cette pocharde à la tendresse gluante et à l'haleine fétide. Tout va bien, vous avez détourné l'attention de l'ennemie. Vous en profitez pour lui tendre un bonbon mentholé qu'elle avale sans discuter.

Il faut savoir que l'ingestion d'alcool en grande quantité procure aussi des effets beaucoup moins envoûtants que l'illusion d'un bonheur sans faille et l'amour de l'humanité : il y a l'incontournable « envie de pisser », irrépressible et forcément importune. Allez trouver un endroit pour satisfaire le pressant besoin de mademoiselle, en pleine ville à 1 h 30 du matin ! Vous passez à côté du square. Dommage qu'à cette heure il soit fermé. Après tout, elle pourrait peut-être escalader la grille, ce n'est pas très haut, à peine un mètre... Alors que vous êtes en train d'essayer de lui passer une jambe par-dessus la clôture, vous apercevez une silhouette dans le parc : un homme court et disparaît derrière un arbre. Un homme grand et massif, dont les cheveux ressemblent à une crinière... Sans doute un vagabond... Finalement, le square n'est peut-être pas une si bonne idée.

Au coin de la rue des Soupirs, vous essayez de faire s'accroupir Virginie entre deux voitures en stationnement. Quelle déchéance ! Bien sûr, vous n'avez pas la force de la retenir, elle tombe dans le caniveau et se retrouve baignant dans son urine. Toute cette eau qui coule lui tourne la tête : elle reste assise dans le caniveau et se croit au bord d'un clair ruisseau de montagne, elle veut retirer ses chaussures et se baigner. Elle roule la tête avec des yeux vagues et inquiétants ouverts sur le vide. Vous la secouez un peu pour qu'elle se relève, et voilà ! Depuis le temps que ça vous pendait au nez... Le reflux gastro-œsophagien – plus prosaïquement appelé vomi – fait irruption au beau milieu du ruisseau de montagne.

– Ce n'est pas possible de se soûler la gueule comme ça ! explosez-vous.

– Je peux pas être soûle, j'ai pas avalé la fumée...

– Oui, oui, c'est ça !

– Oh, regarde, mon amoureux !

Son doigt désigne un réverbère au coin de la rue. De mieux en mieux...

Vous finissez par la hisser jusqu'à sa chambre d'hôtel et la coucher en travers du lit. Vous la laissez là, tout habillée, considérant que vous en avez assez fait comme ça ! Vous allez enfin pouvoir rentrer chez vous.

Le lendemain, on sonne à votre porte. Vous regardez dans l'œilleton et distinguez une casquette de facteur. Vous ouvrez.

Le facteur relève la tête. Vous connaissez ce regard ; ce visage vous est familier, étrangement rassurant. La silhouette souple et gracile de cet homme semble glisser vers vous sans même toucher le sol. Il vous parle et sa voix douce et lointaine pénètre votre esprit comme une révélation intérieure :

– Virginie a été retrouvée morte, étranglée dans sa chambre. Son petit ami Ludovic a été arrêté. Il n'avait pas d'alibi. Il dormait. Tu dois remonter le cours du temps, corriger tes erreurs.

– Mon Dieu... C'est horrible... Mais qu'est-ce que vous dites ? Quelles erreurs ? J'ai raccompagné Virginie chez elle. On ne peut pas dire que je sois égoïste !

– Regarde au fond de ton cœur. Quelle est la raison véritable qui t'a poussée à la raccompagner ?

– Je ne...

– L'orgueil, Emma ! La fierté de te dire que tu étais quelqu'un de bien. Tu as joué un personnage, tu tenais le rôle de la voisine serviable et gentille. Mais en vérité, tu ne ressentais que de l'indifférence à l'égard de Virginie. Tu n'as fait que flatter ton propre ego, sachant en plus que ce geste généreux serait connu de votre entourage. Tout se sait, n'est-ce pas ?

– Quand bien même je l'aurais fait pour d'autres raisons, qu'est-ce que cela aurait bien pu changer ? Virginie serait morte de toute façon, je n'aurais rien pu faire de plus !

– Tu le crois vraiment ? À quoi pensais-tu sur le chemin ? Étais-tu attentive à elle, étais-tu à l'écoute du monde extérieur, ou étais-tu concentrée sur tes propres pensées, sur cette petite voix intérieure moqueuse et ironique qui observait cette scène grotesque avec amusement et détachement ? Remonte le cours du temps, et que les souvenirs de cette vie s'effacent de ta mémoire ! Je te renvoie à la croisée des chemins.

Le sol se dérobe sous vos pieds, un vertige vous fait vaciller. Vous tombez dans un puits sans fond. Vous êtes comme aspirée en arrière, votre cœur se serre, la chute est infinie... Vous perdez connaissance.

✻ Retournez au **chapitre 41** (p. 122).

CHAPITRE 47

Samedi 2 mars – 1 h 10

Arrivée en haut de la rue Saint-Paul, vous entendez des pas précipités. Quelqu'un, depuis le bas de la rue, vous appelle par votre prénom et court dans votre direction.

– Em-maaa !

L'homme vous prend dans ses bras. Mon Dieu, ce n'est pas possible ! Vous avez du mal à réaliser que vous avez face à vous votre tout premier amour, le tout premier baiser, en maternelle... Philippe ! Vous l'avez aimé durant tout le cours préparatoire. Vous vous souvenez qu'il avait volé une bague à sa mère pour vous l'offrir (vous aviez dû malheureusement restituer le bijou !). Que de souvenirs...

Vous vous écartez l'un de l'autre pour échanger un regard chargé d'émotion. Vous êtes étonnée de constater qu'il n'a pas tellement changé, après toutes ces années. Les rides naissantes qu'il a autour des yeux ne font qu'ajouter à sa séduction. Le reste de sa personne, son sourire, sa façon de bouger... Tout est comme dans votre souvenir.

Question vestimentaire, il a un style intéressant. Il porte un tee-shirt assez près du corps, une veste italienne bleu nuit, un jean délavé au bord de la déchirure et des chaussures de sport d'un blanc immaculé. Vous plaît-il toujours ? Sans aucun doute.

– Comment vas-tu ? vous demande-t-il d'un ton animé.

Il vous tient encore par la taille.

– Très bien, c'est... c'est si bon de te revoir ! réussissez-vous à dire malgré le trouble qui vous serre la gorge.

– Qu'est-ce que tu faisais là ?

– Sur ce trottoir, tu veux dire ?

– On peut commencer par là si tu veux.

La dernière fois que vous avez vu Philippe remonte à la classe de troisième. Ses parents avaient ensuite déménagé dans une autre ville à quelques kilomètres de là. Il habite de nouveau le quartier, et vous acceptez son invitation à boire un verre chez lui.

Que de choses à raconter ! Toute une vie à survoler... Savoir rendre excitant le récit banal d'une vie banale, plaisanter de ses propres déboires et désillusions, ne surtout pas l'ennuyer.

Tout en parlant, vous envoyez valser vos chaussures avec une désinvolture adolescente puis vous lovez dans le canapé, les jambes repliées, les genoux entre les bras... Vous vous sentez bien, terriblement détendue, comme si le poids de toutes ces années mortes s'envolait par la magie de l'enfance retrouvée... Philippe met de la musique, un air langoureux. Vous reposez votre verre sans changer de position et commencez à entortiller machinalement une mèche de cheveux autour de votre doigt. Vous vous racontez tous vos malheurs amoureux depuis l'âge de douze ans, exhibant vos catastrophes sentimentales comme les enfants montrent fièrement leurs cicatrices.

– Et avec ton copain, ça va ? Tu es heureuse ?

Vous sentez son regard, vous êtes troublée.

– Tu sais, au bout de quatre ans, la passion s'est émoussée, c'est un peu décevant de constater qu'on n'échappe pas à la routine.

– Quand la passion se dissipe, il y a la complicité, c'est bien aussi, non ?

– Enfin, nous avons nos petites habitudes... Tu veux la vérité ? Je m'ennuie à mourir. Les soirées me paraissent d'une longueur insupportable, heureusement qu'il y a la télévision !

Vous réalisez aussitôt que vous venez de renier votre couple : Éric a été éliminé de votre vie en l'espace d'une soirée. Vous avez présenté à Philippe le visage sans attrait de la banalité et du renoncement. Vous aviez pourtant rêvé d'autre chose.

Sans doute sous l'effet de l'alcool et de la réussite manifeste de ces retrouvailles, vous commencez à croire qu'un avenir commun, et pour vous bien meilleur, est en train de s'ouvrir. Un flot confus de sentiments vous envahit, un fol optimisme mêlé d'appréhension.

– J'espère que nous allons nous revoir, bégayez-vous. Je n'avais pas passé un si bon moment depuis très longtemps...

– Oui, quelle chance de s'être croisés comme ça !

Vous sentez l'imminence d'un moment critique d'un de ces tournants de l'existence où il faut s'efforcer de saisir l'occasion au vol... Vous donnez votre numéro de téléphone à Philippe puis franchissez la porte de son appartement, sans vous retourner.

Une fois dans la rue, vous vous apercevez que vous avez oublié votre écharpe chez lui.

❋ Si vous remontez la chercher, allez au **chapitre 55** (p. 153).

Si vous rentrez chez vous, passez par le **chapitre 57** (p. 165).

CHAPITRE 48

Samedi 2 mars – 1 h 30

Il fait très sombre dans ce jardin entouré d'arbres. Vous cherchez anxieusement une cachette, il ne faut pas que l'on soupçonne votre présence. Vous auriez préféré ne pas être seule ici... On ne sait jamais ce qui peut arriver, et vous avez un mauvais pressentiment. Virginie est complètement soûle et l'autre vous fait mauvaise impression. Il est évident qu'il profite de la situation. Il fait froid, vous frissonnez, vous vous rongez les ongles et en rognez les petites peaux jusqu'au sang. Vous cherchez autour de vous ne serait-ce qu'une pierre. Vous écartez les herbes hautes, et tombez sur une magnifique branche d'arbre. Une branche bien solide. Vous l'empoignez, c'est exactement ce qu'il vous faut !

Vous reprenez votre position derrière la petite fenêtre. Tout semble se passer le mieux du monde pour ces deux-là. Les minutes passent, Virginie semble ravie... Vos pressentiments étaient ridicules ! Elle ne risque rien avec cet homme qu'un excès d'extase. Vous vous retournez et vous dirigez discrètement vers la sortie du jardin.

C'est alors que vous entendez un hurlement dans la cabane. « Non, je veux pas, pas ça ! » C'est la voix de Virginie. Vous faites demi-tour, attrapez le bâton que vous aviez laissé près de la fenêtre. Vous regardez à l'intérieur et ce que vous voyez vous tétanise complètement. L'homme plaque fermement Virginie à terre et soulève sa jupe. Elle réussit à se dégager et lui donne un grand coup de pied entre les jambes. Elle tâche de se relever du canapé mais, trop ivre pour tenir debout, elle rampe au sol vers la porte de la cabane, elle l'entrouvre mais l'homme se redresse et l'attrape par les cheveux, la frappant si brutalement qu'elle est projetée contre le mur. Il lui donne des coups de pied dans le ventre puis s'accroupit sur elle et met les mains autour de son cou. Il serre. Virginie commence à manquer d'air. Tout va très vite. Vous devez faire quelque chose ! L'homme tourne le dos à la porte. Vous entrez en courant, paniquée et tremblante à l'idée d'échouer, et vous arrivez derrière lui. Vous brandissez le bâton et le frappez de toutes vos forces sur la nuque. Il s'écroule.

– Vite, de la corde, quelque chose, il faut l'attacher ! hurlez-vous à Virginie hagarde.

Celle-ci ne trouve pas de corde mais vous rapporte du Scotch de déménageur. L'homme bouge, vous frappez de nouveau de toutes vos forces. Vous entourez ses bras et ses jambes comme vous pouvez. Vous retirez votre ceinture et ajoutez ce lien de cuir autour de ses poignets. Virginie est assise dans le canapé, vous l'aidez à se rhabiller.

Avec votre portable, vous appelez la police qui arrive quelques minutes plus tard. Virginie se remet peu à peu du choc. Elle est conduite à l'hôpital.

Vous lui avez sauvé la vie.

20 heures. Vous êtes assise en tailleur sur votre canapé et faites tourner une petite cuillère dans un bol de café au lait en écoutant les informations. La nouvelle de l'arrestation du violeur a déjà fait le tour des ondes. Au journal de midi, on vous a qualifiée de « courageuse amie ». Heureusement, personne ne vous a demandé ce que vous faisiez là, accroupie dans les fourrés, à regarder Virginie se faire caresser.

« Le violeur, Stéphane Guyot, déjà recherché par les services de police, a été écroué ce matin à la prison de... » Après toutes ces émotions, vous ne réussissez à rien faire d'autre que somnoler devant la télévision. Vous vous demandez ce qui serait arrivé à Virginie si vous n'étiez pas allée à La Chope mais en boîte ce soir-là...

Dans un halo de lumière blanche, un jeune homme apparaît. Il vous sourit doucement. Vous vous approchez de lui. Il vous semble le reconnaître mais vos souvenirs sont vagues et incertains. Son nom ? Vous ne réussissez pas à vous le rappeler. Il prend vos mains dans les siennes. Sa voix lointaine est calme et grave et son regard est pareil au regard des statues. Il parle sans remuer les lèvres.

– Tu as réussi ! Cette **victoire** est importante. Une vie a été sauvée grâce à ta persévérance. Tu as triomphé du démon de l'égoïsme et de l'indifférence. Tu as montré beaucoup de courage. Si tu as déjà remporté **trois victoires**, tu peux te rendre dès maintenant au **chapitre 157** (p. 530), et faire face à ton destin.

– Et... sinon ?

– Sinon... Tu es plus forte aujourd'hui qu'hier, mais cela sera-t-il suffisant ? Il faut quc tu aics vaincu deux autres démons.

– De quels démons parlez-vous ?

– Je te l'ai déjà expliqué, tu ne te souviens pas ? Les « démons », c'est une manière imagée de te dire que tu dois lutter contre toi-même pour dominer tes faiblesses et pouvoir faire face à la vie qui t'attend.

– Vous ne pouvez pas être plus clair ?

– Bon. Pour pouvoir affronter ton destin et triompher des épreuves à venir, il faut que tu réussisses à dominer tes faiblesses et pour cela tu dois remporter **trois victoires** sur toi-même. Tant que tu n'auras pas réussi, tu remonteras le temps et recommenceras là où tu as échoué. Ta victoire d'aujourd'hui a beau être glorieuse, si elle n'est pas la troisième, remonte le temps et reviens là où tout a commencé, à ce vendredi 1er mars. Que cette vie s'efface de ta mémoire. Peut-être en auras-tu gardé un peu de sagesse.

Le sol se dérobe sous vos pieds, un vertige vous fait vaciller. Vous tombez dans un puits sans fond. Vous êtes comme aspirée en arrière, votre cœur se serre, la chute est infinie... Vous perdez connaissance.

✻ Retournez au **chapitre 5** (p. 31).

CHAPITRE 49

Samedi 2 mars – 1 h 15

Vous tournez à l'angle de la rue Émile-Zola. Il y a une légère brume dans l'air. C'est un quartier tranquille et mal éclairé. Les immeubles sont trapus et lugubres, passablement délabrés. Il n'y a presque aucun signe de vie, sauf un chat qui décampe à votre approche.

Votre attention est attirée par l'apparition d'une forme humaine dont les traits, indiscernables l'espace d'une minute, deviennent plus menaçants au fur et à mesure que vous approchez. Un homme au visage grêlé, acnéique, avance vers vous. Même de loin, les décorations immondes sur sa veste sont visibles. Toute une quincaillerie hétéroclite à base de badges agressifs et de têtes de mort. Il affiche comme un trophée sa maladie de l'âme. Son visage est crispé et livide. Vous voulez changer de trottoir mais au moment de traverser la rue, une voiture qui passe vous en empêche. Le type est en face de vous et vous barre la route.

– Alors, j'te fais peur ?

Vous êtes tétanisée par une appréhension incontrôlable. Le type se met alors à rire de toutes ses dents :

– Faut s'détendre, hein ! j'te fais peur ? c'est ça ? Tu flippes que j'te tire ton p'tit sac à main ?

Il vous regarde dans les yeux et vous fait « Bouh ! » comme un fantôme qui veut effrayer un enfant. Complètement paniquée, vous traversez la rue en courant. Quelques mètres plus loin, vous vous retournez pour voir s'il vous suit, mais vous perdez l'équilibre et venez heurter un échafaudage de fortune un peu branlant.

Ce soir-là, quelqu'un a laissé au deuxième étage de l'échafaudage un seau plein de plâtre. Déséquilibré par le choc, celui-ci vous tombe dessus. Un trou noir vous engloutit.

Quand vous reprenez conscience, la première chose que vous ressentez est l'intense douleur qui vous vrille la nuque et tout l'arrière du crâne. Vous y portez machinalement votre main et le bout de vos doigts rencontre une masse de cheveux collés par un liquide poisseux. Quelque chose ne va pas, là ! L'affreux type est penché sur vous, en train de pleurer.

– Je suis vraiment désolé, gémit l'homme en reniflant. Je voulais juste vous faire peur, je voulais pas... J'ai appelé, le Samu arrive...

Un liquide gras et tiède englue vos doigts. Vous regardez avec horreur votre main ensanglantée. La douleur vous transperce, vous vous évanouissez de nouveau.

2 heures du matin. Vous ouvrez les yeux et ne voyez d'abord qu'un plafond blanc immaculé. Un prince se penche sur vous, lentement mais sûrement, pour vous réveiller d'un baiser. Vos yeux se ferment, vos lèvres se tendent... Aïe ! Au lieu de vous embrasser, il attrape vos cils et vous soulève la paupière. Un faisceau de lumière pénètre violemment vos yeux.

Il sourit. Il est tout de même éblouissant. Sadique, mais éblouissant... Votre regard s'accroche à lui comme un tournesol au soleil. Il porte une blouse blanche.

– Vous avez une fracture du crâne accompagnée d'un saignement méningé, explique-t-il. Les méninges sont les tissus qui enveloppent le cerveau. Le saignement se situe entre les méninges et la table osseuse : ça s'appelle un hématome extradural. Sa position fait que l'hématome grossit très vite, car il s'agit de sang artériel, et repousse le cerveau, d'où la perte de connaissance. Mais comme il a été pris à temps, votre extradural ne laissera pas de séquelles.

Il vous sourit et vous plongez dans ses yeux bleus...

Quelques jours se passent ainsi, entre rêveries et somnolence.

Vous prenez doucement conscience que vous auriez pu mourir et que la vie est courte.

Chaque fois que vous apercevez le jeune médecin, votre cœur bat follement, vos oreilles bourdonnent. Vous devenez écarlate et prenez une expression de chien battu. Il est interne de deuxième année. Jeune, beau, intelligent... Dr Damien Simon.

Vous avez demandé à une amie qu'elle vous apporte du maquillage et du parfum.

Ce matin, visite du docteur. Vous vous êtes levée tôt pour avoir le temps de vous préparer. Depuis une semaine, vous échangez des petits signes, des blagues, et lorsqu'il a un peu de temps, il passe bavarder deux minutes avec vous.

Il franchit la porte de votre chambre, suivi d'une autre interne. À ce moment, son téléphone portable sonne : « Docteur Simon, j'écoute. » Son visage se crispe tandis qu'il écoute son correspondant. « Quand est-ce arrivé ? demande-t-il d'un ton brusque. Très bien, ne panique pas, Julie, ramène tout de suite le bébé à la maison, j'arrive aussi vite que je peux. »

Il a une femme et un enfant ! Malédiction ! Il se tourne vers l'autre interne :

– Si quelqu'un demande où je suis, j'ai été appelé à l'extérieur. Je n'en ai pas pour longtemps.

Il vous plante là, sans un mot, et s'éloigne de votre chambre à grandes enjambées pressées. C'est raté pour la romance !

En début d'après-midi, le Dr Simon réapparaît. Il a l'air sombre. Il passe devant votre chambre rapidement et sans tourner la tête, sans le petit signe habituel. Vous sortez du lit et allez jusqu'à la machine à café, car vous avez reconnu le bruit du gobelet qui tombe. Effectivement, il est en train de boire un expresso.

– Ça n'a pas l'air d'aller, hasardez-vous. J'imagine que c'était votre femme tout à l'heure au téléphone.

– Ma femme ? Certainement pas, je ne suis pas marié ! L'appel venait de ma jeune sœur qui a trop pris l'habitude de compter sur moi, tout comme mon frère d'ailleurs.

– Elle a des soucis ?

– Julie est mariée à un fou furieux. Elle l'a quitté et il a tout cassé dans leur appartement.

– Charmant ! Et qu'avez-vous fait ?

Il passe la main dans ses courtes boucles sombres, vous êtes sur le point de défaillir.

– Je lui ai conseillé de porter plainte et d'aller voir une assistante sociale.

– Elle est en sécurité, au moins ?

– Oui, elle est chez moi maintenant. On va être un peu à l'étroit, mais je ne pense pas qu'il viendra les chercher.

– Combien de temps pensez-vous me garder ici ?

– Je ne sais pas vraiment, une semaine je pense, si tout va bien. On a encore des examens à faire.

– Eh bien, pendant une semaine, je pourrais vous laisser les clefs de mon appartement pour votre sœur. Il est vide...

– Vraiment, merci beaucoup, c'est très généreux de votre part, mais je ne peux accepter.

– Cela ne va pas arranger votre vie privée !

– En fait, ma vie privée se résume à l'hôpital. Il n'y a que ça qui compte dans ma vie.

– Vous avez toujours voulu être médecin ?

– J'ai décidé de devenir médecin à douze ans, le jour où j'ai découvert que ma mère n'avait pas les moyens d'aller voir un spécialiste. J'en avais assez de la pauvreté qui nous était tombée dessus à la mort de mon père. Je me suis juré de parvenir de l'autre côté de la barrière, d'être parmi ceux qui soignent ! Mais je vous ennuie sans doute à vous raconter ma vie, comment vous sentez-vous ? Vous êtes bien pâle tout à coup ! Vous ne devriez pas rester debout. Prenez donc un fauteuil.

Au moment où vous allez répondre que tout va bien, vous vous sentez glisser dans une sorte de monde cotonneux. Vos jambes se dérobent. Vous entendez une voix lointaine vous appeler. Des bras vous pressent contre un torse solide. Vous êtes assise, vous rouvrez les yeux

– Il faut vous reposer.

– Ça va, je vous assure, c'est seulement que je ne m'étais pas levée depuis longtemps. Et puis je n'ai rien mangé à midi.

– Bon, je vous raccompagne à votre chambre. J'aimerais que vous restiez allongée jusqu'à 17 heures. Je pars faire mes visites et si vous voulez, après, je pourrai vous descendre en fauteuil à la terrasse avant de partir.

Allongée dans votre chambre, vous vous remémorez le moment où il vous a tenue contre lui. Mmmh... Ce contact physique vous fait fantasmer et imaginer divers scénarios romantiques pour la suite de votre histoire...

Le lendemain, vous lui demandez des nouvelles de sa sœur. Cette révélation sur sa vie privée est une aubaine, elle établit la complicité dont vous rêviez.

La semaine se passe en confidences aux pauses café. Il adore raconter ; vous, vous buvez ses paroles. Il passe plus de temps en votre compagnie, toujours plus tendre et familier. Son regard s'attarde parfois sur les courbes de votre corps... L'intensité de ce regard vous foudroie. Durant les longues heures que vous passez sans le voir, vous êtes incapable de lire tant votre esprit s'accroche au moindre souvenir de sa présence... Pour ne pas sombrer dans l'oisiveté, vous commencez à dessiner. Vous laissez le carton à dessin en évidence sur la table de nuit. Comme prévu, il cherche à voir ce que vous faites. Une fois certaine de la qualité de vos portraits, vous acceptez d'ouvrir le carton et lui offrez une esquisse. Il vous trouve du talent...

– Que pense votre ami de vos œuvres ?

– Oh, ça ne l'intéresse pas, il ne pense qu'à son travail !

– Alors qu'il a une fiancée talentueuse et brillante ? Il est fou ! Il ne réalise pas sa chance !

– Je ne suis plus sûre que le mot « fiancée » soit d'actualité, d'ailleurs. Depuis deux jours, il doit passer me voir et annule au dernier moment parce qu'il a trop de travail.

– Je vois...

Un jour, à la fin de sa garde, le Dr Simon vous accompagne sur la terrasse. Vous discutez paisiblement. Et puis, brusquement, il vous entraîne derrière un des arbustes de la terrasse et vous attire à lui.

– Vous êtes trop jeune et belle pour vivre avec un homme qui ne s'occupe pas de vous.

Vos yeux sont rivés à ses lèvres. Il vous embrasse avec douceur d'abord, et bientôt avec une fougue à laquelle vous ne pouvez résister. Éric a disparu de votre vie.

Le lendemain, vous attendez Damien avec impatience. Il ne vient pas. Fébrile et irritée de l'avoir vu passer à grandes enjambées devant votre chambre sans même vous regarder, vous décidez de le suivre. Il se dirige vers la cafétéria. Vous vous crispez. Il s'approche d'une table occupée par une très belle jeune femme brune. Elle porte une blouse verte d'infirmière. Elle se lève à son approche et l'embrasse sur la joue. Elle est vraiment très séduisante. Elle parle avec animation et le docteur Damien Simon semble captivé par ce qu'elle dit et en accord avec elle puisqu'il opine sans cesse. Vous êtes vraiment exaspérée de les voir aussi absorbés l'un par l'autre. D'autant plus que, de là où vous êtes, vous n'entendez rien de leur conversation ! Quel hypocrite ! Vous repensez à ce qu'il a osé vous dire la semaine dernière : « Jusqu'à présent, je n'ai jamais eu le temps de me consacrer à une relation amoureuse. » Dans quelle catégorie cet intense tête-à-tête entre-t-il donc ? Une chose est sûre en tout cas, c'est qu'ils ne parlent pas du temps qu'il fait ! Le lendemain, vous apercevez l'infirmière dans le couloir du service où vous êtes. Aujourd'hui non plus, Damien n'a pas eu le temps de vous accompagner à la terrasse...

Vous vous sentez idiote et rejetée, alors vous décidez de partir. Vous faites votre valise et demandez à signer une décharge.

* Si vous choisissez de partir immédiatement, rendez-vous au **chapitre 113** (p. 362).

Si vous préférez attendre Damien pour l'informer de votre décision, espérant encore une explication rassurante, rendez-vous au **chapitre 116** (p. 376).

CHAPITRE 50

Samedi 2 mars

Pour répondre à cette énigme et ainsi savoir quel chemin mène au paradis, il faut ruser et demander à n'importe lequel des deux sphinx :

– Si je vais voir l'autre sphinx, me dira-t-il que le chemin de droite est le bon ?

Soit que le sphinx que vous interrogez mente, soit qu'il dise la vérité (auquel cas il rapportera simplement ce qu'affirmerait son homologue menteur), il faudra de toute façon prendre le contre-pied de la réponse et emprunter le chemin inverse : on empruntera donc la route de droite si c'est « non », et celle de gauche si c'est « oui ».

❋ Dans votre cas, pas d'animal mythique pour vous guider. Juste votre instinct...

Si vous choisissez la rue Saint-Paul, tournez au **chapitre 47** (p. 132).

Si vous choisissez la rue Émile-Zola, bifurquez au **chapitre 49** (p. 138).

CHAPITRE 51

Samedi 2 mars – 1 h 30

Tout au long du chemin, Federico continue à parler de lui. Mon Dieu, quel nombriliste ! On ne peut pas dire que ce soit très excitant, tout cela...

Votre esprit vagabonde du côté d'Éric. Vous repensez à la conversation téléphonique que vous avez eue avec Aurélie quelques heures plus tôt. Vous réalisez soudain pourquoi Aurélie a refusé de vous rencontrer ce soir : c'est évident, Éric est chez elle !

Vous refusez l'idée d'être reléguée dans la catégorie « blanche colombe victime de la duplicité ». Vous sentez que vous avez besoin de salir votre amour pour supporter cette trahison. Si vous ne le trompez pas, vous ne pourrez jamais vous relever. Si vous le trompez vous serez plus forte, vous pourrez jouer le rôle de la femme bafouée avec détachement, en repensant aux baisers de Federico. En vertu de ce raisonnement tout à fait fallacieux, votre conscience apaisée vous autorise à suivre vos pulsions érotiques...

Vous arrivez chez Federico. Au lieu de vous arracher vos vêtements sauvagement, vous procédez à un échange de politesses digne d'un vieux couple marié. Il vous indique la salle de bains, vous avez l'impression que son accent espagnol s'est évaporé, étrange !

– Je t'en prie, vas-y en premier, les serviettes sont sous le lavabo.

– Non, j'irai après toi.

– OK, je n'en ai pas pour longtemps.

Vous entendez le bruissement de l'eau.

Vous vous glissez alors discrètement dans la salle de bains et le regardez se savonner. Vous vous déshabillez. Il est toujours tourné vers le mur. Quand vous vous collez contre son dos, il frémit. Votre langue lèche sa peau et descend le long de sa colonne vertébrale pour arriver à ses fesses. Alors il se retourne lentement, s'agenouille devant vous et glisse sa langue entre vos jambes mouillées...

Il vous a regardée avec ce formidable appel dans les yeux. Cet appel du désir auquel vous ne pouvez résister, auquel vous ne pouvez rien refuser.

Il y a dans son corps nu quelque chose de curieusement enfantin, de tendre et fragile. Vous êtes immobile et sentez ses mouvements en vous. Mais à peine commencez-vous à vous détendre que déjà l'ultime petite poussée des fesses lui arrache un râle de satisfaction... Quelle déception ! Sa jouissance est venue trop rapidement, et votre désir n'est bien sûr pas assouvi. Il s'abat sur vous, serré contre votre poitrine, et vous restez étendue, dépitée. Lorsqu'on est femme et qu'on assiste à toute cette histoire, cette poussée des fesses de l'homme est sans aucun doute assez ridicule ; en vérité, l'homme est intensément comique dans cette posture et dans cet acte...

Vous voulez sentir cette vive émotion physique, vous voulez l'obtenir de lui. Mais il en a terminé avec son petit orgasme. Il s'endort.

Au petit matin, votre envie n'est pas apaisée. Il s'éveille doucement. Son pénis se dresse sous vos caresses impatientes, imposant sa force silencieuse et stupéfiante. Vous le voulez en vous. Mais une fois encore, il a vite terminé et s'écrase, haletant, dans vos bras. Il ne vous a pas attendue. Vous restez là, les mains inertes sur son corps mort, à revoir cette scène burlesque, cet acharnement grotesque du sexe à atteindre sa petite crise d'évacuation, ce risible sursaut des fesses et enfin le fléchissement du pauvre membre, minable et humide... Comme beaucoup d'hommes, il a fini avant presque d'avoir commencé.

Oui, minable ! Il s'étire, vous regarde avec ce sourire enfantin qui vous avait troublée et, dans un soupir d'extase, avec l'insolente ingénuité du mâle repu, la voix dépourvue de la plus légère inflexion interrogative, du moindre doute, vous déclare :

– C'était bien !

Partez vite, sinon vous risqueriez de devenir méchante...

❋ Il est 8 heures du matin, vous rentrez chez vous au **chapitre 61** (p. 180).

CHAPITRE 52

Samedi 2 mars – 1 h 40

Vous n'aviez plus ressenti cela depuis si longtemps. Ce désir irrépressible... Il vous prend la main, vous caresse l'intérieur du bras. Son regard impatient vous électrise.

Après tout, Éric n'en saura rien... Et puis, si vous avez tant besoin d'être rassurée, désirée, c'est un peu sa faute... Éric ne vous regarde plus, il ne vous *voit* même plus. Vous pourriez sortir avec un sac de pommes de terre autour des hanches qu'il ne s'en rendrait pas compte. Vous avez besoin d'être une femme !

Vous embrassez Federico. Non, vous préférez finalement ne pas passer la nuit chez lui, ni dormir dans ses bras, ni parler de vos vies après l'amour, vous ne voulez rien connaître de lui. Juste la consommation immédiate d'un désir brut... Une présence fugace et éphémère pour échapper à la solitude viscérale de votre existence. Vous vous rendez enfin disponible face à la vie. Vous acceptez l'hommage qu'il vous rend en vous désirant.

Êtes-vous vraiment prête à aller plus loin ? Réfléchissez : est-ce bien ce que vous souhaitez ?

✻ Vous pouvez encore en rester à ce baiser, flirter innocemment avant de partir au **chapitre 54** (p. 150).

Sinon, il va vous falloir trouver, dans ce pub, un lieu approprié à l'assouvissement de vos désirs. Rendez-vous au **chapitre 59** (p. 170).

CHAPITRE 53

Samedi 2 mars – 1 h 55

Vous entrez dans les cerceaux de feu. Le visage du jeune homme s'éloigne, son corps recule dans le couloir sans fin, il n'est plus qu'une poussière...

Vous êtes revenue dans le passé. Une autre chance s'offre à vous. Vous avez remonté le temps vers un passé tout neuf, qui vous conduira peut-être vers un autre destin. Petit à petit, vous oubliez tout ce que vous avez vécu. Il n'y a plus que le bruit régulier et sourd des battements de votre cœur. Ce rythme régulier... Boum. Boum. Boum. Des lumières aveuglantes. Des voix qui s'entremêlent. La foule qui se presse autour de vous. Boum. Boum. Boum. Est-ce votre cœur qui frappe ainsi ? Ce bruit sourd, étouffé, régulier, ce bruit qui monte, monte et croît indéfiniment, qui s'accélère, s'amplifie...

Vous ouvrez les yeux. Des visages se penchent au-dessus de vous. Une main se tend. Vous la prenez. Vous êtes debout.

– Eh, Emma ! Ça va ?

– Oui, je crois... Qu'est-ce que je fais là ?

– Comment ça, là ?

– Où est-ce qu'on est ?

– Tu ne te rappelles pas ?

– Non.

– Tu es tombée au milieu de la piste, j'ai l'impression que t'as un peu trop bu ce soir !

– On est au pub ?

– Assieds-toi deux minutes...

– Quel jour sommes-nous ? Quelle heure ?

– Samedi, il est 2 heures du matin. Tu as vraiment abusé sur les bières, ma pauvre Emma !

Vous vous souvenez vaguement... Vous ne devez pas rester

dans ce pub. Vous êtes peut-être en danger. Dans vos pensées confuses, le nom de Federico résonne. Vous tressaillez. Federico est dangereux pour vous. Vous ne sauriez expliquer pourquoi, c'est comme un pressentiment...

* Rendez-vous au **chapitre 54** (p. 150).

CHAPITRE 54

Samedi 2 mars – 2 heures

Vous vous sentez un peu étourdie, ivre de bière et de bruit. Vous vous asseyez quelques instants sur le bord de la piste. Votre tête vous fait souffrir. Boum. Boum. Boum. Une douleur lancinante et régulière comme le battement d'un tambour. Il est temps pour vous de partir.

Solenne est en grande discussion avec un très sérieux petit étudiant en médecine et lui sourit béatement, les jambes croisées bien haut. À côté, deux autres filles battent des cils et s'humectent les lèvres, au grand désespoir de Solenne qui, malgré ses courbes superbes et des allusions à peine voilées, ne réussit toujours pas à renverser le jeune homme fort convoité. Vous les observez et écoutez leur conversation avec amusement.

– En ce moment, j'ai tout le temps envie de faire l'amour, lance finement Solenne.

– C'est bien, réplique docteur Junior, ton corps t'envoie un message car il sent que tu as besoin de ça. Le secret pour être en forme, c'est de faire l'amour : Freud le dit, l'énergie vitale émane de la sexualité. Le désir crée une tension psychique accumulée dans le « ça ». Tu savais que la zone génitale est le centre d'énergie le plus puissant du corps humain ? D'ailleurs, depuis des millénaires, la médecine chinoise recommande de faire l'amour dans telle ou telle position et pendant un certain temps pour guérir certaines maladies et guider la force vitale vers l'organe défaillant...

– Mais comment c'est possible ? s'étonne Solenne en décroisant ses longues jambes.

– En fait, poursuit-il imperturbable, les émotions produisent et diffusent dans l'organisme des hormones qui interviennent soit sur un organe, soit sur l'ensemble du métabolisme. Par exemple, si on est mort de fatigue mais que quelque chose nous effraie, on se réveille instantanément, grâce à une sécrétion réflexe d'adrénaline qui accélère le rythme cardiaque et le tonus musculaire.

– Mais on peut pas se faire peur tout le temps ! glousse la voisine de droite...

– Il n'y a pas que la peur, il y a l'excitation aussi, répond l'étudiant le plus innocemment du monde.

– C'est vrai, ça, ajoute fort à propos la voisine de gauche, parce que moi, ce soir, en rentrant du travail, j'étais crevée, lessivée et puis Béatrice, m'a proposé de sortir, je me suis précipitée sous la douche, habillée-maquillée en cinq minutes chrono.

En cinq minutes ? Mais bien sûr... C'est déjà le temps qu'il a dû lui falloir pour mettre ses faux cils !

– Moi, je suis claquée, enchaîne la fille de droite, et le médecin trouve pas ce que j'ai. Le pire, c'est que j'arrive pas à récupérer. En plus, ma grand-mère me répète qu'à mon âge elle suait sang et eau soixante-dix heures par semaine, alors moi j'ose plus rien dire.

– Peut-être qu'elle travaillait beaucoup, mais elle devait se coucher avec les poules et sa vie sociale n'était sans doute pas des plus débridées *(petit rire subtil de notre Casanova)*. Nous, on vit dans une société de la performance où la fatigue est mal vue, où sont valorisés ceux qui dorment cinq heures par nuit et paraissent infatigables, comme moi. Et puis les ordinateurs, les téléphones portables nous empêchent d'opérer une vraie coupure, ils nous forcent à importer dans notre vie privée le stress engendré par le travail.

Vous aviez envie de vous amuser, pas d'un cours de fac sur l'énergie psychique... Ce garçon parle comme un livre. Il a dû apprendre tout ça par cœur pour impressionner les filles. Ça vous rappelle votre premier rendez-vous avec un joli garçon qui était en fac alors que vous n'étiez qu'en seconde : vous aviez tellement peur de ne rien trouver d'intéressant à lui dire que vous aviez appris par cœur des chapitres entiers du livre de philo d'une copine de terminale... Mais là, le petit étudiant en médecine semble pourtant avoir passé l'âge de ce genre de balourdise. Monsieur J'ai-réponse-à-tout ne semble pas avoir compris que le secret du séducteur, c'est d'être à l'écoute de l'autre et de faire croire à son interlocutrice qu'elle est merveilleuse et infiniment digne d'intérêt.

Vous en avez assez de ce spectacle affligeant et faites comprendre à Solenne que vous partez.

– Tu t'en vas déjà ?

– Oui, je ne voudrais pas me lever trop tard demain...

– Mais c'est le week-end !

– J'ai des choses à faire.

– T'as raison, le monde appartient à ceux qui ont des ouvriers qui se lèvent tôt ! vous lance Solenne, très fière de s'être rappelé cette bonne vieille plaisanterie.

– À bientôt ! On s'appelle...

Vous quittez le pub. Les rues sont encore pleines de vie à cette heure-là. Après une dizaine de tentatives infructueuses pour arrêter un taxi, vous décidez de rentrer à pied.

Deux chemins s'offrent à vous : vous pouvez passer à droite ou à gauche du canal.

* Si vous prenez le chemin de droite au **chapitre 58** (p. 167), vous longerez une petite allée. C'est un chemin tranquille qui borde une rangée de maisons.

Si vous prenez celui de gauche, vous arriverez au **chapitre 56** (p. 160), sur la rue principale, bruyante encore de voitures et de rires avinés.

CHAPITRE 55

Samedi 2 mars – 3 h 30

Vous remontez chez Philippe pour prendre votre écharpe.

Vous êtes face à sa porte, à réfléchir... réfléchir... réfléchir.... Vous ne pouvez pas faire ça, vous savez ce qui va se passer, ce n'est pas bien. Vous ne pouvez pas le faire, il faut rentrer, parler à Éric, le quitter et seulement ensuite revenir. Mais pourquoi faudrait-il attendre ? Pourquoi ne devriez-vous pas sonner à cette porte ? Parce qu'en fait, c'est vraiment ce que vous voulez faire. Alors faites-le, maintenant ! Ça y est, vous avez sonné...

– J'arrive !

Voilà, il a entendu, il est trop tard pour reculer.

– J'ai oublié mon écharpe, expliquez-vous quand il vous ouvre.

– C'est un signe du destin, ça. Reste un peu...

Il accueille votre retour avec un enthousiasme évident et tient à vous raccompagner chez vous. Finalement, vous ne parvenez pas à vous séparer et déambulez toute la nuit dans les rues de la ville. Sur le chemin, il vous raconte ses années de bénévolat à la Croix-Rouge. Au moment où vous passez devant une agence immobilière, il vous propose un petit jeu : trouver la maison la plus chère le plus rapidement. Si c'est lui qui trouve, vous avez un gage. Il gagne, et votre gage est d'accepter un baiser... (il vous avouera un jour que l'agence mettait toujours l'offre la plus chère en bas à droite !)

Ensuite, il vous annonce qu'il va vous emmener à son coin secret, le « coin de la sorcière ». Il vous révèle qu'à cet endroit, plusieurs siècles auparavant, on lapidait les femmes infidèles et que c'est leur fantôme qui vient crier la nuit. Il vous dit que parfois, il aime venir s'asseoir seul ici pour méditer. Vous avez du mal à comprendre son attrait pour ce lieu : ce n'est, en vérité, rien de plus qu'un vieil escalier sale et étroit sentant l'urine. Mais surtout, jouez le jeu, ne soyez pas sarcastique. Si vous montrez au séducteur que les ficelles de son tour sont un peu grosses, il sera vexé et le baiser tant espéré sera perdu pour la soirée...

Qu'importe ! Cet escalier est le témoin d'une merveilleuse nuit de roucoulements et d'embrassades, une nuit pleine de ces petites voluptés adolescentes. Tout de suite vous avez su qu'il compterait plus qu'une simple passade. Vous retrouvez avec lui la passion des commencements et l'ennui, la routine de votre relation avec Éric n'en paraît que plus insupportable. Vous vous racontez vos vies, les souvenirs d'enfance, les auteurs préférés, le mal de vivre, les fadaises habituelles en somme. Il se vante de ses conquêtes avec une arrogance naïve. Vous avez l'impression d'être restée des années sans aimer.

Vous vous embrassez jusqu'à l'aube au coin de la sorcière. Ce n'est qu'à 8 heures que vous rentrez chez lui où vous faites l'amour.

Le lendemain, vous appelez Éric. Vous lui racontez tout.

Vous lui parlez de Philippe. Vous lui dites que vous avez aimé follement ce garçon. Un amour de jeunesse, quelque chose de pur, de magique et d'incomparable. Vous racontez à Éric l'émotion que vous ressentez et vous pleurez.

Vous pleurez parce que votre cœur s'est remis à battre alors que vous aviez cessé d'y croire.

Vous pleurez parce que vos rêves d'enfant vous reviennent en pleine figure, et que vous savez désormais que vous n'auriez pas été heureuse avec Éric.

Vous lui annoncez que vous allez tout recommencer ailleurs, avec quelqu'un d'autre, repartir de zéro et voir le monde autrement. Pour que tout soit beau et pur, sans le poids des ressentiments et des vieilles rancunes, une histoire neuve où il n'y aura rien à pardonner, où aucune bassesse d'âme n'aura sali les mémoires.

Éric ne veut pas vous perdre. Il pleure et supplie : vous ne pouvez pas tout détruire sur un coup de tête, pour un garçon que vous n'avez pas revu pendant quatorze ans, pour un garçon dont vous ne savez rien ! Il vous demande de réfléchir un peu, de vous laisser un mois. Il dit que vous lui devez bien ça.

Vous n'êtes pas vraiment sûre de lui devoir quoi que ce soit mais acceptez ce délai de réflexion. Vous expliquez la situation à Philippe. Il sera patient si vous le souhaitez. Les jours passent. Éric se montre plus attentif et plus à l'écoute de vos désirs. Philippe vous envoie des lettres drôles, pleines de sensibilité et d'intelligence. Il vous veut. Cela vous plaît.

Les semaines passent et vous voudriez ne pas avoir à choisir...

*
**

Un soir, Éric vous invite à une soirée.

Il arrive dans la chambre et vous dit combien il vous aime. Vous avez soudain envie de pleurer. Il est si tendre, si gentil pour vous. Vous ne savez plus quoi faire.

– Éric, emmène-moi à Londres avec toi la semaine prochaine, je ne veux pas te quitter.

– Mais je vais travailler, là-bas.

– Tu ne veux pas que je vienne ?

– Ce n'est pas ça, mais...

– Laisse, en fait c'était n'importe quoi, je ne peux pas partir comme ça de toute façon.

Vous êtes en colère contre lui. Mais pourquoi ? Vos sentiments changent si vite ! La moindre de ses maladresses, la moindre attente contrariée fait monter en vous une rage incontrôlable. Vous lui en voulez de vous décevoir, de vous obliger à douter. Vous voudriez qu'il rende la rupture impensable et que tout redevienne comme avant, comme au début.

Une heure plus tard, vous arrivez chez Thierry, l'ami et collaborateur d'Éric. Vous franchissez le pas de la porte et là, derrière Thierry, au fond de la pièce, vous l'apercevez, lui, celui que finalement vous avez décidé de ne plus revoir !

Un homme s'approche d'Éric, lui serre la main :

– Salut Éric, content de te voir.

– Salut Cyril ! Je te présente ma fiancée, Emma.

Vous lui tendez une main crispée.

– Enchantée.

Éric va saluer ses amis. Il y a Mélanie, une petite blonde rondouillarde, la femme de Cyril ; Catherine, ingénieur du son, qui travaille avec Éric, et est mariée à Thierry ; et Annabelle, actrice bénévole dans les courts métrages d'Éric. Vous le suivez, distribuant des sourires affectés avec une attitude un peu trop joyeuse, une gaieté un peu forcée : vous le sentez bien vous-même mais ne réussissez pas à trouver le ton juste.

Ça y est, il est là, devant vous : Philippe !

Le comble, Éric vous le présente. Il vous raconte en riant comment ils se sont rencontrés trois semaines auparavant : Éric était en voiture avec Thierry lorsqu'il a renversé Philippe qui traversait la rue. Heureusement, Philippe n'a pas été blessé. Les deux hommes ont très vite sympathisé et se sont découvert plein de points communs. Amusant, n'est-ce pas ? Vous sentez qu'une vague nausée monte en vous, mais vous ne devez rien laisser paraître de votre trouble :

– Je suis vraiment ravie de vous rencontrer ! vous écriez-vous en tendant la main à Philippe avec un enthousiasme exagéré.

– Mais moi aussi, moi aussi, répond Philippe, tout en gardant votre main dans la sienne un peu plus longtemps qu'il n'est d'usage. Éric a bien de la chance de vous avoir.

– Oui, oui, la chance...

Vous décidez de saisir la balle au bond pour faire passer à Philippe un message d'une légèreté douteuse.

– Quand on voit tellement de couples qui se séparent ou se déchirent, on ne peut qu'être heureux d'avoir eu la chance de rencontrer l'amour.

– Je suis content pour vous.

Éric vous regarde sans bien comprendre ce qui vous est passé par la tête.

Vous voulez en rajouter encore un peu, pour être certaine d'avoir été bien comprise.

– C'est vrai, nous avons de la chance, nous sommes si heureux ensemble !

– C'est bien, conclut Philippe d'un ton ostensiblement ironique, je vous laisse quelques instants, je vais chercher un verre.

Lorsque Philippe revient, vous êtes assise dans un coin du salon, seule. L'occasion est trop belle, il fond sur sa proie.

– Il faut que je te parle.

– Tu as manigancé tout ça ? L'accident, ça ne peut pas être un hasard...

– Non, ce n'est pas un hasard, j'ai tout combiné. Mais avant de me juger, écoute-moi !

– C'est écœurant.

Éric s'approche alors et vous enlace tendrement.

– Qu'est-ce qui est écœurant, ma chérie ? demande-t-il.

Vous détestez lorsqu'il fait ça, vous appeler « ma chérie »

devant les autres comme pour marquer son territoire. Jamais il ne vous murmure ce genre de douceurs lorsque vous êtes seuls !

– Philippe me racontait une histoire de ver de terre...

Durant le repas, vous vous montrez assez sombre. Les yeux fixés sur votre assiette, vous ne participez guère aux conversations. Vous détestez vous faire piéger, vous détestez avoir le rôle du gibier !

– Que se passe-t-il, Emma ? demande Éric.

– Rien ! Pourquoi ? aboyez-vous.

– Je ne sais pas, tu sembles préoccupée.

– Moi ? Au contraire !

– Au contraire de quoi ? intervient votre voisin indiscret.

– Secrets d'amoureux, réplique Éric.

Cyril s'obstine dans ses gaffes :

– Secrets d'amoureux ! Tu entends ça, Philippe ?

– Oui, et j'envie Éric.

– Pourquoi tu ne l'imites pas ? Tu es le seul mâle encore célibataire ici.

Mélanie lance, avec un clignement d'œil qui doit avoir à peu près autant de classe qu'un hippopotame en ballerines :

– Et pourtant, peu de femmes doivent te résister...

– C'est gentil, mais j'ai une conception de l'amour très personnelle.

– Ah bon ? demande Annabelle, très intéressée.

– L'amour doit surgir brusquement, déclare Philippe. Un regard et vous savez que vous êtes lié pour la vie. Le véritable amour est au-delà des mots.

– Tu décris le coup de foudre, l'amour qui déchire comme un éclair. Ce n'est pas à recommander !

– Comme l'éclair naît d'une accumulation de nuages, vous la voyez entre mille, vous la reconnaissez, c'est elle, l'Unique. Rêves, illusions, désirs se cristallisent sur elle, poursuit Philippe sur un ton si léger que l'on ne sait plus vraiment à quoi s'en tenir.

– Quel romantique ! se moque Éric.

Vous serrez les dents. Vous êtes effrayée à présent par cette attraction irrésistible...

– Le poulet est excellent ! s'exclame Mélanie.

Le dîner est terminé. Vous êtes tous attablés depuis deux heures. Les paupières s'alourdissent, les dos s'affaissent, une langueur cotonneuse vous enveloppe. Éric s'est surpassé dans le domaine des plaisanteries d'un autre âge truffées de stéréotypes idiots où les mères juives sont avides et insupportables, où les Noirs ont le rythme dans la peau et de gros sexes, où les femmes sont vénales, soumises et maternelles. Les convives ont déjà un peu trop bu et, pour chacun, le bruit des conversations commence à se fondre dans une sorte de bourdon.

– ... Oh là là ! Quelle année, celle-là !

– À l'époque, dit Cyril, le regard dans le vague et presque pour lui-même, tout était encore possible ! Je sortais juste de l'école de cinéma, je me voyais déjà en haut de l'affiche. Nous n'avions pas encore Maxime...

Il pose les yeux sur sa femme comme s'il la tenait pour responsable de sa débâcle personnelle. Dans un brusque éclair de lucidité, il réalise à quel point il vient de plomber l'atmosphère et éclate d'un rire bruyant.

– Mais un enfant, c'est tellement de bonheur !

Tous les invités baissent les yeux sur leur verre.

Philippe se lève et va mettre une musique entraînante. Il vous regarde. Vous êtes sous le charme, vous ne pouvez plus détacher vos yeux des siens. Une lambada : exactement ce qu'il faut ! Il vous invite. Éric discute vivement de politique avec d'anciens camarades. Philippe vous entraîne vers la cuisine, vous prend le bras, s'approche de vous, colle sa joue contre la vôtre puis vous embrasse.

Vous n'avez pas vraiment fait de choix. Vous vous sentez emportée malgré vous, victime du hasard d'une rencontre qui vient bouleverser votre vie ; vous ne réussissez pas à prendre une décision définitive qui pourrait changer le cours de votre existence. Vous voulez quitter Éric mais il se montre gentil, vous décidez de rester avec lui. Philippe usant de tous ses charmes vous renverse le cœur, Éric est oublié !

Vous vous êtes jetée dans la rivière sans vraiment savoir où vous vouliez aller. Vous êtes emportée par le courant : celui des événements, des peurs, des sentiments divers. Quand la rivière vous a conduite à un embranchement, vous n'avez pas décidé consciemment quelle était la meilleure direction pour vous. Il est probable que vous auriez pu éviter les difficultés que vous affrontez en ce moment si vous aviez pris de meilleures décisions en amont.

Depuis des mois, vous n'étiez plus sûre d'aimer Éric, et pourtant vous n'avez rien fait. Vous avez laissé le temps s'écouler mollement, vous satisfaisant finalement de cette triste médiocrité, prête à vivre ainsi, sans passion, pour le reste de vos jours ! Aujourd'hui, un autre homme vous désire et vous veut, alors vous cédez. Mais cet homme, vous ne le connaissez pas. Qui est vraiment Philippe ? Certainement plus le garçon de quatorze ans dont vous étiez amoureuse.

* Regardez au **chapitre 156** (p. 525) ce qui arrive lorsque vous laissez les autres décider à votre place...

CHAPITRE 56

Samedi 2 mars – 2 h 20

... Vous êtes dans la rue principale. Vos pas résonnent sur le trottoir. La ville grouille encore de cette rumeur qui ne cesse jamais. Vous regardez en passant les vitrines éclairées. Sur votre gauche, des arbres centenaires et des bancs de bois sur lesquels quelques amoureux traînent encore.

Tout à coup, un homme vous arrête :

– Excusez-moi, vous auriez du feu ?

Vous enfoncez la main dans la poche de votre veste et lui tendez votre briquet. Tandis qu'il allume sa cigarette, vous observez son visage jusque-là drapé d'ombres.

– Laurent ?

Il vous regarde.

– Emma ! C'est pas possible !

Vous vous enlacez.

– Ça fait si longtemps, j'ai passé des années à te chercher ! s'exclame Laurent, très ému.

– Mais moi aussi, j'ai essayé de te retrouver...

– C'est incroyable. Se croiser comme ça, par hasard...

– Ça fait... combien, huit ans ?

– Je crois, oui...

– Il faut que tu me racontes. Mais avant, je voulais te dire que pendant toutes ces années, enfin... je voulais tellement te retrouver, t'expliquer pourquoi j'avais disparu comme ça. Si tu savais comme je m'en suis voulu ! J'ai été idiote. Tu m'aimais trop, j'ai eu peur. Je n'étais pas prête, tu comprends ?

– Oui, je comprends.

Vous marchez longtemps côte à côte. Il vous raconte sa vie, toutes ces années. Il a arrêté la fac. Il possède maintenant une petite épicerie. Vous oubliez tout. Le premier amour est revenu.

Vous aviez seize ans... Il a eu des aventures, bien sûr. Des histoires très brèves, sans amour.

Vous êtes à présent assis tous deux sur un banc, des pigeons picorent des miettes à vos pieds. Il vous serre dans ses bras. Derrière lui, un volatile téméraire vient planter ses pattes rouges et crochues sur le rebord du banc, en vous regardant. C'est étrange un pigeon, un peu effrayant même. Celui-ci vous regarde droit dans les yeux. Il penche sa tête de côté et vous fixe de son œil droit, comme un bouton sur le plumage d'une bête empaillée. Un œil tout nu, sans paupière, toujours ouvert. Un œil sans la moindre lueur, la moindre étincelle de vie, qui semble passer au travers des choses sans les voir, un œil aveugle. Vous l'observez quelques secondes.

Quelques secondes qui durent une éternité. Une éternité, toute une vie à venir...

Vous vous tournez vers Laurent, ses lèvres bougent mais vous n'entendez plus rien. Tout devient flou. Vos paupières se ferment. Vous ne voyez plus, n'entendez plus que le bourdonnement dans vos oreilles et les battements de votre cœur.

*
**

Vous rouvrez les yeux. La voix de Laurent parvient de nouveau jusqu'à vous :

– ... si bon de te retrouver, de te sentir de nouveau, j'en ai tellement rêvé !

Il vous embrasse. Vous vous laissez faire.

Vous avez retrouvé le premier amour, celui qui avait voulu mourir par amour pour vous.

Mourir ? Oui, mourir ! Pour vous ! N'est-ce pas romantique ?

C'était il y a treize ans, après que vous l'aviez humilié devant tout le lycée en lui écrasant une déjection canine en plein visage. Après bien des tâtonnements, il avait opté pour le coma éthylique. Il entamait sa deuxième bouteille quand il était tombé de son fauteuil et s'était cassé le poignet. Non seulement son projet avait échoué, mais en plus sa mère l'avait envoyé en internat à l'autre bout de la France, ne l'appelant plus que du doux nom d'« espèce-d'ivrogne-comme-ton-père-ce-dégénéré ». Il avait découvert ensuite qu'il était plus facile d'obtenir son bac ou le concours d'inspecteur de police que de se suicider, le taux de réussite étant inférieur à neuf pour cent. Enfin, vous vous êtes retrouvés !

Vous allez chez lui et passez la nuit ensemble.

Il vous montre ses toiles. Lorsqu'il a arrêté la fac pour se consacrer à la peinture, il pensait faire des expositions et devenir un artiste reconnu. Mais les gens ne sont pas prêts, ils ont peur et rejettent ce qu'ils ne comprennent pas, ce qui les dépasse. Il connaît son potentiel et la puissance révolutionnaire de son travail. Vous l'admirez.

... le lendemain :

LUI : Je ne sais pas, j'ai eu l'impression d'être un vulgaire caillou sur le trottoir que tu faisais rouler, rebondir çà et là par jeu et qu'un jour, sans aucune pitié, tu as donné un coup de pied si fort que ce caillou, qui portait mon nom, est tombé dans le caniveau. Et tu l'y as laissé...

VOUS : Tu te trompes, je n'ai pas joué avec toi, mais j'étais jeune. À seize ans, on ne se rend pas compte...

... une semaine plus tard :

LUI : Non, demain je ne peux pas.

VOUS : Mais tu avais promis !

... un mois plus tard :

VOUS : Tu étais où, hier soir ? J'ai essayé de t'appeler jusqu'à minuit.

LUI : Au ciné.

VOUS : Avec qui ?

LUI : Avec ma sœur et son copain.

VOUS : Vous êtes allés voir quoi ?

LUI : C'était nul, je ne me souviens même pas du titre... Ah si : une rétrospective d'Orson Welles, *Citizen Kane*...

VOUS : Dans quel cinéma ?

LUI : Place de la Libération.

VOUS : Ah oui ? Il n'est plus à l'affiche depuis mercredi !

LUI : Oh, mais tu commences à me fatiguer, avec tes interrogatoires ! Qu'est-ce que tu cherches ? Voilà, je fais l'effort de venir te voir et toi tu m'accuses de je ne sais quoi. Si tu as décidé de me pourrir la soirée, je préfère encore rentrer chez moi !

VOUS : Ah ? Tu « fais l'effort » de venir me voir ? C'est si pénible pour toi ?

LUI : Bon, écoute, je crois qu'on va en rester là.
VOUS : Oui, je crois aussi.

... le lendemain :
LUI : Je t'aime. Je pense à toi tout le temps. Je sais que tu m'aimes. C'est trop bête de se disputer comme ça.
VOUS : Oui, moi aussi je t'aime. J'arrive.

... le lendemain :
LUI : Veux-tu m'épouser ?
VOUS : Oui.

... deux jours plus tard, vous recevez un paquet. Dedans, un caillou. Sur le caillou, votre nom. Il s'était vengé après toutes ces années et n'aurait pas pu vous signifier plus clairement qu'il voulait vous laisser sur le bord de sa route, vous jeter d'un coup de pied dans le caniveau.

Œil pour œil...

*
**

Vous ouvrez les yeux. La voix de Laurent parvient jusqu'à vous :

– ... si bon de te retrouver, de te sentir de nouveau, j'en ai tellement rêvé !

Il vous embrasse.

Vous desserrez son emprise. Le pigeon n'est plus là. Sur le banc où il s'était posé, il n'y a plus maintenant qu'une tache vert émeraude et une minuscule plume blanche duveteuse qui frémit très légèrement dans le vent. Les autres, ne trouvant plus rien à becqueter, s'envolent aussi.

Cette seconde dans ses bras semble avoir duré une vie. Vous sentez une goutte de sueur glisser sur votre front.

– Emma ? Ça va ?

– Oui, oui... Écoute, je ne peux pas, j'ai déjà quelqu'un, et puis toi, tu as ta vie, avec tes peintures.

– Mais... comment le sais-tu ? Je ne t'ai pas dit que je peignais !

– Euh... Je ne sais pas, tes mains, peu importe....

Vous vous levez et partez brusquement.

– Mais, qu'est-ce que tu fais ? Attends !

– Je te rappellerai, je dois y aller.
Vous êtes déjà loin lorsque, abasourdi, il vous crie :
– Mais t'as même pas mon numéro !

✱ Rendez-vous au **chapitre 84** (p. 253).

CHAPITRE 57

Samedi 2 mars – 3 h 35

Vous remontez la rue en sautillant. Vous repensez à votre soirée. Philippe ! Philippe ! Philippe ! Vous avez l'impression de flotter. Quel heureux hasard de l'avoir retrouvé, que de promesses dans cette rencontre... Vous avancez au rythme exalté et haletant des soubresauts de votre cœur, l'esprit papillonnant d'un souvenir à l'autre... Philippe ! Philippe ! Philippe ! Vous dînerez ensemble demain, il faudra acheter des sous-vêtements, aller chez l'esthéticienne pour vous faire épiler... Oh non ! Demain, c'est samedi, il n'y aura pas de place ! Acheter des rasoirs ? Non, plutôt un épilateur, c'est plus net le lendemain matin au cas où vous passeriez la nuit ensemble. Et aller chez le coiffeur ?

Brusquement, un crissement de freins vous arrache à votre rêverie. Vous tournez la tête, aveuglée par une violente lumière. Trop tard : la dernière chose que vous voyez, ce sont ces visages autour de vous qui semblent dire des choses que vous n'entendez pas, comme s'ils parlaient derrière des vitres fermées. Vous ne souffrez pas, mais vous avez tellement sommeil...

Le conducteur de la voiture est sorti, il se penche sur vous. Vous voyez son visage dans un halo de lumière blanche. Vous entendez sa voix dans votre tête, vous entendez ses pensées. Vous savez tout de lui. Il rentrait d'une soirée entre amis, il n'avait presque pas bu, il avait été « raisonnable » : deux bières, un whisky-soda à l'apéritif, deux verres de vin à table... Il pouvait conduire, pensait-il. Il aimait rouler la nuit dans ces rues désertes qu'il connaissait par cœur, il avait l'impression d'être seul au monde. Quand il vous a aperçue au milieu de la route, son sang s'est figé : il allait trop vite, il n'avait plus le temps. Il a braqué son volant à droite et appuyé de toutes ses forces sur le frein. La vieille caisse s'est cabrée et a émis un grincement de douleur en se propulsant sur le trottoir. Sa vie est passée devant ses yeux en un éclair. Vous vous êtes retournée. Il a vu votre visage, éclairé par les phares. Vous avez à peine eu le temps d'ouvrir la bouche, ni même celui d'émettre un cri. Il se souvient encore du bruit sourd qu'a fait votre corps quand il vous a percutée. Votre visage est venu s'écraser contre le pare-brise. Il exprimait l'incompréhension la plus totale. Le conducteur est resté pétrifié, sans pouvoir détacher ses yeux du pare-brise fissuré autour du point d'impact et couvert d'une matière noirâtre.

Vous n'êtes plus à présent qu'une masse informe gisant sur la chaussée.

Combien de temps s'est écoulé ? Vous ne pourriez le dire. Parmi les spectateurs curieux, vous reconnaissez la silhouette d'un adolescent malingre. Il s'approche. Ce visage vous est familier, étrangement rassurant. Sa silhouette souple et gracile glisse vers vous sans même toucher le sol. Il vous parle doucement et sa voix lointaine pénètre votre esprit comme une révélation intérieure. Vous ne pouvez l'appeler mais il a compris, il s'approche.

– Pauvre Emma ! La vie est ainsi faite : elle ne tient qu'à un fil, et on ne sait jamais vraiment quand il cassera. Ne remets pas tes décisions au lendemain ! Suis ce que ton cœur te dicte, n'hésite pas, ne tergiverse pas. Dis à ceux qui t'entourent que tu les aimes. Demain, il sera peut-être trop tard. Tu voulais passer plus de temps avec Philippe, il le souhaitait aussi. Pourquoi es-tu partie ? Quelle règle absurde, quel code de bonne conduite t'y a poussée ? Peut-être est-il temps de profiter de la vie, de jouir de chaque instant, de saisir chaque opportunité. Remonte le cours du temps, fuis la morosité, amuse-toi, et que les souvenirs de cette vie s'effacent de ta mémoire !

Le sol se dérobe sous vos pieds, un vertige vous fait vaciller. Vous tombez dans un puits sans fond. Vous êtes comme aspirée en arrière, votre cœur se serre, la chute est infinie... Vous perdez connaissance.

✱ Rendez-vous au **chapitre 3** (p. 24).

CHAPITRE 58

Samedi 2 mars – 2 h 25

Vous longez le canal et ses jardins publics qui, après l'orage, exhalent une odeur de terre et d'herbe fraîche lourde comme un nectar. La voilà, la vraie vie ! Sous les rayons de miel d'un jour artificiel. Vous vous sentez apaisée, marchant à côté d'une ombre qui tourne comme l'aiguille des secondes chaque fois que vous dépassez un nouveau réverbère. Vous entendez au loin la ville grouiller de cette rumeur qui ne cesse jamais.

Vous avancez à grandes enjambées sur le trottoir, grisée par l'air de la nuit.

Soudain, semblant surgir de l'obscurité, un vieillard se dresse face à vous. Une partie de son corps reste engloutie dans le noir, ses cuisses disparaissent au niveau des genoux. On le croirait mutilé. Sa chevelure désordonnée, balayée par un vent invisible et furieux, ressemble à la crinière d'un vieux fauve, mais grisâtre sur la partie droite du visage et tombant en longues mèches. Il tient dans sa main une bouteille de vin à demi pleine. Sa bouche se plisse en une crispation sénile. Il oscille dangereusement, son bras se tend dans un geste vague et mal assuré. Il veut vous parler. Il a pour vous un message important. Ce clochard sans dents, aux membres lépreux, cherche un équilibre précaire. Il s'appuie à l'arbre et vous crie dans un souffle méphitique :

– Faut pas rester sur ce trottoir. Faut pas rester là, c'est dangereux !

Vous vous contractez instinctivement, vous voulez fuir cet ivrogne. Son bras se lève. Son corps vacille, ses lèvres fendues et couvertes d'épaisses croûtes violacées se collent au goulot de la bouteille. Sa main essuie les coulées de vin qui suintent par les commissures. Sa langue lèche la trace laissée par le nectar épais dans un bruit de succion écœurant...

Il vous fixe. Sa voix change, se fait plus dure, plus tranchante :

– Tu m'écoutes ? Tu vois, t'en as un qui passe là-bas !

Vous vous retournez. Au loin, au croisement de la rue, un homme jeune marche à vive allure, tête baissée, mains dans les poches, dos bombé.

– Tu vois ce type, là ? Ben ce type, c'qu'y voulait, c'était d'venir peintre, tu vois ? Les tableaux, les mains toutes pleines de couleurs, tu vois ? Mais c'qu'y a, c'est qu'au jour d'aujourd'hui y a pas d'couleur parce qu'il a ach'té une épicerie. Il a un crédit, oui madame ! un cré-dit ! Sur trente ans, hé hé... Trente ans ! Toujours voulu être peintre le gars... Mais y s'est dit : y faut d'l'argent, j'veux plus m'taper les six étages de ma chamb'de bonne, j'veux des super fringues à la cool... voilà c'qu'y s'est dit le gars, et puis un épicier y gagne de l'oseille et y peut s'acheter une belle baraque, les filles elles préfèrent viv'dans une chouette baraque, hein ? Les filles... et puis y s'dit c'est pas grave : y va transformer son garage en atelier et y peint quand y veut, le soir, le vik-end... Mais en fait le gars, il est trop crevé et y peint pas, y's'dit plus tard, quand j'serai en vacances et puis... et puis le gars y crève d'un cancer d'la clope. Vlan ! Comme j'te l'dis ! Et jamais il aura fait c'qu'y voulait dans la vie, le gars.

– Pourquoi vous me dites ça ?

– Parce que tu vas faire comme le gars, fillette, tu vas t'planter, tu vas faire le mauvais choix...

– Et vous, vous apparaissez toujours au moment critique ? Le bon génie des âmes perdues, c'est ça ?

– Faut pas t'moquer fillette, c'est sérieux...

Sa voix change alors, elle devient moins rocailleuse, moins érodée, les mots ne sont plus engloutis par sa bouche pâteuse... Le vieillard semble même se redresser.

– Je n'interviens pas toujours sous cette apparence, parfois c'est sous la forme d'une drôle de coïncidence, d'un signe... Mais la plupart du temps les gens ne remarquent rien, ils sont enfermés dans une rationalité absurde. Leur esprit se ferme à tout ce qui leur paraît un tant soit peu étrange, inexplicable scientifiquement... Bon allez, laisse-moi maintenant, va-t'en !

Et il se met à hurler en brandissant comme une massue sa bouteille vide : « Tire-toi ! Vite ! Vite ! »

Vous partez en courant, le laissant à son délire d'ivrogne. Bizarre, tout de même...

Arrivée devant la porte de votre appartement, tandis que vous cherchez vos clefs, vous entendez des voix étouffées sur le palier de l'étage du dessus. Vous tendez l'oreille et tâchez de saisir des bribes de conversation. Il vous semble reconnaître la voix de Ludovic, votre voisin du troisième. L'autre voix ne vous rappelle personne.

– On a passé la soirée à jouer au poker et à cloper, et puis il m'a emmené en boîte, dit Ludovic. Tu vois, ça va. J'm'en fous, de Virginie. C'est une salope, y a que la tune qui l'intéresse ! Y paraît que Kevin est dingue d'elle, il est gentil ce mec, mais carrément naïf, il va se faire plumer et il comprendra rien à ce qui lui arrive.

– Mmmh... Je me demande bien comment elle réagirait si tu devenais riche tout à coup.

– Je suis sûr qu'elle planterait Kevin et qu'elle rappliquerait illico à la maison, la bouche toute pleine de miel baveux... Salope !

– Il y a des chances, oui. Bon, allez ! J'suis mort, j'y go...

– Bye ! Et merci.

Vous entrez vite et refermez la porte derrière vous avant que l'interlocuteur de Ludovic ne redescende.

* Rendez vous au **chapitre 84** (p. 253).

CHAPITRE 59

Samedi 2 mars – 1 h 50

Vous l'entraînez vers les toilettes. Une fois la porte fermée, vous le plaquez brutalement contre le mur, votre bouche mord voracement la sienne. Vous sentez son sexe tendu. Sa main experte passe sous votre jupe, glisse entre vos jambes... L'obligation de ne pas faire de bruit rend la situation encore plus excitante. Vous fermez les yeux, les effleurements se font plus appuyés... Vous glissez à ses genoux, déboutonnez son pantalon, et, vos yeux toujours dans les siens, vous lui offrez un pur moment d'extase.

Vous sortez la première, le plus dignement possible, après vous être assurée que votre jupe est bien en place. Vous restez quelques minutes devant la glace. Vous vous recoiffez et vous remaquillez. Rien ne trahit plus cet instant d'égarement. Vous vous précipitez vers la porte, tête baissée, pressée de partir à présent. Vous vous cognez alors brutalement à une femme qui a tout l'air de vouloir entrer. « Pardon », marmonnez-vous toute confuse en essayant de vous faufiler. Mais la femme vous barre le passage. Vous levez le nez. Elle vous dévisage avec une colère et un mépris non dissimulés. La blonde monumentale de tout à l'heure !

– Ça y est ? T'es contente ? Il a tiré son petit coup vite fait ? J'croyais qu'il te plaisait pas !

– Je ne comprends pas...

– Allez, arrête ! J'vous guette depuis une heure, j'l'ai bien vu, ton manège. Federico, c'est *mon* mec !

– Vous vous trompez, je...

Elle se met à hurler :

– Non ! Je me trompe pas ! Espèce de salope !

Vous reculez jusqu'à la porte des toilettes où Federico est

toujours enfermé. Il était entendu qu'il sortirait cinq minutes après vous, mais là, il pourrait quand même se montrer.

– Écoutez, ça suffit, j'aimerais bien sortir...

– Ah ouais ? C'est toi qui vas m'écouter !

Vous essayez maladroitement de vous faufiler mais cette fille vous bouche le passage de toute la largeur de son corps. Elle vous plaque contre le mur d'une main puissante de boxeuse professionnelle. Vous la laissez faire. Votre reddition un peu rapide et la peur qu'elle lit sur votre visage enflent sa voix d'une satisfaction vulgaire. Elle vous regarde d'un air moqueur.

– Alors c'est ça qu'il va tirer dans les chiottes pendant que je suis censée l'attendre à la maison ! Des lavettes, des trouillardes, des pisseuses qui ont la pétoche devant une autre nana !

– Vous ne voulez pas régler ça avec lui ? Il est là-dedans, dites-vous en montrant la porte du doigt.

Elle continue, imperturbable, comme si cette information n'avait pas d'intérêt.

– Tu sais, ta copine Solenne, elle a la langue bien pendue quand on lui offre une bière. Elle m'a parlé de toi et y paraît que ton copain est en voyage. Tu crois qu'il apprécierait de savoir ce que tu fais dans les bars quand il s'en va ?

Vous blêmissez. La blonde s'énerve :

– Espèce de garce infidèle ! Dégage ! Et que je te revoie plus, ou je te tue !

Elle retire son bras de votre poitrine et vous libère en s'écartant de la porte. Vous avez l'impression que tout le monde vous observe. Chaque sourire est humiliant. Vous entendez la fille hurler dans les toilettes et frapper comme une démente sur la porte en bois que Federico dresse comme un rempart muet entre lui et sa dulcinée... Cela ne vous regarde plus. Vous rejoignez Solenne pour récupérer votre manteau. Vous la grondez de ses indiscrétions, puis perdez dix minutes au bar à essayer de régler vos consommations.

Pendant ce temps, autour des toilettes, un véritable attroupement s'est formé. Vous allez jeter un coup d'œil : la blonde admoneste vertement Federico, elle lui donne une tape derrière l'oreille comme à un enfant désobéissant. « Ne fais rien que tu puisses regretter », implore Federico. Il lutte sans succès. Il aurait plus de chances d'arrêter une attaque massive de fourmis rouges en s'enduisant le corps de sucre que de détourner la fureur de cette enragée... « Écoute », hasarde-t-il une dernière fois. Avant que le poing de la blonde ne descende en piqué vers son nez : « Aucun risque que je le regrette, “mon amour” ! »

Vous vous précipitez dehors, haletante, enfin libérée.

C'est seulement sur le trottoir que vous réalisez combien cette rencontre vous a bouleversée. Un goût amer vous monte à la gorge. Vous avez envie de vomir. Vous voudriez à présent l'avoir en face de vous, cette folle, pour la rouer de coups de poing et vous délivrer de cet affreux souvenir d'humiliation et de lâcheté, fiché dans votre cerveau comme la hache dans une souche. Vous voudriez oublier ce visage vulgaire, ce sourire méprisant, ces gros doigts sur votre chemise...

Vous voudriez être déjà chez vous.

Vous épiez le silence pour tâcher de capter autre chose que le bruit régulier de vos pas. Oui, il y a bien quelque chose : un écho fidèle, quelque part derrière vous. Vous vous arrêtez, il se fait encore entendre une seconde ou deux puis s'arrête à son tour. Il repart quand vous repartez. Vous êtes suivie ! Vous marchez plus vite, courez presque. Vous tournez à droite deux fois, puis à gauche, pour égarer le suiveur. Par un long détour, vous rejoignez le boulevard. Vous vous cachez sous un porche. Plus de bruit de pas. Après d'interminables minutes, vous reprenez votre chemin et rentrez chez vous...

9 heures. Les brumes de votre esprit commencent à se dissiper, vous sortez lentement du nuage ouaté de sommeil qui pèse encore sur vos paupières. Vous repensez à votre soirée. Danser, fixer la proie, attendre qu'elle morde à l'appât, exercer de nouveau ce pouvoir du chasseur, vous aviez oublié à quel point c'était facile, à quel point les hommes étaient faciles... Federico. Ce nom sera vite oublié...

Vous n'éprouvez aucun remords. Vous n'avez pas non plus le sentiment d'avoir été infidèle. Vous considérez cette soirée comme le prolongement de votre psychothérapie, une séance de travaux pratiques en quelque sorte, pour vous rassurer sur votre capacité à plaire. Éric, lui, ne vous fait plus l'amour que rarement et distraitement, comme s'il pensait à autre chose, à son travail qui l'obsède – ou à une autre femme peut-être.

Il a laissé un message sur votre répondeur, il ne rentre que jeudi. Ça vous laissera le temps de faire le point sur votre vie...

Le lendemain soir, votre copine Claire organise une petite fête pour son anniversaire. Vous décidez d'y faire un saut.

À peine êtes-vous arrivée qu'un homme vient s'asseoir à côté de vous. Un bel homme de surcroît. Vous êtes flattée. Il se nomme Rodolphe. Après les présentations d'usage, une discussion s'engage. Ou plutôt, pour être honnête, votre contribution à cette conversation se limite très vite à quelques hochements de tête et un sourire béat. Il vous parle de Heidegger, de Lacan et de l'apport in-es-ti-mable d'Aristote au système épistémologique occidental. Vous renoncez à revendiquer votre présence : comment peut-on rivaliser avec Aristote ?

Une heure passe... et le bel Apollon monologue toujours. Votre cerveau se déconnecte. Apparition de l'écran de veille. Vos pensées vagabondent et s'enlacent en spirales sans fin, en un ballet aléatoire de lignes multicolores. C'est alors qu'un miracle se produit : Rodolphe s'adresse à vous ! Bien plus, il vous pose une question ! Vite, rebranchez vos neurones, rétablissez les connexions synaptiques !

– Qu'avez-vous lu ces derniers temps ?

Vous lui parlez alors d'un roman que vous avez particulièrement aimé et qui vous a beaucoup émue. Tâchant de jouer les critiques littéraires averties, vous lui expliquez combien la révolte du personnage transparaît dans la violence du style et comment l'auteur a réussi à traduire toute la complexité et la subtilité des codes qui régissent les relations entre les protagonistes. Il l'a lu lui aussi, mais il trouve que l'extrême complaisance de l'auteur envers son personnage est un peu pesante, que le recours systématique à la déconstruction syntaxique est un procédé trop évident, par ailleurs tellement utilisé ces dernières années : sur le même sujet du reste, Frailer a fait infiniment mieux en 1983, en étant moins caricatural...

Vous ne connaissez pas Frailer et vous vous extasiez sur un roman « caricatural » : belle prestation ! Vous tortillez votre mouchoir, ne sachant plus que dire pour vous sortir de ce bourbier. Vous vous sentez nulle, vaguement honteuse. Vous ruminez, fâchée contre vous-même. Les gens dansent et s'amusent. Leur plaisir vous agace.

Vous reprenez votre manteau et vous dirigez vers la porte. C'est alors qu'une main vous arrête : Rodolphe tient à ce que vous lui donniez votre numéro de portable. Il vous laisse le sien. Il aimerait vous revoir... Vous n'en croyez pas vos oreilles ! Vous rangez précieusement le petit bout de papier sur lequel est griffonnée la promesse d'un bonheur futur et repartez en flottant jusque chez vous.

Lundi. Est-ce que vous lui plaisez ? Est-ce qu'il va appeler ?

Mardi : rien. Mercredi : rien. Vous attendez désespérément son coup de fil. Vous savez que vous, vous ne devez l'appeler à aucun prix...

Jeudi, 10 heures. Vous vous répétez comme un mantra que si vous cédez à la tentation, vous êtes une idiote ! Faut-il que vous l'écriviez cent fois pour vous en faire passer l'envie ? C'est l'occasion de vérifier si faire des lignes est un outil pédagogique efficace...

11 heures. Ça y est, vous avez craqué ! Vous venez de lui envoyer un SMS pour lui proposer de boire un verre ce soir. Vous devriez vous remettre au travail.

Midi. Aucune réponse. Vous vérifiez que votre téléphone fonctionne correctement. Pourquoi n'appelle-t-il pas ? Peut-être dort-il toujours ?

18 heures. Il n'appellera plus. C'est peut-être votre faute s'il ne veut pas vous revoir, vous êtes d'une nullité affligeante, d'une inculture navrante et vos réparties sont plates comme des trottoirs de rue sur lesquels tout le monde aurait déjà marché... Activité du soir : l'autoflagellation !

Mais aime-t-on quelqu'un proportionnellement au nombre de livres lus ? L'essentiel dans un couple, c'est la tendresse, le bonheur d'être ensemble. On n'est pas censé se battre à coups de citations. En fait, pour dire la vérité, vous vous êtes méchamment ennuyée dimanche soir. Rodolphe n'a pas cherché à vous connaître mais à briller, à vous éblouir. Il ne s'est pas intéressé à vous. C'est un égocentrique qui ne mérite pas l'intérêt que vous lui accordez. Vous sentez bien que, pour lui, la culture est un avoir qu'on amasse, qu'on expose, qu'on capitalise. Vous haïssez le capitalisme !

Pourquoi n'appelle-t-il pas ?

Vendredi. Il vous a rappelée. Votre cœur chavire.

Éric a repoussé son retour de deux jours, vous invitez Rodolphe chez vous. Quel mal y a-t-il à cela ? C'est juste un verre...

Un regard, souffle coupé. Il vous embrasse.

Nuit merveilleuse, amant extraordinaire... Qu'allez-vous faire maintenant ? Vous n'avez rien prévu. Vous attendez de nouveau que le téléphone sonne... Avec cette désagréable impression d'avoir passé un examen et d'attendre les résultats.

Dès que vous fermez les yeux, vous revoyez son visage, ses mains glissant sur vous, sa joue frôlant votre ventre, vos cuisses... Il vous a dit que vous étiez belle. Vous sentez encore son odeur âcre et chaude, cette odeur animale qui vous monte à la tête et vous fait courir des frissons dans les reins. Vous êtes traversée par des flammes ondulantes comme les battements de douces vagues. Vous pensez à ses doigts sur votre corps, à ce mouvement régulier qui a grandi, gonflé, gonflé jusqu'à remplir votre cœur, des tourbillons de sensations qui ont tournoyé et vous ont emportée. Puis la paix, la paix absolue qui s'est répandue en vous et vous a laissée inanimée. C'était si parfait...

– À quoi tu penses ? avez-vous demandé.

– À rien...

– Je te plais ?

– Oui.

– On se reverra ?

Pourquoi a-t-il fallu que vous posiez ces questions idiotes ? Vous n'avez pas pu résister. Vous l'appelez et lui demandez s'il voudrait vous accompagner au cinéma samedi soir. Il vous répond qu'il part quelques jours mais vous rappellera dès son retour.

*
**

Éric est rentré tard dans la nuit. Vous avez entendu la porte claquer. Il vient vous embrasser, vous faites semblant de dormir... Vous l'entendez se déshabiller, le bruit de la douche. Lorsqu'il rentre dans le lit et s'étend à côté de vous, vous éprouvez comme une gêne. Il vous prend dans ses bras et vous embrasse, vous lui rendez ses baisers du bout des lèvres, sans ouvrir les yeux. Il sent le savon, tout cela est tellement... propre, les odeurs évaporées, les désirs domestiqués, être sage, policé, civilisé... Subrepticement l'image de Rodolphe, sensuel et farouche, s'interpose.

Éric se serre plus fort contre vous et sa main vous cherche. Vous vous dégagez doucement. Vous n'êtes plus sûre de l'aimer encore. Pourquoi restez-vous ensemble ? Par obéissance au principe d'inertie ?

– Qu'est-ce qu'il y a ? demande-t-il.
– Rien, je suis juste très fatiguée...
– Bon, OK. Dors bien.

Il s'enroule dans les draps en vous tournant le dos.

Vous êtes en colère... dégrisée aujourd'hui, comme un pauvre que l'on a invité un soir à un festin et que l'on a renvoyé ensuite à sa misérable vie. Après avoir goûté aux caresses expertes de Rodolphe, vous n'avez plus envie du petit coït bimensuel et insipide qu'Éric condescend à vous accorder... Et quand bien même il deviendrait subitement imaginatif et fougueux, quelle indécence, quelles expériences pourraient rivaliser avec l'excitation de la découverte d'un corps nouveau ?

Le lendemain, vous décidez de parler à Éric et lui avouez que vous n'êtes pas heureuse, qu'il est peut-être temps de vous séparer. Il acquiesce : oui, il est peut-être temps... Vous pensiez qu'il lutterait, vous supplierait de ne pas l'abandonner... Vous pleurez beaucoup.

Aucune nouvelle de Rodolphe.

Les jours passent et la perspective de plus en plus réelle d'une séparation vous panique : il ne s'agit plus d'un fantasme caressé de temps à autre, mais de la réalité. Vous comprenez alors que vous n'êtes pas prête à vivre sans Éric, à rompre le lien, que vous l'aimez encore.

Rodolphe n'appellera plus. Tout est fini. Vous pensiez que quelque chose de fort s'était passé. Il était si tendre. Pourquoi n'a-t-il pas dit qu'il voulait seulement passer une nuit avec vous ? Pourquoi avoir déclaré qu'en vous voyant, il avait vibré « d'une façon qu'il n'avait jamais connue », que « quelque chose de spécial » s'était passé ? Est-ce qu'il va disparaître comme ça ? Sans explication ? Est-ce que tous les hommes sont lâches ?

Vous vous sentez seule et perdue.

Samedi 23 mars. Éric vous a emmenée au théâtre. Vous avez discuté comme cela ne vous était pas arrivé depuis longtemps. Il s'est montré tendre et attentionné. Il vous propose de partir en week-end la semaine prochaine. Vous êtes contente. Vous avez le sentiment que tout va s'arranger.

Finalement, Rodolphe est oublié. Vous avez sans doute un peu tout mélangé, l'excitation, l'amour... Vous songez à présent que ces petites aventures n'ont finalement que peu d'importance : elles passent, et c'est ce qui dure qui compte. C'est vivre ensemble, jour après jour, et pas coucher une fois ou deux... Vous venez de réaliser que le secret de l'amour ce n'est pas le sexe.

Votre existence est paisible à présent. Après quelques cahots, le calme est revenu.

Dimanche 31 mars. Ce soir, Éric est avec Fabrice, son vieux pote de fac. Vous lui avez dit de s'amuser. Il vous a proposé de venir, mais passer la nuit agrippée à une manette pour tuer des monstres venus de l'espace intersidéral sur un écran de TV, cela vous intéresse modérément. Vous êtes quand même rassurée qu'il vous l'ait demandé. Puisqu'il vous aime, tout est encore possible. Vous voulez l'aimer aussi....

Le téléphone sonne : c'est votre amie Claire. Elle vous propose une soirée « entre filles ». Bonne idée !

Avec Claire, on ne se pose jamais de problèmes existentiels. Vous étiez ensemble à la maternelle et, depuis tout ce temps, la seule chose qui ait jamais semblé intéresser votre amie, ce sont les garçons.

Du reste, elle a « des choses » à vous raconter. Comme à chaque rencontre amoureuse, elle va consulter une voyante pour connaître l'avenir de cette relation naissante, et vous êtes invitée à l'accompagner.

* Si vous acceptez, rendez-vous au **chapitre 140** (p. 464).

Si vous préférez un petit dîner entre copines, rendez-vous au **chapitre 146** (p. 494).

CHAPITRE 60

Samedi 2 mars – 8 heures

Vous vous réveillez en sursaut, agitée de violents frissons. La vue des murs de votre chambre, de vos meubles, de vos objets familiers vous rassure et vous raccroche progressivement à la réalité. Vous regardez le radio-réveil : 8 heures. Vous êtes chez vous. Qu'étiez-vous donc en train de rêver ? Après quelques secondes de noir total, le souvenir de votre songe vous revient tout à coup.

Vous étiez dans une forêt et, à mesure que vous avanciez, les arbres se rapprochaient de vous. Les racines jaillissaient comme des tentacules et vous lacéraient les chevilles, les branches vous fouettaient le visage. Ces arbres n'avaient plus de feuilles et ils étaient gorgés d'une résine épaisse qui vous brûlait comme de l'acide quand elle éclaboussait votre peau. Les racines entouraient vos jambes et vous empêchaient d'avancer. Éric était loin devant. Il vous regardait. Il se détournait de vous, prenait une fée par la main et s'envolait avec elle. Cette fée, il l'appelait Aurélie.

Les plaintes déchirantes des arbres brûlés résonnent encore en vous et vous avez l'impression que l'odeur de votre cauchemar vous colle à la peau... Vous réalisez que le nom d'Aurélie vous a perturbée durant votre sommeil.

Vous essayez d'analyser calmement la situation. Depuis plusieurs mois, Éric se montre distant, il n'est plus aussi tendre et ne vous rapporte plus de petits cadeaux comme il le faisait autrefois lorsqu'il revenait de voyage. Vous avez de plus en plus de mal à communiquer et vos manques se transforment souvent en récriminations, ce qui n'améliore pas vos relations. Il vous dit qu'il est à un tournant de sa carrière et que ce n'est qu'une période difficile à passer. Il est tendu et anxieux, mais il vous assure que bientôt tout redeviendra comme avant et qu'il s'occupera davantage de vous, que vous partirez même en vacances tous les deux. Il vous demande de lui faire confiance.

* Si vous décidez d'appeler « Aurélie », vous pourrez vous libérer l'esprit au **chapitre 64** (p. 186).

Si vous préférez faire confiance à Éric et ne pas créer de tensions supplémentaires entre vous, n'appelez pas. Vous verrez à son retour comment il convient d'agir : allez au **chapitre 62** (p. 182).

CHAPITRE 61

Samedi 2 mars – 8 h 10

Éric est là. Il vous accueille en hurlant :

– Tu étais où ?

Il vous a attendue jusqu'à quatre heures du matin. Il était fou d'inquiétude. Vous aviez éteint votre téléphone : il n'avait aucun moyen de vous joindre ! Il avait écouté votre message. Vous étiez bouleversée, furieuse. Vous veniez de parler à Aurélie, vous disiez que vous ne pardonneriez jamais. Peut-être aviez-vous... Non, ce n'était pas votre genre ! Et si vous aviez eu un accident ? Il a appelé tous les hôpitaux : rien. Vers sept heures, il s'est éveillé en sursaut. Vous n'étiez toujours pas rentrée. Il suffoquait, saisi d'un vertige d'angoisse. Il est resté assis au bord du lit, incapable de se décider à bouger. Il ne pouvait pas vivre sans vous. Il vous aimait.

Mais quand il a entendu le bruit de vos clefs dans la serrure, il a été submergé d'une colère sans bornes. Voici ce qu'en un souffle il vous dit, à peine le seuil franchi :

– Alors, tu étais où ?

Vous jetez votre sac sur un fauteuil et vous dirigez sans un mot vers la cuisine. Des assiettes sales traînent dans l'évier.

– Où est-ce que tu as passé la nuit ? Avec un autre ?

– De quel droit tu me poses ce genre de questions ? Hein ? Tu étais où, toi, jeudi soir ? Pas à ton hôtel, en tout cas !

– Tu t'es envoyée en l'air toute la nuit ? C'est ça, hein ? Moi, je rentre plus tôt pour te faire une surprise et voilà... Je découvre que celle que je voulais demander en mariage s'envoie en l'air dès que j'ai le dos tourné ! La femme de ma vie ? Une belle salope, oui !

Vous préparez votre petit déjeuner, comme absente au monde

et aux cris ; vous essayez par ces gestes mécaniques de ne pas vous laisser détruire par ses hurlements.

– Regarde-moi quand je te parle. Et arrête avec ça !

Il renverse d'un geste la tasse que vous veniez de remplir de café, vous saisit les bras et vous secoue violemment :

– Qu'est-ce que t'as fait ? hein ?

Vous le regardez droit dans les yeux et un sourire provocateur se dessine sur vos lèvres.

– À ton avis ?

– Tu pues l'alcool... Ah, c'est ça que tu veux ? Te bourrer la gueule et te faire sauter vite fait mal fait par des inconnus ?

– Je crois que dans ce domaine, tu n'as pas de leçon à donner... répliquez-vous d'une voix sourde.

Furieux, il prend une chaise qu'il écrase contre le mur. Les yeux exorbités, il s'approche de vous et vous gifle de toutes ses forces. Vous tombez à terre. Vous criez :

– Arrête, arrête !

Il vous relève pour vous gifler de nouveau. Vous ne réagissez plus. Vous ne pouvez plus émettre un son, votre gorge est nouée. Vos jambes fléchissent et ne peuvent plus vous soutenir. Il s'arrête. Soudain, il tombe à genoux et pleure :

– Je t'aimais. Je voulais que tu deviennes ma femme... J'avais acheté un petit bateau. Je voulais t'emmener en croisière ce week-end et te demander de m'épouser. Je suis revenu jeudi pour tout préparer. Tu me déçois tellement... Tu me dégoûtes...

Vous êtes fatiguée et en colère contre lui. Ce n'est pas une petite colère passagère. C'est plus profond, durable, irrémédiable. Vous répondez simplement :

– Je sais tout pour Aurélie.

Pendant un instant, vous restez là, tous les deux, à terre. Que pouvez-vous dire ? Vous semblez attendre. Lui se lève doucement. Il prend quelques affaires, les met dans un sac. Vous ouvrez enfin les lèvres et demandez :

– Qu'est-ce que tu fais ?

Il ne répond pas. Vous répétez la question.

– Tu vois bien, je pars.

✻ Si vous le laissez partir, rendez-vous au **chapitre 79** (p. 239).

Si vous réalisez que vous ne pouvez pas vivre sans lui, rattrapez-le au **chapitre 63** (p. 184).

CHAPITRE 62

Samedi 2 mars – 9 heures

Bien sûr, même si vous avez décidé de ne pas appeler, si vous pensez qu'il vaut mieux parler de vos doutes directement avec Éric, cette histoire vous trouble.

Vous regardez le numéro de téléphone et essayez d'envisager toutes les solutions.

Pourquoi êtes-vous à ce point perturbée par ce numéro ? Est-ce que vous imaginez qu'Éric a une maîtresse ?

Est-ce que quelque chose dans son comportement vous le laisse penser ? Oui. En vérité, oui, ce serait possible. Il part souvent, il rentre tard et si ses explications vous conviennent, c'est parce que vous ne vous posez pas la question de savoir si elles sont vraisemblables. Pour être honnête, vous ne vous intéressez plus beaucoup à ce qu'il fait, et lorsqu'il part en voyage vous êtes bien contente de manger un plateau-repas devant la télé ! Et de pouvoir vous caler contre vos oreillers avec un bon roman, seule et en pyjama, sans être obligée de vous laver ni de revêtir une nuisette inconfortable...

* Si vous êtes en train de réaliser que vous êtes bien plus heureuse lorsqu'il n'est pas là, et donc que vous ne l'aimez plus : alors il ne faut pas que vous appeliez car vous savez bien que, s'il s'avère qu'« Aurélie » est sa maîtresse, vous allez vous accrocher à lui par amour-propre et la jalousie vous aveuglera. La seule vérité est que vous vous ennuyez avec lui et qu'il est temps de le quitter. Vous lui fixez rendez-vous dès son retour dans un bar à 20 heures, **chapitre 106** (p. 333).

Mais êtes-vous certaine de ne pas vous tromper ? Peut-être êtes-vous si sûre qu'il vous trompe que vous préférez le quitter maintenant pour prendre l'initiative ? Cela s'appelle du sabordage ! Et si ce numéro était celui d'une collègue, d'une amie, d'un boudin ? Vous ne préférez pas attendre son retour avant de prendre une quelconque décision ? Attendez qu'il revienne, donnez-vous une semaine : il ne faut rien précipiter, ne rien faire d'irréparable.

Une chose est sûre en revanche : si vous soupçonnez qu'il puisse avoir une maîtresse, c'est que cela n'aurait rien d'étonnant ; vous reconnaissez vous-même que votre vie manque de piment... Éric est quelqu'un de bien et vous tenez à lui. Pourquoi ne pas essayer de retrouver la passion qui vous animait il y a quatre ans ? Vous vous êtes tous les deux enlisés dans cette petite vie de couple, réagissez ! Rien ne sert d'écouter les blablas d'une inconnue.

Si vous tenez à votre ami, mieux vaut essayer de le reconquérir au **chapitre 85** (p. 260).

Alors, que décidez-vous ?

CHAPITRE 63

Samedi 2 mars – 8 h 30

– Non, attends !

Vous vous accrochez à lui, le suppliant de ne pas partir. Quelle humiliation... Idiote ! Vous vouliez le voir à terre, le voir souffrir, vous venger pour Aurélie, pour toutes ces trahisons, et vous voilà en train de ramper !

– Éric, ne t'en va pas ! Je t'aime. Pardonne-moi. Donne-moi une seconde chance, je ferai tout pour toi, tout ! Je croyais que tu avais une maîtresse...

– Tu me dégoûtes !

Vos larmes vous suffoquent. Elles s'échappent de votre poitrine dans une explosion de sanglots et de gémissements convulsifs. Vous tombez à genoux et serrez frénétiquement ses jambes dans vos bras. Il vous toise sans bouger, curieux de voir jusqu'à quel degré d'abaissement vous êtes capable d'aller.

La crise se calme.

Si vous aviez levé les yeux sur son visage, vous auriez pu voir son regard et ce vague sourire sur ses lèvres...

Il allume une cigarette et pose ses conditions, d'une voix impassible : interdiction de remettre les pieds chez lui, de l'espionner, de chercher à savoir où il va, de l'appeler continuellement. Vous acquiescez à tout, acceptez tout pour rester près de lui.

– Ton amour m'étouffe ! Trouve-toi une occupation, fais quelque chose de ta vie...

Il jubile. Un sentiment de toute-puissance l'envahit tandis que vous êtes brisée. Il peut vous piétiner s'il le veut, et il le veut.

Il vous tordra les nerfs jusqu'à ce que vous n'en puissiez plus. Vous l'avez trompé. Ça, vous allez le regretter !

* Si vous encaissez les coups, allez au **chapitre 87** (p. 271).
Si vous prenez un verre, deux, trois peut-être, si vous cédez au désespoir, rendez-vous au **chapitre 75** (p. 229).

CHAPITRE 64

Samedi 2 mars – 9 heures

Vous cherchez un prétexte qui justifierait cet appel et vous éviterait d'avoir l'air trop idiot. Vous notez sur une feuille ce que vous allez dire, pour être sûre de paraître un tant soit peu naturelle ; vous êtes crispée comme si vous passiez un oral. Vous devez vous détendre !

– Oui, allô ?

– Bonjour, excusez-moi, vous êtes Aurélie ?

– Oui.

Quelle voix profonde et sensuelle... Du calme !

– Excusez-moi de vous déranger. Je suis la femme d'Éric, il est en déplacement et m'a demandé...

– Qui ?

– Éric Léger, il...

– Sa femme ?

– Oui, il est en déplacement et m'a demandé de joindre son assistante Aurélie. Vous êtes bien son assistante ? Il... Je... Enfin, sur son agenda, il y avait juste Aurélie sans nom de fa...

– Attendez, là... Je ne comprends pas bien. Vous dites que vous êtes la *femme* d'Éric ?

– Oui, enfin, tout comme...

– C'est pas possible ! Le salaud !

Une espèce de rire nerveux la secoue. Après un silence qui vous semble interminable, elle reprend :

– Écoutez, je crois qu'il faudrait qu'on parle un peu de... enfin, je crois que... Éric... Je ne savais pas qu'Éric...

– Eh bien ?

– Ça va faire un an que je sors avec Éric et...

– Un an !

– ... et il ne m'avait jamais parlé de vous. On pensait emménager ensemble bientôt. Je suis désolée...

Vos forces vous abandonnent, la nausée vous serre la gorge. Ça n'est pas possible ! Vous avez des dizaines de questions mais vous ne pouvez plus parler. Vos nerfs sont des fils barbelés, vous vous déchirez de l'intérieur. Aurélie semble se maîtriser davantage :

– Vous vivez ensemble ?

– Non, pas exactement. Il a son appartement.

– Ça fait longtemps que vous êtes ensemble ?

– Quatre ans.

Vous répondez à ses questions mécaniquement.

– Et vous n'avez rien remarqué, rien senti, rien vu ?

– Non.

– Mais les nuits où il venait dormir chez moi ?

– Je ne sais pas. En déplacement, je crois...

– Il était avec vous hier soir, non ? Il a dit quoi pour pouvoir me rejoindre ici à 3 heures du matin ?

– Non, on n'était pas ensemble.

– Quoi ? Il n'était pas avec vous ? J'aurais juré que...

– Il est parti la semaine dernière pour un tournage... Il m'a dit qu'il ne rentrerait que jeudi.

– Vous voulez que je vous dise ? À mon avis, il nous prend toutes les deux pour des connes. Hier soir, il était avec une fille. J'en suis sûre, j'ai vu le cheveu sur sa veste et j'ai senti un parfum ! Il avait coupé son portable. Il a prétexté en rentrant qu'il avait bossé comme un dingue.

– Mais comment...

– Il doit être très bien organisé. Et je pense que sa mémoire est assez exceptionnelle pour lui permettre de se souvenir de tous ses mensonges. Vous avez les clefs de son appart ?

– Oui.

– Bon, il faudrait que vous alliez fouiller, qu'on soit sûres. Si vous trouvez les relevés de banque ce sera bien.

– Mais, je ne sais pas si...

Votre voix s'étrangle. Vous devez lui faire pitié... Face à votre effondrement, elle semble vouloir, d'autorité, gérer la situation :

– Il faut qu'on se voie, vous habitez où ?

– Près de la mairie...

– Moi je suis de l'autre côté de la ville.

– Maintenant ?

– Non, mais à midi je serai chez moi.
– D'accord.
– L'adresse, c'est le 12 rue Feuillantines. Sonnez à « Lafade ».
– D'accord...
– À tout à l'heure, alors.
– Oui... oui, à midi...

Vous raccrochez, brisée.

Vous appelez Éric. Mais vous tombez sur le répondeur. En fait vous ne savez pas où il est. Dans quel hôtel ?

Vous allez chez lui, vous cherchez un sac, videz ses poches. Rien.

Vous allumez l'ordinateur et cherchez le site de sa banque. Il vous faut un code pour accéder à son compte. Vous cherchez dans ses dossiers : ça y est, vous l'avez ! Vous faites défiler les dates. 28 février, jeudi : paiement par carte bancaire, Le Bon Coin.

Le Bon Coin, un petit restaurant à l'autre bout de la ville où vous n'êtes pas allée depuis au moins deux ans.

Il est donc revenu en ville, il n'y a plus le moindre doute... Votre univers s'écroule.

Vous tournez en rond. Vous appréhendez la suite. Que va-t-elle vous apprendre ? Vous aimeriez que tout cela soit déjà terminé...

✱ Si, avide de réponses et ne sachant plus à quoi vous raccrocher alors que tout votre univers est en train de s'écrouler, vous décidez d'aller chez Aurélie, traversez la ville vers le **chapitre 66** (p. 195).

Si vous en avez suffisamment appris, si vous pensez qu'il est temps de changer de vie, faites vos valises et partez au **chapitre 68** (p. 207)...

CHAPITRE 65

Samedi 2 mars – 1 h 30

En refermant la porte de votre appartement, vous songez que, décidément, vous en avez assez de passer votre vie seule. Peut-être devriez-vous faire comme Virginie, vous envoyer en l'air avec le premier venu... Bon, admettons, c'est un coup bas.

Rien ne vous empêche de vous divertir en tout bien tout honneur. Ce dimanche soir, Claire organise une petite fête pour son anniversaire. Il y aura sûrement pas mal de monde. Mais vous n'avez pas trop envie de bouger et préférez passer la soirée devant la télévision, à broyer du noir...

Le début de semaine se révèle morose et rien n'y change, pas même le retour d'Éric.

Samedi 9 mars. Ludovic vient vous voir. Il paraît que Virginie a disparu depuis une semaine... Il a l'air assez affolé. Quant à vous, vous êtes convaincue qu'elle ne veut tout simplement plus le voir. Elle est peut-être encore dans sa cabane ? Rien n'interdit à une femme de se tirer quelque temps si ça lui chante, n'est-ce pas ? Vous ne voyez pas pourquoi on lui donnerait la chasse !

Par acquit de conscience, vous appelez Camille. Elle non plus n'a pas de nouvelles... Bizarre, tout de même !

20 h 30. Il est temps de mettre la pizza au four. Éric sort ce soir. Pour vous, ce sera plateau télé. Vous vous installez confortablement dans le canapé, devant une rediffusion d'*Autant en emporte le vent*. À 22 h 05, vous sursautez en entendant la sonnette. Éric ? Déjà ? Vous n'aimez pas les changements de programme et sentez la mauvaise humeur vous gagner. Vous étiez bien tranquille, pourquoi ne reste-t-il pas avec ses amis comme prévu ? Vous vous dirigez vers la porte et regardez à travers

l'œilleton, mais la lumière du couloir est trop faible pour que vous puissiez distinguer quoi que ce soit. Vous ouvrez. C'est Ludovic. Il semble très agité.

– Ludovic ? Mais qu'est-ce qui se passe ?

– Écoute, je ne sais plus quoi faire. Je suis allé voir les flics et ils m'ont rigolé au nez en disant que les femmes disparaissaient parfois sans prévenir, que c'était la vie et une de perdue, dix de retrouvées !

– Ils n'ont pas tort, pourquoi tu t'affoles comme ça ?

– Ce n'est pas son genre de partir seule sans prévenir personne.

– Qui te dit qu'elle est partie seule ? Elle a peut-être rencontré quelqu'un, non ?

– Sans prévenir ?

– Le coup de foudre, ça prévient pas, tu sais... Je suis désolée de te dire ça, mais ce n'était plus vraiment la joie entre vous.

– Non, quelque chose est arrivé à Virginie, je le sens.

– Elle ne veut peut-être pas que tu saches où elle est, ni avec qui.

– Écoute, si je m'inquiète autant ce n'est pas pour rien. OK, ce n'était peut-être plus l'extase ces derniers temps. Je pense même qu'elle me trompait. Mais là, je suis vraiment inquiet.

– Tu as appelé ses parents ?

– Ils s'en foutent complètement.

– Ludo, il faut que je te dise quelque chose. C'est assez délicat...

– Quoi ? Vas-y....

– Vendredi dernier, je l'ai vue à La Chope. Elle avait beaucoup bu et elle est partie avec un mec.

– Tu le connais ?

– Non.

– Il l'a peut-être enlevée ? Il faut que tu viennes avec moi voir les flics et que tu leur décrives ce type.

– Ça ne...

– S'il te plaît !

Ses yeux tristes, cernés de mauve, semblent se creuser un peu plus chaque seconde. Vous détesteriez le voir pleurer.

– Bon, d'accord. Passe me prendre demain à 10 heures.

Le lendemain, vous l'accompagnez au commissariat, persuadée qu'il s'agit d'une perte de temps. Contre toute attente, les policiers écoutent votre histoire avec le plus grand intérêt et vous demandent de faire une déposition. Ils vous conduisent ensuite à la morgue de l'hôpital, auprès d'une jeune fille dont le corps a été retrouvé la veille, pas très loin de La Chope, derrière une cabane des jardins ouvriers. La femme correspond au signalement de Virginie et aurait été tuée une semaine plus tôt. Vendredi soir.

C'est bien elle. Battue et violée. Ludovic est effondré.

Les policiers souhaitent interroger votre voisin ; ils vous demandent de rentrer chez vous.

Ludovic est soupçonné du meurtre. Vous n'y comprenez rien. Pourquoi lui ?

Deux jours plus tard, un article paraît dans le journal.

Un homme de 30 ans a été interpellé puis écroué lundi. Il aurait commandité le viol de sa petite amie.
Le violeur présumé, dont l'identité n'a pas été révélée mais qui serait un récidiviste bien connu des services de police, est toujours en fuite. Un coup de fil anonyme aurait permis de trouver dans l'appartement de Ludovic X les preuves de son implication. *Suite p. 5.*

Vous avez pu établir un portrait-robot de l'homme avec lequel était partie Virginie cette nuit-là. Il occupe la moitié de la page. Pourquoi n'avez-vous rien fait ? Pourquoi ne pas l'avoir protégée ? Vos larmes ne changeront rien aux événements. Vous avez besoin d'air. Sur le palier, vous reconnaissez les voix de Nadège et de Camille, vos voisines. Vous montez les voir.

– Oh, Emma, bonjour ! lance Camille.

– Bonjour.

– Tu as lu le journal d'aujourd'hui ?

– Oui.

– C'est écœurant ! s'écrie Nadège. Il paraît qu'il aurait assisté au viol et pris des photos, ils ont retrouvé les photos numériques dans son ordinateur.

– Il avait un appareil numérique ?

– Non, c'était le mien. Il me l'avait emprunté la semaine dernière. Ça prouve qu'il avait vraiment préparé son coup...

– Quelle horreur !

– Et en plus, intervient Camille, ils ont retrouvé un bouton de sa chemise près de la fenêtre de la cabane où elle a été violée.

– Comment ils savent que le bouton provenait de sa chemise ? demandez-vous.

– Ils auraient retrouvé la chemise en question dans son lave-linge. Il manquait bien le bouton. C'est dégueulasse, ça veut dire qu'il aurait contemplé le viol caché derrière un arbre et qu'il aurait pris des photos...

Vous n'y comprenez rien :

– Mais pourquoi il aurait fait ça ?

Camille hausse les épaules en guise de réponse.

– Il l'aimait, j'en suis sûre ! reprenez-vous. Et dans ce cas, pourquoi se serait-il autant inquiété de sa disparition ?

– Ça a peut-être mal tourné ; peut-être qu'au départ il avait pas prévu un meurtre... Peut-être qu'il voulait juste la pousser dans les bras d'un sale type qui la baiserait sans égards pour l'humilier, parce qu'elle l'avait quitté.

– C'est vrai, ça ?

– Oui. Il paraît qu'il était impuissant et qu'elle le trompait déjà depuis longtemps, répond Nadège – qui semble très bien informée...

– Tout colle, note Camille en fronçant les sourcils.

Nadège poursuit :

– Il aime Virginie et la désire comme un fou mais elle, elle s'envoie en l'air avec le premier venu et ne veut plus de lui parce qu'il n'assure pas au lit. Alors il demande à un mec de la séduire, de la malmener, la frapper et la violer. La pauvre fille est choquée, dégoûtée du sexe... Et lui, il la récupère, terrassée. Il joue les sauveurs. Elle est rassurée parce qu'elle sait qu'il n'est pas porté sur le sexe et elle reste avec lui.

– Il faut être sacrément tordu pour échafauder un tel plan, s'indigne Camille. Quel sale type ! J'espère qu'il va croupir en taule.

– Je me demande tout de même d'où vient le coup de fil anonyme qui a dénoncé Ludovic, remarquez-vous.

– Ça, les journaux ne le disent pas, répond Camille. À mon avis, on ne sait pas tout...

Effectivement, vous nagez en plein brouillard : la vérité vous échappe.

Que serait-il arrivé si, ce soir-là, vous étiez restée avec Virginie ? Vous auriez peut-être pu lui sauver la vie...

Camille et Nadège vous parlent, mais vous ne les entendez plus. Leurs mouvements se déroulent au ralenti. Vous tournez brusquement la tête et sentez un regard pesant sur vous : quelqu'un vous observe du fond du couloir. Vous vous approchez de cette personne sans trop savoir ce que vous faites. Vous connaissez ce visage : c'est le visage d'un ange... Vous ne vous souvenez plus où vous avez rencontré ce garçon auparavant, mais vous sentez qu'il vous protège... Sa silhouette souple et gracile glisse vers vous sans toucher le sol. Il vous parle sans remuer les lèvres et sa voix douce et lointaine pénètre votre esprit comme une révélation intérieure :

– Tu n'as pas besoin de mes conseils, Emma. Tu sais exactement ce qu'il aurait fallu faire, c'était à ta portée. Tu aurais pu sauver Virginie si tu avais le sens de l'observation. Tu aurais analysé les gestes de cet homme, tu aurais pu constater qu'il était dangereux, qu'il cachait quelque chose et dissimulait une terrible violence. Tu aurais pu lire dans son regard tout le mal qu'il portait en lui... Tu as laissé Virginie aux mains de cet homme. Tu l'as abandonnée. Peut-être un jour pourras-tu démêler les nœuds de cette histoire et comprendre ce qui s'est réellement passé. Pour l'heure, tu as échoué. Tant que tu ne seras pas à l'écoute des autres, tu seras condamnée à errer dans les labyrinthes du temps.

– Les labyrinthes du temps ?

– Prépare-toi. Je vais te renvoyer ! Tu vas remonter le temps et revenir au vendredi 1er mars, là où tout a commencé. Tu auras tout oublié de cette vie. Il t'en restera peut-être un peu de sagesse, si tu sais voir les signes et écouter ton cœur.

Une porte claque, vous tournez la tête. Lorsque vous regardez de nouveau dans la direction du jeune homme, celui-ci a disparu. Vous demandez à Camille et Nadège où est passée la personne qui se trouvait là. Elles vous regardent sans comprendre. Nadège vous prend le bras :

– De qui tu parles ? Il n'y avait personne ici !

– Mais le jeune, là...

– Tu es sûre que ça va, Emma ? demande Camille. Tu devrais te reposer, j'ai l'impression que cette histoire t'a pas mal secouée...

Vous vous apprêtez à redescendre chez vous lorsque tout à coup vous êtes comme aspirée en arrière. Vous tombez à la renverse, votre cœur se serre, la chute est infinie... Vous perdez connaissance.

❋ Rendez-vous au **chapitre 5** (p. 31).

CHAPITRE 66

Samedi 2 mars – 12 heures

Aurélie vous ouvre la porte. Vous ne l'imaginiez pas du tout comme cela. Elle n'a pas le physique d'une « maîtresse » : elle ressemble à un cheval, avec ses mâchoires proéminentes et ses dents trop larges. Elle est grande et sans charme, sèche et sans rondeurs, ni jeune, ni séduisante. Quelle humiliation ! Elle n'est même pas jolie !

Vous réalisez alors que l'important n'est peut-être pas ce qu'elle est, mais ce qu'elle apporte à Éric, ce qu'elle lui donne. Elle parle de lui comme d'un enfant, elle doit le materner, le choyer... Peut-être est-il tombé amoureux d'elle parce qu'elle comble un désir particulier que vous ne pouvez pas satisfaire. Vous regardez votre ombre sur le parquet et songez que vous n'avez jamais vraiment compris Éric, que vous n'avez jamais vraiment su découvrir ce qu'il désirait.

Aurélie est attachée de presse. Elle voyage beaucoup. Comme ce doit être facile : s'en aller, puis revenir... Elle part, on la regrette, le temps travaille pour elle, elle revient embellie par le désir et l'attente.... Oui, ce doit être facile. Mais rester, n'avoir à partager que la petite vie de tous les jours, c'est autre chose.

Leur histoire dure bien depuis un an, vous en avez toutes les preuves à présent. Aurélie a accompagné Éric sur les tournages et lors des repérages. De nombreux voyages étaient imaginaires : il restait ici avec elle.

Vous comprenez maintenant pourquoi il se montrait parfois si froid et si distant lorsque vous l'appeliez, pourquoi il vous rappelait, une heure plus tard, complètement changé, vous disant que vous lui manquiez, qu'une heure plus tôt il était avec un client ou au restaurant, qu'il ne pouvait pas parler, qu'il espérait que vous aviez compris...

Des souvenirs implacables vous déchirent. Comment avez-vous réussi à les écarter, à les neutraliser ? Un soir, vers 23 heures, le téléphone avait sonné.

– Salut Emma, c'est Fabrice. Éric est là ?

– Mais non, je croyais que vous sortiez ensemble ce soir ?

– Euh... ah oui ! Oui, c'est-à-dire... J'étais fatigué, je suis rentré plus tôt... Je l'ai laissé avec les potes, mais il m'avait dit qu'il n'allait pas tarder non plus. C'est pas grave, laisse, je l'appelle sur son portable. Merci. À bientôt.

Ces dernières phrases très vite, d'un ton animé. Mais ce silence, le « c'est-à-dire » et encore ce silence après... Vous étiez restée immobile près du téléphone quelques secondes de trop. Puis vous aviez appelé Éric sur son portable, la sonnerie vous indiquait qu'il était en communication. Le doute s'était insinué en vous.

Lorsqu'il était rentré, vers 2 heures du matin, vous ne dormiez pas. Il vous avait raconté sa soirée par le menu avec Fabrice et deux potes que vous ne connaissiez pas ; tout concordait, comme les dépositions identiques de deux faux témoins. Comment aviez-vous pu le croire, comment aviez-vous pu être si naïve !

Vous n'auriez pas dû rencontrer Aurélie. Elle l'aime profondément, vous le sentez. Elle se sent aussi trahie que vous. Vous n'auriez pas dû lui poser toutes ces questions, vous voudriez n'avoir jamais entendu les réponses. Vous les imaginez trop bien à présent, tous les deux...

Vous rentrez chez vous, vous tournez en rond dans vos pensées. Vous vous cognez la tête aux murs de cette impasse. Vous avez trop mal, c'est intolérable. Vous pleurez tant que vous ne parvenez plus à respirer. Vous sentez que vous pourriez mourir, que votre cœur pourrait lâcher...

* Si vous décidez de prendre quelque chose pour alléger votre douleur, allez au **chapitre 71** (p. 216).

Si vous décidez que cela suffit, qu'il est temps de changer d'air, ressaisissez-vous, faites vos valises et rendez-vous au **chapitre 68** (p. 207)...

CHAPITRE 67

Samedi 2 mars – 16 h 01

Vous avez appuyé sur le bouton de l'interphone. Une voix répond sèchement :

– Une minute...

Vous entendez le déclenchement du verrou de la porte mais aussi une voix dans l'interphone : Aurélie a dû mal raccrocher le combiné et vous l'entendez parler :

– Oui, oui, je comprends...

– ...

– Quelqu'un a sonné en bas, attends deux se...

– ...

– Non, ne t'inquiète pas. OK, bon, je...

– ...

– Très bien, je vais annuler.

– ...

– OK, si tu t'en charges, je préfère. Débarrasse-toi d'elle, c'est tout ce que je te demande. Je n'ai aucune envie que cette folle s'immisce dans notre vie.

– ...

– Mais non ! Arrête avec ça ! Si elle le voulait vraiment, elle l'aurait fait ! Si tu cèdes à ce genre de chantage, jamais tu ne pourras t'en sortir. Tu...

– ...

– Je m'en moque ! Tu règles ce problème ou c'est moi qui m'en charge, c'est clair ?

– ...

– Bon écoute, je dois vraiment te laisser, là, je dois ouvrir.

– ...

– OK, d'accord... Et après, tu passes ici ?

– ...

– D'accord, à tout à l'heure.

– ...

– Moi aussi.

Vous êtes très en avance, et visiblement vous la dérangez. Vous êtes surprise lorsqu'elle ouvre la porte. Elle n'est même pas jolie, vous ne l'imaginiez pas du tout comme cela : elle n'a pas le physique d'une « maîtresse », elle ressemble à un grand cheval, ni jeune, ni séduisante. Vous réalisez alors que l'important n'est peut-être pas ce qu'elle est, mais ce qu'elle apporte à Éric, ce qu'elle lui donne. Peut-être est-il tombé amoureux d'elle parce qu'elle comble un désir particulier que vous ne pouvez pas satisfaire. Vous n'avez jamais vraiment compris Éric, vous n'avez jamais vraiment su découvrir ce qu'il désirait...

Elle vous laisse sur le pas de la porte et vous demande sèchement ce que vous faites là.

– On avait rendez-vous...

– Éric m'a dit que vous deviez vous voir à 17 heures, il va vous attendre.

– C'est probable.

– Pourquoi n'y êtes-vous pas allée ? Il devait vous expliquer et vous dire que ce n'était pas la peine de venir m'ennuyer ici.

– J'ai préf...

Vous ne pouvez pas terminer votre phrase. Un coup de poing invisible vous coupe la respiration. Vous restez la bouche ouverte, le visage crispé, incapable d'émettre le moindre son. Elle porte votre pendentif, celui que vous avez tant cherché ! Un cœur en or aux motifs torsadés, qu'Éric vous avait offert pour votre deuxième anniversaire...

Vous montrez du doigt le bijou et trouvez la force de demander :

– Un cadeau d'Éric ?

– Oui.

– Je peux entrer ?

– Pour quoi faire ? Qu'est-ce que cela vous apportera ?

– Je ne comprends pas, hier vous aviez envie de savoir vous aussi. Vous m'avez donné votre adresse et aujourd'hui...

– J'ai beaucoup parlé avec Éric et je crois que vous devriez régler ça avec lui, je ne veux pas être mêlée à ça.

– Qu'est-ce qu'il vous a dit ?

– C'est inutile, vous vous faites du mal pour rien.

La scène semble se dérouler à la même lenteur que la dérive des continents. Vous sentez dans ses yeux et sa voix de la lassitude et du mépris. Il n'y a chez elle aucune trace de compassion face à votre désarroi.

– Écoutez, je crois qu'il faut accepter la situation, refaire votre vie ! Ça ne sert à rien de s'accrocher. C'est moi qu'il a choisie.

– Comment ça, « choisie » ? Il y a deux jours il m'envoyait une lettre des plus tendres, et ça fait quatre ans que nous vivons ensemble !

– Mais oui, mais oui...

En disant cela, elle referme insensiblement la porte de son appartement. Vous la détestez et l'enviez à la fois. Elle est tellement arrogante et insensible, elle dégage une telle puissance...

Vous imaginez ce qu'elle pense de vous. Vous n'êtes pas là sous votre meilleur jour, vous n'avez pas même pris la peine de vous maquiller, ni de vous coiffer d'ailleurs. Vous avez emprunté à votre voisine un survêtement qui est un peu étroit pour vous et vous serre aux cuisses... Vous vous sentez laide et grasse.

– Écoutez, j'ai des choses à faire, j'aimerais que vous me laissiez tranquille. Réglez ça avec Éric !

– Je vous en prie, cinq minutes, je vous demande cinq minutes et après je pars. Il faut seulement que je sache ce qu'il vous a dit. Je ne partirai pas avant.

Vous vous détestez de ramper comme ça, vous devriez lui mettre votre poing dans la figure !

– Bon, cinq minutes, pas plus.

Elle soupire ostensiblement, mais vous fait entrer tout de même.

Une fois assise sur le canapé, elle semble prendre un plaisir extrême à vous considérer comme la dernière des idiotes et vous noie sous ses conseils de fine psychologue de comptoir.

– Il faut savoir accepter la perte et faire le deuil de cette relation. Vous ne devriez pas vous laissez aller comme ça, regardez-vous !

Vous réprimez une réplique sanglante, qui certes vous soulagerait mais ne mènerait pas à grand-chose, et répondez calmement :

– Écoutez-moi, je crois qu'il nous manipule toutes les deux...

– Mais arrêtez ! Vous savez très bien au fond qu'il ne vous aime plus, à quoi ça vous sert de vous accrocher comme ça ? Vous voulez lui gâcher la vie ? Lui faire du chantage au suicide ?

Mais lui, il s'en fout ! Je vous garantis que lorsqu'on fait l'amour, il n'a pas l'air de culpabiliser !

Vous avez essayé de rester sereine, mais là, c'est trop !

– Espèce de conne ! Tu ne comprends vraiment rien !

– Vous êtes ridicule ! Allez, ça suffit maintenant ! Sortez de chez moi !

Elle vous prend le bras pour vous jeter dehors comme on chasse un ivrogne d'un bar. Vous vous dégagez violemment. Vous avez envie de la défigurer à coups de poings. Vous la poussez de toutes vos forces loin de vous. Elle tombe en arrière, sa tête heurte le coin de la cheminée en marbre.

Vous vous approchez d'elle, la secouez : aucune réaction. Il faudrait que vous appeliez les secours. Mais vous êtes comme assommée, votre esprit se couvre de brume et vos membres se figent.

Petit à petit, vous revenez à la réalité. Vous vous levez pour aller chercher votre portable. Mais votre torpeur se transforme en colère en voyant sur la cheminée une photo d'Aurélie et Éric devant le petit hôtel de Luc-sur-Mer. *Votre* hôtel, cet hôtel où vous avez fait l'amour avec Éric pour la première fois, il y a quatre ans, le soir de la Saint-Valentin ! Vous décidez d'attendre un peu avant d'appeler le Samu : si elle reste évanouie assez longtemps, vous aurez le temps de savoir. Quand vous êtes entrée, vous avez remarqué que l'ordinateur était allumé. Vous vous installez devant et constatez que la messagerie est ouverte. Vous cherchez l'historique des conversations en ligne.

15 janvier : 19 h

Éricléger@fox.com dit :

Je suis débordé, je pourrai pas passer

AURELIEL dit :

Tu me déçois, pas seulement parceke tu me plantes au dernier moment mais tu es sorti hier et là tu pensais pas au boulot j'imagine et portable étin jusqu'à 6 heures du soir.

Éricléger@fox.com dit :

pas portable etin, portable plus de batterie, j'allume et hop il dure 10 secondes

AURELIEL dit :

te fous pas de moi, ça prend pas longtemps de téléphoner meme du portable d'un ami !!!!!

Éricléger@fox.com dit :

Écoute Aurélie je pensais vraiment terminer le boulot à temps, il se trouve que le portable, plus les pbs au bureau plus le reste m'a amputé du temps. J'en suis navré

AURELIEL dit :

tu soignes tes phrases... moi aussi je suis « navrée ». Je vais te laisser travailler

Éricléger@fox.com dit :

oh arrête, C la merde, rien n'est prêt pour lundi, essaye de comprendre

AURELIEL dit :

le pb est pas que tu es débordé, le pb est que la moindre des choses est d'appeler pour expliquer et s'excuser

Éricléger@fox.com dit :

Mais G pas eu le temps jusqu'à maintenant

AURELIEL dit :

Pas de dire 5 min avant le rendez-vous, alors que G passé la journée à tout préparer : "je peux pas, trop de boulot"

Éricléger@fox.com dit :

oui mais là, c'est vraiment la merde. C le film, mon avenir, qui est en jeu

AURELIEL dit :

Y aura toujours des pb de toute façon et moi je suis pas là pour en prendre plein la gueule. Ce serait bien que tu apprennes à te maîtriser

Éricléger@fox.com dit :

bon écoute G pas envie de m'engueuler avec toi là on stresse... please stop

AURELIEL dit :

OK, c'est ça, salut !

3 février : 22 h

VivGaëlle@liberto.com dit :

T là ?

AURELIEL dit :

Salut Gaëlle !

VivGaëlle@liberto.com dit :

Ça va ? Ça fait des jours que j'essaie de te joindre, t'as pas de pb au moins ?

AURELIEL dit :

C pas la grande forme. Pb avec Éric

VivGaëlle@liberto.com dit :

Tu veux en parler ?

AURELIEL dit :

J'en ai un peu marre de jamais le voir et de jamais l'avoir pour toute la nuit. Il me dit qu'il supporte pas de dormir avec quelqu'un, ça l'oppresse.

VivGaëlle@liberto.com dit :

Regarde le bon côté des choses, tu profites de lui pour les bons moments et t'as pas les galères de la vie de couple, tu laves pas ses chaussettes et quand il est malade, il reste chez lui ! Tu le vois ce soir ?

AURELIEL dit :

Non. Il est parti en voyage il y a trois jours

VivGaëlle@liberto.com dit :

Tu veux sortir ? On se fait un restau ?

AURELIEL dit :

Non. T sympa. G appelé Thierry, je profite qu'Éric est pas là. Je suis super contente de le revoir.

VivGaëlle@liberto.com dit :

Éric le sait ?

AURELIEL dit :

T'es folle ? il me tuerait !!!!

10 février : 15 heures

AURELIEL dit :

Tu rentres quand ?

Éricléger@fox.com dit :

Probablement le 12. On a pris du retard à cause de la météo

AURELIEL dit :

Tu seras pas là pour ton anniversaire alors

Éricléger@fox.com dit :

Non, je suis désolé. On fêtera ça à mon retour

AURELIEL dit :

Je vais te laisser travailler

Éricléger@fox.com dit :

Tu sais que je t'aime

AURELIEL dit :

Oui, moi aussi

12 février : 23 h

VivGaëlle@liberto.com dit :

Alors ? D nouvelles d'Éric ?

AURELIEL dit :
Non. Toujours rien je suis inquiète. G envie d'appeler à son hôtel... C idiot ! Ça fait pot de colle !
VivGaëlle@liberto.com dit :
C bizarre quand même. Tu devrais appeler. Allez vas-y ! j'attends !
AURELIEL dit :
G appelé. C'était pas le bon numéro. G dû me tromper en le notant
VivGaëlle@liberto.com dit :
Bizarre, non ?

15 février : 20 heures
AURELIEL dit :
J'en ai assez je crois qu'on devrait faire un break
Éricléger@fox.com dit :
Tout ça parce que j'ai dîné avec une copine hier soir ?
Éricléger@fox.com dit :
C vraiment n'importe quoi. Si tu veux me quitter faudra trouver une meilleure excuse
AURELIEL dit :
Tu dînes avec une nana et quand tu arrives chez moi, la première chose que tu fais avant même de me parler, de m'embrasser... C d'aller voir si t'as un email ! ! ! ! ! ! ! ! ! !
Éricléger@fox.com dit :
J'en ai marre de ta jalousie, faut vraiment te faire soigner
AURELIEL dit :
Ce n'est pas de la jalousie. Tu es irrespectueux
Éricléger@fox.com dit :
S'il y a une chose que je supporte pas C d'avoir à rendre des comptes et si tu continues à m'étouffer comme ça, C pas la peine de continuer.
AURELIEL dit :
Si tu n'avais rien à cacher tu n'aurais pas tous ces codes sur le portable et l'ordi... On peut pas dire que tu sois transparent
Éricléger@fox.com dit :
Bon, ce genre de discussion me fatigue. Salut

20 février : 12 h
AURELIEL dit :
T libre ?

Éricléger@fox.com dit :
oui
AURELIEL dit :
G besoin de parler, ça ne va pas
Éricléger@fox.com dit :
Je suis avec Steph au tel
c'est la fille de la pub ?
Éricléger@fox.com dit :
Non, stéphane ! ! ! ! ! ! ! ! ! ! Mon pote stéphane !
AURELIEL dit :
G des vertiges, je suis pas allée bosser
Éricléger@fox.com dit :
Tu as chopé un truc ?
Éricléger@fox.com dit :
Je supporte pas de parler comme ça. Ca me stresse. Je t'appelle
AURELIEL dit :
Non, je préfère pas, G mal au cœur. Je me sens seule sans raison, C peut-être la fatigue mais je vais vraiment pas bien
Éricléger@fox.com dit :
Je suis là moi et je t'aime
AURELIEL dit :
T'es sûr ? G peur que tu me trompes et ça me rend agressive et du coup, je te donne des raisons de me tromper, c'est un cercle vicieux
Éricléger@fox.com dit :
Oui mais bon je risque pas de te tromper car G trop de boulot, donc au final, oui je te trompe... mais avec mon boulot
AURELIEL dit :
Je pense que dans ta tete, souvent tu rêves d'autres que moi, tu fantasmes et tu t'imagines avec d'autres...
Éricléger@fox.com dit :
Mais c'est toi que j'aime
AURELIEL dit :
G souvent l'impression que tu es davantage complice avec de belles inconnues qu'avec moi. Je me sens exclue
Éricléger@fox.com dit :
Mais là on discute ensemble ! ! ! ! !
AURELIEL dit :
Mais je suis jalouse de toutes les joies que les autres te donnent. J'ai peur que l'une d'elles t'en donne plus que moi et que tu la préfères

Éricléger@fox.com dit :
Olalalalalala, tu te prends trop la tête
AURELIEL dit :
G besoin de toi, je me sens mal
Tu viens à quelle heure ce soir ?
Éricléger@fox.com dit :
20h voire + tôt
AURELIEL dit :
Super. redis-moi pourquoi tu m'aimes... et je pourrai aller un peu mieux jusqu'à 20h
Éricléger@fox.com dit :
Ma patience a des limites...
AURELIEL dit :
J'en ai marre de toi
Éricléger@fox.com dit :
Je t'aime
AURELIEL dit :
Je te crois plus
Éricléger@fox.com dit :
olalalala

27 février : 22 h
AURELIEL dit :
Tu fais koi ?
Éricléger@fox.com dit :
Je termine les devis
AURELIEL dit :
Je suis sure que tes devis sont finis depuis longtemps et que t'es en train de papoter sur le chat
Éricléger@fox.com dit :
Pfffff.... Tu fais koi ?
AURELIEL dit :
Je V me coucher avec bouquin, je suis fatiguée. Si tu veux, on peut se voir demain... Là ça fait tard si c'est juste pour dormir et que t'as du boulot, non ?
Éricléger@fox.com dit :
Tu veux pas qu'on dorme ensemble ?
AURELIEL dit :
Tu as du travail et en + je dormirai quand tu arriveras, mieux vaut se voir demain, on ira au restau...
Éricléger@fox.com dit :
AURELIEL dit :

Fais pas semblant, je C que ça t'arrange !
Éricléger@fox.com dit :
Non je veux dormir avec toi
AURELIEL dit :
C comme tu veux, moi je V me coucher
Éricléger@fox.com dit :
Bon d'accord, mais demain, on passe la soirée ensemble !
AURELIEL dit :
À demain. love

28 février : 8 h
AURELIEL dit :
Il faut ke je te dise quelque chose
VivGaëlle@liberto.com dit :
Oui ?
AURELIEL dit :
C grave
VivGaëlle@liberto.com dit :
Quoi ?

Vous avez du mal à réaliser ce que vous êtes en train de lire. Une brusque nausée vous prend. Vous êtes prise de vertiges. Un frisson remonte vos vertèbres tandis que vous fixez l'écran :

AURELIEL dit :
Je suis enceinte

Vous regardez Aurélie. Elle n'a toujours pas bougé. Son cou est tordu à un angle si étrange que vous espérez malgré vous la voir changer de position. Vous vous penchez sur elle. *Elle n'est pas évanouie*. Elle ne respire plus ! Vous ne sentez pas son pouls... *Elle est morte !* Qu'avez-vous fait ? C'est un meurtre ! Il faut vous protéger, trouver quelque chose ! Vite, réfléchir et surtout ne pas paniquer. Ne pas laisser de traces. Ne pas commettre d'erreur. Réfléchir. Calmement. Ne pas paniquer, surtout pas. Respirer.

* Si vous restez quelques minutes afin de réfléchir à la situation et mettre au point un plan qui vous éviterait d'aller en prison, allez au **chapitre 73** (p. 220).

Si vous appelez police secours, rendez-vous au **chapitre 83** (p. 249).

CHAPITRE 68

Samedi 2 mars – 15 heures

Votre décision est prise : vous changez de vie. Vous vous êtes trop longtemps résignée à vivre dans la médiocrité. Trop longtemps vous avez accepté de vous enliser dans une vie de couple routinière et sans passion, trop longtemps vous vous êtes épuisée dans un travail ennuyeux et répétitif... C'est terminé !

Vous faites vos valises très rapidement, empilant vos vêtements en désordre dans une malle. Tout recommencer, une autre vie... Voilà votre unique pensée. Pour les détails matériels, vous aviserez plus tard. À cet instant, une seule chose vous importe : partir, partir ailleurs ! Vous appelez un taxi pour l'aéroport, puis votre patron, l'informant que vous ne reviendrez plus. En raccrochant, vous vous dites qu'il entreprendra sûrement des poursuites contre vous pour rupture de contrat, mais vous vous en moquez : vous serez déjà loin et ne comptez pas revenir de sitôt. Vous téléphonez à votre propriétaire, donnez votre préavis. Enfin vous prévenez votre famille. Votre sœur s'inquiète, essaie de vous dissuader de faire une telle folie, vous conjure de réfléchir, de ne pas agir sur un coup de tête, d'organiser votre départ... Mais vous restez ferme : rien ne vous empêchera de partir. Vos économies vous permettront de voir venir le temps de retrouver du travail. Vous êtes confiante. Pour la première fois de votre existence, vous avez le sentiment de vivre quelque chose d'excitant, d'entreprendre une aventure exaltante. Bien sûr, votre famille et vos amis vont vous manquer, il va falloir reconstruire une nouvelle vie, trouver un logement, un nouvel emploi, de nouveaux amis, peut-être un nouvel amoureux... Tout recommencer. Cela ne vous effraie pas : vous vous sentez enfin vivante !

Vous ne savez même pas où aller. Vous vous rappelez soudain les paroles d'un ami, il y a bien longtemps : il disait que la vraie classe, c'était une personne qui un soir décide de se rendre à l'aéroport et pointe du doigt sur le panneau des départs une destination au hasard pour partir en week-end. Eh bien, vous allez le faire, mais pas pour un week-end, pour toujours ! Votre cœur bondit dans votre poitrine. Votre valise est prête. Avant de refermer la porte derrière vous, vous regardez une dernière fois cet appartement. Comme un adieu silencieux à votre ancienne vie. Vous n'avez rien à regretter.

Le taxi est en bas, vous montez.

– Où est-ce que je vous emmène ? demande le chauffeur.

– Loin d'ici.

Il vous regarde avec agacement :

– Elle peut pas être plus claire, la petite dame ?

Vous vous reprenez et lui donnez le nom de l'aéroport. Non, décidément, vous n'avez rien à regretter ! Les gens d'ici ne sont pas très aimables. Les lumières brutales, le bruit incessant, les gestes pressés, les voix impatientes, toute cette agitation vous blesse. Vous ne voulez plus de ce monde.

Durant le trajet, vous ne pouvez vous empêcher de repenser à Éric, à Aurélie... Parfois la vie tient à peu de chose, un simple choix peut tout bouleverser. Appeler un numéro trouvé par hasard et voir votre existence basculer... C'est incroyable, quand on y pense ! Vous essayez d'imaginer quelle serait votre vie si vous restiez ici...

L'aéroport est droit devant vous, vous voyez déjà les avions décoller vers d'autres horizons. Les battements de votre cœur s'accélèrent brutalement. Vous payez le taxi, et vous vous retrouvez dans le hall central. C'est là que tout se joue. Vous fermez les yeux et levez la main. Vous pointez une destination. En ouvrant les yeux, vous souriez... Cuba ! Le hasard fait bien les choses : vous avez toujours rêvé de vivre comme une insulaire. Vous courez aux guichets, et demandez à prendre le prochain vol. Celui-ci part dans moins d'une heure et il n'est pas complet, quelle chance !

Il ne vous reste plus qu'à enregistrer vos bagages.

Voilà, c'est fait ! Votre destin est scellé...

Votre billet à la main, vous vous dirigez vers la porte E ; cette lettre vous fait penser au mot « évasion ». On annonce l'embarquement, vous vous dirigez d'un pas décidé vers l'hôtesse, qui vérifie votre identité ainsi que votre billet.

Pour une nouvelle vie, vous avez décidé de faire les choses en grand : voyage en première classe !

Vous montez dans l'avion et vous asseyez. Vous tenez difficilement en place. Vous devez calmer votre impatience et occuper votre esprit, le vol va durer longtemps. Non loin de vous, deux hommes en costume discutent. Vous ne pouvez vous empêcher d'écouter...

– Imagine que tu aies un pouvoir spécial, lequel choisirais-tu ?

– Hum... eh bien, celui de revivre continuellement le même jour.

– Ça me rappelle ma vie... non merci !

– Non, vraiment, imagine, plus de conséquences, tu fais ce que tu veux. En bref, tu diriges ta vie comme bon te semble...

– Mouais, je suis quand même pas fan...

Diriger votre vie comme bon vous semble, pas besoin de revivre le même jour, vous le faites déjà.

Vous allongez vos jambes : quel bonheur... On vous sert des rafraîchissements, cela vous détend davantage encore. L'avion commence à se mettre en mouvement. Les hôtesses donnent les consignes de sécurité habituelles.

Au moment du décollage, vous avez cette impression de laisser la triste Emma derrière vous, comme si vous quittiez votre corps.

– Vous êtes en voyage d'affaires ou en vacances ?

Votre voisin, la cinquantaine bedonnante, vous tend une coupe de champagne, que vous acceptez volontiers.

– Un peu des deux...

– Moi c'est pour affaires, je voyage beaucoup.

Indéniablement, cet homme a une moumoute ! Ça lui donne un peu l'air d'un trappeur qui aurait oublié d'ôter sa toque en poil de castor. Il vous dit qu'il travaille pour le gouvernement et essaie de vous faire croire qu'il est agent secret ; vous jouez le jeu. Il se prétend « célibataire depuis longtemps », mais son bronzage révèle la marque plus claire d'une alliance à son annulaire. Il vous explique avec le plus grand sérieux que son métier, extrêmement dangereux, l'empêche d'avoir des relations durables. Ce qu'il regrette... Il vous confie son désir le plus secret, qu'il n'a jamais avoué à personne avant vous : trouver *la* femme qui pourra accepter de courir le risque de l'aimer. Cela vous fait sourire : vraiment, certains hommes sont prêts à inventer les scénarios les plus incroyables pour accrocher un nouveau trophée à leur tableau de chasse ! Vous imaginez ce qu'Éric a bien pu raconter à Aurélie pour la séduire. Cette pensée, comme un éclair, vous déchire le cœur. Mais vous vous reprenez. Tout cela appartient au passé. Éric n'existe plus.

Le super-discret-agent-secret-double-zéro continue son boniment...

Au bout de sept heures de vol, vous êtes surprise de sa persévérance, ou plutôt de son obstination ! Vous ne l'encouragez guère, pourtant.

– ... Vous savez, dans mon métier, je flirte souvent avec la mort, je commence à bien la connaître, c'est un peu comme...

Vous vous retenez de rire, mais s'il continue ainsi, vous allez éclater ! Il commence à vous faire un peu pitié. Vous l'imaginez au service d'une administration, modeste employé sans visage rêvant d'une vie trépidante... Un steward passe – pas mal du tout – en vous faisant un clin d'œil furtif : il était derrière vous et vient d'entendre les vantardises de l'espion aventureux. Il rejoint les hôtesses au milieu de l'avion.

✻ Que désirez-vous faire :

Rester assise à écouter gentiment ce pauvre type en essayant de paraître attentive et impressionnée, au **chapitre 70** (p. 213) ?

Ou le prier de vous excuser, aller aux toilettes pour vous refaire une beauté et, pourquoi pas, essayer par la même occasion d'engager une petite discussion avec le beau steward, au **chapitre 72** (p. 217) ?

CHAPITRE 69

Samedi 2 mars – 12 heures

Aurélie vous ouvre la porte. Vous ne l'imaginiez pas du tout comme cela : elle n'a pas le physique d'une « maîtresse ». Elle ressemble à un cheval, avec ses mâchoires proéminentes et ses dents trop larges ; ses cheveux sont raides et épais comme du crin, sa voix est rude et rauque. Une fille grande, sans charme, sèche et sans rondeurs, ni jeune, ni séduisante. Quelle humiliation ! Elle n'est même pas jolie !

Vous réalisez alors que l'important n'est peut-être pas ce qu'elle est, mais ce qu'elle apporte à Éric, ce qu'elle lui donne. Elle parle de lui comme d'un enfant, elle doit le materner, le choyer... Peut-être est-il tombé amoureux d'elle parce qu'elle comble un désir particulier que vous ne pouvez pas satisfaire. Vous regardez votre ombre sur le parquet et songez que vous n'avez jamais vraiment compris Éric, que vous n'avez jamais vraiment su découvrir ce qu'il désirait.

Aurélie est attachée de presse. Elle voyage beaucoup. Comme ce doit être facile : s'en aller, puis revenir... Elle part, on la regrette, le temps travaille pour elle, elle revient embellie par le désir et l'attente.... Oui, ce doit être facile. Mais rester, n'avoir à partager que la petite vie de tous les jours, c'est autre chose.

Leur histoire dure bien depuis un an, vous en avez toutes les preuves à présent. Aurélie a accompagné Éric sur les tournages et les repérages. De nombreux voyages étaient imaginaires : il restait ici avec elle.

Vous comprenez maintenant pourquoi il se montrait parfois si froid et si distant lorsque vous l'appeliez, pourquoi il vous rappelait une heure plus tard, complètement changé, vous disant que vous lui manquiez, qu'une heure plus tôt il était avec un client ou au restaurant, qu'il ne pouvait pas parler, qu'il espérait que vous aviez compris...

Des souvenirs implacables vous déchirent. Comment avez-vous réussi à les écarter, à les neutraliser ? Un soir vers 23 heures, le téléphone avait sonné.

– Salut Emma, c'est Fabrice. Éric est là ?

– Mais non ! Je croyais que vous sortiez ensemble ce soir ?

– Euh... ah oui ! Oui, c'est-à-dire... J'étais fatigué, je suis rentré plus tôt... Je l'ai laissé avec les potes, mais il m'avait dit qu'il n'allait pas tarder non plus. C'est pas grave, laisse, je l'appelle sur son portable. Merci. À bientôt.

Les dernières phrases très vite, d'un ton animé. Mais ce silence, le « c'est-à-dire » et encore ce silence après... Vous étiez restée immobile près du téléphone quelques secondes de trop. Puis vous aviez appelé Éric sur son portable, la sonnerie vous indiquait qu'il était en communication : le doute s'était insinué en vous.

Lorsqu'il était rentré, vers 2 heures du matin, vous ne dormiez pas. Il vous avait raconté sa soirée par le menu avec Fabrice et deux potes que vous ne connaissiez pas ; tout concordait, comme les dépositions identiques de deux faux témoins. Comment aviez-vous pu le croire, comment aviez-vous pu être si naïve !

Vous n'auriez pas dû rencontrer Aurélie. Elle l'aime profondément, vous le sentez. Elle se sent aussi trahie que vous. Vous n'auriez pas dû lui poser toutes ces questions, vous voudriez n'avoir jamais entendu les réponses. Vous les imaginez trop bien à présent, tous les deux...

Vous rentrez chez vous, vous tournez en rond dans vos pensées. Vous vous cognez la tête aux murs de cette impasse. Vous avez trop mal, c'est intolérable. Vous pleurez tant que vous ne parvenez plus à respirer. Vous sentez que vous pourriez mourir, que votre cœur pourrait lâcher...

*** Si vous décidez de prendre quelque chose pour alléger votre douleur, allez au **chapitre 75** (p. 229).

Si vous décidez que cela suffit et qu'il est temps de mettre un terme à l'imposture de votre couple, prenez une semaine pour faire votre valise et quitter Éric, prévenez votre employeur et allez chercher un peu de réconfort auprès de votre mère au **chapitre 126** (p. 411).

CHAPITRE 70

Samedi 2 mars – 16 heures (heure locale)

– Alors, comment êtes-vous entré dans les services secrets ? lui demandez-vous.

– Ah, c'est une longue histoire. En fait, cela faisait longtemps qu'*ils* m'avaient à l'œil : mon sens de l'observation et mon intelligence pouvaient leur être précieux. Un jour, ils m'ont contacté pour une première mission.

– Votre sens de l'observation ?

– Vous voulez une petite démonstration ?

– Avec plaisir !

– Eh bien... vous, par exemple ! Je suis sûr que vous êtes une fille sensible, intelligente, vous aimez les animaux et les enfants. Vous voulez une vie stable mais avec de l'aventure, vous aimez le risque quand il est calculé. Vous prenez vos décisions parfois impulsivement et parfois après avoir longuement réfléchi...

Il vous amuse. Les ficelles qu'il utilise sont tellement grosses que vous vous demandez comment il peut imaginer tromper quelqu'un avec de telles balivernes.

– C'est fascinant, vous avez tout bon !

– Merci, je sais... des années de pratique ! Je saurais exactement comment faire pour vous combler.

– Ah bon ?

Il vous prend la main, et fixe sur vous un regard bovin.

– Oui, c'est pas très dur avec vous, il suffit...

Baaaam ! Une grande lueur apparaît derrière les hublots du rang droit, puis un bruit d'explosion. L'appareil entame une chute vertigineuse. Les passagers hurlent et se cramponnent à leur siège, vous avez l'impression que vos viscères remontent vers votre gorge comme dans les manèges de fête foraine.

« Tout le monde boucle sa ceinture, un des moteurs vient de lâcher. Tout le monde s'accroche et tâche de rester calme. »

« Rester calme » ? Il est drôle, lui ! L'avion continue de plonger. Les hôtesses s'attachent à leur siège et demandent que chacun rentre la tête dans ses genoux. L'homme à vos côtés pleure toutes les larmes de son corps en appelant sa « manman ».

« Nous allons faire un amerrissage forcé : que tout le monde mette son gilet de sauvetage ! »

À ce moment, vous regrettez amèrement de ne pas avoir écouté les instructions au départ. Comment met-on un gilet de sauvetage ?

L'agent secret s'est évanoui.

Vous enfilez votre gilet tant bien que mal. Un rapide coup d'œil par le hublot vous indique que l'impact est imminent.

« TOUT LE MONDE SE CRAMPONNE ! » hurle une hôtesse.

Le choc est violent. Ceux qui n'avaient pas bouclé leurs ceintures sont projetés en avant de plusieurs mètres.

Aussitôt, l'eau s'infiltre dans l'appareil à une vitesse si incroyable que celui-ci est déjà à moitié immergé quelques secondes après le choc. Vous nagez vers l'arrière de l'avion. Cédant à la panique et voyant l'eau arriver, une femme active son gilet de sauvetage, suivie par le reste des passagers. La peur fait faire des choses absurdes. Vous réfléchissez deux secondes, et vous comprenez alors qu'aller vers le fond est en fait une erreur. Vous inspirez le plus d'air que vous pouvez et plongez vers l'avant, là où se trouvent les issues de secours accessibles. Les autres passagers se rendent compte, mais trop tard, que leur gilet les maintient prisonniers de l'avion. Certains se débattent afin de l'enlever. Mais la panique précipite leur fin. L'avion coule. Vous forcez sur l'ouverture de la porte. Elle s'ouvre. L'air vous manque, vous suffoquez. Vous réussissez à sortir et seulement alors vous déclenchez votre gilet, qui vous permet de remonter rapidement à la surface.

L'appareil s'enfonce dans l'océan avec tous ses passagers.

Vous voudriez vous cramponner à quelque chose mais rien ne vous entoure. Il n'y a plus que les vagues autour de vous. Vous devez vous calmer. Ne pas laisser la panique vous envahir. Vous réfléchissez. Faut-il nager ? Mais dans quelle direction ? Vous mettre sur le dos et vous laisser porter par le courant ? Si vous dérivez trop, personne ne vous retrouvera jamais...

Au bout d'un moment, quelques objets remontent à la surface : une veste, un poste de radio, des magazines et quelques ustensiles qui cahotent pêle-mêle, battus par les vagues.

Les heures passent. Vous êtes seule au milieu des eaux. Seule dans ce vaste océan et rien n'apparaît à l'horizon.

Le soleil décline, devient rouge et s'évanouit dans la mer. La première étoile apparaît. La nuit s'abat sur vous comme un couvercle opaque. Vous avez froid et songez que jamais vous ne réussirez à surmonter votre terreur. Noyée dans les ténèbres, vous vous sentez encore plus seule et vous imaginez, dans les eaux noires au-dessous de vous, des créatures monstrueuses vous frôlant en silence. Vous scrutez l'horizon immense et muet. Vous ne devez pas dormir ! Vous devez rester éveillée jusqu'à demain. Si vous vous endormez, vous redoutez d'être avalée par l'océan. Toute la nuit vous luttez contre la peur et le froid. Enfin le jour paraît, les étoiles s'éteignent une à une dans le ciel morne et gris du petit matin. Le vent tiédit, la mer se couvre d'or. Le soleil s'élève au-dessus des eaux.

Vous n'avez ni vivres, ni eau et le soleil brûle votre peau crevassée par le sel.

Si vous ne trouvez pas quelque chose à quoi vous accrocher, vous êtes perdue.

Vous scrutez l'océan. Mais pourquoi avez-vous choisi cette destination ? Vous ressassez cette idée, submergée par la colère. Pourquoi le destin s'acharne-t-il ainsi contre vous ?

Tout à coup, vous apercevez un point lumineux à l'horizon. Vous le fixez avec une telle intensité que vos yeux s'emplissent d'une pluie d'éclairs scintillants.

Cette lumière doit être à plus d'un kilomètre vers le sud ; c'est une bonne distance et cela vous éloigne des lieux de l'accident.

✻ Vous avez le choix entre nager vers la lumière au **chapitre 74** (p. 222), ou rester sur place et attendre l'arrivée éventuelle des secours au **chapitre 76** (p. 231).

CHAPITRE 71

Samedi 2 mars – 15 heures

Il faut que vous preniez quelque chose, des somnifères, des tranquillisants... Vous buvez un verre de gin, deux, trois... Vous commencez à vous calmer, à ne plus penser. Il serait facile de glisser un peu plus loin dans le néant, jusqu'au point de non-retour.

Vous ne pouvez plus rester enfermée dans cette chambre qui pue l'alcool et le tabac froid. Vous voulez fuir, loin. Prendre la voiture. Aller jusqu'à la mer.

Vous êtes sur l'autoroute.

Ne penser à rien. Regarder le défilement des bandes blanches au bout du capot... 160 au compteur. Vous fermez les yeux...

Non, vous ne pouvez pas faire ça... Ouvrez les yeux !

Projection du corps vers l'avant, dans la sangle de la ceinture de sécurité. Le pied droit raidi par l'effort continue d'appuyer en vain. Dérapage. Contre-braquage. Les pneus gémissent, hurlent, fument, incendient l'asphalte. La voiture dérape, serpente, quitte le sol. Le rail de protection se rapproche. Gerbe d'étincelles, bruit déchirant... Et plus rien.

Quelques feuilles tombent d'un arbre, recouvrent les tôles froissées. Le silence revient...

✻ Suite au **chapitre 89** (p. 276).

CHAPITRE 72

Samedi 2 mars – 16 heures (heure locale)

Vous prenez congé de l'« agent secret » qui commence à vous fatiguer sérieusement, et vous vous rendez aux toilettes. Vous attachez vos cheveux, remontez votre poitrine, un peu de rouge sur les lèvres et c'est parti ! Vous êtes fin prête. Vous sortez et voyez le steward seul, en train de ranger des couverts. Vous vous avancez et lui demandez un verre d'eau. C'est tout ce que vous avez trouvé pour engager la conversation. Pas très original, mais efficace lorsque le sourire est charmant...

– Et voilà ! Un verre d'eau bien fraîche.

– Merci, c'est gentil. Vous savez combien d'heures de vol il nous reste ?

– Environ cinq heures encore.

– Vous travaillez pour cette compagnie dep....

Baaam ! Une sorte d'explosion se fait entendre sur le côté droit de l'avion. L'appareil entame une chute vertigineuse. Les passagers hurlent et se cramponnent à leur siège, vous avez l'impression que vos viscères remontent vers votre gorge comme dans les manèges de fête foraine. Le steward vous pousse, vous assied sur son siège et attache la ceinture autour de vous. Il se cramponne à la porte des toilettes. Le commandant fait une annonce : « Tout le monde boucle sa ceinture, un des moteurs vient de lâcher. Tâchez de rester calmes et enfilez vos gilets de sauvetage. »

« Rester calme » ? Il est drôle, lui ! Votre gilet de sauvetage est à votre place. Le steward vous ordonne de prendre le sien, il lâche prise et vient vous aider à l'enfiler. Il serre bien les sangles de chaque côté, et retourne se tenir à la porte des toilettes.

L'avion continue de plonger. Les hôtesses s'attachent à leur siège et demandent que tout le monde rentre la tête dans ses genoux. « Nous allons faire un amerrissage forcé : accrochez-vous ! »

L'agent secret s'est évanoui.

Le choc est violent. Ceux qui n'avaient pas bouclé leur ceinture sont projetés en avant de plusieurs mètres.

Aussitôt, l'eau s'infiltre dans l'appareil à une vitesse si incroyable que celui-ci est déjà à moitié immergé quelques secondes après l'impact. Vous nagez vers l'arrière de l'avion. Cédant à la panique et voyant l'eau arriver, une femme active son gilet de sauvetage, suivie par le reste des passagers. La peur fait faire des choses absurdes. Vous réfléchissez deux secondes, et vous comprenez alors qu'aller vers le fond est en fait une erreur. Vous inspirez le plus d'air que vous pouvez et plongez vers l'avant, là où se trouvent les issues de secours. Les autres passagers se rendent compte, mais trop tard, que leur gilet les maintient prisonniers de l'avion. Certains se débattent afin de l'enlever. Mais la panique précipite leur fin. L'avion coule. Vous forcez sur l'ouverture de la porte. Elle s'ouvre. L'air vous manque, vous suffoquez. Vous réussissez à sortir et seulement alors vous déclenchez votre gilet, qui vous permet de remonter rapidement à la surface.

L'avion s'enfonce dans l'océan avec tous ses passagers.

Vous voudriez vous cramponner à quelque chose mais rien ne vous entoure. Il n'y a plus que les vagues autour de vous. Vous devez vous calmer. Ne pas laisser la panique vous envahir. Vous réfléchissez. Faut-il nager ? Mais dans quelle direction ? Vous mettre sur le dos et vous laisser porter par le courant ? Si vous dérivez trop, personne ne vous retrouvera jamais...

Au bout d'un moment, quelques objets remontent à la surface : une veste, un poste radio, des magazines et quelques ustensiles qui cahotent pêle-mêle, battus par les vagues.

Les heures passent. Vous êtes seule au milieu des eaux. Seule dans ce vaste océan et rien n'apparaît à l'horizon.

Le soleil décline, devient rouge et s'évanouit dans la mer. La première étoile apparaît. La nuit s'abat sur vous comme un couvercle opaque. Vous avez froid et songez que jamais vous ne réussirez à surmonter votre terreur. Noyée dans les ténèbres, vous vous sentez encore plus seule et vous imaginez, dans les eaux noires au-dessous de vous, des créatures monstrueuses vous frôlant en silence. Vous scrutez l'horizon immense et muet. Vous ne devez pas dormir ! Vous devez rester éveillée jusqu'à demain.

Si vous vous endormez, vous redoutez d'être avalée par l'océan. Toute la nuit vous luttez contre la peur et le froid. Enfin le jour paraît, les étoiles s'éteignent une à une dans le ciel morne et gris du petit matin. Le vent tiédit, la mer se couvre d'or. Le soleil s'élève au-dessus des eaux.

Vous n'avez ni vivres, ni eau et le soleil brûle votre peau crevassée par le sel.

Si vous ne trouvez pas quelque chose à quoi vous accrocher, vous êtes perdue.

Vous scrutez l'océan. Mais pourquoi avez-vous choisi cette destination ? Vous ressassez cette idée, submergée par la colère. Pourquoi le destin s'acharne-t-il ainsi contre vous ?

Tout à coup, vous apercevez un point lumineux à l'horizon. Vous le fixez avec une telle intensité que vos yeux s'emplissent d'une pluie d'éclairs scintillants.

* Cette lumière doit être à plus d'un kilomètre vers le sud ; c'est une bonne distance et cela vous éloigne des lieux de l'accident.

Vous avez le choix entre nager vers la lumière au **chapitre 74** (p. 222), ou rester sur place et attendre l'arrivée éventuelle des secours au **chapitre 76** (p. 231).

CHAPITRE 73

Samedi 2 mars – 16 h 51

Vous venez de commettre un meurtre et vous allez passer des années en prison. Vous avez le mobile, et bien sûr vous n'aurez aucun alibi. La police ne mettra pas longtemps à vous trouver.

Réfléchissons ! Éric aurait pu la tuer, lui... Aura-t-il un alibi ? Quelle heure est-il ? 16 h 51. Dans neuf minutes il se trouvera au parc, désert en ce mois de mars : il n'aura pas d'alibi non plus. Vous devez faire vite. Imaginer un scénario. Il est furieux contre elle, elle cherche à briser son couple, il vient et la tue... Comment savoir qu'il est venu ? L'ordinateur ! Oui, mais il y a vos empreintes... Et l'heure de la consultation du document... Mais l'autopsie ne révèle pas l'heure de la mort à cinq minutes près. Il faut faire vite !

Vous prenez son portable, en prenant soin de mettre les gants que vous avez trouvés dans la cuisine, et vous envoyez un texto sur votre propre mobile. Qu'écrire ? Voyons, il faut que vous ayez le temps de rentrer chez vous et de vous changer. « Suite à conv. d'hier, je pense qu'il faut qu'on se voie avec Éric. Rdv chez moi 18 h. 12 rue Feuillantines. Aurélie Lafade. »

Il est 16 h 53 ; maintenant que vous êtes disculpée grâce au SMS, il vous faut créer une autre fausse preuve pour incriminer Éric, et faire croire qu'il était là, chez elle.

Vous envoyez un mail à son amie Gaëlle : « Une fille m'a appelée hier. Elle m'a dit qu'elle vivait avec Éric depuis 4 ans. Elle était calme, elle m'a dit qu'elle ne s'interposerait pas et que de toute façon elle voulait le quitter. Éric doit passer à 17 h. Je vais demander à la fille de passer ici à 18 h pour les confronter, au moins les choses seront claires... On sonne en bas, ça doit être Éric, je te laisse. Connecte-toi vers 22 h, je te raconterai. »

Soudain, quelqu'un sonne à la porte. Vous tremblez... Vous

ne bougez plus, à l'affût du moindre bruit. Vous entendez les pas d'une personne qui descend d'un étage et referme une porte. Sans doute un voisin. Le bruit qu'a fait Aurélie en tombant a peut-être éveillé des soupçons. Va-t-il appeler la police ? Combien de temps vous reste-t-il ?

❋ Si vous pensez n'avoir rien oublié et partez le plus vite possible, rendez-vous au **chapitre 86** (p. 264).

Si vous restez encore un peu pour être sûre de n'avoir rien négligé, rendez-vous au **chapitre 77** (p. 237).

CHAPITRE 74

Dimanche 3 mars

Deuxième jour en mer. Vous nagez rapidement et de toutes vos forces vers ce point lumineux. Vous imaginez un bateau de pêche, une balise... Votre tête se vide, votre vision se brouille. Vous êtes épuisée mais vous nagez, nagez toujours : votre vie en dépend. Plus vous vous rapprochez et plus votre espoir recule : cette lueur semble venir de nulle part ! Au bout d'une heure, vous atteignez enfin le miroitement éblouissant. Mais ce n'est que l'aile de l'avion, sur laquelle le soleil se reflète...

Vous essayez de monter dessus ; l'aile s'enfonce sous votre poids et vos mains glissent sur la surface lisse et mouillée. On dirait que cette aile est recouverte d'huile. Vous battez des pieds, prenez de l'élan, retombez plusieurs fois à l'eau. Les bras puis une jambe, vous vous accrochez et avancez centimètre par centimètre. Dans un dernier effort, vous grimpez dessus... juste au moment où, derrière vous, se referme une mâchoire. Vous l'entendez claquer avec un bruit net : une fraction de seconde plus tard et c'était la fin. La mort rôde en silence autour de vous.

Vous vous tenez maintenant dcbout sur l'aile, vous efforçant de ne pas bouger. Vous scrutez les alentours et vous voyez à environ cinq mètres de vous l'aileron du requin ! C'est un grand blanc, le pire de tous. Terrorisée, vous ne le quittez pas des yeux. Tout à coup il s'enfonce, vous cherchez du regard le moindre mouvement de l'eau, mais tout est calme. Il a disparu. Vous progressez vers le centre de l'aile. C'est à cet endroit que le moteur a explosé. Vous vous asseyez. Au même instant, quelque chose heurte violemment votre embarcation et vous basculez dans l'eau. Votre radeau de métal s'éloigne de plusieurs mètres, vous nagez à en perdre haleine. Le requin est derrière vous ! Il se rapproche, vous accélérez vos mouvements mais vous sentez qu'il va vous rattraper, vous n'atteindrez jamais l'aile à temps !

Une idée vous traverse l'esprit, aussi soudaine qu'un éclair : vous enlevez rapidement votre gilet de sauvetage et, parfaitement immobile, vous le tendez à bout de bras. Vous voyez la mâchoire énorme du squale se refermer sur votre gilet et l'entraîner vers le fond. Des bulles viennent éclater à la surface, vous avez juste le temps de rejoindre l'aile avant la prochaine attaque. Vous montez dessus plus facilement que la première fois et restez accroupie le plus au centre possible. Vous tremblez de tous vos membres. Où est-il ? L'eau est redevenue calme. Cette attente est insoutenable. Votre cœur bat à vous rompre la poitrine. Il ne va pas tarder à attaquer et cette fois, il vous aura... Par où va-t-il surgir ? Vous regardez fiévreusement autour de vous et vous cramponnez aux ailerons. Le temps s'est arrêté... Une heure semble s'être écoulée. Rien. Vous restez là sans bouger, en équilibre sur ce radeau de ferraille. Vous examinez l'eau. La mer est limpide. Il a disparu. Vous fondez en larmes...

Dans combien de temps arriveront les secours ? Les pilotes ont dû penser à envoyer un message d'alerte avec leur position. Vous pensez que peut-être le courant vous fait dériver. Vous restez sans bouger sous un soleil de plomb.

Vous vous rendez compte que vous ne tiendrez pas très longtemps sans boire. Votre gorge vous brûle déjà. Vous vous allongez. Peut-être devriez-vous dormir un peu ?

Vous vouliez changer de vie... Pour un changement, c'en est un ! Vous faites un rapide bilan et repensez à cette phrase sur laquelle vous aviez dû réfléchir le jour de votre bac de philo : « Et ne pas, au moment où la mort viendra, découvrir que je n'ai pas vécu. » Vous n'avez rien vécu ! Vous ne pouvez pas mourir comme ça ! Pas maintenant ! Pas au moment où vous êtes enfin prête à vivre la grande aventure, à vous affranchir de la rassurante routine de votre misérable vie ! C'est injuste... Vous voudriez pouvoir vous accrocher à quelque chose d'autre que cette aile pour garder l'espoir, mais rien ne se présente à votre esprit, vous ne voyez rien qui puisse vous sauver. Sauf peut-être une sonnerie... Vous vous redressez d'un bond. D'où cela peut-il provenir ? Vous regardez partout autour de vous. Cette sonnerie semble venir de loin, et pourtant... Vous distinguez un sac de voyage en cuir, qui flotte à quelques mètres de vous. Un portable qui sonne, mon Dieu, c'est un miracle, même au milieu de nulle part ça capte ! Vous hésitez, et puis vous vous jetez à l'eau. Vous nagez rapidement vers le sac et le remontez sur votre radeau de fortune. Un regard circulaire : aucun mouvement, vous n'avez pas été repérée par les requins. Vous ouvrez le sac, le portable est bien là, et il se remet à sonner de nouveau. Vous décrochez.

– Je suis la femme de Gérard, je sais qu'il est avec vous, je veux lui parler immédiatement !

– Euh, écoutez, je suis Emma et...

– Non, c'est vous qui allez m'écouter ! Mon mari et moi avons trois enfants. Je sais de source sûre qu'il me trompe avec vous depuis déjà un mois. Et qu'en ce moment, il n'est pas en déplacement professionnel, mais en voyage avec vous. Alors je vous préviens, si je ne l'ai pas dans la seconde, dites-lui que ce n'est plus la peine qu'il revienne !

– Attendez, je vous explique. Je suis en plein milieu de l'océan et...

– Au milieu de l'océan ! Ben voyons ! Je croyais qu'il détestait l'océan ! Ça, il va me le payer.

Elle raccroche. Vous restez là quelques secondes. Puis vous composez le numéro des secours. C'est le seul qui vous soit venu en tête. Une voix synthétisée vous parle dans une langue que vous ne comprenez pas, vous ne savez que faire. Alors vous regardez dans le répertoire et appelez la première personne, un certain Antoine. Au bout de quelques sonneries, on décroche :

– Alors, tu l'as baisée ?

– Écoutez-moi, je suis une naufragée du vol 947, je vous en prie, prévenez les équipes de sauvetage, je suis en plein milieu de l'océan.

– Allô... Gérard ? Allô....

Ce n'est pas vrai, vous êtes en train de perdre le réseau !

– Écoutez moi, je vous en prie, allô ? allô ?

– Al...o...

Plus de réseau et presque plus de batterie. Il faut que vous gardiez votre calme. Cette histoire est vraiment folle. Vous attendez, le bras tendu, le téléphone dirigé vers le ciel, le bon vouloir du Dieu des ondes et des satellites. Malheureusement pour vous, après plusieurs essais, c'est la batterie qui vous lâche. Vous jetez violemment le portable dans l'eau, en imaginant qu'il rejoindra son propriétaire. Vous pleurez de rage : mais quelle bande de cons ! Ce n'est pas possible ! Vous allez mourir à cause d'une femme hystérique et d'un ami graveleux...

Troisième jour en plein océan, sans doute le dernier !

Pourquoi n'y a-t-il aucun avion, aucun bateau ? Il est impossible qu'on n'ait pas découvert votre position. Vous avez dû dériver au gré des courants. Il aurait mieux valu rester sur place.

Vous repensez à tous ces passagers qui se sont noyés, leurs cris, leurs râles. La panique s'empare de vous. Vous sentez que vous allez vomir. Vous vous penchez au-dessus de l'eau. Un poisson argenté passe juste à côté de vous. Il est très fin, tout en longueur, avec une nageoire dorsale haute et fourchue sur l'arrière du corps. Vous le voyez bondir hors de l'eau et faire demi-tour pour repasser devant vous. Sa petite bouche située sous le museau semble vous sourire. Ce n'est pas le moment de sympathiser, ce curieux poisson ferait un succulent repas... C'est une aubaine qui ne se reproduira peut-être pas. Vous devez faire quelque chose, et vite ! Le requin guette peut-être encore, prêt à vous arracher les bras d'un coup de mâchoires.

À plat ventre au bord de l'aile, vous glissez vos deux bras dans l'eau glacée et vous apprêtez à refermer l'étau sur son passage. Votre cœur bat follement dans votre poitrine. Il ne doit pas s'enfuir, votre vie en dépend. Il approche. Ses écailles argentées miroitent dans les flots. Il arrive. Vous refermez la main sur lui mais il glisse entre vos doigts comme un savon mouillé. Il saute hors de l'eau, mais vous le rattrapez au vol et vous agrippez de toutes vos forces à sa queue tranchante comme une lame. Il se débat, se tortille entre vos mains. Malgré la douleur des déchirures, vous le tenez fermement. Vous reculez jusqu'au milieu de l'aile et le faites tournoyer au-dessus de votre tête avant de l'abattre violemment sur le métal dur de l'épave. Vous frappez et frappez encore. Il ne bouge plus.

Enfin, vous allez pouvoir manger ! Vous vous jetez sur lui, enfoncez vos doigts dans les ouïes que vous tâchez d'écarteler. Vous tirez de toutes vos forces mais rien n'y fait : la chair ne se déchire pas et les écailles forment une armure impénétrable. Vous devez trouver quelque chose de coupant. À l'extrémité de l'aile, des bouts de ferraille ne tiennent presque plus au reste du débris. Vous tirez, serrez fermement la main, vos doigts se crispent et secouent le métal en tous sens pour le faire céder. Il résiste, votre main dérape et s'ouvre en deux, profondément. Vous poussez un cri de douleur. Une tache sanglante s'étire jusqu'à l'océan. Vous déchirez précipitamment l'une des manches de votre chemise et vous en servez comme d'un bandage, nouant le tissu autour de votre main blessée. Seulement, faire un nœud avec une seule main n'est pas chose facile.

Soudain, vous sursautez : derrière vous, des pas étranges

résonnent sur la tôle. Votre cœur s'emballe. Vous n'osez plus respirer, paralysée par la panique. Qu'est-ce que... Vous tournez doucement la tête, pivotez lentement. C'est alors que vous le voyez. Il se dresse devant vous, tête haute, méprisant, vous regarde un instant de ses yeux ronds puis se retourne vers le poisson. Il s'intéresse à votre repas, s'en approche, s'en empare. Il n'en est pas question ! Mais pour qui se prend-il, celui-là ? Vous n'allez pas vous laisser faire par un misérable goéland !

Le poisson dans le bec, l'oiseau déploie ses ailes immenses. Dans un dernier espoir, vous vous élancez vers lui. Vous parvenez à lui attraper les pattes. Il se débat, tente de s'échapper et lâche finalement le poisson, qui retombe à la mer. Maudit animal ! La colère vous submerge : vous allez le tuer ! Vous ramenez le goéland vers vous et entreprenez de l'écraser sous votre poids. Ses coups de bec sont terriblement douloureux. Vous serrez les dents et, en poussant un cri de démence, vous lui brisez le cou. Vous entendez les os craquer sous la pression.

Il faut bien survivre... Puisque votre poisson a disparu, vous n'avez plus d'autre choix que de manger cet oiseau. Vous écartelez les chairs. Le sang épais et chaud ruisselle entre vos mains. Vous en pleurez. Vous devez manger. Vous tentez de plumer l'oiseau mais la peau fine et laiteuse se déchire, il ne vous reste entre les mains qu'une bouillie d'os écrasés mêlés de chairs sanguinolentes. Vous vous efforcez de faire le vide en vous pour avaler ce mélange gluant.

Un filet de sang coule dans l'océan... Lorsque vous réalisez que cette traînée écarlate peut vous être fatale, il est déjà trop tard. Un requin bondit hors de l'eau et vient s'abattre de tout son poids sur le flanc de l'aile, qui s'enfonce dans l'eau sombre. Vous glissez irrémédiablement vers la gueule ouverte du monstre. De toutes vos forces vous vous hissez vers le haut et vous cramponnez à la masselotte de l'aileron extérieur. Vos doigts s'accrochent, les restes de votre goéland glissent entre les dents pointues du grand blanc qui s'enfonce alors sous l'eau. L'aile est de nouveau à plat. Vous vous préparez à subir un second assaut. Vos doigts vous font mal et votre blessure à la main vous lance. Rien ne vient. Vous ne bougez pas. Vous attendez.

Lentement, la nageoire du squale glisse le long de l'aile. Vous ne faites pas un geste, vous retenez votre respiration. Le requin s'éloigne en silence.

Décidément, la vie tient à peu de chose. Une destination choisie au hasard sur un tableau. Si vous aviez pris celle du haut ou du bas, vous seriez loin de tout ça.

Épuisée, affamée, vous vous allongez et appuyez votre tête contre la surface lisse de l'aile. Si vous vous endormez ainsi, en plein soleil, sans protéger votre tête, vous savez que vous allez mourir. Cette idée s'insinue en vous, vous en ressentez comme un soulagement. Mais à peine quelques minutes plus tard, un avion apparaît dans le ciel et vient droit sur vous. Vous vous levez brusquement. Sauvée ! Vous retirez votre chemise et vous mettez à l'agiter frénétiquement au-dessus de vous. Vous entendez le vrombissement des moteurs. L'avion ne se dirige pas vers vous : il passe très loin et à une telle hauteur qu'il ne peut vous voir... Accablée, vous vous rasseyez.

Vous ne savez plus depuis combien de temps vous dérivez ainsi. Vous êtes allongée sur le dos et regardez le ciel. Une dizaine de goélands vous survolent ; vous les regardez tournoyer en ricanant quand soudain vous réalisez ce que signifie leur présence : la terre est proche ! Les goélands ne s'éloignent guère des côtes...

Ils continuent leur vol. Vous décidez alors de nager dans la même direction qu'eux. De ne pas vous laisser mourir sans combattre. Aucun avion ne reviendra. Vous glissez dans l'eau et commencez à battre des jambes pour faire avancer l'aile devant vous. Vous savez que ces mouvements peuvent attirer le requin mais vous essayez de ne pas vous laisser envahir par la peur. Votre tête se vide, vous avez perdu la notion du temps. Votre nuque n'est plus qu'une plaie ouverte mais vous ne ressentez plus rien, ni la faim, ni la soif, ni la peur, ni les morsures du soleil sur votre peau crevassée. Vous avancez dans l'eau glacée.

C'est alors que vous l'apercevez : la côte !

Loin encore, mais visible... Plus rien ne vous empêchera de survivre.

Vous remontez sur l'aile, le temps de reprendre des forces.

Vous fermez les yeux un instant. Une goutte d'eau tombe sur votre joue. Vous ouvrez les yeux, et voyez le soleil se cacher derrière un gros nuage. Une deuxième goutte d'eau, puis une troisième... En quelques instants, il se met à pleuvoir violemment ; vous ouvrez la bouche et récoltez ce qui vous manquait : de l'eau sans sel. Des trombes se déversent du ciel, des vagues commencent à se former, au loin le tonnerre gronde. Vous n'avez plus du tout soif, et commencez même à être effrayée. L'océan se déchaîne, vous vous accrochez tant bien que mal aux ailerons de l'avion. Vous lâchez prise et l'aile s'éloigne de vous. Vous la perdez de vue, vous ne voyez plus la terre non plus. Une énorme vague s'abat sur vous et vous entraîne vers le fond. Vous luttez de toutes vos forces et tentez de remonter à la surface. Mais votre corps ne vous obéit plus et vous entraîne inexorablement vers les abysses. Vous voyez la surface et le chatoiement lumineux des flots s'éloigner. Vous vous enfoncez.

Vos yeux se ferment.

– Emma...

Une voix lointaine vous appelle du plus profond des ténèbres. Vous ouvrez les yeux.

Une lueur flotte vers vous comme un soleil noyé :

– Emma, tu as fait preuve de beaucoup de courage...

Un jeune homme mince vous regarde avec douceur. Son visage vous est étrangement familier. Il ne bouge pas les lèvres et semble parler directement à votre âme :

– En décidant de changer de vie, tu as fait un premier pas. Peu de gens en sont capables. La plupart préfèrent subir que de changer, pensant que cela est impossible. Toi, tu l'as fait. Bien plus encore : alors que beaucoup auraient renoncé, tu as lutté de toutes tes forces pour survivre, et tu as fini par apercevoir la terre à l'horizon. L'océan est une métaphore de la vie. Dangereux lorsqu'on ne le comprend pas, mais qui recèle de magnifiques trésors... C'est **une belle victoire** sur toi-même que tu viens de remporter. Félicitations ! Tu as dépassé tes limites et tu as découvert l'importance de la vie. Tu as appris à te battre... Alors, si tu as triomphé d'au moins trois de tes faiblesses, tu as la force à présent de poursuivre ton destin au **chapitre 157** (p. 530). Vas-y !

– Et... sinon ?

– Sinon, il te faudra mener d'autres luttes. Tu vas devoir remonter le temps et découvrir ce qui se cache au plus profond de toi-même. Qui sait ce que tu découvriras sur ce chemin sinueux... Donc, si tu n'as pas déjà obtenu **trois victoires**, reviens au vendredi 1er mars, retourne là où tout a commencé. Remonte le cours du temps, et que les souvenirs de cette vie s'effacent de ta mémoire !

Un vertige vous fait vaciller. Vous tombez dans un puits sans fond. Vous êtes comme aspirée en arrière, votre cœur se serre, la chute est infinie... Vous perdez connaissance.

❋ Rendez-vous au **chapitre 7** (p. 35).

CHAPITRE 75

Samedi 2 mars – 15 h 02

Vous êtes chez vous, vous tournez en rond dans vos pensées. Vous vous cognez la tête aux murs de cette impasse. Vous avez trop mal, c'est intolérable. Vous pleurez tant que vous ne parvenez plus à respirer. Vous sentez que vous pourriez mourir, que votre cœur pourrait lâcher. Il faut que vous preniez quelque chose, des somnifères, des tranquillisants... Vous buvez un verre de gin, deux, trois... Vous commencez à vous calmer, à ne plus penser. Il serait facile de glisser un peu plus loin dans le néant, jusqu'au point de non-retour.

Vous ne pouvez plus rester enfermée dans cette chambre qui pue l'alcool et le tabac froid. Vous voulez fuir, loin. Prendre la voiture. Aller jusqu'à la mer.

Vous êtes sur l'autoroute.

Ne penser à rien. Regarder le défilement des bandes blanches au bout du capot... 160 au compteur. Vous fermez les yeux...

Non, vous ne pouvez pas faire ça... Ouvrez les yeux !

Projection du corps vers l'avant, dans la sangle de la ceinture de sécurité. Le pied droit raidi par l'effort continue d'appuyer en vain, les pneus gémissent, hurlent, fument, incendient l'asphalte. La voiture dérape, serpente, quitte le sol. Le rail de protection se rapproche. Gerbe d'étincelles, bruit déchirant... Et plus rien.

Quelques feuilles tombent d'un arbre, recouvrent les tôles froissées. Le silence revient...

Vous n'êtes plus en vie. Une forme apparaît, une ombre qui regarde votre existence s'écouler, qui voit sans complaisance votre dépendance, votre peur, votre lâcheté vis-à-vis d'Éric.

L'ombre ressemble à une fine silhouette qui se dissout dans la nuit, vous l'entendez sans qu'elle ait besoin de parler. L'ombre se matérialise sous vos yeux. Un visage apparaît. Ce visage vous est familier, étrangement rassurant. La silhouette souple et gracile glisse vers vous sans même toucher le sol. Un jeune homme. Il vous regarde doucement, il vous explique, il veut vous aider à triompher de votre lâcheté... Vous lui faites confiance, d'instinct. Vous allez partir avec lui dans les labyrinthes du temps.

Le jeune homme vous parle et, tandis qu'il vous parle, vous vous sentez glisser dans l'abîme. Il vous emporte à contre-courant...

Le sol se dérobe sous vos pieds, un vertige vous fait vaciller. Vous tombez dans un puits sans fond. Vous êtes comme aspirée en arrière, votre cœur se serre, la chute est infinie... Vous perdez connaissance.

✻ Partez au **chapitre 2** (p. 23).

CHAPITRE 76

Dimanche 3 mars

Les heures passent. Les objets autour de vous se dispersent et s'éloignent. Une forte houle s'est levée. Vous vous repassez le film des événements : tout est allé très vite mais les pilotes ont quand même dû envoyer un message d'alerte, un SOS... Et s'ils n'ont pas eu le temps ? Et surtout, si personne ne connaît la position exacte du crash, combien de temps les secours mettront-ils pour vous retrouver ? Vous essayez de faire fuir ces pensées terrifiantes, vous plongez votre tête dans l'eau pour vous rafraîchir le crâne et vous laissez flotter quelques instants sur le ventre afin de soulager un peu vos muscles... Tout à coup, quelque chose vous agrippe et vous entraîne vers le fond. Vous vous débattez en criant tant que vous pouvez. Un autre cri parvient à vos oreilles.

– Ne criez pas, je suis un rescapé comme vous !

Vous vous retournez, et voyez un homme d'une trentaine d'années sans gilet de sauvetage.

– Mais comment est-ce possible ? Cela fait des heures que l'avion a coulé. D'où venez-vous ?

– Oui, je sais, ça me paraît miraculeux à moi aussi... En fait, je faisais la planche et le courant a dû m'amener vers vous, j'ai tourné la tête et je vous ai vue. J'ai cru que vous étiez morte, je me suis agrippé à votre gilet.

Une soudaine panique vous serre la gorge : cela signifie que vous dérivez tous les deux dans le courant depuis des heures, personne ne vous retrouvera jamais, vous devez être loin de l'épave à présent.

– Mais comment vous en êtes-vous tiré ? Je n'ai vu personne remonter à la surface après que l'avion a sombré !

– J'étais dans les toilettes, je me suis cogné au moment de

l'impact, j'ai dû perdre connaissance. Quand je suis revenu à moi, l'eau m'arrivait aux genoux et s'infiltrait rapidement. J'ai ouvert la porte et là, toute la cabine a été submergée... Devant moi il y avait un mec qui s'était noyé, il flottait, le pied coincé dans sa ceinture de sécurité. Je l'ai détaché et je suis remonté avec le cadavre vers la surface en passant par l'issue de secours qui était ouverte. Mais à ce moment j'ai senti que je remontais trop vite... Alors j'ai percé le gilet du type mort avec mon petit couteau et m'en suis servi comme bouteille à oxygène. À la surface, j'ai commencé à nager mais je me suis vite fatigué, alors j'ai fait la planche. Jusqu'à ce que je vous voie.

– Vous avez eu de la chance...

– Avant de sortir, j'ai vu les corps coincés au fond de l'avion, c'était horrible.

– Oui, je les ai vus ouvrir leur gilet à l'intérieur, ils ont paniqué... C'était trop tard, l'eau montait trop vite et ils se sont retrouvés collés contre le plafond. Mon Dieu, quelle mort atroce, je les entends encore crier !

– Essayez d'oublier... Vous pensez qu'on va nous retrouver ?

– Je n'en sais rien.

Cela vous rassure de ne pas être seule en mer. Les heures passent, vous vous racontez vos vies pour dissoudre l'angoisse dans un flot de paroles. Vous apprenez que votre compagnon d'infortune est journaliste pour un magazine animalier. Avec sa barbiche, ses cheveux ras décolorés et ses piercings, vous l'auriez plutôt imaginé entre les griffes de la mode ou dans les cages dorées de la jet-set... Parfois il s'accroche à vous pour se reposer un peu. Comme il n'a pas de gilet, il est obligé de battre constamment des jambes pour rester à la surface.

– J'ai toujours aimé les animaux, depuis tout petit, et comme j'étais nul à l'école, j'ai commencé à faire de la photo. C'est par ce biais que je suis entré dans le journalisme... Au fait, je ne sais même pas comment vous vous appelez ! Moi, c'est Richard... Heureux de f...

Soudain, vous voyez Richard projeté violemment dans les airs, soulevé par une vague d'écume. Son corps pris en étau dans une énorme mâchoire, il retombe brutalement, happé dans les profondeurs. C'est un requin ! Un grand blanc, le pire de tous !

Vous nagez dans une mer de sang... Vous hurlez, folle de terreur. Puis c'est le silence. Plus rien ne se passe. Plus rien ne bouge. Richard a disparu. L'eau est froide et trouble, vous ne distinguez rien de ce qui s'y passe. Vous essayez de ne pas bouger, mais vous vous dites que le sang va en attirer d'autres. De plus, vous savez que le requin perçoit les battements du cœur. Vous êtes perdue. Il ne vous reste que peu de temps.

Vous reculez le plus doucement possible, par de lents mouvements de brasse. Vos yeux restent fixés sur la surface écarlate où quelques bulles viennent éclater. Richard remonte à la surface. Un haut-le-cœur vous empêche de crier : il flotte, coupé en deux à partir de la taille. Vous détournez les yeux. Quelques minutes passent... Toujours rien. Alors vous fuyez cette fois aussi vite que vos forces vous le permettent, l'esprit égaré, incapable de coordonner vos mouvements, secouée de tremblements irrépressibles. Vous perdez la raison... Vous avez vu la mâchoire du requin se refermer sur Richard, vous avez vu ses gencives énormes et ses dents acérées comme des lames ! Vous continuez à nager fébrilement, affolée à l'idée qu'il puisse de nouveau surgir des ténèbres.

Tout à coup, l'aileron noir et luisant du monstre émerge des eaux gluantes, juste devant vous. Il tourne autour de vous. Il est à moins de quatre mètres... Vous êtes paralysée par la peur, vous ne pouvez plus bouger un muscle. Vous ne pouvez pas voir ça ! Vous fermez les yeux. Vous imaginez le pire : va-t-il vous broyer d'un seul coup de mâchoires ou vous entraîner vers le fond pour vous noyer ? Va-t-il vous arracher les membres par morceaux, prendre le temps de les avaler un à un tandis que votre corps se répandra dans l'océan ? Votre rythme cardiaque s'accélère. Vous appuyez sur vos paupières, vous ne devez plus ouvrir les yeux. Vos mâchoires se crispent jusqu'à la douleur. Qu'il parte... Mon Dieu, qu'il parte ! Vous n'entendez plus de bruit... Tout est calme autour de vous. Vous ouvrez les yeux, prise d'un fol espoir. Mais il est toujours là. Finalement, autant regarder la mort en face. Les yeux débordant de larmes, vous le suppliez en silence de partir.

C'est alors que surgit un deuxième aileron. Vous êtes piégée entre deux squales... Un devant et un derrière. Lequel chargera le premier ? Ils tournent autour de vous, ils vont se partager votre corps. Pourquoi font-ils ainsi durer votre supplice ? Qu'attendent-ils pour se jeter sur vous et vous déchiqueter ? Ils tournent et tournent encore, cent tours, mille tours... Vous voudriez en finir. Cette attente est insoutenable. Vous savez que vous n'avez aucune chance d'en réchapper, alors plus vite vous mourrez, plus vite vous cesserez de souffrir. Que pourriez-vous faire contre ces véritables machines à tuer ? Vous savez que le requin est dépourvu d'émotion et de conscience. La plus ancienne créature et la seule qui n'ait pas évolué. Son regard est toujours le même, vide, sans vie.

Le premier squale disparaît sous l'eau, le deuxième reste en surface. Il pivote et se retrouve face à vous. Un coup de queue, un ondoiement, il fonce ! Vous voyez sa gueule sortir de l'eau, ses mâchoires énormes s'ouvrir. Ses yeux se recouvrent d'une membrane blanche. Vous vous recroquevillez sur vous-même, les genoux sur le ventre. Les eaux vibrent d'une collision de chairs. Vous êtes soulevée puis submergée par une vague immense, prise dans les remous d'un tourbillon d'écume. Vous ne percevez aucune douleur. Vous ouvrez les yeux et remontez à la surface. Ce que vous voyez alors est à peine croyable. L'un des deux requins surgit des eaux et projette son adversaire dans les airs. Une lutte sans merci vient de s'engager ! Ils se déchirent avec férocité dans un bain de sang. Vous décidez de fuir le plus loin possible de cette guerre dont vous êtes le prix. Vous nagez à toute vitesse et donnez à chacun de vos mouvements la puissance désespérée du dernier espoir. Derrière vous le combat fait rage. Puis soudain, plus rien. Les eaux s'apaisent... Vous vous laissez porter par votre gilet. Vous cessez tout mouvement.

La nuit commence à tomber... Le ciel est dégagé et parsemé d'étoiles magnifiques. L'océan vous apparaît comme une immense étendue circulaire, même si vous savez que la réalité scientifique est tout autre : vos yeux vous trompent, et vous n'êtes le centre d'aucun cercle... Vous voyez passer une étoile filante. Quelle vision extraordinaire ! Des poussières de lune tombées dans la mer miroitent sur les flots. Vous vous apaisez... Peut-être allez-vous mourir, mais avant, il faut que vous fassiez la paix en vous et avec vous. Vos pensées sont comme la réflexion de la lune dans les eaux : sur l'océan agité par les vagues, la lune ne peut être vue clairement alors que si l'océan est étale, elle se reflète avec précision. Votre esprit est en repos. Vos pensées sont éclatantes de sagesse.

Votre regard se fige. Là, sous l'onde, s'enfuit une bulle aux contours ondulé, un étrange halo, une lueur aux reflets irisés que la vague emporte, que l'abîme engloutit. Bientôt vous vous retrouvez dans un champ de méduses polychromes ; énormes avec leurs voiles, gélatineuses, ouvertes comme des parapluies, quêtant les courants favorables à leurs migrations. Pour éviter d'être piquée, vous vous allongez sur le ventre. Ce spectacle grandiose vous fascine. Vous vous assoupissez.

Votre tête se vide, vous avez perdu la notion du temps. Vous ne sentez plus rien, ni la faim, ni la soif, ni les morsures du soleil sur votre peau crevassée. Vous n'éprouvez plus le moindre sentiment, vous flottez sur l'eau glacée. Vous êtes allongée sur le dos et regardez le ciel. Quelques goélands vous survolent ; vous les regardez tournoyer au-dessus de vous en ricanant quand soudain, vous réalisez ce que signifie leur présence : la terre est proche ! Les goélands ne s'éloignent guère des côtes...

Vous vous retournez et scrutez l'horizon. Il n'y a rien que l'océan infini autour de vous... Quelle direction prendre ? Les oiseaux continuent leur vol. Vous décidez de nager dans la même direction qu'eux. Durant des heures, vous nagez vers cette terre invisible. Votre nuque n'est plus qu'une plaie ouverte au soleil mais vous nagez de toutes vos forces. Vous ne renoncerez pas.

C'est alors que vous l'apercevez : la côte !

Loin encore, mais visible... Vous vous remettez sur le dos, épuisée. Vous devez vous reposer un peu. Vous fermez les yeux un instant. Bientôt vous vous endormez...

– Emma !

Une voix lointaine vous appelle du plus profond des ténèbres. Vous ouvrez les yeux.

Une lueur flotte vers vous comme un soleil noyé :

– Emma, tu as fait preuve de beaucoup de courage...

Un jeune homme mince vous regarde avec douceur. Son visage vous est étrangement familier. Il ne bouge pas les lèvres et semble parler directement à votre âme :

– En décidant de changer de vie, tu as fait un premier pas. Peu de gens en sont capables. La plupart préfèrent subir que de changer, pensant que cela est impossible. Toi, tu l'as fait. Bien plus encore : alors que beaucoup auraient renoncé et se seraient laissés mourir, tu as lutté de toutes tes forces pour survivre. L'océan est une métaphore de la vie. Dangereux lorsqu'on ne le comprend pas, mais qui recèle de magnifiques trésors... C'est **une belle victoire** sur toi-même que tu viens de remporter. Félicitations ! Tu as dépassé tes propres limites et tu as découvert l'importance de la vie. Tu as appris à te battre... Alors, si tu as triomphé d'au moins trois de tes faiblesses et si tu as remporté au moins **trois victoires**, tu as la force à présent de poursuivre ton destin au **chapitre 157** (p. 530). Vas-y !

– Et... Sinon ?

– Sinon, il te faudra mener d'autres luttes. Tu vas devoir remonter le temps et découvrir ce qui se cache au plus profond de toi-même. Qui sait ce que tu découvriras sur ce chemin sinueux... Donc, si tu n'as pas déjà **trois victoires**, reviens au vendredi 1er mars, retourne là où tout a commencé. Remonte le cours du temps, et que les souvenirs de cette vie s'effacent de ta mémoire !

Un vertige vous fait vaciller. Vous tombez dans un puits sans fond. Vous êtes comme aspirée en arrière, votre cœur se serre, la chute est infinie. Vous perdez connaissance.

Rendez-vous au **chapitre 7** (p. 35).

CHAPITRE 77

Samedi 2 mars – 17 heures

Vous ne devez plus quitter vos gants. Vous devez sauvegarder le journal et éteindre l'ordinateur ! Mais vous ne pouvez effacer vos empreintes du clavier sans éveiller les soupçons. Il faut trouver une idée.

Vous allez dans la cuisine et prenez dans l'évier un verre sale, vous le remplissez de soda. Vous renversez la boisson sur le clavier et prenez une lingette avec laquelle vous le nettoyez soigneusement. Ensuite vous glissez la lingette dans la main d'Aurélie.

Maintenant, vous allez dans la chambre et cherchez dans l'armoire de quoi vous camoufler. Vous prenez un chapeau, un foulard et un long manteau.

Le téléphone de chez elle sonne.... Est-ce le voisin du dessous qui vous a entendue marcher sur le parquet ? Se doute-t-il de quelque chose ? Va-t-il remonter ? Vous commencez à paniquer, vous ne bougez plus... Le téléphone continue de sonner. Qu'allez-vous faire ?

* Soit vous partez le plus vite possible au **chapitre 86** (p. 264).

Soit vous restez encore un peu pour être sûre de n'avoir rien oublié, au **chapitre 80** (p. 240).

CHAPITRE 78

Samedi 3 mars – 9 h 55

Vous ouvrez les yeux, le cœur battant. Vous regardez autour de vous. Vous reconnaissez votre chambre ! Vous êtes chez vous ! Votre guide a disparu. Vous êtes revenue dans le passé. Vous vous sentez un peu nauséeuse, comme si vous aviez trop dormi. Les souvenirs s'effacent rapidement de votre esprit, vous essayez d'en rattraper quelques bribes. Federico était là, Éric aussi... Il était en colère. La suite vous échappe. Vous ne réussissez plus à relier les faits. *Tout s'est effacé de votre mémoire.* Cette vie a disparu dans les abîmes du temps.

Une violente migraine vous terrasse et vous vrille les tempes. Vous tombez à genoux, le souffle haletant et court. Quelques minutes passent. La douleur s'estompe. Vous massez vos tempes. Vous reprenez vos esprits, encore un peu étourdie.

Vous ne comprenez pas ce que vous faites par terre, vous vous relevez. Vous êtes K.O., mais en même temps parfaitement lucide.

Éric vous a trompée, et vous, vous vous êtes salie en passant la nuit avec un minable sans même en retirer une once de plaisir.

Vous réalisez que la seule chose qui vous ait guidée jusqu'à présent était la peur. La peur d'être seule pour le restant de votre vie, la peur d'affronter le monde, la peur de reconstruire sur des ruines.

✱ Eh bien ! Cette peur, vous vous sentez prête à l'affronter ! Vous décidez de continuer d'avancer malgré elle ; rendez-vous au **chapitre 79** (p. 239).

CHAPITRE 79

Dimanche 3 mars – 10 h 02

Éric est parti et finalement vous vous sentez soulagée. Une journée est passée. La colère qui vous soutenait a cédé la place à un profond sentiment de solitude. Mais pour rien au monde vous ne le rappellerez. Il vous a trompée, c'est impardonnable.

Éric vous téléphone le lendemain.

Il vous demande de lui pardonner : c'était une erreur, il ne sait pas ce qui lui a pris, il vous aime. L'autre ? Elle ne compte pas, une erreur, juste une erreur. Non, ils se sont vus deux, trois fois tout au plus. C'était surtout elle qui voulait, il a été touché, flatté par son désir. Il n'a pas su dire non, mais il voulait tout arrêter, lui dire... Sa lâcheté vous rend furieuse. Il est pitoyable. Vous êtes calme et triomphante, vous lui dites que quelque chose s'est cassé, qu'il a sali votre histoire et qu'il vous dégoûte, que jamais vous ne pardonnerez, que ce n'est plus la peine de téléphoner car vous ne répondrez pas.

Deux heures plus tard, vous recevez des fleurs, une lettre magnifique. En fin d'après-midi, il vous rappelle, vous suppliant de lui accorder un rendez-vous. Et le soir, il vous rappelle encore : dring... dring... La sonnerie s'arrête et reprend, insistante : DRING !!! DRING !!! Quelles fleurs superbes, tout de même... Dring !

* Si vous finissez par décrocher, trop heureuse de le voir s'humilier, rendez-vous au **chapitre 82** (p. 246).

Si vous refusez, et décidez de changer de vie, de prendre un nouveau départ et d'échapper à son emprise, prévenez votre employeur de votre absence pour les jours à venir et allez chez vos parents chercher un peu de réconfort au **chapitre 126** (p. 411).

CHAPITRE 80

Samedi 2 mars – 17 h 13

Cette sonnerie commence à vous faire tourner la tête... Et vous vous demandez comment vous allez vous en sortir. Vous vérifiez une dernière fois les lieux. Le téléphone arrête son glas. Si c'est le voisin du dessous, il va falloir faire preuve d'ingéniosité pour descendre et passer devant sa porte sans être vue.

Avant de sortir, vous attrapez sur la cheminée la photo d'Éric et Aurélie. Vous récapitulez tout rapidement. Vous avez fabriqué de fausses preuves : le texto d'Aurélie sur votre portable, son mail disant qu'Éric serait là à 17 heures. Vous avez nettoyé vos empreintes. Il ne vous reste plus qu'à éliminer un éventuel alibi que pourrait avoir Éric. Vous ouvrez délicatement la porte d'entrée, votre cœur bat la chamade, tout peut se jouer dans les prochaines secondes. Vous inspirez et, d'un pas tranquille, descendez les escaliers. Vous entendez chez Aurélie le téléphone sonner à nouveau, passez devant la porte du voisin, terminez votre descente, vérifiez que personne ne vous voit. Vous atteignez la rue. Vous êtes sauvée !

Vous rentrez chez vous et vous changez entièrement. Vous mettez une jupe et des talons, vous vous maquillez exagérément et lâchez vos cheveux. Il est 17 h 32.

Il ne faut pas qu'Éric ait un alibi. Il vous attend depuis une demi-heure au parc : s'il reste trop longtemps au même endroit, il finira par se faire remarquer. Vous l'appelez d'une cabine et lui donnez rendez-vous de l'autre côté de la ville en lui disant que vous avez eu un problème. Il accepte.

Vous êtes allée entre-temps chez votre voisine Nadège pour cacher le chapeau et le manteau en attendant de vous en débarrasser...

18 heures : vous êtes de nouveau rue Feuillantines. Vous

sonnez, votre cœur s'arrête... Personne. Tout se passe comme prévu. Ce n'est pas le moment de perdre votre sang-froid.

– *Et à ce moment-là, vous avez sonné chez la gardienne ?*

– Oui.

– Vous lui expliquez que vous aviez rendez-vous avec Mlle Aurélie Lafade, c'est bien ça ? Pourquoi n'êtes-vous pas repartie tout simplement, pourquoi appeler la concierge ?

– Eh bien, comme Aurélie n'était pas là, je voulais lui laisser un mot sur sa porte, mais je n'avais pas de stylo, alors j'ai demandé à la concierge si elle pouvait m'en prêter un.

– Vous vous souvenez de l'heure ?

– Il devait être 18 heures...

– Pourquoi veniez-vous voir la victime ?

– On devait parler. Le vendredi soir, j'avais trouvé son numéro de téléphone dans un livre d'Éric, mon copain. Je l'ai appelée et j'ai découvert qu'elle était sa maîtresse depuis un an.

– Qu'avez-vous ressenti ?

– De la colère, bien sûr...

– Contre elle ?

– Non, pas du tout, elle était aussi étonnée que moi, elle ne savait rien de mon existence. Non, j'étais furieuse contre Éric.

– Vous vouliez vous venger ?

– En fait, non, j'étais à la fois vexée et soulagée... Je voulais le quitter depuis quelque temps mais je ne savais pas comment lui dire, je me sentais coupable de ne plus l'aimer et j'étais trop lâche sans doute pour prendre une décision, après toutes les promesses qu'on s'était faites... Finalement, cette histoire m'arrangeait, même si mon amour-propre en a pris un coup.

– Vous l'avez donc quitté ?

– Oui, je l'ai appelé pour lui dire que je savais tout et qu'il pouvait venir reprendre ses affaires.

– Comment a-t-il réagi ?

– Il est devenu fou. Il m'a dit que cette fille était une salope qui voulait sortir avec lui, qu'il l'avait repoussée et qu'elle se vengeait de lui, que je ne devais pas la croire...

– Vous l'avez cru ?

– Non, bien sûr, ce n'est pas elle qui m'avait téléphoné ! C'est moi qui avais trouvé son numéro par hasard, et puis j'ai bien senti qu'elle ne mentait pas au téléphone.

– Que vous a-t-elle dit exactement quand vous l'avez appelée ?

– Elle était effondrée. Je crois qu'elle était très amoureuse de lui et ne se doutait absolument pas de sa double vie. D'ailleurs, je ne sais pas si elle me croyait vraiment... Elle voulait qu'on se voie tous les trois en même temps.

– Pourquoi avez-vous accepté ? Finalement, vous aviez votre prétexte pour quitter votre ami...

– J'étais curieuse de savoir comment il avait fait.

– Et vous n'étiez pas jalouse ?

– Non, et c'est ça qui m'a fait comprendre que je ne l'aimais plus du tout.

– Merci, Mlle Guerlin, nous vous recontacterons si nous avons d'autres questions.

L'inspecteur Robert mâchonne l'extrémité de son crayon d'un air maussade en relisant votre déposition. Il est petit et ventru, ses vêtements trop étroits semblent sortir de chez le fripier. Il est fatigué. La permanence du week-end est de loin la plus éprouvante. La nuit du samedi au dimanche est celle où les gens normaux deviennent violents, où les gens violents deviennent des tueurs... Plongé dans ses réflexions, il vous oublie. Au bout de quelques minutes, vous lui demandez l'autorisation de partir, il vous l'accorde. Tout en vous dirigeant vers la sortie du commissariat, vous repensez à cet interrogatoire.

Vous n'avez commis aucune erreur, c'était parfait.

– *Mademoiselle Guerlin !*

L'appel de votre nom vous tire brutalement de vos réflexions.

Vous vous retournez : l'inspecteur vous fait signe de vous arrêter, il est essoufflé comme s'il avait couru le marathon.

– Encore une chose !

Votre sang se glace.

– Comment connaissiez-vous l'adresse de Mlle Lafade ?

– Elle me l'avait envoyée par SMS.

– Vous avez toujours le message ?

– Oui, je crois...

Vous sortez votre portable et montrez le SMS au policier qui note scrupuleusement le contenu du message, l'heure et la date de l'envoi ainsi que le numéro de l'émetteur. Vous êtes satisfaite. Tout se déroule comme prévu.

Vous êtes rentrée chez vous. Vous vous demandez ce que peut dire Éric. Vous notez tout ce qui s'est passé pour être bien sûre de ne pas commettre d'erreur. Vous espérez qu'Éric n'aura aucun alibi. Sinon... Ne pas y penser, ne surtout pas paniquer. Rester calme et tout ira bien. Si vous êtes tendue, ils vont se poser des questions...

Mais vous n'y tenez plus, vous voulez savoir ce qui se passe à cet instant dans le bureau de l'inspecteur. Vous retournez au commissariat, vous savez qu'en ce moment même, l'inspecteur Robert interroge Éric. Vous cherchez une raison d'être là. Vous restez dans le couloir, face au bureau dont la porte entrouverte vous permet d'entendre et de voir ce qui s'y passe.

Assis à son bureau, mâchonnant son crayon, l'inspecteur Robert semble impatient. Éric est face à lui, tête baissée. Il est extrêmement nerveux. C'est lui qui a découvert le corps. Il a appelé les secours. Mais l'inspecteur ne croit pas beaucoup à son histoire. C'est un acteur, non ? Réalisateur ? Bah, c'est pareil ! Il a fait une école de cinéma ? Les artistes, hein ! C'est un drôle de monde... Et puis, il est trop beau, trop net, ça cache forcément quelque chose...

– Vous allez chez elle, vous êtes fou de rage. Vous savez que Mlle Lafade a parlé de votre relation à votre petite amie, Mlle Guerlin. Vous choisissez de sacrifier Aurélie Lafade. Peut-être Mlle Lafade vous gifle-t-elle ? Vous la repoussez un peu trop violemment, elle tombe en arrière et se casse le cou contre le rebord de la cheminée. C'est un accident, n'est-ce pas, M. Léger ?

– Je vous le répète : lorsque je suis arrivé, elle était déjà comme ça ! J'ai eu peur, je me suis sauvé.

– Pourquoi vous sauver si vous n'aviez rien à vous reprocher ?

– C'était sûr qu'on allait m'accuser de l'avoir poussée...

– Alors pourquoi être revenu et avoir appelé les secours ?

– En fait, j'ai pensé que je m'étais peut-être trompé, que peut-être elle n'était pas morte. J'y suis retourné. Et puis j'ai pensé qu'en m'enfuyant, j'avais fait une connerie parce que j'avais rien à me reprocher.

– Ce n'est pas plutôt parce que vous avez réalisé que quelqu'un pouvait vous avoir vu sortir de l'immeuble ?

– Non, quand j'ai vu son corps, je n'ai pas réfléchi, je voulais partir loin d'elle, j'ai eu vraiment peur. Et puis je me suis calmé, j'y suis retourné et j'ai appelé les secours.

* Rendez-vous au **chapitre 150** (p. 506).

CHAPITRE 81

Lundi 4 mars – 19 h 56

Vous êtes revenue dans le passé. Vous vous souvenez d'un jeune homme... Il vous parlait d'Éric. Les souvenirs s'effacent rapidement de votre esprit, vous ne réussissez plus à relier les faits... *Tout s'est effacé de votre mémoire*. Une violente migraine vous terrasse et vous vrille les tempes. Vous tombez à genoux, le souffle haletant et court. Quelques minutes passent. La douleur s'estompe. Vous vous massez les tempes et reprenez vos esprits, encore un peu étourdie. Vous avez dans les mains le combiné du téléphone. La voix d'Éric vous ramène à la réalité.

– Oh, Emma, enfin, tu décroches !

Oui, effectivement, vous l'avez fait. Il est temps d'affronter Éric, de lui dire clairement ce que vous ressentez et ce que vous souhaitez. Une fois que tout sera verbalisé, vous vous sentirez bien mieux.

– Oui, Éric ?

– Je croyais que plus jamais tu ne me parlerais...

– ...

– Je crois que j'en serais mort. Écoute, je suis tellement désolé, je ne sais pas ce qui m'a pris, pourquoi j'ai...

– Tu m'as fait beaucoup de mal, Éric.

– Je sais, moi aussi je souffre horriblement... Je t'en prie, il faut tout oublier ! Je ne m'étais pas rendu compte, je ne peux pas vivre sans toi, je veux dire... Enfin, je voudrais...

– Écoute-moi. Je me fiche de ce que tu veux ou voudrais. C'est terminé. Ce que moi je veux, c'est que tu retires tes affaires de l'appartement le plus vite possible. Ce que moi je veux, c'est ne plus te revoir et ne plus jamais entendre parler de toi.

– Mais...

– Non ! Tu me laisses terminer ! Je vais brûler toutes nos

photos, tous tes cadeaux, toutes tes lettres, il ne restera pas la moindre trace de notre histoire. Lorsque tout aura disparu, je pourrai commencer à reconstruire une nouvelle vie. Si tu ne viens pas chercher tes affaires, je les brûlerai aussi.

– Mais...

– Tu m'as trompée. Jamais je ne te pardonnerai.

Vous raccrochez le combiné.

Pendant des jours, Éric ne cesse de vous harceler, il téléphone sans arrêt, reste des heures sur le palier devant votre porte...

Vous ne voulez plus rester dans cet appartement, vous devez partir loin de lui.

* Si vous décidez de prendre un nouveau départ et d'échapper à son emprise, prévenez votre employeur de votre absence pour la semaine prochaine et allez ce week-end chez vos parents chercher un peu de réconfort au **chapitre 126** (p. 411).

Si vous préférez vous changer les idées, vous appelez votre amie Claire. C'est une fille joyeuse et énergique, vous savez qu'elle ne vous laissera pas sombrer. Elle vous propose de venir passer quelque temps chez elle. Si vous acceptez, rendez-vous au **chapitre 132** (p. 439).

Peut-être réussira-t-elle à vous remonter le moral ?

CHAPITRE 82

Lundi 4 mars – 20 h 04

– Oh, Emma, enfin, tu décroches !

Oui, effectivement, vous l'avez fait. Vous êtes bien en train d'écraser le combiné contre votre oreille. Vous avez encore du mal à croire à ce que vous êtes en train de faire ! Pourquoi avez-vous décroché ? Trop de pression sans doute. Le téléphone n'a pas arrêté de sonner de la journée. Vous avez commencé à faiblir. Vous vous êtes dit que si vous ne décrochiez pas maintenant, peut-être qu'il ne rappellerait plus jamais.

– Oui, Éric ?

– Je croyais que plus jamais tu ne me parlerais...

– Oh, Éric !

– Je crois que j'en serais mort. Écoute, je suis tellement désolé, je ne sais pas ce qui m'a pris, pourquoi j'ai...

– Tu m'as fait beaucoup de mal, Éric...

– Je sais. Si tu savais comme je souffre... Je t'en prie, il faut tout oublier ! Je ne m'étais pas rendu compte, je ne peux pas vivre sans toi, je veux dire... Enfin, je voudrais...

– Quoi ?

– Je t'aime tellement fort. Je voudrais qu'on vive ensemble pour toujours. On pourrait acheter une petite maison pour tous les deux et repartir de zéro, non ?

– Et l'autre ? On l'emmène avec nous ? Tu lui as prévu une chambre ?

– Arrête, je t'en prie. Tu sais bien qu'elle ne compte pas, qu'elle n'a jamais compté. C'est toi que j'aime. Il n'y a jamais eu que toi...

Enfin, cet arrogant reconnaît qu'il a besoin de vous. Vous jubilez en repensant à Federico. Si Éric savait ! Mais vous, vous avez tout nié en bloc. Vous en êtes restée à une seule et unique version : vous avez bu et dansé toute la nuit, mais jamais vous ne l'auriez trompé ! Oh, non alors ! Quant à lui, il essaye d'expliquer, de minimiser l'importance de cette histoire, avouant certaines choses pour mieux cacher les autres. Vous réussissez tout de même à grossir son forfait à la hauteur d'un crime, le crime de haute trahison ! Après des heures de discussion, vous finissez par dire que le temps effacera sans doute la douleur. Tous les deux, vous avez été effrayés de voir vos vies basculer dans l'inconnu, vous avez besoin de cette sécurité que le temps procure. Et vous êtes finalement heureux de retrouver la paix.

Pour l'heure, seule chez vous, vous êtes allongée dans le canapé devant la télévision, zappant de chaîne en chaîne. Tout à coup, tout se dérègle. L'image se perd puis réapparaît. Mais c'est la même sur toutes les chaînes : vous avez beau appuyer sur les boutons de la télécommande, toujours le même présentateur en costume sombre, toujours le même décor psychédélique... Vous vous levez pour bouger l'antenne. À ce moment, vous reconnaissez le visage du présentateur. Ce visage vous est familier, étrangement rassurant. Sa silhouette souple et gracile glisse vers vous sans même toucher le sol. Il vous parle et sa voix douce et lointaine pénètre votre esprit comme une révélation intérieure.

Il est là devant vous :

– Ne fuis pas la vérité, Emma. Regarde ce qu'est devenue ta vie... Est-ce vraiment comme ça que tu l'imaginais ? Comment as-tu pu accepter d'être ainsi trompée, humiliée ! Comment as-tu pu, toi aussi, salir ce qui fut votre amour ?

– On s'est retrouvés, c'est l'essentiel !

– Mais non ! Tu as retrouvé tes pantoufles, c'est tout ! Tu as été lâche : tu découvres que ton copain te trompe et tu fais comme si rien ne s'était passé ! Tu as renoncé à rencontrer sa maîtresse, tu as même jeté son numéro ! Mieux vaut ne pas pardonner que le faire pour de mauvaises raisons, non ? En fait, tu as eu peur de la vie sans lui. Tu as cédé à cette peur. Il faut recommencer, remonter le temps et corriger tes erreurs. Revenir à l'instant de ta capitulation. Affronte ta peur de l'abandon et de la solitude, aie la force de quitter Éric. Je te renvoie quelques secondes plus tôt, au moment où tu as décroché le téléphone pour lui répondre. Le souvenir de cette conversation se sera effacé de ton esprit mais tu auras le pressentiment de la voie à suivre.

Le sol se dérobe sous vos pieds, un vertige vous fait vaciller. Vous tombez dans un puits sans fond. Vous êtes comme aspirée en arrière, votre cœur se serre, la chute est infinie... Vous perdez connaissance.

❋ Rendez-vous au **chapitre 81** (p. 244).

CHAPITRE 83

Jour et heure indéterminés

Le garde vous menotte les mains derrière le dos et vous fait traverser un long tunnel de béton pour arriver à la salle d'audience. Une porte s'ouvre. Vous entrez.

La salle est presque vide. Quelques individus au fond, dans l'ombre, attendent de voir les pleurs et la douleur, insectes avides de souffrance dont les petits yeux haineux se braquent sur vous. Votre mère est au premier rang. Elle vous sourit, un sourire plein de larmes, et vous fait un petit signe de la main. Vous la regardez mais ne lui rendez pas son geste. Ce serait inconvenant. Vous vous asseyez. Vous êtes prise au piège sous un couvercle d'acier et de brique qui opprime et dilate la durée, le temps semble se figer. Votre esprit flotte dans ce film ralenti, la réalité se dissout dans la moiteur de votre angoisse. Tout se noie dans le bruissement indéfini d'un rêve. Le greffier se déplace à pas feutrés. L'assistant du procureur classe des dossiers à sa table. La sueur perle à votre front, glisse sur l'aile de votre nez. Un goût de sel dans la bouche. Les policiers sont en place et gardent les issues. Votre avocat fait son entrée à petits pas pressés et dépose sa mallette sur la table réservée à la défense, juste devant vous. Le greffier s'installe derrière sa machine. Les trois juges franchissent la porte et montent sur leur trône. L'assistance se lève comme une classe bien disciplinée. Un silence de plomb règne sur la salle surchauffée. Dans sa robe noire, le premier juge paraît empli de compassion. C'est un gros homme rougeaud dont le visage est couvert de taches de rousseur.

Tout le monde se rassied. Le premier juge rassemble quelques papiers avant de lever les yeux sur vous puis il adresse un signe de tête à l'huissier. Il déplace quelques feuilles invisibles et met ses lunettes un bref instant avant de les ôter et regarder la salle du haut de son piédestal. Tout le monde attend patiemment son bon vouloir.

Vous traversez ce procès comme dans un rêve.

C'est étrange d'écouter les autres discuter de votre sort comme si vous n'étiez pas là. Votre avocat vous défend bien. Mais le réquisitoire du procureur est accablant, son regard hostile vous brûle la peau comme de l'acide. Vous êtes un monstre : vous avez assassiné une femme enceinte. Oui, Aurélie était enceinte, enceinte d'Éric. Qui croira qu'il s'agissait d'un accident ? Vous l'avez poussée contre la cheminée. Au fond de votre cœur, vous savez que vous vouliez sa mort. Vous avez détruit deux vies.

Vous avez appelé les secours et la police immédiatement. Cela vous sauvera peut-être. Une sueur froide vous inonde. Votre raison s'égare, la panique vous tord les entrailles. Vous voudriez vous évader, vous envoler loin d'ici, ne plus voir tous ces visages blêmes. Votre regard se perd au-dessus de la foule. Un rayon de soleil traverse la salle d'audience et découpe dans l'air une rivière de poussière d'or. Les fenêtres sont ouvertes, l'air et le bruit de la ville arrivent librement du dehors, une jeune fille est en train de rire. Vous vous accrochez à ce rire autant que possible. Un jour, vous rirez de nouveau...

Votre avocat vous appelle. Vous vous levez. Vos dents claquent, vos mains tremblent, vos jambes vous portent à peine. Les visages des juges, illuminés par le reflet d'une vitre, ont quelque chose de calme et de bon. Cela vous rassure un peu. Ils semblent justes. Ils vont comprendre. Ils seront cléments... Le tribunal vous déclare coupable d'homicide involontaire et vous condamne à quatre ans de prison ferme. Les juges ont appliqué la sanction la plus sévère prévue par la loi. Aucune circonstance atténuante.

Vous vous appuyez au mur pour ne pas tomber.

Votre vie est terminée.

Il ne restera de vous qu'un entrefilet dans un journal.

Drame de la passion

Emma Guerlin, 29 ans, était jugée mercredi pour « homicide involontaire ». Elle s'était violemment disputée avec la maîtresse de son compagnon. Cette dernière avait fait une chute mortelle contre le coin de sa cheminée.

Le procès : des larmes et des regrets

Pendant la séance, les proches de la victime n'ont pu réprimer leurs pleurs. Après avoir contesté sa volonté de fuir après l'accident, ce que plusieurs témoins ont assuré, la jeune femme a eu une phrase de repentir : « Je demande pardon à la famille d'Aurélie, je n'ai jamais voulu cela. Je demande pardon, mais je sais que c'est impardonnable. »

Au terme de l'audience, le tribunal a condamné la jeune femme à quatre ans de prison ferme. Il a ainsi dépassé les réquisitions du procureur qui avait réclamé une peine de cinq ans de prison dont trois ans ferme contre l'accusée.

On vous remet les menottes. Vous traversez une cour intérieure, vous levez la tête et regardez le ciel. Si seulement vous pouviez voler... Vous grimpez dans le fourgon. Les deux policiers sont séparés de vous par un solide grillage. L'air est lourd des émanations âcres des moteurs Diesel. À l'intérieur, l'odeur est quasi insoutenable. Vous réprimez un haut-le-cœur.

Une certaine insouciance règne à bord du véhicule : les deux policiers discutent librement comme si vous n'étiez pas là. Pour eux, vous n'êtes qu'un animal dans une cage, vous n'existez déjà plus.

Une heure plus tard, vous arrivez à la prison.

Vous entendez au loin des cris, des râles, des pleurs. Quel est cet endroit ? On vous enferme dans une cellule. Vous entendez le claquement du verrou dans la serrure. La lourde porte métallique s'est refermée sur vous. Pour quatre ans. Quatre ans de solitude. Vous êtes lasse. Vous voudriez dormir, mais l'angoisse de vous retrouver dans ce lieu inconnu vous en empêche.

Un jeune homme entre dans votre cellule et s'assied sur une chaise posée près de vous. Sa silhouette souple et gracile glisse vers vous sans même toucher le sol. Il fume une cigarette.

– Tu en veux une ?

Mais qu'est-ce que ça signifie ? Que fait cet homme ici ? Vous êtes dans une prison pour femmes, il ne doit pas y avoir d'hommes ! Vous êtes terrifiée et commencez à hurler. Vous appelez à l'aide mais le jeune homme, imperturbable, continue à vous parler. Malgré vos cris vous l'entendez distinctement, comme s'il parlait directement à votre esprit.

– Je vais être bref. Tu n'es pas ici avec moi en ce moment.

Cet homme est fou ! Pourquoi l'a-t-on laissé entrer ? Il est peut-être dangereux ! « Gardienne ! » Vous essayez d'ouvrir la porte de votre cellule mais elle est toujours verrouillée. L'homme répète :

– Non, Emma, tu n'es pas ici avec moi...

Là, vous arrêtez tout de suite de crier. Comment connaît-il votre nom ? Ce ne peut être qu'un garde.

– Tout ce que tu vis, c'est toi qui le choisis. Tu peux choisir de ne plus être là.

Vous regardez attentivement ce jeune homme ; son visage vous est familier, étrangement rassurant.

– Emma, tu as traversé de terribles épreuves et tu as infligé à toi-même comme aux autres un châtiment terrible. Tu aurais pu éviter le pire, mais tu as préféré céder à tes pulsions, à ta colère.

Ce garçon vous rappelle quelqu'un, mais qui ?

– N'essaie pas de savoir qui je suis, mais plutôt ce que toi, tu es.

Il vient de lire dans vos pensées !

– Tu souffres et des gens autour de toi souffrent aussi. Tu peux changer les choses et améliorer ta vie. Est-ce que tuer Aurélie a apaisé ta colère ? Non ! Ta vie est brisée. Mais tu as une chance que beaucoup de gens n'ont pas : la chance de pouvoir modifier ton destin. Je vais te renvoyer dans le passé. Tu devras obtenir **trois victoires** sur toi-même ; ces victoires te permettront de mieux comprendre le monde qui t'entoure, de faire des choix judicieux, et de ne pas répondre aux émotions faciles. Je te ramène peu de temps avant que tu n'ailles chez Aurélie. Après le coup de téléphone qui t'a appris la trahison d'Éric, tu iras rejoindre Solenne en boîte de nuit et tu te déchargeras de ta colère.

– Mais comment...

– Remonte le cours du temps, et que les souvenirs de cette vie s'effacent de ta mémoire !

Le sol se dérobe sous vos pieds, un vertige vous fait vaciller. Vous tombez dans un puits sans fond. Vous êtes comme aspirée en arrière, votre cœur se serre, la chute est infinie... Vous perdez connaissance.

✱ Réveillez-vous au **chapitre 34** (p. 107).

CHAPITRE 84

Mercredi 6 mars – 19 h 02

Lundi, mardi... Les jours se suivent et se ressemblent. La curieuse rencontre de vendredi est déjà oubliée. Aujourd'hui, mercredi, vous décidez de ne pas rentrer directement chez vous en sortant du travail. Vous passez une heure entière dans une librairie, d'où vous ressortez avec un sac rempli de livres. À 20 heures, vous serez au lit avec une pizza et un roman policier tout à fait captivant. Ce programme vous plaît. Finalement, vous vous sentez bien. Presque heureuse.

Vous êtes en pyjama dans la salle de bains et vous vous enduisez le visage d'une crème épaisse et granulée qui vous donne l'air d'une volaille bien arrosée de jus. Vous allez profiter de l'absence d'Éric pour vous faire un gommage complet. Luxe, calme et volupté...

Soudain, une porte claque à l'étage au-dessus. Votre cœur fait un bond. Quelle peur ! Des pas précipités dans les escaliers, la sonnette de votre porte. Oh, non ! Vous ne pouvez pas ouvrir comme ça !

Vous criez : « Une seconde, je suis dans mon bain... » Juste le temps de vous rincer le visage, d'enrouler une serviette autour de vos cheveux gras et d'enfiler un peignoir.

Ludovic est là, devant vous, tout excité.

– J'ai un super grand service à te demander, est-ce que tu pourrais me prêter ta caméra ?

– Oui, pas de problème.

– Génial ! J'ai eu une super idée mais sans ta caméra je n'aurais pas pu le faire. C'est cool que tu sois là !

Il trépigne sur le palier et vous arrache quasiment la caméra des mains en vous promettant de vous raconter plus tard... Il remonte en courant sans même vous remercier. Quelques secondes plus tard, vous entendez des hurlements hystériques au-dessus de votre tête, des rires, des bonds et des hurlements, et des bonds, et des rires et des hurlements et encore des bonds... Vous commencez à craindre que le plafond ne s'effondre sur vous. Que se passe-t-il chez Ludovic ? Vous ouvrez la fenêtre qui donne sur la cour, cette caisse de résonance permet d'entendre dans tout l'immeuble...

– Quelle nouvelle incroyable ! Tu te rends compte, Virginie, ma chérie ?

Il parle à Virginie...Vous essayez de comprendre quelle est l'heureuse nouvelle mais les paroles de Ludovic sont pour le moins elliptiques :

– Ouais, c'est dingue...

– ...

– Tu crois ? T'as peut-être raison...

– ...

– Ouais, c'est mieux, et ce sera une surprise. On se retrouve chez moi ?

– ...

– OK, dans une heure, parfait !

Vers 21 heures, votre calvaire commence : d'abord la musique avec des basses qui font vibrer les murs, les éclats de rire, puis les coups sourds et réguliers, les gémissements, le sommier qui hurle... Combien de temps cela peut-il durer ? Une demi-heure déjà ! Ah, enfin, il informe l'immeuble qu'il « vient »... Voilà, il est « venu », vous êtes ravie pour lui et maintenant, vous allez peut-être pouvoir dormir ! Mais non, de nouveau vous entendez les coups de butoir qui résonnent. Ces gémissements sont interminables...Vous n'avez plus le moindre doute à présent quant à l'usage que Ludovic réservait à votre caméra, de pareils exploits méritent d'être immortalisés ! Vous êtes à bout de nerfs.

Exaspérée, vous allez chercher des boules Quies et un somnifère. Dix minutes plus tard, vous dormez enfin...

Un cri vous réveille en sursaut. Ce n'est pas possible ! Vous regardez l'heure : 2 h 36... Vous n'entendez que la voix stridente de Virginie : « Comment peux-tu dire ça ? Je n'ai jamais couché avec Kevin, c'est totalement faux ! Qui t'a dit ça ? Comment tu peux croire une chose pareille ? T'es vraiment un beau salaud... »

Et puis du verre brisé. Un bruit sourd de meuble qui tombe, des pleurs... Vous voudriez écouter un peu mais vos paupières sont lourdes, vous vous rendormez.

Jeudi, Éric revient de voyage. Il rentre vers minuit, un dîner professionnel, paraît-il... Les retrouvailles sont bien décevantes.

Aujourd'hui, vendredi, c'est au tour de votre voisine Nadège. Décidément, tout le monde court de par le monde. Vous, vous êtes là pour réceptionner les colis et servir de chauffeur.

Elle vous a demandé de venir la chercher à l'aéroport car les pneus de sa voiture avaient été crevés. Sur le moment, cela vous a paru naturel de lui rendre ce service, mais maintenant, prise dans les embouteillages, vous songez que le procédé était tout de même indélicat. Mise au pied du mur, pouviez-vous refuser ? Vous avez dû quitter plus tôt votre travail et vous précipiter à son secours. Vous avez même appelé il y a dix minutes pour vous excuser de ne pouvoir faire plus vite en raison des embouteillages ! Pourquoi avoir fait ça ? Que vous êtes faible ! Elle aurait pu rentrer en taxi, non ? Pourquoi faut-il toujours que les autres vous appellent en cas de galère ? Pourquoi faut-il toujours que vous répondiez à leur appel ? Pourquoi ? Parce qu'en fait, vous aimez ça ! Parce que alors vous vous sentez utile, vous servez à quelque chose. Cela vous rassure... Pour avoir des amis fidèles, il suffit d'être toujours à disposition, de répondre oui, quoi qu'il en coûte. C'est simple comme d'être le conseiller clientèle du quotidien : « J'arrive tout de suite ! Bien sûr, je m'en occupe ! Non, cela ne m'ennuie absolument pas, je suis là pour ça ! Je vous en prie, c'est tout naturel !... »

Et pourquoi ne pas donner votre démission ? Pourquoi ne pas la laisser se débrouiller dans son fichu aéroport ? Non ? Non, vous avez raison, ce ne serait vraiment pas charitable. Et puis, vous vous êtes engagée... De plus, ce n'est pas une fille égoïste et intéressée, elle vous a laissé les clefs de son appartement durant son voyage. Elle vous a dit que vous pouviez faire comme chez vous et utiliser sa salle de projection. C'est gentil, tout de même... Il est vrai que vous deviez en contrepartie arroser les plantes et nourrir le chat. Mais, c'est vous qui le lui avez spontanément proposé lorsqu'elle vous a révélé son embarras de ne pouvoir emmener son animal...

Cela fait dix minutes que vous tournez autour de ce maudit aéroport. Vous vous croyez définitivement perdue et puis, alors que vous n'espériez même plus trouver l'entrée, vous apercevez Nadège. Elle monte rapidement à côté de vous. Durant le trajet du retour, elle se montre taciturne. Elle serre contre elle son sac à main, le regard fixé sur la route. Son visage est blême et moite de sueur. Ses cheveux sont tout crépus et emmêlés sur les côtés, ses yeux cerclés de cernes mauves. Elle vous assure que tout va bien. Vous n'insistez pas. Charmantes retrouvailles ! Rendez service aux gens...

Au moins pensiez-vous passer une bonne soirée. Mais c'était sans compter la muflerie d'Éric. Vous avez attendu son coup de fil pendant deux heures. Il est 22 heures et il n'est toujours pas rentré. Encore une soirée gâchée...

22 h 01. N'appelle pas, idiote, n'appelle pas...

Vous devenez folle. S'il y a une chose que vous ne supportez pas, c'est bien ça. En plus, il est injoignable ! La rage monte en vous au fil des minutes. Sur votre dernier message vous dites que vous ne voulez plus jamais entendre parler de lui... Est-ce vraiment ce que vous voulez ? Non, bien sûr. Ce que vous voulez, c'est qu'il perçoive dans ces paroles la supplique cachée : « Appelle-moi, j'ai besoin d'explications, j'ai besoin de te pardonner ! »

Comme il n'appelle toujours pas, vous laissez un autre message, lui expliquant longuement les raisons psychologiques de votre détresse, de votre peine, de votre déception : il est rentré jeudi très tard et vous avez à peine échangé trois paroles, il avait promis de rentrer tôt ce soir... À la fin, vous laissez nettement une porte ouverte à la discussion. Vous avez envie de vomir, vous mâchez frénétiquement votre chewing-gum et fumez cigarette sur cigarette. Vous ne pouvez supporter l'attente. Que fait-il en ce moment ? Pourquoi son téléphone est-il éteint ? Est-il déjà en train de séduire une autre fille ? Est-il au cinéma avec elle ? Lui caresse-t-il la main ? Vous voudriez mourir, vous rappelez encore sans laisser de message, vous maudissant de votre faiblesse ; une demi-heure à tourner les pages d'un livre comme si elles étaient blanches, et puis vous rappelez, pensant à masquer votre numéro cette fois. Maudit répondeur ! Il ne reviendra plus et vous devrez mettre à exécution votre menace de ne plus jamais lui adresser la parole... alors que vous espérez toujours pouvoir discuter avec lui et effacer cette mauvaise plaisanterie. Mais pourquoi, après tout ? Pour que perdure indéfiniment cette vie médiocre, cette histoire à deux balles ?

Il est tellement égoïste ! Que fait-il qu'un autre ne ferait pas ? Il vous aime ! Oui, et personne d'autre ne pourrait vous aimer ?

Si. Alors quoi ? Il ne lave ni n'essuie, ni ne brosse, ni ne range rien ! Il ne fait rien pour vous ! Il fait des cadeaux, c'est vrai. D'ailleurs, lorsque vous l'accusez de ne pas vous aimer, il se révolte : « Ça n'a donc servi à rien, tout ça ? » Et il désigne la montre que vous avez au poignet, l'énorme rubis qui trône sur votre annulaire... Comme si, pour lui, aussi valables qu'un ticket de caisse, ces objets étaient d'évidentes preuves. Il a acheté les signes extérieurs de l'amour !

Mais ce soir, il vous a menti, et s'il vous a menti ce soir... combien d'autres soirs ? Il vous dira qu'il voulait s'épargner une crise de jalousie, bravo ! Mentir puis dire la vérité avec le plus grand mépris deux heures plus tard c'est tellement plus subtil, tellement plus pervers !

Vous lui aviez proposé un cinéma ce soir. « Oh non, a-t-il fait d'un ton las, je suis vraiment crevé, j'ai besoin de récupérer de ma semaine de tournage... » Or, deux heures plus tard, vous l'avez rappelé : il a décroché et sa voix était noyée dans un brouhaha... Il était dans un bar avec « une amie ». Pour quelqu'un qui était fatigué...

22 h 51. Quelle torture ! Vous laissez un tout dernier message. Cette fois, vous êtes sincère : vous n'aimez pas ce genre de situation, vous préférez que les choses soient claires, vous aimeriez en discuter avec lui et faire le point, vous ne savez plus vraiment où vous en êtes. « Bonjour vous êtes bien sur le répondeur d'Éric, veuillez... » Quelle horreur ! Vous rallumez une cigarette.

Et si tout se terminait ce soir, que feriez-vous ? Pourriez-vous mourir ? Non, bien sûr, vous seriez triste quelque temps... pour toujours ? Qu'est-ce qu'il vous apportait ? Il est méprisant, arrogant et n'accepte pas la contradiction : il est si convaincu d'avoir toujours raison ! Vous ne sortez jamais, il ne vous présente personne. Vous êtes triste, et encore plus triste à l'idée que lui, il s'en fout ! Il passe sans doute une bonne soirée et l'idée d'être sur le point de vous perdre ne doit même pas l'effleurer, ou alors il s'en fiche et passe déjà à l'histoire suivante. La nature a horreur du vide.

23 h 04. Vous auriez dû aller au cinéma, le temps aurait passé plus vite.

Le mieux serait de lire.

Vous êtes certaine qu'il se fâchera, vous rendra responsable de tout, vous dira, avec du mépris dans la voix, que ça ne peut plus durer, qu'il en a assez de ces scènes incessantes... Il finira par vous faire pleurer et vous essaierez de vous justifier, il vous fera croire que vous êtes une fille vraiment insupportable, qu'il a bien essayé de comprendre, mais que là, c'est trop, c'est étouffant, s'il ne peut même plus aller boire un verre avec une amie, c'est inimaginable de devoir rendre des comptes ainsi. Vous tenterez de lui expliquer que ce n'est pas le fait qu'il aille boire un verre mais qu'il vous mente. Il restera convaincu que votre « jalousie maladive » est responsable de tout... À quoi bon continuer comme ça ?

0 h 30. Vous êtes réveillée en sursaut par un cauchemar. Éric n'est toujours pas rentré. Trop agitée pour vous rendormir, vous allumez la télévision. L'intonation sèche du présentateur du journal télévisé emplit tout l'espace de votre chambre.

« ... pour protester contre le licenciement de trois cents personnes alors que l'entreprise a augmenté ses bénéfices de 30 % cette année...

» Agression jeudi matin du directeur du centre de paiement de la Française des jeux. L'agresseur, une jeune femme d'une trentaine d'années, toujours recherchée par la police, prétendait avoir gagné la super cagnotte de deux millions d'euros. Le directeur avait découvert immédiatement la supercherie : le billet avait été acheté le lendemain du tirage. D'après les témoins... »

Vous éteignez.

1 heure. Vous êtes réveillée par le bruit de la clef dans la serrure. La porte de l'appartement s'ouvre en grinçant. Vous entendez Éric se déplacer en trébuchant dans le salon obscur. Il laisse échapper un juron. Vous résistez à l'envie d'allumer la lampe. Vous restez étendue face au mur, les paupières closes, la respiration lente et régulière. Qu'il s'interroge, pour une fois, que ce soit lui qui fasse les premiers pas !

– Je sais que tu ne dors pas. Allez, arrête de bouder ! C'était juste une vieille copine d'école, elle m'a proposé de boire un verre vite fait, elle voulait m'annoncer son mariage et nous inviter.

– Pourquoi tu ne m'as pas demandé de vous rejoindre, alors ? grognez-vous.

– Je ne voulais pas rester longtemps, j'avais envie de me coucher tôt, c'est vrai...
– Il est une heure du matin, t'appelles ça « tôt » ?
– Tu m'as énervé, alors j'ai repris un verre, puis deux... Je suis resté un peu plus que prévu.
– C'est à cause de moi, bien sûr, comme d'habitude !
– Allez, on fait un câlin ?
– Pourquoi ? Elle n'a pas voulu que tu la sautes ?
– T'es vraiment nulle...
Vous vous endormez dos à dos.

✱ Ce n'est pas grave, demain soir, au **chapitre 91** (p. 284), vous vous amuserez.

CHAPITRE 85

Jeudi 7 mars – 22 h 12

Aujourd'hui, Éric rentre de voyage. Vous avez décidé de ne plus être aussi dépendante et passive, de retrouver l'énergie et la passion de vos débuts. Vous voulez réveiller son désir assoupi depuis trop longtemps. Pour cela, vous devez commencer par développer votre vie sociale et ne plus passer vos soirées à l'attendre...

Vous avez dîné avec quelques collègues et les discussions se sont prolongées plus tard que vous ne pensiez. Sur le chemin du retour, vous réalisez que vous avez oublié de faire les courses : le réfrigérateur est vide. Si Éric est rentré et qu'il n'a rien trouvé à manger, il va être de mauvaise humeur, il vous accusera d'être d'un « égoïsme extraordinaire » et les retrouvailles seront on ne peut plus tendues... Vous imaginez déjà les répliques de la scène à venir. *Lui* : « Tu étais où ? Charmant accueil, je suis parti depuis plus d'une semaine et tu ne daignes même pas être présente ! Je pensais que nous dînerions ensemble. » *Silence.* « Avec qui tu étais, un homme ? » *Vous* : « Oh, je t'en prie, tu ne vas pas me faire une crise de jalousie ! J'ai travaillé tard sur un projet. Et puis, tu aurais pu m'appeler pour me dire que tu rentrais pour dîner ! » *Lui* : « Oh écoute, j'ai eu une sale journée et j'aurais espéré trouver un peu plus de bienveillance ici. » *Vous* : « Le monde ne tourne pas autour de ton nombril, je n'ai pas à me mettre au garde-à-vous chaque fois que tu me fais l'honneur d'une visite ! » *Lui* : « Ah d'accord, je vois... Puisque c'est ça, je préfère rentrer au studio. » *Porte qui claque. Silence.*

Vous arrivez chez vous. Mais la réalité ne correspond visiblement pas au scénario que vous aviez imaginé. Les lumières sont toutes éteintes dans l'appartement. Il n'y a personne. Pourquoi n'est-il toujours pas là ? Que peut-il bien faire ? Ça fait plaisir de voir à quel point il a hâte de vous retrouver !

Vous allumez une cigarette. Le frigo ronronne doucement. Tout est calme et silencieux. Le chat miaule. Vous lui versez un peu de lait. Vous essayez de joindre Éric, mais bien évidemment vous tombez sur son répondeur. Vous vous faites couler un bain. Allongée dans l'eau chaude et parfumée vous parvenez à vous détendre un peu... Puis vous vous glissez sous la couette et vous endormez bientôt.

Minuit et demi : Vous êtes réveillée en sursaut par un cauchemar. Un homme mort était étendu près de vous, un trou au milieu du front. Le sang s'écoulait de ce trou, intarissable, et recouvrait entièrement son corps. Un flot de sang qui grossissait jusqu'à vous submerger. Des fantômes de femmes hurlaient au-dessus de vous. Vous étiez en train de vous noyer. Impuissante. Des chauves-souris, vous croyant déjà morte, vous arrachaient les yeux, vous rongeaient le cœur. Et aucun cri ne pouvait sortir de votre bouche cousue, votre corps impotent ne pouvait pas se débattre, vous étiez dévorée vivante...

Éric n'est toujours pas rentré. Trop agitée pour vous rendormir, vous allumez la télévision. L'intonation sèche du présentateur du journal télévisé emplit tout l'espace de votre chambre.

« ... Pour protester contre le licenciement de trois cents personnes alors que l'entreprise a augmenté ses bénéfices de trente pour cent cette année...

Sport maintenant ! »

Vous éteignez.

2 heures : Vous entendez la clef dans la serrure. La porte de l'appartement s'ouvre en grinçant. Vous entendez Éric se déplacer en trébuchant dans le salon obscur. Il laisse échapper un juron. Vous résistez à l'envie d'allumer la lampe. Vous restez étendue face au mur, les paupières closes, la respiration lente et régulière. Qu'il s'interroge, pour une fois, que ce soit lui qui fasse les premiers pas... Il entre dans la chambre.

– Tu dors ?

– Je dormais, oui...

– Désolé, je t'ai réveillée.

Il enlève ses vêtements et enfile son pyjama.

– Je vais grignoter un morceau.
– Il n'y a rien à manger.
– Ah ! Il reste des céréales ?
– Oui, je crois.
– Bon. Ça ira.

Trente minutes plus tard, quand il revient, vous ne dormez pas. Il avance à pas de loup, entre dans le lit, glisse doucement la main sous les draps et se colle tout contre vous. Il sent que vous êtes éveillée. Comme vous ne réagissez pas, il murmure :

– Je t'ai réveillée ?
– Ce n'est pas grave.

Vous n'avez même pas envie de lui demander pourquoi il est rentré si tard. Vous êtes lasse de tout cela, de toutes ces déceptions. Il poursuit :

– Tu as fait quoi ce soir ?
– Je suis sortie avec des amis. Je suis arrivée peu de temps avant toi.
– Bien. Tu t'es amusée ?
– Oui. Beaucoup.

Long silence. Pourquoi ne vous demande-t-il pas avec qui vous étiez, ce que vous avez mangé et dit ? Pourquoi n'est-il plus jaloux de ces soirées comme autrefois ?

– Moi, j'ai dîné avec Aurélie Lafade ce soir.
– Aurélie ?

Votre cœur se glace. La fille du ticket de bus...

– Aurélie, l'attachée de presse du groupe pour lequel je réalise le clip. Elle nous fait une bonne pub.
– Ah ! Tu la vois souvent, non ?
– Pas particulièrement. Pourquoi ?
– Tu es parti depuis presque quinze jours et la première chose que tu fais en revenant, c'est de dîner avec cette fille. Il devait être vraiment très important, ce dîner. Tu la baises ?
– Bon sang ! Ça ne va pas ? C'est le boulot, et c'est un client capital pour nous... Si tu veux pas parler, dis-le tout de suite au lieu d'être désagréable !
– Bonne nuit alors.
– Bonne nuit.

Aucune dispute véritable n'a éclaté, rien n'a vraiment été exprimé, qu'une sourde rancœur... Seulement un lourd silence au petit déjeuner, un effort trop évident de chacun pour rester aimable et courtois.

Il faut réagir.

Vendredi soir, Éric sort. Vous en profitez pour inviter votre amie Claire. Vous n'avez pas envie de rester seule chez vous. Et puis Claire est une fille rigolote et toujours pleine d'entrain, la voir vous fera le plus grand bien.

Après un dîner animé par le récit rocambolesque des amours fugaces de Claire, vous passez au salon. Vous vous enfoncez toutes deux dans les larges fauteuils et écoutez la pluie frapper les carreaux. Dans cette ambiance feutrée, vous êtes prise d'une soudaine mélancolie et finissez par aborder le sujet qui vous ronge.

– Est-ce que tu as déjà eu le sentiment de voir les choses t'échapper sans pouvoir rien y faire ? Ou, pire encore, d'accélérer un processus de destruction, uniquement parce qu'il te paraît inéluctable ?

– T'es sûre que ça va ? s'inquiète votre amie.

Vous continuez sur votre lancée :

– Tu ne t'es jamais demandé si deux personnes étaient irrémédiablement programmées pour établir entre elles un certain type de relation, ou si cette relation aurait pu être absolument différente si on n'avait pas accepté certaines choses qu'on n'aurait pas dû accepter ?

– Oui, peut-être. Dis-moi, tu n'aurais pas un coupe-ongles ?

Vous allez à la salle de bains et le lui rapportez. Elle commence consciencieusement à affiner ses ongles.

– Continue, continue, je t'écoute !

– En fait, avec Éric, on s'éloigne, on se perd... Je crois qu'il me trompe. Il parle beaucoup d'une fille avec qui il bosse, j'ai l'impression qu'il a besoin de parler d'elle, que c'est plus fort que lui. Qu'est-ce que t'en penses, toi ?

– De quoi ?

– Du fait qu'il en parle !

– Ah ! Euh... Je ne sais pas. Peut-être que s'il en parle, c'est qu'il n'a rien à cacher. Excuse-moi, t'aurais pas une lime ?

✱ Bon ! Apparemment, si vous voulez un vrai conseil d'amie pour reconquérir Éric, il vaut mieux que vous ne perdiez pas votre temps avec Claire. Rendez-vous au **chapitre 120** (p. 396).

CHAPITRE 86

Jour et heure indéterminés

Le garde vous menotte les mains derrière le dos et vous fait traverser un long tunnel de béton pour arriver à la salle d'audience. Une porte s'ouvre. Un air chaud, mêlé de bruit, vous frappe au visage. Vous entrez.

La salle est pleine. La foule fourmille au fond, dans l'ombre, insectes avides de souffrance dont les centaines d'yeux se braquent sur vous. Vous savez qu'ils vous ont déjà jugée, déjà condamnée. Ils veulent voir le monstre... Votre mère est au premier rang. Elle vous sourit, un sourire plein de larmes, et vous fait un petit signe de la main. Vous la regardez mais ne lui rendez pas son geste. Ce serait inconvenant. Vous vous asseyez. Vous vous apercevez que vous n'avez plus vos menottes, sans vous rappeler qu'on vous les ait enlevées. Vous êtes prise au piège sous un couvercle d'acier et de brique qui opprime et dilate la durée, le temps semble se figer. Votre esprit flotte dans ce film ralenti, la réalité se dissout dans la moiteur de votre angoisse. Tout se noie dans le bruissement indéfini d'un rêve. Le greffier se déplace à pas feutrés. L'assistant du procureur classe des dossiers à sa table. La sueur perle à votre front, glisse sur l'aile de votre nez. Un goût de sel dans la bouche. Les policiers sont en place et gardent les issues. Votre avocat fait son entrée à petits pas pressés et dépose sa mallette sur la table réservée à la défense, juste devant vous. Le greffier s'installe derrière sa machine. Le juge franchit la porte et monte sur son trône. L'assistance se lève comme une classe bien disciplinée. Le brouhaha des conversations s'est arrêté. Un silence de plomb règne sur la salle surchauffée. Dans sa robe noire, le juge paraît empli de compassion. C'est un gros homme rougeaud dont le visage est couvert de taches de rousseur.

Tout le monde se rassied. Le juge rassemble quelques papiers avant de lever les yeux sur vous puis il adresse un signe de tête à l'huissier. Il déplace quelques feuilles invisibles et met ses lunettes un bref instant avant de les ôter et de regarder la salle du haut de son piédestal. La salle attend patiemment son bon vouloir.

Vous traversez ce procès comme dans un rêve.

C'est étrange d'écouter les autres discuter de votre sort comme si vous n'étiez pas là. Votre avocat vous défend bien. Mais après le réquisitoire du procureur, vous avez bien senti les regards hostiles vous brûler la peau comme de l'acide. Vous êtes un monstre : vous avez assassiné une femme enceinte. Oui, Aurélie était enceinte, enceinte d'Éric. Qui croira qu'il s'agissait d'un accident ? Vous l'avez poussée contre la cheminée. Au fond de votre cœur, vous savez que vous vouliez sa mort. Vous avez détruit deux vies. Au lieu d'appeler les secours, vous avez essayé de maquiller le crime pour faire accuser votre petit ami. C'est monstrueux, tant de froide résolution. Vous êtes un danger pour la société, vous n'avez aucune conscience... Est-ce la vérité ? Vous n'en savez rien. Vous êtes incapable de vous souvenir de ce que vous avez fait le jour du meurtre. Vous avez agi mécaniquement, sans avoir vraiment conscience de ce que vous faisiez. *Sans conscience...*

Les jurés entrent. Ils ont rendu leur jugement. Il se fait un grand silence dans la salle, une sueur froide vous inonde. Votre raison s'égare, la panique vous tord les entrailles. Vous voudriez vous évader, vous envoler loin d'ici, ne plus voir les visages des jurés. Votre regard se perd au-dessus de la foule. Un rayon de soleil traverse la salle d'audience et découpe dans l'air une rivière de poussière d'or. Les fenêtres sont ouvertes, l'air et le bruit de la ville arrivent librement du dehors, une jeune fille est en train de rire. Vous vous accrochez à ce rire autant que possible. Un jour, vous rirez de nouveau...

Votre avocat vous appelle. Vous vous levez. Vos dents claquent, vos mains tremblent, vos jambes vous portent à peine. Le visage du juge, illuminé par le reflet d'une vitre, a quelque chose de calme et de bon. Cela vous rassure un peu. Il semble juste, il va comprendre, il sera clément...

Le premier juré se lève et énonce le verdict : Coupable.

Le juge appliquera la sanction la plus sévère prévue par la loi. Aucune circonstance atténuante. Perpétuité.

Vous vous appuyez au mur pour ne pas tomber.

Votre vie est terminée.

On vous remet les menottes. Vous traversez une cour intérieure, vous levez la tête et regardez le ciel. Vous ne le reverrez plus avant longtemps... Vous grimpez dans le fourgon. Les deux policiers sont séparés de vous par un solide grillage. L'air est lourd des émanations âcres des moteurs Diesel. À l'intérieur, l'odeur est quasi insoutenable. Vous réprimez un haut-le-cœur.

Une certaine insouciance règne à bord du véhicule : les deux policiers discutent librement comme si vous n'étiez pas là. Pour eux, vous n'êtes qu'un animal dans une cage, vous n'existez déjà plus.

Maintenant il pleut, la nuit est tombée. Mais où vous conduisent-ils ? Pourquoi si loin ? Les deux flics se racontent des blagues pour passer le temps :

– J'vais t'en raconter une, écoute bien ! Une femme se réveille pendant la nuit et constate que son mari n'est pas dans le lit. Elle enfile son peignoir et descend voir où il est. Elle le trouve dans la cuisine, assis devant une tasse de café. Il paraît bouleversé et fixe le mur. Elle le voit essuyer une larme en avalant une gorgée de café. « Qu'est-ce qui ne va pas, chéri, tu pleures ? » « Oh, ce sont des larmes de joie. » Le mari lève les yeux de son café, et lui demande solennellement : « Tu te souviens, il y a vingt ans, quand on s'était donné rendez-vous, tu n'avais alors que seize ans ? » « Oui, je m'en souviens, répond-elle. » Le mari fait une pause, les mots lui viennent difficilement. « Te souviens-tu que ton père nous a surpris en train de faire l'amour à l'arrière de la voiture ? « Oui, je m'en souviens », dit la femme en s'asseyant à ses côtés. Le mari continue : « Te souviens-tu quand il a pointé son flingue sur ma tempe et qu'il a dit : "Ou tu épouses ma fille, ou je t'envoie en taule pour vingt ans" ? » « Je m'en souviens aussi », répond-elle doucement. Il essuie une autre larme et balbutie : « Ça fait vingt ans aujourd'hui, je suis libre ! »

Ils éclatent de rire.

Vous voudriez savoir où vous allez. L'un des deux hommes se retourne vers vous et vous explique que vous êtes conduite dans une nouvelle prison. Une prison très spéciale qui a été conçue pour marquer à vie les criminelles qui y entrent. Après en être sorti, personne n'a récidivé. Ils appellent ça « la réinsertion Meyer ».

Vous arrivez sur le haut d'une colline. Au loin, au milieu de nulle part, vous apercevez la prison. Elle est isolée de tout, entourée d'une fosse profonde clôturée de quatre rangées de barbelés. On se croirait dans un film d'horreur...

Ce bâtiment est un bloc de béton brut. Aucune fenêtre, aucun barreau, aucune cour. Un cube de béton sans rien qui puisse laisser entrer la lumière du jour. À se demander s'il y a vraiment des gens à l'intérieur. Le policier vous sort du fourgon sans ménagement, sans vous regarder. Vous passez les premières portes, lourdes, en acier massif. Sur toute la longueur du couloir, des gardiennes vous toisent sans dire un mot. Elle sont raides et tiennent d'énormes matraques. La lumière des néons est violente et vient frapper les murs blancs. Le bruit sourd et régulier de la ventilation vous brise le crâne. Vous étouffez déjà. Vous ne pourrez jamais vivre entre ces murs ! Le policier vous pousse dans une petite salle puis disparaît. La gardienne-chef Nichols vous reçoit et vous explique les règles de la prison Meyer. Les gardiennes dirigent, commandent et gouvernent ici sans partage.

1) Ne parle jamais à une gardienne sans autorisation.
2) Ne contredis jamais une gardienne.
3) Quand tout est éteint, tu dors.
4) Une erreur et c'est « le trou ».
5) Deux erreurs et c'est « la chambre ».

Cette prison ne ressemble en rien aux autres prisons. Les règles elles-mêmes sont très étranges... Vous essayez de plaisanter nerveusement pour détendre l'atmosphère, mais aussitôt vous recevez derrière les genoux un coup de matraque qui vous fait tomber à terre ! La gardienne-chef tire vos bras en arrière, pose son pied sur vos menottes et fait porter tout son poids sur vos poignets. Vous hurlez ! Ce cri de douleur coupe court à toute velléité de discussion. Une autre vous donne un violent coup de matraque dans le ventre. Vous en avez le souffle coupé. La gardienne-chef vous explique que vous venez déjà d'oublier la première règle. Elle vous relève à coups de pied, vous colle la face contre le mur pour vous retirer vos menottes. La panique et la douleur vous serrent la gorge... On vous déshabille brutalement et sans précaution. Vous êtes nue, sous le regard inquisiteur et cruel des gardiennes. Elles vous examinent, vous tâtent, jugent et se moquent, impitoyables de méchanceté.

Elles vous traînent sous une douche froide, avec un jet si fort qu'il vous fait mal. Après la douche, vous restez là, debout sur le carrelage, glacée jusqu'aux os ! L'une des gardiennes vous envoie une sorte de poudre blanche désinfectante sur le corps. Puis on vous emmène à la fouille, toujours nue. Vous traversez tous les couloirs de la prison, vous passez devant les cages. Les prisonnières hurlent et frappent contre leurs barreaux, elles tendent leurs bras à votre passage, essaient de vous toucher, de vous attraper. Elles poussent des cris indécents. Vous avez honte. Des animaux en cage... De petites caméras suivent le moindre de vos mouvements. Vous pleurez. Les gardiennes jubilent.

Fouille.

On vous fait entrer dans une pièce. Un homme en blouse blanche vous fait asseoir. Il vous touche partout et vous examine sans vous regarder une seule fois dans les yeux. Dans quel enfer êtes-vous ? Le médecin continue à vous examiner, les gardiennes regardent sans dire un mot, un léger rictus au coin des lèvres. « Ouvre la bouche. Sors ta langue. Écarte les jambes. Penche-toi en avant. Écarte les fesses. Le dessous des pieds. Habille-toi. »

Il vous indique votre tenue : pantalon et veste de toile bleue.

On vous conduit ensuite à votre cellule. Une odeur de cheveux brûlés imprègne alors le couloir. Les gardiennes se regardent.

– Tu sens ça ?

– C'est quoi, une couverture ?

– Des cheveux ! On dirait des cheveux !

– Attends là. Je sais d'où ça vient.

La gardienne part devant en courant et ouvre la porte d'un cachot sans barreaux. Une fumée âcre s'en échappe. Quelques instants plus tard, vous voyez une femme nue sortir sur la passerelle : son corps est entièrement brûlé, recouvert d'une croûte pourpre et noire. Une odeur de sacrifice infernal arrive jusqu'à vous. La femme marche lentement comme une marionnette raide et désarticulée. Puis elle s'écroule, morte.

La peur vous paralyse. La gardienne vous fait avancer à coups de matraque. Sur quelle genre de fille allez-vous tomber ? Les prisonnières que vous voyez accrochées aux barreaux, passant la langue sur leurs lèvres avec des gestes obscènes, vous terrifient.

Une des gardiennes fait un signe et la porte d'une cellule

s'ouvre. Vous êtes arrivée. Elle vous pousse à l'intérieur. Vous scrutez l'obscurité. L'ampoule de la cellule a grillé, on ne l'a pas remplacée.

Dans l'ombre, une forme est assise. Vous ne distinguez pas son visage. La porte se referme.

Vous restez debout, vous ne dites rien, votre cœur bat la chamade... La fille ne bouge pas, ne parle pas. Vous n'osez pas approcher quand soudain elle se penche vers vous et entre dans la lumière. Vous la voyez très bien maintenant. C'est une fille au visage triste.

– Combien ? demande-t-elle.

– Je vous demande pardon ?

– T'en as pris pour combien ?

– Je...

– De toute façon, ça change rien. Une journée, ici, ça vaut des années. Plus rien ne compte. Pas même ta vie...

Son regard se perd quelques instants puis elle reprend :

– Je suis Natalia.

– Et moi, Emma. Enchantée de faire ta...

Un son grave, comme le signal d'un train à vapeur, se fait entendre ; toutes les portes se ferment et se verrouillent dans un claquement brutal de ferraille. Les lumières s'éteignent.

– Que se passe-t-il ? demandez-vous.

– Un conseil : couche-toi et dors. Dieu nous regarde, ajoute-t-elle en montrant dans le coin de la pièce une petite caméra.

La caméra se dirige sur vous, une lampe rouge s'allume, comme si elle était passée en mode infrarouge, et se fixe sur vous. Natalia est déjà couchée. Vous en faites autant.

Vous avez passé de longues nuits à attendre Éric, quand il sortait.

Mais cette nuit-là est la plus longue de votre vie...

Une sonnerie stridente retentit dans chaque cellule. Les lumières s'allument. Le jour est peut-être levé à l'extérieur, ici les néons font office de soleil. Personne ne connaît l'heure, il n'y a aucune horloge, aucune montre. Votre vie est rythmée par les sonneries et les coups de matraque. Il n'y a ni jour, ni nuit, pas d'été, ni d'hiver. Rien ne change, jamais. Vous comprenez vite que l'air extérieur ne passera jamais ici. Vous êtes en enfer. Plus qu'une prison, c'est un univers aux valeurs complètement déformées, dans lequel vous êtes condamnée à vivre. Un monde gouverné par un code de violence et de haine.

Natalia vous met en garde :

– Fais gaffe, où que tu ailles, il y a des chances que tu t'attires des ennuis. Certaines peuvent tomber là et se fondre dans la masse, mais toi, t'es bonne pour les ennuis. Pour certaines qui sont là depuis des années, tu es tout ce qu'elles détestent. Jeune, la peau douce, de beaux cheveux longs, tu parles bien et tu as l'air éduquée. La vie paraît t'avoir chouchoutée. Alors, elles vont rétablir la donne. Tu vas devoir en baver, comme elles.

– Qu'est-ce que je peux faire ?

– Ne te montre pas amicale, n'accepte pas qu'on te rende service, ne souris pas. Enlaidis-toi. Lave-toi le moins possible, coupe-toi les cheveux. Ne te coiffe pas. Mets des *putain* et des *vas-y* dans toutes tes phrases. Il faut que tu rayonnes négatif et qu'on ne puisse pas penser que t'as vécu dans du coton. Montre-toi dure. Et surtout, ne pleure jamais.

Natalia vous annonce ensuite qu'elle va au self pour son petit déjeuner, mais elle vous donne un dernier conseil : éviter deux clans. Celui d'une nana à l'œil crevé, la Borgne, et celui d'une autre aux joues déchirées de deux cicatrices, marquée pour toujours par le sourire de la mort et que l'on appelle la Joconde.

Vous sortez de la cellule et avancez le long des grilles du quartier de détention.

* Vous pouvez suivre Natalia au self au **chapitre 90** (p. 280).
Ou aller dans la cour fermée au **chapitre 88** (p. 275).

CHAPITRE 87

Mercredi 6 mars – 18 h 03

Vous souffrez depuis plusieurs jours déjà. Éric n'admettra jamais que vous ayez pu le tromper, il vous fera payer votre trahison. Il veut vous briser pour vous soumettre complètement et sans condition !

Il exerce sur vous sa volonté de toute-puissance, d'abord de manière insidieuse, par petites doses quotidiennes. Pour cela, il sait exactement quelles fibres attaquer : il met votre intelligence en doute en glissant régulièrement dans ses phrases des expressions du type : « Enfin, tu ne peux pas comprendre, c'est normal... » Mais là où il excelle, c'est sans aucun doute dans le regard méprisant avec lequel il évalue votre physique. Aujourd'hui vous avez mis votre pantalon noir, et il tourne autour de vous d'un air contrarié, regardant vos fesses avec insistance :

– Oh, non ! Vraiment, ne mets plus ce pantalon ! Il colle trop ta cellulite ! Tu sais, tu ne devrais pas te laisser aller comme ça...

Par la suite, les vexations ne font qu'empirer. Il vous regarde parfois d'un air suspicieux, la grimace aux lèvres, et vous demande : « Tu n'aurais pas encore grossi ? » Quand il parle de ses amies ou de ses relations, il ne manque jamais de glisser une remarque perfide sur leur minceur ou leur beauté. S'il doit sortir avec une fille, pour son travail ou plus souvent pour le plaisir, vous ne pouvez pas vous empêcher de lui demander à quoi elle ressemble. Chaque fois, il vous la décrit belle, pleine de charme, puis vous regarde en disant : « Pourquoi tu t'inquiètes ? Elle est plus belle que toi, mais toi, je t'aime, c'est pas pareil ! » Ces mots vous brisent. Votre poids vous angoisse un peu plus chaque jour et l'angoisse vous fait effectivement grossir.

Un soir, il vous invite à un dîner.

Tout va s'arranger. Vous avez confiance.

Pendant une semaine, il vous a parlé de l'importance extrême de ce dîner et de la nécessité de faire bonne impression, si bien que vous l'appréhendez comme un examen capital pour votre avenir. Vous êtes anxieuse mais contente qu'il vous présente enfin aux gens qu'il fréquente. Vous y voyez un signe de détente : il vous a pardonné votre trahison ; à force de soumission vous avez regagné sa confiance. De nouveau, vous allez pouvoir être heureux ensemble !

Le jour J, juste avant de sonner à la porte de vos hôtes, il vous regarde de haut en bas. Il semble contrarié. Votre cœur se glace : avez-vous oublié quelque chose ? Avez-vous commis une erreur ?

– Cette tenue est vraiment vulgaire... et ce maquillage ! Comment peux-tu sortir comme ça ? Un tel manque de goût, c'est incroyable ! Essuie un peu tes lèvres au moins, on se croirait au bordel...

Vous êtes sur le point de pleurer. Il sonne. La porte s'ouvre sur votre visage crispé. Vous comprenez que ce dîner n'était pas une réconciliation mais un tourment de plus.

L'appartement est sublime, la vue extraordinaire. La musique, mêlée au brouhaha des conversations et aux rires, vous apaise un peu. Vous entrez au bras d'Éric, mais très vite il vous abandonne au milieu du salon. Vous le regardez de loin. Un homme extrêmement séduisant, enlaçant une blonde magnifique, vient à sa rencontre :

– Éric ! Mon ami ! Je suis content que tu aies pu venir.

– Mathieu ! Toujours aussi bien accompagné !

– Bonsoir, fait la blonde d'une voix languissante, terriblement sensuelle.

– Je te présente Marie.

Vous vous approchez de manière à entendre ce qu'ils disent sans être vue.

– Enchanté, dit-il en la regardant ardemment, droit dans les yeux.

– J'ai l'impression de déjà vous connaître, minaude Marie.

– C'est impossible, répond Éric, je ne vous aurais pas oubliée.

– Tu es venu seul ? demande Mathieu.

– Non, l'autre est par là...

– Je crois qu'on s'est déjà rencontrés à une soirée de Ben....

Mais Mathieu ne laisse pas à Marie le temps de finir sa phrase :

– Arrête de nous gonfler, tu veux, chérie ! On parle entre hommes, là ! Va donc nous chercher un verre !

Et il lui assène une petite claque sur les fesses. Marie s'éloigne des deux hommes, obéissante et soumise.

Vous gardez toute la soirée une attitude hostile. Vous restez assise, à surveiller Éric, les sourcils froncés. Vous vous sentez mal à l'aise, ce qui vous rend agressive. Vous interprétez chaque parole comme une attaque ou une moquerie. Les invités s'éloignent de vous.

Chacun plaint alors Éric d'avoir à supporter une horrible mégère comme vous, et tandis qu'il papillonne d'une jolie fille à l'autre, le groupe l'encourage tacitement à abandonner son fardeau. Il vous laisse seule dans un coin, ce qui vous aigrit davantage encore. Alors vous buvez... Lorsque enfin, après vous être ennuyée mortellement plusieurs heures, avoir essuyé les quolibets, vous être sentie épiée et moquée, vous décidez de partir en titubant à sa recherche pour qu'il vous ramène, vous le découvrez dans une chambre à peine éclairée, en compagnie de Mathieu et Marie.

– Éric, s'il te plaît, je voudrais partir.

– Va boire un verre ! Moi je discute, tu vois bien, non ?

Mathieu se lève et vous prend par le bras :

– Écoute Emma, on parle boulot, là. Si tu es vraiment fatiguée, je t'appelle un taxi, il n'y a pas de problème...

– Quelle plaie ! marmonne Éric.

– Éric, je t'aime.

Vous êtes ivre. Et vous pleurez. Vos yeux ne sont plus que deux flaques noires de maquillage dégoulinant. Vous ne savez plus que faire et restez anéantie au milieu de la pièce. Vous sentez peser sur vous les regards lourds de réprobation, les hochements de tête qui vous blâment en silence. Consciente du spectacle que vous offrez, vous courez en trébuchant vous réfugier dans la salle de bains.

Deux minutes après, Marie vous y rejoint. Elle est bien la dernière personne que vous avez envie de voir ! Il est presque certain que cette fille-là va s'envoyer en l'air avec Éric. Vous l'avez senti dès le premier instant. Elle doit bien s'amuser de vous voir si pathétique. « Pauvre Éric, doit-elle penser, il faut le libérer d'une telle épave. »

– Ne vous en faites pas, Emma, il va payer tout ça. Je vais

vous venger, venger toutes celles qui se sont fait avoir et qui ont souffert comme nous.

Vous ne comprenez rien à ce qu'elle dit : de qui parle-t-elle ?

– Moi aussi, j'ai cru que j'étais *spéciale*, qu'il m'aimait... Mais en fait, la seule chose qu'il voulait, c'était me sauter !

– Vous avez eu une aventure avec Éric ?

– On ne peut même pas appeler ça une aventure ! Il m'a séduite il y a deux ans, j'avais dix-huit ans, j'étais vierge. Je suis tombée amoureuse de lui. Il m'a juré qu'il m'aimerait toujours, que je pouvais avoir confiance. Pendant des semaines, il a joué les amoureux transis. On a fait l'amour et au petit matin, il a disparu !

– Il ne vous a pas reconnue, ce soir ?

– Non, il ne m'a pas reconnue ! Quand je me serai vengée de lui, et de tous ceux qui lui ressemblent, ils n'auront plus rien. Rien. Ils seront grillés partout.

– Comment c'est possible ?

– Je ne suis qu'une poufiasse pour eux, ils pensent que je ne comprends rien, alors ils parlent devant moi. Je sais tout de leurs contrats, j'enregistre tout ce qu'ils disent sur leurs clients. Je fais des dossiers, je livre des infos aux concurrents...

Vous la regardez, les yeux hagards. Elle est merveilleuse...

– Bon, allez, j'y retourne ! Un bon conseil : arrêtez le massacre, il fait de vous une épave. Allez-vous-en ! Vous trouverez bien mieux que lui....

✱ Si vous décidez d'écouter Marie et de partir, rendez-vous au **chapitre 154** (p. 515).

Si vous restez, rendez-vous au **chapitre 155** (p. 522).

CHAPITRE 88

Jour et heure indéterminés

Vous arrivez dans une grande pièce d'au moins cinq cents mètres carrés. Sur le plafond très haut, un ciel a été peint, pitoyable faux-semblant de soleil aux couleurs fanées et de nuages sales parsemé de parodies d'oiseaux en V. Misérable chapelle Sixtine des damnées de la terre. Le sol est couvert de graviers. Vous balayez la cour du regard. Il n'y a aucune gardienne, seules des caméras disposées aux quatre coins semblent vous observer. Vous essayez de vous mêler aux conversations, de faire des sourires mais tout le monde vous fuit ou arrête de parler quand vous passez. Les bancs de béton sont déjà occupés. Vous êtes seule, debout. Pourtant, au loin, une fille vous fait signe de vous rapprocher.

* Si vous la rejoignez, avancez au **chapitre 92** (p. 290).
Si vous préférez aller manger au self, c'est au **chapitre 90** (p. 280).

CHAPITRE 89

Samedi 9 mars – 10 heures

Quelque chose coule dans votre nez... Vous ne pouvez pas ouvrir les yeux, ni bouger les lèvres. Vous entendez des bruits métalliques, un goutte-à-goutte... Votre visage vous démange, instinctivement vous voulez plier le bras pour vous gratter. Vos mains sont attachées... Un sentiment de panique vous submerge. Votre cœur s'affole. Vous voulez hurler, un grognement rauque sort de votre gorge. Vous vous débattez... Vous entendez des pas, des pas feutrés, irréels, qui s'approchent... Un autre bruit ! Une porte qui s'ouvre, une voix d'homme :

– Du calme ! Ne vous agitez pas... Vous êtes hors de danger maintenant, mais il faut vous calmer.

Vous essayez de parler mais il y a comme un bâillon sur votre bouche.

– Vous avez eu un très grave accident de voiture. On peut dire que vous avez de la chance. Vous vous réveillez aujourd'hui d'un coma profond. Votre électrocardiogramme est normal, tous les examens sont bons.

Vous voulez lever la main...

– Au niveau moteur et cérébral, vous êtes indemne. Mais... le choc a été violent, vous avez été projetée contre un rail de sécurité. Vous garderez peut-être quelques cicatrices et il faudra sans doute un peu de temps pour que les hématomes se résorbent et qu'on y voie plus clair. Pour l'instant...

Vous paniquez. Les larmes vous brûlent.

– ... votre visage est recouvert d'un bandage et on vous a attaché les mains pour que vous ne soyez pas tentée de vous gratter ou d'arracher vos pansements.

Vous étouffez. Votre visage, comment est-il ?...

L'homme pose la main sur votre bras, une simple pression puis :

– Allez ! Courage !

Vous entendez ses pas s'éloigner, un bruissement de tissu. La porte s'ouvre, se referme. Le silence... Non ! Vous ne pouvez pas rester seule ! Vous voulez appeler, crier...

La porte s'ouvre à nouveau, quelqu'un entre. Vous vous débattez dans les sangles : il faut que l'on vous voie...

– Du calme, du calme.

C'est une femme, une infirmière sans doute. Elle vous prend le bras. Vous entendez le bruit sourd d'un ongle tapotant le plastique, elle prépare une piqûre. De la morphine ? Un somnifère ? Vous sentez le liquide courir dans vos veines, une sensation de chaleur vous envahit, vous avez le vertige... Vous sombrez.

Vous pensez à Éric. Vous l'avez vénéré comme une idole. Il était toute votre vie. Vous ne pouvez pas vivre sans lui. *Vous ne pouvez pas vivre sans lui...* En êtes-vous certaine ? N'est-ce pas une de ces phrases qui vous semblent vraies à force de les répéter ? Vous êtes étrangement lucide. Avant d'apprendre qu'il vous trompait, vous commenciez à vous ennuyer. Vous saviez que jamais plus vos jambes ne se déroberaient au moment du baiser, que vous n'auriez plus jamais la respiration coupée par son regard. Vous pensiez que votre vie était tracée jusqu'à la fin, sans surprise. Fade. « Bonsoir, chéri ! Tu as passé une bonne journée ? Qu'est-ce que tu veux manger ce soir ? » Vous vous avouez enfin la vérité : Éric avait beaucoup changé depuis votre rencontre. Il s'était laissé dévorer par son travail. Vous ne vous retrouviez plus dans les cafés le soir pour boire un verre autour du journal dont vous échangiez les pages. Vous ne vous promeniez plus ensemble dans les rues de la ville. Vous n'aviez presque plus de vraie conversation. Le soir, vous allumiez la télévision. Au fond, si vous aimiez tant qu'il parte en déplacement, c'était parce qu'à des centaines de kilomètres de vous, il redevenait proche. Loin de vous, il pouvait de nouveau apparaître libéré du bourbier de votre vie. Lorsque vous pensiez à lui, c'était à celui que vous aviez aimé quatre ans plus tôt que vous pensiez.

Vous n'aviez pas la force de le quitter. Peut-être cette rupture est-elle la chance d'une nouvelle vie ? Avant de le rencontrer, vous vouliez écrire un roman...

Vous êtes assise sur le bord du lit. Le docteur est debout en face de vous. Vous sentez la chaleur de son corps, une odeur un peu âcre aussi.

– Allez ! On y va !

Il retire le pansement autour de votre visage, très lentement... Votre cœur s'affole. Les minutes semblent durer des heures...

– Voilà, vous pouvez ouvrir les yeux.

Il touche vos joues, soulève votre menton ; ses doigts palpent votre front, vos pommettes, vos paupières...

– C'est parfait, vraiment. Vous n'aurez presque aucune cicatrice. Tenez ! Regardez-vous dans le miroir !

– Je ne vois rien, il fait trop sombre. Est-ce que vous pouvez allumer la lumière ?

– Quelle lumière ?

– Enfin, je veux dire... La lumière, ou ouvrir les rideaux. Il fait trop noir, je ne vois rien.

Le médecin se racle la gorge.

– Il ne fait pas du tout noir dans cette pièce, mademoiselle. Elle est éclairée normalement.

Une angoisse incontrôlée vous submerge. Vous êtes aveugle.

*
**

– Votre cachet est sur la tablette, mademoiselle. Si ça ne va pas, vous appelez, hein ? Je vous laisse.

L'infirmière repart. Vous êtes au cinquième étage de l'aile Sud, dans la chambre 2011. Vous ne savez pas depuis combien de temps vous êtes dans cet hôpital. Les jours n'existent plus.

Vous êtes aveugle. Pour le restant de vos jours vous serez enfermée dans ce cachot d'obscurité, enterrée vivante. Vous ne pourrez pas le supporter. Vous décidez de mourir.

Qu'avez-vous à perdre ? Éric vous a trahie. Vous êtes seule. Plus jamais vous ne pourrez voir le monde qui vous entoure.

Vos yeux fixent les ténèbres. Il n'y a plus de bruits. L'infirmière de garde vient de passer, vous êtes tranquille pour une heure. Vous vous levez, tâchant d'imaginer la disposition des lieux. Vous avancez, heurtez une paroi verticale : le mur. La fenêtre doit se trouver plus à gauche... Voilà, vous tirez le rideau. À tâtons vous attrapez la poignée. Vous la tournez. La fenêtre s'ouvre. Vous ne voulez plus souffrir !

* Êtes-vous bien sûre que c'est ce que vous voulez ? Si vous sautez, il n'y aura pas de retour en arrière.

Si vous êtes décidée à mourir, rendez-vous au **chapitre 96** (p. 303).

Sinon, allez au **chapitre 95** (p. 299).

CHAPITRE 90

Jour et heure indéterminés

À l'approche du self, vous êtes balayée par une marée de bruits, une accumulation de voix qui mènent deux cents conversations différentes.

Une centaine de prisonnières sont réunies et font la queue pour prendre leur déjeuner. Vous remarquez qu'il n'y a pas de gardiennes. Seules des caméras vous observent. Vous suivez la ligne blanche qui conduit aux plateaux. Les déjeuners sont servis avec des fourchettes, cuillères et couteaux en plastique. Natalia est à quelques mètres devant vous. Au moment où vous voulez prendre votre plateau, une femme vous double. Elle est grande. Ses muscles sont saillants et bien dessinés, comme ceux d'un homme. Elle porte un bandeau sur l'œil droit. Vous la laissez passer puis tendez le bras pour attraper votre plateau, mais une autre arrive, vous bouscule et passe devant vous. À chaque tentative pour prendre votre plateau, une fille vous double et vous empêche de le prendre. Finalement, après une dizaine de tentatives, vous vous mettez sur le côté et attendez que la dernière se soit servie. Vous ne voulez pas d'ennuis. On vous sert un œuf sur le plat froid, fond brûlé et jaune encore cru, une louche de purée datant d'au moins trois jours, toute sèche sur les bords, et un morceau de pain rassis.

Vous cherchez Natalia du regard. Elle est sur une table du fond avec deux autres prisonnières. Vous avancez vers elle quand un croche-pied vous fait tomber. Dans votre chute, un couteau en plastique vous griffe la joue. En vous relevant vous voyez une femme sourire. Elle tient fermement son couteau rouge de votre sang. Ses joues sont fendues de droite à gauche comme si on lui avait tranché la mâchoire. Vous ramassez vos aliments.

Vous vous sentez si seule, si désemparée, vous avez envie de pleurer. Natalia, heureusement, vous accueille à sa table :

– Alors, tu as fait la connaissance des sœurs ? La Borgne est une vicieuse tout comme son groupe, l'autre est dangereuse, elle aime le goût du sang, on l'appelle la Joconde. Reste éloignée, et si...

La Borgne est derrière vous. Natalia baisse les yeux sur son assiette et se tait immédiatement. Avec le sourire, la femme vous prend votre œuf et le jette à terre, une autre fille du clan vide votre assiette de purée sur vos cuisses. Vous servant de votre main comme d'une louche, vous reprenez la mixture, la remettez dans votre assiette puis, dans une impulsion suicidaire, vous léchez goulûment vos doigts. La Borgne vous attrape alors par les cheveux et vous tire la tête en arrière, tandis qu'une autre vous maintient les bras derrière le dos. Vous êtes collée à votre chaise. Vous ne pouvez plus rien faire. Sa copine arrive et s'apprête à vous enfoncer le couteau dans la gorge. Elle fait lentement glisser le couteau sur la fine peau de votre cou. Le sang coule.

– Dernier avertissement. Compris ? La prochaine fois, j'te crève !

Elles vous relâchent et, après vous avoir craché dessus, partent enfin. Il ne vous reste plus rien à manger. Natalia relève la tête et vous regarde :

– Personne viendra te protéger. Ni les gardiennes, ni les autres détenues. Ici c'est la loi de la jungle. Soit t'es la plus forte, soit t'obéis. Il n'y a pas de justice. Les chefs de clan et les gardiennes dictent leurs lois. Deux univers auxquels tu dois t'adapter. Et t'adapter, ça veut dire plier. Si tu sors un jour, tu verras, l'envie de faire une connerie te passera vite. C'est ce qu'ils appellent la réinsertion.

Oui, vous connaissez ! La « réinsertion Meyer »...

Natalia vous tend son gâteau, les deux autres prisonnières font de même. Vous les regardez, votre cœur se gonfle de reconnaissance, vous avez envie de pleurer mais vous vous en empêchez. Vous les remerciez simplement d'un signe de tête. Quelle chance d'avoir rencontré Natalia ! Grâce à elle, vous pourrez peut-être survivre ici.

Mais à peine avez-vous entamé votre gâteau que la Joconde fait son apparition :

– Tu as payé pour t'asseoir ?

Vous ne dites rien, les autres baissent la tête.

Elle vous attrape la jambe, juste au-dessus du genou, et serre fort. Vous avez mal.

– Alors, tu as perdu ta langue ?

Natalia essaie de vous défendre timidement, la voix tremblante :

– Laisse-la, elle ne sait pas, elle vient d'arriver...

– Toi, je te conseille de la fermer avant que je t'explose la gueule !

Natalia vous regarde et baisse la tête. La Joconde resserre son emprise. Vous vous levez et essayez de vous dégager, mais avant même d'avoir eu le temps de réagir vous recevez un violent coup de poing. Quelques secondes après, une pluie de coups s'abat sur vous. Votre arcade sourcilière est ouverte, et votre nez cassé saigne abondamment. Vous réussissez à vous glisser sous la table et à vous enfuir dans le couloir qui mène aux cellules. La Joconde se moque de votre lâcheté et prend les autres détenues à témoin :

– Regardez-la courir ! Tu perds rien pour attendre, ma belle...

Aucune gardienne n'est intervenue. Vous commencez à comprendre les paroles de Natalia. Vous courez dans les couloirs pour regagner votre cellule. La gardienne-chef vous croise et vous arrête.

– Je vois que ton premier jour s'est bien passé, les présentations sont faites maintenant.

– C'est la Borgne et...

La gardienne vous envoie voler à terre d'une simple claque :

– Tu parles quand on te dit de parler !

Vous vous relevez et rejoignez votre cellule en pleurant. Vous êtes le matricule 421096. Vous n'appartenez plus à la société. Vous n'êtes plus un être humain. Vous n'avez plus de droits.

Natalia vous rejoint et vous essuie le visage :

– C'est ça le plus dur : quand on arrive, les chefs de clan nous testent. Les gardiennes laissent faire, ça fait partie de la méthode Meyer. Tu as pas le choix. Se rebeller ici, c'est se suicider. Je t'assure, ne résiste pas et tout s'arrêtera au bout de quelques semaines, lorsqu'une nouvelle arrivera.

– Mais c'est pas possible ! Où est-ce que je suis tombée ? Un endroit pareil, ça peut pas exister.

– Si... ça existe.

– Mais personne n'a dénoncé cet endroit aux autorités ? Et les droits de l'homme ?

– Ici, les filles ont été condamnées pour meurtre, à perpétuité ! Personne ne viendra pleurer après toi, personne ! Plus tu te débattras, plus ton calvaire sera atroce. Elles te feront devenir folle, tu te suicideras... Voilà ce qui t'attend si tu ne plies pas.

Vous savez maintenant pourquoi le visage de Natalia est si triste. Pourquoi pas une fois elle n'a souri depuis votre arrivée. Elle aussi est passée par là. Par l'enfer.

À nouveau un son grave, comme le signal d'un train à vapeur, se fait entendre ; à nouveau toutes les portes se ferment et se verrouillent dans un claquement brutal de ferraille. Les lumières s'éteignent.

La nuit blanche de la veille vous a épuisée, vous sombrez rapidement dans le sommeil.

Quand la sonnerie du matin retentit, Natalia vous regarde et vous pose une main sur l'épaule. Vous croyez voir un faible sourire, le premier depuis votre arrivée ici. Elle sort et se dirige vers le self. Vous vous habillez...

* Vous pouvez aller rejoindre Natalia au self au **chapitre 99** (p. 309).

Aller prendre une douche au **chapitre 94** (p. 297).

Ou faire un peu de marche dans la cour fermée en vous rendant au **chapitre 97** (p. 305).

CHAPITRE 91

Samedi 9 mars – 21 heures

– *Ce mec m'a dit que les femmes de plus de trente ans étaient des ovaires ambulants...*

Vous vous ennuyez. À cet instant, vous aimeriez être chez vous, dans votre lit, plutôt que dans ce bar branché à écouter les histoires de vos copines. Vous voudriez terminer le roman policier que Ludovic vous a prêté. Que peut-il bien devenir, d'ailleurs ?

Mon Dieu ! Que ces discussions toujours identiques vous fatiguent... Et le mec a dit ci... Et j'ai répondu ça... Et tu crois que je lui plais ? Et tu crois qu'il va m'appeler ?

Vous pensez à Éric. Vous avez envie de l'appeler. Non ! Ne pas lui montrer votre dépendance. Il n'est rentré que jeudi et déjà vous le haïssez... Pourquoi cela vous met-il dans un tel état ? Il dîne avec son amie Marine, où est le problème ? Il ne vous l'a pas caché. Et c'est « juste une amie »... Mais elle est tellement plus belle que vous, tellement lumineuse. Vous êtes furieuse. Vous pouvez toujours essayer de contrôler votre jalousie, de vous raisonner, la douleur vous fait perdre toute maîtrise de vous-même. Il peut bien vous assurer que c'est vous qu'il aime, que ce genre de filles, il en a connu des dizaines avant de vous rencontrer, que ça ne l'intéresse plus... Vous le voulez pour vous seule, tout entier. Vous avez envie de le tuer lorsqu'il vous parle de *ces* filles.

– *... Oui, je l'ai croisé au club de sport, on a rendez-vous vendredi...*

... Vous lui avez proposé de partir à Deauville ce week-end, il a eu l'air accablé et las. Il n'a dit ni oui, ni non, que ça dépendait de son travail... Pourquoi ne pouvez-vous donc pas être détachée, vivre votre vie sans tout attendre de lui, sans que vos projets dépendent toujours de son emploi du temps ? Bien sûr, vous avez encore pleuré de déception, vous ne savez faire que ça, et bien sûr, il en a assez de ce « cinéma » !

Il ne sent pas que vous vous perdez. Les hommes ne sentent jamais rien... Il vous parle comme à une enfant de cinq ans qui fait un caprice pour aller jouer au parc, vous dit d'être « raisonnable », qu'il doit travailler, que de toute façon il va pleuvoir ce week-end et qu'avec votre rhume vous feriez mieux de rester au chaud... Assez !

Vous êtes furieuse d'être là, dans ce bar, car cette soirée où vous étiez « déjà-prise-quel-dommage » lui a servi d'excuse pour inviter Marine à son « petit dîner entre amis »... Vous qui passez votre vie à l'attendre, qui ne prévoyez jamais rien de peur qu'il ne se libère au dernier moment de son travail, vous qui faites en sorte d'être toujours disponible, vous ! Vous êtes bloquée dans ce foutu bar et lui est allé au dîner avec Marine !...

– *Ça va, Emma ?*

Vous sursautez. Mathilde fixe sur vous ses yeux de génisse.

– Oui, oui.

– T'as l'air tendue, t'es sûre que ça va ?

Vous tentez de desserrer les mâchoires.

– Oui, je t'assure, je suis juste un peu crevée.

– Alors, Éric est rentré ?

– Oui, jeudi.

– Tu dois être drôlement contente de retrouver ton petit homme.

« Ton petit homme », ah oui ? Il est où l'acte de propriété, il est où le contrat irrévocable précisant que cet homme-là est à moi : c'est le mien, pas touche ! C'est MON homme...

– Oui, oui, super, mais parle-moi plutôt de toi, quoi de neuf ? Ça fait si longtemps...

– Oh ! C'est le grand bonheur, j'ai rencontré un garçon *extraordinaire*. Il est gentil et *tellement* attentionné. On est *super* amoureux... Quand je suis avec lui, il me donne l'impression d'être *tellement*...

Bon, ça va ! Elle n'est pas obligée d'écœurer tout le monde avec son bonheur, c'est indécent à la fin...

Vous tendez discrètement une oreille du côté de Vanessa, la cousine de votre amie Claire, elle a le visage bouffi et les yeux rouges, c'est bon signe...

– Non, il a même pas rappelé ! La dernière fois que je l'ai

eu, il était très distant. Il m'a dit qu'il avait trop de boulot... Pourtant, la semaine dernière, il trouvait le temps de m'appeler deux fois par jour...

– Laisse passer trois, quatre jours, conseille Stéphanie. Quand il rappellera, tu joueras la fille hyper bookée qui n'a pas le temps de lui parler. Là, il doit te sentir complètement disponible, y a pas de défi et donc pas d'excitation...

Mathilde est en train de boire son cocktail tout en savourant avec volupté un fondant dégoulinant de crème. Elle possède la quiétude d'âme des grands ruminants ; entre deux bouchées, elle lâche paisiblement :

– Mais, si tu tiens à ce garçon, si tu sens au fond de toi que quelque chose de profond se passe, pourquoi toutes ces stratégies ? Appelle-le et sois sincère, dis-lui ce que tu ressens, ouvre-toi...

Woula ! Comment peut-on être si naïve ? Les regards consternés de Stéphanie et Vanessa accueillent sans tarder cette suggestion complètement stupide... Pauvre Mathilde, avec son serre-tête en velours dans les cheveux, elle n'a toujours pas compris que l'amour est une guerre ! Une guerre d'usure, une guerre psychologique. Une guerre au cours de laquelle parfois les armées s'enlisent, piétinent, creusent des tranchées pour maintenir leurs positions... Une guerre parfois faite de longues et épuisantes négociations, de compromis, de concessions. Une guerre où des traités de paix sont signés puis violés, des terres cédées puis reprises.

Une guerre qui parfois commence par un ultimatum et finit en frappes chirurgicales, qui explose en un éclair pour réduire l'adversaire en cendres.

– Mais qu'est-ce qui s'est passé ? Pourquoi aurait-il changé en si peu de temps ?

– T'as couché avec lui ? osez-vous demander un peu brutalement...

– Euh, oui... murmure la colombe rougissante.

– Oh ! Mais pourquoi tu ne l'as pas dit plus tôt ?

Affaire classée, au suivant ! Stéphanie décide de prendre l'affaire en main et de renvoyer Vanessa sur le champ de bataille. Pauvre Vanessa, de nouveau sur le marché des trentenaires délaissées !

– Tiens ! La table qui est juste derrière toi – ne te retourne pas... Le mec blond, tu lui fais un certain effet... Mais ne te retourne pas, je te dis ! Il ne te quitte pas des yeux depuis tout à l'heure...

Vanessa lui jette un coup d'œil discret :

– Il a un certain charme...

Vous ne pouvez retenir votre indignation :

– Arrête, il est immonde !

– J'aimerais bien savoir qui tu ne trouves pas immonde, toi, exactement ! vous demande Stéphanie.

– Pourquoi tu dis ça ?

– Parce que chaque fois que je te montre un mec, tu le trouves affreux !

– Mais pas du tout.

– Vas-y, montre-moi quelqu'un qui te plaît, là !

Vous balayez la pièce du regard... personne.

Vanessa, elle, ne peut oublier Rodolphe-le-mufle :

– Il a peut-être vraiment beaucoup de travail, il va peut-être me rappeler ?

– Tu devrais l'oublier, les copains de Claire, de toute façon, ce n'est pas une bonne idée...

Finalement, découvrir que vous n'êtes pas dans la pire des situations vous remonte un peu le moral. Il est 22 heures, vous appelez Éric pour savoir s'il passera vous prendre en voiture après... Non, inutile de vous mentir, vous voulez vous rappeler à sa mémoire et savoir ce qu'il est en train de faire à cet instant...

Il décroche en riant. La voix stridente d'une fille vous perce le tympans : « C'est génial ! J'adooore... » Ça y est : vous êtes furieuse, et sentez déjà la jalousie lacérer vos entrailles. Vous avez envie de lui arracher les yeux mais réussissez à contenir votre colère :

– Hello ! Tu nous rejoins au pub quand t'as fini et on rentre ensemble en voiture ?

– Dans une heure, ça te va ?

– OK ! Je t'attends... Salut !

Vous avez appelé à 22 heures. De 23 heures à 23 h 48, vous êtes incapable de suivre une conversation, vous guettez la porte, regardez votre montre, vous avez mal au dos à force de vous tendre comme un arc chaque fois que la porte du bar s'ouvre.

23 h 49. Enfin, le voilà ! Presque une heure de retard. Monsieur sort le grand jeu devant vos copines... Sourire ravageur des pubs pour dentifrice. Le : « Mais si ! On s'est déjà rencontrés ! »

Genre, il se souvient d'elle deux ans après... Et en plus, il joue les amoureux attentifs : « Ça va, ma chérie ? Tu as l'air fatiguée... » Le salaud ! Une demi-heure plus tard, vous réussissez enfin à vous arracher de ce pub... Il ne va même pas s'excuser, c'est incroyable !

– C'était bien, ta soirée ?

Le degré de persiflage contenu dans votre question ne lui échappe pas.

– Tu vas pas commencer, soupire-t-il. Tu me fatigues...

– Y avait qui, à cette soirée ?

– Tu les connais pas.

– Forcément, tu me présentes jamais tes amis...

– De toute façon, tu ne les aimerais pas et tu trouverais le moyen de t'engueuler avec eux. Et comme c'est des gens avec qui je bosse, j'aime autant pas prendre le risque.

– Et pourquoi je m'engueulerais avec eux ?

– Ils viennent d'un milieu très bourgeois, des producteurs, des financiers, des « capitalistes »...

– Ah ! d'accord ! Je ne suis pas assez bien, c'est ça ? Ce que je fais n'est pas assez étincelant... Il faut des paillettes ! T'as raison, les blondes à gros nichons qui rêvent de devenir actrices et qui sont toutes prêtes à s'allonger pour ça, c'est mieux !

– Arrête ! T'en as pas marre de caricaturer ? Tu ne connais rien à ce milieu et tu te permets de juger !

– En somme, tu défends des gens qui laisseraient crever les trois quarts de la planète pour continuer à vivre dans le luxe ! Je crois qu'on n'a vraiment plus rien à se dire.

– Écoute, j'en ai assez des scènes, je suis fatigué. Alors je te dépose à la maison et moi je dors au studio.

– Monsieur l'héritier se retire dans son domaine ? Facile ! Quand il s'agit de laver tes caleçons et de repasser tes chemises, là, tu vas pas au studio ! C'est pratique, la bonniche s'occupe de tout ! Mais par contre, elle doit rien demander en échange... C'est pas elle qu'on emmène aux dîners, parce qu'elle est pas assez bien pour ça !

– Ça suffit ! J'ai horreur des cris. Tu es à deux cents mètres de l'appart, je t'arrête là. Descends !

– Tu me laisses là, à une heure du matin, avec ma jupe au ras des fesses ? OK ! Je descends. Mais s'il m'arrive quelque chose, ce sera ta faute !

La voiture d'Éric tourne à l'angle de la rue. Vous avez froid.

* Si vous décidez de ne pas bouger de ce trottoir, rendez-vous au **chapitre 98** (p. 307).

Si vous décidez de rentrer chez vous, de prendre un cachet pour dormir, si vous souffrez trop et pensez qu'il faut prendre les choses en main, appelez dès lundi votre psychothérapeute et allez au **chapitre 102** (p. 316).

CHAPITRE 92

Jour et heure indéterminés

Vous vous approchez de cette fille. Elle est maigre, efflanquée, les joues creuses, très pâle. Des veines bleutées courent autour de ses yeux et le long de ses tempes. Ses pommettes et ses mâchoires sont saillantes. Elle semble très agitée et ne cesse de sautiller d'avant en arrière en remuant les bras pour que vous approchiez davantage. Vous vous demandez si cette fille est tout à fait normale :

– OK, rapide... On fait un jeu, OK ? T'es d'accord ? C'est génial, ça fait longtemps que personne ne joue plus avec moi... On va s'amuser ! Si tu gagnes, j'ai un gage. Si je gagne, t'en as un... Tu vois là-bas j'ai tracé un cercle.

Il y a effectivement un petit cercle de cinq centimètres de diamètre, à trois mètres de vous environ. Vous confirmez :

– Oui, je vois.

– OK, c'est cool, t'as une bonne vue, c'est important la vue, ça permet de faire plein de choses. Je suis une visionnaire, moi, je vais me tirer d'ici, ha ha ha... Alors OK ? C'est parti... On a un caillou chacune, celle qui réussit à mettre le caillou dans le cercle a gagné, sinon, c'est celle qui s'en rapproche le plus. OK ? Compris ?

Vous trouvez ce jeu complètement stupide. Mais si cela peut vous permettre d'avoir une nouvelle amie, pourquoi pas...

Vous lancez votre caillou, il tombe à une trentaine de centimètres du cercle.

– Ouais c'est super, bien joué ! Ya de la compétition dans l'air ! On voit que c'est pas ta première fois ! Ça c'est du sport !

Bizarrement, vous sentez que tout le monde vous regarde...

La fille s'apprête à lancer son caillou, et vous voyez que son avant-bras est strié de cicatrices. Combien de fois a-t-elle voulu en finir avec la vie ? Elle a dû s'entailler les veines au moins une bonne vingtaine de fois.

Elle jette le caillou et celui-ci atterrit un peu devant le vôtre. À peine le caillou s'est-il immobilisé qu'elle se met à sauter en frappant des mains et en riant comme une hystérique :

– Haha ! j'ai gagné ! Ouais j'ai gagné ! Je t'ai pulvérisée, je suis trop forte, personne peut me battre, dix-huit ans que je m'entraîne.

Cela vous fait sourire et vous la félicitez.

– Ouais, merci, bon OK, ton gage, tu vois les caméras ?

Vous acquiescez. Elle poursuit :

– Eh bien, tu leur fais juste un bras d'honneur.

Là, soudain, vous comprenez pourquoi personne ne joue avec elle. Tout en continuant à sourire, vous lui dites que c'est idiot et que vous ne pouvez pas faire cela. Mais elle se jette sur vous comme un éclair et vous mord à la jugulaire, vous arrachant un morceau de chair.

Vous vous relevez rapidement en hurlant : cette fille est complètement malade !

– Tu dois le faire, tu as perdu ! Fais-le ou je te tue.

Autour de vous se regroupent les autres prisonnières. L'une d'elles intervient :

– Trop tard, fallait réfléchir avant de jouer. Toutes celles qui ont joué avec elle et qui ont perdu ont respecté leur gage. Ici les règles sont simples. Tu as joué, tu as perdu, tu payes.

– Et si je refuse ?

– Personne viendra te protéger. Ni les gardiennes, ni les autres détenues. Ici, soit t'es la plus forte, soit t'obéis.

La folle continue à sautiller, très excitée à l'idée que vous déchaîniez la colère des gardiennes.

– Alors, t'y vas ? T'y vas ?

Vous savez que si vous ne le faites pas, vous allez devoir l'affronter. Après tout c'est juste un signe. Peut-être la gardienne détournera-t-elle les yeux à l'instant où vous lèverez le bras, peut-être votre geste ne sera-t-il pas remarqué ? Vous avancez vers l'un des angles de la cour... La folle ne peut s'empêcher de rire et de se tordre en tous sens. Vous levez votre main vers la caméra, avalez votre salive. Vous fermez le poing en abaissant vos quatre doigts. Vous redressez le majeur. Un silence lourd de peur se fait autour de vous. Le groupe se disperse... La folle commence à danser et criant : « Place au spectacle ! Place au spectacle ! »

Une porte s'ouvre. La gardienne-chef sort, suivie de deux autres gardiennes. La folle ne les a pas vues arriver et continue de danser. Quand elle se retourne, il est déjà trop tard. Le coup de matraque est si violent qu'elle perd connaissance avant même de percuter le mur. Vous entendez un craquement d'os. Trois dents ensanglantées tombent au sol. Paniquée à l'idée de subir le même sort, vous tentez de vous justifier :

– Attendez ! C'était un jeu, je ne voulais pas f...

Un coup de poing au ventre vous coupe la respiration. La gardienne-chef vous attrape par les cheveux et vous traîne au centre de la cour. C'est un cauchemar ! Ça ne peut pas être vrai ! Elle vous plaque au sol, face contre terre, et vous oblige à tendre la main devant vous. Elle vous ferme le poing, replie vos quatre doigts et laisse le majeur tendu. Que va-t-elle faire ? Elle prend sa matraque des deux mains, la lève au-dessus de sa tête et, de toutes ses forces, l'abat sur votre doigt. Pulvérisée en une seconde. Vous hurlez à vous déchirer la trachée. Votre doigt brisé en mille fragments n'est plus qu'un morceau de chair ensanglanté. La gardienne vous arrache votre chemise, elle enlève lentement sa ceinture de cuir et commence à frapper la fine peau de vos épaules. La seule chose que vous vous rappelez avant de vous évanouir, c'est qu'on vous enlevait votre pantalon de toile.

Vous vous réveillez dans une pièce, nue. Ce n'est pas votre chambre, c'est une cellule complètement vide. Votre dos, vos fesses, l'arrière de vos jambes vous brûlent atrocement. Vous levez les yeux vers votre main qui vous lance : on vous a amputée d'un doigt ! Vous paniquez. Vous restez plusieurs heures ainsi, plaquée sur un lit en acier. Vous baignez dans le sang et l'urine. Vous n'avez pas la force de bouger.

Une gardienne arrive et jette vos vêtements au sol. Elle vous ordonne de vous lever. Péniblement, vous vous rhabillez.

Vous comprenez aujourd'hui que faire son temps, ici, c'est pire qu'être condamnée à mort. Dans cette horrible réalité, vous n'avez aucune chance de survivre...

Le couloir qui mène à votre cellule est vide. Tout le monde doit être au self pour déjeuner ou dîner peut-être, vous ne savez pas combien de temps vous êtes restée endormie dans cette cellule.

Vous n'avez pas faim, votre corps n'est plus qu'une plaie douloureuse. Marcher est un supplice. Au bout du couloir, quelques filles sont rassemblées. Vous identifiez les deux chefs de clan dont Natalia vous a parlé. Une fille aux joues fendues dans un terrifiant sourire et une autre à l'œil droit crevé. Elles sont au milieu du couloir. Vous avancez en vacillant, vos jambes vous portent à peine. Vous essayez de vous frayer un passage en vous excusant mais la borgne vous jette au sol. L'autre se penche sur vous :

– On m'appelle la Joconde. Elle, c'est ma sœur, la Borgne.

Celle que l'on vient de présenter se penche à son tour sur vous et vous relève en vous tirant par les cheveux. Le long des murs du couloir les amies des deux sœurs attendent, le visage figé en un masque implacable, dur et féroce. La Joconde reprend :

– Alors c'est toi, la nouvelle ? Tu as fait le jeu du caillou à ce que je vois ! Mais on est quand même déçues que tu sois pas venue nous voir au self, on t'attendait, nous !

Elle laisse filer les derniers mots pour faire place à un silence lourd de menaces. Vous avez peur. Vous n'osez pas les regarder, vos yeux sont rivés au sol. Vous gardez vos mains moites de sueur dans les poches. Vous sentez que vous êtes prise au piège. La Borgne reprend :

– Oui, c'est pas très gentil, ça... Oh ! Mais dis donc, c'est qu'elle t'a fait mal, la chef !

En disant ces mots, elle vous attrape le poignet et appuie sur le pansement qui entoure votre doigt amputé. Vous hurlez de douleur.

– C'est qu'elle est douillette, la mignonne... Elle sait pas ce que c'est de souffrir ! J'imagine qu'elle a toujours eu une petite vie tranquille, qu'elle a grandi dans du coton. T'inquiète pas. On va t'apprendre ce que c'est, la vie !

Elle vous lèche la joue et d'un coup vous mord violemment. Vous sentez que vous allez pleurer, vous êtes à bout. Elle vous serre le cou, vous pouvez à peine respirer. Vous étouffez. Quand tout à coup, vous entendez la voix tremblante de Natalia :

– Laissez-la tranquille ! Elle vient d'arriver, elle ne connaît pas encore les règles...

– Toi, tu retournes dans ta cellule avant que je te tue.

– Eh bien vas-y, au moins tu me délivreras de cet enfer !

La Joconde s'avance vers Natalia, prête à exaucer son vœu lorsqu'une sonnerie indique le retour en cellule. Si ces deux filles ont l'entière liberté de tuer dans cette prison, la sonnerie annonce leur retrait. Même elles, elles ont peur de la sentence infligée par la gardienne-chef en cas de manquement à la règle.

Chacune revient vers sa cellule. Il reste quelques minutes à peine avant le verrouillage des portes. Natalia vous aide à avancer et vous soutient jusqu'à votre lit :

– C'est ça le plus dur, quand on arrive. Les chefs de clan nous testent. Les gardiennes laissent faire, ça fait partie de la méthode Meyer. Tu as pas le choix. Se rebeller ici, c'est se suicider. Je t'assure, ne résiste pas et tout s'arrêtera au bout de quelques semaines, lorsqu'une nouvelle arrivera.

– Mais c'est pas possible ! Où est-ce que je suis tombée ? Un endroit pareil, ça peut pas exister ?

– Si... ça existe.

– Mais personne n'a dénoncé cet endroit aux autorités ? Et les droits de l'homme ?

– Ici, les filles ont été condamnées pour meurtre, à perpétuité ! Tu fais maintenant partie de la lie de la société. Personne ne viendra pleurer après toi, personne ! Plus tu te débattras plus ton calvaire sera atroce, elles te feront devenir folle, tu te suicideras... Voila ce qui t'attend si tu ne plies pas.

Vous savez maintenant pourquoi le visage de Natalia est si triste. Pourquoi pas une fois elle n'a souri depuis votre arrivée. Elle aussi est passée par là. Par l'enfer.

À nouveau un son grave, comme le signal d'un train à vapeur, se fait entendre ; à nouveau, toutes les portes se ferment et se verrouillent dans un claquement brutal de ferraille. Les lumières s'éteignent.

La nuit blanche de la veille et les coups vous ont épuisée, vous sombrez rapidement dans le sommeil.

Quand la sonnerie du matin retentit, Natalia vous regarde et vous pose une main sur l'épaule. Vous croyez voir un faible sourire, le premier depuis votre arrivée ici. Elle sort et se dirige vers le self. Vous vous habillez...

✱ Vous pouvez aller rejoindre Natalia au self au **chapitre 99** (p. 309).

Aller prendre une douche au **chapitre 94** (p. 297).

Ou faire un peu de marche dans la cour fermée au **chapitre 97** (p. 305).

CHAPITRE 93

Dimanche 10 mars – 1 h 01

Vous vous retrouvez dans la voiture au côté d'Éric. Vous vous sentez vaguement nauséeuse... Vous êtes revenue dans le passé. Les souvenirs s'effacent rapidement de votre esprit, vous essayez d'en rattraper quelques bribes. Vous étiez avec Éric dans cette voiture, vous en êtes descendue, quelque chose de terrible est arrivé... La suite vous échappe. Vous ne réussissez plus à relier les faits. *Tout s'est effacé de votre mémoire.* Cette vie disparaît dans les abîmes du temps.

Une violente migraine vous terrasse et vous vrille les tempes. Vous vous penchez en avant, le souffle haletant et court. Quelques minutes passent. La douleur s'estompe. Vous massez vos tempes. Vous reprenez vos esprits, encore un peu étourdie.

Il est 1 heure du matin, vous avez passé la soirée avec vos copines. Éric est venu vous prendre en voiture en revenant de son dîner. Vous vous sentez mal, vous vous sentez laide et seule et mal-aimée et votre vie ne vous plaît pas, alors vous êtes en colère...

Vous vous entendez lui lancer des récriminations.

Vous entendez le ton monter.

Vous entendez Éric crier :

– Écoute, j'en ai assez des scènes, je suis fatigué. Alors je te dépose à la maison et moi je dors au studio.

C'est étrange, une sensation de déjà-vu vous submerge. Vous avez l'impression d'avoir déjà vécu ça ! Vous pourriez dire à l'avance ce qui va se passer : vous descendrez de la voiture, vous serez malheureuse et lui laisserez des dizaines de messages sur son répondeur, il dira que vivre comme ça n'est plus possible, il ne comprendra pas vos angoisses et vous conseillera d'en parler à votre psy.

Votre colère retombe... Mon Dieu, vous êtes tellement prisonnière de vos peurs ! Vous êtes quelqu'un de bien. Mais Éric partira si vous lui faite vivre l'enfer. Vous êtes en train de provoquer ce que vous redoutez le plus ! La peur d'être abandonnée vous rend méchante et agressive et c'est votre méchanceté qui le poussera à vous abandonner... Il vous regarde :

– Qu'est-ce qui se passe ? T'as l'air malade. Tu vas pas vomir dans la voiture ?

– Je réfléchissais...

– Ah ?

– Tu m'aimes toujours ?

– Mmmm...

– Réponds-moi !

– Mais oui...

– Je sais que ma jalousie te pourrit la vie.

– Mmmm...

– Je vais essayer de changer, vraiment. Je suis désolée. Je ne voulais pas qu'on se dispute ce soir, c'est plus fort que moi.

– Mmmm...

– Et si on partait en week-end la semaine prochaine ?

– Je ne sais pas, il y a le boulot....

– Oh, s'il te plaît... Ce serait un nouveau départ pour nous. Éric, on en a besoin...

– Bon, je vais y penser.

* Rendez-vous une semaine plus tard, au **chapitre 118** (p. 384).

CHAPITRE 94

Jour et heure indéterminés

Les cellules sont infestées par des poux et autres vermines. Cette nuit, vous avez commencé à ressentir des démangeaisons. Et puis vous vous sentez sale de sueur et de sang. Vous rêvez d'une douche depuis que vous avez ouvert les yeux. Lorsque vous arrivez dans la salle carrelée que Natalia vous a indiquée, vous êtes étonnée de vous retrouver seule. Les prisonnières ne se lavent-elles plus ? Ces douches sont si dégradées qu'on les croirait abandonnées : le carrelage est fendu en de nombreux endroits, les murs couverts d'une crasse épaisse et jaunâtre.

Vous ôtez vos habits et les posez sur un banc. Au sol, de petites tranchées d'évacuation laissent croupir un ruisseau d'eaux stagnantes dont l'odeur âcre est quasi insoutenable.

Pourtant cette installation semble récente. L'eau se déclenche automatiquement par infrarouge quand vous vous approchez du mur. Dans un premier temps, elle est froide. Puis, peu à peu, elle se réchauffe. Vous vous laissez caresser par ces flots apaisants. L'eau glisse dans vos cheveux et calme vos douleurs. Les rigoles rouges de sang glissent entre vos jambes. Vous avez l'impression de vous laver de toutes ces horreurs entraperçues depuis votre arrivée. Le sang s'écoule, l'eau s'éclaircit, redevient limpide. Vous avez enfin trouvé un lieu où vous pourrez échapper aux brutalités sauvages, vous laver des outrages. Un savon est posé sur un petit rebord. Vous le prenez, il est sec et sans odeur. C'est toujours mieux que rien...

Tout est tranquille et silencieux, mais quelque chose vient perturber votre sérénité. Une caméra vous fixe... Elle est braquée sur vous. Une honte soudaine s'empare de vous. Vous comprenez que vous serez observée partout où vous irez. Aucun moment d'intimité ne vous sera accordé. Il vous faut quelques minutes pour réussir à faire abstraction de cette caméra. Les coups d'hier vous font encore très mal, votre corps est couvert de bleus. Vous évitez de trop passer la main dessus. Il est clair que survivre ici ne va pas être simple. Heureusement, vous avez Natalia ; elle sera votre amie, votre soutien. Vous vous demandez comment une fille comme elle a pu atterrir dans un endroit pareil. A-t-elle commis un meurtre, elle aussi ? Elle semble si douce... Cela paraît invraisemblable, tout comme cet endroit. Comment un gouvernement a-t-il pu accepter la mise en place d'une méthode si violente ? Qui dirige tout cela ? Cet établissement ? La violence est elle le meilleur outil de réinsertion ? Allez-vous sortir vivante de cet endroit ? Vous vous posez beaucoup de questions auxquelles vous aimeriez avoir les réponses.

Mais la seule réponse que vous recevez à cet instant est d'une rare brutalité. En une seconde, vous vous retrouvez plaquée au mur. La Joconde vous maintient fermement contre le carrelage.

– Alors, on vient pas me dire bonjour, faut que je vienne te chercher ?

Vous essayez de vous dégager.

– Tu vas pas crier, hein ? Tu vas te laisser faire !

Elle se colle à vous davantage encore et commence à vous caresser la jambe.

✱ Vous avez deux options : vous laisser faire au **chapitre 101** (p. 313).

Ou lui donner un coup de pied dont elle se souviendra longtemps au **chapitre 103** (p. 320).

CHAPITRE 95

Lundi 25 mars – 20 h 02

La fenêtre est ouverte. Le vent cingle vos joues. Vous êtes là, penchée au-dessus du vide. Vous voudriez en finir mais quelque chose vous en empêche. Vous imaginez votre corps brisé, en bas de cet immeuble. Cette vision vous insupporte.

Non, vous ne pouvez pas renoncer !

Vous avez peur mais vous vivrez. L'instinct de vie vous condamne à lutter. Une épée glacée vous déchire de la poitrine aux entrailles, vous hurlez de terreur au bord du gouffre de ténèbres, vous hurlez à en perdre le souffle.

Vous entendez des pas précipités, des bruits de voix. Tout est noyé dans un évanouissement de rêve.

– Piqûre ! crie l'infirmier affolé.

Un fluide brûlant remonte le long de votre bras et irradie votre ventre. Une douce chaleur vous emporte. La panique se dissout. Votre conscience glisse de ce monde dans d'autres plus anciens, plus colorés. Vous vous endormez.

Le lendemain, vous sentez une douce pression sur votre main. Vous émergez lentement d'un sommeil lourd et accablant. Votre esprit est embrumé. Qui vous parle ?

– Mademoiselle... Réveillez-vous ! Je suis le docteur Gutman. Je vais examiner vos yeux.

Vous vous redressez ; les doigts du médecin parcourent votre visage, tirent délicatement votre paupière. Il vous semble sentir la chaleur d'une lampe sur votre peau.

Durant une semaine, les examens se suivent ainsi. Les médecins ont bon espoir.

Pour écourter un peu ces journées qui n'en finissent pas, vous essayez de vous rendormir après le premier passage de l'infirmière. Mais vous n'y parvenez pas. L'odeur du café vous écœure et le bruit des cuillères sur les bols vous enrage. Vous voudriez pouvoir dormir tout le temps. Quel enfer... Vous regrettez de ne pas avoir sauté quand il en était encore temps. On vous a changée de chambre, vous êtes au rez-de-chaussée à présent. La terreur fait place à la colère. Vous avez envie de mordre tous ceux qui vous approchent. Vous refusez de recevoir des visites. Vous hurlez. Au moins, comme ça, ils vous donnent des cachets pour dormir !

– Mademoiselle ? Réveillez-vous, c'est l'heure de votre cachet.

Vous vous redressez d'un bond :

– Mais foutez-moi la paix, laissez-moi dormir ! Dégagez ! Dégagez !

Vous éclatez et vos poings battent l'air autour de vous. Vous voudriez frapper l'infirmière mais elle s'est déjà éloignée. Vous essayez de vous lever pour la poursuivre, vos pieds se prennent dans le drap et vous tombez tête la première contre le sol. Vous restez à terre, à pleurer d'humiliation et d'impuissance. Un médecin arrive en courant, suivi de cette maudite infirmière. Il vous parle calmement. Vous le haïssez, lui aussi. Il ne se soucie pas de vous, peu lui importe votre détresse ! Que vous creviez dans cette chambre ne l'empêche pas de dormir. Il pose sa main sur votre épaule... Là, c'est trop ! Vous vous redressez brutalement, prête à frapper de nouveau... Il est là, piqueté de points rouges et voilé d'ombres, mais c'est bien un corps humain qui se trouve là, penché sur vous... Vos mâchoires se desserrent, votre visage se détend. En voyant votre front se lisser, le médecin comprend immédiatement ce qui vient de se passer ; il vous relève. Vous vous laissez faire à présent.

Vous voyez des formes aux contours flous, puis des couleurs de plus en plus vives...

La vue est revenue.

Vous devriez être heureuse. Profiter de cette vie nouvelle qui s'offre à vous... Au lieu de cela, vous vous enfoncez dans la dépression. Vous ne réussissez pas à vous relever. La perte d'Éric vous a brisée. Quelque chose en vous s'est rompu. Vous ne pouvez plus lutter, vous vous avouez vaincue.

Un infirmier entre dans votre chambre. Il vous semble le reconnaître mais vos souvenirs sont vagues et incertains. Son nom ?

Vous ne réussissez pas à vous le rappeler. Il prend vos mains dans les siennes. Son visage vous est familier, étrangement rassurant. Sa silhouette souple et gracile glisse vers vous sans même toucher le sol. Sa voix lointaine est calme et grave et son regard est pareil au regard des statues. Il parle doucement sans remuer les lèvres :

– Alors ? Tu renonces ?

– Je ne peux plus, je souffre trop.

– Si tu veux trouver un jour le bonheur, tu dois accepter ce que la vie t'envoie. Les échecs ne sont que des étapes : tires-en des leçons et continue à vivre le mieux possible ! Si tu abandonnes, seuls le malheur et la mort t'attendent.

– Vivre le mieux possible, facile à dire ! J'ai été trahie, abandonnée...

– Emma, je vais te raconter un souvenir d'enfance qui est toujours resté gravé en moi... C'était l'hiver, la neige commençait à fondre sur les routes. Deux jeunes garçons marchaient côte à côte sur le bord du trottoir lorsqu'un camion est arrivé et a aspergé les deux enfants. Ils étaient littéralement couverts de neige boueuse. Le premier se met à hurler et à réclamer sa mère, le deuxième se tourne vers les passants et éclate de rire. Quelle différence entre eux ? Les deux enfants avaient vécu la même expérience, mais chacun a décidé de se représenter l'événement d'une façon différente. Beaucoup de gens perdent leur temps à dire : « Ah, si j'étais plus riche, plus beau, plus mince..., je serais plus heureux ! Ah, si tel malheur ne s'était pas abattu sur moi, j'aurais pu réussir ma vie ! » Pourtant, combien de gens ont tout, et se suicident ou se droguent ? Le bonheur ne dépend pas de l'environnement, mais des ressources intérieures que l'on mobilise. Alors, reviens en arrière, remonte le temps et reprends le combat. Tu es beaucoup trop vulnérable encore pour poursuivre ta route, mais tu rencontreras des occasions de devenir plus forte, meilleure. Aujourd'hui, tu attends tout des autres car tu es vide à l'intérieur. Tu avances dans le monde comme un mendiant qui réclame amour et attention, mais sache que pour recevoir, il faut beaucoup donner !

– Aide-moi...

– Donne-moi ton bras. Tu vas remonter le cours du temps, revenir au jour où tout a commencé, au vendredi 1er mars. Les souvenirs de cette vie s'effaceront de ta mémoire.

Il prend votre bras, le tourne et pique une aiguille dans votre veine. Une sensation de chaleur monte dans tout votre corps. Le sol se dérobe sous vos pieds, un vertige vous fait vaciller. Vous tombez dans un puits sans fond. Vous êtes comme aspirée en arrière, votre cœur se serre, la chute est infinie... Vous perdez connaissance.

✻ Rendez-vous au **chapitre 7** (p. 35).

CHAPITRE 96

Lundi 25 mars – 20 h 02

Vous enjambez la fenêtre. Vous vous abandonnez dans le vide. La chute semble interminable. Vous sentez une sorte de frisson sourdre au plus profond de votre être, un vertige, qui vous serre la gorge et le cœur et vous empêche de hurler. Vous tombez.

En bas, une ambulance vient de s'arrêter ; deux hommes en descendent avec un brancard. Au-dessus de l'entrée, en lettres de feu : Hôpital Mider. Vous voyez. Mon Dieu, *vous voyez* ! Le sol s'approche... Vos hurlements déchirent la nuit.

*
**

Vous êtes à terre. Vous ne pouvez plus bouger. Une forme apparaît... une ombre qui regarde votre vie se répandre en flots de sang sur un trottoir, une ombre qui passe en vous comme un vent glacial et vous dit que vous n'êtes plus rien, que vous avez échoué et que vos démons ont triomphé de vous : la dépendance, la peur, la lâcheté vous ont vaincue. L'ombre se dissout dans la nuit, vous l'entendez sans qu'elle ait besoin de parler...

Elle se matérialise sous vos yeux. Un visage apparaît. Ce visage vous est familier, étrangement rassurant. La silhouette souple et gracile glisse vers vous sans même toucher le sol.

Votre cœur lui parle, lui crie :

– Aide-moi ! Je me suis trompée. Je ne veux pas mourir. Je ne veux pas que ça se termine de cette façon. Ramène-moi, je t'en prie.

– Non. C'est terminé. Tu as choisi de mourir. Tu dois assumer ce choix. Je ne peux plus rien pour toi.

– Je t'en prie, ne m'abandonne pas. Je voulais juste ne plus souffrir. Je n'avais pas réalisé que ce serait aussi définitif. Je vais me battre maintenant, je te le promets, seulement ramène-moi...

– Tu es morte, Emma ! Que veux-tu que j'y fasse ? Il est trop tard... On ne joue pas avec la vie.

Mais comment en êtes-vous arrivée là ? Vous essayez de refaire le parcours, de reconstruire le fil des événements. Vous n'avez pas voulu affronter votre douleur. Votre fuite éperdue vous a conduite droit dans le mur. Cet accident, vous l'avez bien cherché. Vous avez roulé à tombeau ouvert, aveuglée d'alcool et de larmes, insouciante du danger que vous représentiez pour vous-même mais aussi pour tous ceux qui pouvaient croiser votre route. Égocentrique et pitoyable de lâcheté...

Comment avez-vous pu faire ça ? Vous donneriez n'importe quoi pour remonter le temps et corriger vos erreurs. N'importe quoi !

– En es-tu bien sûre ? vous demande brutalement le jeune homme.

Il a lu en vous et sait combien vous regrettez.

– Je te laisse une autre chance. Mais sache que si tu décides encore de mettre fin à tes jours ou si tu prends de nouveau des risques inconsidérés, ce sera terminé et je ne t'aiderai plus.

Tandis qu'il vous parle, vous sentez un froid immense vous envahir, vous glissez dans l'abîme. Il vous emporte à contre-courant, vous remontez le temps... Vous êtes comme aspirée en arrière, votre cœur se serre, la chute est infinie... Vous perdez connaissance.

✻ Revenez au **chapitre 7** (p. 35).

CHAPITRE 97

Jour et heure indéterminés

La cour est sinistre. Les mêmes néons déversent toujours la même lumière blafarde. Le misérable soleil peint au plafond ne réchauffera jamais votre corps, le chant des oiseaux ne consolera pas votre cœur. Vous avancez, consciente que vos pas ne vous mèneront plus nulle part. Vous marchez dans vos propres traces, indéfiniment, captive du cercle. Les prisonnières sont disséminées par petits groupes le long des murs de cette immense salle. Aucune gardienne. Le grondement incessant des ventilateurs vous rappelle à chaque instant combien vous êtes coupée du monde. Rien ne pénètre dans cet univers clos, pas même un souffle, pas même une brise. Aucune odeur excepté celle des femmes. Pas une seule parcelle de ciel. Vous êtes déjà enterrée, morte au monde. Comment ne pas perdre la raison ? Vous ne voyez que des spectres aux lèvres molles qui défilent sans cesse autour de leur tombeau. Leurs yeux sont vides et leur cœur sec. Comment s'enfuir de cet enfer ? Comment éviter l'œil des caméras omniprésentes ? Tournez dix tours, tournez cent tours. Une mutinerie ? Les prisonnières sont nombreuses, beaucoup plus nombreuses que les gardiennes, une révolte de masse... Mais si on vous dénonçait, les sanctions seraient terribles... Que faire ? Comment redonner à ces fantômes l'envie de se battre, l'espoir d'en sortir un jour, l'espoir d'une vie meilleure ? Une main saisit votre poignet. Vous sortez brusquement de vos rêveries :

– Alors, ma chérie, c'est ici que tu te caches pour m'éviter ?

Vous vous retournez : la Borgne ! Un brusque flot d'angoisse monte jusqu'à votre gorge et vous empêche de sortir le moindre son.

– Joue pas à ça avec moi, ou je te jure que je vais te faire bouffer tes sales dents.

Elle vous attrape par la gorge et rapproche son visage du vôtre. Vous sentez son haleine putride. Vous tournez la tête, ne pouvant réprimer un haut-le-cœur...

– Oh, mais tu te la joues précieuse ! Attends, la bourge, tu vas voir...

Elle se tourne vers le centre de la cour et crie aux autres :

– Mes amies, cette petite nouvelle a hâte de faire une danse érotique rien que pour vous. Prenez place, le spectacle va commencer.

Elle revient vers vous et arrache violemment votre chemise. Les autres prisonnières se rapprochent. Vous êtes paralysée par la peur.

– Allez ! Vas-y, montre-nous ce que tu sais faire !

Les acolytes de la Borgne vous attrapent et vous déshabillent entièrement. Puis elles vous poussent au milieu de la cour. Vous avez honte de votre nudité. Nulle part où vous cacher. Elles vous frappent pour vous faire avancer plus vite au centre. Les autres se sont approchées. L'odeur du sang les attire. La Borgne va chercher au fond de ses entrailles un lourd crachat. Le signal est donné, toutes se mettent à vous cracher dessus. La Borgne se met à rire, d'un rire cruel, démoniaque...

– C'est bien, tu es sage, pas comme Natalia. On l'a corrigée, celle-là, et on fera pareil avec toi si tu nous manques encore de respect. Allez, danse, maintenant !

* Deux choses vous passent par l'esprit :

Vous enfuir, ramasser vos vêtements et rejoindre Natalia au self au **chapitre 99** (p. 309).

Ou mettre votre poing dans la figure de cette fille au **chapitre 105** (p. 330).

CHAPITRE 98

Dimanche 10 mars – 1 h 12

Vous êtes assise sur le bord du trottoir, les pieds dans le caniveau. Vous cherchez à culpabiliser Éric et saturez son répondeur de messages en lui disant que vous ne bougerez pas de là tant qu'il ne reviendra pas vous chercher.

Vous êtes seule dans cette rue sinistre, assise à même le sol. Vous ne bougerez pas d'ici. Quitte à geler sur place. Le temps ne s'écoule plus.

Vous entendez des bruits de pas derrière vous : une jeune femme remonte la rue d'un pas rapide. Un homme la suit. La jeune femme change brusquement de direction, elle tourne sur la gauche pour rejoindre le boulevard où passent encore des voitures. Un homme apparaît à son tour en bas de cette rue sombre. Il semble un peu égaré et hésite au croisement. Va-t-il tourner à gauche lui aussi ou remonter la rue ? Il continue tout droit. Il semble bel homme, très athlétique, et il mesure au moins un mètre quatre-vingt-quinze.

Vous en avez assez de cette attente vaine, Éric ne reviendra pas. Vous vous levez et marchez en direction du centre tout proche. L'homme derrière vous est encore loin, vous ne vous en inquiétez pas. Vos talons claquent sur les pavés. Vous ne voyez pas l'ombre furtive qui se détache du mur d'en face et vous emboîte rapidement le pas, gagnant un peu de terrain sur vous à chaque mètre parcouru. Lorsque enfin vous sentez sa présence derrière vous, vous voulez vous retourner mais il est trop tard : vous recevez à l'arrière du crâne un coup d'une violence inouïe. Vous avez l'impression qu'un feu d'artifice vient d'être tiré à l'intérieur de votre cerveau. Puis vous voyez le trottoir monter vers vous à une vitesse vertigineuse.

Il vous frappe de toutes ses forces, puis vous relève et

commence à vous gifler. Il retire sa ceinture et vous attache les bras derrière le dos. Vous tombez sur le ventre. Il vous retourne, vous arrache votre jupe et ouvre votre gilet. C'est alors que vous apercevez un passant au bout de la rue, vous hurlez mais l'ombre s'en va en accélérant le pas. L'homme vous applique son poing sur la mâchoire. Votre cœur bat comme un marteau de forge. Vous tentez de vous dégager mais il vous tient fermement d'une main. Il referme l'autre sur votre sein. La douleur vous fait presque défaillir. Il vient sur vous. Il vous fait horriblement mal. Horriblement. Vous ne luttez plus, vous êtes comme dissociée de votre propre corps. Glacée jusqu'aux os, la gorge serrée comme par un nœud coulant, ne parvenant même pas à déglutir... Aucun cri ne peut venir, vous mourez à l'intérieur. Un trou noir s'ouvre sous votre corps et vous vous y laissez lentement glisser.

* Rendez-vous au **chapitre 122** (p. 402).

CHAPITRE 99

Jour et heure indéterminés

Vous arrivez au self. Le brouhaha des conversations vous enveloppe et vous avale comme la vague d'un océan furieux. Un peu étourdie, vous cherchez une bouée à laquelle vous accrocher. Aucune bouée, aucun visage ami. Vous ne voyez pas Natalia. La chaleur de tous ces corps affamés est étouffante.

Vous vous rendez compte que la faim vous tiraille. Vous n'y pensiez même pas avant cette seconde ! Vous prenez votre plateau, recevez votre bol de café délavé, votre pain rassis, une compote et essayez de trouver une place quelque part. Seule de préférence. Pourquoi Natalia n'est-elle pas là ? Peut-être vient-elle de partir ? Vous avez dû vous croiser... Quelques prisonnières au regard sans vie s'assoient à côté de vous, vous essayez de leur sourire. Elles ne vous remarquent même pas et absorbent leur petit déjeuner comme des automates.

Au moment où vous approchez votre cuillère de votre bouche, vous remarquez, assise en face de vous, la Joconde... et son sourire. Un sourire bien sinistre, à la vérité !

– Tu as payé pour manger ?

Vous ne répondez rien.

– Tu dois avoir faim... Ça ne serait pas très sympa de ma part de te retirer le pain de la bouche, n'est-ce pas ? Je vais juste relever le goût de ta compote, ça sera meilleur...

Elle prend votre pot, se lève et demande à quelques prisonnières de cracher dedans. Puis elle revient vers vous et crache à son tour, une glaire purulente.

– Tu as faim ? Alors mange !

Vous êtes écœurée et préférez encore mourir de faim que de manger cette mixture ! Vous prenez le pot et le balancez contre le mur. Les prisonnières quittent la table, la Joconde sourit :

– Bien joué !

Vous êtes soulagée de voir qu'elle quitte aussi la table : finalement, vous vous en êtes bien sortie cette fois ! Au loin une porte s'ouvre et la gardienne-chef arrive à grands pas. Maintenant, vous comprenez... Elle se dirige vers vous.

– Attendez ! Elles ont craché dans ma...

La gardienne-chef vous attrape à la gorge, vous fait perdre l'équilibre et vous traîne vers le mur. La Joconde reste à proximité, les bras croisés, elle savoure le spectacle et jubile. La gardienne-chef appuie sur votre nuque :

– Tu vas manger ce que tu viens de jeter !

– Mais elles ont...

Vous ne pouvez pas terminer votre phrase, car elle vous donne un violent coup de matraque derrière le genou.

– On ne parle pas sans autorisation, je t'ai dit ! Tu vas manger ou je t'envoie au trou !

Votre bouche est à quelques centimètres du mélange de crachats.

Manger *ça*, il n'en est pas question !

✻ Il vous reste donc deux choix :

Vous pouvez essayer de vous défaire de cette emprise au **chapitre 110** (p. 350).

Ou demander à cette femme de vous laisser expliquer la situation au **chapitre 107** (p. 337).

CHAPITRE 100

Lundi 11 mars – 17 h 03

Il y avait quelqu'un près de vous, vous n'étiez pas seule, c'était un jeune homme... Mais où est-il ? Vous perdez vos repères. Où êtes-vous ? Dans votre appartement.

Quel jour sommes-nous ?

Vous vous redressez et allez chercher votre agenda. Tout se mélange dans votre tête... Vous perdez pied, vous le sentez. Vous voulez appeler le Dr Moffrey. Il faut le faire, une voix dans votre tête vous dit que vous n'avez pas d'autre choix. En ouvrant votre agenda pour retrouver son numéro, vous tressaillez : « Lundi 11 mars, rendez-vous Dr Moffrey ». Mais non, vous n'aviez pas rendez-vous lundi, vous en êtes certaine ! Vous aviez appelé le matin pour annuler car vous vouliez acheter de la lingerie avant de partir avec Éric en week-end. Vous vous souvenez parfaitement avoir effacé ce rendez-vous de votre agenda !

Vous tournez la page. Pourquoi n'y a-t-il rien d'écrit ? Rien non plus à la date du samedi 16 mars ! Vous êtes pourtant absolument certaine d'avoir marqué sur cette page le numéro de l'hôtel où vous deviez aller avec Éric. Vous aviez réservé la chambre... Mais que se passe-t-il, pourquoi toutes les pages sont-elles blanches après lundi 11 mars ? Qu'est devenue la liste de courses que vous aviez notée à « mardi 12 » ? À mercredi 13, il était indiqué, vous vous en souvenez parfaitement : « Appeler grand-mère + acheter fleurs pour son anniv' ».

Vous décrochez le téléphone et appelez votre psychologue :

– Allô ? Dr Moffrey ?

– Oui.

– J'ai vraiment besoin de vous voir, je suis en train de perdre la tête...

– Emma ?

– Oui.

– Mais nous avons déjà rendez-vous aujourd'hui... Attendez, je vérifie l'heure... Oui, c'est bien ça : lundi 11 mars, 18 heures.

– Mais on n'est pas lundi 11 mars, on est samedi 16 !

– Écoutez, si vraiment ça ne va pas, venez un peu plus tôt.

– ...

– Emma ? Vous êtes toujours là ?

– Oui.

– Vous venez à 18 heures, alors ?

– Oui...

Vous raccrochez. Le radio-réveil affiche la date d'aujourd'hui : lundi 11 mars.

C'est incroyable. Vous êtes revenue dans le passé ? Toute cette histoire de meurtre n'a jamais eu lieu ?

Lundi 11 mars. Mais alors... Éric est donc toujours en vie ! Vous composez vite son numéro.

– Allô ? Éric ?

– Oui.

– C'est moi.

– Je suis content de t'entendre, je croyais que tu faisais la tête pour l'autre soir. Presque deux jours sans nouvelles, ça commençait à faire long...

– Écoute, je voulais juste m'assurer que tout allait bien. Je n'ai pas le temps de te parler là, j'ai rendez-vous. Je te rappellerai.

– OK, à plus.

– À plus.

Une terrible migraine vous vrille le cerveau. Vous êtes à terre, sur le tapis dans votre chambre, en sueur, le souffle haletant et court. Quelques minutes passent. La douleur s'estompe. Vous massez vos tempes. Vous vous sentez un peu égarée...

Récapitulons. Nous sommes le lundi 11 mars. À 18 heures, vous irez à votre rendez-vous. Éric est en vie. Tout va bien.

Peu à peu, vous vous calmez... Vous vous êtes disputée avec Éric samedi et vous avez sûrement avalé trop de somnifères ! Votre esprit a dû un peu s'embrumer. Mais à présent, tout est rentré dans l'ordre...

* Rendez-vous vite au **chapitre 102** (p. 316) !

CHAPITRE 101

Jour et heure indéterminés

La Joconde remonte sa main sur vos hanches... Cela vous dégoûte. Se faire caresser ainsi par une femme, jamais vous n'auriez pu l'envisager. Elle passe sa main sur vos seins. Vous levez les yeux et regardez la caméra braquée sur vous. Vous imaginez les gardiennes allonger leurs jambes comme si elles allaient voir un bon film. Que faut-il faire ? Subir ? Plier, comme Natalia vous l'a conseillé ? Survivre, comme Natalia et les autres ? Vous vous souvenez d'une réplique d'un film : « Dépêche-toi de vivre, ou dépêche-toi de mourir. » Tandis que les doigts de ce monstre obscène vous tripotent, vous voyez dans ses yeux l'immense joie qu'elle ressent à vous humilier ainsi. À violer votre intimité, à vous briser. Elle vous lèche le visage. Sa main redescend, ses doigts glissent entre vos cuisses. Elle vous écarte brutalement les jambes. Vous essayez de vous enfuir dans vos pensées, de fuir ce corps, de vous envoler loin de cet enfer. Vous essayez.... Jusqu'au moment où elle vous allonge au sol brusquement, face contre terre. Une autre prisonnière, arrivée d'on ne sait où, vous écartèle. Où a-t-elle eu cette matraque ?

Vous regardez les gouttelettes du pommeau de douche tomber sur le carrelage humide. L'eau ne lavera pas la honte qui vous submerge. Vous sentez la caméra filmer cette scène ignoble. Personne ne viendra vous sauver.

Vous voudriez revenir dans le passé, changer les choses. Mais vous êtes ici, et vous ne pouvez remonter le cours du temps.

C'est terminé. Vous êtes allongée au sol comme morte, dans un état proche de l'inconscience.

– C'est bien, tu as été sage, pas comme Natalia. On l'a corrigée, celle-là, et on fera pareil avec toi si tu nous manques encore de respect. J'espère que le message a été clair !

Sur ces mots elles vous laissent seule, vous entendez encore leur rire narquois résonner en écho au loin, dans les couloirs.

Vous vous relevez avec difficulté. La douleur est atroce, chaque pas est un supplice. Qu'ont-elles fait à Natalia ? Vous devez aller voir, tout de suite. Vous avez un mauvais pressentiment. Vous vous rhabillez et vous précipitez dans votre cellule.

Natalia est là, allongée sur son lit. Apparemment elle n'a pas de traces de coups, elle semble dormir. Vous examinez sans faire de bruit son visage, son cou : rien de spécial. Cela vous rassure, elle ne méritait pas d'être punie à cause de vous. Qu'auriez-vous fait sans elle ? Elle est la seule personne qui vous permettra de survivre ici. La seule dont l'amitié vous rattache encore à l'humanité et vous empêche de sombrer dans la barbarie la plus bestiale. Vous vous écroulez sur votre lit. Les sanglots vous serrent la gorge. Vous fermez les yeux. Il faut oublier tout cela, chasser les images. Bientôt vous serez comme les autres filles, un fantôme que personne ne verra, dont personne ne se souciera plus. Ne baissez pas les bras. Serrez les dents. Vous devez survivre et plier jusqu'...

« C'est bien, tu as été sage, pas comme Natalia. On l'a corrigée, celle-là... »

Vous vous levez d'un bond et retournez auprès de Natalia. Elle ne bouge pas. Vous la secouez, rien. À côté d'elle son oreiller est taché, des traces de bave...

Elles l'ont fait. Elles ont étouffé Natalia ! Vous perdez pied : elle est morte ! Des pas claquent dans le couloir et se dirigent vers votre cellule. Quatre gardiennes entrent et vous ordonnent de vous éloigner du corps. Elles le prennent et l'emmènent. Vous êtes effarée. Les gardiennes ont tout vu et n'ont rien fait, elles attendaient, elles ont attendu que vous voyiez le corps avant de l'emmener à la morgue. C'est monstrueux ! Vous hurlez, tapez les murs de vos poings. Mais les gardiennes reviennent et vous attachent à votre lit dans une camisole. Vous êtes brisée.

Quand enfin elles vous délient et que vous pouvez vous asseoir, vous sentez que vos sens vous abandonnent. Vous voyez se déformer les visages grotesques de vos tortionnaires, vous voyez leurs bouches se tordre en une phrase de mort, prononcer les syllabes de votre nom. Mais vous n'entendez rien. Le film se déroule au ralenti. Vous perdez conscience.

La sonnerie du matin annonce un nouveau jour. Le réveil est difficile, votre tête vous fait mal. L'espace d'un instant vous espérez être ailleurs. Mais vous êtes toujours dans votre cellule. Sans Natalia... Tout vous revient à l'esprit. La haine remonte en vous comme le mercure dans un thermomètre posé sur les flammes. Tout est clair, vous subirez tôt ou tard le même sort. Il va falloir agir, et vite. Vous ne supporterez pas plus longtemps ces subtiles tortures. Vous préférez partir en beauté. Mourir en assouvissant votre colère, en vengeant Natalia, en libérant les autres de ces monstres !

* Vengerez-vous le meurtre de Natalia en retrouvant les deux furies au self **chapitre 112** (p. 358) ?

Ou préférez-vous vous venger sur la gardienne-chef en allant dans la cour au **chapitre 114** (p. 368) ?

CHAPITRE 102

Lundi 11 mars – 18 heures

Vous enfilez un jean et un pull. Vous êtes en retard. Vous venez de rentrer du travail et il ne vous reste qu'une demi-heure pour vous rendre à pied de l'autre côté de la ville, chez le Dr Moffrey. Le Dr Moffrey est votre psychothérapeute. Vous venez la voir chaque semaine depuis trois mois. Mais ces visites ne semblent pas avoir réellement amélioré votre état. Le docteur vous dit que c'est normal, qu'il faut du temps pour vaincre les résistances de votre subconscient... Et qu'il ne faut surtout pas baisser les bras.

Vous avez décidé de prendre rendez-vous le jour où vous avez réalisé que vous aviez des problèmes à régler : jalousie, maniaquerie du soupçon, obsession de la possession... Vous avez compris que finalement vous ne supportez plus d'aimer Éric, car cet amour est un poison que vous buvez jour après jour. Où est-il ? Que fait-il ? Avec qui ? À quoi pense-t-il ? À qui ? Pourquoi ? Cette hésitation, cette plainte, ce regard, cette façon de répondre au téléphone, ce sourire... Tout vous torture.

Et plus le temps passe, plus la situation se dégrade. Vous ne pensez pas avoir jamais été aussi odieuse que ces derniers mois. Que se passe-t-il en vous ? Pour un rien, un regard, un lapsus, un numéro de téléphone griffonné, une facture oubliée dans une poche, vous lui faites des scènes de jalousie grotesques et toujours identiques. Et vous vous doutez qu'il ne vous supportera plus longtemps, il se lasse de vos cris. En même temps, vous n'êtes pas folle. Vous *sentez* qu'il vous trompe, et si c'est le cas votre attitude ne fait que le pousser à vous délaisser. Mais vous vous imaginez peut-être des choses... Vous ne savez plus.

Le Dr Moffrey habite au huitième étage d'un immeuble ancien. Vous êtes finalement en avance. Vous vous asseyez sur l'une des chaises en cuir de la salle d'attente. C'est une pièce agréablement meublée et chaleureuse, avec ses coffres de bois recouverts de magazines et ses lampadaires à abat-jour rouges. Des haut-parleurs encastrés dans les murs diffusent une musique d'ambiance. Malgré cela, vous entendez des pleurs qui filtrent du cabinet du docteur. Vous aimeriez savoir ce que dit la femme de l'autre côté du mur mais les mots restent indistincts... Les pleurs cessent, une porte sc referme en claquant. Cinq minutes plus tard, le Dr Moffrey ouvre la porte de son cabinet. C'est une femme très soignée d'une quarantaine d'années, fort belle, toujours souriante. Une force tranquille, une extraordinaire assurance que vous admirez. Vous aimeriez lui ressembler, être sûre de vos talents et de votre richesse... Mais vous êtes insipide et fragile, sans intérêt ni consistance, une ombre sur un trottoir, une merde que l'on écrase...

– Bonjour Emma, entrez ! Comment allez-vous ?
– Très bien !
– C'est vrai ?
– Heu... non !

La pièce est carrée et spacieuse. Vous vous installez dans l'un des fauteuils. Dès le début de votre thérapie, le docteur vous avait proposé de vous allonger sur le divan mais vous n'avez pu vous y résoudre. Vous ne pouvez vous empêcher d'imaginer que la thérapeute, une fois libérée de votre regard, vaquera à d'autres occupations.

Après trois mois de séances hebdomadaires et neuf cent soixante euros, vous connaissez la marche à suivre.

– J'ai encore été insupportable ! J'ai fait à Éric une crise de jalousie complètement idiote parce qu'il allait dîner avec une actrice samedi soir.

– Qu'avez-vous ressenti quand il vous a annoncé qu'il allait dîner avec cette jeune femme ?

– Je me suis sentie terrifiée, fâchée, coupable et triste.

Elle note scrupuleusement ce que vous dites. Vous ne l'aimez pas vraiment mais vous la respectez.

– Hormis cette dernière crise, comment s'est passée votre semaine ?

– Bien, j'imagine...

– Est-ce que vous avez commencé à écrire votre roman ?

– Non, je n'ai pas eu le temps.

– Ça, ce n'est pas une excuse acceptable. Vous pouvez toujours trouver une demi-heure par jour, non ?

– Oui.

– Et le théâtre, vous y êtes allée ?

– Non...

Vous avez honte et baissez la tête, mauvaise élève qui ne peut pas progresser puisqu'elle n'écoute pas les conseils...

– C'est important de vous construire votre vie indépendamment de celle d'Éric, vous le savez.

– J'ai essayé, pour le roman... Mais je crois que je n'ai pas assez de talent pour me lancer dans cette entreprise.

– Si vous ne vous sentez pas de taille à entreprendre un roman, pourquoi ne pas essayer d'écrire une nouvelle ? L'essentiel est de commencer ! Ou si vous préférez la peinture, ou la poterie, ce sont aussi de bons moyens d'expression.

Facile à dire ! Vous êtes sûre qu'elle peut réussir tout ce qu'elle entreprend, elle ! Mais vous... Vous ne pouvez pas à la fois penser à Éric et à ce qu'il fait seconde après seconde, bouillir à petit feu dans un gigantesque chaudron de doutes et de peurs, et trouver encore assez de temps pour écrire un roman et faire de la poterie !

– Reprendre ou non le dessus ne dépend que de vous, alors il faut aller de l'avant et ne pas vous laisser engloutir par la peur. Vous devez prendre votre vie en main.

Vous n'avez pas besoin de regarder votre montre pour savoir que la séance est terminée.

– À la semaine prochaine ! Vous me ferez le récit des progrès que vous aurez effectués.

Quatre-vingts euros !

Bien sûr, il faudrait que vous soyez plus « indépendante »... Si seulement vous pouviez être sûre de la sincérité d'Éric. Si, une seule fois, vous aviez la possibilité de vous transformer en petite souris pour voir ce qu'il fait lorsque vous n'êtes pas là. Une seule fois, et vous sauriez si vous pouvez lui faire confiance.

Mais, en fait... vous le pouvez ! Claire, une de vos amies, vous a parlé il y a quelques jours d'une femme qu'elle connaît, une voyante qui, justement, peut vous faire voir le présent et le futur.

❋ Est-ce bien raisonnable de céder aux superstitions alors que le Dr Moffrey vient juste de vous conseiller de « prendre votre vie en main » ?

Si vous persistez en vous disant que ça ne peut pas faire de mal, rendez-vous au **chapitre 108** (p. 341).

Si vous préférez rentrer chez vous, rendez-vous au **chapitre 104** (p. 323).

CHAPITRE 103

Jour et heure indéterminés

Vous repoussez violemment la Joconde d'un coup de genou et frappez de toutes vos forces, poing serré, sur son visage. Ce coup aurait pu l'atteindre si elle ne l'avait pas arrêté de sa main gauche. Elle vous tord alors le bras et le retourne en le maintenant dans votre dos. Vous vous retrouvez la tête collée au carrelage. Votre arcade, ouverte sous le choc, se met à saigner. Le sang vous aveugle, la douleur vous paralyse. Vous essayez de vous débattre mais cette position empêche tout mouvement.

– Ça, tu vas le regretter !

Elle appuie si fort que dans moins de cinq secondes votre bras sera cassé. Vous vous évanouissez. Elle attend un peu que vous repreniez vos esprits, elle veut que vous sentiez la douleur. Elle vous traîne alors par les cheveux sous le pommeau de douche qui s'actionne, et vous maintient la tête au sol, dans la tranchée d'écoulement. Avec son genou elle bloque l'évacuation de l'eau. Le niveau monte très vite dans la rigole. Elle vous enfonce le nez dedans. Vous vous agitez, l'air commence à vous manquer, l'eau entre dans vos narines. Votre vision se brouille en un miroitement de mille paillettes.

La Joconde vous projette en arrière. Dos au sol, vous voyez la caméra pivoter, se placer parfaitement dans l'axe de votre nouvelle position. Vous êtes trop épuisée à présent pour lutter. Les autres filles arrivent, vous immobilisent les bras, vous écartèlent sauvagement les jambes. La Joconde vous regarde un instant, immobile, son sourire sinistre en travers du visage. Le sourire du diable qui jouit de vos souffrances. Une fille s'approche et lui tend une matraque (comment a-t-elle fait pour s'en procurer une ?). Elle s'accroupit entre vos jambes et vous déchire le corps avec une violence inconcevable. Vous êtes brisée, incapable du moindre geste. Vous ne bougerez pas d'ici, vous allez vous laisser mourir. Rien ne pourra vous obliger à rester dans cet enfer. La mort sera une délivrance.

C'est alors que la Joconde s'approche de votre visage, son souffle fétide vous enveloppe :

– J'espère que tu as bien compris le message, pas comme Natalia. On l'a corrigée, celle-là, et on fera pareil avec toi si tu nous manques encore de respect. Sache que ça peut toujours être pire, et puis des innocents pourraient souffrir à cause de toi !

Vous vous relevez avec difficulté. La douleur est atroce, chaque pas est un supplice. Qu'a-t-elle fait à Natalia ? Vous devez aller voir, tout de suite. Vous avez un mauvais pressentiment. Vous vous rhabillez et vous précipitez dans votre cellule.

Natalia est là, allongée sur son lit. Apparemment elle n'a pas de traces de coups, elle semble dormir. Vous examinez sans faire de bruit son visage, son cou : rien de spécial. Cela vous rassure, elle ne méritait pas d'être punie à cause de vous. Qu'auriez-vous fait sans elle ? Elle est la seule personne qui vous permettra de survivre ici. La seule dont l'amitié vous rattache encore à l'humanité et vous empêche de sombrer dans la barbarie la plus bestiale. Vous vous écroulez sur votre lit. Les sanglots vous serrent la gorge. Vous fermez les yeux. Il faut oublier tout cela, chasser les images. Bientôt vous serez comme les autres filles, un fantôme que personne ne verra, dont personne ne se souciera plus. Ne baissez pas les bras. Serrez les dents. Vous devez survivre et plier jusqu'...

« *J'espère que tu as bien compris le message, pas comme Natalia. On l'a corrigée, celle-là...* »

Vous vous levez d'un bond et retournez auprès de Natalia. Elle ne bouge pas. Vous la secouez, rien. À côté d'elle, son oreiller est taché, des traces de bave...

Elles l'ont fait. Elles ont étouffé Natalia ! Vous perdez pied : elle est morte ! Des pas claquent dans le couloir et se dirigent vers votre cellule. Quatre gardiennes entrent et vous ordonnent de vous éloigner du corps. Elles le prennent et l'emmènent. Vous êtes effarée. Les gardiennes ont tout vu et n'ont rien fait, elles attendaient, elles ont attendu que vous voyiez le corps avant de l'emmener à la morgue. C'est monstrueux ! Vous hurlez, tapez les murs de vos poings. Mais les gardiennes reviennent et vous attachent à votre lit dans une camisole. Vous êtes brisée.

Quand enfin elles vous délient et que vous pouvez vous

asseoir, vous sentez que vos sens vous abandonnent. Vous voyez se déformer les visages grotesques de vos tortionnaires, vous voyez leurs bouches se tordre en une phrase de mort, prononcer les syllabes de votre nom. Mais vous n'entendez rien. Le film se déroule au ralenti. Vous perdez conscience.

La sonnerie du matin annonce un nouveau jour. Le réveil est difficile, votre tête vous fait mal. L'espace d'un instant vous espérez être ailleurs. Mais vous êtes toujours dans votre cellule. Sans Natalia... Tout vous revient à l'esprit. La haine remonte en vous comme le mercure dans un thermomètre posé sur les flammes. Tout est clair, vous subirez tôt ou tard le même sort. Il va falloir agir, et vite. Vous ne supporterez pas plus longtemps ces subtiles tortures. Vous préférez partir en beauté. Mourir en assouvissant votre colère, en vengeant Natalia, en libérant les autres filles de ces monstres !

✻ Vengerez-vous le meurtre de Natalia en retrouvant les deux furies au self **chapitre 112** (p. 358) ?

Ou préférez-vous vous venger sur la gardienne-chef en allant dans la cour au **chapitre 114** (p. 368) ?

CHAPITRE 104

Lundi 11 mars – 20 h 06

Vous rentrez chez vous, épuisée. Ces séances avec le Dr Moffrey vous vident de toute votre énergie. Vous marchez comme une somnambule, la tête baissée.

Un bruit inhabituel dans votre rue vous fait lever les yeux. En face de votre immeuble, deux voitures de police, les pompiers et une étrange effervescence. Que se passe-t-il ? On vous arrête en bas des escaliers et on vous pose un tas de questions : habitez-vous ici ? Quel étage ? Connaissez-vous la personne qui vit au troisième ? Vous êtes inquiète. Qu'est-il arrivé à Ludovic ? Ce n'est pas possible ! Il est mort ? Depuis combien de temps ? Mon Dieu, mais ce n'est pas possible ! Rentrez chez vous, mademoiselle, on va venir vous interroger.

Le policier vous ayant laissée monter, vous passez devant la porte entrouverte de l'appartement de Ludovic. Vous apercevez le corps étendu de votre voisin, noyé dans une mare de sang, lardé de coups de couteau... L'expression de son visage, ses yeux morts grands ouverts vous paralysent.

Vous ne voulez pas rester seule, vous allez sonner chez Nadège. Peut-être sait-elle ce qui s'est passé.

Elle est extrêmement pâle. Sans doute feriez-vous mieux de lui parler d'autre chose... Mais de quoi peut-on parler dans de telles circonstances ? Un silence pesant s'installe. Vous regardez autour de vous. Le salon est meublé en cuir et velours, comme une alcôve de courtisane. Des plantes gigantesques grimpent le long des murs. L'air est humide et sent la terre, comme un champ après l'averse. Cette pièce donne une impression d'excès, comme si la personne qui l'habite vivait dans un rêve. Et puis zut, au diable la délicatesse ! Vous mourez d'envie d'en savoir plus...

– Tu sais qui l'a trouvé ?

– C'est moi.

– Toi ? Oh, ma pauvre Nadège, je suis désolée... Comment ça s'est passé ?

– Je n'avais plus de piles pour ma télécommande. J'ai frappé chez lui mais il n'y avait personne, alors je suis remontée prendre les clefs et je suis entrée. Je lui aurais laissé un petit mot pour lui dire que j'avais pris ses piles.

– Tu avais ses clefs ?

– Oui, et il avait les miennes. C'était pratique. Mais tout ce sang... C'était affreux, j'ai voulu prendre son pouls mais il était tout raide et froid. Je n'ai jamais ressenti une peur pareille.

Vous la prenez dans vos bras. Ses yeux sont gonflés de larmes, son nez rougi. Mais très vite elle se reprend. Vous voyez ses mâchoires se contracter. Elle semble résister de toutes ses forces aux torrents qui menacent de briser les digues. Elle inspire profondément et relève les yeux. Elle a réussi. Ses yeux secs et son front détendu ne laissent plus rien paraître du trouble qui l'emportait deux secondes plus tôt. Vous allez lui préparer un lait chaud. Quand vous revenez de la cuisine, elle est endormie sur le canapé. Vous ne voulez pas la réveiller. Vous allez à la fenêtre et observez ce qui se passe au troisième, dans l'appartement de Ludovic. Vous avez une vue imprenable sur le salon.

Un homme est accroupi à côté du corps, probablement le légiste. Un peu plus loin, l'inspecteur semble donner des instructions, l'œil inquiet, le visage tendu, il désigne tout ce qui entoure le cadavre, les bouteilles vides, les verres... Un autre homme arrive, tenant triomphalement, du bout de ses doigts gantés, un couteau maculé de sang. L'arme du crime probablement.

Le légiste glisse sa main sous la nuque de Ludovic et essaie de tourner sa tête. Sa nuque est complètement raide.

Nadège s'est réveillée. Elle s'approche de vous.

– Tu n'as pas vu ce qui s'est passé ? lui demandez-vous.

– Non. Ses rideaux étaient tirés depuis plusieurs jours. Je pensais qu'il était absent.

– Tu crois que sa copine a pu le tuer ?

– Pourquoi tu dis ça ?

– Eh bien, la dernière fois que j'ai entendu Ludovic, il s'engueulait avec Virginie, elle avait l'air vraiment furieuse et je crois même qu'il l'a frappée.

– Et après ? T'as entendu quoi d'autre ?

Vous regardez son visage blême, ses traits tirés. Une grande douleur se lit sur son visage. Jamais vous n'auriez pensé que Nadège puisse être à ce point affectée par la mort de Ludovic. Vous ne les pensiez pas si proches.

– Rien, j'ai pris un somnifère et je me suis rendormie.

– Mmmm... Elle le trompait, non ? demande Nadège.

– Aucune idée.

– C'est vraiment affreux.

– Oui, vraiment. Tu le connaissais depuis longtemps ?

– Trois ans, quatre peut-être...

Elle s'étrangle dans un sanglot. Vous lui posez la main sur l'épaule :

– Tu préfères que je te laisse ? Ça n'a pas l'air d'aller.

– Non, au contraire ! Je préfère ne pas rester seule...

– Dis-moi, avait-il de la famille ? demandez-vous.

– Je ne sais pas.

– C'est bizarre que vous n'en ayez jamais parlé en quatre ans.

– Tu sais, j'ai été élevée à la DDASS et s'il y a bien un sujet dont je n'aime pas parler, c'est la famille.

Vous décidez de ne plus parler de Ludovic. Visiblement, Nadège souffre beaucoup.

Vous vous asseyez et feuilletez un magazine. C'est alors qu'une douleur fulgurante vous traverse l'œil droit.

– Tu aurais de l'aspirine ? C'est encore ma migraine.

– Oui, va voir sur la table de nuit.

Il n'y a rien sur le meuble. Vous ouvrez le tiroir et trouvez la boîte, mais la douleur, comme une aiguille, vous fait faire un geste maladroit. Le tiroir tombe à terre. Coincée tout au fond de celui-ci, vous voyez une photo. Vous la tirez doucement pour ne pas la déchirer. C'est un Polaroid jauni par les années. Une enfant de douze ou treize ans, qui pourrait bien être Nadège, est entourée d'un jeune garçon de son âge et d'une femme plus âgée qui pourrait être la mère du gamin. C'est peut-être un souvenir de vacances, et en parler lui changerait les idées. Au dos de la photo, il y a un nom : Albertcour. Vous haussez la voix à l'intention de votre voisine :

– Albertcour, c'est quoi ? C'est là que tu allais en vacances ?

Mais Nadège n'a pas entendu votre question. La sonnerie de la porte d'entrée retentit. Votre voisine revient et vous annonce que les policiers ont quelques questions à vous poser. Vous reposez la photographie, la boîte d'aspirine et refermez le tiroir de la table de nuit. Vous redescendez.

Vous racontez aux policiers ce que vous avez entendu ce soir-là, y compris la dispute de Ludo avec Virginie et l'emprunt de votre caméra.

– Mais on n'a trouvé aucune caméra, objecte l'inspecteur.

– Peut-être l'avait-il cachée pour les filmer, Virginie et lui, sans qu'elle le sache ?

– C'était dans leurs habitudes ?

– Je ne pense pas, sinon il aurait eu son propre matériel.

– Merci beaucoup de votre aide, mademoiselle. Nous allons examiner cela.

Quelques minutes plus tard, l'inspecteur redescend effectivement avec la caméra. Vous confirmez qu'il s'agit bien de la vôtre. L'appareil n'ayant plus de batterie, l'inspecteur vous emprunte des câbles pour le brancher sur le secteur, ainsi que votre poste de télévision. Vous savez bien qu'ils veulent aussi étudier vos réactions.

Enregistrement vidéo :

Ludovic a posé la caméra sur la table basse de son salon, face à lui.

« Bonjour à tous ceux qui me regardent. Je vais aujourd'hui faire une expérience qui, à mon avis, sera particulièrement édifiante. Voici un billet de Loto et voici le journal d'hier. Vous remarquez bien que les chiffres sont les mêmes : j'ai gagné au Loto ! »

L'inspecteur arrête l'enregistrement et demande à l'un de ses collègues d'aller vérifier s'il y a un billet de Loto dans le salon. Une demi-heure plus tard, ce dernier reviendra bredouille.

« Eh bien non ! J'ai joué les numéros ce matin mais si je joue bien mon rôle de nouveau millionnaire, interdisant à quiconque de toucher mon précieux billet, qui pensera à regarder la date derrière le billet ? Sûrement pas Virginie, en tout cas. Virginie a un amant ! Eh oui, la femme à qui j'allais demander de m'épouser se fout de ma gueule depuis des mois. Elle a déménagé et emporté ses affaires, essayant de me convaincre – et de convaincre tout le monde – que c'est ma faute. Le suivant, c'est Kevin, avec lequel elle me trompe depuis qu'elle a découvert que le père de ce type possède une petite fortune. Plus intéressée, tu meurs ! [Il ne croyait pas si bien dire, le pauvre.] Voyons comment elle réagira en apprenant que je suis riche...

» Ce que je fais est aussi un acte charitable, puisqu'il s'agit de prévenir ce brave Kevin contre les manigances de la perfide. J'ai donné rendez-vous à Virginie ici dans une heure, la caméra sera dans le salon, dissimulée sur l'étagère en face du canapé. »

Brève interruption de nouveau, puis une image. Le cadrage est différent et semble correspondre à une vue de l'étagère.

La jeune femme rousse et voluptueuse, sans doute un peu trop ronde, assise sur le canapé est bien Virginie. Elle rit et semble très excitée par la nouvelle. Il tend le billet mais refuse de le lâcher, sans doute pour cacher la date. Elle vérifie soigneusement le numéro en le comparant à celui qui est inscrit sur le journal. Ils s'installent autour d'une tasse de thé. Vous pouvez voir que cette fille met en œuvre ses prévenances les plus séductrices avec une habileté extrême. Comme l'avait prévu Ludovic, elle ne tarde pas à lui faire du pied de haut en bas sur le mollet droit... Il réussit à garder un visage imperturbable et, si vous ne les observiez pas avec tant d'insistance, vous n'auriez sans doute rien remarqué. Ludovic parle à Virginie des idées de bienfaisance qu'il a eues. Quelle association soutenir ? Faut-il aider les enfants malades, les personnes âgées, la SPA, les SDF ou bien s'acheter un manoir en Espagne ? Elle caresse maintenant sa jambe de façon ouvertement provocante. Il a plongé pour la troisième fois ses yeux dans le décolleté de la demoiselle. Il commence à transpirer. Elle se lève et l'entraîne dans la chambre.

Puis plus rien, la batterie doit être épuisée.

Bien sûr, les policiers sont un peu déçus que le meurtre n'ait pas été filmé. Mais de toute façon, la dispute ayant eu lieu vers 2 h 30 du matin d'après votre témoignage, il aurait été peu probable que la cassette pût enregistrer si longtemps. Peu importe, ils sont certains de tenir la coupable. Il ne reste plus qu'à la retrouver et comparer ses empreintes à celles relevées sur l'arme du crime. Comme le billet de Loto n'a pas été retrouvé, on peut supposer qu'elle a tué son amant avant même qu'il ait le temps de lui dire que ce n'était qu'une mauvaise plaisanterie. Affaire classée, ou presque ! Les policiers sont contents, ils seront rentrés pour le match du soir...

Deux jours plus tard, vous lisez un article dans la presse :

Une jeune femme de 22 ans, Virginie Belido, a été écrouée aujourd'hui pour le meurtre de Ludovic Vrieux, âgé de 29 ans.
Le 6 mars vers 3 h du matin, alors que les deux jeunes gens venaient de faire l'amour, elle aurait frappé de plusieurs coups de couteau son ami Ludovic Vrieux. Celui-ci l'avait invitée chez lui après lui avoir confié quelques heures plus tôt qu'il venait de gagner au Loto.
Après l'avoir poignardé, la jeune femme se serait enfuie. Au moment de son arrestation, elle souffrait d'amnésie, et la présence de GHB fut détectée dans ses cheveux.
La jeune femme a été mise en examen pour assassinat et a été soumise à plusieurs examens psychiatriques qui n'ont pas mis en évidence de maladie mentale. Mais son avocat déclare vouloir plaider la folie passagère sous emprise de drogue.
Selon les éléments de l'enquête, l'accusée aurait prémédité son geste, en prenant le GHB afin de ne pas être inculpée de meurtre. Ses empreintes ayant été retrouvées sur l'arme du crime, sa culpabilité ne fait aucun doute.

La nuit suivante, vous vous éveillez en sursaut, surprise de sentir un vide près de vous. Vous regardez le second oreiller qui s'étale à côté du vôtre, montrant le trou encore tiède d'une tête. D'une main tâtonnante, vous pressez le bouton de la lampe.

– Éric ?

Aucune réponse. Vous vous levez et appelez plus fort :

– Éric ?

– Chut ! Tais-toi, il ne faut pas faire de bruit...

– Pourquoi ? chuchotez-vous.

– Quelqu'un marche au-dessus, écoute !

Effectivement, quelques frottements, des glissements presque imperceptibles...

– Je monte voir, décide Éric.

* Si vous essayez de l'en dissuader, rendez-vous au **chapitre 115** (p. 372).

Si vous l'accompagnez, rendez-vous au **chapitre 111** (p. 354).

CHAPITRE 105

Jour et heure indéterminés

Natalia ? Qu'a-t-elle fait à Natalia ? Vous vous jetez sur la Borgne et la poussez de toutes vos forces. Une fois au sol, vous serrez votre poing et la frappez au visage le plus fort que vous le pouvez. Elle encaisse le coup sans émettre la moindre plainte. Elle vous sourit, se redresse :

– Ah, tu veux te battre, hein ? Attends... Tu vas voir, tu vas pas être déçue !

Vous essayez de lui donner un autre coup, mais elle l'évite et vous attrape la tête de ses deux mains qu'elle fracasse contre son front. Vous perdez beaucoup de sang et souffrez horriblement. Elle vous renverse, se relève, vous saisit par les cheveux et vous écrase contre le mur. Votre épaule est probablement déboîtée. La Borgne désigne alors quatre prisonnières :

– Toi, toi, toi et toi, attrapez ses bras et ses jambes !

On vous soulève à trente centimètres du sol. Votre épaule vous lance affreusement. La Borgne se penche au-dessus de vous.

– Tu sais ce que c'est, une lobotomie ?

Comme vous ne répondez rien, elle poursuit :

– C'est quand on coupe les nerfs de ton cerveau, après ça, t'es un légume. Moi j'ai trouvé une meilleure méthode, plus *radicale*. Tu vois le mur là-bas ? Eh bien, tu vas le percuter de plein fouet avec ta tête. J'espère que tu l'as bien dure...

Elle regarde les prisonnières qui vous portent et leur donne le signal :

– Allez-y !

Vous allez servir de bélier pour la prise d'assaut infernale d'un château aux portes bétonnées. Les quatre prisonnières courent droit sur le mur. Dans moins de cinq mètres, votre crâne sera fendu par l'impact. Vous essayez de vous débattre, mais rien ne peut leur faire lâcher prise. Elles vous tiennent fermement.

Quatre mètres. Les deux prisonnières accélèrent leur allure.

Trois mètres. Vous les suppliez d'arrêter, vous voyez les caméras vous suivre. Combien d'exécutions ont-elles pu enregistrer ainsi ?

Deux mètres. Vous repensez à votre vie... Mais comment avez-vous pu en arriver là ?

Un mètre. Vous fermez les yeux. Vous espérez que le choc vous tuera sur le coup.

Une des prisonnières vient de glisser. Vous tombez brutalement. Votre dos s'écorche profondément. La Borgne hurle :

– Abruties !

Elle fonce sur vous, vous attrape la tête, vous la met face au sol à trente centimètres.

– Tu as déjà le nez bien cassé, peut-être que si je t'enfonce la tête, il te rentrera dans le cerveau ?

Vous prenez alors du sable par terre et le lui balancez à la figure. Elle crie, les grains lui ont déchiré la cornée. Vous vous relevez et lui donnez un coup de pied dans la mâchoire, elle tombe à la renverse. Vous titubez. Les autres prisonnières vous regardent, stupéfaites... Comme si vous aviez vaincu la mort.

Vous quittez la cour, vous entendez gémir la Borgne derrière vous. Vous courez le plus vite possible à votre cellule. Natalia est là, allongée sur son lit. Apparemment, elle n'a pas de traces de coups, elle semble dormir. Vous examinez sans faire de bruit son visage, son cou : rien de spécial. Cela vous rassure, elle ne méritait pas d'être punie à cause de vous. Qu'auriez-vous fait sans elle ? Elle est la seule personne qui vous permettra de survivre ici. La seule dont l'amitié vous rattache encore à l'humanité et vous empêche de sombrer dans la barbarie la plus bestiale. Vous vous écroulez sur votre lit. Les sanglots vous serrent la gorge. Vous fermez les yeux. Il faut oublier tout cela, chasser les images. Bientôt vous serez comme les autres filles, un fantôme que personne ne verra, dont personne ne se souciera plus. Ne baissez pas les bras. Serrez les dents. Vous devez survivre et plier jusqu'...

« *C'est bien, tu as été sage, pas comme Natalia. On l'a corrigée, celle-là...* »

Vous vous levez d'un bond et retournez auprès de Natalia.

Elle ne bouge pas, vous la secouez, rien. À côté d'elle, son oreiller est taché, des traces de bave...

Elles l'ont fait. Elles ont étouffé Natalia ! Vous perdez pied : elle est morte ! Des pas claquent dans le couloir et se dirigent vers votre cellule. Quatre gardiennes entrent et vous ordonnent de vous éloigner du corps. Elles le prennent et l'emmènent. Vous êtes effarée. Les gardiennes ont tout vu et n'ont rien fait, elles attendaient, elles ont attendu que vous voyiez le corps avant de l'emmener à la morgue. C'est monstrueux ! Vous hurlez, tapez les murs de vos poings. Mais les gardiennes reviennent et vous attachent à votre lit dans une camisole. Vous êtes brisée.

Quand enfin elles vous délient et que vous pouvez vous asseoir, vous sentez que vos sens vous abandonnent. Vous voyez se déformer les visages grotesques de vos tortionnaires, vous voyez leurs bouches se tordre en une phrase de mort, prononcer les syllabes de votre nom. Mais vous n'entendez rien. Le film se déroule au ralenti. Vous perdez conscience.

La sonnerie du matin annonce un nouveau jour. Le réveil est difficile, votre tête vous fait mal. L'espace d'un instant vous espérez être ailleurs. Mais vous êtes toujours dans votre cellule. Sans Natalia... Tout vous revient à l'esprit. La haine remonte en vous comme le mercure dans un thermomètre posé sur les flammes. Tout est clair, vous subirez tôt ou tard le même sort. Il va falloir agir, et vite. Vous ne supporterez pas plus longtemps ces subtiles tortures. Vous préférez partir en beauté. Mourir en assouvissant votre colère, en vengeant Natalia, en libérant les autres filles de ces monstres !

✱ Vengerez-vous le meurtre de Natalia en retrouvant les deux furies au self **chapitre 112** (p. 358) ?

Ou préférez-vous vous venger sur la gardienne-chef en allant dans la cour au **chapitre 114** (p. 368) ?

CHAPITRE 106

Jeudi 14 mars – 19 h 30

Vous vouliez en finir au plus vite. Mais quand vous avez appelé Éric pour fixer un rendez-vous, il a repoussé son retour d'une semaine. Sans doute avait-il deviné vos intentions ?

Éric est donc rentré aujourd'hui. Vous êtes convenus de vous retrouver à La Chope. Vous êtes arrivée en avance et l'attendez dans le café.

Vous devez vous préparer à ce qui va suivre. Vous allez quitter Éric. Le plus dur, quand il faut en finir, c'est de commencer. Vous fermez les yeux et essayez de trouver les mots que vous prononcerez. Vous aimeriez avoir quelque chose de concret, quelque chose de grave à lui reprocher, pouvoir établir des faits aussi précis qu'un rapport de police et lui annoncer simplement que sa condamnation est sans appel. Mais comment dire l'ennui ?

Vous cherchez à comprendre. Comment pouvez-vous être si sûre de vous ? Est-ce que vous anticipez la rupture parce que vous sentez confusément qu'il en aurait de toute façon été l'instigateur ? Vous revoyez les ennuis, les colères, les dégoûts, les morsures de la jalousie, cette lassitude...

Vous gardez contre lui une curieuse rancune. Les silences lourds de reproches et de déception qui concrétisent le délabrement de vos liens, et que vainement vous essayez de remplir par un usage quasi narcotique de la télévision, vous rendent chaque jour plus agressive. S'il se montre heureux et gai, vous prenez cela comme une provocation intolérable. Continuer ainsi serait du suicide. Quand vous êtes sortie de chez vous tout à l'heure, c'était avec l'intention d'en finir une bonne fois pour toutes. Votre vie est devenue une machine à vous broyer inexorablement, vous ne vous rendrez pas sans combattre. Parfois, vous avez l'impression que votre appartement essaie de vous avaler, que les murs s'apprêtent à se refermer sur vous. Vous avez tenté de vous appuyer sur votre amour, vous pensiez que les fondations en étaient solides, mais vous vous rendez compte que vous marchiez sur un sol pourri qui s'ouvrait sous vos pieds et dans lequel vous vous enfonciez un peu plus profondément à chaque pas.

Un type qui était accoudé au bar s'approche de vous.

– Vous êtes seule ?

– De quoi je me mêle ? répondez-vous d'un ton tranchant.

Ce n'est pas le moment de vous faire draguer, vous n'avez pas la tête à la bagatelle !

– C'était juste pour savoir si je pouvais prendre la chaise...

Vous êtes vexée comme un pou de cette méprise, ce qui vous rend encore plus belliqueuse :

– Non ! J'attends quelqu'un !

Les minutes passent, Éric n'est toujours pas là.

La plupart des tables sont occupées. À côté de vous, à votre droite, un type d'une trentaine d'années vous fixe, la tête légèrement penchée. Il vous demande si vous attendez quelqu'un... Il doit avoir des problèmes d'audition, car on ne peut pas dire que vous ayez été discrète tout à l'heure. Mais enfin, il n'est pas laid et sa voix est douce...

– Oui, je vais essayer d'annoncer à mon copain que je le quitte !

Qu'est-ce qui vous a pris de lui dire ça ? Encore une fois, vous avez été trop aimable, trop souriante, et puis quelle idée de lui raconter ça ! Il ne va plus vous lâcher maintenant.

Quelqu'un entre, vous levez les yeux. Non, ce n'est pas lui... Une demi-heure de retard !

Est-ce que vous l'aimez encore ? Sans doute oui, puisque que vous l'attendez. Et s'il ne venait pas ?

Vous repensez aux premiers mois de votre histoire. Un déchaînement de passion ! Vous étiez restés enfermés une semaine à faire l'amour tout le temps. Une journée sans se voir était une journée morte...

Pourquoi le quittez-vous ? Êtes-vous malheureuse ? Non. Pas vraiment. Ni heureuse, ni malheureuse...

Bon, vous avez attendu une heure ! Vous pouvez quitter ce goujat sans regret. Vous l'appelez et tombez sur son répondeur, bien entendu. Vous l'informez de votre décision et lui dites qu'il peut passer récupérer ses affaires ce week-end, que vous préférez ne pas le revoir tout de suite et que vous le rappellerez. Un peu sec peut-être, mais après tout, il n'avait qu'à venir...

Votre voisin de droite vous sourit. Il vous fait un peu penser à Dracula : un grand nez aquilin qui plonge sur une moustache de cavalier mongol, une épaisse et longue chevelure noire et bouclée tombant directement sur ses larges épaules. Mais le plus impressionnant dans ce visage, c'est son regard : ses yeux d'un bleu d'acier semblent vouloir vous transpercer jusqu'au plus profond de vous-même.

Le beau Dracula se nomme Stéphane. Vous commencez à discuter autour d'un verre. Vous ne savez pas encore vraiment de quoi vous avez envie, mais vous sentez qu'il y a chez lui quelque chose d'envoûtant, un mystère que vous aimeriez pénétrer. Lorsque vous avez commandé votre vodka, il vous a demandé :

– Vous avez envie d'en parler ?

– Non. Enfin, si, peut-être, après tout... J'ai besoin de me détendre.

Stéphane hoche la tête comme pour traduire l'emprise sur lui d'une soudaine gravité.

– C'est bien de se détendre, on est tous tellement stressés...

Vous parlez d'Éric, il vous écoute, et puis il vous propose de sortir marcher un peu :

– Si cela vous semble indécent comme proposition, dites-le-moi.

– Non, non, bien sûr que non, ce sera avec plaisir, la soirée est belle !

Vous êtes ravie de constater qu'en plus vous pensez ce que vous venez de dire, ce qui, somme toute, n'est pas si fréquent. Vous êtes tellement préoccupée par le bien-être des gens que, souvent, leur plaisir passe avant le vôtre. C'est comme ça que vous vous êtes retrouvée un jour dans un avion, avec un parachute sur le dos, terrifiée à l'idée de sauter, alors que la seule chose dont vous aviez vraiment envie était de finir votre roman sur une plage de sable chaud... Mais votre amie ne voulait pas y aller seule, elle avait trop peur !

Pour l'heure, un peu de compagnie masculine est une idée assez plaisante.

Au cours de cette promenade nocturne, Stéphane vous demande :

– Vous aimez le théâtre ?

– Oh, oui, j'adore ça...

– Si vous voulez, je pourrai avoir des places pour *Phèdre* samedi dans quinze jours ? reprend-il, ne perdant pas de vue son idée.

– Oh, ce serait merveilleux !

– Je connais le metteur en scène, ajoute Stéphane en souriant à pleines dents, très fier.

– Je peux vous appeler pour confirmer ?

– Non, je vais partir. En voyage, enfin... pour le travail. Je reviendrai samedi juste avant le théâtre. On peut se donner rendez-vous à 20 heures au bistrot qui est juste à côté.

– D'accord ! Samedi 30, à 20 heures...

La nuit vous semble particulièrement lumineuse et paisible. Vous vous demandez si le réchauffement de la planète est responsable de cette douceur inhabituelle ou si cela provient de l'espèce de halo de béatitude qui vous enveloppe. Arrivés en haut d'une butte d'où vous dominez toute la ville éclairée, vous déclarez solennellement : « C'est beau ! » Sur quoi Stéphane, sans doute touché par cette révélation d'une vérité profonde, pose ses lèvres sur les vôtres... Le premier baiser. Quelle ivresse !

Vous riez comme une gamine. Ce garçon fera une très bonne transition. Comme chacun sait, un clou chasse l'autre... La rupture avec Éric sera d'autant plus facile à supporter.

Rentrée chez vous, vous ouvrez votre armoire. Il serait temps de faire un vrai tri dans tout ça ! Il y a des choses que vous ne portez plus depuis des décennies. Vous vous inquiétez à propos de vos sous-vêtements. Vous achetez toujours les mêmes culottes par lot de cinq, des trucs confortables en coton qui finissent toujours par bâiller sur les côtés. Il vous reste dix jours avant le théâtre.

* Rendez-vous au **chapitre 148** (p. 500).

CHAPITRE 107

Jour et heure indéterminés

Votre visage se rapproche de l'infâme amas visqueux.

Vous savez que si vous ouvrez la bouche, vous aggraverez votre cas, même si c'est pour demander la permission de parler. Mais vous ne pouvez pas avaler cette compote recouverte de glaires ! Vous levez les yeux vers la gardienne.

– Je vous assure, je n'ai rien fait, je n'ai rien demandé à personne ! Elles sont v...

La gardienne vous redresse en vous regardant droit dans les yeux.

– Je t'avais prévenue. C'est la deuxième fois que tu manques à la règle. Je vais t'apprendre comment ça fonctionne ici, puisque t'as pas l'air de comprendre...

Vous entendez frémir tout le réfectoire. Vous comprenez qu'elle cherchait depuis le début un prétexte pour vous « faire découvrir » le trou ou la chambre. Vous n'aviez aucune chance de lui faire entendre raison. Vous voyez la matraque s'abattre sur vous. Le noir vous envahit.

Peu à peu, vous revenez à la vie. Lentement... D'abord, vous percevez le martèlement assourdissant de votre cœur qui résonne dans vos oreilles. Simple conscience de votre existence, sans pensée. Vous écoutez votre corps. Votre esprit flotte.

Et puis soudain, la pensée. Le terrifiant souvenir de votre situation. Le souvenir complet du procès, de la sentence, de votre faiblesse, de votre évanouissement. Vous n'avez pas la force d'ouvrir les yeux. Vous n'osez pas les ouvrir de peur de ne rien voir. Vous sentez que vous êtes adossée à un mur. La puanteur de ce lieu vous soulève le cœur. Des relents d'urine, d'excréments et de sueur parviennent par vagues jusqu'à vous. Le sol est dur et humide. Après un long moment, avec une folle angoisse au cœur, vous finissez par ouvrir les yeux. Votre affreuse appréhension est confirmée. La noirceur d'une nuit opaque vous enveloppe. Vous faites un effort pour respirer, l'intensité des ténèbres vous oppresse et vous suffoque. Mais où êtes-vous ?

Tout à coup une idée terrible : *enterrée vivante*. Vous battez frénétiquement des bras au-dessus et autour de vous, dans tous les sens. Vous sentez les murs et le plafond si proches que vous ne pouvez ni tenir debout, ni vous allonger. Le mur semble être en pierre, très lisse, humide et froid. Vous tâtez le sol autour de vous et vos doigts glissent dans une sorte de substance visqueuse et grumeleuse comme un crachat. Un peu plus loin, ils s'enfoncent dans une déjection épaisse. Vous avez l'impression d'être enfermée dans une fosse septique. Va-t-on vous laisser mourir ici ?

Les heures passent... Vous ne savez plus depuis combien de temps vous êtes là. Vous luttez pour ne pas céder à la panique. Pour ne pas perdre l'esprit. Mais personne ne vient vous chercher. L'odeur dans ce trou devient suffocante. Vous perdez conscience. Et puis, comme échappée d'un rêve, vous entendez une voix, que vous ne reconnaissez pas...

« C'est bien, tu as été sage, pas comme Natalia. On l'a corrigée, celle-là, et on fera pareil avec toi si tu nous manques encore de respect. J'espère que le message a été clair ! »

Mon Dieu, Natalia, la pauvre ! Pourvu qu'elles ne lui fassent pas trop de mal. Elle n'a rien fait. Vous tournez en rond comme un animal en cage. Vous devenez folle.

Votre estomac se tord, vous avez faim, tellement faim... Depuis quand êtes-vous là ? Combien d'heures, combien de jours ? Vous étouffez.

Brusquement la porte s'ouvre, la lumière est si vive qu'elle vous brûle les yeux. Deux gardiennes vous traînent sous la même douche glaciale qu'à votre arrivée, et vous envoient la même poudre blanche désinfectante sur le corps. Vous êtes ensuite conduite dans le cabinet du médecin qui vous ausculte comme la première fois. Peut-être veut-il s'assurer que vous n'avez pas attrapé la lèpre dans ce trou. Tout va bien. On vous renvoie dans votre cellule.

Natalia est là, allongée sur son lit. Apparemment elle n'a pas de traces de coups, elle semble dormir. Vous examinez sans faire de bruit son visage, son cou : rien de spécial. Cela vous rassure, elle ne méritait pas d'être punie à cause de vous. Qu'auriez-vous fait sans elle ? Elle est la seule personne qui vous permettra de survivre ici. La seule dont l'amitié vous rattache encore à l'humanité et vous empêche de sombrer dans la barbarie la plus bestiale. Vous vous écroulez sur votre lit. Les sanglots vous serrent la gorge. Vous fermez les yeux. Il faut oublier tout cela, chasser les images. Bientôt vous serez comme les autres filles, un fantôme que personne ne verra, dont personne ne se souciera plus. Ne baissez pas les bras. Serrez les dents. Vous devez survivre et plier jusqu'...

« C'est bien, tu as été sage, pas comme Natalia. On l'a corrigée, celle-là... »

Vous vous levez. Un vertige vous fait vaciller mais vous atteignez le lit de Natalia. Elle ne bouge pas. Vous la secouez, rien. À côté d'elle son oreiller est taché, des traces de bave...

Elles l'ont fait. Elles ont étouffé Natalia ! Vous perdez pied : elle est morte ! Des pas claquent dans le couloir et se dirigent vers votre cellule. Quatre gardiennes entrent et vous ordonnent de vous éloigner du corps. Elles le prennent et l'emmènent. Vous êtes effarée. Les gardiennes ont tout vu et n'ont rien fait, elles attendaient, elles ont attendu que vous voyiez le corps avant de l'emmener à la morgue. C'est monstrueux ! Vous hurlez, tapez les murs de vos poings. Mais les gardiennes reviennent et vous attachent à votre lit dans une camisole. Vous êtes brisée.

Quand enfin elles vous délient et que vous pouvez vous asseoir, vous sentez que vos sens vous abandonnent. Vous voyez se déformer les visages grotesques de vos tortionnaires, vous voyez leurs bouches se tordre en une phrase de mort, prononcer les syllabes de votre nom. Mais vous n'entendez rien. Le film se déroule au ralenti. Vous perdez conscience.

La sonnerie du matin annonce un nouveau jour. Le réveil est difficile, votre tête vous fait mal. L'espace d'un instant vous espérez être ailleurs. Mais vous êtes toujours dans votre cellule. Sans Natalia... Tout vous revient à l'esprit. La haine remonte en vous comme le mercure dans un thermomètre posé sur les flammes. Tout est clair, vous subirez tôt ou tard le même sort. Il va falloir agir, et vite. Vous ne supporterez pas plus longtemps ces subtiles tortures. Vous préférez partir en beauté. Mourir en assouvissant votre colère, en vengeant Natalia, en libérant les autres filles de ces monstres !

❋ Vengerez-vous le meurtre de Natalia en retrouvant les deux furies au self **chapitre 112** (p. 358) ?

Ou préférez-vous vous venger sur la gardienne-chef en allant dans la cour au **chapitre 114** (p. 368) ?

CHAPITRE 108

Lundi 11 mars – 20 heures

Vous arrivez chez la voyante. Elle vous fait entrer dans son royaume. Vous traversez à pas feutrés un vestibule empli de pénombre et pénétrez dans un salon éclairé par la lumière vacillante des bougies. Vous parcourez la pièce du regard et distinguez un petit guéridon entouré de chaises. Cette femme vous terrifie. Elle vous fait penser aux sorcières des contes de fées. Maigre, les cheveux tirés en arrière, les yeux cerclés de noir... Quelque chose d'incroyablement sombre émane de toute sa personne. Elle vous fait boire un thé opaque et terriblement amer. Qu'a-t-elle bien pu mettre dedans ?

Vous lui avouez la raison de votre visite :

– Je ne vais pas bien du tout. Je pense qu'à la prochaine crise, je serai capable de le tuer. Il me cache quelque chose, je le sens, je voudrais lui ouvrir le cœur pour savoir ce qu'il refuse de me dire. Vous devez m'aider. Je ne contrôle plus rien.

– Laissez-moi faire. Finissez votre thé.

Elle vous dit que vous pouvez retrouver n'importe quel événement, que votre mémoire garde tout et qu'il suffit d'assembler toutes les informations éparses pour découvrir la vérité.

Puis elle vous demande de regarder attentivement sa boule de cristal, de vous concentrer. Elle vous recouvre d'une toile épaisse. Et vous murmure à l'oreille :

– Remontez dans le temps, trouvez la source du mal, trouvez ce que vous voulez lui arracher... Ouvrez-lui les entrailles, pénétrez en lui, volez son histoire et ses souvenirs. Que sa vie soit vôtre et que le film de ses mensonges se déroule sous vos yeux.

Sa voix se perd dans un souffle. Elle vous laisse ainsi, courbée. Vous fixez votre attention sur la boule. Après quelques minutes, vous commencez à ressentir une légère nausée et la tête vous tourne. Qu'a-t-elle mis dans ce thé ?

Vous voyez Éric apparaître dans la sphère comme dans un rêve, flou d'abord, puis de plus en plus précis. Vous entrez en lui. Vous ressentez ce qu'il ressent... Vous êtes omnisciente... Vous remontez le temps... Une année entière... La scène se déroule devant vos yeux comme si vous y étiez.

***

C'est une douce nuit, c'est l'heure rare et merveilleuse du triomphe. Éric arrive à la soirée porté par cette exaltation indicible, certain de son aura de succès. Il a réussi et dans son crâne résonne encore l'avalanche des applaudissements du public. La propriété est luxueuse et vaste. D'imposants portraits ornent les murs couverts de lambris. Des lustres de cristal démesurés diffusent une lumière jaune lénifiante.

Il se montre affable et extrêmement courtois. Il plaisante avec légèreté ou discourt plus sérieusement. À présent, il suit d'une oreille distraite les conversations, un verre à la main...

Isabelle, son amie Sandrine et son compagnon Sylvain sont assis près de la grande cheminée de marbre dans de larges fauteuils brodés. Isabelle s'est lancée dans une diatribe sanglante contre son agent qui est « un incapable » et « ne sait pas la vendre ». Sandrine l'écoute vaguement tout en observant les invités. À un moment, elle coupe brutalement le long monologue de son amie.

– J'avais raison à propos de Marion... Tu vois, elle sort avec Jérémie !

– Mais il n'était pas avec Véro ?

– En tout cas, elle n'est pas là ce soir, je viens de voir Jérémie prendre la main de Marion en passant près d'elle à l'instant. Il y a une heure, il l'embrassait dans le cou...

– T'es sûre ?

Sylvain essaie de freiner Sandrine :

– T'en as pas assez de colporter des ragots ?

– Ce ne sont pas des ragots, je m'intéresse à la vie des gens qui m'entourent, c'est tout.

Éric en a assez de cette discussion. Il s'approche d'un groupe d'amis. Son récent succès est à présent connu... Il raconte par le menu, ponctue d'anecdotes : les peurs, les doutes et les échecs, l'énergie et la persévérance... la gloire, enfin... Tout en parlant, il laisse son regard glisser vers le sol, s'arrête sur les chaussures de ceux qui sont assis sur le canapé. Il parcourt des yeux le large cercle de ses admirateurs. Un autre groupe s'est formé dans le coin de la pièce, loin de la lumière. Son regard s'arrête sur une très jolie paire de chaussures à talons, des pieds fins et longs ; il suit leur cambrure, perçoit la courbure des mollets qui s'élargissent au-dessus des chevilles fines en une sensuelle progression charnelle. Il lève les yeux. C'est pour lui un choc, un déséquilibre.

Son bonheur d'avant, cette sensation d'apaisement, de plénitude et de triomphe disparaît en un éclair.

Il se sent fiévreux. Il arrête de parler, de penser. Un silence se fait et les voix de cet autre groupe lui parviennent :

– J'abandonne toujours mes amants au petit matin.

C'est la première phrase qu'il entend.

Elle passe sa main dans ses cheveux blonds.

– Que je suis déçu ! J'étais sur le point de t'inviter à dîner, mais si c'est juste pour une nuit, ça ne vaut pas le coup ! réplique son voisin.

La fille sourit. « J'attends peut-être l'homme de ma vie, qui sait ? » Pierre lui souffle quelque chose à l'oreille, elle se met à rire. Elle fixe Éric. Il entend prononcer son nom, il s'approche d'eux :

– Qu'est-ce qu'il y a ?

– Il prétend que je dois me méfier de toi, que tu es dangereux pour le cœur des femmes, répond la blonde.

– Oh ! Et toi, qu'en penses-tu ? demande Éric à la fille.

– Je pense que Pierre n'a pas compris une chose : les femmes n'aiment pas les hommes qui bêlent...

Elle repousse Pierre de l'index, se lève et disparaît vers le bar.

Pierre tombe à la renverse et feint d'avoir été touché en plein cœur.

Cette fille inconnue de tous se façonne l'image d'une indomptable.

Les autres filles regardent leur rivale avec inquiétude.

Pierre se relève et entraîne Éric vers la cuisine.

– C'est une bombe, cette fille, non ?

– Elle a l'air sympa...

– Sympa ? s'exclame Pierre, outré.

– OK, excitante ! Elle s'appelle comment ?

– Aurélie. En tout cas, pour toi, c'est pas la peine d'essayer : je suis sur le coup... Elle a pas arrêté de m'allumer tout à l'heure.

– Ouais, c'est ce que j'ai vu...

L'ironie n'atteignant pas son enthousiasme, il poursuit :

– C'est dans la poche, je te dis.

– Je te laisse, j'ai vu que Sophie était là...

– Elle, je me demande bien qui a pu l'inviter ; un vrai boulet, cette fille !

Éric le laisse parler.

– Je ne comprends toujours pas ce que tu lui trouves. Une vraie planche à pain, coincée en plus ! On la croirait tout droit sortie d'un épisode de *La Petite Maison dans la prairie*. Tu sais ? La gentille institutrice, Mlle Bidle !

– Arrête ! C'est une fille bien et puis elle n'est pas habituée à ce genre de soirée...

– La prochaine fois, je demanderai plutôt à ma grand-mère de l'inviter à sa belote du vendredi...

– T'es vraiment trop con, dit Éric amusé.

Au même moment, la porte de la cuisine s'ouvre. Sophie jette un regard timide en proposant son aide. Pierre la regarde et ne peut s'empêcher d'éclater d'un rire cruel. Éric, un peu honteux, reconduit Sophie dans le salon.

Les invités sont affalés sur les canapés, un peu ivres déjà. Aurélie, assise sur une table, renverse la tête en riant...

– Excuse-moi, bredouille Sophie. Je ne voulais pas vous déranger.

– Ne t'inquiète pas, on racontait des bêtises... Tu ne t'ennuies pas, j'espère ?

– Non, mais... en fait, je ne suis pas très à l'aise.

Aurélie le regarde. Pierre fait son apparition, offre à Sophie un verre de jus de litchi qui provoque un large sourire de gratitude. Ce geste lui a au moins fait perdre un peu de sa méfiance... Aurélie fait un signe à Éric. Il abandonne Sophie à son sort : après tout, il n'est pas son chaperon ! Alors elle reste seule dans sa jupe avachie et son pull bon marché sur sa chaise trop droite, à croiser et décroiser ses jambes. Comme elle ne fume pas, elle ne sait que faire de ses mains, alors elle boit. Elle tient un verre qu'elle porte à ses lèvres, d'un geste mal assuré, entre deux gloussements. Lorsqu'il est vide, Pierre le remplit...

Tout le monde se met à danser. Aurélie enlève Éric pour une salsa enivrante. Éric sent que Sophie les regarde. Personne ne l'invite. Et puis viennent les slows : comble de la torture pour les filles laides. Éric a un peu pitié, mais Aurélie sent si bon... Les couples se font alors, quelques-uns tournoient en flirtant. Éric et Aurélie se serrent l'un contre l'autre. Éric la rapproche de lui avec force et promène ses doigts dans son dos jusqu'à la naissance de ses fesses magnifiques. Le pouce d'Éric effleure le bord de son omoplate. Il lui dit des choses à l'oreille qui la font rire en renversant la tête. La bouche d'Aurélie se referme sur celle d'Éric. Lorsque celui-ci rouvre les yeux, Sophie a disparu... Tant pis.

Aurélie entraîne son compagnon à l'écart, ses gestes sont fermes, déterminés, elle le veut. Pour elle, dans ce genre de situation, l'hésitation semble être la pire des hypocrisies.

Elle ouvre la porte d'une chambre et l'enlace. Elle s'étend sur le grand lit, frémit quand elle sent la main qui erre doucement sous ses vêtements avec une curieuse maladresse. Pourtant la main sait la déshabiller. Elle fait glisser la jupe lentement, soigneusement. Elle touche le corps doux et chaud, effleure le nombril... Des lèvres se posent sur les siennes.

Éric la pénètre rapidement, comme pris d'un besoin impérieux d'entrer en elle, de goûter à cette paix que rien n'égale. Elle ne bouge pas, perdue dans une sorte de sommeil. C'est son activité, son orgasme à lui. Elle ne s'éveille que lorsqu'il a terminé, haletant contre sa poitrine. Ils s'endorment.

À l'aube, elle part. Lui, en se réveillant, la cherche.

Elle a disparu...

Il rentre chez lui. Et vous, où êtes-vous à ce moment-là ? Oui, vous vous rappelez : vous êtes en vacances avec votre mère...

Éric restera toute la semaine dans son appartement. Il se sent réellement chez lui dans ce grand studio de soixante mètres carrés, propre, silencieux, ordonné et nu. Sur ses étagères de bois, il a disposé toutes ses figurines, ces monstres de films d'horreur devenus cultes, ces créatures effrayantes que vous trouvez si laides. Sous la collection de bandes dessinées, des centaines de DVD, classés scrupuleusement par ordre alphabétique. En face du projecteur, un mur entier est resté nu. Regarder un film ici est presque aussi impressionnant qu'au cinéma. Vous lui avez d'ailleurs gardé une secrète rancune pour cet achat très égoïste. Avec tout cet argent, vous auriez pu faire un voyage tous les deux...

Il ne peut pas dormir. Il essaie de lire un scénario mais ne réussit pas à penser. L'image d'Aurélie l'obsède. Elle occupe tout l'espace de ses pensées.... Il prend une bière. Pour dire la vérité, il commence déjà à regretter ce qui s'est passé. Il n'a pas mauvaise conscience, ce n'est pas ça... Non, il sent simplement qu'il a peut-être mis en péril sa tranquillité. Quand il vous a rencontrée, il a rempli un de ses objectifs : il avait trouvé la femme de sa vie, à présent il pouvait passer à autre chose et se consacrer uniquement à sa carrière. C'était une « affaire réglée ». Il n'aime pas les complications. Cette fois, il sent confusément que ce n'est pas une aventure d'une nuit. Il vous a souvent trompée auparavant, mais ça ne comptait pas. Vingt fois il a fait l'amour avec de parfaites inconnues puis est rentré à la maison, l'esprit calme et heureux de retrouver la chaleur de votre corps qu'il connaît par cœur et qu'il est certain de toujours avoir contre lui, rassurant et paisible. Mais cette fois, il sent bien que c'est plus que du désir brut, quelque chose en lui a été touché... Il faut qu'il la retrouve.

*
**

Vous hurlez comme si ce cri pouvait détruire son amour. Ce cri d'outre-tombe qui ne peut l'atteindre...

Les murs vacillent autour de vous. Vous reconnaissez le salon de la voyante. Vous êtes allongée sur son divan. Claire sourit :

– Ça va mieux ? Tu m'as fait flipper !

– Oui, ça va... Que s'est-il passé ?

– Tu es restée un temps fou sous le drap, ça fait des heures que j'attends que tu te réveilles !

– Je vais quitter Éric.

– Quoi ? Ça te prend comme ça ? s'inquiète Claire.

– Je l'ai vu avec une autre. Il m'a trompée.

– Tu sais, il faudrait quand même que tu sois sûre, tu t'es peut-être fait un film... Ça arrive : tu prends des bouts de réalité, tu les arranges dans ta tête et ça fait une histoire qui te paraît vraie alors que tout est seulement le fruit de ton imagination !

– Non, en fait je le savais déjà mais je ne voulais pas l'accepter, et j'avais raison. Jamais je n'aurais dû voir ça.

Vous avez l'impression d'avoir avalé un sac de ciment. Il n'y a même plus de place pour que s'infiltre la colère, vous n'êtes plus qu'un bloc de souffrance lourde et compacte. Vous restez paralysée. Tout est si cohérent. Vous aviez refusé de comprendre. Pourtant, il était si facile de faire les liens... Puis la souffrance cesse de faire bloc et se craquelle en mille pensées : ne plus revoir Éric, vivre sans Éric, ne plus mêler votre corps au corps d'Éric, ne plus revoir Éric, Éric, Éric...

Vous rentrez chez vous comme une automate.

Vous ne voulez pas de ce savoir, vous ne voulez pas de cette révélation ni de cette terrible souffrance... Vous suppliez que l'on vous libère, que l'on vous permette de redevenir ignorante. Vous voulez remonter les routes du temps, revenir en arrière à cet instant précis où vous avez décidé de savoir, retourner jusqu'à la bienfaisante ignorance et rentrer chez vous, simplement... Si seulement c'était possible !

Vous pleurez des rivières. Épuisée, vous sombrez. Alors apparaît, comme un ange dans un halo de lumière, un visage familier, étrange et rassurant... Un jeune homme à la silhouette gracile et souple s'approche de vous. Il semble avancer sans même toucher le sol. Il est là et vous parle sans remuer les lèvres, sa voix douce et lointaine résonne en vous comme une révélation intérieure :

❋ – Emma, tu as formulé un souhait, je l'ai entendu. Je vais te proposer deux choses. Tu peux tout simplement choisir de continuer ta vie : tu sortiras de chez la voyante et poursuivras ta route. Tu te rappelleras ce que tu as vu ; moi, tu m'oublieras et tu partiras au **chapitre 109** (p. 348).

» Mais je peux aussi exaucer ta prière. Si c'est l'ignorance que tu veux, je te l'accorde et te renvoie dans le passé. Tu vas retourner à ce vendredi 1er mars, le jour où tout a commencé. Tu veux oublier ? Tu choisis de ne plus rien savoir, de fuir ? Soit ! Tu vas remonter les couloirs du temps jusqu'au **chapitre 12** (p. 48), et les souvenirs de cette vie s'effaceront de ta mémoire. Mais dis-toi bien qu'il te faudra un jour affronter la réalité...

CHAPITRE 109

Lundi 11 mars – 22 heures

Vous rentrez chez vous, épuisée. Vous marchez comme une somnambule, tête baissée, concentrée sur vos pas.

Arrivée dans l'appartement, vous suffoquez, frappez les murs avec vos poings. N'importe quelle douleur dans le corps plutôt que cette douleur dans le cœur. Plus vous aurez de bleus, de plaies, de fractures, plus vous déplacerez la douleur dans la chair, moins vous souffrirez...

Quelqu'un frappe à votre porte. Votre cœur s'arrête. Éric n'était pas censé rentrer si tôt ! Vous réfléchissez un instant. Non, ça ne peut pas être lui. Il a les clefs, il ne frapperait pas. Mais alors, qui peut venir chez vous à une heure pareille ? Vous regardez dans l'œilleton. C'est Nadège, votre voisine du cinquième. Elle a l'air bouleversée.

Vous ouvrez vite la porte. Elle se précipite sur vous, s'effondre dans vos bras : Ludovic est mort. Son corps a été retrouvé aujourd'hui dans un bain de sang. Quelle horreur ! Ça s'est passé juste au-dessus de chez vous. Qui pouvait lui en vouloir ? Peut-être que... Mais oui, vous vous souvenez d'une dispute. Nadège plisse le front, ne perd pas un mot de ce que vous dites. Une violente dispute avec Virginie, c'était... c'était... mercredi. Nadège en était sûre : cette saleté de Virginie... La réaction de votre voisine vous effraie. Peut-être en avez-vous trop dit. Vous voudriez rattraper ces paroles hâtives... Mais il est trop tard, vous ne pouvez plus revenir en arrière. Elle vous harcèle de questions. Elle veut tout savoir sur la mort de son ami. Vous ne les pensiez pas si proches... Tout cela est vraiment horrible. Vous n'avez pas la force d'affronter la douleur de Nadège, vous ne voulez plus parler de tout cela. Votre propre vie se décompose. Vous n'avez qu'une envie : dormir et oublier l'affreuse réalité. Cette histoire ne vous regarde pas.

Une dizaine de jours plus tard, un article paraît dans la presse :

Une jeune femme de 22 ans, Virginie Belido, a été écrouée aujourd'hui pour le meurtre de Ludovic Vrieux, âgé de 29 ans.
Le 6 mars vers 3 h du matin, alors que les deux jeunes gens venaient de faire l'amour, elle aurait frappé de plusieurs coups de couteau son ami Ludovic Vrieux. Celui-ci l'avait invitée chez lui après lui avoir confié quelques heures plus tôt qu'il venait de gagner au Loto.
Après l'avoir poignardé, la jeune femme se serait enfuie. Au moment de son arrestation, elle souffrait d'amnésie et la présence de GHB fut détectée dans ses cheveux.
La jeune femme a été mise en examen pour assassinat et a été soumise à plusieurs examens psychiatriques qui n'ont pas mis en évidence de maladie mentale. Mais son avocat déclare vouloir plaider la folie passagère sous emprise de drogue.
Selon les éléments de l'enquête, l'accusée aurait prémédité son geste, en prenant le GHB afin de ne pas être inculpée de meurtre. Ses empreintes ayant été retrouvées sur l'arme du crime, sa culpabilité ne fait aucun doute.

Vous contemplez la photo de Virginie en bas de l'article. Peut-être n'auriez-vous pas dû raconter la dispute à Nadège ? Pourquoi avez-vous mauvaise conscience ? Vous n'avez dit que la vérité : Virginie et Ludovic s'étaient bien disputés ce soir-là...

Et pourtant... vous ne pouvez croire qu'elle l'ait tué. Cela paraît impensable ! Elle l'aimait, vous en êtes absolument certaine ! Quelque chose ne colle pas dans toute cette histoire...

Mieux vaut ne plus y penser. Vous refermez votre journal et éteignez la lumière. Vous vous endormez rapidement.

* Rendez-vous au **chapitre 131** (p. 435).

CHAPITRE 110

Jour et heure indéterminés

Vous faites mine de capituler pour qu'elle lâche un peu prise, et à ce moment vous vous retournez et vous dégagez. Une prisonnière pousse un petit cri. Vous osez jouer avec le diable ! Un silence de mort règne autour de vous. La gardienne brandit sa matraque, enragée, les yeux exorbités par la colère. Vous paniquez et regrettez déjà votre geste.

– Attendez, c'est rien, je veux faire mon temps sans esclandre.

Elle s'approche. Vous avez peur. Vous passez derrière la table. Illusoire protection de la distance. La gardienne sort de sa poche arrière une boîte noire rectangulaire, puis d'un grand coup de pied elle pousse la table et vous immobilise contre le mur.

Vous essayez de la repousser, mais elle pointe la boîte sur vous et deux fils viennent s'enfoncer dans votre poitrine. Vous hurlez, la douleur est atroce. Une décharge électrique traverse votre corps et vous paralyse entièrement. La décharge est si puissante que vous vous mordez la langue. Le sang coule abondamment dans votre gorge.

Quand la décharge s'arrête, vous retombez au sol, épuisée. La gardienne vous tire par les jambes au milieu de l'allée... Vous voyez la matraque s'abattre sur vous.

Le noir vous envahit.

Lorsque vous reprenez conscience, vous n'avez pas tout de suite la force d'ouvrir les yeux, vous sentez dans votre bouche le goût âcre et métallique du sang. Vous n'entendez rien, pas un bruit, pas un souffle. Vous êtes seule. Ce silence absolu est étrange, inhabituel... Cela vous inquiète sans que vous puissiez précisément définir pourquoi. Vos mains touchent un sol lisse et doux. Vous entrouvrez les paupières. Vous vous trouvez dans une pièce toute blanche et entièrement vide. Sur l'un des côtés, une vitre épaisse a remplacé le mur. À droite de la vitre, une inscription est gravée en lettres rouges :

1) Ne parle jamais à une gardienne sans autorisation.
2) Ne contredis jamais une gardienne.
2) Quand tout est éteint, tu dors.
4) Une erreur et c'est « le trou ».
5) Deux erreurs et c'est « la chambre ».

Vous connaissez ces règles, vous les connaissez bien, et pourtant vous les avez enfreintes. Que cache cette salle vitrée ? Vous cherchez à deviner quel châtiment vous attend. Le verre est très épais, incassable. La porte est solide et fermée hermétiquement comme dans les sous-marins. Hermétiquement, c'est ça... Vous regardez autour de vous : il n'y a aucune trappe d'aération. Pour la première fois depuis que vous êtes enfermée dans cette prison, vous n'entendez plus le bourdonnement incessant des ventilateurs... Vous allez manquer d'air. Vous êtes enfermée dans cette boîte. Mourir étouffée : quelle fin horrible !

Les heures passent et personne ne vient, il commence à faire très chaud. Vous transpirez. Si vous criez, vous utiliserez plus d'air que prévu, vous essayez donc de vous calmer et de ne pas faire trop d'efforts. Vous vous souvenez, étant plus petite, avoir enfermé une mouche dans un verre. Elle s'était débattue, cherchant en vain une issue, et vous l'aviez laissée mourir. Juste pour voir ce que ça faisait. Après tout, ce n'était qu'une mouche, une mouche que l'on regarde mourir... Voilà ce que vous êtes aujourd'hui ! C'est votre châtiment...

Ça y est, il ne vous reste presque plus d'air. La chaleur est insoutenable. Vous ouvrez la bouche et essayez de remplir vos poumons mais rien ne rentre. Vous devenez folle, vous vous débattez, vos yeux se révulsent... Personne ne vient, la pièce est complètement insonorisée. Personne n'entend votre cri silencieux. C'est la fin... Votre vie s'échappe, tout se brouille autour de vous. Vous perdez conscience. Vous percevez encore les derniers battements de votre cœur, un tremblement de votre lèvre, un dernier soubresaut. Vous mourez. Et il n'y a rien, pas de lumière blanche, pas d'ange pour vous guider... Rien, rien que la souffrance de ne plus avoir d'air et d'en mourir. Le dernier battement. Votre cœur s'arrête. Vous êtes morte.

« *Prêt... Allez-y !* »

Une décharge vous transperce le cœur.

« *On recommence... Prêt... Allez-y !* »

Une seconde décharge traverse votre corps, un éclair vous éblouit...

« *Son cœur reprend, oxygène s'il vous plaît !* »

Des gens se penchent au-dessus de vous, vous reconnaissez le médecin qui vous avait auscultée. Les voix sont indistinctes, lointaines, et se perdent en écho dans votre esprit encore égaré.

« *Voilà, à mon avis elle comprendra les règles maintenant, je ne pense pas que vous aurez d'autres problèmes avec elle. Vous pouvez la ramener dans sa cellule.* »

Vous vous sentez lourde, et vous vous endormez.

Vous vous réveillez. Combien de temps s'est écoulé ? Vous n'en savez rien. Mourir est une chose horrible, vous pensez que les gens ont une chance inouïe de ne vivre cela qu'une seule fois...

Natalia est là, allongée sur son lit. Apparemment elle n'a pas de traces de coups, elle semble dormir. Vous examinez sans faire de bruit son visage, son cou : rien de spécial. Cela vous rassure, elle ne méritait pas d'être punie à cause de vous. Qu'auriez-vous fait sans elle ? Elle est la seule personne qui vous permettra de survivre ici. La seule dont l'amitié vous rattache encore à l'humanité et vous empêche de sombrer dans la barbarie la plus bestiale. Vous vous écroulez sur votre lit. Les sanglots vous serrent la gorge. Vous fermez les yeux. Il faut oublier tout cela, chasser les images. Bientôt vous serez comme les autres filles, un fantôme que personne ne verra, dont personne ne se souciera plus. Ne baissez pas les bras. Serrez les dents. Vous devez survivre et plier jusqu'...

« *C'est bien, tu as été sage, pas comme Natalia. On l'a corrigée, celle-là, et on fera pareil avec toi si tu nous manques encore de respect. J'espère que le message a été clair...* »

Vous vous levez. Un vertige vous fait vaciller mais vous atteignez le lit de Natalia. Elle ne bouge pas. Vous la secouez, rien. À côté d'elle, son oreiller est taché, des traces de bave...

Elles l'ont fait. Elles ont étouffé Natalia ! Vous perdez pied : elle est morte ! Des pas claquent dans le couloir et se dirigent vers votre cellule. Quatre gardiennes entrent et vous ordonnent de vous éloigner du corps. Elles le prennent et l'emmènent. Vous êtes effarée. Les gardiennes ont tout vu et n'ont rien fait, elles attendaient, elles ont attendu que vous voyiez le corps avant de l'emmener à la morgue. C'est monstrueux ! Vous hurlez, tapez les murs de vos poings. Mais les gardiennes reviennent et vous attachent à votre lit dans une camisole. Vous êtes brisée.

Quand enfin elles vous délient et que vous pouvez vous asseoir, vous sentez que vos sens vous abandonnent. Vous voyez se déformer les visages grotesques de vos tortionnaires, vous voyez leurs bouches se tordre en une phrase de mort, prononcer les syllabes de votre nom. Mais vous n'entendez rien. Le film se déroule au ralenti. Vous perdez conscience.

La sonnerie du matin annonce un nouveau jour. Le réveil est difficile, votre tête vous fait mal. L'espace d'un instant vous espérez être ailleurs. Mais vous êtes toujours dans votre cellule. Sans Natalia... Tout vous revient à l'esprit. La haine remonte en vous comme le mercure dans un thermomètre posé sur les flammes. Tout est clair, vous subirez tôt ou tard le même sort. Il va falloir agir, et vite. Vous ne supporterez pas plus longtemps ces subtiles tortures. Vous préférez partir en beauté. Mourir en assouvissant votre colère, en vengeant Natalia, en libérant les autres filles de ces monstres !

* Vengerez-vous le meurtre de Natalia en retrouvant les deux furies au self **chapitre 112** (p. 358) ?

Ou préférez-vous vous venger sur la gardienne-chef en allant dans la cour au **chapitre 114** (p. 368) ?

CHAPITRE 111

Jeudi 14 mars – 2 heures

– Je viens avec toi.

– Non, c'est peut-être dangereux !

– Justement, à deux, c'est plus sûr.

– Bon, OK.

– Prends un couteau, on ne sait jamais...

Vous montez l'escalier l'un derrière l'autre, pas à pas, sur la pointe des pieds. Éric ouvre le chemin, une lampe de poche à la main. Vous êtes devant la porte de Ludovic. Vous la poussez, elle n'est pas verrouillée. Vous constatez que les scellés posés par la police ont été brisés. Vous entrebâillez doucement la porte. Les lumières du salon sont éteintes mais, les rideaux étant ouverts, vous bénéficiez du clair de lune. Personne. Vous avancez très lentement, votre cœur bat la chamade. Vous retenez votre souffle. Le parquet a gémi dans la chambre : il y a bien quelqu'un. Si vous entrez là, vous risquez de vous faire piéger. Mieux vaut attendre ici que l'inconnu sorte.

– Il y a quelqu'un ? Sortez ! Nous savons qu'il y a quelqu'un ! lance Éric.

Vous n'entendez que votre souffle et les battements frénétiques de votre cœur dans votre poitrine. Et puis, des pas sur le parquet, lents, hésitants. La porte de la chambre grince sur ses gonds et s'entrouvre...

– Voilà, voilà... Je ne voulais pas...

– Qui êtes-vous ? demande fermement Éric, et que faites-vous ici en plein milieu de la nuit ?

– Je suis Kevin Roquefel.

– Kevin ? L'ami de Virginie ?

– Oui.

– Qu'est-ce que vous faites là ?

– Je suis sûr que Virginie est innocente, je cherchais quelque chose qui puisse l'aider.

– C'est le travail de son avocat, ça, non ?

Vous vous demandez pourquoi Éric se montre si hostile. Peut-être la peur ? Vous restez en retrait et le laissez parler. Kevin poursuit :

– Son avocat est un incompétent. Il est convaincu de la culpabilité de Viriginie et veut plaider la démence passagère sous emprise de drogue.

– Et vous cherchez quoi, ici ? demande Éric. Les policiers ont dû déjà tout ramasser, non ?

– Je ne sais pas, peut-être que quelqu'un aurait eu une bonne raison de tuer ce mec...

– Il avait l'air cool, objecte Éric.

– On ne sait jamais vraiment qui sont ses voisins, répond Kevin.

Vous êtes intriguée par le comportement de cet homme. Vous voulez comprendre :

– Pourquoi êtes-vous si certain qu'elle est innocente ? Moi-même je les ai entendus se disputer violemment ce soir-là. Les empreintes de Virginie sont sur le couteau qui a tué Ludovic, et en plus, elle est incapable de dire où elle se trouvait au moment du meurtre.

– Je sais. Mais je crois que c'est un coup monté. Elle l'aimait.

– Mais elle le trompait, ajoutez-vous.

– Non.

Vous interrogez Kevin avec insistance :

– Ludovic croyait qu'elle le trompait avec vous.

– C'est totalement faux, nous étions amis !

– Et vous auriez aimé un peu plus qu'amis, peut-être ?

– C'est vrai, mais elle était très amoureuse de Ludovic.

– Ça vous fait un bon mobile de meurtre, insinue Éric.

– Si j'avais voulu le tuer, je l'aurais fait à coups de poing, et je n'aurais certainement pas fait accuser Virginie à ma place !

– Mais quand même, comment pouvez-vous la croire innocente ? Tout s'enchaîne. Récapitulons : Ludovic la fait venir en lui racontant qu'il a gagné au Loto. Ils font l'amour. Ensuite, ils se disputent à propos de vous. Ludovic accuse Virginie de le tromper, il la traite de traînée et la frappe. Elle ramasse un couteau, peut-être celui qui a servi à couper la pizza, et le poignarde rageusement, ensuite elle prend le billet de Loto que Ludovic avait laissé sur la table basse et elle s'enfuit.

– J'ai déjà entendu ça ! explose Kevin. Moi aussi, je lis le journal ! Elle dit qu'elle s'est réveillée chez elle vers 9 heures avec une forte migraine. Elle se souvient de la dispute avec Ludovic mais pas de ce qui s'est passé après. Elle est allée aux urgences. Ils ont fait des analyses et ont découvert la présence de GHB dans ses cheveux.

– La drogue du violeur ? s'informe Éric.

– Exactement, reprend Kevin. Les flics pensent qu'elle a pris elle-même cette drogue.

– Pourquoi est-ce qu'elle aurait fait ça ? demande Éric.

– Pour ne pas être inculpée d'homicide volontaire. Si elle était sous l'emprise d'une drogue au moment des faits, elle ne peut pas être reconnue responsable de ses actes...

– Ce serait invraisemblable qu'elle soit aussi machiavélique.

On dirait qu'Éric ne connaît rien aux femmes ! C'est ce qui arrive sans doute lorsqu'on en reste à la surface... Kevin conclut :

– On lui a donné du GHB et on l'a forcée à faire quelque chose. Il y avait forcément une deuxième personne ce soir-là.

Vous avez des doutes sur la culpabilité de Virginie maintenant. Mais le raisonnement de Kevin ne l'innocente pas.

– Elle peut aussi avoir pris la drogue elle-même, rétorquez-vous. Les policiers ont raison. J'ai bien entendu une violente dispute entre elle et Ludovic ce soir-là...

– Quand vous dites qu'on l'a forcée à faire des « choses », vous voulez dire qu'on l'a peut-être forcée à tuer Ludovic ? demande Éric.

– Non, je ne pense pas qu'elle l'aurait tué, même sous l'emprise de la drogue. J'ai fait des recherches sur le GHB. Il diminue toutes les résistances physiques et psychiques de la personne qui le consomme, c'est un désinhibiteur et à forte dose, il est sédatif. La victime obéit, elle ne devient pas violente. Je pense que quelqu'un a tué Ludovic, drogué Virginie, mis ses empreintes sur l'arme du crime, et a pris le billet pour faire accuser Virginie. Cette personne a ramené Virginie chez elle et l'y a laissée de manière à ce qu'elle n'ait pas d'alibi.

– Et son avocat, qu'en pense-t-il ? demandez-vous.

– Il me dit que je n'ai aucune preuve et qu'il préfère plaider la folie.

Ce que dit Kevin n'est pas impossible, mais il sera difficile de le prouver. Vous avez besoin d'un verre. Vous allez dans la cuisine de Ludovic. L'évier déborde d'un amoncellement de verres et d'assiettes ignoblement grasses. Au-dessus, sur une étagère, vous apercevez une bouteille de vodka presque pleine. Vous l'attrapez et retournez dans le salon. Cette pièce est vraiment répugnante, une bouteille de whisky vide gît au milieu des ruines d'un paquet de céréales. Les bactéries devaient adorer Ludovic. Vous écrasez votre cigarette dans une assiette, parmi des vestiges indéfinissables. Il faut vraiment que vous preniez l'air. Vous ouvrez la porte-fenêtre et allez sur la terrasse. Vous rallumez une cigarette. Vous inspirez profondément, la tête en arrière, les yeux fermés, détendant votre nuque. Puis vous ouvrez les yeux.

Les rideaux de l'appartement de Nadège sont entrouverts, un mouvement presque imperceptible les déplace... un courant d'air ? Ou peut-être regarde-t-elle ce que vous faites ? Il faudra aller la voir demain, on ne sait jamais.

Vous rejoignez Éric et Kevin dans la chambre. Des cartons régurgitent des années de factures et de relances, de vieilles copies d'école, des dizaines de photographies, toute une vie qui vient se répandre sur un lit aux draps sales...

– Qu'est-ce que vous faites ?

– On cherche si quelqu'un avait des raisons de vouloir tuer Ludovic.

Vos yeux s'arrêtent sur les photographies. Un petit garçon au large sourire assis sur un pot, la couche sur les chevilles. Une jeune fille au bord d'un lac, riant aux éclats. Un anniversaire entre copains. Une photo de femme, très belle, les cheveux crêpés, à la mode des années 80, la mère de Ludovic, sans doute... Vous la regardez de plus près. C'est étrange, cette femme vous dit quelque chose, ce visage ne vous est pas inconnu. Est-elle déjà venue ici ? Mais oui, bien sûr ! Elle ressemble à la femme que vous avez vue sur la photo de la table de nuit de Nadège.

Qu'allez-vous faire ?

* Si vous décidez de commencer votre propre enquête et d'aller voir Nadège dès le lendemain soir pour lui parler de ce cliché, rendez-vous au **chapitre 117** (p. 380).

Si, finalement, vous décrétez que tout cela est l'affaire de la police et ne vous regarde pas, laissez la photographie et rendez-vous au **chapitre 131** (p. 435).

CHAPITRE 112

Jour et heure indéterminés

Vous entrez dans le self. Vous passez la file d'attente habituelle, et cherchez du regard les deux sœurs tortionnaires. Elles sont assises au fond, en face l'une de l'autre, et discutent tout en mangeant. Vous vous dirigez vers elles. Qu'allez-vous faire ? Les tuer ! Vous n'avez plus d'autre but. Les tuer ou mourir. Quelle que soit l'issue du combat, vous serez libérée. Elles ont voulu vous briser moralement et physiquement, elles vont devoir payer. Leur mort servira d'exemple. Tôt ou tard la roue tourne...

Vous n'êtes plus très loin. Emplie d'un incroyable sentiment de puissance, vous vous sentez immortelle. La Borgne vous voit et se lève brusquement. Mais il est déjà trop tard : l'autre n'a pas le temps de se retourner. Vous êtes derrière elle. Vous prenez sa tête entre vos mains et lui brisez la nuque. Elle s'écroule sans vie sur le sol. La Borgne prend un plateau et vous frappe en pleine figure. Sous l'effet du choc, vous reculez de plusieurs pas. Elle se jette alors sur vous et vous plaque au sol. Les autres prisonnières se rassemblent pour regarder le combat.

Elle est sur vous et vous étrangle. Vous essayez de vous défaire de la prise : peine perdue, elle est bien trop puissante. Vous attrapez sa gorge et serrez comme elle mais c'est inutile, vous savez que vous capitulerez la première. Vous vous débattez, le souffle vous manque, vous n'allez pas tarder à vous évanouir. Alors que vos mains tâtent frénétiquement le sol, vous sentez sous vos doigts un couteau en plastique. Vous l'attrapez et le lui enfoncez dans son unique œil. Elle hurle de douleur, se relève et tourne sur elle-même en appuyant sur son œil sanglant. Quand elle vous fait face, vous lui donnez un coup de poing si fort qu'elle est tuée net.

Vous avez la tête qui tourne, tout est allé très vite. Les prisonnières vous regardent, et vous voyez sur certains visages un sourire de libération. Les portes s'ouvrent : les gardiennes arrivent calmement sur les lieux, emportent les deux cadavres. Une autre arrive derrière vous et vous injecte dans l'épaule un produit qui vous étourdit. On vous escorte hors du self. Vous montez dans un fourgon.

Vous quittez la prison... Où vous emmène-t-on ? Les gardiennes sont calmes et silencieuses, comme si rien de particulier ne venait de se produire. Vous êtes solidement maintenue par une camisole. Vous quittez la prison ! Où que vous alliez, rien ne peut être pire que ce que vous venez d'endurer. Vous vous sentez bien, libérée... Vous fuyez Meyer à votre manière.

Vous reprenez peu à peu vos esprits. Vous traversez une forêt qui n'en finit pas puis, après ce qui vous paraît plusieurs heures, le fourgon ralentit. Vous apercevez des grillages, et entendez le chauffeur parler à un homme. Le fourgon redémarre pour s'arrêter peu de temps après. On ouvre les portes, vous descendez et le premier panneau que vous voyez vous informe de votre nouvelle destination : RYERSON, ASILE PSYCHIATRIQUE.

Cela vous fait sourire. Votre vie s'achèvera ici. Vous entrez dans l'établissement. Le hall est grand, il y a beaucoup de personnel qui va et vient. On vous fait entrer dans une salle et on vous attache à un mur : pieds et mains, poitrine, bassin. Aucune chance de vous évader. De toute façon, vous n'en avez plus la force ni l'envie. Vous repensez à Natalia...

Vous entendez au loin des cris, des râles, des pleurs. Bientôt, vous aussi vous sombrerez dans la folie... Vous n'aurez plus conscience de rien... Vous avez presque hâte, hâte d'en finir ! Vous êtes lasse. Vous voudriez dormir, mais la douleur lancinante vous en empêche.

Un homme entre dans la pièce et s'assied sur une chaise posée près de vous. Il est maigre et semble malade. Il fume une cigarette.

– T'en veux une ?

Vous ne pouvez réprimer un sourire ironique : vos bras sont attachés !

– Oui, c'est pas facile dans ta position. Héhéhéhé... Je vais être bref : tu n'es pas ici avec moi en ce moment.

Vous laissez échapper un petit rire. Cet homme est fou, pourquoi l'a-t-on laissé entrer ? Il est peut-être dangereux. Vous appelez au secours. Lui reprend, imperturbable, comme s'il ne vous entendait pas hurler :

– Non, Emma, tu n'es pas ici avec moi.

Là, vous arrêtez tout de suite de crier. Comment connaît-il votre nom ? Ce ne peut être qu'un infirmier.

– Tout ce que tu vis, tu le changes à ta guise ou tu le subis ? reprend l'homme. C'est la même chose ici. Tu peux t'évader, ou rester. Dans pas longtemps ils vont revenir, tu le sais. Ils t'emmèneront au pavillon des fous et tu nous imiteras... Si tu veux changer ton destin, tu le peux... Comment crois-tu que je suis entré dans cette salle ? C'est toi qui l'as décidé. Ferme les yeux... Dépêche-toi ! Ils arrivent...

Vous les entendez. Ce sont les médecins, ils discutent de votre cas. Vous fermez les yeux.

– Imagine que tu t'évades d'ici. Imagine que tu n'es plus ici, vite !

Vous avez beau fermer les yeux, vous sentez que rien ne se passe. Les médecins ne sont plus très loin maintenant.

– Allez ! ALLEZ !

C'est trop dur, trop de bruit, vous vous dites que ça n'a pas de sens. Vous paniquez à l'idée de rester enfermée ici. Vos pensées se brouillent et s'entremêlent, vous ne pouvez plus vous concentrer. Les médecins passent la porte. Vous regardez autour de vous, l'homme a disparu. Le médecin parle de vous comme si vous n'étiez pas là :

– Bon, eh bien emmenez-la au bloc 2, on va faire ce qu'il faut.

Vous serrez fort les dents... Vous voulez partir.

– Quel est son nom déjà ?

– Emma Guerlin.

Vous percevez une voix, une voix jeune et lointaine qui vous appelle : « Emma ? » Ce n'est pas la voix des médecins. Vous tentez d'ouvrir les yeux. Vos paupières sont lourdes, et cela vous demande un effort important. Vous êtes toujours dans la salle, attachée au mur. Les médecins sont devant vous, immobiles, le temps semble s'être arrêté. Une cigarette se consume par terre. Devant vous se tient un jeune homme, son visage vous est familier, étrangement rassurant. Sa silhouette souple et gracile glisse vers vous sans même toucher le sol. Il vous parle et sa voix douce et lointaine pénètre votre esprit comme une révélation intérieure :

– Emma, tu as traversé de terribles épreuves et tu as infligé à toi-même comme aux autres un châtiment terrible. Tu aurais pu éviter le pire, mais tu as préféré céder à tes pulsions, à ta colère, à ta peur.

Ce garçon vous rappelle quelqu'un, mais qui ?

– N'essaie pas de savoir qui je suis, mais plutôt ce que toi, tu es.

Il vient de lire dans vos pensées !

– Tu souffres, et des gens autour de toi souffrent aussi. Tu peux changer les choses et améliorer ta vie. Est-ce que tuer Aurélie a apaisé ta colère ? Non ! Ta vie est brisée. Mais tu as une chance que beaucoup de gens n'ont pas : la chance de pouvoir réparer certaines erreurs, de modifier ton destin. Je vais te renvoyer dans le passé. Tu devras obtenir **trois victoires** sur toi-même ; ces victoires te permettront de mieux comprendre le monde qui t'entoure, de faire des choix judicieux, et de ne pas répondre aux émotions faciles. Je te ramène peu de temps avant que tu n'ailles chez Aurélie. Après le coup de téléphone qui t'a appris la trahison d'Éric, tu iras rejoindre Solenne en boîte et tu te déchargeras de ta colère.

– Mais comment...

– Remonte le cours du temps, et que les souvenirs de cette vie s'effacent de ta mémoire !

Le sol se dérobe sous vos pieds, un vertige vous fait vaciller. Vous tombez dans un puits sans fond. Vous êtes comme aspirée en arrière, votre cœur se serre, la chute est infinie... Vous perdez connaissance.

✱ Réveillez-vous au **chapitre 34** (p. 107).

CHAPITRE 113

Vendredi 15 mars – 14 heures

Vous êtes dans le couloir, votre valise aux pieds. L'infirmière refuse de vous laisser partir sans l'autorisation d'un médecin. Vous vous asseyez dans la salle d'attente qui se trouve près de l'accueil et commencez à feuilleter un journal oublié sur un siège. Le Dr Simon est introuvable. Il paraît, disent les deux femmes à l'accueil, qu'il est parti précipitamment de la chambre 15 il y a cinq minutes. On ne sait pas où il est.

Vous ne réussissez pas à lire, impossible de vous concentrer. Vous avez mal au crâne. Un autre médecin est appelé pour vous examiner et vous donner les dernières recommandations avant votre sortie. Vous vous sentez vraiment triste.

Vous sortez de l'hôpital, seule.

Vous appelez Éric. Son téléphone est éteint. Vous laissez un message sur son répondeur pour lui expliquer que vous l'attendez au bar qui est en face de l'hôpital.

Vous attendez.

Une demi-heure plus tard, vous rappelez. Ça sonne.

– Éric ?

– Oui.

– Tu as eu mon message ?

– Ah, c'est toi ? Ça va ? Attends deux secondes, j'ai un double appel... Tu disais ?

– Tu as eu mon message ?

– Non, j'ai pas eu le temps de l'écouter. J'ai une grande nouvelle ! Tu sais quoi ? On a décroché le budget, on va faire la pub en Tunisie. Je pars la semaine prochaine pour faire les repérages ! C'est super, non ?

– Éric, j'aimerais que tu m'écoutes...

– Oui, vas-y, dis-moi, qu'est-ce qui se passe ? Oh, Steve, apporte-moi les rushes ! Excuse-moi, vas-y...

– Je suis sortie de l'hôpital, ça fait une demi-heure que je suis dans un bar à attendre que tu viennes me chercher et...

– Oh, merde, je suis désolé ! Mais là, je vais vraiment avoir du mal à me libérer...

– Comment ça ? Tu ne peux même pas « te libérer » une heure pour me ramener chez moi ?

– C'est que là, on attend un client super important. Tu sais ce que tu vas faire ? Tu prends un taxi, je l'appelle et je te le paye, comme ça tu n'as plus qu'à monter dedans, d'accord ? Et puis ce soir, on se voit à la maison ? On dînera tous les deux en amoureux, d'accord ?

– Non, pas d'accord ! Je n'ai plus envie de dîner « en amoureux », plus envie de te voir non plus.

– Charmant ! Bon, écoute, on en discute calmement ce soir, là je dois filer, le client vient d'arriver.

– Non ! Tu sors de ma vie. Je suis devant l'hôpital et tu as trop de boulot pour venir me chercher ? C'est fini, j'en ai assez de toujours passer après. J'en ai assez de toi.

– Mais qu'est-ce qui te prend ? Ça ne te ressemble pas du tout d'agir comme ça, ce n'est pas toi !

– Si, c'est moi, justement ! Je suis de nouveau moi et plus une carpette sur laquelle tu t'essuies les pieds.

– Écoute, te mets pas dans un état pareil, arrête de crier... On va discuter calmement de tout ça.

– Tu dois pas accueillir ton client, là ?

– On s'en fout du client, il attendra. Écoute...

– Ah, c'est nouveau, ça ! Il peut attendre, le client, maintenant ? Avant, ils pouvaient jamais attendre, tes putains de clients, hein ? C'était une question de vie ou de mort ! Et il fallait toujours les amuser, les dorloter, de nuit comme de jour, hein ?

– Mais calme-toi ! Je passe te prendre dans... Une heure, ça va ? On rentre à la maison et on en parle tranquillement... Qu'est-ce que t'en penses ?

– Il y a dix minutes, je voulais que tu viennes me chercher. Tu m'as dit que tu allais m'appeler un taxi parce que ton client était plus important que moi. Maintenant je ne veux plus te voir, c'est fini.

– Attends, t'as rencontré un mec ou quoi ?

– Oui.

– Espèce de... ! Depuis combien de temps vous baisez ?

– On n'a pas baisé et je ne le reverrai pas.

– Ah bon ! Et c'est pour *ça* que tu me quittes ? Ça ne va pas bien dans ta tête !

– Tu ne comprends rien.

– Eh bien je vais te dire, y a une chose que je comprends, que je comprends très bien même. C'est que t'es une salope... C'est qui, hein ? Il a du fric ? Qu'est-ce qu'il fait ?

– J'aimerais que tu passes récupérer tes affaires avant lundi à l'appartement.

Vous raccrochez.

Vous êtes toujours assise dans ce bar, face à l'hôpital. Vous faites le bilan de votre vie. Bientôt trente ans et vous êtes seule. Vous venez de quitter votre petit ami. Vous avez flirté avec un médecin qui s'est bien moqué de vous. En plus, vous avez une migraine épouvantable.

Qu'allez-vous faire ? Machinalement, vous feuilletez le journal que vous avez posé près de vous sur la table. Tout à coup, votre regard est attiré par la photographie d'un visage. Vous connaissez ce visage. Une jeune femme. Son nom : « Virginie Belido ». Mon Dieu, votre voisine ! À côté, un autre cliché. Vous reconnaissez l'homme. Il était à La Chope le soir de votre accident.

Arrestation de Stéphane Guyot, le « routard du viol »

4, 5, 10, 20 ? Combien d'agressions a bien pu commettre Stéphane Guyot, le « routard du viol » comme l'appellent les enquêteurs ? Nous avons retrouvé ses proches pour cerner sa personnalité.

La mère de Stéphane témoigne

De ses 13 enfants, elle dit de lui qu'il fut le plus gentil et le plus affectueux de tous. Le seul de cette grande fratrie à être venu retaper son appartement et à l'emmener le dimanche dans les brocantes. Georgette, 74 ans, a préparé le sac de son fiston comme elle l'a toujours fait. Dans le bagage, quelques pull-overs, des bonbons, des cigarettes. Cette fois-ci, elle amènera le paquetage à la prison pour le détenu Guyot, écrou 28123. Georgette, le visage creusé par des rides, sait mieux que quiconque que le sort de son fils est scellé. « Il va prendre perpète. Je ne serai plus vivante quand il sortira. Cette année, il n'y aura personne pour fêter mon anniversaire. » Stéphane, 32 ans, interpellé samedi soir, est soupçonné d'avoir commis sept agressions sexuelles et un meurtre depuis sa sortie de prison, il y a deux ans.

Un regard d'acier, une silhouette d'athlète

Entre deux crises de sanglots, la vieille dame puise dans ses souvenirs douloureux pour trouver des circonstances atténuantes à son fils. Il y a 20 ans, elle s'installe avec son mari, ouvrier agricole, dans une ferme. « Aujourd'hui, je ne sais pas s'il est mort ou s'il vit toujours », confie Georgette. À l'époque, le père Guyot a la main lourde avec ses fils. Quant aux filles, son mari aurait abusé d'elles, selon Georgette. Le couple se sépare. La famille se disloque. Stéphane, peu instruit, enchaîne les petits boulots un peu partout en France. Un jour jardinier, un autre manutentionnaire. C'est en tous les cas ce qu'il dit à sa mère. Il y a 15 ans, il est condamné à 20 ans de réclusion criminelle par la cour d'assises du Calvados pour deux viols commis dans le département et un autre dans l'Essonne. Grâce au jeu des remises de peine et des grâces, il ressort il y a deux ans. Seule sa mère l'attend à la sortie de la prison. Les autres membres de la famille se sont éloignés de celui qui ne mérite plus de porter leur nom. Georgette pense toutefois que son fils a retrouvé le droit chemin. Il a profité de ses années de prison pour reprendre ses études et obtient même une maîtrise de lettres. Stéphane est embauché en septembre dans un théâtre comme machiniste dans le cadre d'un programme de réinsertion. Un employé modèle, toujours à l'heure au travail. « Il présentait bien. Il était rasé tous les matins. On n'a jamais eu aucun problème avec lui, raconte le directeur du théâtre. On a tous été surpris quand on a appris son interpellation. »

« C'était un garçon tendre, pas du tout brutal, un beau parleur mais aussi un beau menteur, comme je l'ai appris ensuite »

Pendant cette période, lors d'une visite chez sa mère, Stéphane rencontre Françoise, une femme de ménage qui devient rapidement sa compagne. Il s'installe chez elle dans un modeste HLM. Le couple passe ses fins de soirée devant le téléviseur et le week-end chez Georgette. « C'était un garçon tendre, pas du tout brutal, un beau parleur mais aussi un beau menteur, comme je l'ai appris ensuite », se souvient Françoise. Au printemps dernier, Stéphane rompt le contrat qui le lie au théâtre, prétextant qu'il a trouvé un boulot ailleurs. Françoise le voit de moins en moins : « Il disait qu'il faisait des marchés avec un copain. Il disparaissait pendant 15 jours. J'étais très inquiète. » Très discret sur ses trajets, Stéphane, surendetté, rentre parfois avec des lampes et des portables plein les bras. Il file ensuite à Volencourt, un petit village où l'attend une autre femme. « Là-bas, il faisait la java avec des amis et avec cette fille, Brigitte. Quand j'ai appris tout cela, je l'ai mis à la porte », poursuit Françoise. Les deux femmes répudient Stéphane. Brigitte porte plainte pour agression sexuelle sur sa fille de 13 ans à l'encontre de son ex-compagnon. Mis en examen, placé sous contrôle judiciaire et libéré malgré ses antécédents, Stéphane reprend la route. Une errance qui le conduit, à bord d'une voiture volée, de Caen à Orsay. Des villes où des jeunes femmes disent avoir été violées par un homme athlétique, très beau, avec un regard d'acier.

Stéphane Guyot continue à nier toute implication dans la mort de Virginie Belido. Toutefois, deux témoins affirment l'avoir vu sortir du bar en compagnie de la jeune femme.

Virginie, morte !

Que serait-il arrivé si ce soir-là, en sortant de La Chope, vous l'aviez suivie ? Vous auriez peut-être pu lui sauver la vie.

Vous tournez brusquement la tête, vous sentez un regard pesant sur vous, quelqu'un vous observe. Vous vous levez et vous approchez de cette personne sans trop savoir ce que vous faites. Ce visage vous est familier, étrangement rassurant. Sa silhouette souple et gracile glisse vers vous sans même toucher le sol. Il vous parle et sa voix douce et lointaine pénètre votre esprit comme une révélation intérieure :

– Tu n'as plus besoin de mes conseils, Emma. Tu sais exactement ce que tu as à faire : revenir, sauver Virginie, démêler les nœuds de son histoire et comprendre pour aider. De cette victoire dépend ton avenir. Remonte le temps et reviens au vendredi 1er mars. Le souvenir de cette vie s'effacera de ta mémoire. Qu'il n'en reste qu'un peu de sagesse ! Bonne chance !

Une porte claque, vous tournez la tête. Lorsque vous regardez de nouveau dans la direction du jeune homme, le siège est vide. Vous demandez au barman où est passée la personne qui se trouvait assise là. Le barman vous regarde sévèrement : il n'y avait personne...

– Il faut pas trop boire ma p'tit'dame, c'est pas bon...

Le sol se dérobe sous vos pieds, un vertige vous fait vaciller. Vous tombez dans un puits sans fond. Vous êtes comme aspirée en arrière, votre cœur se serre, la chute est infinie... Vous perdez connaissance.

* Rendez-vous au **chapitre 41** (p. 122).

CHAPITRE 114

Jour et heure indéterminés

La cour est pratiquement vide. Quelques prisonnières tournent en rond comme des pantins de bois, dans ce triste manège. Elles regardent leurs pieds en marchant, à quoi bon lever les yeux ? Pour voir toujours le même soleil peint sur le béton ? Elles sont privées de ciel, privées de vent, privées de pluie, privées de la douceur des couleurs changeantes, privées des saisons et du temps qui passe. Elles marchent sous la lumière toujours identique des rayons artificiels. Vous ne voulez plus de cette vie. Il faut en finir. Vous venger et mourir. Peut-être que, dans cette guerre inégale, d'autres vous rejoindront ? Peu importe l'issue, ce qui compte, c'est le combat ! Vous êtes bien décidée à faire sortir la gardienne-chef de son abri. Vous battre avec une prisonnière ne servirait à rien, aucune gardienne ne viendrait à son secours. Vous savez que la seule chance de faire sortir la gardienne est de la provoquer. Ce qui n'est pas très difficile...

Vous vous approchez d'une des caméras de surveillance, et dressez fièrement le majeur de votre main gauche. Comme prévu, quelques secondes plus tard, la bête sort de son trou. Elle semble furibonde, et se dirige vers vous la matraque à la main. Elle va vous le faire payer cher, et vous servirez d'exemple aux autres. Elle vous tuera sûrement cette fois. Les jeux sont faits, c'est elle ou vous. Il n'y aura pas de revanche.

Vous attendez le bon moment, vos muscles sont tendus. Vous êtes prête à bondir. Elle lève le bras pour vous frapper et à ce moment vous foncez tête baissée dans son bas-ventre, elle lâche sa matraque. Vous avez le dessus, mais pas pour longtemps : si elle perd la bataille, ses collègues viendront rapidement à son secours. Pour le moment les autres gardiennes ne bougent pas, elle a dû leur en donner l'ordre. Elle fait de vous et de votre reddition, voire de votre exécution, une affaire personnelle. C'est une aubaine que vous ne laisserez pas passer !

Elle est à terre. Vous lui assénez un premier coup de tête qui lui fracture le nez, elle se retourne et tend le bras pour attraper sa matraque. Vous êtes sur son dos. Vous lui saisissez le menton des deux mains, vous appuyez votre genou sur sa colonne vertébrale et faites levier. Mais déjà les gardiennes accourent. Vous n'avez que quelques secondes devant vous. Vous imaginez Natalia sans défense, se débattant pour sortir la tête de l'oreiller... Cette pensée vous arrache un cri inhumain, un cri de bête. Vous brisez la nuque de la gardienne-chef et son corps retombe au sol, inerte. Les matonnes arrêtent leur course.

Vous avez la tête qui tourne, tout est allé très vite. Les prisonnières vous regardent, et vous voyez sur certains visages un sourire de libération. Une sirène retentit. L'alerte rouge est déclenchée. Les gardiennes fondent sur vous en un éclair. Les coups de matraques vous anéantissent. Vous n'êtes plus qu'une plaie ouverte, un amas de sang coagulé et de brisures d'os. Vous perdez connaissance. Vous avez à peine conscience de monter dans un fourgon.

Vous quittez la prison... Où vous emmène-t-on ? Où que vous alliez, rien ne peut être pire que ce que vous venez d'endurer. Vous vous sentez bien, libérée... Vous fuyez Meyer à votre manière.

Vous reprenez peu à peu vos esprits. Vous traversez une forêt qui n'en finit pas, puis, après ce qui vous paraît plusieurs heures, le fourgon ralentit. Vous apercevez des grillages, et entendez le chauffeur parler à un homme. Le fourgon redémarre pour s'arrêter peu de temps après. On ouvre les portes, vous descendez et le premier panneau que vous voyez vous informe de votre nouvelle situation : RYERSON, ASILE PSYCHIATRIQUE.

Cela vous fait sourire. Votre vie s'achèvera ici. Vous entrez dans l'établissement. Le hall est grand, il y a beaucoup de personnel qui va et qui vient. On vous fait entrer dans une salle et on vous attache à un mur : pieds et mains, poitrine, bassin. Aucune chance de vous évader. De toute façon, vous n'en avez plus la force ni l'envie. Vous repensez à Natalia...

Vous entendez au loin des cris, des râles, des pleurs. Bientôt vous aussi vous sombrerez dans la folie. Vous n'aurez plus conscience de rien... Vous avez presque hâte, hâte d'en finir !

Vous êtes lasse. Vous voudriez dormir, mais les douleurs atroces de vos membres broyés vous en empêchent.

Un homme entre dans la pièce et s'assied sur une chaise posée près de vous. Il est maigre et semble malade. Il fume une cigarette.

– T'en veux une ?

Vous ne pouvez réprimer un sourire ironique : vos bras sont attachés !

– Oui, c'est pas facile dans ta position. Hé hé hé... Je vais être bref : tu n'es pas ici avec moi en ce moment.

Vous laissez échapper un petit rire. Cet homme est fou, pourquoi l'a-t-on laissé entrer ? Il est peut-être dangereux. Vous ne pouvez même pas appeler au secours, votre mâchoire est brisée. Lui reprend, imperturbable :

– Non, Emma, tu n'es pas ici avec moi.

Là, vous le regardez sérieusement. Comment connaît-il votre nom ? Ce ne peut être qu'un infirmier.

– Tout ce que tu vis, tu le changes à ta guise ou tu le subis, reprend l'homme. C'est la même chose ici. Tu peux t'évader, ou rester. Dans pas longtemps ils vont revenir, tu le sais. Ils t'emmèneront au pavillon des fous et tu nous imiteras... Si tu veux changer ton destin, tu le peux. Comment crois-tu que je suis entré dans cette salle ? C'est toi qui l'as décidé. Ferme les yeux... Dépêche-toi ! Ils arrivent...

Vous les entendez, ce sont les médecins, ils discutent de votre cas. Vous fermez les yeux.

– Imagine que tu t'évades d'ici. Imagine que tu n'es plus ici, vite !

Vous avez beau fermer les yeux, vous sentez que rien ne se passe. Les médecins ne sont plus très loin maintenant.

– Allez ! ALLEZ !

C'est trop dur, trop de bruit, vous vous dites que ça n'a pas de sens. Vous paniquez à l'idée de rester enfermée ici. Vos pensées se brouillent et s'entremêlent, vous ne pouvez plus vous concentrer. Les médecins passent la porte. Vous regardez autour de vous, l'homme a disparu. Le médecin parle de vous comme si vous n'étiez pas là :

– Bon, eh bien emmenez-la au bloc 2, on va faire ce qu'il faut.

Vous serrez fort les dents... Vous voulez partir.

– Quel est son nom déjà ?

– Emma Guerlin.

Vous percevez une voix, une voix jeune et lointaine qui vous appelle : « Emma ? » Ce n'est pas la voix des médecins. Vous essayez d'ouvrir les yeux. Vos paupières sont lourdes, et cela vous demande un effort important. Vous êtes toujours dans la salle, attachée au mur. Les médecins sont devant vous, immobiles, le temps semble s'être arrêté. Une cigarette fume au sol. Devant vous se tient un jeune homme, son visage vous est familier, étrangement rassurant. Sa silhouette souple et gracile glisse vers vous sans même toucher le sol. Il vous parle et sa voix douce et lointaine pénètre votre esprit comme une révélation intérieure :

– Emma, tu as traversé de terribles épreuves et tu as infligé à toi-même comme aux autres un châtiment terrible. Tu aurais pu éviter le pire, mais tu as préféré céder à tes pulsions, à ta colère, à ta peur.

Ce garçon vous rappelle quelqu'un, mais qui ?

– N'essaie pas de savoir qui je suis, mais plutôt ce que toi, tu es.

Il vient de lire dans vos pensées !

– Tu souffres et des gens autour de toi souffrent aussi. Tu peux changer les choses et améliorer ta vie. Est-ce que tuer Aurélie a apaisé ta colère ? Non ! Ta vie est brisée. Mais tu as une chance que beaucoup de gens n'ont pas : la chance de pouvoir modifier ton destin. Je vais te renvoyer dans le passé. Tu devras obtenir **trois victoires** sur toi-même ; ces victoires te permettront de mieux comprendre le monde qui t'entoure, de faire des choix judicieux, et de ne pas répondre aux émotions faciles. Je te renvoie dans le passé, peu de temps avant que tu n'ailles chez Aurélie. Après le coup de téléphone qui t'a appris la trahison d'Éric, tu iras rejoindre Solenne en boîte de nuit et tu te déchargeras de ta colère.

– Mais comment...

– Remonte le cours du temps, et que les souvenirs de cette vie s'effacent de ta mémoire !

Le sol se dérobe sous vos pieds, un vertige vous fait vaciller. Vous tombez dans un puits sans fond. Vous êtes comme aspirée en arrière, votre cœur se serre, la chute est infinie... Vous perdez connaissance.

✱ Réveillez-vous au **chapitre 34** (p. 107).

CHAPITRE 115

Jeudi 14 mars – 2 h 02

– T'es fou ? On ne sait pas qui est là-haut. C'est trop dangereux ! Arrête de te la jouer Superman, on est dans la vraie vie, là !

– OK, après tout, ça ne nous regarde pas. Et en plus je me lève tôt demain.

*
**

Quelques semaines plus tard...

Le président du jury se lève pour donner lecture du verdict. Maître Bena, l'avocat général, est serein. Vous l'observez fixement car vous n'avez pas la force de voir Virginie, assise sur le banc des accusés. Votre cœur s'arrête. Les yeux de Maître Bena se ferment ; un sourire hideux, indécent et cruel déforme son visage. « Reconnue coupable de meurtre avec préméditation... » C'est fini. Vous vous tournez vers Virginie. Elle s'affaisse sur son siège. Une telle terreur n'est pas supportable, ses yeux sont vides, votre gorge se noue. Elle meurt. Regardez Maître Bena ! Regardez-le ! Il ne parvient pas à dissimuler la joie qui l'étouffe. Il sait que cette condamnation, il la doit à son talent d'orateur. Que pouvaient faire les jurés face à une telle sophistique ? Il est fier, il jubile, il vient de remporter la partie. Tout cela n'était qu'un jeu. Il voulait la peau de Virginie. Il voulait gagner ce match.

Il rassemble vivement ses documents et s'efforce de donner à sa bouche le pli amer qui convient aux circonstances. Vous prenez votre appareil photo et, une dernière fois, immortalisez le visage blême de Virginie.

Vous collerez la photo dans votre journal, après les articles de presse consciencieusement découpés :

Virginie Belido : « Je ne suis pas coupable. »
Deuxième jour de son procès aux assises pour le meurtre de Ludovic Vrieux.
L'accusée parle d'« une sensation extrêmement chaotique ». En ce jeudi 7 mars, Virginie Belido se retrouve chez elle, victime d'une terrible migraine et ne se souvenant plus de rien. L'infirmière qui l'a accueillie aux urgences se souvient : « C'était une jeune femme complètement égarée et affolée qui ne cessait de pleurer. Elle se plaignait de migraines insupportables. » Les experts qui se succèdent à la barre confirment que l'accusée a bien absorbé une drogue du nom de GHB, psychotrope majeur induisant des pertes de mémoire. Ils déclarent également que, si son cuir chevelu contenait des résidus de GHB, en revanche, toute trace de la drogue avait disparu de son sang et de ses urines. Ils ont pu en conclure que la drogue avait été absorbée plus de 6 heures auparavant.

Virginie Belido s'est tuée hier dans sa cellule, après l'annonce de la confirmation de sa condamnation à 30 ans d'emprisonnement par la cour d'appel. Elle avait été reconnue coupable de meurtre avec préméditation sur la personne de son petit ami, Ludovic Vrieux.

Rappel des faits :
Doutant de la sincérité de Mlle Belido, M. Vrieux avait fait croire à cette dernière qu'il avait gagné au Loto. L'argent serait le mobile principal de ce meurtre. Lors de son arrestation la jeune femme affirmera aux policiers ne plus se souvenir des dernières 48 heures. Ses empreintes digitales ayant été retrouvées sur l'arme du crime, aucun doute ne pouvait troubler le jugement des jurés. L'expert convoqué par la défense n'a pas pu apporter la preuve que l'ingestion de GHB pouvait avoir provoqué un compor-

tement violent. De plus, les multiples experts convoqués par l'accusation avaient assuré que cette drogue rendait au contraire soumis, doux et obéissant.
Une question se pose tout de même : si l'accusée a pris le soin d'effacer le meurtre de sa mémoire, pourquoi n'a-t-elle pas pris celui d'effacer ses empreintes sur l'arme du crime ? Ce mystère restera enfoui dans sa tombe.

Vous regardez la photo de Virginie sur la dernière page de votre cahier.

Un doute subsiste en vous : a-t-elle vraiment prémédité ce meurtre ? Mieux vaut ne plus y penser. Cette affaire est réglée aujourd'hui. Vous refermez votre journal et éteignez la lumière. Vous vous endormez rapidement.

Dans les brumes de votre cerveau engourdi, un adolescent apparaît. Il flotte dans un espace blanc vaporeux et il vous parle sans remuer les lèvres :

– Emma, souviens-toi ; lorsque tu t'es réveillée en sursaut cette nuit-là, surprise de sentir un vide près de toi. Lorsque tu as regardé le second oreiller qui s'étalait à côté du tien avec le trou encore tiède de la tête d'Éric et que, d'une main tâtonnante, tu as pressé le bouton de la lampe. Lorsque tu as entendu, comme Éric, les glissements presque imperceptibles au-dessus de vos têtes et qu'Éric a dit : « Je monte voir. » Peut-être aurait-il fallu l'accompagner ? Peut-être aurait-il fallu dire, par exemple, « Attends, je viens avec toi » ?

– Mais pourquoi aurait-il fallu que je monte ? Cela ne me regardait pas !

– Crois-tu vraiment que cela ne te regardait pas ? Tu as l'air de douter qu'il s'agisse d'un meurtre avec préméditation, n'est-ce pas ?

– Oui, mais bon, je n'allais pas faire le travail de son avocat, je la connaissais à peine...

– Elle est un être humain, comme toi... Tu as un doute et c'est ce doute que tu voudrais dissiper. Tu voudrais comprendre ce qui s'est passé ce soir-là. Suis ton cœur, fais ton choix. Je te laisse décider.

✻ » Soit tu reviens dans le passé au **chapitre 111** (p. 354), à l'instant où tu avais le choix de t'intéresser réellement au sort de Virginie. Tu n'auras plus alors aucun souvenir de cette vie.

» Soit tu considères cette affaire comme classée. Dans ce cas, je te laisserai poursuivre ta route au **chapitre 131** (p. 435) et seule cette conversation s'effacera de ta mémoire.

» Que décides-tu ?

CHAPITRE 116

Vendredi 15 mars – 14 heures

Vous êtes dans le couloir, votre valise aux pieds. Vous demandez à l'infirmière de prévenir le Dr Simon que vous partez. Vous vous asseyez dans la salle d'attente qui se trouve près de l'accueil et commencez à feuilleter un journal oublié sur un siège. Le docteur Simon est introuvable. Il paraît, disent les deux femmes à l'accueil, qu'il est parti précipitamment de la chambre 15 il y a cinq minutes. On ne sait pas où il est. Vous décidez d'attendre : vous ne partirez pas sans l'avoir revu. Une demi-heure plus tard, il arrive près de vous d'un pas rapide.

– Qu'est-ce qui se passe ? L'infirmière m'a dit que vous partiez ?

– Oui.

– Ce n'est pas raisonnable, vous avez besoin de repos.

– Qu'est-ce que ça peut vous faire ? Je signe une décharge.

– Mais pourquoi êtes-vous si agressive ? Qu'est-ce qui vous arrive ?

– Vous vous êtes bien moqué de moi ! Vous n'auriez jamais dû jouer avec moi comme ça, vous n'auriez pas dû m'embrasser, je vous ai vu avec l'infirmière...

– Quelle infirmière ? De quoi parlez-vous ?

– Oh, je vous en prie, ne me prenez pas pour une idiote, vous passez tout votre temps avec elle depuis trois jours et vous ne venez même plus discuter avec moi !

– Vous vous trompez. Je passe effectivement du temps avec une de nos infirmières, qui se nomme Magalie. Mais ce n'est pas du tout ce que vous croyez.

– Ah oui ?

– Il y a trois jours, nous avons admis une fillette de treize ans sans connaissance. La petite a repris conscience mais refuse de parler. Il se trouve qu'elle a déjà été hospitalisée ici l'année dernière pour une fracture du bras. Et Magalie s'occupait d'elle à l'époque. J'ai pensé qu'elle réussirait peut-être à la mettre en confiance. Elle a besoin de moi, c'est important. J'irais jusqu'au bout du monde si quelqu'un avait besoin de moi...

– Menace ou promesse ?

– Ni l'une ni l'autre, répond-il froidement.

– J'ai besoin de toi.

Vous vous tenez près des grands ficus. En un éclair, Damien vous attire sur le côté et prend votre visage entre ses mains. Il vous presse étroitement contre lui et vous embrasse avec une passion sauvage.

Il doit retourner voir ses patients, il reviendra dès que possible. Vous rentrez dans votre chambre, le cœur léger, soulagée.

Vous venez de reprendre votre vie en main. Vous décidez de quitter Éric. Vous ne voulez plus vous satisfaire d'une vie médiocre.

Vous venez enfin de vous réveiller d'un long sommeil. Durant des années vous avez voulu croire que vous possédiez un talent unique, que vous pouviez faire quelque chose pour les autres et inventer un monde meilleur, rempli d'amour. À une certaine époque de votre vie, vous avez pressenti le genre de vie que vous vouliez mener. Mais depuis des années, ces rêves étaient si profondément enfouis sous les frustrations et la routine que vous ne faisiez même plus un seul effort pour les réaliser. Vous n'aimiez pas votre vie et ne cessiez de vous en plaindre. Au lieu de la changer, vous accusiez les circonstances, les autres, Éric, le travail...

Aujourd'hui vous avez décidé ce que vous vouliez obtenir et ce que vous vous engagiez à devenir. Finis, les « j'*aimerais* être plus heureuse », « je *souhaiterais* que mon cœur se remette à battre », « je *désirerais* un travail plus intéressant ». Terminé !

Rien ne vous obligeait à rester avec Éric alors que vous attendiez davantage de l'amour, vous le savez à présent.

Vous vous endormez... Combien de temps ? Vous ne sauriez le dire. Une heure, deux peut-être ? Vous êtes réveillée par une lumière très vive. Les rideaux sont ouverts, la chambre est inondée de soleil. Assis près de votre lit, un jeune homme vous regarde en souriant. Ce visage vous est familier, étrangement rassurant. Sa silhouette souple et gracile glisse vers vous sans même toucher le sol. Il vous parle et sa voix douce et lointaine pénètre votre esprit comme une révélation intérieure.

– Et voilà ! déclare-t-il. Une belle histoire d'amour est née. J'aime bien les histoires d'amour... Mais que disent les gens, déjà, à propos de ces amants passionnés ? Ah, oui ! « Après eux la fin du monde. » Oui, c'est un peu ça... Tu es donc très heureuse, c'est bien. Mais on ne peut pas appeler cette conclusion une victoire ou un triomphe car, pendant que tu roucoules, un drame se déroule tout près de toi. Bien sûr, comme ton amour naissant t'empêche de t'intéresser au monde qui t'entoure, tu ignores tout de ce drame.

– Vous êtes injuste ! Pour moi, ce qui m'arrive est une victoire ! Je suis plus forte aujourd'hui et j'ai repris ma vie en main. J'ai pris une décision importante.

– C'est vrai. Tu as souffert pendant des années de l'indifférence d'Éric, de la dissolution de ton amour et tu regardais ton cœur se dessécher sans rien faire. Il a fallu que tu atteignes un degré de douleur inacceptable pour agir. Tu as pris une bonne décision, oui, mais si tu ne prends pas en compte le monde qui t'entoure, si tu t'accroches à ce nouvel amour comme à une branche dans la rivière pour éviter la noyade, rien de bon n'en sortira. Imagine que cet amour se casse : tu n'auras plus rien à quoi te raccrocher. Aimer est essentiel, mais il faut aussi t'intéresser aux gens qui vivent à tes côtés, c'est la clef du bonheur.

Ce jeune homme étrange vous tend un journal et vous demande de lire ce qu'il y a dedans. Le ton de sa voix est sans appel. Mieux vaut obéir... Vous prenez le journal et commencez à le feuilleter.

Aussitôt, votre regard est attiré par la photographie d'un visage. Vous connaissez ce visage. Une jeune femme. Son nom : Virginie Belido. Mon Dieu, votre voisine ! À côté, un autre cliché... Vous reconnaissez l'homme. Il était à La Chope le soir de votre accident.

Arrestation de Stéphane Guyot, le « routard du viol »

4, 5, 10, 20 ? Combien d'agressions a bien pu commettre Stéphane Guyot, le « routard du viol » comme l'appellent les enquêteurs ? Nous avons retrouvé ses proches pour cerner sa personnalité.

Vous lisez en diagonale et arrivez directement à la fin de l'article :

Stéphane Guyot continue à nier toute implication dans la mort de Virginie Belido. Toutefois, deux témoins affirment l'avoir vu sortir du bar en compagnie de la jeune femme.

Virginie, morte !

Que serait-il arrivé si ce soir-là, en sortant de La Chope, vous l'aviez suivie ? Vous auriez peut-être pu lui sauver la vie. Vous comprenez à présent ce que voulait dire votre visiteur. Celui-ci vous regarde :

– Tu n'as plus besoin de mes conseils, Emma, tu sais exactement ce que tu as à faire : revenir, sauver Virginie, démêler les nœuds de son histoire et comprendre pour aider. De cette victoire dépend ton avenir. Remonte le temps et reviens au samedi 2 mars. Que les souvenirs de cette vie disparaissent de ta mémoire, et qu'il n'en reste qu'un peu de sagesse ! Bonne chance !

Le sol se dérobe sous vos pieds, un vertige vous fait vaciller. Vous tombez dans un puits sans fond. Vous êtes comme aspirée en arrière, votre cœur se serre, la chute est infinie... Vous perdez connaissance.

✱ Revenez au **chapitre 41** (p. 122).

CHAPITRE 117

Vendredi 15 mars – 19 heures

Vous êtes montée voir Nadège. Sur la table basse, vous voyez un journal daté d'aujourd'hui. Vous le prenez et regardez Nadège :

– Est-ce que... ?

– Oui, ils en parlent. Page 2.

Les photos occupent une bonne partie de la deuxième page. La première, intitulée « Le meurtre sanglant dans un quartier paisible du centre-ville », montre la façade de l'immeuble. La seconde, celle d'un jeune homme blond riant à pleines dents, a pour légende : « Ludovic Vrieux, 29 ans, sauvagement assassiné à coups de couteau ». Le troisième cliché est une photo de Virginie assise sur un banc, repliée sur elle-même, le visage dans les mains et les cheveux en désordre. Ses poignets sont menottés. Elle est enveloppée dans une couverture qui laisse apparaître ses pieds nus : « Virginie Belido, la petite amie de la victime, a été arrêtée par la police. »

– Toi qui le connais depuis plus longtemps que moi, est-ce que tu avais déjà vu sa mère ? demandez-vous.

– Non.

– J'ai trouvé une photo chez lui hier. Je ne sais pas pourquoi mais elle m'a troublée, peut-être que le visage de cette femme te dira quelque chose. Moi, je n'ai pas réussi à me défaire de cette image, je suis sûre que c'est un signe.

– Montre !

Vous tendez le cliché à Nadège. Celle-ci tressaille, puis elle plisse le front et fait mine de réfléchir avec intensité.

– Non, je ne vois pas...

Pourquoi vous ment-elle, alors qu'elle a une photo de cette même femme ?

– Elle est peut-être simplement venue lui rendre visite un jour, suggérez-vous. Peut-être sait-elle des choses sur lui qui pourraient nous aider ?

– Peut-être, mais, sincèrement, il y a sans doute des gens plus proches de Ludovic, non ? Il faudrait voir ses amis, les gens du groupe...

– Du groupe ?

– Oui, il était guitariste dans un petit groupe. Je crois que j'ai le numéro du chanteur, Vivian, on avait bien accroché à une soirée chez Ludo.

– Bien, c'est un début.

– Je l'appelle et on fixe rendez-vous avec lui, OK ?

Vous rangez la photo dans votre portefeuille et rentrez chez vous. C'est bizarre, Nadège semble cacher quelque chose. Vous préférez ne pas lui parler de sa propre photo avant de réunir d'autres indices.

Nadège s'occupe du rendez-vous. Vivian est effectivement un garçon charmant. Oui, Ludovic et lui étaient assez proches. Non, il ne lui connaissait aucun ennemi. Il n'aimait pas Virginie, « une fille à problèmes », il se doutait bien que quelque chose finirait par arriver, elle était un peu timbrée, ça se voyait tout de suite... Enfin, il était content que les flics l'aient pincée.

Quelques jours passent. Virginie ne se souvient toujours de rien et s'apprête même à plaider la folie. Si elle-même n'est pas sûre de son innocence, pourquoi vous poseriez-vous des questions ? Cette histoire ne vous concerne plus.

Vous revenez du cinéma. Ce soir, vous serez seule chez vous : Éric ne rentrera pas, il doit travailler tard et vous a prévenue qu'il irait directement au studio. Vous refermez derrière vous la lourde porte de l'immeuble et avancez dans le hall sombre. Vous constatez avec irritation que la minuterie ne fonctionne plus. Vous allez devoir atteindre votre appartement à l'aveuglette... Vous traversez le hall en faisant glisser votre main le long du mur, et arrivée au mur du fond, attrapez la rampe à droite avec fermeté. Vous montez dans l'obscurité. Soudain, vous vous arrêtez et écoutez. Vous avez l'impression que quelqu'un respire juste à côté de vous. Vous ne percevez rien d'autre que la vague sensation d'une présence. Vous interrogez les ténèbres :

– Y a quelqu'un ?

Personne ne répond à votre question et vous reprenez votre

ascension. Lorsque vous arrivez sur votre palier,vous vous arrêtez pour introduire votre clef dans la serrure, et c'est alors que vous croyez sentir sur votre visage l'effet d'un déplacement d'air, en même temps que vous percevez une odeur ténue, indéfinissable mais familière :

– Qui est là ? demandez-vous de nouveau avec anxiété.

Le coup vous atteint en pleine tête. On vous a frappée avec quelque chose de lourd. Vous ne pouvez retenir un gémissement et tombez à genoux. Vous devinez votre agresseur à quelques centimètres de vous. Instinctivement, vous relevez les bras pour protéger votre crâne. Un nouveau coup vous atteint presque au même endroit que le premier et vous tombez la face en avant. Vous perdez connaissance.

Lorsque vous revenez à vous, vous êtes d'abord prise de panique en vous trouvant dans l'obscurité sans pouvoir deviner où vous êtes. Portant les doigts à votre joue, vous rencontrez un liquide poisseux. Alors la mémoire vous revient d'un coup. D'un doigt précautionneux, vous vous palpez le crâne et en concluez que vous ne souffrez que d'une belle entaille au cuir chevelu. Vous vous redressez, un peu étourdie encore et cherchez votre portable pour appeler un médecin. Votre téléphone a disparu de votre poche... À tâtons, vous cherchez votre sac. Il a disparu également. Plus de téléphone, plus de portefeuille, plus de clefs ! Quelle galère...

Vous allez chez Camille et Vincent. De chez eux, vous appelez Éric. Vous lui expliquez ce qui vient de se produire. Il vous promet d'arriver au plus vite et de vous emmener aux urgences. Quelques points de suture, et voilà ! Vous rentrez chez vous avec un bandeau autour de la tête. Ce quartier est décidément très dangereux en ce moment...

Étrange ! Vous réfléchissez et en arrivez à la conclusion que ça ne peut pas être une simple coïncidence. Jamais le moindre souci, et aujourd'hui on vous vole votre sac avec justement la photographie de Ludovic à l'intérieur ? Non, impossible que ce soit un hasard.

Poursuivre l'enquête est donc sûrement dangereux. Mais cette agression vous amène à penser que vous êtes sur la bonne voie, que cette photographie est peut-être la clef. Que faire ?

* Demain, vous pourrez aller faire quelques recherches discrètes en vous rendant au **chapitre 119** (p. 391). Pour l'heure, il est temps de dormir...

Ou alors, vous pensez qu'il vaut mieux tout arrêter et allez au **chapitre 131** (p. 435).

CHAPITRE 118

Samedi 16 mars – 20 heures

– Pouvez-vous nous dire ce qui s'est passé, mademoiselle Guerlin ?

L'agent de police vous fixe. Son visage est fermé, sans la moindre compassion. Vous ne savez par quoi commencer, il doit le sentir et vous pose une question plus précise :

– Que faisiez-vous dans ce bois, si loin de la route ?

Vous revoyez ce chemin de terre sur lequel vous vous êtes arrêtés avec Éric. Vous tentez de refouler votre colère. Concentrez-vous ! Après votre dispute de samedi, vous avez voulu calmer les choses. Vous l'avez convaincu qu'un week-end à la campagne vous ferait du bien et vous permettrait de vous retrouver... Il a lutté mais a fini par se rendre. Lundi, au lieu d'aller chez votre psychologue, le Dr Moffrey, vous êtes allée faire les boutiques. Vous vouliez être belle pour ce week-end... Une bronchite que vous avez attrapée cette semaine a bien failli tout faire rater. Il n'était pas raisonnable de partir, disait Éric, vous alliez attraper froid de nouveau... Mais avec les antibiotiques, le problème a été résolu.

– On s'est arrêtés sur un chemin de terre et on a pique-niqué dans un champ.

Vous avez essayé de détendre l'atmosphère qui demeurait lourde de rancune et de toutes ces querelles accumulées depuis des mois. Vous aviez envie de sortir de vous, d'être quelqu'un d'autre, l'espace d'un moment. Vous souhaitiez effacer le passé, tout recommencer de zéro. Alors, au moment de repartir, vous n'êtes pas montée dans la voiture, mais vous avez avancé un peu au bord de la route. Éric roulait doucement sur ce chemin de terre. Vous lui avez fait signe, comme une auto-stoppeuse à une voiture inconnue. Il s'est arrêté à votre hauteur, a baissé la vitre et vous a demandé en souriant :

– Où allez-vous, mademoiselle ?

Le jeu avait commencé, Emma avait fait place à cette demoiselle inconnue, il avait compris de quoi vous aviez besoin...

– À Segalen-sur-Mer.

– Je vous en prie, montez ! J'ai de la chance aujourd'hui. Je n'avais jamais pris une auto-stoppeuse aussi jolie...

Jamais il ne vous faisait de compliments. Fallait-il que vous deveniez une étrangère pour qu'il vous voie ?

– Vous dites sans doute cela à toutes les auto-stoppeuses...

– Vous croyez ?

Il vous a regardée droit dans les yeux, avec un sourire charmeur. Une angoisse vous a serré la gorge. Il sait séduire. Il a eu ce regard tendre et caressant, ce regard qui à la fois enlace et déshabille, ce regard de séducteur pénétrant jusqu'à la chair et déjà conquérant qu'il doit prodiguer à toutes les femmes qui passent près de lui, à toute employée de magasin qui lui sourit, à toute serveuse qui se penche vers lui. Ce regard qui n'était pas que pour vous. Vous étiez comme plongée dans un torrent de feu, dévorée à la fois d'hostilité et d'envie.

– Votre copain n'a pas peur de vous laisser faire du stop ?

– Je n'ai pas de copain. Et votre copine, elle n'a pas peur que vous preniez des auto-stoppeuses ?

– Je n'ai pas de copine. Je fais ce qui me plaît. Je suis un homme libre !

Un homme libre... Sa voix a pris un ton exalté qui vous a terriblement blessée.

Il vous a proposé de venir avec vous à Segalen-sur-Mer. Il s'est penché, vous a enlacée et a voulu vous embrasser. Jeu dangereux...

C'était comme le prendre en flagrant délit de trahison.Vous avez ressenti un brusque mouvement de haine et vous êtes dégagée en lui disant que s'il recommençait vous descendriez de la voiturc.

Il devait être vexé. Il a fixé la route pendant dix minutes sans dire un mot. Vous vous êtes calmée, ce n'était qu'un jeu, après tout.

Vous écoutiez la musique :

Tais-toi.
Ce soir je ne veux pas entendre
Ta longue plainte.
Tais-toi.

Vous avez finalement décidé que ce mouvement d'humeur ne vous concernait pas, que l'auto-stoppeuse avait repoussé le chauffeur pour retarder la conquête et lui donner plus de sel. Vous vous êtes à nouveau détachée de vous. Vous voyiez se dérouler le film de cette rencontre. Votre mec en train de vous tromper avec une auto-stoppeuse !

Vous vous êtes tournée vers lui.

– Vous êtes fâché ?

– Seulement déçu.

Puis il s'est mis à parler de l'amour et de ses « oripeaux » : qu'était l'amour sinon le désir ? Au XVIIe siècle, on disait « faire l'amour » pour « faire la cour ». À quoi servaient toutes ces fadaises et ces niaiseries, ce fatras de mots et de soupirs qui ne sont qu'un aveu d'impuissance ? Tout cela n'était qu'un leurre, toute parole était en trop quand on avait du désir, il se disait par la chair, sans détour, de toutes ses forces. L'amour n'était rien d'autre que cette rencontre fulgurante, libérée de tous les artifices du langage...

Le sang vous montait aux joues. Comment avait-il pu dire cela ? Comment avait-il pu vous oublier à ce point ? Vous n'existiez plus, Emma n'existait plus. Ces quatre années passées avaient-elles seulement existé ? Il n'y avait plus auprès de lui qu'une auto-stoppeuse inconnue.

– Je crois que vous arriverez plus tard que prévu à Segalen-sur-Mer, vous a-t-il annoncé.

– Et pourquoi donc ?

– Nous allons faire une pause dans ce petit bois.

– Mais vous perdez la tête !

– Ne craignez rien, je vais bien m'occuper de vous.

Le policier reprend :

– Pourquoi êtes-vous allés à cet endroit ?

– On a eu envie de... d'être tranquilles, tous les deux...

Les larmes voilent vos yeux de nouveau.

– Vous avez fait l'amour ?

Vous acquiescez.

– Et ensuite ?

Vous vous êtes arrêtés au bout du chemin de terre. Il vous a prise, dans cette voiture, sauvagement, sans égard, malgré votre résistance. Comme s'il prenait une étrangère. Sans sentiment, sans amour. Il vous avait trompée.

– J'ai soif. Tu veux pas apporter la bouteille de soda ? Elle est dans le coffre.

Vous y êtes allée. Deux minutes ont suffi...

Vous vous souvenez de la musique, toujours le même refrain qui depuis vous reste dans la tête :

Elle s'est tue.

Mais j'entends d'autres plaintes...

– Il avait mal au crâne, il est allé dans le coffre de la voiture chercher de l'aspirine. Et puis, on s'est endormis. Au bout d'un moment...

– Vous vous souvenez combien de temps environ ?

– Non, une demi-heure, peut-être ?

– Continuez...

– Il m'a réveillée : il avait du mal à respirer, il avait l'impression que sa gorge gonflait. Il paniquait complètement. J'ai pris le volant pour retourner sur la route principale mais je suis allée trop vite en marche arrière et la voiture est tombée dans une ornière, les roues patinaient, j'étais complètement bloquée. Alors je l'ai laissé et j'ai couru jusqu'à la route pour chercher du secours. Quelqu'un s'est arrêté mais quand on est arrivés près de lui, il ne respirait plus.

– Combien de temps cela a-t-il pris ?

Quelques minutes... Il vous a baisée comme il baise toutes ses putes ! Vous en êtes certaine. Dans l'excitation du moment, il a oublié que c'était vous. Violée... violée... sa faute...

Vous avez pris vos comprimés d'antibiotiques, vous les avez broyés avec rage pour les dissoudre dans son soda, puis vous êtes revenue. Il a bu... Au bout de quelques minutes, vous avez recommencé à l'embrasser, à le caresser. Vous avez remonté votre jupe. Avec un de vos bas, vous lui avez bandé les yeux, avec l'autre, attaché les mains derrière le dos. Vous avez léché son torse, ça l'excitait... Son envie est vite revenue. Il fallait que le temps passe...

Il vous avait raconté un jour que lorsqu'il était adolescent, il avait failli mourir étouffé par un œdème : un quart d'heure avait suffi pour que sa gorge gonfle démesurément.

Sa respiration a commencé à devenir plus difficile. Il voulait que vous le détachiez, mais avant vous vouliez savoir, être sûre. Vous lui avez demandé s'il vous avait déjà trompée. Il était de plus en plus nerveux, la panique le gagnait.

– Je ne t'aiderai pas. Je ne te détacherai pas tant que tu n'auras pas tout avoué. J'ai appris des choses, je veux la vérité maintenant.

Alors il a raconté que plusieurs fois il vous avait trompée, en soirée, mais que ça n'avait pas d'importance, qu'elles ne comptaient pas... Allez ! Il fallait le détacher, vous saviez à présent.

Mais il n'aurait pas dû vous traiter de folle hystérique, de malade mentale, il n'aurait pas dû vous menacer...

Vous ne pouviez pas le laisser partir, vous saviez qu'après tout cela vous le perdriez définitivement... que jamais il ne vous pardonnerait de l'avoir contraint, de l'avoir humilié.

Alors vous avez pris le sac plastique qui contenait vos médicaments et vous l'avez posé sur son visage. Il s'est débattu pendant cinq bonnes minutes et vos forces commençaient à vous abandonner, votre rage commençait à retomber et votre raison à revenir lorsqu'il a cessé de bouger.

Vous n'arrivez plus à parler. Vous vous remettez à pleurer.

L'inspecteur s'approche du médecin.

– C'est typique d'une réaction allergique à la pénicilline. L'œdème de Quinck est foudroyant. Il s'est probablement trompé de boîte. Il a dû prendre les antibiotiques au lieu de l'aspirine. On en sera sûr après analyses...

L'inspecteur revient auprès de vous :

– Saviez-vous si votre ami était allergique à la pénicilline ?

– Non.

La police vous raccompagne chez vous. Vous êtes lasse. Et seule, si seule... Vous vous endormez.

La mort vient rôder dans vos rêves... Votre sommeil est agité. Vous rêvez de votre psychologue, le Dr Moffrey. Elle est là, assise en face de vous avec sa tête démesurée. Ses bras tentaculaires vous étranglent. Elle vous parle tout en resserrant son étreinte autour de votre cou : « Est-ce comme ça que vous luttez contre vos démons ? Résoudre votre problème de jalousie ne signifie pas éliminer celui qui l'a fait remonter à la surface, mais la source même de ce fléau ! » Vous étouffez... Et vous vous réveillez en sursaut : vous êtes couverte de sueur.

Devant vous, une ombre apparaît : vous distinguez une silhouette souple et gracile qui semble glisser vers vous sans même toucher le sol. Vous voyez alors un jeune homme. Vous avez l'impression de le connaître... Il vous parle et sa voix douce et lointaine pénètre votre esprit comme une révélation intérieure :

– Emma, n'aie pas peur. Tu es perdue, n'est-ce pas ? Je vais t'aider à mieux comprendre ce qui t'arrive. Écoute-moi... Le samedi 9 mars, tu as passé la soirée avec tes amies, tu te souviens ? Bien. Éric, de son côté, était à un dîner. Vers une heure du matin, il t'a rejointe au bar et vous êtes rentrés ensemble en voiture. Dans la voiture, vous vous êtes disputés et Éric t'a déposée à 200 mètres de chez vous. Cherchant à le blesser, tu as décidé de rester sur le trottoir, te mettant consciemment en danger, et espérant même secrètement que quelque chose se passerait. Un drame s'est effectivement produit. N'assumant pas tes actes, tu en as rendu Éric responsable. Mais quoi qu'il en soit, ta vie était brisée. J'ai voulu te donner une autre chance en te renvoyant dans le passé, et j'ai effacé le souvenir de ce viol. Cette fois, cherchant à refouler tes angoisses, tu t'es voilé la face, pensant qu'il suffisait de dire « Allez, ça va ! » pour résoudre le problème. La jalousie est un problème complexe qui plonge ses racines dans des peurs profondes qu'il convient de déterminer. On ne peut pas changer en disant simplement : « J'ai décidé de ne plus être jalouse, partons en week-end et recommençons de zéro ! »

» Tu as cru pouvoir le faire mais au premier obstacle, tu as perdu tout contrôle et tes faibles digues ont lâché : la colère t'a submergée, tu as tué Éric.

» Tant que tu n'accepteras pas de faire un vrai travail sur toi et d'aller parler de ton problème à quelqu'un de compétent, tu ne seras pas heureuse. Je ne te laisse pas le choix, cette fois. Tu dois être suivie par ton psychothérapeute.

» Je te renvoie dans le passé. Le souvenir de cette vie s'effacera de ta mémoire. Remonte les couloirs du temps, après la dispute dans la voiture ce samedi 9. Chacun est rentré chez soi, tu n'es pas restée sur le trottoir, tu as choisi de rentrer te coucher et de réfléchir...

Le sol se dérobe sous vos pieds, un vertige vous fait vaciller. Vous tombez dans un puits sans fond. Vous êtes comme aspirée en arrière, votre cœur se serre, la chute est infinie... Vous perdez connaissance.

✱ Rendez-vous au **chapitre 100** (p. 311).

CHAPITRE 119

Mercredi 20 mars – 2 h 04

Il est très tard, mais vous ne parvenez pas à dormir. Vous regardez le plafond depuis plus d'une heure déjà. Les élancements dans votre crâne se sont calmés. Vous réfléchissez. Après l'expédition aux urgences, Éric s'est effondré sur le lit. Il dort à présent d'un sommeil de plomb. Il faut que vous lui parliez de l'histoire de la photo et de vos doutes. Vous êtes certaine que Nadège vous cache quelque chose. Vous secouez doucement Éric.

– Éric ?

– Mmmmh ?

– Tu ne dors pas ?

– Plus maintenant ! Qu'est-ce qu'il y a ? Ton crâne te fait mal ?

– Non, ça va. Mais je pensais à une chose...

– Quoi ?

– Tu sais, la femme sur la photo ?

– Quelle photo ?

– Celle qu'on a retrouvée dans les affaires de Ludovic et qui me disait quelque chose...

– Eh bien ?

– Je l'ai déjà vue, cette femme. Chez Nadège.

– Chez Nadège ?

Éric ouvre un œil et semble vous écouter vraiment cette fois.

– Je l'ai vue en photo, avec elle et un jeune garçon.

– Qu'est-ce que ça veut dire ? J'y comprends rien !

– Il faut qu'on sache. Demain, je vais chercher des infos sur elle.

– Tu connais le nom de famille de Nadège ?

– Oui. Couturier.

Il rejette brusquement les couvertures, parfaitement réveillé et excité à l'idée de jouer aux détectives :

– On peut déjà regarder sur le Net !

Vous vous levez donc tous les deux, trop énervés pour dormir. Après plusieurs heures de recherches, vous en arrivez à la conclusion que Nadège est un prénom fort apprécié des actrices tournant dans les vidéos réservées aux adultes. Vous avez aussi découvert la ligne de lingerie Nadège, le salon de coiffure Nadège, une petite Nadège de dix ans ayant un chat et un chien, dont la sœur s'appelle Sandrine et qui aime les dauphins... Quant aux Couturier, c'est encore pire ! Ils se comptent par millions sur le territoire, certains sont avocats, d'autres leaders en construction de canots de sauvetage...

Ces informations ne sont pas suffisantes, vous y réfléchissez durant des jours. Vous vous souvenez alors du nom inscrit sur la photo : Albertcour. Pourquoi pas ? Après tout... Vous tapez ces trois mots-clefs : nadège+couturier+albertcour : aucun résultat. Vous tapez ludovic+vrieux+albertcour, et là, vous trouvez plusieurs articles dans lesquels un certain Francis Vrieux aurait fait une déclaration concernant la disparition de la petite Nadine Millard. En cherchant Nadine Millard, vous tombez sur des articles datant d'une quinzaine d'années sur la fugue inexpliquée de Nadine. Vous l'imprimez, et vous précipitez sur les divers articles :

Les parents d'une adolescente disparue demandent que l'on abandonne les recherches

Cinq mois après la disparition de leur fille de 13 ans, les parents de Nadine Millard souhaitent que l'on cesse les recherches.

Francine et Michel Millard n'ont malgré tout pas perdu espoir de la revoir. Plutôt que de la pourchasser, ils veulent ainsi lui donner toute la liberté possible afin qu'elle décide elle-même du meilleur moment pour redonner signe de vie.

ALBERTCOUR - En dépit des importants moyens déployés dans toute la région, les enquêteurs n'ont retrouvé

dimanche aucune trace de Nadine Millard, 13 ans, disparue vendredi soir alors qu'elle rentrait chez elle à vélo. « Nous n'arrivons pas à avoir d'information qui nous donnerait un début de piste », a indiqué dimanche le capitaine de gendarmerie Pierre Riant. « Toutes les pistes restent ouvertes », a-t-il précisé. Une centaine de gendarmes et autant de bénévoles, ainsi que 60 pompiers et 11 gardes forestiers, ont ratissé dimanche les secteurs boisés situés autour du domicile de la jeune fille.
C'est en effectuant ce trajet vendredi en fin d'après-midi, pour rentrer chez ses parents à Albertcour, que l'adolescente se serait volatilisée. Aucun élément ne paraît accréditer pour le moment la thèse d'une fugue.

---

4 000 affiches de Nadine bientôt imprimées
Sollicitée par les parents de Nadine, une société a accepté d'imprimer et de faire apposer dans tout le département 4 000 photos de l'adolescente disparue depuis le 20 juillet à Albertcour. Le procureur de la République a ouvert une information judiciaire pour « enlèvement et séquestration ».
La collégienne a disparu le 20 juillet sur une route isolée d'Albertcour. Elle devait participer à un concours de danse classique à 50 kilomètres de chez elle, mais ayant oublié ses chaussons, elle a quitté le lieu de la compétition en début d'après-midi. Elle n'est jamais arrivée chez elle.
Les parents de Nadine ont lancé lundi matin un appel aux éventuels ravisseurs pour demander sa libération. « *Je leur demande qu'ils la relâchent ou qu'ils nous disent où elle est* », a imploré Francine, la mère. Et de poursuivre : « *Je suis fatiguée mais je garde l'espoir qu'elle soit toujours en vie. C'est la seule chose qui me fait tenir.* » Le père, Michel, a également demandé aux ravisseurs « *qu'ils soient gentils, qu'ils la relâchent ou qu'ils nous fassent savoir où elle est* ».
La phase de recherches sur le terrain, qui avait mobilisé plus d'une centaine d'hommes la semaine dernière, cède la place à une phase de « recherches approfondies », a précisé

le chef d'escadron Alain Millot, officier de communication à Albertcour.

Toujours aucun élément
L'unique piste des gendarmes est partie en fumée samedi 28 juillet : les deux militaires initialement suspectés pour avoir fugué de leur caserne au moment de la disparition ont été mis hors de cause, a indiqué le service de communication de la gendarmerie. L'escapade de 5 jours des deux hommes était due à un ras-le-bol vis-à-vis de l'armée. Ils se sont présentés d'eux-mêmes vendredi aux gendarmes, ont été entendus puis relâchés samedi matin.

Bon, vous êtes quelque peu perdue. Ludovic et Nadège ont une photo de la même femme. Cette photo a été prise il y a environ quinze ans à Albertcour. À cette même époque, une certaine Nadine Millard a disparu.

Le seul point commun que vous pouviez établir entre Nadège et Ludovic était la photo de cette femme, mais elle a été volée avec votre portefeuille... Et ce n'est certainement pas un hasard.

Vous sentez confusément que le meurtre de Ludovic est lié à son passé. Vous ne sauriez dire pourquoi. Une intuition... Il faut que vous exploriez cette piste, que vous en sachiez plus sur Ludovic. Vous emportez trois photographies retrouvées chez votre voisin. Une de lui enfant, une lorsqu'il était adolescent et une troisième, récente.

Sur le site des Pages Jaunes, vous tapez Vrieux et Albertcour. Il y a une réponse : Francis Vrieux et un numéro de téléphone. Quelle chance ! Vous vous présentez comme une amie de Ludovic et demandez à l'homme qui vous répond s'il est de sa famille : il s'agit effectivement de son frère. Vous lui expliquez que vous voulez trouver le meurtrier de Ludovic et que vous avez l'impression que l'enquête a été bâclée sans souci de la vérité. Il accepte de vous rencontrer le lendemain, et de vous mettre en contact avec son ami d'enfance, le commandant de gendarmerie Pouvier. Vous trouvez aussi sur Internet l'adresse de la mère de Nadine Millard, qui habite toujours Albertcour.

Vous demandez à Éric de vous accompagner mais comme d'habitude, il a « trop de boulot ». Tant pis, vous vous passerez de lui. Vous décidez d'organiser votre voyage vers la vérité et êtes en train de chercher l'itinéraire le plus rapide quand votre messagerie vous informe que vous venez de recevoir un e-mail. Vous l'ouvrez : aucun émetteur identifié, c'est un mail anonyme : « Abandonne cette enquête ou tu le regretteras... »

* Deux choix s'offrent à vous : poursuivre l'enquête ou abandonner.

Si vous choisissez de continuer, vous pouvez aller voir le frère de Ludovic au **chapitre 123** (p. 404) ou la mère de Nadine au **chapitre 121** (p. 400).

Si vous abandonnez l'enquête, rendez-vous au **chapitre 131** (p. 435).

CHAPITRE 120

Samedi 16 mars – 19 heures

Pour retrouver la passion dans votre couple, écoutez ces quelques conseils...

Ce qui ne surprend plus n'est plus désirable. Éric connaît votre corps et n'a qu'à tendre la main pour le posséder. Aucun mystère n'a survécu à la promiscuité quotidienne. Vous devez l'étonner, vous devez lui donner envie de vous posséder, comme si vous étiez une inconnue à découvrir. Vous sentez qu'il faut plus qu'une soirée en amoureux sous les flammes vacillantes de quelques bougies.

Il n'a plus envie de vous ? Soyez quelqu'un d'autre ! Achetez de la lingerie, des tenues de velours et de latex. Louez une chambre d'hôtel dans un quartier assez éloigné du vôtre, ensuite allez jusqu'au studio d'Éric et glissez sous sa porte une carte : « Pour une nuit de voluptés, rendez-vous à 21 heures à l'hôtel Balto ». Vous avez pris soin, la veille, de prévenir Éric que vous partiez pour le week-end chez une amie à la campagne. Faites en sorte qu'il ne puisse rien soupçonner de votre mise en scène. Déposez les affaires dont vous aurez besoin à l'hôtel. Le soir venu arrivez tôt dans la chambre, prenez un bain, couvrez-vous le corps d'huiles parfumées qu'il ne connaît pas, changez de parfum, changez de coiffure, si vous êtes frisée lissez-vous les cheveux, si vos cheveux sont courts achetez une perruque. Vers 20 heures, habillez-vous, faites en sorte qu'il ne puisse reconnaître les courbes de votre corps, que sa main soit toujours surprise par quelque dentelle ou autre texture inédite. Retirez les ampoules de toutes les lampes et sortez l'écharpe de velours.

Maintenant, attendez-le...

À 21 heures, vous entendez frapper doucement à la porte que vous avez laissée entrouverte. Vous êtes assise sur le lit, mais la chambre n'est pas éclairée. Vous braquez sur lui une lampe qui l'aveugle et passez derrière lui pour verrouiller la porte d'entrée. Sans dire un mot, vous le prenez par la main et l'entraînez vers le lit. Vous le sentez un peu tendu... Vous voudriez l'embrasser, mais vous savez que ce baiser vous trahirait : l'haleine et la manière de poser ses lèvres sur l'être aimé est toujours si personnelle... Il pose des questions et un petit rire nerveux ne réussit pas à lui donner une contenance.

– Chut... soufflez-vous doucement.

Il se laisse guider, ses mains vous touchent et s'aventurent à la découverte de votre corps. Vous les prenez dans les vôtres et l'allongez. Vous l'enfourchez et vous asseyez sur sa poitrine. Il ferme les yeux. Vous ouvrez sa chemise et lui caressez le ventre. Vous avez préalablement enregistré une bande sonore pour pouvoir lui dire ce que vous allez faire et ce que vous voulez qu'il fasse sans qu'il puisse reconnaître votre voix. Tout est planifié, programmé, chronométré. Jusqu'à l'orgasme, qui ne doit pas ressembler au vôtre... Emma est engloutie dans le silence, entièrement recouverte des voix de ces femmes classées X.

Vous soulevez sa main gauche et l'amenez jusqu'à vos lèvres. Vous embrassez chacun de ses doigts, les glissez dans votre bouche et les léchez dans un va-et-vient langoureux. Vous tirez sa main vers le coin supérieur du lit. Vous êtes à genoux près de son épaule et maintenez fermement ses poignets que vous attachez aux barreaux du lit avec le foulard en velours. À présent que ses mains sont liées, vous n'avez plus de risque d'être découverte : vous pouvez vous livrer à l'accomplissement de votre amour....

Vous promenez vos mains le long de l'intérieur de sa cuisse. Du bout d'un doigt, vous suivez la courbe de son érection avant de l'enserrer étroitement à la base. Durant des heures, vous le caressez, l'excitez, lui rendez les hommages de votre bouche. Un soupir s'échappe de ses lèvres.

Vous le comblez de vos faveurs, et, enfin, il se pâme. Certaine qu'à présent vous ne risquez plus rien, vous le détachez. Lorsque vous le sentez profondément endormi, vous sortez rapidement de la chambre sans rien y laisser. Il n'a aucun moyen de vous retrouver. Vous avez seulement préparé une carte dactylographiée sur laquelle vous lui fixez rendez-vous pour la semaine suivante, même lieu, même heure. Vous courez à l'autre bout de la ville chez une de vos amies intimes que vous avez mise dans la confidence et vous passez chez elle le reste de la nuit.

Vous le revoyez ainsi trois, quatre, cinq fois... Vous êtes l'inconnue de la chambre 12.

Au sixième rendez-vous, vous ne pouvez vous empêcher de lui tendre un piège. Vous, Emma, vous allez proposer à Éric un petit dîner en amoureux... Il travaille chez lui, au studio. Vous l'appelez.

– Ça fait si longtemps qu'on n'est pas sortis tous les deux ! On pourrait aller danser après, qu'en penses-tu ?

– Écoute, ça tombe mal, je ne sais pas ce que j'ai aujourd'hui, je ne me sens pas bien du tout...

– Mais qu'est-ce que tu as, une grippe ?

– Je ne sais pas, ça ressemble à une gastro...

– Tu veux que j'aille te chercher quelque chose à la pharmacie ?

– Non, merci, c'est très gentil, j'ai tout ce qu'il faut, je suis passé voir le médecin ce soir. Je vais rester au lit et dormir.

– Tu es sûr que tu n'as besoin de rien ? Je peux passer chez toi te faire une soupe ?

– Non, vraiment, je vais dormir. Mais sors, toi ! Va au cinéma avec une copine...

– Non, je vais rester à la maison. Je vais lire un peu.

– Bon, je t'appelle demain. Bisou !

– Bisou.

Quel salaud, tout de même ! Vous mentir comme ça ! Et tout ça pour aller baiser avec l'inconnue de la chambre 12...

Au septième rendez-vous, Éric supplie l'inconnue de la chambre 12 de lui dire qui elle est. Il lui dit à quel point elle le rend fou, combien elle lui est indispensable... Il lui dit qu'elle occupe toutes ses pensées, qu'il a quitté sa maîtresse, qu'il quittera sa femme, qu'il l'aime.

✱ « Qu'il a quitté sa maîtresse, qu'il quittera sa femme »... Si, en entendant ces mots, un sentiment de colère vous étrangle soudain, si l'envie de vous venger de cette trahison est plus forte que celle de retrouver votre ami, rendez-vous au **chapitre 124** (p. 407).

Si le reconquérir est l'unique chose que vous désirez, dévoilez-vous. Rendez-vous au **chapitre 128** (p. 423).

Si tout cela vous écœure, si vous ne voulez plus le voir et préférez allez boire un verre pour noyer votre déception, rendez-vous au **chapitre 149** (p. 501).

CHAPITRE 121

Samedi 23 mars – 10 heures

Vous arrivez à Albertcour. Cette petite ville semble paisible. Vous cherchez un plan mais en vain. La seule solution, vraisemblablement, est de demander son chemin à un passant. En attendant, il n'est pas désagréable de rouler au hasard dans ces petites rues bordées d'arbres, en écoutant le chant des oiseaux se mêler au ronronnement du moteur.

Au loin, vous apercevez une colonne de fumée noire. Vous décidez d'aller voir ce qui se passe et voyez une maison littéralement dévorée par les flammes. Les pompiers sont encore en pleine action. Le feu bourdonne dangereusement avec des craquements de terre et des hurlements ténébreux. Une femme sur le trottoir observe la progression des pompiers vers la maison inondée d'eau et de neige carbonique. Vous apprenez par les bavardages de voisins qu'il s'agit de Mme Millard.

Millard ? La mère de Nadine Millard ? Oui.

Quelques minutes plus tard, le feu est maîtrisé. Mais il ne reste rien de la maison. Ainsi le voulait l'incendiaire : des litres d'essence avaient été répandus dans la cave...

Vous abordez la femme sur le trottoir. C'est une blonde solidement charpentée, au visage bouffi, qui paraît avoir du mal à rester debout. Son corps oscille d'avant en arrière comme s'il devait lutter contre le vent.

– Bonjour madame, vous êtes bien madame Millard ?

Ses yeux hagards cerclés de rouge fixent les ruines de la maison.

– C'est Elle... Elle est revenue. Elle vient accomplir sa vengeance. Elle a le feu en elle. Elle est le feu, le démon qui nous consume, les flammes de l'enfer... Elle veut sa vengeance...

Elle a l'air vraiment folle.

– Madame Millard ? Pourriez-vous me dire si vous reconnaissez ce garçon ?

Vous lui tendez les photographies retrouvées chez Ludovic. Elle tourne la tête. Elle les regarde et fronce le sourcil, plisse les yeux, colle son nez sur les clichés, tord sa bouche avant de répéter dans un hoquet :

– Les flammes de l'enfer...

Elle jette les photos par terre, se met à hurler en s'arrachant les cheveux. Il n'y a plus rien à faire. Les pompiers l'emmènent. La folie l'emporte.

Vous montez dans votre voiture, et découvrez avec horreur sur le siège du passager un corbeau mort, égorgé. Un sang poisseux, épais s'écoule de la plaie béante et forme une mare gluante sur le siège. Dans son bec grand ouvert comme pour un dernier cri, vous voyez un papier froissé en boule... Vous le dépliez.

Des lettres majuscules, maladroites et épaisses forment un mot : « ABANDONNE ».

✱ Qu'allez-vous faire ?

Abandonner au **chapitre 131** (p. 435) ?

Ou bien poursuivre l'enquête, en suivant les pompiers à l'hôpital au **chapitre 125** (p. 409) ? Vous pouvez aussi aller au **chapitre 127** (p. 419) voir si le gendarme que connaît M. Vrieux est prêt à vous aider.

CHAPITRE 122

Dimanche 17 mars – 23 heures

Cela fait plus d'une semaine que vous êtes à Luc-sur-Mer. Depuis ce jour-là, vous n'avez plus parlé. Juste pris la voiture, roulé, roulé, longtemps. Vous êtes arrivée là sans savoir comment. Depuis une semaine, vous n'avez pas quitté votre chambre d'hôtel. Vous ne voulez voir personne. Vous avez interdit que l'on fasse votre chambre. Le plateau de votre repas est posé chaque jour devant la porte. Vous n'avez plus la force de parler, à peine la force de vivre.

La télévision reste continuellement allumée. Votre esprit se perd et se dissout dans les histoires des autres, dans des fictions confuses, des jeux idiots... Vous somnolez, la télécommande à la main.

Le cerveau embrumé, les yeux lourds et la bouche pâteuse, vous regardez le présentateur.

Vous ne comprenez pas bien ce qu'il dit, il vous fait signe de vous approcher de l'écran : c'est à vous qu'il s'adresse... Encore une astuce pour manipuler les faibles, leur faire croire qu'on leur parle, à eux, qu'ils sont importants, considérés et respectés, leur faire croire que leur voix compte alors qu'ils ne sont rien, rien que des abrutis qui regardent la télévision et consomment ce qu'on leur dit de consommer... Ce présentateur flotte dans un décor tout blanc, il ressemble à un adolescent ; il porte une longue robe blanche, son visage pâle trahit sa jeunesse. Ce visage vous est familier, étrangement rassurant. Vous vous approchez de l'écran. Vous avez l'impression de le connaître...

Il vous regarde, ses lèvres ne bougent pas... Il vous parle pourtant, vous entendez sa voix dans votre tête, une voix douce et lointaine. Vous comprenez ce qu'il vous dit :

– Emma, regarde-toi. Tu te laisses mourir. Tu es lâche ! Lâche ! Lâche !

Vous ne voulez plus entendre ! Vous essayez d'éteindre la télévision : ça ne marche pas, vous changez de chaîne, il est toujours là ! Et il continue de vous torturer.

– Qui voulais-tu punir en te mettant ainsi en danger ? À une heure du matin, une fille en minijupe, assise sur un trottoir, seule... Tu savais que tu prenais un risque. Éric n'a pas répondu et tu as pensé qu'il t'abandonnait, se souciant peu de ce qui t'arrivait. Tu penses que c'est sa faute. Eh bien, non ! Tu as pris cette décision. Il ne t'y a pas forcée. Tu cherchais à le culpabiliser mais il ne s'est pas laissé manipuler. Chacun doit assumer ses actes, avoir le courage de reconnaître ses erreurs, de reconstruire lorsque tout s'est écroulé. Ne jamais abandonner, ne jamais renoncer.

» Il faut recommencer ! Ce n'est qu'une bataille perdue, tu dois continuer le combat et lutter pour renaître à la vie...

» Je vais te renvoyer dans le passé, à l'instant où l'engrenage s'est enclenché. Tu vas revenir une semaine plus tôt, dans la voiture avec Éric, au retour de ta soirée entre copines. Tu ne te souviendras plus de rien. Cet horrible viol sera effacé de ta mémoire. Tu pourras corriger tes erreurs et devenir plus forte. C'est cette force dont tu as besoin ! Et tu ne l'auras pas avant d'avoir surmonté victorieusement trois épreuves. Alors, et seulement alors, tu pourras continuer ta route.

Le sol se dérobe sous vos pieds, un vertige vous fait vaciller. Vous tombez dans un puits sans fond. Vous êtes comme aspirée en arrière, votre cœur se serre, la chute est infinie... Vous perdez connaissance.

* Rendez-vous au **chapitre 93** (p. 295).

CHAPITRE 123

Samedi 23 mars – 10 heures

Il n'a jamais quitté Albertcour. Il a repris le restaurant du père avec sa femme. Il semble mener une vie paisible, dans son petit pavillon en tout point semblable aux dizaines d'autres pavillons qui l'entourent, avec la niche du chien au fond à gauche et le nain de jardin à l'entrée. Il vous invite à entrer dans son modeste salon.

Vous suivez le frère de Ludovic qui se dirige vers une cheminée factice dans laquelle dansent des flammes artificielles. À côté d'une horloge en porcelaine et d'un tas de bibelots posés sur de petits napperons de dentelle, vous découvrez les photos de la famille. Vous reconnaissez Ludovic.

Francis Vrieux se souvient bien de cette histoire. « Ludovic, y'd'vait avoir une quinzaine d'années à l'époque, un peu plus p't'être... Y avait une gamine, la Nadine, elle était dingue de lui. Elle l'appelait tout le temps, lui écrivait des tartines de deux pages qu'y lisait en rigolant. Elle avait fini par l'suiv'partout. Elle était d'venue son toutou. Y pouvait lui demander n'import'quoi ! J'crois bien qu'y s'en est pas privé d'ailleurs, mais pour ça, j'en sais pas plus. Et puis, la Nadine, un jour, elle a disparu d'la circulation, comme ça, pfft ! Envolée ! Tout le monde l'avait d'jà enterrée depuis belle lurette, sa mère aussi d'ailleurs. Mais le mari, y s'est barré, y a quoi ? Cinq ans ? Et là, la mère, elle a commencé à dire à tout le monde que sa fille, elle était rev'nue. Elle s'est mise à picoler sec, la mère. En un mois, elle est d'venue une loque et puis complètement barge, à voir des fantômes partout, à dire que sa fille elle venait la hanter. Ça faisait bien quatre ans qu'elle était pas sortie d'chez elle... »

En sortant de chez Francis Vrieux, vous décidez d'aller voir la mère de Nadine.

Mais un incendie vient de détruire sa maison. Il ne reste rien de l'endroit où Nadine a vécu, aucune trace d'elle... Comment savoir ce qui s'est passé ? Peut-être auriez-vous dû aller voir la mère en premier. Un voisin vous informe qu'elle est à l'hôpital, vous le remerciez.

Vous montez dans votre voiture et démarrez. Vos idées se brouillent... Que faire ? Faut-il continuer ? Cela est-il vraiment votre rôle ? Ce n'est pas à vous de mener cette enquête. Qu'espérez-vous découvrir ainsi ? Et croyez-vous pouvoir mieux faire que la police ? Conduire vous détend et apaise votre esprit. Le défilement des bandes blanches au bout du capot vous hypnotise. La route est belle. Peu de voitures circulent, celle qui arrive en face de vous est la première que vous voyez depuis au moins dix bonnes minutes.

La voiture qui arrive en face de vous ? Quelque chose vous trouble... Ce n'est pas normal. Non, vos yeux ne vous ont pas trompée : elle se trouve sur *votre* voie, du mauvais côté de la ligne médiane ! Un frisson de glace parcourt votre colonne vertébrale : le véhicule fonce droit sur vous. Qu'allez-vous faire ? La voiture s'approche à grande vitesse ; dans quelques secondes, si vous ne faites rien, ce sera la collision. Autour de vous, il n'y a que des champs. Vous braquez brusquement à droite et appuyez sur l'accélérateur pour sauter par-dessus le fossé. Votre voiture s'écrase de l'autre côté. Vous êtes projetée violemment contre le toit de la voiture et vous accrochez le tableau de bord avec vos genoux, si fort qu'il sort de son cadre. Puis vous retombez, et votre menton heurte le volant. Une douleur fulgurante vous traverse la mâchoire. La voiture continue sa course folle dans le champ criblé d'ornières puis s'arrête. Vous êtes un peu étourdie mais, après quelques secondes, vous recouvrez vos esprits et constatez que vous n'avez rien de grave. Vous pouvez poursuivre votre route. L'autre véhicule a disparu. Vous vous remettez de vos émotions. Votre voiture ne semble pas avoir trop souffert non plus. C'est alors qu'une vibration contre votre poitrine vous fait bondir le cœur : c'est votre téléphone, dans votre poche intérieure ! Vous venez de recevoir un texto : « ABANDONNE ».

* Qu'allez-vous faire ?

Abandonner au **chapitre 131** (p. 435) ?

Ou bien continuer l'enquête, en suivant les pompiers à l'hôpital au **chapitre 125** (p. 409) ? Vous pouvez aussi aller au **chapitre 127** (p. 419) voir si le gendarme que connaît M. Vrieux est prêt à vous aider.

CHAPITRE 124

Samedi 30 mars – 23 heures

Ses soupirs vous écœurent. Il jouit et laisse son corps le dominer, il n'est qu'une bête. Quelques heures plus tôt, il vous disait qu'il vous aimait, vous Emma, et vous donnait un baiser froid et rapide du bout des lèvres. Vous avez une fois de plus poussé le vice jusqu'à lui demander ce qu'il comptait faire ce soir. Un cinéma avec son pote de lycée... Mais bien sûr ! C'est toujours commode, les potes de lycée !

Vous enragez d'avoir voulu reconquérir ce fourbe, ce salaud manipulateur et libidineux. Il vient de dire à cette inconnue dont vous jouez le rôle, à « l'inconnue de la chambre 12 », qu'il l'aimait et ne pouvait plus vivre sans elle. Il vient de dire à cette inconnue, dont il ne sait rien, qu'il avait quitté sa maîtresse et quitterait sa femme, qu'il VOUS quitterait pour elle !

Comme la première nuit, vous l'attachez au lit. Vous avez préparé les sangles de cuir. Vous l'excitez pour le rendre docile. Il se laisse faire, absolument soumis par son désir. Entre deux caresses, vous attachez ses chevilles aux deux coins inférieurs du lit. Il est lié et impuissant. Vous le bâillonnez. Vous pouvez-vous venger, maintenant ! Vous ouvrez les rideaux, retirez votre perruque. Vous vous penchez sur lui et le fixez droit dans les yeux :

– Tu vas me la payer cher, ta trahison.

Éric tente de crier, de remuer. En vain. Vous restez sur lui, et continuez à le caresser, son sexe entre vos doigts. Vous pouvez lire la panique dans son regard. Il se débat mais ne peut bouger. Vous quittez le lit, vous vous rhabillez et lui dites que vous allez bientôt revenir. Vous ne le regardez plus. À présent que votre vengeance est programmée, vos gestes sont précis et fermes. Vous boutonnez votre manteau et posez la main sur la clef de la chambre. Vous vous immobilisez deux secondes, réfléchissant à ce que vous ferez de lui après.

* Si vous pensez que le laisser toute une nuit dans une chambre d'hôtel glauque, nu et attaché à un lit, en attendant d'être découvert par une femme de ménage est une vengeance suffisante, rendez-vous au **chapitre 133** (p. 444).

Si vous décidez de revenir lui donner une leçon, rendez-vous au **chapitre 130** (p. 433).

CHAPITRE 125

Samedi 23 mars – 12 heures

Les pompiers essaient de calmer la mère de Nadine, mais elle ne cesse de crier et de dire que son mari sait tout, qu'il l'a quittée pour ça, que sa fille est revenue pour se venger... Vous demandez à une infirmière s'il est possible, en consultant son dossier médical, de contacter un proche, de préférence son ex-mari. Malheureusement pour vous, l'infirmière ne trouve rien dans le dossier de Mme Millard.

Vous attendez un peu pour essayer d'en savoir plus. Vous l'interrogerez lorsque les médecins seront partis. La salle d'attente des urgences est pleine et la tension est palpable. Un ivrogne se balance sur sa chaise en marmonnant, l'œil mauvais. Et puis d'un coup il se lève et s'approche d'une infirmière, s'apprête à la frapper. Mais, trop imbibé d'alcool pour tenir debout, il s'écroule à ses pieds. À peine l'infirmière a-t-elle le temps de le relever qu'une femme arrive en urgence, portée à bout de bras par son mari anéanti et dégouttant de sueur. Il faut lui faire un lavage d'estomac, elle a avalé des barbituriques ! Pendant ce temps, un conducteur de bus, la quarantaine, vous explique les raisons de sa dépression nerveuse.

Votre téléphone sonne, vous décrochez. Un souffle, une respiration puis une voix rauque et voilée se fait entendre :

– Tu n'as toujours pas compris mon message.

– Quoi ?

– Abandonne ou cette enquête sera la première et la dernière que tu feras.

– Qui êtes-vous ?

– La question est plutôt où je suis.

– Comment ça ?

– Sors de cette salle d'attente, remonte dans ta voiture et va-t'en loin d'ici !

Vous regardez autour de vous, et faites le tour du hall de l'hôpital afin de voir quelqu'un au téléphone. Personne.

– Cette histoire ne te concerne pas, inutile de courir. Si tu continues, c'est à toi et à ton entourage que je m'en prendrai.

– Écoutez...

On a raccroché. Vous sentez que vous touchez au but, mais en même temps, vous avez mis apparemment le doigt sur quelque chose de vraiment dangereux.

* Qu'allez-vous faire ?

Soit vous abandonnez au **chapitre 131** (p. 435), soit vous continuez l'enquête en allant voir la gendarmerie au **chapitre 127** (p. 419).

CHAPITRE 126

Samedi 9 mars – 15 heures

Voilà ! Presque trente ans et vous êtes revenue poser vos valises chez vos parents ! Au moins, ici, vous recevrez un peu de réconfort.

Vous avez retrouvé votre chambre telle que vous l'aviez laissée des années plus tôt. Les posters de vos idoles toujours accrochés au mur, des chanteurs de groupes punks et de rock alternatif côtoient Michael Jackson. Les étoiles collées au plafond ne scintillent plus la nuit – vous non plus, vous ne brillez plus guère ! Incapable de créer votre propre foyer, vous revoilà au point de départ. Désespérant...

Votre sœur Sylvana, que vous appelez Nina depuis l'enfance, est venue à la rescousse, consciente de la catastrophe sentimentale. C'est elle qui vous accueille la première.

– J'espère que tu vas enfin trouver quelqu'un de bien, même s'il ne sera pas aussi beau qu'Éric, ni aussi talentueux. Bon, peut-être qu'il n'aura pas autant de succès, que ce sera un gars ordinaire, qui pointe tous les jours à son boulot sans l'aimer, qui rentre chez lui le soir bougon et déprimé sans avoir envie de parler... Peut-être qu'il n'aura pas un charisme renversant ni rien de très intéressant à raconter. Et alors ? Quelle importance s'il n'est pas le plus éblouissant des hommes, du moment qu'il t'aime... non ?

– Mais Nina, qui voudrait d'un homme comme ça ?

Votre mère fait alors une entrée fracassante : les portes claquent, les talons résonnent comme ceux d'un régiment de soldats en partance pour la guerre. Et c'est bien une guerre que votre mère semble vouloir conduire, une guerre ouverte contre votre célibat !

– Coucou, ma chérie ! J'ai une surprise pour toi. J'ai organisé un petit goûter avec mon amie Simone et son fils Marc. Tu te souviens de Marc ? Il est devenu très séduisant paraît-il et c'est une tête ! Il travaille à l'université, m'a dit Simone. J'imagine qu'il fait des recherches...

– Maman, je t'ai déjà dit que je voulais rester seule pour le restant de mes jours.

– Tu sais bien que c'est faux ! Ils viennent lundi. Tu as deux jours pour te préparer.

– Comment ça, me préparer ?

– Eh bien, euh, je ne sais pas, moi ! Aller chez le coiffeur, par exemple...

– Tu me trouves moche, c'est ça ?

– Mais non, pas du tout. Je disais ça comme ça... Parfois, ça fait du bien de changer de tête.

Finalement, après vous avoir traînée dans les boutiques pour acheter votre tenue de premier rendez-vous, vous avoir accompagnée chez le coiffeur qui vous a « rajeunie de dix ans » (il est toujours plaisant de s'entendre révéler que durant des mois on a eu l'air d'une vieille chèvre !), votre mère a réussi à vous communiquer son enthousiasme et sa foi en une issue heureuse de conte de fées. Vous traînez nonchalamment devant la boutique « Mariage de Rêve » et vous faites progressivement à l'idée que vous allez franchir avec ce Marc, c'est certain, les étapes codifiées des félicitations, de la remise de cadeaux, des larmes à l'église, du riz dans les cheveux, de la croisière sur le Nil pour finir par la vie domestique et les enfants.

Aujourd'hui, les deux jours sont écoulés. Assise sur le canapé du salon, vous ajustez votre chemisier et vérifiez une dernière fois votre maquillage. Vous l'imaginez beau, le visage anguleux et viril. D'après Simone, il ressemblerait vaguement à Che Guevara.

Deuxième café. L'attente devient insoutenable. Comme vous détestez le premier rendez-vous ! Chacun doit se vendre le mieux possible et vous vous sentez un peu comme un jambon sur l'étal du boucher. Mais comment envisager une lune de miel, suivie d'une vie conjugale heureuse, sans passer par de tels préliminaires ?

Enfin, le carillon résonne ! La porte s'ouvre, Simone se présente avec son fiston. Celui-ci s'assied en face de vous. Très vite les deux amies s'éclipsent dans la cuisine afin de « vous laisser seuls, entre jeunes ». Le fiston de l'amie Simone... Eh bien, il n'est pas réellement tel que vous l'imaginiez. Un peu plus fort, pas aussi grand, vous avez un peu de mal à percevoir une quelconque ressemblance avec le Che... la moustache, peut-être ? Simone n'avait pas précisé non plus que son fils avait les dents jaunes. Allons, il ne faut pas être futile, un bon détartrage et il n'y paraîtra plus ! Il doit beaucoup fumer et boire des litres de café, comme tout grand penseur obligé de veiller tard la nuit pour ses recherches. Bien sûr, vous êtes un peu déçue, mais ce n'est pas le physique qui compte pour que le mariage soit réussi, n'est-ce pas ? Ne soyez pas superficielle ! Passez outre l'enveloppe extérieure quelque peu rebutante et tâchez de savoir ce qui se cache derrière sa moustache. Bon, ça ne va pas être simple... Manifestement, il est embarrassé – peut-être n'a-t-il rien à dire ? Il parcourt la pièce des yeux puis vous demande brusquement :

– C'est l'appartement de votre grand-mère ?

– Non, celui de ma mère !

– Eh bien, dites-moi, elle aime les vieilleries. Je n'aime pas trop, je préfère être *in*. Ça doit vous faire drôle à vous aussi quand vous venez ici. Mais bon, tant mieux. Vous imaginez une vieille femme avec des baskets ? Ça ferait bizarre...

Sur ces mots, il éclate de rire. Ça commence bien ! Le temps de trouver une réplique appropriée, vous l'observez plus attentivement. Marc porte une chemise bleue et une veste droite, un style très commun. Il se sert un verre (en vous oubliant).

– J'aime pas trop boire ce genre de boissons, je n'achète que des trucs de marque.

– Il y a une marque, regardez l'étiquette.

– Oui, mais c'est une sous-marque, on ne voit aucune pub à la télé sur ce produit. Je préfère savoir que ce que je mange et bois est de qualité.

Cette conversation risque de s'enliser d'un instant à l'autre. Il reprend la parole.

– Alors, que faites-vous dans la vie ?

Vous répondez, essayant de donner quelques détails passionnants sur votre activité afin d'agrémenter un peu.

– Eh bien, s'écrie-t-il, je vous plains : un boulot pareil ! Ça ne vaut vraiment pas le coup d'avoir fait autant d'études pour en arriver là ! Mais bon, on peut toujours évoluer dans la vie.

Histoire de vous achever complètement (il ne faut pas faire

les choses à moitié), il vous demande pourquoi vous êtes encore « célibataire, à votre âge »...

– Hem... En fait, je suis très heureuse... d'être célibataire. J'ai des amis... et d'ailleurs, excusez-moi, mais je ne vais pas pouvoir rester plus longtemps, je dois filer, j'ai rendez vous... J'ai été ravie de faire votre connaissance, Pierre.

– Ah non ! Moi, c'est Marc !

– Pardon. Marc.

Vous vous levez et lui tendez la main. Il vous regarde, sidéré.

– À une prochaine fois, peut-être ? hasardez-vous sans prendre de risques.

Et vous vous enfuyez sans même prévenir votre mère, qu'à cet instant précis vous maudissez de vous avoir infligé un tel supplice.

Pfff ! Même pas mal !

Le lendemain, alors que vous racontez vos déboires à votre sœur (qui ne peut s'empêcher d'en rire), on frappe à la porte. Vous allez ouvrir. Devant vous, un magnifique bouquet de roses rouges. Une voix vous demande si vous êtes bien Mlle Guerlin. Votre sœur s'empare des roses. Vous prenez la carte : c'est peut-être Marc qui...

Je t'aime.
Éric

Une décharge électrique vous secoue, le sang déserte votre visage. Vous vous sentez étourdie, au bord de l'évanouissement. Vous vous asseyez.

Qu'êtes-vous censée faire ? Lui pardonner ? Lui donner une deuxième chance ? Vous êtes terrifiée à l'idée que la pauvre conne naïve qui s'est emparée de votre cerveau souhaite revoir Éric, ce salaud, ce menteur qui vous a trompée... Non, il faut que vous fassiez taire définitivement cette idiote. Il ne mérite pas de seconde chance ! Et pourtant, vous avez passé de si bons moments tous les deux... Quatre ans de vie commune, ça ne peut s'oublier comme ça... Vous éclatez en sanglots.

C'est ce moment que votre mère choisit pour rentrer. Elle est accompagnée d'une vieille amie, Monique. Vous n'avez jamais pu supporter cette femme donneuse de leçons, qui sait toujours tout mieux que personne ; ancienne magistrate au tribunal correctionnel, elle a gardé l'habitude de juger sans merci.

Séchez vos larmes, vite ! Trop tard, votre mère fond sur vous, les sourcils froncés :

– Ça va, ma chérie ?

Ça y est, les sanglots vous étranglent de nouveau. Après tout, c'est votre mère, vous pouvez-vous répandre sur son sein et tacher son beau chemisier rose avec les traînées noires de votre mascara. C'est fait pour ça une mère, non ?

– Non, ça ne va pas, ce salaud m'a envoyé des fleurs...

– Ne te mets pas dans un état pareil, voyons ! (Elle vous tapote le dos comme quand vous étiez bébé.) C'est normal qu'il essaie de te récupérer, tu es quelqu'un de formidable ! Mais lui, il ne te mérite pas ! Oublie-le. Tu ne m'as pas dit ce que tu pensais de Marc ? C'est un gentil garçon, tu ne trouves pas ?

Vous séchez vos larmes d'un coup, indignée.

– Non, gentil n'est vraiment pas le mot qui convient ! C'est une espèce d'infâme mufle, arrogant, snob et stupide.

– Vraiment ? Oh, je suis tellement déçue...

– Laisse tomber, maman... Je préfère rester seule.

– Mais non, tu vas voir, j'ai beaucoup d'amies, elles ont des fils dont certains sont célibataires, tu vas voir, ça va s'arranger, on va te trouver un fiancé !

Merci, non. Quand bien même vous auriez dix ans ou dix kilos de plus, quand bien même vos ovaires crieraient famine, la vision cauchemardesque de hordes de Marc sonnant à votre porte vous vaccine définitivement contre les velléités matrimoniales de votre mère.

Vous songez amèrement qu'il y a quatre millions et demi de femmes célibataires en France. Quatre millions et demi de copines, on se sent moins seule, c'est certain...

– Mon Dieu ! C'est tellement difficile de nos jours, soupire votre mère. Quand ton père et moi étions jeunes...

– Je sais, maman, on rencontrait quelqu'un qui nous plaisait, on sortait avec, on se fiançait, on se mariait et on restait mariés pour toujours et à jamais ! Amen !

– Eh bien oui, à peu près !

Il est vrai que pour vos parents, ç'avait été facile. Un clin d'œil du destin, un coup de foudre au Grand Concours annuel 1974 de la Société des amis des allumettes. Votre père, fanatique invétéré de la magie des échafaudages miniatures, était venu concourir avec son propre ouvrage, une merveille de minutie. En voyant votre future mère, forcément, il avait perdu tous ses moyens et fait un geste brusque. Conclusion : il avait détruit un an de sa vie (construire Notre-Dame de Paris tout en allumettes, ça ne prend pas une semaine) et perdu le concours, mais il était finalement reparti avec un lot de consolation tout à fait honorable : une épouse.

Ils sont mariés depuis trente ans. Trente ans, 10 950 jours, 262 800 heures, 946 080 000 secondes ! Ils sont mariés depuis tout ce temps, et pas d'aventures, pas de trahisons, pas de petites escapades hors du lit conjugal. Voilà le genre de mariage que vous aimeriez avoir. Vous voulez être la femme d'un homme, la SEULE femme d'un homme, pendant trente ans, quarante ans... Jusqu'à ce que la mort vous sépare. Vous ne voulez plus d'un Éric et de ses belles paroles trompeuses. Lorsque vous aviez douté de lui la toute première fois et que vous aviez trouvé suffisamment de preuves (ticket de caisse oublié dans une poche et message ambigu sur le répondeur...), il s'était emporté :

– C'est n'importe quoi ! Tu ne crois tout de même pas que je prendrais le risque de détruire tout ce qu'il y a entre nous pour une pauvre petite pouffiasse ?

Il s'était montré très persuasif et vous avait même expliqué que si vous n'aviez pas confiance en lui, c'est que vous n'étiez pas prête, vous, à un engagement sérieux, et que dans ces conditions il valait mieux se séparer... Vous aviez demandé pardon et promis de ne plus jamais douter de lui, ce que vous avez fait pour son plus grand bonheur ! Idiote, idiote, idiote !

Après l'échec de votre mère dans son rôle d'entremetteuse, votre sœur a pris les choses en mains. Elle a gentiment organisé un petit dîner avec un de ses collègues.

Vous voulez faire bonne impression... Vous êtes dans la salle de bains depuis une bonne heure mais ça ne va pas. *Non, décidément, ça ne va pas !* Vous vous regardez désespérément dans la glace. Vos cheveux ne tombent pas bien. *Ça ne va pas !* Qui aurait pu penser que ce simple fait vous mettrait dans un tel état ? Vous soupirez de frustration et trépignez comme une ado de quatorze ans qui va rater une boum parce qu'elle a un bouton sur le nez...

– Si tu veux, je peux t'arranger ta frange.

Vous regardez dans la glace et voyez la tête de votre mère qui dépasse de l'entrebâillement de la porte. Avez-vous bien entendu ? Votre mère voudrait vous « arranger » votre frange ? Celle qui vous a massacrée durant toute votre enfance et a fait de vous durant des années le sosie d'un Claude François de cauchemar, une Jeanne d'Arc abominable, un Du Guesclin monstrueux, cette femme-là voudrait vous « arranger » votre frange ? Jamais de la vie, plutôt mourir !

Malgré les frisottis hideux de votre brushing raté, la soirée s'est fort bien passée. Même si, a priori, aucun de vos atomes n'avait crocheté quoi que ce soit chez Clément, vous avez accepté de lui laisser votre numéro de téléphone. Cette absence d'attirance ne doit pas vous empêcher d'apprendre à mieux le connaître... Le lendemain du dîner, il vous appelle pour vous inviter de nouveau :

– Allô ? Éva ?

Éva ? *Éva* ? Non ! E-m-m-a ! Comme le verbe « aimer » au passé simple. Et s'il recommence à écorcher votre nom, vous allez rapidement et tout simplement parler de lui au passé ! Vous n'étiez déjà pas particulièrement enthousiasmée par sa personne, aucun feu n'avait embrasé vos sens, aucun papillon n'était venu vous chatouiller le creux de l'estomac... Là, il a réussi à vous refroidir un peu plus. Le pire était à venir...

Finalement, vous avez accepté son invitation. Vous décidez de lui accorder une seconde chance. Non conscient de l'immense faveur que vous lui faites, ce Clément vous annonce, juste après avoir passé commande, qu'il ne pourra pas rester après 21 h 30.

– Vous comprenez, y a *Columbo* ce soir. C'est un épisode inédit, je ne voudrais pas le rater.

Un type qui préfère rentrer chez lui regarder un vieux flic au regard oblique plutôt que de discuter avec vous, on ne peut pas dire que ce soit très flatteur ! Vous décidez de vous venger de ce sale con. À 20 heures, vous regardez votre montre. Vous poussez un petit cri :

– Oh, mon Dieu, déjà 20 heures, je dois y aller absolument, le temps de rentrer chez moi...

– Comment, déjà ?

– Oui, je viens de me souvenir qu'ils repassent *Autant en emporte le vent* sur la 5. Désolée ! Rappelez-moi à l'occasion, et merci pour le dîner...

Vous prenez votre sac et partez en courant, le laissant planté là comme un idiot avec l'addition. Bien joué !

Pff ! Même pas mal !

Votre sœur est vraiment désolée pour vous, elle se sent responsable de cette nouvelle déception. Elle vous invite chez elle un midi. Chaque fois que vous allez chez votre sœur, vous vous sentez terriblement jalouse ! Bien que vous l'aimiez beaucoup, votre taux d'envie crève le plafond. Une maison magnifique avec piscine, un adorable petit garçon de cinq ans, une fille de quatorze ans vive et intelligente, un mari qui l'aime et ne la quittera jamais pour un modèle plus récent : vous rêvez d'être à sa place.

Eh bien, c'est ce qu'elle va vous proposer : à la fin du mois elle part une semaine en stage de formation à l'autre bout du pays, et vous êtes invitée à la remplacer à la maison...

* Si vous rendez ce service à Sylvana et acceptez de vous occuper de sa famille et de sa maison durant une semaine, rendez-vous chez elle au **chapitre 144** (p. 483).

  Si vous préférez changer d'horizon et quitter quelque temps votre chère famille, allez rendre une petite visite à votre copine Claire : elle vous a appelée et vous a promis de vous distraire au **chapitre 132** (p. 439). Cela vous remontera peut-être le moral ?

CHAPITRE 127

Samedi 23 mars – 13 heures

Vous allez à la gendarmerie. On vous conduit auprès du commandant Pouvier. Il a l'air posé et raisonnable. Francis Vrieux lui a déjà parlé de vous. Vous lui racontez votre histoire, lui exposez vos doutes et toutes les questions qui vous troublent à propos du meurtre de Ludovic. Quelqu'un tue votre voisin, on vous agresse et on vous vole la photo que vous aviez trouvée chez lui. On vous menace.

Le gendarme vous apprend que Mme Millard est dans un état critique à la suite d'une tentative de suicide : elle aurait sauté de la fenêtre de sa chambre d'hôpital, au troisième étage. Les médecins ne se montrent guère optimistes. La raison semble l'avoir complètement abandonnée : vous n'en tirerez plus aucune information.

Vous essayez de convaincre le gendarme du lien qui existe entre Nadège et Ludovic. Vous lui rappelez qu'il est étrange que Nadège connaisse la femme sur la photo prise chez Ludovic. Peut-être qu'ils se connaissent depuis plus longtemps qu'elle ne le dit et que le meurtre de Ludovic a un rapport avec la disparition de Nadine, quinze ans plus tôt...

– Quelle photographie ? demande le gendarme.

– Eh bien, celle de la femme, celle qu'on m'a volée !

– Celle que vous avez prise chez Ludovic alors que les scellés étaient posés, c'est bien ça ?

– Euh... Non, pas exactement. Il y avait déjà quelqu'un dans l'appartement et comme j'habite en dessous, j'ai entendu des pas. Alors je suis montée avec mon ami. Mais ce n'est pas ça le problème ! Enfin, je vous assure, sur cette photo, c'était la même femme que sur celle que j'ai vue chez Nadège ! Et sur la photo de Nadège, il y avait marqué Albertcour. Il y a un lien.

– Votre imagination vous joue peut-être des tours, mademoiselle. Vous n'avez aucune des deux photos sous les yeux et vous affirmez des choses sur la base d'un vague souvenir.

– Si cette photo n'était pas importante, pourquoi me l'aurait-on volée ?

– On vous a volé votre sac, votre portable, votre portefeuille. Que la photo se soit trouvée dans ce portefeuille était un hasard.

– Bon, admettons que les photos ne prouvent rien. Qui aurait pu vouloir tuer Mme Millard ? Sa maison a été incendiée, quand même. Et pourquoi voudrait-on à tout prix me faire abandonner cette enquête si je n'avais pas trouvé quelque chose d'important ?

– Vous n'avez peut-être pas tort.

– Quel est le point commun entre Ludovic et Mme Millard ? insistez-vous.

– Nadine. Elle était la petite amie de Ludovic.

– Alors c'est là qu'il faut creuser !

– Vous êtes drôlement obstinée, vous, dites donc !

Le gendarme semble se rallier à vos arguments. Il sort de son bureau le dossier de Nadine. Mais celui-ci ne vous apprend rien. Sauf la photo de la petite Nadine : quelque chose vous chiffonne, mais quoi ?

Le gendarme vous révèle qu'il y a environ dix ans, il aurait retrouvé la trace de Nadine. Elle aurait été arrêtée pour racolage sur la voie publique à Baume, une ville-dortoir à vingt kilomètres d'ici. « Elle travaillait avec Rosie. Elles ont bossé ensemble quelques années et puis il y a eu l'assassinat d'un sale type, un pervers qui défigurait les filles. Elles auraient été reconnues sur les lieux du crime. On les a arrêtées, interrogées. Mais finalement on les a relâchées, faute de preuves. Après ça, Nadine a disparu, je ne l'ai plus jamais revue. Mais Rosie, elle, travaille toujours au même endroit. »

Il vous dit qu'il n'a pas d'homme disponible pour rouvrir l'enquête : si vous voulez élucider ce mystère, vous devrez le faire seule. Vous décidez quand même de suivre cette piste.

La nuit est tombée, vous êtes à Baume. Vous vous enfoncez dans des ruelles étroites et n'osez même pas imaginer ce qui doit se passer là, dans ce cloaque bourdonnant et obscur. Vous arrivez dans une impasse sans nom, étroite, bordée d'immeubles délabrés et pourris qui menacent de s'écrouler à tout moment. Sur le pavé, des bouteilles de bière éclatées, des gravats, une télévision éventrée, un Caddie en perdition. Vous vous retrouvez au milieu des déchets de la société de consommation, une sorte de cour des miracles où tout semble corrompu et souillé.

Les filles sur le trottoir vous regardent passer de leurs yeux morts. Elles sont là, à attendre, vêtues de shorts plus que courts et de bottes à talons aiguilles. La rue les a dévorées de l'intérieur, elles ne sont plus que des coquilles vides dans la nuit, insensibles poupées de chair, froides comme des cadavres. Une voiture arrive, une portière s'ouvre et avale cette fille qui ne semble pas avoir plus de seize ans. Engloutie. La voiture redémarre. La fille disparaît. Si la voiture choisissait de ne jamais revenir, qui s'en soucierait ?

Vous vous arrêtez à un angle et abordez une fille :

– Je recherche ma sœur. Vous la connaissez peut-être ?

– Connais pas ! coupe la fille sans même vous regarder, en continuant à mâcher ostensiblement son chewing-gum.

– S'il vous plaît...

– Chuis pas l'Bottin, lâche-moi !

– Je vous en prie, c'est une question de vie ou de mort, elle est en danger, j'essaie de la sauver...

Elle vous regarde de biais, cessant une seconde de mastiquer.

– La sauver comment ?

– Son mac.

– Écoute, j'm'en fous de cette fille, et en plus j'viens d'arriver dans le secteur...

– Elle travaillait avec Rosie, avant...

– Rosie ? Va donc voir la vieille, là-bas !

Rosie a vingt ans de métier, elle n'a jamais quitté le quartier, elle connaît bien les filles. Votre timidité, votre langage et vos habits qu'elle examine avant de vous répondre paraissent la rassurer. Vous ne ressemblez pas à un flic ! Elle vous dit que dans le temps, c'était pas pareil. Les clients les respectaient et puis les filles bossaient ensemble, elles se serraient les coudes. Maintenant, c'est la loi du marché... Chacun pour soi ! Finalement, elle revient à votre question initiale :

– Qu'est-ce que tu lui veux, à Nadine ?

– La retrouver, l'aider...

La femme éclate d'un rire bruyant qui vous glace le sang.

– Tu crois qu'il suffit d'arriver la bouche en cœur et de dire « je suis là » pour aider une pute à sortir du trottoir ?

– Elle m'a appelée au secours la semaine dernière. Elle m'a

demandé de venir de toute urgence avec de l'argent dans un hôtel d'Albertcour. Mais quand je suis arrivée, elle avait disparu. Je sais qu'elle a travaillé ici. Je me suis dit que, peut-être...

Rosie vous regarde attentivement :

– Je ne l'ai pas vue depuis des années. Elle travaille plus ici depuis...

– Depuis l'histoire du pervers ?

– Comment est-ce que... ?

– C'est chez moi qu'elle est venue après ça. Elle m'a raconté.

Ce coup de bluff était risqué mais apparemment, Rosie est en confiance. Vous êtes complètement rentrée dans le personnage de la sœur. Vous obtiendrez peut-être quelque chose d'elle.

– Vous savez si elle avait un ami ou une amie chez qui elle aurait pu se réfugier ?

– Une amie ? Non, elle avait pas d'amie. Je ne savais même pas son nom de famille. Je me souviens qu'une fois un vieux est passé nous questionner sur elle. Pas longtemps après, le pervers a été retrouvé dans la rivière. C'était son mac. C'est sûr, on n'a pas pleuré, c'était une belle ordure ! Mais le vieux, il était pas bien net non plus. Y s'est installé dans le coin et il venait tous les jours la reluquer en douce. J'crois qu'y vit en haut de la ville, sur la colline : la maison isolée, c'est lui. J'crois qu'il y est encore.

Vous prenez congé de Rosie. Peut-être ce vieux (qui doit être très vieux maintenant...) sait-il où se trouve Nadine. Si vous la retrouvez, vous pourrez faire le lien entre Nadège et Ludovic, vous en êtes convaincue.

Vous vous dirigez vers votre voiture. Mais vous arrivez trop tard : elle est la proie des flammes... Vous regardez la fumée s'élever dans le ciel en volutes gracieuses qui semblent désigner cette étrange maison bleue, au loin, sur la colline. Les sirènes de pompiers se rapprochent. Il faut que vous en sachiez plus, mais êtes-vous prête à en payer le prix ? Vous êtes presque parvenue au point de non-retour. Il est clair que la vérité est en haut de cette colline.

❋ Que faites-vous ? Soit vous abandonnez l'enquête au **chapitre 131** (p. 435), soit vous allez à pied vers la maison au **chapitre 129** (p. 425).

CHAPITRE 128

Samedi 30 mars – 23 heures

Vous avouez tout à Éric. Vous êtes celle qu'il a sous les yeux depuis quatre ans mais qu'il ne regarde plus, vous êtes celle dont il a oublié le corps à force de copulations bâclées, celle qui l'aimera jusqu'à son dernier souffle.

Il reconnaît votre voix et reste muet de stupeur. Il se sent dupé, humilié. Il sort du lit furieux, et quitte l'hôtel immédiatement. Puis il vous rappelle, car il ne veut pas perdre tout à fait l'inconnue de la chambre 12...

Il vous trouve sublime, vous faites l'amour... Peut-être qu'il vous demandera pardon, peut-être qu'il vous dira combien il vous aime. Mais on n'est pas dans un film et aucun générique ne vient pérenniser les belles retrouvailles. La clepsydre se vide et tout fuit comme le sable entre les mains des amants. La lassitude s'installe de nouveau, l'ennui vous éloigne et vous n'avez que deux choix, vous y résoudre ou chercher de nouvelles sources d'excitation...

Pour l'heure, vous êtes allongée dans le canapé devant la télévision, à zapper de chaîne en chaîne. Tout à coup, tout se dérègle... L'image se perd puis réapparaît. Mais c'est la même sur toutes les chaînes : vous avez beau appuyer sur les boutons de la télécommande, toujours le même présentateur, toujours le même décor psychédélique ! Vous vous levez pour bouger l'antenne. À ce moment, vous reconnaissez le visage du présentateur. Un visage familier, étrangement rassurant. Sa silhouette souple et gracile glisse vers vous sans même toucher le sol. Il vous parle et sa voix douce et lointaine pénètre votre esprit comme une révélation intérieure. Il vous parle, et ses lèvres ne bougent pas.

– Ne fuis pas la vérité, Emma. Regarde ce qu'est devenue ta vie... Est-ce vraiment comme ça que tu l'imaginais ? Comment as-tu pu accepter d'être ainsi trompée, rabaissée !

– On s'est retrouvés, c'est l'essentiel !

– Mais non ! Tu as retrouvé tes pantoufles, c'est tout ! Tu as été lâche : tu découvres que ton copain te trompe et tu fais comme si rien ne s'était passé ! Mieux vaut ne pas pardonner que le faire pour de mauvaises raisons, non ? En fait, tu as eu peur de la vie sans lui. Tu as cédé à cette peur. Il faut recommencer, remonter le temps, corriger tes erreurs. Revenir à l'instant de ta capitulation. Affronte ta peur de l'abandon et de la solitude,

Le sol se dérobe sous vos pieds, un vertige vous fait vaciller. Vous tombez dans un puits sans fond. Vous êtes comme aspirée en arrière, votre cœur se serre, la chute est infinie... Vous perdez connaissance.

* Rendez-vous au **chapitre 7** (p. 35).

CHAPITRE 129

Samedi 23 mars – 23 h 59

Vous sortez de la ville, et coupez à travers champs. Vous devez longer un bois qui borde la colline. Vous n'êtes pas tranquille. Vous regardez sans cesse derrière vous. Le moindre craquement de branche vous fige sur place, le cœur battant, les tempes ruisselant de peur. Qu'allez-vous découvrir là-haut ? Vous pressez le pas, et avancez aussi vite que vous le pouvez dans l'obscurité. Vous longez une route sur quelques centaines de mètres. Seule la lune vous éclaire. Une voiture passe à côté de vous à toute allure, dans un vacarme de ferraille et de cris. Crissement de freins, dérapage sur l'asphalte, phares éblouissants. Votre cœur s'arrête. Votre estomac se tord. On vous appelle : « Eh, toi ! Tu montes ? » Vous allez défaillir. Vous avancez toujours sans vous retourner, les yeux au sol. Le conducteur se met à klaxonner en sortant le bras par la vitre baissée. Vous avancez. Votre cœur va éclater. Vous ne voulez pas entendre. Vous ne voulez pas regarder. Si vous ne les voyez pas, ils n'existent pas. Vous avancez. Bruit d'accélérateur, nuage de fumée, roues qui patinent, bordée d'insultes, pluie de bière. Ce n'est qu'une bande de jeunes excités. Lorsque vous relevez les yeux de vos chaussures, ils sont déjà loin : vous vous remettez à grimper vers la maison.

Vous arrivez en haut de la colline. Vous dominez les lumières de la ville. De là où vous êtes, vous pouvez encore voir un petit filet de fumée s'élever de votre voiture. Vous sentez que la ou les personnes qui ont fait cela sont prêtes à tout pour que la vérité reste cachée, à jamais. Un homme connaît cette vérité et vous allez le rencontrer dans moins de cinq minutes.

Vous apercevez enfin la maison. Elle semble abandonnée depuis des siècles. La barrière ouverte et pourrie tient debout par on ne sait quel miracle. Les mauvaises herbes et la mousse ont tout envahi, les murs sont fendus, la peinture est écaillée. Vous vous approchez et frappez à la porte. Celle-ci s'ouvre toute seule, elle n'était pas fermée. Votre cœur s'emballe dans votre poitrine. Après une légère hésitation, vous posez la main sur le battant entrebâillé et vous poussez tout doucement. La porte grince. Vous inclinez progressivement la tête pour voir à l'intérieur puis vous vous avancez prudemment. Aucun bruit, aucune trace de la présence de quiconque. La pièce est plongée dans le noir, vous tendez les bras devant vous. Vous avez l'impression de marcher dans le vide. Une forte odeur de moisi vous prend à la gorge comme si vous entriez dans une pièce morte. Vous respirez difficilement.

Progressivement vos yeux s'habituent à l'obscurité, des formes se dessinent dans le noir. Une table, une commode, un fauteuil... Et puis vous le voyez, votre cœur se fige. Il est assis dans le fauteuil, tapi dans l'ombre, face à vous, parfaitement immobile. Il vous regarde. S'il n'avait pas levé son bras vers vous, vous auriez pris cet homme pour un cadavre. Il allume une lampe près de lui. Son regard vous paralyse. Son visage est d'un gris jaunâtre, ses lèvres sont violettes. Dans sa main couverte d'écailles, une arme. Il semble mourant. Vous savez qu'il trouvera la force de vous transpercer le cœur si vous approchez davantage. Il tend son bras, serre la crosse entre ses doigts. Vous sentez un éclair de glace vous envahir de l'intérieur et se répandre dans vos veines. Il sait apparemment pourquoi vous êtes là, il vous attendait...

– Vous n'auriez pas dû venir ici.

– Mais pourquoi ?

– Le secret. Vous venez me questionner sur Nadine ?

– Oui, je veux savoir quel est le lien entre une certaine Nadège et le meurtre de mon voisin Ludovic Vrieux. Je suis sûre que Nadine est la clef de toute cette histoire et je pense que vous pouvez m'aider à la retrouver. J'ai des soupçons, mais je veux en avoir le cœur net. La police croit que Virginie, la petite amie de Lu...

– Oui je sais. Je lis les journaux.

Le vieillard se tait un instant, puis lâche :

– La vérité est sur cette table. De toute manière, vous ne ressortirez pas vivante d'ici.

Vous suivez son geste et votre regard se pose sur la table.

Dessus, il y a deux lettres. Le papier de la première étant légèrement jauni, vous comprenez qu'elle ne date pas d'hier ; la seconde semble plus récente. Le vieil homme allume une cigarette.

Vous commencez à lire :

Papa,

Je ne sais même pas à qui adresser cette lettre. Le plus simple est de te l'adresser, à toi qui m'as faite telle que je suis. Il faut que quelqu'un sache.

Quand j'ai rencontré Ludovic, je suis tombée folle amoureuse de lui. Le coup de foudre. Je crois que dès cet instant j'ai su qu'il n'y aurait que lui dans ma vie. J'ai tout fait pour qu'il m'aime. J'ai fait tout ce qu'il a voulu. Il a été ma première fois. Il était différent des autres, il parlait peu. On a fait l'amour dans ma chambre, un soir quand vous étiez sortis. Et puis, il m'a demandé de le faire avec ses copains pour lui faire plaisir. J'ai tout fait pour lui...

Un jour, je suis rentrée plus tôt que prévu à la maison. J'ai entendu des gémissements dans la cuisine. Je suis entrée et j'ai vu Ludovic sur ma mère, je les vois encore aujourd'hui. Je l'entends encore aujourd'hui gémir et râler comme une chienne. Elle fermait les yeux. Elle avait autour du cou le collier que je lui avais offert pour la Fête des mères, quelques semaines plus tôt. J'ai reculé. Je suis sortie. Ils ne m'ont pas vue.

Je ne voulais plus jamais la voir. J'ai fait du stop pour rejoindre la capitale. Je me disais que je pouvais peut-être danser dans les boîtes et gagner de quoi vivre comme ça. Le premier homme qui m'a prise en stop était très gentil. Il me parlait de sa fille, qui était en terminale. Cet homme était très sympa, il me faisait rire, j'avais l'impression qu'on avait le même âge, il avait l'esprit jeune, à l'opposé de toi. Mais plus on avançait dans la conversation, plus il regardait ma poitrine avec insistance, je commençais à être vraiment mal à l'aise. Je n'osais plus le regarder, la discussion avait perdu de son intensité, l'atmosphère était lourde. Et puis, il est sorti de la route. Il s'est arrêté dans un chemin. J'étais terrifiée, je n'osais pas le regarder. Il m'a mis la main sur la joue en me disant que j'étais magnifique et qu'il ne fallait pas avoir honte de ça. J'étais morte de peur. Je ne savais pas quoi faire. On était seuls en pleine campagne, personne ne pouvait m'entendre crier. Il me fixait et me caressait les cheveux, tout doucement il m'a baissé la tête. Je résistais, le suppliais. Il s'est fâché et m'a dit, j'entends encore sa voix, que si je ne le faisais pas il me tuerait, que personne ne pourrait jamais me retrouver. Alors je l'ai fait. Après, j'ai ouvert la portière et j'ai vomi, il m'a poussée dehors et a redémarré la voiture. Il m'a abandonnée en pleine nuit, sur ce chemin de terre. J'ai fini par atteindre la ville. Mais je ne suis jamais devenue danseuse.

Dans un bar, j'ai rencontré un type qui m'a dit que j'étais belle, qu'il était photographe et qu'il allait m'aider à être top-model. Je me méfiais mais il a quand même réussi à m'attirer dans son appartement pour des séances photos. Une fois chez lui, j'étais foutue. Il m'a mis un couteau sous la gorge, m'a menottée au lit dans une pièce tapissée de liège. Il m'a droguée, violée et filmée pendant que j'étais dans les vapes. Il m'a piquée pendant plus d'une semaine. Je suis devenue accro. Il me tient comme ça. Il n'y a plus rien à faire. J'ai décidé d'en finir. Cette vie est un enfer, mais je voudrais que mon fantôme vienne torturer ma salope de mère et Ludovic. C'est à cause d'eux tout ça. Il fallait que tu le saches.

Nadine

Deuxième lettre.

Papa,

Je ne te dirai pas où je suis, simplement que Nadine Millard est morte à jamais. Aujourd'hui, je ne fais plus le trottoir. J'ai changé de nom par les combines d'un client qui m'a trouvé des faux papiers.

J'ai des clients réguliers, ils m'appellent quand ils veulent me voir, ils viennent chez moi, ou à l'hôtel. Je gagne beaucoup d'argent. Je suis devenue danseuse... Je danse pour des porcs dans des cloaques infâmes. Mon corps ne m'appartient plus depuis longtemps.

Je les sens dans la salle quand j'écarte les cuisses. D'abord, le murmure qui grandit, les soupirs qui se gonflent et les dos qui s'arrondissent. Leurs faces au bord de l'apoplexie, marbrées de taches rouges... Ils lorgnent et remuent de jouissance, ils en crèvent leur pantalon. Ils suffoquent. Quand la rampe s'éteint et que la salle se vide, ils laissent derrière eux une odeur d'humidité. C'est une odeur qui me colle à la peau et que les meilleurs parfums ne font pas disparaître. Mais tu le sais, toi, n'est-ce pas ? Toi qui viens me voir, toi qui venais déjà lorsque j'étais sur le trottoir, toi qui n'as jamais rien fait pour me sortir de là...

Je vais revenir me venger, et si toi, mon père, tu essayes de prévenir qui que ce soit, je te tuerai. Si tu n'es pas avec moi, tu es contre moi. Alors n'essaye pas. Je vais commencer par ma mère, ta femme. J'attendrai qu'elle soit endormie et j'apparaîtrai dans sa chambre en chemise blanche, en lui disant qu'elle brûlera dans les flammes de l'enfer pour ses péchés, que je suis morte à cause d'elle. Petit à petit, je lui ferai perdre l'esprit, ce sera magnifique.

Pour Ludovic, j'attendrai qu'il m'oublie et je changerai mon visage pour qu'il ne me reconnaisse pas. Je deviendrai une bonne amie, et un jour je le détruirai. Si quelqu'un cherche un jour prochain à découvrir la vérité, tue-le. Car tu es mon père, et ta vie ne tient qu'à mon jugement et à cette nuit où tu es entré dans ma chambre, immonde pervers. Au fait, j'ai retrouvé les si jolies photos que tu as prises de moi cette nuit-là...

Nadine

Vous relevez les yeux. Le père vous tient en joue avec le pistolet à barillet. Vous entendez quelqu'un entrer par la porte derrière vous.

– Merci, papa. Je savais que je pouvais compter sur toi.

Cette voix... Vous reconnaissez cette voix !

– Alors comme ça, ma chère voisine, tu es au courant de notre petit secret !

Vous vous retournez.

– *Nadège* ? Mais...

Vous avancez vers elle. Le père enlève le cran de sécurité du pistolet, ce qui vous arrête net. Vous vous tournez vers lui puis de nouveau vers Nadège – ou plutôt Nadine – toujours appuyée contre la porte d'entrée.

– Tout était si simple, mais il a fallu que tu t'en mêles. Sans toi ma vengeance serait parfaite, mais tu es le parasite qui veut tout savoir. Dès le premier soir, quand j'ai vu que tu avais fourré ton nez dans le tiroir de ma chambre, j'ai compris qu'il fallait que je me tienne prête à te tuer.

– Mais pourquoi ? Pourquoi n'as-tu pas essayé de vivre ta vie ? Toutes ces années pour ta vengeance et maintenant qu'est-ce qu'il te reste ? Une vie lamentable... Si tu me tues, la police remontera vite à toi. D'autres personnes sont au courant, Éric et Kevin savent que je suis là.

– Éric, je peux le faire chanter, il a beaucoup de choses à se reprocher...

– Pardon ?

– Parce que tu ne savais pas, pour Éric ? Tu devrais surveiller ton mec, ma chérie... Kevin, lui, n'aimerait pas que j'ébruite ce que son cher père m'a confié sur l'oreiller. Il ne reste plus que toi. Comme mon père, tu peux garder ce secret. Nous pourrions vivre comme avant...

– Tu sais que c'est impossible !

– Alors je vais devoir te tuer.

Vous vous mettez à courir. Mais le temps que vous arriviez à la porte, elle attrape un balai posé près de l'entrée et vous frappe dans les jambes avec une telle force que vos pieds quittent le sol. Vous vous retrouvez à plat ventre. Vous essayez de vous retourner : rien à faire, elle est déjà sur vous à califourchon, un bras autour de votre gorge. Vous vous débattez mais elle assure sa prise en appuyant sur votre dos et en tirant davantage en arrière votre tête. Vous suffoquez, incapable de bouger, la gorge broyée par son bras. Elle baisse la tête, vous sentez son souffle chaud dans votre oreille. Elle appuie plus fort. Vos yeux vont sortir de leurs orbites, la pression dans votre tête grandit et devient insoutenable. Dans une semi-conscience, vous entendez les craquements de cuir du fauteuil. Son père s'est levé, il est en face de vous. Il tend son bras vers vous, positionne ses doigts sur la crosse. C'est terminé, vous allez mourir.

Vous fermez les yeux. Nadège lâche votre gorge, le coup part... La détonation est si forte qu'elle vous écrase les tympans. Mais vous ne ressentez aucune douleur, rien, seulement le poids de Nadège sur votre dos... Vous ouvrez les yeux, tournez la tête. Nadège roule sur le côté, elle a une balle au milieu du crâne. Son père vous regarde, et retourne l'arme contre lui. Son doigt presse sur la détente pour la seconde fois, un bruit sourd déchire le silence. Il s'écroule tout contre vous.

Quelques minutes plus tard, vous entendez des sirènes hurler. Les voitures de la gendarmerie envahissent les lieux. On vous questionne durant des heures. C'est une terrible histoire, dont les médias font aussitôt leur couverture. Enfin, ils vous ramènent chez vous.

Vous êtes seule, Éric est sorti. Il a laissé un mot dans la cuisine. Vous sentez une vague de colère déferler en vous. Vous aviez besoin de réconfort ce soir et il n'est pas là. Il n'est jamais là...

Vous allumez la télévision. Toutes ces émotions vous ont épuisée. Vous vous endormez.

Dans un halo de lumière blanche, un adolescent apparaît... Il vous sourit. Vous vous approchez de lui. Il vous semble le reconnaître mais vos souvenirs sont vagues et incertains. Son nom ? Vous ne réussissez pas à vous le rappeler. Il prend vos mains dans les siennes : sa voix lointaine est calme et grave et son regard est pareil au regard des statues. Il parle doucement, sans remuer les lèvres :

– Tu as réussi. Cette **victoire** est importante. Tu as sauvé Virginie grâce à ta persévérance. Tu as triomphé du démon de l'égoïsme et de l'indifférence. Tu as même été héroïque. Félicitations ! Mais avant de pouvoir revenir et d'ouvrir les yeux parmi les tiens, il faut que tu aies vaincu deux autres démons.

– De quels démons parlez-vous ?

– Je t'ai déjà expliqué, tu ne te souviens pas ? Les « démons », c'est une manière imagée de te dire que tu dois te battre pour pouvoir faire face à la vie qui t'attend.

– Vous ne pourriez pas être plus clair ?

– Bon. Tu vas bientôt vivre des aventures extraordinaires, mais tu n'es pas prête pour le moment. Afin que tu triomphes de ces épreuves à venir, il faut que tu réussisses à dominer tes faiblesses, et pour cela tu dois remporter **trois victoires** sur toi-même. Tant que tu n'as pas ces trois victoires, tu remonteras le temps et recommenceras là où tu as échoué.

✻ » Si tu as déjà remporté **trois victoires**, rends-toi au **chapitre 157** (p. 530). Sinon, tu dois remonter le temps, revenir là où tout a commencé et retourner au vendredi 1er mars, choisir une autre voie qui te permettra de corriger une autre de tes faiblesses. Au lieu de sortir, tu resteras chez toi au **chapitre 12** (p. 48). Remonte le cours du temps, et que les souvenirs de cette vie s'effacent de ta mémoire !

Le sol se dérobe sous vos pieds, un vertige vous fait vaciller. Vous tombez dans un puits sans fond. Vous êtes comme aspirée en arrière, votre cœur se serre, la chute est infinie... Vous perdez connaissance.

CHAPITRE 130

Samedi 30 mars – 23 h 59

– Je n'ai pas été trop longue ? Mon pauvre chéri ! Je sais que ce n'est pas gentil de t'avoir abandonné une heure tout seul dans cette chambre ; mais tu vas voir, je vais bien m'occuper de toi maintenant...

Il sent bien la menace contenue dans cette dernière phrase et s'agite violemment.

Ses yeux fixent le sac que vous tenez dans vos bras. Vous le posez sur la petite table que vous approchez du lit et sortez un à un, lentement, chaque objet : la bouteille de whisky, les ciseaux, le rasoir brillant et effilé, le sel, les orties, la pince, les clous, le fil électrique, le sac plastique... Vous le regardez en souriant.

– Tu ne croyais tout de même pas que je te pardonnerais, mon amour !

Vous voyez la sueur perler à son front. Il suffoque et se met à tousser. Sa toux rauque fait un bruit atroce d'étranglement. Vos doigts fouillent dans le sac pour en extraire le dernier outil... La respiration d'Éric devient haletante, rapide. Il tente de dégager ses poignets des entraves. Vous posez l'objet bien aligné à côté des autres. La poitrine d'Éric se soulève. Un marteau ? Qu'allez-vous faire d'un marteau ?

– Tu croyais que tu pourrais me tromper, me mentir et me jeter comme ça ? Tu as eu tort, mon chéri. Tu vas payer. Tu vas payer très cher...

Votre voix est presque inaudible entre vos mâchoires crispées.

Éric essaie frénétiquement d'arracher le bracelet de cuir. Sa main se déchire un peu plus chaque fois. Le sang tiède et gluant coule, se coagule. Il s'acharne. Il tire à s'en massacrer le bras, mais la menotte est toujours trop serrée. Épuisé, il renonce.

Vous vous asseyez sur le lit et buvez une rasade de whisky à la bouteille. Vous apercevez les blessures de ses poignets :

– Oh, Éric, mais tu te blesses le poignet, mon petit chat, attention ! Je vais te soigner...

Vous allez chercher le sel et en jetez une pincée sur la plaie. Il se tord de douleur. Vous le grondez :

– Tu sais, Éric, ce n'est pas bien de mentir. Je dois te punir pour t'empêcher de recommencer.

Son visage est couvert de transpiration, ses bras sont poisseux de sang.

– Il faut nettoyer tout ça...

Vous vous levez, prenez le rasoir, versez du whisky dessus. Puis, après avoir bu une dernière gorgée, vous videz le reste de la bouteille sur les plaies vives de ses poignets. Il est terrorisé. D'interminables minutes s'écoulent. Il gémit, tire tant qu'il peut, le cuir l'écorche profondément. Vous vous penchez sur lui. Éric se cambre frénétiquement. Il tente de hurler mais le bâillon ne laisse passer qu'un grognement sourd. Les larmes coulent le long de ses joues. Vous le regardez s'agiter, s'exténuer, puis se calmer... D'un geste lent, vous approchez votre main et la posez doucement sur son ventre. Il sursaute et ne peut réprimer une plainte. Il tremble sous votre main, qui remonte le long de sa gorge et s'arrête sur son cou. Vous le sentez déglutir péniblement. Vos caresses redescendent, s'égarent jusqu'à son entrejambe...

Vos doigts jouent avec son sexe. Éric fixe avec angoisse le rasoir que vous tenez dans l'autre main.

* Si vous considérez que sa terreur rachète votre humiliation, rendez-vous au **chapitre 133** (p. 444).

Si une folie perverse et sadique vous emporte, si vous souhaitez voir ce rasoir que vous tenez se couvrir de son sang, alors rendez-vous au **chapitre 142** (p. 476).

CHAPITRE 131

Dimanche 24 mars – 8 h 02

Vous ne pouvez plus rien pour Virginie. Après tout, vous n'êtes pas détective.

Vous avez passé une nuit agitée, hantée par d'étranges cauchemars. Vous essayez d'en rattraper les bribes mais le souvenir de ces rêves vous échappe presque entièrement. Une chose vous apparaît clairement encore : le visage d'une amie d'enfance que vous n'avez pas revue depuis cinq ans. Vous vous demandez ce qu'elle peut bien devenir et, aiguillonnée par la curiosité, vous décidez d'appeler l'ancien numéro de ses parents conservé dans votre vieux répertoire. Par chance, ils vivent toujours au même endroit et vous apprennent que Morgane a acheté une petite maison il y a un an, au bord de l'océan. Ils semblent inquiets et ajoutent que cela lui ferait peut-être du bien de retrouver ses racines... Ils vous donnent ses coordonnées. Vous décidez de lui écrire. Vous lui dites que vous aimeriez la revoir après toutes ces années et venir lui rendre visite.

Quelques jours plus tard, vous recevez une longue lettre de sa part. Une lettre troublante...

Ma très chère Emma,

Je ne t'ai bien évidemment pas oubliée et ta présence à mes côtés serait d'un grand réconfort dans les circonstances où je me trouve. Mais cela est impossible. Je ne veux pas te mettre en danger. Il se passe ici des choses terribles dont tu n'as pas idée. Plus personne ne peut m'aider. Tu n'y comprends rien, j'imagine. Tu me crois folle ? Les autres le prétendent mais je ne suis pas folle. Je sais ce que je dis. Mes amis, mes parents même m'ont abandonnée. Aujourd'hui je suis seule, seule pour l'affronter mais je ne partirai pas. Cette maison est tout ce qui me reste. J'ai perdu mon travail. Je perds peu à peu l'usage de mes jambes. Ma vue décline. Tous croient que je perds aussi la raison. Ma mère, ma propre mère a essayé de me faire interner, te rends-tu compte ? Mais je ne fuirai pas. Même si j'ai peur, terriblement peur... Il faut que je te dise ce qu'il m'est arrivé, il faut que tout le monde sache...

Tout a commencé il y a un an, pour une bêtise, un jeu. Un simple jeu qui s'est transformé en cauchemar.

Je venais d'acheter cette petite maison au bord de l'océan. Mon chat et mes deux chiens ont tout de suite aimé cet endroit. Mon rêve se réalisait et j'étais réellement la plus heureuse du monde. J'ai organisé une grande fête pour célébrer l'emménagement. Vers trois heures du matin, nous n'étions plus que six autour du feu de bois. Les autres invités étaient rentrés chez eux. Nous discutions de sujets divers, nous avons commencé à parler de spiritisme. Quelqu'un a suggéré d'appeler un esprit. Nous nous sommes mis par terre sur des coussins dans la chambre d'amis. Au centre, sur le tapis, nous avons posé un plateau. Nous avons écrit OUI et NON sur des feuilles et placé un verre au centre.

Puis la séance a commencé. « Esprit, es-tu là ? Si tu es là, manifeste-toi. » Nous avions tous le doigt posé sur le dessus du verre, et nous l'appelions à tour de rôle, mais ça ne marchait pas. Nous nous trouvions un peu ridicules et commencions à rire de ces appels lancés d'une voix lugubre et profonde. On ne prenait pas tout cela très au sérieux. Au bout d'une heure, on s'apprêtait à renoncer lorsque la lampe accrochée au-dessus de nous a commencé à perdre de l'intensité, la luminosité a diminué et le verre s'est mis à bouger doucement. À cet instant, plus personne n'osait rire et un malaise s'est installé. L'esprit était là.

Nous avons posé notre première question : « Es-tu un bon esprit ? » Le verre s'est déplacé vers le OUI. Seconde question : « Est-ce qu'une personne présente ici te gêne ? Si oui, dirige-toi vers elle. » Le verre s'est alors dirigé vers moi. Je me souviens bien qu'alors, nous avons tous lâché le verre. Mais il a continué à avancer vers moi. Personne ne le touchait plus. Je ne sais

pas ce qui m'a pris alors, la peur sans doute. J'ai attrapé le verre et je l'ai jeté contre le mur. Il s'est brisé. La lampe a repris son intensité lumineuse.
La séance était terminée...
En ramassant les morceaux de verre, je me suis coupée.
Je pense que c'est à ce moment-là qu'il est entré dans ma vie. Nous ne sommes pas seuls, Emma. Il existe certaines choses qu'on ne peut pas expliquer. Je sais aujourd'hui que j'ai fait quelque chose d'irréparable : j'ai cassé le verre avant que l'Esprit ne soit parti. Je l'ai libéré.
Quelques jours plus tard, je suis retournée dans la chambre d'amis pour ranger le plateau, quand j'ai appuyé sur l'interrupteur il ne fonctionnait pas. Je m'apprêtais à entrer quand même, éclairée par la faible lumière du couloir et c'est alors que je l'ai vu, dissimulé au fond de la pièce, dans les plis du rideau... Ce fut comme si le mur du fond reculait dans l'ombre. Sa face contorsionnée se fondait dans les ténèbres. Une face dont les yeux étaient plus noirs que la nuit. Sa bouche édentée s'ouvrait en un rictus ignoble. Une main jaunie s'est tendue vers moi. Il venait me chercher. Tu me crois folle sans doute, mais je peux t'assurer qu'il y avait bien une créature au fond de cette chambre. J'ai refermé la porte et me suis enfuie en courant. Le lendemain matin, après avoir ouvert les volets, j'ai examiné la pièce : il ne restait pas la moindre trace de cette présence. Juste une odeur de putréfaction.
J'ai d'abord cru qu'il s'agissait d'une hallucination, mais le lendemain, un de mes deux chiens était retrouvé mort étouffé dans la chambre. L'autre refusait obstinément d'y entrer.
Le cauchemar ne faisait que commencer...
Deux semaines plus tard, alors que j'étais dans la cuisine, un des placards s'est ouvert brusquement et un pot de confiture est tombé à quelques centimètres de moi. Des objets étaient déplacés. Mais le pire de tout, c'était les sons étouffés derrière les murs, les grattements, comme si quelque chose essayait désespérément de sortir...
Quand les bruits ont commencé à se faire entendre dans la chambre, j'ai su que c'était Lui.
Tout cela dure depuis des mois. Je suis poursuivie par un démon et personne ne peut m'aider. Mon chien est mort. Le

sort s'est acharné contre tous ceux qui ont pénétré dans cette maison. Il rôde, il ne me laisse pas en paix : il possède mon âme et la gouverne. Je rêve la nuit de sa bouche sur la mienne : il boit ma vie. Souvent, lorsque je veux sortir de la maison, je suis retenue, empêchée par une force inexplicable, une sorte de malaise qui m'engourdit et m'oblige à m'asseoir. Je n'ai plus aucune force, je peux à peine marcher aujourd'hui. Je sais qu'il est là, derrière ces murs et qu'il essaie de prendre mon âme...

Je suis allée voir un prêtre exorciste mais il m'a ri au nez, il m'a dit que les gens « normaux » ne pouvaient pas être possédés, que seuls les saints et les hommes d'Église, qui combattaient le démon, pouvaient être la cible de l'Esprit malin. J'ai eu beau lui raconter en détail tout ce qui m'arrivait de mauvais, il a refusé de m'écouter.

Quelqu'un m'a parlé d'une voyante qui pourrait m'aider. Elle doit venir aujourd'hui. Peut-être réussira-t-elle à me libérer ? Si c'est le cas, nous nous reverrons.

Ton amie. Affection.

Morgane

Pauvre Morgane ! Comment a-t-elle pu en arriver là ? Vous voudriez lui répondre que toutes ces choses épouvantables et terribles dont elle s'effraie sont le fruit de son imagination et de son ignorance. Qu'une explication peut certainement être trouvée si l'on examine les choses sous le bon angle.

* Si vous croyez pouvoir l'aider, faites votre sac et allez immédiatement sur place voir ce qu'il en est au **chapitre 134** (p. 445).

Mais vous pouvez aussi penser que finalement, ce n'est pas à vous de la raisonner : rendez-vous alors au **chapitre 138** (p. 460).

CHAPITRE 132

Dimanche 31 mars – 19 h 30

Vous êtes chez Claire, blottie dans son canapé. Un jour, deux jours... sans ouvrir la bouche. On ne peut pas dire que ce soit la grande forme pour vous.

Chaque minute semble durer une heure. Le temps ne s'écoule plus. Les yeux voilés, enveloppée d'un sombre nuage qui vous empêche de voir ce qui vous entoure, votre tristesse est devenue votre seul horizon. Cette monotonie abrutissante fait de chaque journée le parfait écho de la précédente sans qu'il y ait le moindre espoir d'évolution. Vous êtes seule. Vous souffrez.

Votre esprit conspire à vous nuire, il entretient votre désespoir : au lieu de vous aider à faire le deuil de cet amour, il vous projette le film de tous vos moments de bonheur, il vous rappelle combien Éric était drôle, beau et intelligent.

Vous n'avez plus la force de manger, de sortir, encore moins d'aller travailler, vous restez enfermée chez Claire. Vous regardez la télévision et pleurez. Le soir, votre amie vous prépare à dîner et vous parle. Vous n'entendez pas ce qu'elle vous dit.

Mais elle décide de reprendre les choses en main : il faut que vous sortiez un peu ! Vous lui répondez qu'il est trop tôt, que vous ne voulez voir personne. En réalité, il est presque trop tard... Depuis que vous avez quitté Éric, vous vous renfermez de plus en plus. Vous êtes en train de construire autour de vous de solides remparts. Le fossé se creuse et se remplit d'eau croupie. Personne ne rentrera plus : vous êtes sur le point de relever le pont-levis !

Claire refuse de vous laisser vivre en recluse et vous invite à « tenter une expérience ». Vous refusez, mais rien n'y fait : après les encouragements viennent le chantage et les menaces... Lasse de combattre, vous finissez par céder contre la promesse qu'après, elle vous laissera en paix. Vous enfilez avec dépit un jean et un pull, et vous l'accompagnez. Il est 19 h 45, vous ne savez pas où elle vous emmène. Vous montez dans la voiture à côté d'elle.

– Ça va être marrant ! s'emballe-t-elle. Et qui sait, avec un peu de chance...

– Dis-moi où tu m'emmènes.

– Non, c'est une surprise.

– Tu sais, là, je n'ai pas trop envie de surprises.

– Si je te dis où on va, tu feras demi-tour.

– Bon, je rentre à la maison, dépose-moi tout de suite !

– Non, ça va ! Je capitule... Tu as déjà entendu parler du *speed dating* ?

– Non.

– Je t'explique : sept garçons et sept filles se retrouvent face à face pendant sept minutes. À la fin de ces sept minutes, tu changes de place et tu te retrouves en face de ton voisin, et ainsi de suite. Vous discutez. Si le garçon te plaît, tu coches une case, il fait la même chose si tu l'intéresses. Le lendemain, tu reçois par mail les noms et les numéros de téléphone de ceux qui t'ont choisie, et ceux qui te plaisent reçoivent le tien. Après, c'est à toi de faire le reste.

Vous la regardez d'un air effaré :

– C'est une blague ! Arrête la voiture tout de suite, je descends.

Vous êtes furieuse. Votre voix est montée dans les aigus sous l'effet de la colère. Claire vous pose la main sur l'épaule :

– Attends, ne sois pas bête. Tu vas voir, ça va te changer les idées...

– Mais tu crois vraiment que j'ai la tête à ça ! Regarde-moi, je suis une loque.

– On ne te demande pas de trouver l'homme de ta vie ce soir, mais de parler de tout et de rien, ça te fera du bien.

Vous n'avez aucune envie de parler à des inconnus, mais Claire semble y tenir, et puis il est vrai qu'elle a beaucoup fait pour vous... Elle vous héberge, vous nourrit, vous console et supporte votre humeur terrifiante depuis bientôt un mois. Il est peut-être temps de faire preuve d'un peu de reconnaissance, d'un peu de bonne volonté ! Vous acceptez.

– Mais c'est pour toi que je le fais, précisez-vous. Que ce soit bien clair !

– Oui, oui...

Elle s'en moque : tout ce qui compte, c'est que vous ayez accepté... Elle vous a eue !

Vous arrivez devant un pub. Deux jeunes filles derrière vous sont très excitées à l'idée de franchir les portes de ce royaume : il paraît que c'est une boîte très branchée où beaucoup de personnalités viennent s'amuser. Elles se demandent si elles pourront s'approcher de l'espace VIP. Vous vous dites que tout cela est bien futile. Vous entrez. Un mur sonore vous frappe de plein fouet, puis vous descendez dans une salle extrêmement sombre. La musique résonne et écrase le bruit des conversations, vous êtes assommée et étourdie par le martèlement du rythme et le clignotement du stroboscope. Les murs sont recouverts de papier en aluminium dans lequel se reflètent des centaines de guirlandes de lumière rouge. Au mur, les écrans géants projettent des clips vidéo. Vous traversez la piste de danse, déjà houleuse de corps agités, cernée de lumières noires et de flashs agressifs.

Claire vous entraîne dans une autre salle moins étouffante. Les pulsations de la musique s'éloignent. Les lumières sont tamisées et douces. Apparemment, vous êtes celles que l'on attendait : l'organisateur s'approche de vous et coche vos deux noms sur une liste. Il vous explique les règles de ces rendez-vous arrangés, puis vous colle un autocollant rose sur le pull : vous êtes le numéro 7. Vous avez bien compris que vous alliez passer sept minutes avec sept garçons différents. Soit quarante-neuf minutes de perdues, pensez-vous. Vous imaginez déjà ce qui vous attend : une salle pleine de trentenaires désespérées et de pauvres mecs complètement pathétiques. Une immense baie vitrée vous permet de voir les gens danser de l'autre côté. Vous pouvez également apercevoir dans le fond un renfoncement réservé semble-t-il aux personnalités. Vous vous sentez bête, avec votre numéro sur la poitrine.

– Bon, c'est parti ! vous lance Claire en signe d'encouragement. Souris !

Les autres filles ressemblent à des dindes. Boudinées dans leurs robes trop étroites et trop courtes, montées sur des échasses, le visage couvert de peintures criardes. Vous avez des crampes aux mâchoires à force de maintenir votre rictus. Vous vous demandez ce que vous êtes venue faire là. Quel enfer !

Les sept tables sont alignées. En attendant que le gong de départ retentisse, les participants sont regroupés au bar. Un écran diffuse des informations en continu : vous apprenez le crash d'un avion en pleine mer, aucun survivant. Pas très réjouissant comme nouvelle pour commencer la soirée...

Tout le monde fait connaissance. Les uns bavardent, les autres dansent, et vous vous retrouvez toute seule au milieu des gens. Pour ne pas avoir l'air de la fille qui n'intéresse personne, vous allez au bar commander à boire. À côté de vous, deux hommes discutent. Vous ne pouvez vous empêcher de tendre l'oreille. L'un paraît très jeune et porte des habits trop larges pour lui. L'autre, qui doit être plus âgé, est lancé dans une grande explication.

– Il y a trois règles à respecter pour arriver à emballer une fille. (*Le jeune se recule sur sa chaise et rit.*) Non, non, c'est très sérieux ! Je tiens ça de mon père, qui tient ça de son père qui le tient de son père qui le tient d'une copine. Pour y arriver, tu dois suivre cette démarche (*L'expert en séduction se rapproche de son interlocuteur comme pour lui confier un secret*). La première : FACT IS FACT, les faits sont les faits. Si elle te regarde, si elle te sourit, c'est que t'as une touche. Il faut foncer !

– Ça peut être juste un sourire de politesse...

– Ne m'interromps pas, s'il te plaît. Deuxième règle : TWO NOT THREE, deux pas trois. Dès que tu as un rendez-vous avec elle, il faut vite conclure. Le mieux c'est de le faire au premier, mais seule l'élite (*une expression suffisante apparaît sur son visage*) peut y arriver. Mais bon, si tu réussis à rouler ton palot au deuxième rendez-vous, t'es pas trop nul.

– Je saisis pas bien cette règle...

– Mais elle est évidente ! Au deuxième, il faut l'embrasser, sinon tu franchis la *dead line* vers la route de l'amitié ! Et tu deviendras le confident de ses escapades amoureuses.

– Mais il paraît que les filles aiment bien qu'on soit patient.

– Non, ça marche pas comme ça avec les femmes ! Passons à la dernière règle : MOMENTUM. Eh oui, mon gars, le *Momentum*, le moment idéal... (*Le jeune garçon se penche en avant, ils sont tous deux très proches et ressemblent à des comploteurs.*) Dans toute sortie avec une fille, il y aura forcément un *Momentum*, c'est le moment où il faut l'embrasser. C'est là qu'il faut pas se planter, c'est là qu'on voit les bons. Cet instant-là, il faut savoir le créer, savoir le saisir.

– Et si ça rate ?

– Point de non-retour vers le chemin de l'amitié, mon gars ! Mais toi, t'es un jeune cabri, tu peux pas comprendre.

Ils s'éloignent. Le gong retentit. Les garçons s'installent à leur table, eux aussi ont un numéro, leur autocollant est bleu. Comme c'est original ! Rose pour les filles, bleu pour les garçons... Ce sont les filles qui choisissent à quelle table elles souhaitent aller. Les garçons apparaissent un peu comme des marchandises exposées derrière un comptoir. Claire a déjà repéré le numéro 6, elle vient vous confier à l'oreille qu'elle le trouve « craquant ».

On vous invite à vous asseoir à une table. Vous vous retournez un peu trop brusquement et votre poignet claque sur le comptoir chromé. Votre montre est brisée : pour vous, l'espace d'une soirée, le temps s'arrête. Vous vivrez cette nuit au rythme des chronomètres : sept minutes par inconnu. Claire fonce à la table 6, celle du numéro 5 vient d'être réservée par une grande blonde aux talons immenses et aux seins siliconés. La 7 ? Hors de question, il est ignoble ! Vous décidez de jouer le jeu ; après tout, au point où vous en êtes, autant essayer de vous distraire un peu... Vous avez le choix entre :

* Le numéro 1, au **chapitre 135** (p. 449), un visage angélique auréolé de longues boucles dorées. Des yeux verts, charmeurs, une trentaine d'années. Il vous regarde dans les yeux en ce moment même.

Le numéro 2, au **chapitre 141** (p. 473), baisse la tête. Vous ne voyez pas son visage, seulement une veste de velours côtelé démodée depuis au moins dix ans et complètement élimée, un jean crasseux, des cheveux longs, hirsutes et gras qui semblent attendre un champoing depuis plusieurs jours déjà...

Le numéro 3, au **chapitre 137** (p. 457), un blond aux yeux bleus, très jeune, vingt-cinq ans tout au plus, assez nerveux, portant un costume mal ajusté très ordinaire. Et une cravate horriblement verte !

Le numéro 4, au **chapitre 139** (p. 461), un homme d'une quarantaine d'années d'une rare élégance, qui vous adresse son plus beau sourire. Son costume gris anthracite discret et parfaitement coupé, ses chaussures noires lacées, impeccablement cirées, le différencient notablement des autres participants.

Vous avez l'embarras du choix, mais vous pensez à cet instant avoir plutôt le choix de l'embarras...

CHAPITRE 133

Dimanche 31 mars – 0 h 30

Sur le seuil de la chambre, vous vous retournez. Une tache sombre apparaît au niveau du bassin d'Éric, une auréole qui s'étend sous ses fesses. Vous le regardez, un sourire sadique aux lèvres.

– Mon pauvre chéri, tu as fait pipi au lit... C'est pas bien !

Vous prenez vos affaires, remettez tout dans le sac et partez en riant. Vous déposez les clefs à l'accueil. La femme de ménage le découvrira le lendemain. Ce sera une humiliation terrible pour lui de se retrouver face à une femme inconnue, dans cette position et baignant dans son urine...

Il vous faudra rester prudente quelque temps. Vous savez qu'Éric cherchera à se venger.

* Rendez-vous au **chapitre 152** (p. 509).

CHAPITRE 134

Dimanche 31 mars – 20 heures

Après plusieurs heures de route, vous apercevez une petite maison dominant la falaise, battue par les vents et entourée de broussailles. Elle correspond à la description que les parents de Morgane vous ont faite. Les vagues viennent s'écraser avec fracas sur le granit déchiqueté. L'océan se déchaîne.

Vous frappez. Personne ne répond. Toutes les lumières sont pourtant allumées.

Vous tournez la poignée de la porte. C'est ouvert. Vous entrez.

Le parquet crie sous vos pas. Vous l'apercevez, crispée et tordue dans un coin du salon.

Elle prie. Près d'elle, un vieux chien presque aveugle est en train de dormir.

– Morgane ?

Elle ne vous entend pas, et continue à réciter sa prière, les yeux fixes, hagards, affolés, jetant sa voix plaintive contre ces murs hantés par la peur.

Vous vous approchez, et la main sur son épaule, vous l'appelez doucement :

– Morgane ? C'est Emma. Je suis venue t'aider...

Les craquements des arbres entrechoqués emplissent la nuit de terreur. Soudain un bruit sourd, comme un râle, se fait entendre derrière la cloison.

Morgane fait alors un bond :

– Le voilà ! Le voilà !

Vous la prenez dans vos bras et tentez de la rassurer. Vous êtes là maintenant, tout va bien se passer. Vous faites un feu dans la cheminée et préparez une soupe chaude. Depuis combien de temps n'a-t-elle pas mangé ?

Elle se calme et finalement se confie à vous.

– Depuis des mois, j'entends des bruits dans les murs de la chambre du fond. La première fois, c'était le lendemain de la soirée, je suis allée voir, en rentrant dans la chambre j'ai entendu un énorme bruit. La porte du placard venait de claquer. Il n'y avait personne mais il faisait très froid alors que la fenêtre était fermée. Le soir même, je l'ai vu. Je sais que je n'ai pas rêvé, il était bien là, tapi dans les ténèbres... Depuis, je sens sa présence.

– Tu sais, c'est peut-être tout simplement le bois qui travaille, le terrain qui bouge insensiblement et fait grincer les pierres...

– Mais cette sensation de froid...

– Ça peut tout à fait s'expliquer, aussi : c'est une vieille maison, il doit y avoir de nombreux courants d'air. On peut aussi penser que tu as eu une poussée d'adrénaline, la température de ton corps a augmenté brutalement et l'extérieur t'a paru plus froid.

– Tu ne crois pas aux puissances obscures... Je n'y croyais pas non plus avant d'avoir vu ce que j'ai vu ce soir-là, ni ce qui s'est passé par la suite.

– Raconte-moi...

– Comme je te l'ai dit dans ma lettre, j'ai fait appel à une voyante. Elle m'a demandé d'installer une table dans la chambre. Elle a posé dessus une sorte de nappe couverte de signes et d'idéogrammes étranges. Elle a commencé les incantations, ânonnant dans une langue inconnue et troublante jusqu'au moment où une porte du placard s'est mise à claquer plusieurs fois et un froid glacial a envahi la pièce. La voyante m'a demandé d'allumer une bougie tous les jours pendant treize jours. Je l'ai raccompagnée à la porte, libérée d'un poids énorme. J'ai ouvert la porte. C'est alors qu'une nuée d'abeilles s'est jetée sur nous. Le nid venait de s'écraser au sol devant la porte d'entrée. La voyante était allergique. Le temps d'appeler les secours, elle était morte.

– C'est une malheureuse coïncidence. Une branche qui casse, un nid d'abeilles qui tombe, cela n'a rien de surnaturel !

– C'est lui, je suis sûre que c'est lui...

– Résumons, reprenez-vous fermement. Tu as entendu du bruit dans les murs, des portes de placard s'ouvrent toutes seules, ton chien a eu une attaque et un soir, dans une chambre pas éclairée, le lendemain d'une énorme fête pas mal alcoolisée, tu as cru apercevoir un monstre dans les plis d'un rideau.

– Il n'y a pas que ça ! Depuis qu'il est apparu, ma vie est un désastre. Rien ne marche jamais, tout va toujours de travers. J'ai eu un copain, il m'a quittée parce que je portais malheur. Ma santé se dégrade. Je suis en train de perdre l'usage de mes jambes. Mon jeune chien est mort, et maintenant c'est mon chat qui a disparu, je ne l'ai pas vu depuis une semaine...

– Est-ce que tu es allée voir un psychologue ?

– Oui : je suis parfaitement normale.

Malgré vos efforts, vous sentez bien qu'une terreur profonde s'est emparée de votre amie et rien de ce que vous pouvez dire ne semble la toucher. Elle prétend entendre des voix la nuit, des rires diaboliques, des cris. Fatiguée de ces frayeurs imbéciles, vous lui proposez d'aller dormir dans la chambre qu'elle croit hantée afin de lui prouver son erreur.

Tout à coup, une sorte de grattement se fait entendre derrière le mur. Morgane tombe à genoux en se cachant le visage dans les mains :

– Le voilà ! Le voilà !

Le vieux chien endormi s'éveille brusquement, lève la tête, tend le cou et pousse un hurlement sinistre. Il est immobile, dressé sur ses pattes. Il hurle vers quelque chose d'invisible, d'effroyable. Elle se met à crier elle aussi :

– Il le sent ! Il le sent !

Le chien tourne en rond dans la pièce en flairant le mur, gémissant toujours, vous suppliant du regard.

La peur entre alors en vous, irrationnelle, irrépressible, balayant les digues de la raison. Il y a quelque chose derrière ce mur. Vous entendez des sons étouffés derrière la bibliothèque, des frôlements sourds.

Quelque chose gratte et veut sortir.

Vous vous reprenez. Il faut entrer dans cette chambre, vous devez savoir...

Le cœur près d'exploser, vous posez sur la poignée de la porte une main tremblante et poussez. La lumière dans cette pièce n'a jamais fonctionné. Peut-être les fils sont-ils coupés derrière les plinthes ? Vous demandez à Morgane des bougies et décidez de les allumer toutes. Vous entrez dans la pièce pour les disposer sur la table. Vous êtes saisie par une odeur moisie et fade, l'odeur des chambres mortes. Peu à peu, vos yeux s'habituent à l'obscurité et vous voyez nettement une grande pièce en désordre avec un lit sans drap, juste un matelas et deux oreillers dont l'un porte l'empreinte profonde d'un coude ou d'une tête, comme si on venait de se poser dessus. L'armoire est ouverte.

Morgane refuse de vous suivre et reste dans l'entrebâillement de la porte.

Arrivée au milieu de la pièce, vous croyez entendre un frôlement derrière vous. Un courant d'air, sûrement. Au bout d'une minute, un autre mouvement presque indistinct vous fait passer sur la peau un petit frisson désagréable. Vous vous retournez et c'est alors que vous entendez un long gémissement. Cette fois, il n'y a plus de doute : vous n'êtes pas seule dans cette pièce. Une telle secousse vous parcourt le corps que vous manquez vous évanouir. Vous ne sentez plus votre cœur, votre corps entier devient mou comme de la gelée visqueuse.

✻ La peur, l'abominable peur entre en vous. Vous ne pouvez pas rester là une seconde de plus. Vous sortez de la chambre, fuyez de la maison en courant et rentrez chez vous au **chapitre 138** (p. 460).

L'oreille tendue, le cœur battant, bouleversée au moindre craquement du parquet sous vos pas, vous voulez savoir ce qui se cache derrière ces murs. Rendez-vous au **chapitre 136** (p. 452).

CHAPITRE 135

Dimanche 31 mars – Heure indéterminée

Ses yeux verts vous hypnotisent... Vous vous dirigez vers lui comme sous l'emprise d'un magnétisme puissant. Son regard est captivant. Le gong retentit, lançant le chronomètre pour sept minutes.

Vous vous asseyez en face de lui : quelle déception ! La beauté est illusion... La couleur si étrangement troublante de ses yeux n'était due qu'à l'éclat artificiel de lentilles de contact... Attention ! Le jeune homme vous montre sa deuxième arme : son sourire et ses belles dents éclatantes de blancheur. Vous baissez la tête et contractez vos mâchoires. Il vous croit intimidée. En réalité, vous rassemblez toutes vos forces pour réprimer un terrible fou rire : le grand séducteur a un morceau de salade coincé entre les dents !

Il lance la conversation :

– C'est votre première fois ?

– Pardon ?

Vous devez vous concentrer et oublier ce malheureux bout de salade : ne regardez que ses yeux !

– Le *speed dating*, c'est votre première fois ?

– Oui, en fait j'accompagne une amie. Elle m'a convaincue de venir.

– Vous n'aviez pas envie ?

– À vrai dire, non. Je sors d'une histoire compliquée, et...

– On est tous passés par là, moi-même j'ai eu de nombreuses ruptures, mais chaque fois je me dis : une de perdue, dix de retrouvées.

Il vient de perdre dix points dans votre échelle de sympathie. Considérer les femmes de cette manière vous offusque légèrement !

– Ça faisait longtemps que vous étiez avec lui ?

– Assez longtemps pour tenir à lui...

– Vous en faites pas, je suis sûr que vous l'oublierez, on oublie vite les cons...

– Pourquoi vous dites cela ? Vous ne le connaissez pas !

– Si vous l'avez quitté, c'est qu'il était con...

Vous préférez ne pas répondre. Vous jetez un coup d'œil à la table 6 : Claire a l'air de s'amuser comme une folle et bavarde gaiement avec son séduisant partenaire... Vous l'enviez.

Il vous reste cinq bonnes minutes... Vous relancez la conversation, au moins ça fait passer le temps :

– Et vous ? Que recherchez-vous ici ?

– La même chose que vous !

– Ah, et qu'est-ce que je recherche, à votre avis ?

– L'amour.

– C'est ce que j'essaie de fuir en ce moment, justement...

– Ça, c'est ce que vous croyez, mais vous êtes ici pour tenter le destin.

Vous soupirez : ce type n'a décidément rien compris. Peu importe, parlez, parlez, il reste quatre minutes...

– Vous faites souvent ce genre de chose ?

– Le *speed dating* ? Oui, de temps en temps, quand je me sens seul. Ce n'est pas cher et parfois ça rapporte.

– Ça rapporte ? Vous gagnez de l'argent ?

– Ça rapporte l'amour !

– Je crois que vous confondez amour et aventures !

– Non, je ne confonds pas : faire l'amour, c'est donner de l'amour...

Bon, ça ne sert à rien de rentrer dans un discours de ce genre.

– Sincèrement, ne me dites pas que vous êtes venue ici juste pour discuter...

– Je vous l'ai dit, j'accompagne une amie. Je ne recherche rien.

– Si c'était le cas, vous auriez pu ne pas participer et observer. Ici les choses sont claires, on ne vient pas seulement pour discuter. Je pense que vous voulez la même chose que moi mais que vous n'osez pas vous l'avouer...

Vous cherchez Claire du regard mais elle est absorbée par la conversation du gars en face d'elle, et fait de grands « C'est pas possible ! C'est incroyable ! Moi aussi ! ». Dans ce brouhaha, les mêmes mots semblent revenir sans arrêt et ricocher d'une table à l'autre : « romantique », « couchers de soleil », « bonne situation », « la femme de ma vie », « j'adore les enfants »... Tout cela est tellement superficiel et trompeur. Ces conversations ne sont finalement que des réclames chronométrées et factices, des publicités où chacun doit se vendre et vanter le produit : publicité mensongère ! On falsifie la vérité, on dissimule le pire, on se fabrique un personnage. Comment ces filles peuvent-elles se laisser ainsi duper ? Les hommes sont vraiment des fourbes...

Monsieur Feuille-de-salade s'ennuie, vous l'aviez complètement oublié. Il soupire bruyamment :

– Vivement que le gong retentisse !

Il croise les bras et s'enfonce dans sa chaise... Vous aimeriez lui faire honte, mais vous n'en n'avez pas le courage, ce serait une perte de temps. Le gong ne tarde d'ailleurs pas à résonner, et toutes les minettes se lèvent pour changer de table. Le 5, le 6 et le 7 sont pris d'assaut par des harpies gloussantes et surexcitées. Les tables des numéros suivants sont encore libres :

* Le numéro 2 au **chapitre 141** (p. 473), qui garde obstinément la tête baissée et dont vous ne pouvez voir le visage.

Le numéro 3 au **chapitre 137** (p. 457), le jeune blond aux yeux bleus, toujours nerveux avec son costume ordinaire et sa cravate atrocement verte !

Le numéro 4 au **chapitre 139** (p. 461), l'homme d'une quarantaine d'années d'une rare élégance, au sourire charmeur.

CHAPITRE 136

Dimanche 31 mars – 23 h 59

Des entrailles de la bâtisse émane le cri le plus pétrifiant qu'il vous ait été donné d'entendre. Ce son vrille vos nerfs si profondément que la terreur s'incruste en vous, que vos mâchoires se crispent à en casser vos dents, que votre peau se hérisse jusqu'à ressembler à une râpe de bois. Puis le cri cesse, laissant place à un terrible silence.

La nuit envahit votre cerveau, le transformant en un théâtre où des scènes terrifiantes surgissent de l'ombre. Vous imaginez des visages blafards comme ceux des clowns, des dents pointues, des formes qui sortent de l'ombre avec de longues mains décharnées aux ongles jaunes tendues vers vous.

Vous êtes secouée de frissons. Morgane se cache le visage dans les mains. Écroulée contre le chambranle, elle ne peut plus faire un geste, paralysée par la terreur.

Il faut savoir ce qui se cache dans cette pièce ! Vous frappez contre les murs, cherchant un écho. Un son vous répond. Une plainte, voilée et entrecoupée comme le sanglot d'un enfant nouveau-né, puis bientôt s'enflant en un cri prolongé sonore et continu, un hurlement d'horreur semblant surgir de la bouche du diable.

Vous chancelez contre le mur opposé. Votre amie s'évanouit et s'effondre sur le sol. Vous appelez les secours. Vous savez qu'un homme est enterré vivant, un mort vivant, vous en êtes sûre, vous l'entendez hurler, vous l'entendez gratter... Qu'ils viennent avec des pelles et des pioches ! Qu'ils viennent vous sauver de ce démon ! Une demi-heure se passe dans la plus complète panique. Vous vous cloîtrez dans la cuisine, le plus loin possible de cet endroit maudit. Les cris cessent bientôt. Vous entendez la sirène. Ils arrivent. Vous n'êtes plus seules. Vous racontez. Mais ils vous prennent pour des démentes et se fâchent d'être venus pour rien. Ils veulent vous emmener à l'hôpital. Morgane est dans un état qui justifierait un internement. Vous les suppliez : qu'ils frappent juste une fois contre le mur de la chambre, une fois seulement, et ensuite, vous promettez de les suivre, mais qu'ils frappent ce mur de briques !

L'un d'eux accepte de mauvaise grâce et entre dans la chambre. À peine l'écho des coups est-il tombé dans le silence qu'une voix lui répond, un gémissement, un cri qui s'étire, se déroule, un cri aigu, un cri d'outre-tombe qui ne semble pas vouloir cesser.

L'homme revient vers vous, l'œil hagard. Ses compagnons aux bras robustes sortent les haches, sortent les pioches et s'acharnent sur le mur. Les briques tombent.

C'est alors qu'un monstre noir, le poil couvert de sang grumelé, avec des yeux phosphorescents pareils à des charbons incandescents, saute hors du trou béant. Une énorme bête.

La peur vous étrangle. Vous vous pétrifiez tandis que Morgane pousse un cri : « Victor ! »

La bête se jette sur elle d'un bond. Elle ouvre grand ses bras.

– Victor... Victor, mon petit chat... Mon chéri...

Le chat disparu depuis une semaine vient de réapparaître !

L'odeur qui s'échappe alors de la cavité est insoutenable. Les hommes se penchent sur le trou. D'énormes vers blancs grouillent dans la chair décomposée d'une souris en putréfaction. D'autres cadavres s'entassent ici : des animaux pourrissent par dizaines dans ce triste tombeau.

Le fantôme n'était qu'un pauvre chat terrifié qui, comme tant d'autres avant lui, s'était retrouvé prisonnier de l'infâme cachot, comme tous ces pauvres animaux qui se débattaient en vain, grattaient les murs et finissaient par pourrir.

La peur a fait le reste.

Qui sait si Morgane n'aurait pas sombré dans la folie si vous n'étiez pas venue ? Elle décide d'aller se reposer quelque temps chez ses parents. Demain, vous l'aiderez à faire ses valises et préparerez votre voiture pour le départ, mais pour l'heure vous tombez de sommeil. Morgane s'écroule sur son lit, épuisée. Depuis une semaine, elle n'a pas fermé l'œil.

La maison est silencieuse, on n'entend plus que le crépitement du feu et le roulement régulier des vagues. La tempête semble s'être calmée. Vous vous allongez sur le canapé, remontez la couverture et éteignez la lumière.

Alors que vous étiez en train de vous enfoncer dans un profond sommeil, un bruit de pas vous réveille en sursaut. Sentant quelqu'un derrière votre dos, vous vous retournez brusquement. Personne ! Vous restez un moment assise, haletant d'épouvante, n'osant pas faire un geste. Tout est tranquille. Le feu brûle encore et éclaire le salon de ses flammes vacillantes. Vous sentez la chaleur d'un corps blotti contre vous. C'est Victor qui se dresse, bâille et s'étire. Il ronronne de plaisir et s'approche de votre visage, posant délicatement ses pattes sur votre épaule. Ses yeux brillent d'une lueur rouge incandescente. Il vous regarde. Soudain, ses poils se hérissent et sa face se fend en un rictus sadique, sa lèvre se retrousse et laisse apparaître des dents pointues couvertes de sang coagulé. Un feulement rauque et rugueux s'élève des profondeurs de sa gorge et emplit tout l'espace de la pièce comme un rire démoniaque. Vous êtes tétanisée. Va-t-il vous déchirer le visage de ses griffes ? La panique vous envahit. Vous vous redressez d'un bond, rallumez la lumière d'un mouvement rapide, prête à fuir... Mais rien ne bouge autour de vous. Le chat dort paisiblement à vos pieds. Vous avez dû rêver. Le feu n'a plus que deux ou trois tisons rouges qui éclairent faiblement la pièce. Vous êtes quelqu'un de rationnel et tâchez de trouver une explication raisonnable à tout cela : les émotions de la journée et la fatigue ont sans doute provoqué une sorte d'hallucination nerveuse... Vous avez imaginé une présence là où il n'y avait que des ombres mouvantes dans la lumière du feu. Et la vision du chat diabolique est sans doute l'image persistante que votre cerveau a gardée de sa sortie du trou infâme quelques heures plus tôt. Cette vision vous a fortement perturbée et vous la revivez dans vos songes pour exorciser l'angoisse. Voilà tout... Le chat est allongé à vos pieds. Vous vous recouchez et tâchez de vous rendormir.

Le lendemain, vous êtes réveillée aux premiers rayons du jour. La lumière chaude et dorée d'un soleil matinal fait danser la poussière d'or dans la pièce comme des milliers de paillettes. La maison est calme. Vous vous levez doucement. Morgane est déjà debout.

– Tu as bien dormi ? lui demandez-vous.

– Oui, mais j'ai eu un sommeil assez agité, je m'inquiétais pour Victor... J'ai appelé la clinique vétérinaire ce matin à la première heure, tu dormais encore. Ils m'ont dit que je pouvais venir le chercher, ils ont recousu ses coupures et désinfecté ses plaies. Il est sous antibiotiques.

– Attends, je ne comprends pas bien, là. Depuis quand ton chat est-il à la clinique ?

– Tu ne te souviens pas ? Hier, l'un des pompiers m'a proposé de l'emmener aux urgences vétérinaires. Il voyait bien que je n'en aurais pas eu la force...

– Hier ? Mais quand ? Je croyais que tu avais soigné Victor toi-même ?

– Non ! Ses blessures étaient trop importantes.

– Mais je ne les ai pas vus l'emmener ?

– Pourquoi cela te trouble-t-il autant ? Quelle importance que tu aies vu ou non Victor partir ?

Vous ne voulez pas inquiéter Morgane... Inutile de lui dire que son chat était là cette nuit. Et puis, après tout, vous avez peut-être rêvé... Quelle autre explication ?

Quelques heures plus tard, tout est prêt pour le départ. Morgane est encore très faible mais son esprit est apaisé. Son chat est un peu amorphe mais il se porte bien. Ses miaulements vous rassurent. Ce chat n'a rien d'un monstre !

Plusieurs heures de route, une halte chez ses parents qui vous retiennent à dîner, et enfin, vous rentrez chez vous, dans votre doux foyer... Il est tard, vous vous endormez rapidement.

– Emma...

Une voix lointaine vous appelle du plus profond des ténèbres. Vous ouvrez les yeux. Une lueur flotte vers vous comme un soleil dans la nuit.

– Emma, tu as fait preuve de beaucoup de courage...

Un jeune homme à la fine silhouette vous regarde avec douceur. Son visage vous est étrangement familier. Il ne bouge pas les lèvres et semble parler directement à votre âme :

– Tu as dépassé tes peurs, tu as réussi à faire face à une situation extrêmement troublante. C'est **une belle victoire**. Je te félicite !

– Il y a tout de même une question que je me pose...

– Oui, tu aimerais comprendre comment le verre a pu bouger tout seul au cours de la séance de spiritisme de Morgane...

Il vous sourit. Vous savez bien qu'il ne répondra pas à cette question... Vous n'insistez pas :

– Et il reste d'autres combats à mener, j'imagine. D'autres vérités à découvrir avant de pouvoir poursuivre ma route, n'est-ce pas ?

* – Pas nécessairement. Si tu as triomphé d'au moins trois de tes faiblesses, tu auras la force à présent de poursuivre ton destin au **chapitre 157** (p. 530).

– Et... sinon ?

– Sinon, il te faudra mener encore d'autres luttes, vivre d'autres aventures. Tu devras remonter le temps et découvrir ce qui se cache au plus profond de toi-même, et qui sait ce que tu trouveras... Si tu n'as pas remporté **trois victoires,** reviens au vendredi 1er mars, reviens là où tout a commencé, au **chapitre 15** (p. 54). Remonte le cours du temps, et que les souvenirs de cette vie s'effacent de ta mémoire !

Le sol se dérobe sous vos pieds, un vertige vous fait vaciller. Vous tombez dans un puits sans fond. Vous êtes comme aspirée en arrière, votre cœur se serre, la chute est infinie... Vous perdez connaissance.

CHAPITRE 137

Dimanche 31 mars – Heure indéterminée

Vous vous asseyez en face de ce garçon qui n'arrête pas de se tordre les mains. Vous ne raffolez peut-être pas de sa trop verte cravate, mais il n'est pas sans charme. Et puis, s'il est nerveux, cela signifie certainement qu'il n'est pas un coureur de jupons et ce simple fait vous le rend extrêmement sympathique. Claire ne semble pas du même avis : elle passe derrière lui pour rejoindre une autre table, le regarde puis se tourne vers vous en levant les yeux au ciel... Le gong retentit :

– Salut ! Ça va ?

Aïe ! Le pauvre garçon est tellement intimidé qu'il se force à paraître détendu. Il force la dose au risque de tomber dans le ridicule. Le pauvre, qui croit-il abuser ?

– Oui, merci et toi ?

– Oh, on se tutoie, OK, ça roule pour moi... Oui, je vais bien. Tu fais quoi dans la vie ?

L'entrée en matière est un peu brusque. Bien sûr, vous n'avez que sept minutes, mais vous sentez que vous allez devoir subir le questionnaire-marathon-type. Vous essayez donc de l'emmener sur une autre voie moins prosaïque :

– J'essaie d'être heureuse.

– Ah ! ah ! ah ! Oui, c'est un beau métier.

Vous ne savez plus bien si ce rire en rafale de mitraillette est un rire nerveux ou s'il se fout de vous... Vous répondez un peu plus sèchement que vous ne l'auriez voulu :

– Ce n'est pas un métier.

– Hé hé hé, oui évidemment, moi je suis commercial junior dans une boîte d'informatique.

– Bien, bien...

Petit silence.

– Tu habites dans le coin ?

Voilà, vous en arrivez comme prévu aux cinq fameuses questions qu'un garçon pose systématiquement à une fille lorsqu'il est totalement dépourvu de tact et d'intuition :

1. Vous faites quoi dans la vie ?
2. Vous habitez la ville ?
3. Vous vivez chez vos parents ou en colocation ?
4. Vous êtes célibataire ?
5. Vous faites quoi ce week-end ?

À partir de vos réponses, il saura s'il peut dévoiler son jeu rapidement ou non. Généralement, quand trois réponses conviennent, les allusions se font transparentes et les propositions douteuses.

Vous décidez de jouer un peu avec ce misérable bourricot, pour voir comment il s'en sortira.

– Pas vraiment, je suis venue avec une amie.

– Tu es propriétaire de ton appartement ?

– Pourquoi, tu veux l'acheter ?

– Non, juste pour savoir. La location, c'est bien aussi, ou la colocation...

Jusqu'à maintenant, il a fait un sans-fautes : les trois questions sont posées, et dans le bon ordre en plus. Mais comment va-t-il s'y prendre pour les dernières ?

– Que penses-tu de la colocation ?

– Ça dépend avec qui.

– Hé hé hé (voilà les grelots qui réapparaissent...), c'est sûr, vaut mieux vivre avec son copain qu'avec une copine, c'est plus agréable...

Une fois lancée cette petite phrase subtile, il vous observe avec attention, étudiant le moindre mouvement de votre visage, analysant le plus petit battement de vos cils. Terrifiant ! Vous le faites attendre un peu encore, puis vous lâchez :

– C'est probablement vrai, je n'ai jamais vécu en couple.

– Ah bon, tu es seule ?

Bingo ! 4 sur 5. Il mérite une petite récompense : une bonne leçon !

– Oui, je suis seule et je vis chez mes parents. De toute façon, je n'envisage pas de vivre avec un homme avant le mariage. Le vœu de chasteté est pour moi très important. Seule l'abstinence permet de mesurer le véritable amour.

– Parce que tu... vous n'avez jamais... vous êtes, comment dire...

– Vierge ? Oui.

Là, c'est le coup de grâce. Il change de couleur et se remet à tordre ses doigts en tous sens. Il n'ose plus vous regarder et ne sait pas où poser les yeux. Finalement, il fixe ses mains. C'est le garçon le plus pitoyable que vous ayez jamais rencontré ! Vous avez l'impression qu'il va pleurer. Il regarde sa montre... encore une minute. Vous décidez de le torturer encore un peu :

– Tu sembles déçu...

– Non, pas du tout, pourquoi dites-vous cela ?

– Je ne sais pas, une impression. Mais je sens que tu n'es pas comme tous ces hommes vulgaires et répugnants pour lesquels seul le sexe compte, n'est-ce pas ? Tu ne considères pas les femmes comme de simples objets sexuels, n'est-ce pas ? Tu préfères communiquer avec un être plutôt que jouir puis jeter, n'est-ce pas ?

– Je... Oui, bien sûr... Ouh là là, je ne me sens pas très bien...

– Tu semblais en pleine forme il y a quelques instants !

– La chaleur, le brouhaha...

Une goutte de sueur coule de son front, il ne supporte visiblement plus cette situation et attend le gong pour se libérer de vous. Vous continuez :

– Que recherches-tu ici ?

– Oh, moi je suis de passage, je ne connaissais pas, c'est la première fois que je m'inscris. Je viens juste pour discuter...

Le gong retentit enfin. Vous attendez quelques secondes avant de vous lever. La panique est visible dans son regard. Il vous dit à bientôt et se force à sourire. Vous quittez la chaise lentement puis le saluez :

– À bientôt, on se revoit tout à l'heure !

Vous vous trouvez bien cruelle ! Vous restez quelques instants debout. Une jeune fille s'assied face à lui et vous l'entendez dire : « Salut, ça va ? Qu'est-ce que tu penses de l'amour avant le mariage ? » Il a brusquement retrouvé toute son énergie !

Vous avez le choix entre :

✻ Le numéro 2 au **chapitre 141** (p. 473), qui garde obstinément la tête baissée et dont vous ne pouvez voir le visage.

Et le numéro 4 au **chapitre 139** (p. 461), l'homme d'une quarantaine d'années d'une rare élégance, au sourire charmeur.

CHAPITRE 138

Lundi 1er avril – 5 h 06

Vous êtes chez vous, pas très rassurée : au-dehors, la tempête fait rage et par la fenêtre on voit les arbres battus par le vent agiter leurs bras difformes à la lueur de grands éclairs.

Tout à coup illuminée par la foudre, vous apercevez une silhouette debout dans les ténèbres. C'est un jeune homme. Il vous regarde. Aussi impassible, aussi pâle qu'un mort surgissant du tombeau. Vous hurlez de terreur. Les vitres se brisent en milliers d'éclats. Un cri diabolique vous vrille les tympans. Il est là, près de vous, et s'approche sans que ses pieds touchent le sol. Le froid et la peur pénètrent en vous jusqu'aux os.

Il vous parle doucement, sans que ses lèvres bougent. Vous êtes pétrifiée.

– Emma ! Par deux fois tu as fui. Tu t'es désintéressée du sort de Virginie et aujourd'hui, tu abandonnes Morgane, la condamnant à une mort certaine ! Te rends-tu compte à quel point tu te montres égoïste ? Si tu ne réussis pas à t'ouvrir aux autres, tu seras condamnée à errer dans les labyrinthes du temps et à revenir sans cesse au jour où tout a commencé. Remonte le cours du temps et que les souvenirs de cette vie s'effacent de ta mémoire !

Le sol se dérobe sous vos pieds, un vertige vous fait vaciller. Vous tombez dans un puits sans fond. Vous êtes comme aspirée en arrière, votre cœur se serre, la chute est infinie... Vous perdez connaissance.

✻ Rendez-vous au **chapitre 15** (p. 54).

CHAPITRE 139

Dimanche 31 mars – Heure indéterminée

Vous vous asseyez donc à la table de cet homme au sourire charmeur. Même assis, sa carrure est impressionnante. De larges épaules, des mains puissantes, un visage viril. Vous le trouvez terriblement séduisant. Le gong sonne.

– Mademoiselle...

– Monsieur...

– Je me présente, Jacques Palmer.

– Emma.

– Enchanté de faire votre connaissance.

Vous lui adressez votre plus beau sourire.

– Puis-je vous offrir un verre ?

– Avec plaisir.

– Une coupe de champagne ?

– Pourquoi pas...

Il lève la main et un serveur vous rejoint. Il commande deux flûtes, puis vous enveloppe à nouveau de son regard de braise et de son sourire envoûtant.

– Alors, dites-moi, que venez-vous faire dans cette arène ?

– J'accompagne une amie.

– Je suppose qu'il s'agit de la jeune femme derrière vous ?

Vous vous retournez et, effectivement, c'est bien Claire. Elle semble d'ailleurs beaucoup s'amuser et se penche en avant au-dessus de la table afin de mettre son décolleté en valeur... Vous ne pouvez réprimer un petit rire de gorge.

– Comment avez-vous... ?

– Je vous ai vues arriver ensemble.

Vous vous sentez un peu bête. Qu'alliez-vous penser, qu'il était extralucide ?

Les deux coupes arrivent. Vous levez votre verre et lui demandez :

– À quoi portons-nous un toast ?

– Aux sept minutes à venir.

Vous vous souriez et entrechoquez légèrement vos verres. Le champagne vous fait du bien. Vous vous sentez presque heureuse. Il ne vous lâche pas des yeux. Vous êtes troublée.

– Vous me paraissez bien sûr de vous.

– Mot pour mot, c'est ma devise. Et vous, quelle est votre devise ?

– Savoir se retirer en beauté.

– Intéressant...

– C'est tout un art !

– Eh bien, tout en moi se lève pour relever le gant.

– Ah ! Mais ça, je ne vous l'enseignerai pas.

– Vous me portez là un coup fatal ! Comment pourrais-je survivre ?

– Vous survivrez, j'en suis convaincue !

Vous continuez à badiner ainsi quelques minutes. C'est un homme fin et cultivé, ayant l'esprit de répartie... Vous êtes sous le charme. Surtout, il n'a posé aucune question affligeante du style : « Que faites-vous dans la vie ? », « Quel âge avez-vous ? » ou, pire encore : « Vous habitez chez vos parents ? » Un homme drôle, séduisant, élégant... Cette rencontre se déroule à la perfection.

– Vous reverrai-je ? demande-t-il enfin.

– Trop tôt pour le dire, laissons le destin décider...

– Pensez-vous que nous puissions l'aider ?

– Possible.

– J'aimerais tenter ma chance, comment puis-je faire ?

– Vous n'avez qu'à mettre mon chiffre sur la grille de contact.

– Dans l'Antiquité, le chiffre 7 jouissait d'un prestige particulier, on le considérait comme un nombre sacré.

– Ce qui n'est pas pour me déplaire.

– Jouons à un jeu, voulez-vous ? Une énigme plus exactement (il griffonne quelque chose sur un papier). C'est une énigme qui peut vous servir dans la vie.

– Très bien ! Allons-y ! dites-vous avec enthousiasme.

– De retour à la maison, dans votre voiture, en plein milieu d'une terrible tempête, vous passez devant un arrêt de bus et vous y voyez trois personnes complètement trempées : une dame âgée gravement malade, et qui mourra si elle n'arrive pas à temps à l'hôpital. Votre meilleur ami, qui vous a sauvé la vie il y a quelques années. Et l'être le plus beau que vous ayez jamais eu la chance de rencontrer, la personne dont vous avez toujours rêvé et avec laquelle vous seriez disposée à passer le reste de votre vie. Comme votre auto est du genre petite, vous ne pouvez emmener qu'un seul passager. De plus, vous n'avez pas de téléphone. Que faites-vous ?

Vous trouvez cette énigme difficile. Vous êtes confrontée à un véritable dilemme. La vie de la dame âgée est en jeu. Votre meilleur ami vous a sauvé la vie : vous ne pouvez l'abandonner. Mais comment faire pour ne pas perdre cette personne qui, vous en êtes certaine, sera l'homme de votre vie ? Le gong retentit, annonçant la fin des sept minutes. Vous devez faire un choix, réfléchissez ! Qui prenez-vous avec vous ?

Jacques vous tend un papier, vous devez céder votre place à une autre fille, vous avez votre réponse et il vous sourit. Vous avez choisi ?

Vous ouvrez le papier. Avec une belle écriture est inscrite la réponse de l'énigme : « La réponse est : *"Je donne les clefs de ma voiture à mon meilleur ami pour qu'il emmène la dame âgée à l'hôpital et qu'il puisse se réchauffer, et je reste pour attendre le bus avec la personne de mes rêves." Apprenez à voir les problèmes et les situations qui se présentent d'un autre point de vue : commencez par faire le nécessaire. Ensuite, faites votre possible, et de cette façon vous ferez l'impossible !* »

En dessous de ces bons conseils, son numéro de téléphone est noté. À vous de voir si vous voulez le rappeler... par la suite.

* Le temps de lire le papier, toutes les tables sont prises sauf une, celle du numéro 2, l'Homme à la tête baissée. Un peu à contrecœur, vous allez au **chapitre 141** (p. 473).

CHAPITRE 140

Dimanche 31 mars – 20 heures

Vous arrivez chez la voyante. Elle vous fait entrer dans son royaume. Vous traversez à pas feutrés un vestibule empli de pénombre et pénétrez dans un salon éclairé par la lumière vacillante des bougies. Vous parcourez la pièce du regard et pouvez apercevoir un petit guéridon entouré de chaises. Cette femme vous terrifie. Elle vous fait penser aux sorcières des contes de fées. Maigre, les cheveux tirés en arrière, les yeux cerclés de noir... Quelque chose d'incroyablement sombre émane de toute sa personne. Elle vous fait boire un thé opaque et terriblement amer. Qu'a-t-elle bien pu mettre dedans ?

Claire interroge la femme sur sa vie amoureuse. La femme lui demande de regarder attentivement sa boule de cristal, de se concentrer. Elle recouvre Claire d'une toile épaisse. Et la laisse ainsi, courbée, durant de longues minutes. Claire se relève à moitié évanouie. Elle vous encourage à tenter l'épreuve. Vous êtes intriguée, c'est à votre tour de « voir ». Vous fixez la boule de cristal avec curiosité. La voyante vous dit que vous pouvez retrouver n'importe quel événement, que votre mémoire garde tout et qu'il suffit d'assembler toutes les informations éparses pour découvrir la vérité.

Puis elle vous ordonne de regarder de vous concentrer sur sa boule de cristal. Elle vous recouvre d'une toile épaisse. Et vous murmure à l'oreille :

– Remontez dans le temps, trouvez la source de votre mal, trouvez ce que vous voulez arracher au passé. Découvrez les mensonges, reliez les fils épars de vos souvenirs...

Sa voix se perd dans un souffle. Elle vous laisse ainsi, courbée. Vous fixez votre attention sur la boule. Après quelques minutes, vous commencez à ressentir une légère nausée et la tête vous tourne. Qu'a-t-elle mis dans ce thé ?

Vous voyez Éric apparaître dans la sphère comme dans un rêve, flou d'abord, puis de plus en plus précis. Vous entrez en lui. Vous ressentez ce qu'il ressent... Vous êtes omnisciente : vous voyez tout, entendez tout. Vous flottez au-dessus de lui. Et la scène se déroule devant vos yeux comme si vous y étiez...

*
**

Il est dans un bar avec son ami Fabrice.

– Et Emma, ça va ? demande Fabrice.

– Je crois qu'elle sait pour Aurélie, elle n'est plus la même depuis quelque temps, elle est sombre, agressive. Elle a même parlé de séparation.

– Tu devrais lui en parler, lui dire que t'as fait une bêtise, la supplier de te pardonner...

– Tu plaisantes ! Elle en mourrait. Il faut que j'arrête, je vais voir Aurélie ce soir. Je dois me débarrasser de cette fille... De toute façon, ça fait trop longtemps que ça dure, elle commence à devenir collante ! Et n'oublie pas, je suis censé passer la nuit chez toi à jouer à Dead Monster...

– Pas de problème !

Il sort rapidement du bar, et court chez sa maîtresse. Il sonne. Une jeune femme lui ouvre. Il l'embrasse rapidement.

Elle est très belle, sans aucun doute, beaucoup plus belle que vous, en vérité...

Elle a préparé à dîner, un délicieux repas. Elle a fait ça pour lui... Vous, vous ne prenez jamais le temps de faire la cuisine. Vous n'avez d'ailleurs pas le moindre souvenir de lui avoir un jour préparé un bon repas, avec amour, bougies et petite musique... Est-ce pour cela qu'il vient chez cette fille ? Il est maintenant sur le canapé à regarder la télé. Elle vient de terminer la vaisselle. D'accord ! Ici, il est le roi ! Vous la suivez des yeux, elle a l'air soucieux...

En regagnant le salon, elle arrache la page du calendrier au-dessus du téléphone mural... Elle frissonne. Elle voudrait lui parler, lui dire quelque chose d'important, mais elle hésite : est-ce le bon moment ? Elle s'approche de lui, l'enlace et lui dit dans un souffle qu'elle l'aime.

Le téléphone d'Éric vibre. C'est vous qui appelez... Il éteint le portable sans consulter le message. Son regard est fixe, il s'ennuie.

Éric... Éric... Vous l'appelez de si loin. Votre voix se perd dans les brumes épaisses du temps. Vous ne pouvez l'atteindre.

– Qui est-ce ? demande Aurélie.

Elle ne parvient pas à maîtriser le léger tremblement de sa voix.

– Je ne sais pas.

– Nous pourrions partir à la campagne demain ?

Elle voudrait lui dire cette chose importante mais pas comme ça, il faut qu'ils soient seuls, loin.

– Non, j'ai des choses à faire...

– Qui est cette Emma qui t'envoie des messages ?

– Tu les as lus ?

– Oui.

– Qui t'a permis ?

– Ne le prends pas mal, tout ce qui te touche m'intéresse. Il y a quelque chose entre vous ?

– C'est compliqué.

– Comment ça, compliqué ?

Éric se sert un verre sans répondre.

– Ne joue pas avec moi, reprend la jeune femme.

– Tu te trompes...

– Je t'aime tellement.

– Oui, je sais. J'ai des choses à te dire... C'est difficile. J'ai écrit une lettre...

Aurélie prend le papier, très émue.

Aurélie,

Ma lettre ne répondra sans doute pas à tes questions, d'ailleurs je ne suis pas sûr qu'on puisse jamais vraiment répondre aux questions de l'autre... On se contente de monologues croisés. On parle juste pour essayer d'échanger des bouts de moments vécus trop seuls. Quand je t'ai rencontrée, ma vie était sombre et monotone. Je suivais une route longue et sans détour, sans surprise, sur laquelle je dépérissais d'ennui. Tu es arrivée et une seconde vie s'est écrite, une autre réalité, une vie rêvée qui catalysait en moi une magie que je croyais perdue à jamais. Tu as été ce rêve et tu m'as ramené à la vie. Aujourd'hui, je

dois m'éveiller, ouvrir les rideaux et reprendre la route dont je m'étais détourné.
Notre histoire restera gravée en moi, un rêve qui aura échappé aux souillures du temps, qui restera vivant dans sa beauté.
Je t'aimerai toujours et tu seras dans mon cœur à jamais.
Éric

Le salaud ! Vous reconnaissez cette lettre : elle est tirée d'un roman dont Éric a fait une adaptation cinématographique l'année dernière ! Mais Aurélie l'ignore, bien sûr...

– Comme c'est beau ! s'écrit-elle. Moi aussi, je t'aimerai toujours.

Éric est consterné.

– Tu ne comprends pas ? C'est fini ! Je suis venu pour te dire adieu.

Aurélie se redresse, la voix altérée, un peu trop aiguë :

– Mais tu dis que tu m'aimes !

– Tu n'as pas compris...

– Tu en aimes une autre, c'est ça ?

– C'est pas si simple. Cette fille dépend de moi, elle ne va pas bien. Si je l'abandonne, elle se tuera. Je préfère me sacrifier qu'avoir sa mort sur la conscience.

Éric ne vous laisserait pas mourir, il ne vous laisserait pas partir.

– Ça dure depuis longtemps ? demande-t-elle.

– Ça ne sert à rien, ce que tu fais. Tu gâches tout.

– Je suis quoi, moi, dans tout ça ? Une passade ?

– Non, je t'aime. Mais je dois faire un choix.

– Tu t'es bien foutu de moi...

Sa voix est sourde, étranglée par la colère, son corps tendu, prêt à se déchaîner dans l'excès de sa rage et de son dégoût...

– Ne le prends pas comme ça, notre histoire est trop belle pour qu'on la salisse...

– C'est fini, alors ?

– Oui.

– Très bien ! Je te demande juste une dernière faveur... Je voudrais qu'on fasse l'amour une dernière fois. Quand je serai endormie, tu partiras, sans faire de bruit...

Éric s'approche d'elle, l'embrasse. Elle se dégage de son étreinte.

– Viens, dit-elle simplement.

Elle entre dans la chambre, il la suit. Ni l'un ni l'autre ne soufflent mot. Elle devine combien il se contraint, elle le devine sans le regarder. Elle sent sa tension... Il vient vers elle. Elle distingue l'éclat de ses yeux, étincelant dans l'obscurité de la pièce : son cœur s'arrête de battre, seuls ses nerfs vibrent comme des cordes tendues à l'extrême... Qu'allait-elle faire ? Elle chancelle, comme ivre. Lui, maintient ce corps frissonnant.

Il l'entraîne sur le lit, l'embrasse d'abord doucement sur le visage, ignorant sur ses tempes les pulsations du sang. Elle sent les effleurements sur sa peau, les caresses, les baisers. Mais un sourd grondement enfle en elle, comme un cri insensé et sauvage. Ils se déshabillent lentement.

Elle caresse ce sexe tant aimé, ses yeux se voilent, une main violente semble avoir empoigné ses entrailles. Lui ne voit rien. Il ne voit pas le regard d'Aurélie. Il ne voit pas la colère sur son visage.

Elle vient sur lui, le chevauche, le pénètre, déchaînée comme une mer furieuse dans la tempête. C'est elle sur lui, brutale de toutes ses forces. Elle se libère de la solitude. Lui se laisse submerger par les vagues, noyer sous les flots fertiles du désir.

Ils font l'amour durant des heures.

Cet homme sera le sien...

À l'aube, il se lève. Il se sent heureux et libre. Il est satisfait : finalement, tout s'est très bien passé ! Aurélie se glisse derrière lui.

Au moment où il s'apprête à franchir le pas de la porte, Aurélie l'enlace.

– Éric, je suis enceinte.

Éric sursaute, sur le point de défaillir : ce n'est pas possible ! C'est un cauchemar !

– Enceinte ? Tu es sûre ?

– Oui.

– Je vais t'aider, j'irai avec toi à l'hôpital. Je paierai l'intervention...

– Non, je vais le garder. Tout le monde saura que tu es le père.

– C'est de la folie ! Tu ne peux pas m'obliger...
– Tu n'as plus le choix. Emma sait déjà.

***

Vous hurlez comme si ce cri pouvait l'atteindre.

Les murs vacillent. Vous reconnaissez le salon de la voyante. Vous êtes allongée sur son divan. Claire sourit.

– Ça va mieux ? Tu m'as fait très peur !

– Oui, ça va... Que s'est-il passé ?

– Tu es restée hyper longtemps sous le drap, ça fait des heures que j'attends que tu te réveilles !

– Je vais quitter Éric.

– Quoi ? Ça te prend comme ça ?

– Je l'ai vu avec une autre. Il me trompe.

– Tu sais, il faudrait quand même que tu sois sûre avant de le quitter, tu t'es peut-être fait un film... Ça arrive : tu prends des bouts de réalité, tu les arranges dans ta tête et ça fait une histoire qui te paraît vraie alors que tout est le fruit de ton imagination !

– Non, en fait je le savais déjà mais je ne voulais pas l'accepter. Aujourd'hui, j'ai ouvert les yeux.

– Viens, on rentre ! Tu peux rester dormir chez moi si tu veux.

Vous restez chez Claire, refusant de donner de vos nouvelles à Éric. Une semaine plus tard, vous rentrez chez vous.

Tout est fini. Vous ne voulez pas retomber dans ses pièges, vous savez que vous êtes trop jalouse pour pardonner et que la rancœur aurait de toute façon rongé votre couple. Bien sûr, on pourrait vous reprocher d'être bien intransigeante pour quelqu'un qui a succombé, par deux fois, à la tentation... *Mais ce n'est pas la même chose !* Vous n'avez pas mené une double vie durant des mois. Et vous vous rendez compte que si vous avez trompé Éric, c'était parce que, dans le fond, vous aviez bien senti qu'il s'éloignait de vous. Vous n'avez fait qu'anticiper une rupture inévitable... Vous êtes libre aujourd'hui, libre de reconstruire votre vie telle que vous la rêviez souvent, sans personne pour vous juger, vous décourager ou vous empêcher de dormir !

Enfin vous pourrez vivre à votre rythme, vous occuper de vous, prendre le temps de réaliser des projets enterrés depuis quatre ans. Ce roman que vous vouliez écrire, ces cours de dessin, de salsa, de théâtre que vous n'avez jamais pris.

Évidemment, vous êtes triste de quitter Éric, de tirer un trait sur toutes ces années passées ensemble. Mais cette petite vie de routine avec lui avait fini par vous rendre lasse de vous-même, de cette partie de vous terne et sans surprise. Depuis longtemps déjà vous sentiez que le sol sur lequel vous preniez appui était lézardé, mais vous posiez des tapis sur les brèches pour ne plus les voir...

Vous décidez de vous lancer dans l'écriture d'un recueil de nouvelles.

Vous prenez votre stylo préféré et un paquet de feuilles blanches. Rien ne se passe. Aucune idée n'émerge. Vous songez alors que le seul moyen de sortir de l'impasse est d'écrire spontanément tout ce qui vous passe par la tête, sans recherche de style pour retravailler par la suite ce matériau brut.

C'était par un triste soir d'hiver... Par une douce nuit d'été... une nuit sans lune. C'est un bon début ! Enfin... Bon n'est peut-être pas le mot, disons que ce début a au moins le mérite d'exister. *Il marchait... arpentait le jardin.* Comment est-il, ce jardin ? Un adjectif bien choisi peut faire toute la différence : grand ? Sans intérêt ! Fleuri ? Bof. Parfumé ? Merveilleusement parfumé ? Délicieusement parfumé ? Au charme discret et mélancolique, empreint de sérénité ? Un peu désuet. Oh, et puis qu'est-ce qu'on en a à faire de ce jardin, après tout ! Vous savez bien que les lecteurs sautent les descriptions, non ? Il faut que quelque chose se passe. Il faut du drame, de la passion...

Perdu dans les méandres de ses pensées et bourrelé de remords qu'il ne pouvait balayer d'un revers de main... Cette passion inassouvie lui avait laissé au fond de la gorge un arrière-goût de défaite qui ne s'était jamais effacé. Il était aujourd'hui dévoré par les affres de la jalousie. Celle qu'il aimait depuis toujours comme la prunelle de ses yeux allait épouser un autre homme. L'oublier ? Voilà une idée qu'il avait à jamais bannie de ses pensées...

Pff... Affligeant ! Quel ramassis de balivernes, de lieux communs ! Et pourquoi pas une scène d'amour, de sexe ? Quelque chose de torride !

Main dans la main, ils se regardèrent les yeux dans les yeux, les yeux dans la bouche... les yeux... les yeux...

Bon, une chose est sûre : ils ont des yeux !

... globuleux, mi-clos, fermés, un œil fermé, entrebâillé...

Comme une porte entrouverte sur un monde de jouissances ? Il la regarda droit dans les seins... Il regarda ses seins voluptueux, sensuels débauchés volumineux énormes, doux au toucher, savoureux délicieux exquis délectables, suaves et succulents... Comme des melons des pastèques, des oranges laiteuses, grosses mamelles lactescentes à la peau de pêche et au cœur d'artichaut. Doigts de fée et cheveux d'ange, blonde comme les blés, lèvres écarlates... Elle lui tournera la tête à l'envers sans dessous dessus.

Il lui enlève ses vêtements comme on effeuille une marguerite, comme on découvre le bouton au milieu des pétales, comme on voit sur la branche au mois de mai la rose, comme on épluche l'artichaut précédemment cité, comme on déballe un cadeau, un hommage une offrande, un don... Lui, son sexe bande, se dresse, se lève, s'élève : érigé triomphant vainqueur éclatant gonflé dur énorme. Leurs bouches se mouillent avidement dans un baiser vorace, affamé, insatiable. Et l'attire, la captive, la tire, la traîne l'appâte, l'excite l'allèche vers le lit. Renversée chavirée surprise retournée permutée remise choquée, sur les oreillers des doigts fouillent, furètent, fouinent, recherchent (quoi ?) entre ses cuisses humides trempées imbibées pénétrées baignées arrosées et chaudes ardentes enthousiastes.

Bon, bon, bon... Après un examen attentif de ce premier essai, vous convenez sans l'ombre d'une hésitation que cet exercice de style mérite une place de choix... au fond de votre poubelle.

À force de persévérance, d'un milliard de brouillons et de tasses de café, vous réussissez tant bien que mal à écrire dix nouvelles, que vous envoyez à huit mille cinq cent quarante-six magazines. Six mois plus tard, alors que vous commenciez à désespérer, le miracle tant attendu se produit : une lettre arrive, qui ne commence pas par : « Nous avons le regret de... » Un magazine vous annonce qu'il publiera l'une de vos nouvelles dans ses pages « premiers écrits ».

Un soir, revenant d'un dîner au restaurant avec Claire et Solenne, vous passez à côté d'un jeune homme. Il est debout, immobile, le regard fixé au sol. Il semble attendre le bus. Quelque chose dans son attitude vous trouble, vous vous retournez sur lui, il lève la tête : ce visage vous est familier, étrangement rassurant. Sa silhouette souple et gracile glisse vers vous sans même toucher le sol. Il vous parle et sa voix douce et lointaine pénètre votre esprit comme une révélation intérieure :

– Bonjour, Emma. Il est temps de faire le bilan de cette vie.

– Oui, je crois que je mérite des félicitations ! Certes, j'ai conscience de ne pas avoir écrit de chef-d'œuvre immortel, mais...

– Emma ! Ouvre les yeux ! Prends un peu de recul et regarde ton parcours !

La voix du jeune homme se fait dure et tranchante. Vous ne comprenez pas son attitude.

– Comment ça ? Je m'en suis bien sortie. J'ai su quitter Éric et affronter la vérité sur mon couple. J'ai cessé de me rabaisser et je me suis lancée dans des projets auxquels j'avais renoncé depuis longtemps. Je suis allée de l'avant, j'ai vaincu mon défaitisme. J'ai vaincu ma paresse...

– Arrête de te voiler la face. Tu n'as pas affronté la vérité sur ton couple. Tu n'as pas été honnête avec Éric, ni avec toi-même.

– Mais lui non plus...

– On ne parle pas d'Éric, mais de toi. Tout d'abord, tu trompes ton conjoint avec le premier venu dans les toilettes d'un bar. Ensuite tu tombes amoureuse de Rodolphe, mais il ne te rappelle pas, alors tu restes avec Éric et te convaincs que Rodolphe n'était qu'une escapade sans importance. Enfin, comme tu refuses d'assumer tes choix, tu t'en remets à une voyante pour quitter Éric sans discussion ni préavis, en acceptant pour vérité révélée tout ce qui sort de sa boule de cristal ! Bravo !

– Que va-t-il se passer ?

– Eh bien, tu vas devoir remonter le temps et trouver ce qui se cache au plus profond de toi-même, Tu vas devoir retourner là où tout a commencé. Revenir au vendredi 1er mars. Que serait-il arrivé si, au lieu de sortir, tu étais restée chez toi ?

– Je ne sais pas...

– Eh bien, vas-y ! Remonte le cours du temps, et que les souvenirs de cette vie s'effacent de ta mémoire !

Le sol se dérobe sous vos pieds, un vertige vous fait vaciller. Vous tombez dans un puits sans fond. Vous êtes comme aspirée en arrière, votre cœur se serre, la chute est infinie... Vous perdez connaissance.

✱ Rendez-vous au **chapitre 12** (p. 48).

CHAPITRE 141

Dimanche 31 mars – Heure indéterminée

Vous vous asseyez face à ce garçon étrange dont vous n'avez toujours pas vu le visage. Vous le saluez :

– Bonjour ?

Vous osez à peine respirer, vous ne savez comment agir. Faut-il le secouer, vérifier qu'il ne dort pas ? Partir ? Son attitude vous trouble, vous effraie. Une dizaine de secondes se sont écoulées et il n'a toujours pas relevé la tête. Le gong retentit, les sept minutes démarrent.

Il réagit, se déplie, se redresse. Vous voyez alors dans ses yeux une tristesse si grande qu'elle se déverse en vous. Des vagues de mélancolie vous submergent. Son visage, comme une musique triste, fait vibrer en vous les cordes du désespoir. Il vous regarde, une larme coule le long de sa joue... Il pleure dans votre cœur. Le temps s'arrête, le bruit des conversations autour de vous s'éteint, vous êtes seuls tous les deux, hors du monde, liés par cette larme qui glisse le long de sa joue... Vous entrez en lui et, dans le miroir de ses yeux, votre propre tristesse se réfléchit. Un amour perdu, un amour dans lequel il se noie... Vous aussi vous avez chaviré. Si personne ne vous avait tendu la main, vous vous seriez laissé engloutir par les eaux mornes de la peine, vous auriez sombré dans une profonde dépression. Vous réalisez que Claire avait raison de vous forcer à sortir.

Mais lui, peut-être est-il arrivé au bout du chemin ? Là où la douleur n'existera plus, là où il oubliera, là où, tôt ou tard, tout le monde vous oublie ?

Vous comprenez ce qui va se passer dans les prochaines minutes au moment où, dans le pli de sa veste, vos yeux tombent sur la crosse d'un revolver. Il veut disparaître ? Mais pourquoi ici ? Pourquoi au milieu de tous ces gens ? Vous devez dire quelque chose.

– Vous n'êtes pas obligé de faire cela.

Son front se plisse, sa lèvre se tord. Il baisse la tête.

– Ce matin, un homme a été retrouvé mort dans la rue ; il était là depuis deux jours, allongé par terre, et personne ne s'est rendu compte qu'il était mort. Personne ne se soucie de l'autre.

– Oui, c'est vrai, mais cela n'empêche pas de vivre et d'essayer de profiter de l'existence.

– Dans ce monde la vie n'a plus de sens. Nous agissons comme des pantins.

– C'est vous qui décidez de vos actions. Je ne sais pas ce qui vous pousse à faire cela, si une fille vous a fait du mal ou si c'est autre chose, mais sachez que notre vie est remplie d'obstacles qu'il faut surmonter, même si au départ cela semble impossible. Il faut trouver la force, sinon tout s'écroule. Moi aussi, j'ai failli renoncer, mais je vais me battre. Un jour, je serai heureuse de nouveau. Vous devez vous battre aussi.

Il cache son visage dans ses mains. Entre ses doigts, les larmes glissent...

– Je comprends votre douleur, mais faire cela n'arrangera rien...

– Je serai libéré de ma douleur, de ma colère !

En entendant ces mots, vous vous rendez compte qu'il ne se contentera pas de mourir, car il sait bien que cela n'affecterait personne. Il ne resterait de lui qu'une anecdote à raconter dans les dîners : « J'ai vu un type se suicider, juste à côté de moi, oui, oui, c'est vrai, je vous assure, il a rentré le canon de l'arme dans sa bouche et a tiré sans que personne ait eu le temps de réagir, c'était vraiment écœurant, il y avait du sang partout... » Non, il ne se tuera pas en silence. Il déteste ce monde. Il voudra entrer dans l'histoire, montrer la « voie », faire que son martyre soit un exemple, et ici c'est le bon moyen. En jetant un coup d'œil rapide autour de vous, vous apercevez au loin, dans l'espace VIP, des notables locaux, des politiciens. Les gardes du corps regardent danser les filles. Et puis, quoi de plus symbolique que ce lieu où l'on se vend comme une simple marchandise, où toute magie s'en est allée, où le mensonge le dispute à la manipulation ?

Il relève la tête. Ses yeux rougis sont vides à présent :

– L'homme est rongé par son propre cancer, un cancer qui se répand et détruit tout autour de lui...

Il passe ses mains sous la table, essuie ses paumes moites sur ses cuisses. Et là, ce que vous preniez pour des poignées d'amour autour de sa taille se révèle être un dispositif d'armement : *une bombe humaine est assise en face de vous.* Votre estomac se noue. Une vague de panique fait refluer votre sang vers vos tempes, dont les veines sont sur le point d'éclater. Que faire ?

Cet homme est-il fou, ou juste désespéré ?

Vous vous représentez tout ce décor en feu, des corps allongés sur le sol finissant de s'embraser, certains agonisant, rampant vers la sortie. Vous voyez le carnage, vous entendez les cris et les pleurs, les hurlements de douleur. Vous imaginez la police qui arrive, le bruit des sirènes et les premiers témoins qui se détournent du spectacle pour aller vomir. Tous les pires clichés du cinéma repassent devant vos yeux.

L'homme est là devant vous, et dans quelques instants votre vie et celle des autres va se jouer. Autour de vous les gens rient, s'embrassent, peut-être certains font-ils des projets d'avenir. Vous sentez la peur vous gagner.

Tic, tac, tic, tac...

Vous aimeriez prévenir le barman, mais il vous tourne le dos. Vous aimeriez prévenir votre amie mais elle ne vous regarde pas. Vous aimeriez lui sauter dessus et le maintenir au sol pour l'empêcher d'actionner le bouton, mais vous n'êtes pas assez forte...

Tic, tac, tic, tac...

Mais que faire ?

✻ Soit vous essayez de fuir le plus rapidement possible au **chapitre 145** (p. 491).

Soit vous tentez de raisonner cet homme et de le remettre dans le droit chemin au **chapitre 143** (p. 478).

CHAPITRE 142

Dimanche 31 mars – 5 h 14

Depuis combien de temps êtes-vous là ? Une tension oppressante emplit votre poitrine. Que s'est-il passé ? Vous êtes prostrée comme un fœtus, agitée de sanglots dont vous ignorez la cause. Un goût amer de sang dans la bouche. Vous essayez de vous redresser mais une force venue du plus profond de vous-même vous fait fléchir les jambes. Sur le mur, un néon blanc diffuse une lumière blafarde ; vous apercevez, de l'endroit où vous êtes, deux pieds attachés aux barreaux d'un lit. Vous ne reconnaissez rien ici. Ni l'armoire à l'entrée, ni ce lavabo fissuré, ni ces pieds. Un couteau près de vous. Les secondes s'étirent, insoutenables. Il faut vous lever. Vous sentez confusément que vous devez partir d'ici le plus vite possible. Enfin, vous réussissez à vous redresser. Et ce que vous voyez vous fait hurler de terreur.

Qui a fait ça ?

Vous avez devant vous un corps couvert de croûtes séchées, d'ecchymoses, de brûlures. Cet homme nu, bâillonné, les yeux révulsés pleins d'une angoisse démesurée, le reconnaissez-vous ? Sa mâchoire brisée pend sur son cou rougi de sang, son front est enfoncé. Ce visage n'est plus qu'une plaie. Vous devriez le reconnaître... De nombreux cratères rouges transpercent son corps nu. La peau de ses épaules, arrachée par des crocs, dessine la forme des mâchoires. Les plaies béantes de son corps meurtri sont emplies de cristaux blancs. Vous manquez défaillir lorsque vos yeux descendent encore : à la place du sexe amputé, une coulée de sang noir se mêle à la toison pubienne. La peau des cuisses, décollée en lamelles noircies, exhale une odeur de viande brûlée. Votre long hurlement se perd dans les ténèbres, vous sentez votre corps ployer sous l'horreur de cette vision. Vos poings se serrent et vous tombez à genoux près du lit. Quelque chose dans votre main. Quelque chose de mou et de chaud. Vous ouvrez le poing et découvrez sa virilité morte : des chairs sanglantes comme un déchet de viande à l'étal d'un boucher...

Ce qui vient de se produire disparaît dans les limbes de votre inconscient. Vous êtes absolument incapable de vous en souvenir... Vous restez là, l'esprit à jamais perdu dans l'abîme de l'angoisse.

Vous êtes en état de choc. On vous fait une piqûre au creux du bras. Des lumières blanches et des voix qui se perdent, un goût de cachet dans votre bouche, les liens autour de vos poignets, une pièce toute blanche...

Un infirmier se penche sur vous. Peu à peu, son visage devient plus distinct, il est jeune, trop jeune... Ce visage vous est familier, étrangement rassurant. Sa silhouette souple et gracile glisse vers vous sans même toucher le sol. Il vous parle et sa voix douce et lointaine pénètre votre esprit comme une révélation intérieure :

– Emma, quelle folie meurtrière t'a emportée jusque-là ? Que s'est-il passé pour que tu cèdes à la colère ? Tu es perdue dans les labyrinthes du temps. Il faut que tu reviennes en arrière et que tu domines ta colère.

– Où suis-je ? Que dois-je faire ? Je me sens si faible...

– Si tu t'étais contentée d'humilier Éric, de le laisser dans cette chambre d'hôtel, nu et ligoté aux barreaux du lit, si la colère n'avait pas dévoré ton cœur, tout aurait été différent. Mais à présent, tu es condamnée à revenir au jour où tout a commencé, à ce vendredi 1er mars. Tu oublieras ces horreurs.

» Remonte le cours du temps, et que les souvenirs de cette vie s'effacent de ta mémoire !

Vous avez l'impression que votre lit vacille. Vous tombez dans un puits sans fond. Vous êtes comme aspirée en arrière, votre cœur se serre, la chute est infinie... Vous perdez connaissance.

* Rendez-vous au **chapitre 10** (p. 41).

CHAPITRE 143

Dimanche 31 mars – Heure indéterminée

Il faut que vous lui parliez, que vous gardiez le contact comme vous l'avez appris dans les films où l'on voit des prises d'otages.

– Tuer des innocents n'arrangera rien, vous pouvez éviter ça.

– Des innocents ? Des *innocents* ? Il faut vraiment être dans un monde pourri, pour dire que ce sont des innocents ! Coupables, tous coupables de leur vulgarité, de leur avarice, coupables de leur indifférence, de leur arrogance !

– Oui, vous avez raison, beaucoup sont comme ça. Mais pourquoi leur accorder tant d'importance, pourquoi gâcher votre vie pour les punir ? Les tuer ne changera rien, d'autres les remplaceront. Vous pouvez tout arrêter et refaire votre vie...

– Rien, je ne peux rien refaire !

– Vous savez, même si vous croyez avoir touché le fond, des gens peuvent vous aider à remonter, je peux le faire, je peux vous aider.

– Vous dites cela maintenant parce que vous avez peur mais vous ne le ferez pas...

Vous lui tendez la main :

– Vous avez ma parole.

Vous regardez le chronomètre, il ne reste que deux minutes avant que le gong retentisse. Deux minutes pour le convaincre d'arrêter son action.

– Je vous promets de vous aider. Moi aussi je suis triste et je me sens abandonnée. Mais en vous voyant, je me dis que pour remonter la pente il suffit de le vouloir et que rien n'est jamais perdu. Je vous dis cela, et pourtant il y a quelques jours seulement, je voulais en finir, tout comme vous. En vous aidant je m'aiderai un peu moi-même. Et vous pourrez m'aider si vous le décidez. Quel est votre prénom ?

Il baisse la tête et l'enfouit entre ses mains. Une minute trente. Le temps vous est compté, vous devrez libérer votre place et il ne vous laissera pas vous éloigner : il fera tout sauter.

– Écoutez-moi, continuez-vous, je ne veux pas mourir et ces gens non plus. Je vous propose un marché.

Il redresse la tête.

– Nous allons sortir tous les deux calmement et aller discuter de tout ça loin de cette foule. Nous resterons ensemble. Si vous voulez, vous pourrez attacher votre main à la mienne. Ensemble nous arriverons à sortir du trou dans lequel nous sommes tombés. D'accord ?

Soixante secondes. Il vous regarde droit dans les yeux. Vous sentez qu'il hésite à accepter votre proposition. La moindre erreur et tout bascule.

– Édouard, je m'appelle Édouard...

– Quittons ce jeu stupide, Édouard, je vous en prie, il n'y a rien pour nous ici...

Vous lui prenez la main, il la regarde. Une autre larme coule.

– Emma, je ne peux pas faire ça... C'est trop tard.

– Pardon ? Comment connaissez-vous mon nom ?

– Je préfère disparaître.

Il recule sa chaise et passe la main dans sa veste. Le serveur, qui se trouve près de votre table, aperçoit l'arme et se jette sur vous pour vous protéger. Vous tombez à la renverse, il vous éloigne d'Édouard, vous vous débattez.

Édouard sort son arme. En quelques secondes, c'est la panique. Tout le monde se met à hurler et à courir dans tous les sens. Le serveur tente toujours de vous éloigner. Vous voulez revenir en arrière mais il vous en empêche et vous tire contre votre volonté derrière le bar. Vous hurlez de rage :

– Mais lâchez-moi !

Vous donnez un coup de coude dans la mâchoire de ce type obstiné qui veut vous sauver malgré vous. Il vous lâche enfin. Vous vous levez et courez vers Édouard. Il est debout, le visage métamorphosé, terriblement fermé, livide.

– Non, Édouard, ne faites pas ça ! Je vous en prie...

Il dirige le canon du revolver vers sa bouche, des larmes coulent toujours le long de ses joues.

– Emma, je t'aime. Je suis tellement désolé...

Il ouvre la bouche et entre le canon à l'intérieur.

– NOOON !

Vous vous jetez sur lui. Il tombe, mais trop tard. Le coup est déjà parti. Une flaque de sang se répand derrière le crâne ouvert. Tous ceux qui ont accouru restent autour, craignant de s'approcher. Vous regardez ce sang, tout ce sang... Comment connaissait-il votre nom ? Vous essayez de lutter contre la peur. Ses yeux bleus sont restés grands ouverts. Il faut clore ses paupières, baisser le rideau maintenant que le drame est fini. Vous touchez la chair souple et sans vie de son visage éteint. Ce contact vous répugne, et vous ne pouvez réprimer un haut-le-cœur. Les sirènes se rapprochent. Quelqu'un a prévenu la police. Vous devez faire vite, surmonter votre dégoût, après il sera trop tard.

Vous commencez à le fouiller, profitant de l'inertie des gens. Pas de portefeuille, juste un carnet. Vous l'ouvrez. Vous trouvez une photo de classe avec des enfants, une maternelle apparemment. Vous regardez de plus près et constatez... que vous êtes sur le cliché ! Comment a-t-il eu cette photo ? Puis vous le reconnaissez petit, deux rangs plus bas... Vous tournez les pages du carnet et découvrez d'autres photos de classe. Chaque fois, il est présent. Mais vous ne vous souvenez pas de lui. Vous passez aux photos de collège, il était là aussi. Comment est-ce possible ? Comment avez-vous pu ne pas le voir durant toutes ces années ?

Vous faites défiler les autres photos : lycée, fac, boulot, vacances, il est toujours là... mais vous ne l'avez jamais remarqué. C'est terrifiant de savoir que ce garçon vous a aimée dès le premier jour mais que vous n'avez jamais fait attention à lui, que vous ne l'avez même pas *vu*. Vous cherchiez un amour pur et désintéressé, et il était là durant toutes ces années, sans jamais oser se montrer. Vous hurlez intérieurement de désespoir. Vous vous sentez coupable de cette mort tragique. Vous vous rappelez ses paroles : « Personne ne se soucie de l'autre... » Il n'a jamais dévoilé son amour pour vous, il a préféré vous aimer sans recevoir, sans même essayer, sans même se faire remarquer. Voilà sa vie, celle d'un fantôme.

D'autres photos attirent votre attention, surtout la dernière, ce vendredi soir 1er mars, devant la boucherie. Vous vous souvenez d'un flash. Toutes ces années, et vous ne l'avez jamais vu... En regardant à nouveau les photos de classe, vous vous rendez compte que la plupart de vos camarades sont pour vous d'illustres inconnus auxquels vous n'avez jamais adressé la parole. Des groupes se forment, des amitiés se créent, mais parfois il y en a un qui ne trouve de place nulle part ; tout le monde l'ignore, même les professeurs, même la société.

Vous comprenez qu'il n'aurait jamais fait sauter la bombe en vous sachant présente : il voulait mourir et délivrer un message. Il voulait être quelqu'un une fois dans sa vie, et le destin vous a mise sur sa route le jour même où il voulait faire le deuil de son amour pour vous. Quelle incroyable coïncidence !

Vous entendez les sirènes de police. Bientôt ils emmèneront ce corps inerte qui ne sera plus qu'un numéro dans une morgue. Un dossier classé. Un mort de plus, vite oublié.

Les policiers arrivent et prennent le corps. Vous vous sentez mal, vous avez envie de vomir.

Vous courez aux toilettes. Vous jetez un peu d'eau sur votre visage. Vous relevez les yeux et regardez votre figure barrée de deux longues coulées de maquillage. En vous examinant dans la glace, vous avez l'impression bizarre que le miroir est liquide. Vous le touchez du doigt, et c'est le cas ! Vous passez votre bras mais ne pouvez plus le retirer. Puis, d'un seul coup, vous êtes happée de l'autre côté.

Tout est blanc, éblouissant autour de vous.

Un jeune homme à la silhouette mince vous regarde avec douceur. Son visage vous est étrangement familier. Il ne bouge pas les lèvres et semble parler directement à votre âme :

– Tu as été courageuse et généreuse, Emma. Tu as tout fait pour sauver ce garçon.

– Mais il est mort, c'est ma faute !

– Non, ce n'est pas ta faute. Il a fait ce choix. Le destin t'a mise sur sa route, il aurait pu tout arrêter mais il a choisi de ne pas le faire. Cette rencontre n'était pas le fruit du hasard. C'était un signe. Il a refusé de le voir.

– Pourquoi n'a-t-il pas essayé de changer complètement de vie ? De m'oublier ?

– C'est comme ça, Emma. Certains se battent et d'autres attendent, regardent de loin sans oser approcher ni prendre la moindre décision, et ils traversent leur existence comme des fantômes.

– Mais il n'avait rien qui puisse le retenir !

– Personne n'a jamais rien : rien ne nous appartient, ni les objets ni les personnes. La seule chose que nous possédions pour un moment, c'est notre vie. Autant essayer de la rendre plus belle, plutôt que se complaire dans la tristesse. Édouard était sans courage. Mais toi, tu as dépassé ton égoïsme, tu as songé aux autres avant de penser à toi. C'est **une belle victoire**. Alors, si tu as triomphé d'au moins trois de tes faiblesses, tu as la force à présent de poursuivre ton destin au **chapitre 157** (p. 530). Vas-y !

– Et... sinon ?

* – Sinon, il te faudra encore mener d'autres luttes, connaître d'autres aventures, suivre d'autres chemins. Tu vas remonter le temps et découvrir ce qui se cache au plus profond de toi-même, et qui sait ce que tu découvriras sur ce chemin sinueux... Si tu n'as pas **trois victoires**, reviens au vendredi 1er mars, reviens là où tout a commencé, au **chapitre 2** (p. 23). Remonte le cours du temps, et que les souvenirs de cette vie s'effacent de ta mémoire !

Le sol se dérobe sous vos pieds, un vertige vous fait vaciller. Vous tombez dans un puits sans fond. Vous êtes comme aspirée en arrière, votre cœur se serre, la chute est infinie... Vous perdez connaissance.

CHAPITRE 144

Samedi 30 mars – 20 h 02

La première soirée s'est bien passée. Lorsque vous êtes arrivée, votre neveu était couché et vous avez regardé un film avec Gérard, votre beau-frère. En revanche, le réveil a été quelque peu douloureux. À sept heures du matin, le petit Bastien est venu sauter sur votre lit en hurlant : « J'ai faim ! »

Et bonjour ? Il ne sait pas dire bonjour, ce gosse ? Vous sentez que vous êtes grognon et descendez vous préparer un café pour vous réveiller. Le gamin vous colle. Et il parle tout le temps. Comment peut-on parler autant et si fort à 7 heures du matin ? En plus, il n'a rien d'intéressant à dire. Vous essayez de le convaincre d'aller se calmer un peu dans le salon, mais à ce moment-là, il écarte les bras et se met à courir autour de la table de la cuisine en faisant l'avion et en produisant des bruits horribles avec sa bouche, sans doute dans l'intention d'imiter le vrombissement des moteurs. Il finit par s'envoler vers de lointaines contrées sauvages, après que vous l'avez poussé dans le jardin par la porte de la cuisine. Ouf !

À l'instant où vous allez vous asseoir pour savourer tranquillement votre café, Gérard arrive.

– Bonjour !

– Alors, bien dormi ? demande-t-il.

– Oui, oui, mais le réveil a été un peu brutal.

– Ici, on ne sait plus ce que c'est, une grasse matinée ! Le petit a déjeuné ?

– Euh, non.

Il vous sourit, genre : « Ma pauvre fille, c'est pas ta faute, je sais que tu le fais pas exprès, Gérard va t'expliquer les choses de la vie... »

– Bon. Alors, Sylvana t'a dit pour le petit déjeuner ?

– Oui, dans les grandes lignes.

– Bastien prend des céréales Croutch avec une tartine de confiture de fraises et un chocolat chaud, et moi...

– Comment ça, toi ?

– Oui, pour moi, des œufs brouillés avec du bacon et un café.

– Mon cher beau-frère, tu ne crois quand même pas que je vais te préparer ton petit déjeuner tous les matins ? Tu es assez grand pour te préparer tes œufs tout seul, non ?

– Mais, enfin, je ne sais pas, moi... Et puis, je travaille !

– Tu veux dire que Sylvana te prépare tous les jours ton petit déjeuner ?

– Évidemment !

– Elle ne travaille plus ?

– Ben, si...

– Je vois. Et, dis-moi, qui prépare le dîner ?

– Sylvana.

– Qui fait les courses ?

– Elle fait ça avec Sabrina le samedi, et moi je garde Bastien.

– Laisse-moi te poser une dernière question...

– Oui, vas-y.

– Tu fais quoi, ici ? Je veux dire, comme tâche ménagère.

– Eh bien, mon travail est vraiment stressant et j'ai besoin de décompresser quand je suis à la maison. Et puis, je joue avec le petit !

– OK, je vois, super ! Si j'ai bien compris, pendant une semaine, je dois faire comme si j'étais une mère célibataire qui a deux gosses, c'est ça ?

– Pff... Vraiment, je comprends mieux pourquoi t'es toujours pas casée à trente ans.

– Charmant !

Le ciel du paradis s'est vite assombri... Finalement, vous sentez que votre jalousie s'estompe. Comment pourriez-vous envier à votre sœur un incapable de mari et un gosse complètement fou ? Parce qu'il faut bien le dire, ce môme est fou ! Complètement paranoïaque : il rase les murs en brandissant son pistolet en plastique et sursaute au moindre bruit. Mais le pire, c'est de voir à quel point cet enfant adopte un comportement de bébé. Vous restez confondue devant tout ce qu'il ne sait pas faire : il ne sait pas manger proprement, il ne sait pas s'amuser sagement ni répondre poliment, il ne sait pas travailler, ni faire son lit, ni nouer ses lacets, ni passer l'aspirateur, ni faire tourner une machine, ni vous foutre la paix !

Vous n'imaginiez pas qu'élever un enfant était à ce point éreintant.

Enfin, nous sommes samedi et le repas est sur la table. Le père est assis et vous tend son assiette. Sabrina daigne descendre manger. Forcément, elle fait la gueule ! Forcément, c'est une ado ! Quatorze ans... Étiez vous si ridicule à son âge ?

Il y a un litige en cours dans la famille, un contentieux dont votre sœur avait omis de vous informer. Dans cette affaire épineuse, vous avez commis une énorme bourde... Ce matin, Sabrina vous a fait parler et vous avez répondu à ses questions en toute franchise. Vous ignoriez alors qu'elle avait un but précis en vous demandant à quel âge vous aviez eu un scooter, et que vous apportiez par vos réponses de l'eau à son moulin. Sabrina voulait un scooter et le père a dit non, et non c'est non ! Point ! C'est tout ! Pourquoi ? Parce que ! Non mais ! Qui est-ce qui décide dans cette maison ?

– C'est comme pour la ligne privée dans ma chambre, c'est toujours non, avec toi ! J'en ai marre ! J'ai *besoin* d'un scooter. Toutes mes copines elles en ont un depuis longtemps, et même tante Emma elle en a eu un à treize ans.

Aïe ! Le père vous fusille du regard. D'accord, vous avez gaffé, désolée...

– Oui, mais elle habitait loin de l'école, tante Emma, et à l'époque, y avait pas de bus.

Comment ça, y avait pas de bus ? C'était pas la préhistoire, quand même !

– Le scooter, c'est non, j'ai dit !

Sabrina quitte la table en hurlant :

– Vivement que j'aie dix-huit ans, que j'me barre de cette baraque pourrie où on peut rien faire !

– Tu reviens à table im-mé-dia-te-ment ! gronde le père, rouge de colère et vert de rage en lui lançant un regard noir. Avec ta mère, on se serre la ceinture toute l'année pour vous payer deux mois de vacances et mademoiselle, elle, elle veut un scooter ! Eh bien, bosse un peu et tu te le paieras toi-même !

– Et l'école, c'est pas du travail ?

– Vu tes résultats... non !

Sabrina monte dans sa chambre et claque la porte couverte d'autocollants. Elle va sûrement sortir de sa cachette son journal intime ; dedans, elle racontera entre deux larmes qu'un jour elle va fuguer, que ses parents sont des vieux cons, heureusement qu'il y a Sébastien, ça fera un an dans neuf mois qu'ils sortent ensemble, il est tellement mignon, bon d'accord, il est couvert de boutons et ses potes l'appellent « calculette », mais il est sympa Sébastien, et il lui file ses devoirs de maths... Vous avez écrit les mêmes choses à son âge.

Le petit ne veut pas manger, il n'aime pas, il braille et recrache. Première étape : la menace sourde, prononcée à voix basse, le regard vissé dans celui de l'affreux jojo surexcité qui refuse de rester à table et renverse sa chaise : « Reviens finir ta viande ou tata va se mettre en colère ! » Mais il est sourd aux sourdes menaces, vous devez donc monter d'un cran et faire la grosse voix, dernier stade avant la perte totale de self-control. Le morveux tourne les talons et s'en va allumer la télévision. Vous restez là, dans la cuisine, assise sur le tabouret, entre la paillasse et le réfrigérateur, le regard vague, désespérée. Il faut faire la vaisselle. Ensuite vous devez l'emmener avec vous faire des courses...

Le trajet ne fait que commencer et il vous exaspère déjà. Tenez, le voici qui laisse sa main traîner sur les carrosseries des voitures en stationnement. Évidemment, il a les doigts tout crasseux à présent. Et le plus rageant, c'est que vous devez lui tenir la main pour traverser la rue, beurk !

La prochaine fois, il faudra penser à emmener des gants pour vous et des bottes pour lui, qui montent jusqu'aux genoux. En fait, il faudrait plutôt l'emballer entièrement dans un sac-poubelle pour être sûr de ne pas le ramener tout crotté. Tiens, en parlant de crotte, en voilà une justement à deux mètres devant vous, sur le trottoir, près du caniveau. Vous l'entraînez vers les vitrines des magasins. C'est alors qu'un pigeon vous frôle, virevolte et s'éloigne vers la rue. Bastien vous lâche la main et court après cette satanée bestiole... Oh, non ! On dirait qu'il le fait exprès, ce n'est pas possible ! Elle l'attendait, c'est ça ? Elle était là pour lui ? Elle émet des ondes particulières qui l'attirent ? Ça y est, il a fallu qu'il slalome mais il l'a eue, oui. Il a bien marché dans cette crotte qui, a priori, n'était pas DU TOUT sur sa trajectoire... Et pas seulement marché, il a glissé dedans et roulé au sol. Et c'est à vous maintenant que revient la si délicieuse tâche de séparer l'enfant de la crotte, de gratter la semelle, de récupérer le pantalon souillé.

Quel enfant merveilleux ! Quand il dort...

Encore faut-il qu'il accepte de dormir.

Ce soir, vous l'ignorez et attendez que son père s'occupe de lui. Le film vient à peine de commencer que vous voyez apparaître Bastien dans le salon. Il se dirige directement vers son père. Ça tombe bien !

– Papa ? J'ai peur, tu me racontes une histoire ?

Vous faites un clin d'œil à votre beau-frère. Celui-ci prend son fils dans ses bras et remonte avec lui. Vous les suivez discrètement pour écouter l'histoire de Gérard : vous êtes curieuse de savoir quel genre d'histoire peut bien raconter cet homme-là...

Il était une fois un pauvre bûcheron, qui vivait à l'orée d'une grande forêt avec sa femme et leur petit garçon. Le garçon s'appelait Hansel.

Vous tournez les talons : l'histoire d'Hansel et Gretel, vous la connaissez par cœur... Seulement, une petite discordance vous retient :

Ils avaient aussi une fille, Gretel. Mais elle était partie en pension depuis longtemps et ils avaient perdu tout contact. Bizarre... *Un soir, en rentrant du travail, le bûcheron ruminait des idées noires et remâchait ses soucis. Tandis qu'il essayait de lire son journal, son fils ne cessait de bondir d'une pièce à l'autre en prenant appui sur les murs avec ses mains sales. Le bûcheron dit à sa femme : « Je suis fatigué de tout ce bruit ! » La femme répondit : « Avec un petit garçon de trois ans, il y aura toujours du bruit. » C'est alors qu'une idée lui traversa l'esprit, il en fit part à sa femme. Les parents, qui n'en pouvaient plus de devoir écouter les caquetages incessants de leur enfant, décidèrent donc d'aller le perdre au plus profond de la forêt pour ne plus jamais entendre les questions idiotes à la syntaxe déplorable, du genre : « Qui c'est que tu préfères ? Moi ou ma sœur ? » Ni les questions gênantes du genre : « Pourquoi qu'y sent mauvais le monsieur ? » Ni les questions – d'autant plus gênantes qu'ils ne savaient pas y répondre – du genre : « Pourquoi qu'il est bleu le ciel ? Pourquoi qu'y vole l'avion ? Pourquoi qu'elle est noire la dame ? Et pourquoi que ci et pourquoi que ça ? »*

– Dès l'aube, expliqua le père à sa femme, nous conduirons Basti... euh pardon... *Hansel, au plus profond de la forêt, nous*

lui allumerons un feu et lui donnerons un petit morceau de pain. Puis nous irons à notre travail et le laisserons seul. Il ne retrouvera plus son chemin et nous en serons débarrassés.

– Mauvaise idée, répondit la mère. Ils sont malins les gosses, aujourd'hui : t'as jamais entendu parler du Petit Poucet ? Mieux vaut le découper en morceaux, c'est plus sûr !

Quand vint le jour, avant même que le soleil ne se levât, la femme réveilla son enfant :

– Debout, paresseux ! Nous allons aller dans la forêt pour y chercher du bois.

Comme les poches de Hansel étaient pleines de cailloux – la mère avait vu juste, il connaissait l'histoire du Petit Poucet, les enfants n'ont plus la naïveté d'antan ! –, il mit le pain dans son tablier. Puis ils se mirent tous en route pour la forêt. Au bout de quelque temps, Hansel s'arrêta et regarda en direction de la maison. Sans cesse il répétait ce geste. Le père dit :

– Que regardes-tu, Hansel, et pourquoi restes-tu toujours en arrière ? Fais attention à toi et n'oublie pas de marcher !

Alors, revenant près de ses parents, l'enfant demanda : « Et pourquoi qu'on va dans la forêt ? Et pourquoi que les feuilles de certains arbres elles tombent pas en hiver ? Et pourquoi que les hiboux y voient la nuit ? » Ce qui ne faisait que renforcer la détermination des parents à le couper en rondelles très fines. Tout à coup, une sorcière apparut. C'était une femme vieille comme les pierres, s'appuyant sur un balai. Il paraît qu'elle attrapait les enfants, les tuait, les faisait cuire et les mangeait. Quand Hansel et ses parents s'approchèrent de sa demeure, elle ricana méchamment :

– Ceux-là, je les tiens ! Ils ne m'échapperont pas !

Elle attrapa Hansel de sa main rêche, le mit sur son balai et s'envola vers sa maison. Elle conduisit le petit garçon dans une étable et l'y enferma au verrou. Il eut beau crier, cela ne lui servit à rien. La sorcière était un peu sourde, heureusement, sinon je crois qu'elle aurait rapporté l'enfant à ses parents...

Les parents, se voyant ainsi débarrassés de leur fils sans même avoir eu à commettre un crime, trouvèrent cela fort drôle et se mirent à rire aux larmes. Et ils manquèrent d'en mourir étouffés tant ils riaient, les larmes coulaient, coulaient et eux s'étranglaient, pliés en deux, roulaient au sol et se tenaient les côtes... Une fée apparut, qui, les voyant ainsi, les crut désespérés par la perte de leur enfant. Elle fut prise de pitié et leur accorda trois souhaits.

L'homme demanda à être milliardaire, à avoir de nombreux domestiques et une femme superbe (ça fait deux vœux ou trois, là ? On ne peut pas dire que la femme fait partie des domestiques ? Non ? Dommage !). La fée exauça donc ces trois vœux... Et ils vécurent heureux, pleins aux as dans leur château, sans enfant pour tacher les tapis, salir les murs, faire pipi dans les draps, pourrir leur vie, altérer leur bonheur, briser le délicieux silence dans lequel ils reposaient, dilapider leur fortune, etc.

Le petit s'est endormi.

C'est une honte ! Une honte, de raconter de telles horreurs à un enfant ! Vous êtes prise d'un soudain élan de pitié pour Bastien.

Votre sœur rentre plus tôt que prévu, merci mon Dieu ! Son stage a été écourté. Elle vous rapporte un petit cadeau, une broche dorée en forme d'étoile. Mais le plus beau cadeau est d'être enfin libérée de cette prison familiale.

Vous rentrez chez vous, soulagée et heureuse d'avoir rendu service à Sylvana.

Vous allumez la télévision, mais toutes les émotions de la journée vous ont épuisée.

Dans un halo de lumière blanche, un jeune homme apparaît... Il vous sourit. Vous vous approchez de lui. Il vous semble le reconnaître mais vos souvenirs sont vagues et incertains. Son nom ? Vous ne réussissez pas à vous le rappeler. Il prend vos mains dans les siennes. Sa voix lointaine est calme et grave, son regard est bienveillant. Il parle doucement, sans remuer les lèvres :

– Tu as réussi. Cette victoire est importante. Tu as réussi à te délivrer d'Éric d'abord, à triompher de ta dépendance et de ta peur de la solitude. Et tu es arrivée à vaincre cette jalousie tenace que tu éprouvais à l'encontre de ta sœur. Tu as agi avec courage en acceptant de remplacer Sylvana au sein de son foyer, c'est **une belle victoire**. Félicitations ! Aujourd'hui, tu es libre, libre de tes choix et de décider de ta vie. Si tu as remporté **trois victoires**, tu n'as plus besoin de lutter, tu peux reprendre le cours de ta vie et te rendre au **chapitre 157** (p. 530).

– Mais sinon, que dois-je faire ?

– Sinon... il ne s'agit pas de fermer les yeux devant l'horreur, mais de les ouvrir, en serrant les poings. Le combat est possible. Tu n'es pas seule. Des gens luttent à tes côtés pour un monde meilleur...

L'image du poing fermé s'impose à vous. Le tract ! Il faut reprendre ce tract, revenir en arrière et aller à cette réunion, consacrer votre énergie aux autres.

– Es-tu prête ?

– Oui.

* – Très bien. Tu vas rejoindre ceux qui ont foi en un monde meilleur et vaincre ton égoïsme. Je vais te permettre d'aller au **chapitre 2** (p. 23).

La voix se perd en écho dans le lointain, la silhouette gracile de l'adolescent recule à l'infini pour ne plus être qu'une poussière invisible dans le néant. Vous partez...

Le sol se dérobe sous vos pieds, un vertige vous fait vaciller. Vous tombez dans un puits sans fond. Vous êtes comme aspirée en arrière, votre cœur se serre, la chute est infinie... Vous perdez connaissance.

CHAPITRE 145

Dimanche 31 mars – Heure indéterminée

Vous bondissez de votre chaise en hurlant : « Ce type est armé ! » Les gens se regardent sans comprendre, imaginant peut-être une mauvaise plaisanterie. Mais quand le numéro 2 sort son arme et déboutonne sa veste, la panique s'empare de chacun. Claire se trouve trop loin de vous. Vous ne pouvez la rejoindre. Vous disparaissez sous les tables et rampez le plus rapidement possible vers la sortie.

Première détonation. Un serveur lâche son plateau dans un bruit de verre brisé. Les gens sautent par-dessus les tables et les renversent. Dans la cohue déclenchée par les cris et la peur, chacun se sauve aussi vite qu'il le peut. Vous devez vous relever. Vous poussez, passez en force sans vous retourner.

Deuxième détonation. Un homme s'écroule à vos pieds. Embouteillage d'épaules, de mains, de têtes, de sacs... Tout le monde se rue vers la sortie. Trop de gens devant vous...

Troisième détonation. La balle fuse tout droit, frôle votre bras puis va se loger dans l'oreille de l'homme qui vous empêchait de passer. Le sang jaillit, vous éclabousse. Vous essayez de vous faufiler.

Quatrième détonation. Une grosse fille s'effondre en hurlant, une auréole rouge s'élargit dans son dos. Vous l'enjambez. Ne pas se retourner. Oublier le bruit des balles. Aller tout droit, laisser derrière vous les cris et la panique. Vous avancez vers la porte qui se dégage au fur et à mesure que les corps tombent devant vous, comme si le tueur vous dégageait le passage. Ne vous retournez pas, avancez, poussez, écrasez ceux qui sont au sol. Il faut sortir de là, vite ! D'autres balles, d'autres chutes. Arrivée en haut des marches qui mènent à la sortie, vous regardez une dernière fois en arrière. Vous voyez le numéro 2 sortir la pince qui permet d'activer la bombe et de la faire exploser. Votre sang se glace.

Un homme se jette sur le kamikaze et appelle à l'aide pour qu'on vienne le soutenir dans son entreprise héroïque. Mais personne ne vient à son secours. Le numéro 2 se retourne et lui tire une balle dans la tête. Vous ne devez pas rester là.

Vous êtes enfin dehors, à bout de souffle. Vous vous écroulez, couverte de sang. Vous avez pris une balle ? Non, ce sang n'est pas le vôtre, vous avez eu de la chance. Au moment où vous vous retournez pour regarder si Claire a réussi à sortir, le souffle d'une explosion vous propulse deux mètres plus loin. Les vitres volent en éclats, les cris s'éteignent, le feu embrase tout...

Vous regardez autour de vous : à peine une dizaine de personnes ont pu s'échapper. Vous entendez au loin les sirènes. Il est trop tard. Tout est fini. Vous tombez évanouie.

Vous vous réveillez dans une chambre d'hôpital.

Un homme se penche au-dessus de vous.

– Mademoiselle Guerlin ?

– Oui...

– Je suis l'inspecteur Berne. Je vais être direct avec vous, car j'ai encore beaucoup de choses à faire. Quel est votre lien avec Édouard Chopel ?

– Qui ?

– Le terroriste qui vient de se faire sauter dans la boîte de nuit.

– Aucun, je ne le connaissais pas.

Il vous regarde comme si vous cachiez quelque chose.

– Nous avons fait une perquisition à son appartement. Vous pourriez me dire ce que cela signifie ?

Il vous tend des photographies. Il y en a une de vous devant votre immeuble, une autre devant la boucherie.

– Alors ?

– Je ne comprends pas. Pourquoi m'aurait-il prise en photo ?

– Je vous demanderai de rester en ville, j'aurai sûrement d'autres questions à vous poser.

– Très bien.

Le policier reprend les photos et quitte la chambre. Vous réfléchissez. Ce type vous aurait-il suivie ? Mais pourquoi ? Vous commencez à regretter de ne pas l'avoir questionné, et d'avoir agi aussi rapidement. Vous êtes épuisée. Vous allumez la télé et tombez sur les informations. On parle justement de lui : un garçon calme, sans histoires... Vous revoyez les images de la boîte. Les pompiers s'activent autour des corps calcinés. Comme d'habitude, on interrogera la famille des victimes, et bien sûr cela fera monter l'Audimat... Personne ne cherchera jamais à comprendre vraiment.

Soudain, la télé se brouille...

Tout est silencieux dans l'hôpital. Vous apercevez une silhouette debout dans votre chambre. C'est un jeune homme. Il vous regarde. Aussi impassible, aussi pâle qu'un mort surgissant du tombeau. Vous hurlez de terreur. Il est là, près de vous, et s'approche sans que ses pieds touchent le sol. Le froid et la peur pénètrent en vous jusqu'aux os.

Il vous parle doucement sans que ses lèvres bougent :

– Emma... Tu as fui. Tu as abandonné Claire, ne songeant qu'à ta propre survie. Si tu ne réussis pas à vaincre ton égoïsme, tu seras condamnée à revenir sans cesse au jour où tout a commencé. Remonte le cours du temps et que les souvenirs de cette vie s'effacent de ta mémoire !

Le sol se dérobe sous vos pieds, un vertige vous fait vaciller. Vous tombez dans un puits sans fond. Vous êtes comme aspirée en arrière, votre cœur se serre, la chute est infinie... Vous perdez connaissance.

* Rendez-vous au **chapitre 2** (p. 23).

CHAPITRE 146

Dimanche 31 mars – 20 heures

Vous êtes devant chez Claire. Vous appuyez sur la sonnette. Un bruit lointain de porte, des pas et une ombre derrière la vitre dépolie qui s'ouvre sur un visage tout vert !

– Oh, Emma ! Entre, ma chérie.

– Je ne suis pas trop en avance ?

– Non, pas du tout ! Je crois que c'est moi qui suis super à la bourre, j'essayais un nouveau masque à l'argile...

Claire vous entraîne dans le salon.

– J'en ai pour une minute, installe-toi ! Allume la télé si tu veux.

Une demi-heure plus tard, elle sort enfin de la salle de bains. Vous mourez de faim, mais dans la cuisine il n'y a rien d'autre que des gâteaux de régime, des soupes et des yaourts 0 %... Quelle misère !

– Et si on allait au restaurant ? suggérez-vous délicatement.

– D'accord, mais attends, il faut que je me change alors. Je ne peux pas sortir comme ça !

Une autre demi-heure plus tard, elle émerge de la chambre, gainée dans une robe qu'on a certainement dû lui offrir pour ses huit ans. Elle peut à peine respirer, c'est si dur d'être belle.

Vous finissez par atterrir dans un petit bistrot de son quartier.

– J'en ai vraiment marre des mecs, il faut toujours que je tombe sur des tarés ! dit-elle en picorant une feuille de salade.

– Raconte, qu'est-ce qui se passe ? C'est le type dont tu m'as parlé la semaine dernière ?

– Oh, non, c'est de l'histoire ancienne, ça. Non, non, je suis tombée sur un véritable allumé, hier soir ! Je comprends pas. Je demande pas grand-chose, pourtant ! Un peu d'attention, une touche de romantisme, une fabuleuse nuit d'amour et des adieux rapides et définitifs au petit matin. J'ai deux beaux seins, un cul bien ferme, une peau de pêche, je ne sens pas mauvais... Pourquoi ça ne marche pas ?

– Raconte, qu'est-ce qui est arrivé ?

– Justement, je me le demande : je n'ai toujours pas compris ! Le mec m'offre un verre...

– Jusque-là, rien de surprenant.

– Attends, attends... Au début, ça s'est bien passé même s'il me gonflait un peu avec des conneries sur la nécessité de chercher son « moi » profond et bla bla, le moi conscient qui baigne dans l'océan d'une conscience suprapersonnelle. Et bla bla sur le « soi » qui serait proche de Dieu, sinon peut-être Dieu lui-même...

– Tu l'as écouté ?

– Il était beau garçon. Bref, il n'a pas arrêté durant deux heures... J'en avais mal aux fesses ! À un moment, il était en train de me dire un truc du genre : « Qui n'a jamais fait l'expérience d'une certaine présence au plus profond de soi-même ? N'as-tu jamais vécu des expériences exceptionnelles où ta conscience s'ouvre largement et aboutit à une plénitude, une béatitude presque surnaturelles ? » Et moi, je lui ai répondu que j'avais bien fait ce genre d'expérience d'une présence au plus profond de moi-même et que je ne demandais pas mieux que de la renouveler et que j'étais certaine que ma conscience s'ouvrirait largement. J'ai cru qu'il avait enfin compris où je voulais en venir ! On s'est levés, on est allés chez lui et là...

Elle se sert un verre, lentement. Déglutit, lentement. S'essuie délicatement les lèvres avec le coin de sa serviette... Vous craquez et demandez, au bord de la crise de nerfs :

– Alors ? Quoi ?

– L'horreur !

– Comment ça ? allez, raconte !

– Je vais à la salle de bains, je me lave rapidement et je mets un coup de déodorant partout où un nez risque de se poser, si tu vois ce que je veux dire...

– Vaguement, oui.

– Et là, il débarque dans la salle de bains sans crier gare. Il me regarde, la jupe sur les hanches, les cuisses écartées et le déo à la main ! Et voilà la seule chose qu'il trouve à dire : « Ça va pas ? Tu sais que t'es en train de bousiller la couche d'ozone ? »

– T'as répondu quoi ?

– Que c'était le prix à payer pour vivre dans un monde civilisé.

– Et alors ?

– Alors, il m'a demandé si je parfumais aussi les huîtres avant de les avaler pour qu'elles sentent pas la marée...

– Sympa.

– Je te le fais pas dire ! Et attends, c'est pas fini. Ensuite, il a osé me dire que je le décevais beaucoup et que j'étais trop superficielle, incapable d'entrer en communion avec la nature profonde de l'univers. Et que je risquais de le polluer. Le polluer ! Tu te rends compte ? Il m'a demandé de partir !

– Il s'est rien passé, alors ?

– Rien du tout !

– Ma pauvre !

– Le pire, dans tout ça, c'est que j'ai utilisé mon déo pour rien. Quel gâchis !

Vous revenez du restaurant. Vous avez passé une soirée des plus réjouissantes avec Claire. Vous vous dépêchez de rentrer tête baissée dans le hall de votre immeuble, car des trombes d'eau se sont mises à tomber du ciel. Vous retirez votre capuche, qui jusqu'alors vous aveuglait.

Au fond du couloir, vous distinguez une silhouette adossée au mur. Vous avancez. Vous le reconnaissez. Vous êtes effrayée, mais tâchez de ne pas le lui montrer et de feindre la bonne surprise. Éric est-il là ? Mon Dieu, vous espérez qu'il n'y aura pas d'éclat...

– Federico ! Qu'est-ce que tu fais là ? C'est une surprise !

Vous sentez que votre ton a laissé passer une note de contrariété, que bien évidemment il a remarquée...

– Tu n'as pas l'air contente de me voir.

– Non, c'est pas ça, enfin... Je suis étonnée, c'est tout. Comment tu connais mon adresse ?

– J'ai fait ma petite enquête...

Il s'approche de vous et vous embrasse en mettant sa langue dans votre bouche, vous le repoussez. Il s'essuie lentement les lèvres avec le pouce.

– À quoi tu joues, là ? Tu suces des inconnus dans les toilettes des bars et maintenant tu fais les saintes nitouches ?

– Dis donc, tu vas te calmer ! On s'est rien promis, je t'avais rien laissé, ni nom, ni téléphone. Les choses étaient claires entre nous dès le départ. Je comprends pas ce que tu cherches, là ! On s'est fait plaisir, maintenant, c'est chacun sa vie ! Va rejoindre ton dragon !

– T'es vraiment une belle salope !

S'il y a un mot que vous ne supportez pas, c'est bien celui-ci !

❋ Si vous cédez à une pulsion incontrôlée de violence, vous le giflez au **chapitre 151** (p. 508).

Si vous préférez l'apaiser et pardonner son offense, rendez-vous au **chapitre 147** (p. 498).

CHAPITRE 147

Lundi 1er avril – 2 heures

– T'es vraiment une belle salope !

Vous regardez ce visage convulsé. Il faut que vous calmiez ce type. Tout cela pourrait mal se terminer.

– Écoute, Federico, tu as raison. J'ai mal agi et j'en suis vraiment désolée. J'avais vraiment envie de toi. J'ai perdu la tête. Je n'ai pas réfléchi aux conséquences...

– Explique !

– Je vis avec quelqu'un. Dans cette boîte, je ne sais pas ce qui m'a pris, tu m'as fait tourner la tête. Mais lorsque je suis sortie, j'ai vu mon amie Solenne, j'ai réalisé que je venais de tromper mon copain alors je me suis enfuie. Ce n'était pas par mépris pour toi, mais j'avais honte de mon infidélité...

– Vous êtes toutes les mêmes, des salopes !

– Je suis désolée...

Il part en vous crachant dessus. Vous ne le reverrez plus, c'est certain. Vous êtes sauvée ! Jamais Éric ne saura...

Le bonheur est revenu. Éric est beaucoup plus attentionné, plus tendre. Vous décidez de vous marier cet été. Vous êtes heureuse.

Et puis, au début de l'été, une jeune femme vient vous voir. Elle est enceinte. Elle vous parle, beaucoup, vous donne des dates, des preuves, un test de paternité. Éric. C'est Éric le père. Elle parle et vous n'entendez rien. Vous êtes assise. Silencieuse. Elle parle et tout s'effondre en vous. Vous n'êtes plus qu'une coquille vide. Elle dit : « J'admire votre sang-froid. » Elle parle mais vous ne répondez rien. Vous êtes déjà morte à l'intérieur.

Les murs se rapprochent, deviennent flous. Vous tombez, tombez, dans un gouffre profond... Elle se penche sur vous :

– Emma ?

Emma disparaît. Il faut lutter contre ce malheur qui vous traque. Il faut recommencer. Faire un autre choix. Revenir en arrière. Remonter le cours du temps. Quelque chose s'est enrayé... Qui est responsable ? Est-ce vous ? Avez-vous négligé Éric ? Êtes-vous punie de l'avoir trompé ? Quelque chose vous a échappé. Vous devez comprendre !

– Emma ?

Vous ne reconnaissez plus cette fille qui se penche sur vous... Elle change de visage... Un autre visage, familier, se superpose au sien. Un jeune homme pâle au regard doux. Des cercles de lumière s'enchevêtrent devant vos yeux comme des cerceaux de feu.

– Emma ?

Un bourdonnement d'insecte dans vos oreilles, le murmure d'un ruisseau en été. La lumière perce le feuillage, vos yeux déchirent le voile...

– Eh, Emma ! Tu m'entends ?

Le sol se dérobe sous vos pieds, un vertige vous fait vaciller. Vous tombez dans un puits sans fond. Vous êtes comme aspirée en arrière, votre cœur se serre, la chute est infinie... Vous perdez connaissance.

❋ Rendez-vous au **chapitre 53** (p. 148).

CHAPITRE 148

Samedi 30 mars – 19 h 30

Vous avez une demi-heure d'avance. Vous avez mis deux heures à vous préparer : épilation, gommage, massage, maquillage, camouflage... Vous êtes jolie. Vous savez que vos sous-vêtements peuvent être montrés, rien ne vous arrêtera ! Vous sentez confusément que ce soir, c'est LE soir, le soir où votre vie entière va changer. Le grand soir du nouveau départ.

Vous êtes fébrile et chaque fois que la porte s'ouvre votre cœur bat la chamade.

20 h 30... Il est en retard, vous allez manquer la pièce. Autour de vous les gens discutent dans un joyeux brouhaha. Votre cœur se tord d'angoisse. Et s'il ne venait pas ? L'acide se répand dans vos veines et vous brûle de désespoir, de colère et de rage. La porte claque : vous tournez la tête vers l'entrée, mais ce n'est pas lui. C'est une vieille femme, le visage pâle, l'air misérable. Elle commande un whisky d'une voix rauque et sonore. Vous parcourez la salle du regard pour la millième fois : on se sait jamais, il aurait pu arriver sans vous voir et se serait déjà installé.

21 heures. Vous avez envie de pleurer. Vous restez là, toute triste. Que faire d'autre ? Rentrer chez vous ? Vous n'en avez pas le courage. A-t-il eu un empêchement ? Un accident ? Peut-être s'est-il moqué de vous... Vous commandez une autre bière.

* Rendez-vous au **chapitre 149** (p. 501).

CHAPITRE 149

Samedi 30 mars – 21 h 03

L'homme assis à votre droite vous raconte qu'il avait deux places pour *Phèdre* ce soir, mais que la fille qui devait l'accompagner n'est pas venue. Ironie du sort ; vous y seriez bien allée, vous, voir *Phèdre* ! Il a trop bu. Son haleine ne laisse aucun doute là-dessus. Au bout de quelques minutes, voyant que vous n'êtes pas disposée à discuter avec lui, il se lève et sort en titubant.

Vous faites le bilan de votre vie : vous êtes seule dans un monde de merde. Vous vous retrouvez dans un bar entourée de gens aussi désespérés que vous. Vous êtes malheureuse et vous vous sentez trahie. Bref, indéniablement, vous broyez du noir.

En face de vous, la vieille femme qui est entrée tout à l'heure vous fixe, la tête légèrement penchée.

– Vous avez l'air triste, quelque chose ne va pas ?

La voix de cette femme est douce et envoûtante, elle vous incite aux confidences.

– Toute ma vie s'est effondrée. L'homme que j'aimais me trompait, je l'ai quitté. Je me sens laide.

Contrairement à ce que vous auriez imaginé, elle se met à rire :

– Je suis très heureuse pour vous !

– Pardon ?

– C'est bien de perdre ses illusions : c'est le premier pas pour changer de vie.

– Découvrir que les hommes sont des salauds, vous trouvez ça « bien », vous ?

– Au moins, maintenant, vous ne vivez plus dans le mensonge...

– Ça, c'est sûr... J'ai déjà cru bien trop longtemps aux mensonges d'Éric, mon ex-copain !

– Je ne parlais pas de lui, je parlais de *vos* mensonges. Est-ce que vous aimiez Éric ?

– Mais bien sûr !

– En êtes-vous certaine ? Lui donniez-vous autant d'amour que la première année de votre vie commune ? Étiez-vous attentive à son bonheur ? Preniez-vous soin de lui ?

Elle vous regarde droit dans les yeux, sans ciller. Vous avez l'impression qu'elle voit à l'intérieur de vous. Vous vous demandez alors si réellement, vous l'aimiez encore... En vérité, ce n'est pas certain. Mon Dieu, qu'avez-vous fait ? Tout est donc votre faute ?

– J'imagine ce que vous êtes en train de vous dire, reprend la vieille femme : vous pensez que tout est votre faute. Vous avez tort ! Culpabiliser ne sert à rien. Si vous l'avez délaissé, c'est que vous ne l'aimiez plus. Votre erreur a seulement été de faire comme si vous ne le saviez pas. La vie est faite de choix, de décisions que l'on prend ou non. La seule chose qui compte, c'est d'ouvrir les yeux aujourd'hui et de ne plus vous laisser guider par la peur.

– La peur ?

– Oui, la peur du changement, de l'inconnu...

– Je l'ai quitté, vous savez.

– Oui. Un jour, la souffrance surpasse la peur. La plupart des gens fondent leurs actions sur le plaisir immédiat qu'ils peuvent en retirer sans songer aux répercussions négatives à long terme, c'est une grave erreur ! Pour réussir ce qui est important pour nous, nous devons souvent affronter un mur de douleur, mais si nous franchissons ce mur, nous pouvons espérer en retirer du bonheur à long terme.

– C'est une belle théorie, mais...

– Prenons un exemple concret, si vous préférez. Prenons votre exemple : vous voulez maigrir, n'est-ce pas ?

Avec n'importe qui d'autre, votre premier élan aurait été de vous vexer d'une remarque si indélicate. Là, sans comprendre pourquoi, vous écoutez avec humilité et respect cette femme qui semble lire en vous comme dans un livre ouvert. Elle poursuit :

– Et vous voulez perdre du poids pour un ensemble d'excellentes raisons : vous sentir plus en forme, plus dynamique, avoir plus confiance en vous et avec les hommes. Mais vous avez aussi de bonnes raisons de ne pas maigrir : il faudrait vous mettre au régime, vous aurez constamment faim, vous devrez résister aux tentations... Vous allez souffrir. Et vous n'êtes pas certaine de vouloir vous infliger cette douleur et vous priver du plaisir de la crème glacée, du chocolat, des hamburgers et des pizzas. Mais ce plaisir que vous pouvez ressentir en mangeant ne dure pas : à long terme, vous vous sentirez de plus en plus mal dans votre peau.

– Je comprends, mais comment faire pour résister aux tentations et ne pas renoncer au premier obstacle ?

– Un philosophe disait : « Quiconque possède un pourquoi assez fort peut supporter n'importe quel comment. » La seule façon de changer, c'est de le vouloir vraiment et de vous fixer un objectif précis ! Il faut que chaque fibre de notre être se concentre vers ce seul but.

– Pas si simple...

– Si, c'est simple ! Il suffit de le vouloir !

Vous sentez une colère sourde monter en vous. Qui est cette femme pour se permettre de vous parler ainsi ? Vous ne supportez plus d'entendre ce sermon interminable qui se résume à l'incontournable proverbe : « Si on veut, on peut. » Eh bien non, même si vous le voulez, vous ne pourrez pas vous transformer en princesse de conte de fées ! Vous avez tout raté, il est trop tard, vous êtes trop vieille à présent pour rencontrer le grand amour ou réussir une carrière exceptionnelle.

Votre colère se mue en désespoir : vous n'avez aucun talent, personne ne vous aime ; vous-même, vous ne vous aimez pas, alors... Vous vous mettez à pleurer. Votre interlocutrice s'écrie avec un air méchant :

– Oh ! Ça suffit, un peu de tenue tout de même !

Vous essuyez vos larmes et vous reprenez rapidement.

À ce moment-là, la femme se métamorphose, sa bouche crispée s'ouvre en un grand sourire, son visage s'illumine.

– Vous voyez bien que vous pouvez changer ! Vous êtes parvenue à vous maîtriser parce que votre cerveau a compris que cette attitude ne vous apporterait pas le plaisir immédiat d'une consolation, mais au contraire la douleur d'une humiliation et d'une condamnation de ma part !

Incroyable ! Cette femme vous manipule comme elle veut.

– Si vous ne changez pas, c'est que vous associez la souffrance au changement et non à l'immobilité. Il faut donc faire le contraire : associer la souffrance au fait de ne pas changer !

– C'est si dur...

– Oui, c'est dur. Mais vous savez ce que dit la sagesse populaire : « Il faut souffrir pour être belle. » Il faut aussi souffrir pour être heureuse ! Pour que ce soit moins dur, fixez-vous une série d'objectifs à court terme et, chaque fois qu'ils sont atteints, accordez-vous une récompense. Ainsi, votre cerveau prendra l'habitude d'associer le plaisir à l'effort.

– Ça ressemble un peu au dressage des animaux de cirque, votre histoire. Un gâteau pour une pirouette !

Vous entendez alors quelqu'un vous appeler :

– Emma !

Vous tournez la tête et vous voyez une silhouette s'approcher de vous. Le bar est devenu assez sombre et vous ne distinguez pas suffisamment la personne pour la reconnaître.

Vos yeux vous trompent sûrement : le jeune homme, qui est à présent en face de vous, entre votre table et celle de la vieille femme, ressemble terriblement à Alex, un ami de lycée que vous n'avez pas revu depuis plus de dix ans. Mais s'il s'agissait de lui, il aurait forcément vieilli... Il n'aurait pas pu garder ce visage imberbe d'enfant, ni cette apparence d'adolescent. Sa voix vous surprend, elle est douce et lointaine...

– Magnifique, Emma... Tu viens d'accomplir un remarquable travail d'analyse. Tu es prête désormais à affronter les changements de ta vie. Tu es devenue plus forte parce que tu as su tirer des leçons de ce qui t'est arrivé.

– Je n'ai rien fait d'exceptionnel, la vieille dame m'a guidée. C'est elle qui est forte et sage ! Moi, je n'ai fait que l'écouter !

Le jeune homme se retourne.

– Quelle dame ? demande-t-il.

La vieille femme n'est plus là ! Cela vous désole.

– Oh ! Elle est partie et je n'ai même pas pu la remercier...

– Emma ! Je suis venu ici dans un but bien précis. Je suis venu pour te féliciter. Ce que tu as accompli ce soir est **une grande victoire.** En toi le processus est enclenché et rien ne pourra plus arrêter ta volonté. Bravo ! Tu as décidé de changer de vie, d'être heureuse et de ressembler enfin à ce que tu as toujours rêvé d'être. Si cette victoire s'ajoute à deux autres victoires, tu as la force d'affronter ton destin : je te laisse poursuivre ta route au **chapitre 157** (p. 530).

– Et... sinon ?

* – Sinon, si cette victoire n'est pas la troisième, ton chemin n'est pas terminé et tu devras combattre d'autres démons. Tu vas revenir dans le passé et tous les souvenirs de cette vie seront effacés. Tu vivras d'autres aventures, d'autres histoires, et tu découvriras des vérités importantes. Mais je ne t'en dis pas plus ! Je te renvoie au **chapitre 7** (p. 35), à ce vendredi soir où tout a commencé, au moment où tu es rentrée du travail.

C'est alors que toutes les lumières s'éteignent dans le bar, vous vous retrouvez dans l'obscurité la plus profonde. Seule. Un silence absolu règne autour de vous. Vous essayez d'avancer à tâtons en prenant appui sur les tables, mais il n'y a plus rien. Vous avancez. Un pied devant l'autre. Tendant les bras. Doucement. Soudain, le sol se dérobe. Vous tombez dans le vide. Un violent vertige vous comprime les entrailles. Vous tombez. La chute semble ne jamais devoir s'arrêter...

CHAPITRE 150

Samedi 5 avril – 15 heures

Bizarre, la mentalité d'une criminelle. Vous vous étiez imaginé que le remord vous hanterait. Que vous seriez harcelée par des visions atroces.

En vérité, vous avez toutes les peines du monde à vous forcer à réfléchir aux conséquences de vos actes. Vraiment, tout cela vous laisse complètement froide maintenant. Et pourtant, cela ne fait qu'un mois...

Vous n'êtes allée voir qu'une seule fois Éric en prison.

Vous n'êtes restée que quelques secondes, le temps de lui montrer, derrière la vitre du parloir, une photo sur laquelle on les voit, lui et Aurélie, enlacés devant un petit hôtel : l'hôtel des Dunes à Luc-sur-Mer. Éric a parfaitement reconnu l'endroit. Quatre ans plus tôt, lui et vous y aviez fait l'amour pour la première fois, et ensuite, chaque année, à la même date, vous louiez la même chambre. Cette année, Éric n'avait pas pu accomplir le pèlerinage, il était en déplacement pour son travail. C'était ce qu'il vous avait dit...

N'avez-vous aucun remords ?

Vous vous demandez ce qui serait arrivé si ce soir-là, après avoir découvert la trahison d'Éric, vous aviez décidé de vous défouler en boîte plutôt que de vous morfondre et de fuir la réalité à coups de whisky... Que serait-il arrivé si vous n'aviez pas rencontré Aurélie ?

Vous vous endormez sur ces questions ; pour vous, la page est tournée. Il paie pour ses crimes ! Perdue dans les brumes d'un rêve, une voix parvient jusqu'à vous : « C'est comme ça que tu luttes contre tes démons ? Résoudre ton problème de jalousie ne signifie pas éliminer ceux qui la font remonter à la surface, mais détruire la source même de ce fléau. Tu as échoué, tu as laissé triompher le mal en toi. Tu dois remonter le cours du temps et continuer à lutter contre tes démons. Courage ! Ne laisse pas la jalousie l'emporter, ne rencontre pas Aurélie et ne cherche pas à blesser ceux qui te font du mal : détourne-toi d'eux et le destin se chargera de les punir. Reviens en arrière et au lieu de la laisser t'envahir, décharge-toi de ta colère. Remonte le cours du temps et que les souvenirs de cette vie s'effacent de ta mémoire ! »

Le sol se dérobe sous vos pieds, un vertige vous fait vaciller. Vous tombez dans un puits sans fond. Vous êtes comme aspirée en arrière, votre cœur se serre, la chute est infinie... Vous perdez connaissance.

✱ Rendez-vous au **chapitre 34** (p. 107).

CHAPITRE 151

Lundi 1er avril – 2 heures

Vous levez la main pour le gifler mais il vous attrape par le bras et vous commencez à avoir peur. Ce type est dingue ! Vous remarquez qu'à côté des poubelles gisent les restes d'un portemanteau métallique : vous courez prendre l'un des montants pour vous protéger de Federico. Il ricane en vous voyant et s'approche. Vous frappez de toutes vos forces mais il s'écarte à temps pour ne pas être touché. L'énergie que vous avez mise et l'absence d'obstacle vous déséquilibrent, ce qui lui permet de vous attraper le poignet et de vous le tordre sans difficulté. Vous essayez de le mordre mais il vous donne un coup de poing d'une violence inouïe sur la tempe. Vous basculez à la renverse, votre tête heurte l'angle de la marche. Vous ressentez un immense frisson des pieds à la tête en foudre de glace. Vous sombrez...

Tout devient flou comme dans un rêve. Le hall devient sombre et lugubre. Une ombre vient se pencher sur vous. Vous reconnaissez cette frêle silhouette. Un jeune homme, presque un enfant, vous parle d'une voix douce. Il est sans colère et ne vous condamne pas, il vous explique simplement :

– Emma ! Tu t'es sentie victime d'une injustice quand cet homme t'a insultée, alors à ton tour tu as voulu l'agresser. Je n'ai pas besoin de te donner de conseils. Tu sais parfaitement ce que tu dois faire : garder le contrôle de toi-même, ne pas obéir à tes pulsions, qu'elles soient agressives ou sexuelles... Remonte le cours du temps !

✻ Ne cédez plus à la violence et reprenez votre chemin au **chapitre 53** (p. 148).

CHAPITRE 152

Vendredi 11 avril – 18 heures

Vous rentrez du travail. Tout va bien. Maintenant que vous avez quitté Éric, vous vous sentez libérée ! Le champ des possibles s'ouvre devant vous. Chaque passant devient la promesse d'une nouvelle aventure. La rupture n'a pas été facile, pourtant. Éric a tout cassé chez vous, il s'est ouvert le doigt et a écrit « salope » avec son sang sur vos murs... Mais cela fait une semaine que vous ne l'avez pas vu. Les serrures sont changées. Vous êtes apaisée.

Vous regardez dans votre boîte à lettres : vous avez du courrier. Au milieu des publicités et des lettres « strictement confidentielles » qui vous annoncent une bonne fortune et des voyages (si vous participez au Grand Tirage au Sort...), vous découvrez un courrier de votre banque et, ce qui est plus étonnant, trois enveloppes manuscrites. Les écritures sont différentes, aucune ne ressemble à celle d'Éric.

Vous déchirez la première avec impatience. Dedans, une photo. Mais pas le genre de photo auquel vous pourriez vous attendre... Aucun visage, le cadrage est fait beaucoup plus bas ! Vous avez devant les yeux, en gros plan, un sexe en érection, apparemment de bonne taille, taille qui est d'ailleurs précisée dans le courrier joint : vingt-trois centimètres ! La lettre jointe est sale et truffée de fautes d'orthographes : « Chère Emma, ton annonce ma excitait... Je... (*oulàlà*) en pensant à tout ce que tu va me faire. T'ai une sacré garce... Je serai là le 19 avril à 20 heures pour une nuit que tu vas pas oublié de sito ! F. »

La tête vous tourne. Il connaît votre nom, votre adresse... Qu'est-ce que tout ça signifie ? De quelle annonce parle ce taré ? Vous ouvrez précipitamment les deux autres lettres, quasiment identiques, si ce n'est que la seconde propose d'utiliser divers accessoires. Deux autres amateurs de « chaudasses ». Le lendemain, vous découvrez encore trois lettres. Toutes se ressemblent plus ou moins ; la taille des membres sur les photos, elle, est variable. Toutes semblent accepter une invitation à partir du 19... C'est horrible !

Vous sursautez en entendant la sonnerie de votre portable. Un homme dont vous ne reconnaissez pas la voix vous demande si vous êtes bien Emma. Vous confirmez, loin de vous douter de ce que l'homme en question va vous dire. Les mêmes mots, les mêmes insultes que dans les lettres que vous avez encore en main : « Espèce de grosse..., tu vas me... » Vous raccrochez, prise de panique. Vous ne savez que faire, il faut que vous partiez de cet appartement, que vous changiez de numéro... Ils connaissent votre nom, ils savent tout de vous !

Vous courez chez vos voisins Camille et Vincent, ne pouvant même pas imaginer passer seule une nuit de plus dans votre appartement. À 22 heures, vous recevez un appel d'Éric :

– Alors ? J'imagine que tu ne t'ennuies pas, espèce de salope ! Ne t'inquiète pas, puisque tu aimes ça, je m'occupe de te fournir des tas d'amants...

– Tu es complètement cinglé !

– Pas du tout, mais je veux t'entendre bêler, je veux te voir à quatre pattes en train de bêler à mort pour me supplier de ne pas te fendre le crâne...

Il éclate de rire et raccroche.

Vous courez au commissariat porter plainte contre Éric. Il sera condamné à une peine de six mois avec sursis, six cents euros d'amende et sept mille euros de dommages et intérêts. De quoi lui faire passer l'envie de recommencer...

Quant à vous, vous préférez rester seule quelque temps. Vous n'avez plus le courage de démarrer une nouvelle histoire, et vous ne l'aurez peut-être pas avant des mois ou des années... Mais qu'importe l'amour ? Vous avez du temps et de l'énergie. Vos projets professionnels se réalisent selon vos vœux. Vos amis sont merveilleux et l'amitié sera sans doute la plus belle œuvre de votre vie. C'est tellement beau l'amitié, tellement plus profond que l'amour, tellement plus honnête et vrai. On n'a pas besoin de la dire pour la prouver, de la mettre en vers, de la déclarer. Elle résiste au temps, à l'éloignement, au bonheur de l'autre, à sa mauvaise humeur, à la laideur. Vos amis vous ont vue vomir et pleurer, ils vous ont vue poilue, pas maquillée. Ils ont vu la graisse sur vos cuisses, ils verront vos seins tomber et vos rides apparaître, ils verront vos joues se friper, votre dos se voûter... Ils ne vous quitteront pas pour une amie plus jeune et plus belle. Un homme et une femme ne pourront jamais s'aimer aussi authentiquement que deux amis. Il n'y a aucune sécurité en amour. Une femme cachera toujours un secret inavouable, un homme ne sera jamais absolument sincère, personne ne pense qu'il peut être aimé tel qu'il est réellement. On dissimule toujours le pire, on cherche à s'embellir ou à se grandir. L'amitié, elle, est sans fard et accueille vos faiblesses, vos bassesses et vos vilenies. L'amour ne vous manque pas, il n'est que souffrance et crainte... Vous êtes bien plus heureuse toute seule, n'est-ce pas ?

Et puis vous en avez assez de ces gens qui vous croient amputée et imaginent que votre unique obsession est de retrouver quelqu'un ! « C'est encore facile à trente ans de refaire sa vie », vous répètent-ils. Comment ça, « refaire » sa vie ? Drôle d'expression, non ? Comme si le départ d'Éric signifiait que votre vie est détruite ! Votre vie est toujours en construction. Il n'y a rien à « refaire », pas de retour en arrière. Vous avancez toujours, forte d'expériences nouvelles, et votre vie à vous s'enrichit chaque jour. Votre vie est comme une maison que vous bâtissez. Des gens y entrent et s'installent, vous aident à poser les parpaings les uns sur les autres ou restent le cul posé dans un fauteuil, des gens y entrent, des gens en sortent, mais quoi qu'il arrive, la maison continue à se construire jusqu'à ce que la dernière pierre soit posée.

... Ce doit être assez rare, en fait, une maison terminée... Vous imaginez votre maison comme le rêve d'un architecte fou, une maison biscornue qui s'élève tant bien que mal, un peu de travers, de manière anarchique. Un mélange hétéroclite de divers matériaux pas toujours assortis, pas toujours très stables. Une maison qui peut rester parfois sous les gravats durant des mois avant que les travaux ne reprennent.

Enfin, Éric est sorti de votre maison... Un an plus tard, vous dressez le bilan dans votre journal intime :

Vendredi 22 juin. Je crois que le plus difficile, quand on vit en couple, est de déterminer quelle est la part normale de concession à faire et quel est le moment où l'on s'aliène.

Au début de mon histoire avec Éric, j'avais des copains que je recevais à la maison et parfois je découchais. J'avais ma vie, mes amis, mes activités. Lui, il était indépendant, il lavait son linge, il se faisait à manger. Et puis il a eu un boulot où il travaillait très tard, alors je me voyais mal dire à quelqu'un qui rentre à 2 heures du matin : « Lave ton linge ! » Je l'ai donc lavé ! Peu à peu, ça s'est installé... Quand moi je rentrais tard, je le trouvais étendu dans le canapé à regarder la télévision : « Ah, te voilà ! Je commençais à avoir faim ! » Quand il n'a plus eu de désir pour moi, ce fut un choc terrible. Je l'ai ressenti comme un rejet violent de ma féminité. Je n'étais plus une femme. Je n'étais plus la fille qu'il avait rencontrée, j'avais perdu toute personnalité. J'ai appris qu'il m'avait trompée. Aujourd'hui, avec le recul, ça ne m'étonne plus du tout.

Quand on s'est séparés, il fallait que je fasse quelque chose pour combler son absence. Je me suis inscrite à des cours de dessin. Et maintenant, je peins suffisamment bien pour espérer vendre quelques-unes de mes toiles. J'ai découvert des tas de choses que je n'aurais pas découvertes si j'étais restée avec lui. Nous ne partions jamais en vacances. Il n'aimait ni la mer, ni la montagne. Je n'aurais jamais appris le ski. Je me suis lancée après avoir pris une semaine de cours. J'ai eu beaucoup de joies que je n'aurais pas connues. Je ne comprends pas pourquoi les couples se sentent obligés de passer leurs vacances ensemble. Comme si le fait de s'aimer signifiait qu'on devait être toujours ensemble ! Si l'un a envie d'aller en Italie et l'autre en Russie, l'un des deux se sacrifiera ou alors ils feront un compromis et trouveront un troisième lieu. Pourquoi chacun n'irait-il pas seul dans le pays qui lui plaît ? L'angoisse du vide. La peur d'être seul avec soi-même, de devoir décider de ce que l'on a envie de faire.

Durant tous ces mois de célibat, j'ai appris à vivre pour moi, à m'offrir ce dont j'avais envie sans attendre qu'un homme le fasse pour moi. Souvent, quand on vit en couple, on attend que l'autre comble nos désirs, qu'il les définisse même pour nous. S'offrir un bijou ! C'est extra ! J'ai appris aussi à ne pas valoriser mon corps pour l'autre mais pour me plaire à moi-même. C'est difficile, c'est vrai : c'est comme de demander à un élève de bien travailler même s'il n'y a pas de maîtresse pour le noter.

Là, il faut quand même que j'avoue qu'un de mes grands bonheurs est de rentrer dans le lit dès sept heures du soir et de bouquiner tranquillement, de faire ce que je veux, de feuilleter des magazines sans honte en mangeant du chocolat et en fumant mes cigarettes, de ne pas me laver si je n'en ai pas envie... Bref, de ne pas être en représentation ! Parce que, il faut être honnête, si on est avec quelqu'un qu'on aime vraiment, on est toujours un peu en représentation... On reste maquillée jusqu'à extinction des feux, on ne se vautre pas en pyjama sur un canapé avec une crème glacée dans les mains et une crème de soin sur le visage pour regarder une mièvrerie bas de gamme qui vous fera pleurer à chaudes larmes...

Vous levez les yeux. La poignée de la porte d'entrée remue violemment, quelqu'un doit la secouer de l'extérieur. Qui se permet... Vous sortez pour attraper ce malotru : il ne bouge pas, ne s'enfuit pas. C'est un jeune homme pâle, immobile comme une statue de pierre, son visage vous est familier, il vous parle sans remuer les lèvres et sa voix douce et lointaine pénètre en vous comme un murmure :

– Je suis venu te féliciter. Tu as réussi, c'est **une belle victoire !** Tu as triomphé de la colère mais surtout, tu es devenue forte et indépendante, tu as gagné ta liberté. Cette victoire est importante et montre que tu es sur le chemin du retour à la vie. Malgré tout, elle ne peut suffire. Si tu as remporté deux autres victoires, tu as la force d'affronter ton destin et de reprendre le cours de ta vie au **chapitre 157** (p. 530). Dans ce cas-là, vas-y tout de suite.

– Et... sinon ?

– Sinon, il te faudra continuer le combat et vaincre d'autres démons. Il te faudra revenir en arrière et revivre cette journée où tout a commencé, revenir à l'instant même où tu as décidé de ne pas sortir, ce vendredi 1er mars, pour rester chez toi à regarder la télévision. Remonte le cours du temps !

Le sol se dérobe sous vos pieds, un vertige vous fait vaciller. Vous tombez dans un puits sans fond. Vous êtes comme aspirée en arrière, votre cœur se serre, la chute est infinie... Vous perdez connaissance.

❋ Rendez-vous au **chapitre 7** (p. 35).

CHAPITRE 153

Mardi 14 mai – 9 h 55

Vous ouvrez les yeux, le cœur battant. Vous regardez autour de vous. Vous reconnaissez votre chambre : vous êtes chez vous, vivante ! Votre guide a disparu. Vous êtes revenue dans le passé. Vous vous sentez nauséeuse. Les souvenirs s'effacent rapidement de votre esprit, vous essayez d'en rattraper quelques bribes... La méchanceté d'Éric, les pleurs, une infinie tristesse... La suite vous échappe. Vous ne réussissez plus à relier les faits. *Tout s'est effacé de votre mémoire*. Cette vie disparaît dans les abîmes du temps.

Une violente migraine vous terrasse et vous vrille les tempes. Vous tombez à genoux, le souffle haletant et court. Quelques minutes passent. La douleur s'estompe. Vous massez vos tempes. Vous reprenez vos esprits, encore un peu étourdie.

Vous ne comprenez pas ce que vous faites par terre.

Vous vous rappelez en revanche très bien qu'Éric vous a trompée, et que vous, vous vous êtes salie en passant la nuit avec un minable sans même en retirer une once de plaisir ! À quoi bon tout cela ?

Vous vous sentez forte maintenant, sans savoir pourquoi... Vous sentez que la seule chose qui vous ait guidée jusqu'à présent était la peur. La peur d'être seule pour le restant de votre vie, la peur d'affronter le monde, la peur de reconstruire sur des ruines.

Mais cette vie avec Éric n'est-elle pas pire que la solitude ?

Vous allez réagir. Reconstruire.

✻ Au **chapitre 154** (p. 515).

CHAPITRE 154

Mardi 14 mai – 10 heures

Vous repensez à Marie. Elle vous a conseillé de fuir. Elle accomplira votre vengeance. Après cette terrible soirée si humiliante, vous avez perdu tout espoir d'être de nouveau heureuse avec Éric.

Vous appelez votre tante en Angleterre. Vous voulez partir loin d'ici, très loin, au-delà des mers. Vous l'appelez au secours. Elle vous entend. Leur maison est la vôtre.

Elle et son mari partent demain au Niger. Mais votre cousine Mélanie sera là et vous pourrez rester chez eux tout le temps que vous voudrez.

Vous prenez le bateau et quittez votre terre.

Depuis que votre tante et son mari sont allés s'installer en Angleterre, vous ne les avez revus qu'une seule fois. C'était il y a cinq ans pour le mariage de Mélanie. À dix-neuf ans, elle a épousé John, un des fermiers les plus séduisants du comté. Il ne vous a pas fait très bonne impression, et vous le soupçonniez d'épouser votre cousine par intérêt : votre oncle, qui venait de se retirer des affaires, avait gagné une belle fortune et envisageait alors de se lancer en politique.

Vous n'avez pas beaucoup discuté avec John. À l'époque, votre anglais était trop approximatif pour vous permettre d'être subtile. L'unique conversation que vous vous rappelez vous a laissé un sentiment d'impuissance linguistique.

John vous expliquait comment son exploitation était devenue si rentable. Il avait réussi à mettre au point un nouveau type de poulet qui atteignait un kilo huit cents grammes en quarante jours, en utilisant les méthodes les plus modernes et les plus intensives. Vous avez cru comprendre qu'il considérait que son père était un crétin de continuer à laisser ses poulets picorer en plein air comme des animaux de compagnie...

Sur le bateau, cette discussion vous revient en mémoire. Vous vouliez lui dire qu'il y avait autre chose que le profit dans la vie, que l'agriculture intensive compromettait la santé de l'homme. Vous vouliez condamner ce système de concurrence de plus en plus vive, qui provoquait une pression intense à la baisse des coûts de production, une course aux rendements qui poussait les éleveurs à recourir à n'importe quoi pour compléter la nourriture : fiente de poulet, ordures ménagères déshydratées, huiles de friture des restaurants, poussières des cimenteries, papier journal, boues de station d'épuration, et même du placenta humain... d'où les scandales de la vache folle, du poulet à la dioxine. Mais votre anglais ne vous a permis que de dire : « C'est beau, une ferme avec des poules ! »

Aujourd'hui, fort heureusement, votre anglais s'est amélioré !

Vous êtes arrivée. Sur le quai de la gare, Mélanie émerge de la foule. Elle vous serre dans ses bras et vous applique un baiser sur la joue.

– Emma, ça fait si longtemps ! Comme je suis heureuse de te revoir ! Viens vite, je t'emmène à la maison.

– On ne va pas chez tes parents ?

– Si, si ! Tu sais, pour moi, « la maison », c'est chez eux...

Son regard se couvre brutalement d'un voile de tristesse, mais elle le chasse aussitôt par un tourbillon de questions. Vous lui racontez brièvement pourquoi il vous a fallu changer d'horizon. Vous lui parlez d'Éric, de votre solitude, de cet amour perdu. Elle comprend.

Vous sentez que quelque chose ne va pas. Vous l'interrogez. Elle se met à parler et ne s'arrête plus. Elle vous dit combien elle souffre et sa souffrance vous fait du bien. Une souffrance si puissante qu'elle dissout comme de l'acide l'image d'Éric.

Elle n'aurait pu trouver partenaire moins bien adapté que John. Cinq ans après leur mariage, ils font chambre à part et n'ont plus aucun contact physique. Elle est malheureuse mais rien ne peut permettre à John de s'en rendre compte : les cernes noirs sous ses yeux ne sont pas assez visibles pour cet œil indifférent. S'il lui poussait une queue en tire-bouchon, peut-être s'en rendrait-il compte, mais ce n'est même pas certain...

Elle prend à peu près autant de médicaments que les dindes

de son mari et commence à perdre la raison. Son âme tendre et sensible ne peut supporter toutes ces horreurs, ce sang, cette souffrance, les hurlements de terreur des animaux. Elle est devenue vétérinaire pour soigner leurs maux et se sent impuissante face à cette boucherie quotidienne.

Elle a donc décidé de militer avec une association de défense des animaux. Elle n'est pas une oratrice ni une femme d'action. Elle écrit des articles pour le journal de l'association et compose des tracts virulents. Son mari ignore complètement ces activités et s'intéresse trop peu à elle pour découvrir quoi que ce soit.

Elle voudrait pouvoir le ruiner, détruire son exploitation. Elle cherche depuis des mois comment le piéger légalement... Elle le hait.

Quand il découvrira ce qu'elle fait, l'enverra-t-il à l'abattage ? Sera-t-elle encore capable de marcher, ou sera-t-elle enchaînée vivante à une grue et traînée jusqu'au camion de transport, puis du camion à l'abattoir ? Que fera-t-il d'elle alors ? L'enverra-t-il brûler derrière un hangar comme les veaux malades ?

Cette nuit-là, vous ne parvenez pas à trouver le sommeil.

Le surlendemain, au cours d'une longue promenade dans la campagne, vous tombez sur une clôture de fil barbelé et apercevez au-delà une sorte d'usine. Vous vous glissez sous la clôture pour aller voir de plus près et longez d'immenses hangars de bois sans fenêtres. Entre deux planches, vous apercevez un trou. Vous y collez votre œil, mais ne voyez rien qu'une profonde obscurité.

– Alors, on espionne ?

Vous sursautez et votre cœur bat terriblement. John ! Vous rassemblez vos esprits et réussissez à dire, dans un anglais très correct :

– Oh, John ! Je ne savais pas que cette usine vous appartenait !

– Ce n'est pas une usine, c'est un hangar empli de poulets. Je te montre, si tu veux...

Il vous fait entrer. Immédiatement, vous vous sentez oppressée par une atmosphère d'humidité poussiéreuse. Peu à peu des formes commencent à émerger de l'obscurité. Un océan de poulets, un sol recouvert de volailles à perte de vue, combien peut-il y en avoir ? Des milliers, des dizaines ou des centaines de milliers.

– La règle numéro un est d'économiser l'espace pour rentabiliser, ce qui laisse à chaque animal juste l'espace de son propre corps.

Les mouvements les plus dérisoires et les plus indispensables comme se tourner, se coucher, se gratter, deviennent impossibles et ceci pendant des mois, pendant une vie !

Les copeaux de bois couverts de déjections, gras et humides dégagent une odeur nauséabonde. Les animaux sont couverts d'ordure, d'ampoules et de cloques. Sans remarquer votre air horrifié, John vous explique avec fierté que ses techniciens sont parvenus à accélérer la vitesse de croissance des poulets, en choisissant comme reproducteurs ceux qui grossissent le plus rapidement.

– Et il n'y a pas de conséquences sur leur santé ?

– Non. La seule chose, peut-être, c'est que leurs pattes ne se développent pas aussi vite que leur corps, et ils ne peuvent plus supporter leur poids énorme. Mais ce n'est pas très grave, on ne leur demande pas de faire des courses de vitesse !

Vous préférez jouer les idiotes et poser vos questions naïvement plutôt que d'engager la polémique.

– Pourquoi sont-ils dans le noir ?

– Les poulets sont des bêtes complètement idiotes et hyper agressives. Alors, pour éviter qu'ils s'entretuent, on les laisse dans l'obscurité.

– Mais quand vous leur donnez à manger et quand vous nettoyez le hangar, vous êtes obligés d'allumer, non ?

– Non, les hangars ne sont jamais nettoyés, sauf lorsque les volailles sont envoyées à l'abattoir. L'eau et la nourriture sont distribuées automatiquement par des machines. On a juste à contrôler le bon fonctionnement de l'équipement, l'état général du troupeau, et à enlever les poulets morts.

– Et il y a beaucoup de pertes ?

– Non, ça va, ça reste rentable...

Mélanie vous a appris qu'environ trente-cinq millions de poulets meurent chaque année en cours d'élevage, c'est-à-dire avant d'atteindre l'âge de six ou sept semaines. Ils succombent à des maladies diverses, dont des attaques cardiaques et des cancers. En voyant ces pauvres bêtes, vous comprenez la douleur de votre cousine, vous ressentez sa rage... Vous vous demandez ce qu'elle peut bien préparer...

Vous la trouvez tendue. Hier soir, elle vous a dit que John ne s'en tirerait pas comme ça, qu'il faudrait qu'il paie pour tous ces meurtres. Elle était fébrile et regardait sans cesse sa montre. Vous avez essayé de la dissuader de faire quoi que ce soit de dangereux pour elle.

Vous n'avez plus rien à faire ici, ce combat n'est pas le vôtre. Vous souhaitez rentrer chez vous. Le temps et la distance ont estompé les souvenirs douloureux. Vous avez écrit à Éric pour lui demander de reprendre ses affaires et de libérer votre appartement et vous avez chargé un ami de changer vos serrures.

Votre ami vous a appelée aujourd'hui : tout est réglé, vous pouvez quitter l'Angleterre.

Vous cherchez Mélanie pour lui annoncer la nouvelle. Vous allez jusqu'au domaine qu'elle et John possèdent à quelques kilomètres de là. Au détour d'un chemin, vous vous arrêtez devant un paysage d'apocalypse. Un sol noir de cendre et quelques arbres calcinés dressent désespérément ce qu'il leur reste de branches.

Tout a brûlé, il ne reste rien de l'exploitation de John. Vous apercevez Mélanie, debout face à cet immense désastre, le regard vide. Vous courez la rejoindre.

– La police est venue. Elle a interrogé John, vous informe-t-elle d'une voix atone.

– C'est toi, n'est-ce pas ?

– Oui.

– Il n'y a pas eu de blessé ?

– Non.

– Je dirai que nous étions ensemble cette nuit. Nous avons parlé et bu toute la nuit chez tes parents.

– Non, ne te sens pas obligée. Je ne pense pas que l'on m'ait vue de toute façon. Et puis, qui imaginerait que je puisse détruire mes propres biens ?

– Il y a toujours des gens qui parlent... N'oublie pas que tu appartiens à une association de défense des animaux et que tu détestes ton mari.

– Qui le sait ? Aucun des membres de l'association n'irait me dénoncer.

– Peut-être bien, mais si tu n'as pas d'alibi, la police mènera son enquête et tu ne dois pas courir le risque d'être découverte. Tu risques gros.

Le lendemain, vous quittez l'Angleterre. Une nouvelle vie

vous tend les bras. Vous avez trouvé la paix et la force de rentrer chez vous.

Vous avez confirmé l'alibi de Mélanie. La police finira par abandonner ses recherches. John est ruiné, il ne pourra pas reconstruire de hangars.

Elle demandera le divorce et s'engagera dans une lutte acharnée contre l'agriculture intensive. Elle sera élue député dans quelques années. Elle multipliera les interventions dans les radios locales et nationales, les communiqués de presse... Elle tournera des films pour montrer l'enfer des élevages, et les conditions très dures des longs transports d'animaux. Ces réalisations seront diffusées par les principales chaînes de télévisions.

Ces campagnes commenceront à porter leurs fruits. Sous la pression des défenseurs des animaux, et suite aux milliers de lettres reçues et au dépôt de pétitions, l'Union européenne a déjà reconnu aux animaux d'élevage le statut d'« êtres sensibles » dans le traité d'Amsterdam. Avant, ils n'étaient que de la simple marchandise.

Quant à vous, vous rentrez chez vous, la tête toute pleine de projets...

Vous êtes contente de retrouver votre appartement, vos voisins, votre univers. Vous posez vos valises et vous faites couler un bain, le voyage vous a épuisée.

Dans un halo de lumière blanche, un jeune homme apparaît. Il vous sourit. Vous vous approchez de lui. Il vous semble le reconnaître mais vos souvenirs sont vagues et incertains. Il prend vos mains dans les siennes. Son visage est calme et grave comme celui des statues. Il parle doucement sans remuer les lèvres :

– Tu as réussi ! Cette **victoire** est importante. Tu as réussi à te délivrer d'Éric, à triompher de ta dépendance et de ta hantise de la solitude. Aujourd'hui, tu es libre, libre de tes choix. C'est une grande victoire... d'autant que tu as permis à Mélanie de mener son combat. Mais avant de pouvoir reprendre ta route et sortir des labyrinthes du temps, il faut que tu aies vaincu deux autres démons... Si tu as remporté **trois victoires**, tu es assez forte pour revenir.

– J'ai peur. Que dois-je faire ?

– Il ne s'agit pas de fermer les yeux devant l'horreur, mais de les ouvrir, en fermant les poings. Le combat est possible. Tu n'es pas seule. Des gens luttent à tes côtés pour un monde meilleur.

L'image du poing fermé s'impose à vous. Le tract ! Il faut reprendre ce tract, revenir en arrière, aller à cette réunion.

– Es-tu prête ?

– Oui.

* – Très bien : tu iras rejoindre ceux qui ont foi en un monde nouveau au **chapitre 2** (p. 23).

– Je suis prête !

– Attends ! Avant d'aller les retrouver, il faut que tu saches que si tu as mené trois combats victorieux, tu n'es plus obligée de lutter, tu peux reprendre le cours de ta vie et te rendre au **chapitre 157** (p. 530).

La voix se perd en écho dans le lointain, la silhouette gracile du jeune homme recule à l'infini pour ne plus être qu'une poussière invisible dans le néant. Vous partez...

Le sol se dérobe sous vos pieds, un vertige vous fait vaciller. Vous tombez dans un puits sans fond. Vous êtes comme aspirée en arrière, votre cœur se serre, la chute est infinie... Vous perdez connaissance.

CHAPITRE 155

Mercredi 30 mai – 12 h 16

En quelques semaines, vous êtes devenue méconnaissable. Vous ne rentrez plus dans vos jupes, vos pantalons ne ferment plus, les boutons et les coutures de vos chemisiers craquent... Vous n'êtes plus qu'un ventre dans une robe de chambre à fleurs. Les nuits sans sommeil et les pleurs constants creusent des cernes mauves sous vos yeux.

Vous regardez par la fenêtre les arbres en fleurs. Vous auriez bien aimé faire un pique-nique avec Éric. Mais aujourd'hui, ce n'est pas possible : il a quelque chose de beaucoup plus important à faire... Alors vous restez là et, tout en épluchant les pommes de terre, vous songez que c'est la faute de Charles Ingalls ! Vous avez toujours rêvé d'un homme comme lui qui ne vivrait que pour sa famille et ne supporterait pas de s'éloigner de sa femme adorée. Résultat, vous êtes constamment déçue.

Éric vous tire brutalement de vos rêveries : il voudrait une bière. Non, il ne peut pas aller la chercher lui-même : vous ne voyez pas que l'équipe de France se fait mener 2 à 0 ? Il ne peut pas quitter le canapé : on ne sait jamais, il pourrait manquer un but !

Éric vous a amenée à vous sentir coupable quoi que vous fassiez, que vous parliez ou que vous vous taisiez, que vous bougiez ou dormiez. Vous voudriez lui être agréable, le ramener à vous... alors vous faites tout ce qu'il veut. Vous êtes devenue sa domestique. Il est parvenu en quelques mois à vous faire croire qu'à trente ans vous étiez une ratée, il vous enracine si fortement dans l'idée de votre propre infériorité qu'il faudrait recourir à un hélitreuillage pour vous sortir de l'ornière dans laquelle vous vous êtes embourbée. Vous avez fini par vous enfermer chez vous. Vous ne voulez plus voir personne. Son emprise sur vous est totale. Qui d'autre voudrait de vous ?

Un jour, il vous dit qu'il rentrera tôt. Vous voulez lui plaire et vous passez tout l'après-midi à lui préparer un repas de fête. Vous prenez un bain, vous enduisez le corps d'huiles parfumées, laissez la robe de chambre dans le placard et vous habillez de neuf.

À 20 heures, vous l'appelez et tombez sur son répondeur. Vous essayez toutes les heures jusqu'à minuit, mais son portable est éteint. Vous pleurez longtemps dans votre jolie tenue, devant le repas froid. Votre maquillage s'est étalé en traînées noires sur votre visage défait. Vous attendez. Assise sur votre chaise, rongée par l'angoisse, vous attendez. Une heure, deux, cinq... Lorsque à six heures du matin il arrive, vous êtes à bout de nerfs et lui demandez avec rancœur, des sanglots plein la gorge, où il a passé la nuit. Vous voudriez des excuses, vous voudriez qu'il vous mente, vous voudriez une histoire bien construite que vous pourriez croire, mais non ! Cette fois, il vous dit qu'il a couché avec une fille rencontrée dans un bar, qu'il est fatigué de votre couple et qu'il est peut-être temps de vous séparer...

Il se met à vous expliquer que les hommes ont besoin de changement. Rester avec une seule femme, ce n'est pas « naturel ». Les hommes ont « par nature » besoin de diversité, c'est scientifique, tout le monde sait ça ! Mais vous, vous vous fichez de ce que veut la nature ! Avez-vous vu vos jambes lorsque vous les laissez à l'état de nature ? Et vos cheveux, sans shampooing ni brushing ? Imaginez un peu. « À l'état de nature », cela signifie : oublié le maquillage, mais oublié aussi le match de foot à la télé en se goinfrant de chips et en buvant des bières ! S'il veut vraiment renoncer à la civilisation, qu'il aille donc élever des chèvres dans le Larzac, avec son pote du Neandertal. Vous voudriez avoir la force de lui dire tout cela, et de l'envoyer se faire voir chez ses amis les primates, mais vous ne pouvez pas. Pire, vous lui pardonnez. Vous vous dites que cette fille ne compte pas, qu'avec elle c'est seulement sexuel après tout, que vous ne pouvez pas détruire votre histoire pour ça... Vous allez faire des efforts, vous lui laisserez plus de liberté, ne lui poserez plus de questions... Il ne peut pas partir, ce n'est pas possible, vous l'aimez trop !

Il accepte de rester comme une grande faveur qu'il vous accorde. Monsieur est trop bon !

À neuf heures du matin, vous finissez par vous endormir, serrée tout contre Éric qui ronfle depuis longtemps.

Vous dormez, dormez... Combien de temps s'est écoulé ? Vous ne pourriez le dire.

Dans un halo de lumière banche, une forme apparaît. Vous reconnaissez cette silhouette gracile et souple qui glisse vers vous. Ce visage vous est familier. Il s'approche de vous...

– Alors, Emma ! C'est comme ça que tu imaginais finir ta vie ? Très romantique ! Pourquoi ne luttes-tu pas contre ta peur de la solitude ? Si tu t'étais montrée plus indépendante, si tu avais quitté Éric, il serait sans doute revenu vers toi. Mais ta soumission, ton absence totale d'amour-propre ont précipité ta ruine. Chacun de ses tirs t'atteignait, cela était devenu comme un jeu pour lui, un jeu dont tu étais la cible. Tu as encouragé sa méchanceté, il s'amusait à viser, tirer, crever la baudruche comme à la foire ! Tout cela ne serait peut-être pas arrivé si ce jour-là, à ton retour de chez Federico, après votre dispute, tu ne l'avais pas retenu. Et pourquoi n'as-tu pas écouté Marie lorsqu'elle t'a conseillé de le quitter ? Je vais t'aider, Emma. Tu vas pouvoir revenir en arrière. Deux choix s'offrent à toi.

✻ » Si tu le quittes après avoir rencontré Marie, va au **chapitre 153** (p. 514). Si tu penses que la meilleure solution aurait été de ne pas le retenir ce soir-là, après votre dispute, lorsque tu es rentrée de chez Federico, remonte le cours du temps et laisse-le partir, va au **chapitre 78** (p. 238).

» Remonte le cours du temps, et que les souvenirs de cette vie s'effacent de ta mémoire !

Le sol se dérobe sous vos pieds, un vertige vous fait vaciller. Vous tombez dans un puits sans fond. Vous êtes comme aspirée en arrière, votre cœur se serre, la chute est infinie... Vous perdez connaissance.

CHAPITRE 156

Trente ans plus tard

– Em-maaa !

Les deux syllabes expirées d'une voix rauque parviennent jusqu'à vos oreilles. Elle a réussi, après des années d'entraînement, à trouver la tonalité exacte, quelque part entre le râle d'agonie et le dernier soupir de la mourante. Que peut-elle bien vouloir encore ?

– Oui, Denise ?

Cette vieille chouette va finir par vous rendre folle ! Elle vous dévore vivante, jour après jour, plante ses serres sur vos épaules et vous déchiquette le cerveau à coups de bec...

Pourquoi a-t-il fallu que Philippe installe sa « pauvre mère » chez vous ? Il la croit très malade : foutaises ! Elle s'accroche pour le seul plaisir de vous pourrir la vie... D'ailleurs, vous vous souvenez bien du regard noir qu'elle a lancé à son médecin lorsqu'il vous a dit qu'elle était en parfaite santé... Elle n'a plus jamais voulu le voir.

Souvent, vous vous imaginez debout en haut de l'escalier, vous poussez la mémé. Ou alors, dans la cuisine, vous prenez ce long couteau et le lui enfoncez au travers du corps... Vous pourrez toujours dire à Philippe : « Désolée, j'ai craqué quand elle m'a appelée "Em-maaaa" pour la quinzième fois en dix minutes ! »

– Em-maaa ! Où est ma camomille ?

– J'arrive, Denise.

Vous lui apportez sa tasse en essayant de ne plus penser au couteau.

– C'est pas trop tôt !

– La prochaine fois, je vous suggère d'y aller vous-même.

– Que tu es mauvaise... Ah, si seulement je ne souffrais pas tant ! Mes pauvres jambes, ah, mes pauvres jambes !

Notre-Dame des Lamentations. Pourquoi les vieux se plaignent-ils tout le temps ?

Philippe est rentré.

– Ché-riiie ! Tu viens avec moi faire les courses ?

Mais c'est à lui de faire les courses ! C'est la seule chose qu'il soit à peu près capable de faire – même s'il vous appelle toujours dix fois du supermarché pour vous dire qu'il ne trouve pas ci, qu'il ne trouve pas ça...

Mais vous préférez encore l'accompagner que rester avec la vieille. Tout plutôt que l'entendre geindre !

Vous attrapez votre sac et grimpez dans la voiture.

Vous avez passé votre vie avec Philippe. Vous avez cinquante-neuf ans, Philippe en a soixante. Vous vous promenez parfois main dans la main. Ceux qui vous voient passer vous envient d'être encore amoureux « à cet âge ». Mais dans un couple, il y en a toujours un qui aime plus que l'autre. Lorsque, dans la voiture, vous annoncez à Philippe que vous aimeriez partir un mois en Normandie avec votre amie Claire, il se sent complètement perdu. La sœur de Philippe prendra Denise chez elle pour deux semaines, vous vous êtes arrangées. Vous avez envie de vous évader.

Philippe vous fatigue. Vous avez de plus en plus l'impression de vivre avec un enfant, égocentrique comme un nourrisson. Son ego a tant besoin de reconnaissance et d'applaudissements qu'il ne peut plus se passer de vous. C'est épuisant ! Finalement, il vaut mieux vivre avec un égoïste qu'avec un égocentrique : au moins, l'égoïste vous laisse en paix. Avant il bricolait, passait des heures à lire, peindre, se promener en forêt, jardiner... À présent, si vous n'êtes pas avec lui, il ne fait plus rien. Ce tête-à-tête permanent avec Philippe, ses chaussettes sales et ses problèmes gastriques vous assomme.

Vous en avez assez de lui, il vous étouffe ! Alors, dans un accès de rage, vous lui déclarez que s'il continue à vous gâcher la vie de la sorte, vous finirez par le quitter.

Durant toutes ces années vous avez essayé de le changer, mais personne ne change, jamais. Philippe vous exaspère. Il est fiable, sécurisant, ennuyeux. Quand on a fait le tour de quelqu'un, il y a peu de chances qu'il vous surprenne. Pendant qu'il conduit, vous le regardez : il n'est pas laid, pourtant... Mais il est vieux. Il a toujours travaillé au même endroit : expert dans une compagnie d'assurances, boulot bien payé... Les deux maîtres mots de sa vie sont « sécurité » et « tranquillité ». Tous les matins, depuis trente ans, il fait les mêmes gestes. Le café dans la tasse. Le lait dans le café. Un sucre. Trois tours de cuillère. Il boit. Il repose sa tasse, allume une cigarette. Il met les cendres dans le cendrier, ouvre son journal et lit. Une demi-heure plus tard, il se lève et vous souhaite une bonne journée. Peut-on vivre trente ans comme ça ?

Des coups de klaxon vous sortent brutalement de vos pensées :

– Il y a un type vraiment pressé derrière nous, remarque-t-il. Tous des excités...

Vous n'en pouvez plus. Il roule tellement lentement ! Vous êtes censés aller faire des courses au supermarché du coin et vous mettez à peu près autant de temps que pour traverser le pays ! Le monde n'est pas plein de gens impatients, c'est lui qu'on devrait condamner pour excès de lenteur. Vous lui demandez d'arrêter la voiture car vous avez besoin de marcher un peu. Remarquez, vous auriez presque pu sauter de la voiture en roulant, vous ne couriez pas un grand risque...

Vous n'avez pas envie de faire les courses, qu'il se débrouille seul pour une fois ! Vous partez vous promener et montez jusqu'en haut de la colline. Quel merveilleux paysage...

Vous regardez les vaches brouter paisiblement dans l'herbe haute.

Vous vous ennuyez. Pour échapper au ménage et à l'incontournable télévision, vous courez les conférences, les réunions, vous vous inventez des rendez-vous pour le simple plaisir de marcher seule. Vous faites du bénévolat dans des associations caritatives, de la poterie et de la gymnastique. Tout est bon pour échapper à la monotonie des soirées toujours semblables, à la même table, autour des mêmes propos, les mêmes plaisanteries éculées dans la même bouche, à écouter le même inventaire des mêmes douleurs ! Tout cela vous donne des envies de fugues. Vous avez l'impression d'avoir renoncé à l'existence en échange de la sécurité, vous avez vieilli en vous résignant, abandonnant un à un tous les élans de la jeunesse, ne laissant que des projets avortés et des regrets.

Vous sentez bien que Philippe est terrifié. Vous savez aussi que votre mue est en cours, que bientôt vous ne laisserez entre ses mains qu'une peau morte, une peau que vous n'habiterez plus. Vous ne pouvez pas continuer à vous laisser emmurer. La vraie vie vous attend. Son crépuscule n'est pas encore tombé sur vous. Vous allez quitter Philippe, c'est décidé.

Vous auriez dû prendre cette décision depuis des années.

Deux jours plus tard, Philippe vous propose une promenade dans les champs, une promenade en amoureux pour oublier les querelles. Vous êtes heureuse de ce revirement. S'il pouvait comprendre et se libérer aussi, vous pourriez peut-être rester amis....

Mais Philippe ne veut pas mourir seul.

Le lendemain, un agriculteur retrouvera deux corps étendus dans l'herbe. L'homme aura tiré une balle dans la tête de sa compagne avant de retourner l'arme contre sa tempe.

La vieille Denise partira dévorer sa fille et vivra en gémissant jusqu'à cent six ans.

*
**

Vous êtes au fond d'un trou. Vous ne pouvez pas bouger. Sur les côtés s'élèvent deux parois verticales de terre glaise. La panique vous gagne : on vous a enterrée vivante ! Non, réfléchissez. Vous n'êtes pas enterrée, puisque vous voyez le ciel. Vous voyez quelqu'un se pencher tout en haut du trou. Son visage vous est familier, étrangement rassurant. C'est un jeune homme. Sa silhouette souple et gracile glisse vers vous sans même toucher le sol. Il vous parle et sa voix douce et lointaine pénètre votre esprit comme une révélation intérieure.

– Aidez-moi, je vous en prie, je ne peux pas bouger !

– C'est normal, Emma. Tu es morte.

– Non ! Ce n'est pas possible, je vous parle, je vous entends...

– Morte, je te dis, morte depuis longtemps, morte dans ton cœur... Tu as mené une vie ennuyeuse qui ne te convenait pas du tout, par faiblesse, par peur du changement. Tu as perdu ton temps et fait de mauvais choix. Tu as été lâche et Philippe ne représentait que ton incapacité à te dépasser et à agir.

– Philippe était un homme bien !

– Non. Philippe, c'était l'enlisement dans un quotidien terne mais rassurant. Et cela a fini par te tuer. Détourne-toi de cette faiblesse, va de l'avant. Détourne-toi de Philippe. Fais d'autres choix, reviens en arrière, prends un autre chemin... Remonte le cours du temps, et que les souvenirs de cette vie s'effacent de ta mémoire !

Le jeune homme disparaît, vous êtes terrifiée à l'idée de rester seule ici, votre cœur s'emballe.

Le sol se dérobe sous vos pieds. Vous tombez dans un puits sans fond. Vous êtes comme aspirée en arrière, votre cœur se serre, la chute est infinie... Vous perdez connaissance.

✱ Rendez-vous au **chapitre 3** (p. 24).

CHAPITRE 157

Lundi 4 mars – 13 h 19

L'endroit où vous vous trouvez est sombre. Vous avez froid. Vous vous sentez seule et perdue, sans aucun repère. Vous ne pouvez pas bouger.

Vous avez l'impression de flotter dans un vide profond et dense, un noir sidéral.

Une peur de plus en plus intense s'installe en vous et l'envie de pleurer vous envahit. Une porte s'ouvre ; pas une porte rectangulaire ou géométrique bien définie, mais une sorte de déchirement, comme un éclair très lumineux, doré, avec des rayons d'un blanc très vif qui transpercent l'espace infini. Des sons se font entendre, des voix dans une langue étrangère, incompréhensible. On dirait une réunion joyeuse où tout le monde parle en même temps. La « porte » entrebâillée se referme, jusqu'à former un mince filet. Vous êtes toujours à l'extérieur, du côté obscur. La panique vous gagne.

Le souvenir d'un songe vous revient par bribes... Une voix parvient jusqu'à vous mais comme étouffée, comme un lointain murmure. Et pourtant vous reconnaissez cette voix et les mots qu'elle prononce. Vous les avez déjà entendus en un autre lieu, en un autre temps... Vous tendez les bras aveuglément pour toucher cette voix qui vous échappe... Non ! Elle revient, se rapproche. Elle devient plus nette. Vous parvenez à comprendre le message : « *Sortez, maintenant !* »

Impossible. Vous ne pouvez rien bouger, pas un membre, pas un muscle. Trou noir. Depuis combien de temps êtes-vous inconsciente ? Une heure, peut-être deux. Mais pourquoi ne réussissez-vous pas à ouvrir les yeux ? Et où êtes-vous ? Vous ne ressentez plus rien, vous ne sauriez même pas dire si vous êtes allongée ou assise. Comment êtes-vous arrivée là ? Autour de vous, les ténèbres profondes, impénétrables, et le silence. Un silence oppressant, angoissant. Où êtes-vous ? Des voix ! Vous entendez des voix ! On vous appelle mais vous ne pouvez répondre.

« *Sortez, maintenant !* »

Vous essayez de comprendre ce qui se passe. On parle autour de vous, on parle de vous, vous le sentez. Mais ces voix sont inaudibles, lointaines, comme filtrées par un mur de papier.

Depuis un certain temps, il règne une grande effervescence près de vous. Si vous ne le voyez pas, vous pouvez le sentir, l'entendre. Vous allez vous réveiller, ce n'est qu'une question de temps. Des jours passent. Vous le savez car vous avez appris à différencier le jour de la nuit en fonction du brouhaha qui vous entoure. Le nombre de vos absences diminue et vous comprenez de mieux en mieux ce qui se dit.

Un grand froid vous saisit. Vous vous retournez, vous avez mal, mal, très mal. Vous avez envie de hurler. On se précipite vers vous, on s'affaire autour de votre corps. Quelqu'un regarde à l'intérieur de vos yeux.

Vous entendez très bien ce qu'ils disent et leur état d'anxiété.

– *On est en train de la perdre !*

Vous voudriez repartir mais vous vous sentez tirée, aspirée. Une force vous retient, vous la sentez, vous ne pouvez pas fuir.

Ils s'accrochent à votre corps. Ils ne vous laisseront pas partir.

*
**

Vous ouvrez les yeux et cela vous blesse, la lumière du jour vous brûle. Au-dessus de vous, un plafond blanc. Lentement, vous tournez la tête vers la fenêtre. Les rayons du soleil vous aveuglent et vous vous détournez. Vous êtes dans une chambre. Des gens passent de l'autre côté de la porte entrebâillée. En levant un peu les yeux, vous voyez des appareils médicaux. Vous êtes dans une chambre d'hôpital. Vous vous redressez facilement, ce qui vous étonne. Vous ne souffrez plus. Aucune douleur. Le plus étrange, c'est que votre corps semble transparent. Que se passe-t-il ? Vous vous levez, sortez du lit... et en regardant ce lit que vous venez de quitter, vous voyez Emma. Vous êtes sortie de son corps. Vous le voyez étendu sur le lit. Vous n'avez plus de corps, plus de souffrances, plus rien de commun avec celle que vous regardez. Vous avancez comme un souffle de vent, léger, fluide, heureux. Vous appartenez à un autre monde. Celui que vous laissez n'avait plus besoin de vous. Vous commencez à disparaître.

Elle se réveille, vous voyez Emma ouvrir les yeux. Elle est en face de vous, la lumière l'aveugle, et elle détourne sa tête vers la porte.

Vous disparaissez.

Son rythme cardiaque s'accélère. Une infirmière entre dans la chambre. Elle se nomme Aurélie et ressemble à un grand cheval.

– Tout va bien, ne bougez pas trop, je vais baisser un peu le store pour que vous puissiez vous habituer à la lumière.

Elle tire sur une petite ficelle et un store se déroule, empêchant les rayons de soleil de s'infiltrer dans la chambre.

– Je vais appeler le médecin, voulez-vous un peu d'eau ? Manger quelque chose ?

Emma émet un grognement rauque. Elle renonce à parler et acquiesce d'un signe de tête. L'infirmière sourit, et sort de la chambre. Peu après, un médecin entre.

– Bonjour Emma, je suis le docteur Simon. Vous nous avez fait très peur, vous savez.

L'infirmière revient avec un petit plateau-repas. Le médecin prend un gobelet d'eau et donne à Emma quelques gorgées.

– Vos muscles sont légèrement paralysés suite à votre coma, mais dans quelques jours tout redeviendra normal. Nous allons prévenir votre famille. Vous souvenez-vous de quelque chose ?

Emma tente de parler puis se ravise, de peur d'entendre de nouveau un grondement guttural ; finalement, elle se lance et, après quelques mots, retrouve une voix à peu près normale :

– Qu'est-ce qui... qu'est-ce qui s'est passé ?

– Vous avez été retrouvée il y a trois jours chez vous, inconsciente.

– Quel jour sommes-nous ?

– Nous sommes lundi et c'est arrivé vendredi en fin de soirée. Vous êtes tombée dans le coma.

– Pourquoi ?

– Ça, on ne le sait pas encore, mais dès que vous serez sur pied nous ferons d'autres examens. Pour l'instant, votre famille va venir vous rendre une petite visite. Nous nous reverrons une fois les tests finis.

Le médecin se lève, mais Emma le rappelle.

– Je ne pouvais pas être dans le coma ! Ce n'est pas possible, j'ai vécu des choses... vendredi je suis sortie, et samedi, je me souviens bien...

– Quel genre de choses avez-vous vécues ?

– Je ne sais plus... tout se mélange dans ma tête.

– Vous savez, pendant le coma, les personnes voient des tunnels, des anges parfois, d'autres ont des prémonitions. Ici, nous avons tendance à dire que ce ne sont que des rêves plus longs que la normale, vu le temps que vous passez en sommeil.

– Je ne...

– Calmez-vous, reposez-vous. Nous allons faire des tests et nous nous reverrons pour en parler.

Le médecin quitte la chambre.

*
**

Une semaine s'est écoulée depuis qu'Emma est sortie de l'hôpital. Elle se repose chez sa mère. Sans savoir exactement pourquoi, elle a décidé qu'elle allait quitter Éric, reprendre sa vie en main. Les médecins n'ont rien trouvé malgré un nombre incalculable de radiographies, échographies et scanners. Rien. Selon eux, le stress et la fatigue sont responsables de ce coma, cela arrive...

Emma boit un chocolat chaud devant la cheminée, sa mère prépare le déjeuner. Personne n'a cru ce qu'elle a dit avoir vécu lors de son coma. On lui parle de rêves, d'inconscient, de réactions chimiques... Elle sait qu'il y a autre chose. Elle n'a plus que des bribes de souvenirs, la vague impression d'avoir été suivie, guidée, observée, le sentiment d'avoir vécu beaucoup de choses... et un visage, celui d'un jeune homme.

Elle connaît ce garçon, elle en est certaine.

Elle pose brusquement son chocolat sur la table et monte à l'étage, dans le grenier, où se trouve un coffre dans lequel toute sa jeunesse est conservée. Elle l'ouvre. Des jouets sont entassés avec d'autres bibelots. Au fond, elle découvre enfin ce qu'elle cherchait : les albums photos. Elle les prend et choisit ceux de sa période scolaire. Elle cherche le visage du jeune garçon. Peut-être était-il un camarade d'école. Après trente minutes d'observation attentive de chacun des clichés, elle le trouve enfin. Elle redescend avec la photo de classe et entre dans la cuisine, où une bonne odeur de cuisson l'enveloppe.

– Dis, maman... Tu te souviens de ce garçon ? J'étais avec lui au lycée.

– Oui, je me rappelle très bien. J'ai croisé sa mère il y a quelques années. Elle ne s'est jamais remise, la pauvre femme...

– Remise de quoi ?

– Tu ne savais pas ? C'est vrai, tu étais jeune...

– Non, quoi ?

– Il s'appelait Alex et s'est fait renverser par une voiture en rentrant du lycée un soir. Pourquoi as-tu ressorti cette photo ?

– J'ai...

On sonne à la porte.

– Tu veux bien ouvrir, ma chérie ? J'ai les mains pleines de sauce.

Emma se dirige vers la porte d'entrée et l'ouvre. Un homme se tient devant la porte, élégamment vêtu d'un costume bleu sombre. Il a une quarantaine d'années.

– Bonjour, Emma.

– Bonjour... Pardon, nous nous connaissons ?

– Non. Mais moi, je vous connais. J'ai des choses à vous apprendre sur votre long sommeil. Sur vos visions...

Emma le regarde d'un air surpris.

– J'aimerais vous parler, insiste-t-il.

– En fait, nous allions passer à table.

L'homme rectifie avec un drôle de sourire :

– Ah ça, non, je ne pense pas !

– Pourquoi dites-vous ça ?

Une seconde plus tard, un fracas de verre brisé se fait entendre dans la cuisine, suivi d'un juron retentissant : la mère d'Emma vient de laisser échapper le plat contenant son gratin. Celui-ci se brise au contact du carrelage et toute la nourriture se répand sur le sol. Emma se précipite vers la cuisine.

– Tout va bien, maman ?

– Je crois que nous ne déjeunerons pas maintenant. Je vais essayer de refaire quelque chose. Ne rentre pas dans la cuisine, je vais tout nettoyer. Va faire un tour... Au fait, qui était-ce ?

– Oh, personne. Laisse tomber pour le repas, je file, à tout à l'heure !

Emma prend une veste et sort ; l'homme l'attend un peu plus loin. Ils marchent côte à côte et entrent dans un petit parc.

– Je m'appelle Albert Farel.

– Comment avez-vous su pour le déjeuner ?
– Je sais pas mal de choses, Emma.
– Donc je n'ai pas rêvé, j'ai bel et bien vécu quelque chose ?
– Oui, en quelque sorte. Venez, asseyons-nous sur ce banc.
Des enfants jouent un peu partout dans le parc. Toute cette agitation contraste avec le calme olympien de l'homme, qui demande à Emma :
– Qu'avez-vous ressenti durant ces aventures ?
– Je ne sais pas trop, je ne me souviens plus de tout. Je me sens un peu différente, moins triste, plus sereine, mais je ne sais pas pourquoi.
– C'est normal que vous ne vous souveniez pas, mais je peux vous dire que votre cerveau, lui, a tout enregistré et cela vous aidera au cours de votre vie.
– Excusez-moi, je ne comprends pas.
– La première fois que vous vous êtes brûlée, votre cerveau a enregistré cette forme de douleur et je doute que vous laisseriez aujourd'hui votre main au-dessus d'une flamme plus de deux secondes.
– C'est vrai, mais je ne saisis pas le rapport.
– C'est la même chose ici. Lorsque vous êtes dans des situations difficiles, votre cerveau, en fonction des expériences déjà vécues, vous incite à faire les bons choix.
– Vous parlez de réactions nerveuses... Mais c'est moi, moi tout entière, qui choisis ce que je veux être !
– C'est vrai. Mais si on ne vous avait pas donné un coup de pouce, vous ne seriez pas allée bien loin !
– Que racontez-vous ? Je ne comprends rien.
– Pendant votre coma, une personne vous a fait vivre des expériences, dont les conséquences et émotions ont été enregistrées par votre cerveau. Aujourd'hui vous êtes bien meilleure qu'il y a une semaine, et cette personne vous y a aidée. Cette expérience lui a également été profitable.
– Mais quelle personne ? De quoi parlez-vous ?
L'homme reprend patiemment :
– Ce vendredi soir, il s'est passé quelque chose, et une personne a pu prendre place dans votre corps, vivre par procuration votre vie, faire des choix pour vous. Tout ce temps-là, vous étiez dans les limbes, ni vivante, ni morte : vous étiez en attente... Ce vendredi 1er mars, quelqu'un est entré en vous.
Emma se tait quelques instants, puis elle dit :

– En fait, je me rappelle avoir ressenti une grande fatigue ce jour-là, quand je suis rentrée du travail. Mon cœur battait violemment et sans raison. J'ai perdu le contact, tout est devenu lointain et flou. Ma tête me faisait mal. J'étais en train d'étouffer. J'ai voulu appeler un médecin. Mais avant même d'avoir atteint le téléphone je suis tombée. J'avais l'impression de mourir. J'ai résisté, appelé à l'aide. Aucun son ne sortait. J'ai pensé à ma mère de toutes mes forces.

– Oui... Par une sorte de miracle, le téléphone a sonné au moment où vous êtes tombée et vous avez trouvé la force de décrocher. À l'autre bout du fil, votre mère n'a entendu qu'un râle et elle a prévenu les secours qui sont arrivés juste à temps pour vous sauver.

– Oui, je me souviens de tout à présent... Le téléphone a sonné, j'ai tendu le bras et j'ai fait tomber le combiné, j'ai tenté d'appeler au secours...

– Le problème, c'est qu'une fois la peur passée, vous ne vouliez plus être sauvée. Vous ne vouliez plus de cette vie monotone et triste, vous ne pensiez plus avoir la force d'affronter les mensonges et la trahison, d'affronter votre propre lâcheté. Eh oui, Emma, vous saviez depuis longtemps qu'Éric vous trompait, n'est-ce pas ? Mais vous vous voiliez la face. Il fallait que quelqu'un vous aide à revenir... et quelqu'un vous a aidée.

– Alors tout cela n'était qu'un rêve ?

– Une sorte de rêve prémonitoire, une préparation aux luttes à venir, peu importe le nom que vous donnerez à cette expérience. On vous a aidée à surmonter les épreuves, à tester vos choix sans danger, à les modifier après en avoir pesé les conséquences. Quelqu'un vous a poussée à choisir le bon chemin, Emma, à renoncer à la vengeance aveugle et à la haine. Aujourd'hui, vous êtes revenue car vous êtes prête. Vous avez pu voir les effets produits par vos pensées et vos actions. Aucune action n'est insignifiante ; une simple pensée malveillante ou déplacée engendre une onde négative qui peut nuire à quelqu'un. Ce peut être un sentiment diffus de gêne ou de tristesse, l'onde peut également s'associer à d'autres circonstances malheureuses et être cette goutte d'eau qui fait déborder le vase. L'inverse est aussi vrai. Un geste aimable, un mot amical, une petite attention ou même un simple sourire peuvent provoquer des merveilles.

– Mais comment ? Qui m'a aidée ?

Avant de répondre, l'homme tourne la tête et regarde quelques instants des enfants jouer avec un ballon. Il sait que ce qu'il s'apprête à révéler ne sera pas accepté sans combat.

– Ce qui va être compliqué à comprendre pour vous va l'être aussi pour cette personne. Elle est avec nous en ce moment.

– Où ça ?

– Un peu partout, elle nous regarde, nous voit vivre.

– Avec des jumelles ?

– Non, avec ceci !

Il lui tend un livre. Elle regarde la couverture puis le titre : *Martin. Votre vie est liée à la sienne...*

Elle ouvre le livre et découvre qu'il contient plusieurs chapitres menant à d'autres chapitres.

– C'est un jeu ?

– Non. C'est un outil, un outil pour contrôler et améliorer la vie. L'exemplaire que vous tenez dans les mains a pour but d'améliorer la vie de Martin Denker. En lisant ce livre, vous ferez vivre à Martin plusieurs expériences et l'aiderez à trouver la voie de la sagesse.

– Lui aussi, il est dans le coma ? C'est comme ça que j'ai été dirigée ?

– Être dans le coma n'est qu'une des possibilités. Il y a aussi le sommeil, l'évanouissement...

– C'est n'importe quoi !

– Non, c'est la vérité. Comme je vous l'ai dit, pour vous et pour la personne qui nous lit en ce moment, cela paraît complètement irréel mais...

– Mais regardez au dos du livre ! Il y a des auteurs, et il y a même un code-barres ! C'est un livre normal !

– Oui, c'est ce qu'on veut faire croire.

– Qui êtes-vous ?

– Je ne suis pas un extraterrestre, répond l'homme en riant, et je ne vais pas vous aspirer le cerveau ! Ne craignez rien ! Seulement, pour le moment, il est trop tôt pour répondre à cette question, vous n'êtes pas prête.

– Donc, quelqu'un est en train de lire ce que nous faisons en ce moment ?

– Oui, exactement.

– Donc, si je fais ça, cette personne me voit ?

Emma met son doigt dans le nez et tourne sa tête dans tous les sens. Albert ne peut s'empêcher de rire.

– Alors ? Le lecteur nous voit ?

– Oui, il lit vos actions, et je suppose qu'il a dû sourire à celle-ci !

Cette fois, Emma trouve tout cela un peu gros.

– Peut-être pas. Peut-être n'a-t-il pas souri ! Ou peut-être n'existe-t-il pas, tout simplement !

– Emma, laissez-moi vous expliquer comment cela marche. Comme vous, le lecteur qui nous lit a été le sujet d'une expérience menée par une autre personne.

– Ah oui ? Et comment pouvez-vous le lui prouver, à ce lecteur ?

– Eh bien, cette personne a déjà dû ressentir des moments de « déjà-vu », ou croisé une personne qui lui rappelle quelqu'un...

– Oui, mais ça nous arrive à tous.

– Justement, c'est cela que j'essaie de vous expliquer ! Pour bien comprendre, vous devez savoir qu'il n'y a pas qu'un seul monde, mais une multitude de mondes parallèles, où le temps peut être modulé. Le processus se déroule en quatre étapes : dans la première étape, vous êtes dirigée par quelqu'un, par le biais d'un outil – le livre – qui va contrôler votre vie dans le but de l'améliorer. Le plus souvent, c'est dans les rêves que cela se passe. Vous ressentez de nouvelles émotions au réveil, sans saisir d'où elles viennent : elles sont le fruit des expériences que le lecteur vous a fait vivre durant votre sommeil. Une fois l'expérience passée, tout s'est effacé de votre mémoire. Il ne vous en reste que quelques bribes et un peu de sagesse en plus. C'est ce qui vous est arrivé, et à notre lecteur avant vous. Ne vous êtes-vous jamais endormie désespérée de ne pas pouvoir trouver de solution à un problème, et d'avoir, le lendemain au réveil, la révélation de ce qu'il fallait faire ?

– C'est cela qui est arrivé pendant mon coma ? On m'a... dirigée ?

– Oui.

– Mais il arrive que l'on ne rêve pas ?

– Oui, parce que le lecteur n'a pas ouvert le livre.

– Évidemment. J'aurais dû me douter que vous auriez la réponse à cette question !

– La deuxième étape commence lorsque celui qui a vécu ces expériences va pouvoir, à son tour, aider quelqu'un en le guidant. Vous venez de vivre la première expérience alors que le lecteur qui nous lit, en ce moment, termine la deuxième.

– C'est-à-dire qu'il a été dirigé dans ses rêves par quelqu'un et qu'aujourd'hui il me dirige ?

– En fait, il ne vous dirige plus. Comme vous, il découvre ce secret.

– Mais je continuerai de rêver et lui aussi : c'est là que votre thèse ne tient pas !

– Il y a d'autres livres, d'autres lecteurs... Celui qui nous lit actuellement a pu diriger votre vie durant votre coma. D'autres continueront à le faire dans vos rêves.

– Et les cauchemars ?

– Ce sont des gens qui utilisent le livre dans un but pervers. Fort heureusement, ils ne sont pas nombreux et se lassent rapidement car nous avons prévu dans chaque livre des redondances pour que le lecteur mauvais se fasse emprisonner dans les labyrinthes du temps et soit condamné à revivre perpétuellement la même journée. De plus, le lecteur qui a dirigé vos choix a été lui-même conseillé par un observateur. Alex, le jeune garçon dont vous avez gardé le souvenir, a été pour vous et le lecteur un guide. À chaque erreur, il vous renvoyait dans le passé et vous enseignait les bases de la sagesse.

– C'est le même guide pour tout le monde ?

– Non, il change selon les personnes.

Le ballon des enfants vient buter contre les jambes d'Albert ; il le prend et le leur renvoie avec un sourire.

– Mais alors, nous n'existons pas ?

– Si, bien sûr ! Comme je vous l'ai dit, il y a plusieurs mondes.

– Et moi, je fais partie d'un livre ?

– Oui, et le lecteur aussi, et l'autre avant lui aussi, et ainsi de suite. Chacun peut retrouver sa vie dans un livre.

– J'ai beaucoup de mal à vous croire.

– Je sais. Si vous le permettez, je vais poursuivre mes explications...

– Attendez, j'ai encore une question : si le lecteur avait abandonné le livre en route, il ne saurait pas ceci ?

– C'est vrai. Ce livre est une sorte de test que nous faisons passer à notre lecteur pour voir s'il est apte aux deux autres étapes de l'expérience. Si le lecteur avait abandonné ce livre, eh bien il aurait continué sa vie : quelqu'un dirigerait ses rêves mais il continuerait à l'ignorer et ne pourrait pas découvrir le secret. Les deux autres étapes forment un tout : le lecteur et le personnage du livre avancent ensemble pour répondre à leurs attentes et à leurs besoins.

– Et la troisième étape, alors ? À quoi sert-elle ?

– À faire se réaliser les rêves.

– C'est possible, ça ?

Albert rit de nouveau...

– Oui, Emma, c'est tout à fait possible ! Notre lecteur souhaite des choses et pense qu'elles lui sont inaccessibles. Alors que c'est précisément si l'on pense cela qu'elles le deviennent.

– Mais des choses comme quoi ? Être riche, être heureux, avoir l'homme de sa vie, être mince, aimer son boulot, devenir une star ?

– Chaque personne rêve de choses différentes, mais oui, c'est ça.

– Mouais... je n'y crois pas trop. Je ne pense pas que je pourrais devenir riche un jour, même si j'en avais envie !

– C'est justement à cela que sert la troisième étape : à rendre possible ce qui semble impossible.

Albert regarde sa montre.

– Dans exactement dix-huit secondes, deux jeunes gens prendront la rue principale. L'un d'eux est Jonathan Bauer, fils d'un père absent et d'une mère trop présente ; il s'est réfugié dans les études, et en ce moment précis il va chercher les résultats de ses examens qui feront de lui un grand avocat... Mais le destin en décidera autrement.

Deux garçons apparaissent au coin de la rue et discutent avec véhémence et force gestes en marchant à grands pas.

– C'est avec lui qu'un lecteur va pouvoir réaliser ses rêves ?

– Oui. Jonathan va tout perdre dans les prochaines minutes, tout. Ça va être dur pour lui. Il va devoir recommencer sa vie en partant de plus bas qu'il ne l'aurait jamais imaginé.

– Comment le lecteur va-t-il pouvoir avancer avec lui ?

– Ce que Jonathan fera, le lecteur le fera aussi, en le copiant. Un peu comme copier sur son voisin quand on n'a pas appris ses cours ! En copiant exactement sur lui, on a des chances d'avoir la même note que lui, une meilleure même si l'on ajoute ses propres connaissances, si maigres soient-elles. C'est le même principe ici : Jonathan fera des choses pour remonter la pente et réaliser ses rêves, et ainsi, il aidera le lecteur à réaliser les siens !

– Je comprends le fait que le lecteur copie Jonathan, mais comment Jonathan communiquera-t-il avec le lecteur ?

– Je rencontrerai Jonathan prochainement, et je lui demanderai, chaque soir, de faire quelque chose pour s'adresser directement au lecteur. Venez, Emma. Ne restons pas là. Ce qui va arriver n'est pas beau...

– Mais je veux regarder ce qui va arriver, pour vérifier si tout ce que vous dites est vrai !

– Emma, demain, dans le journal, tu constateras que j'ai raison.

Le fait qu'Albert la tutoie d'un seul coup la surprend et en même temps le ton de sa voix, cette assurance tranquille qui se dégage de toute sa personne la poussent à obéir, à détourner le regard. Il la prend par le bras et tous deux s'éloignent en tournant dans la première rue.

– Vous ne m'avez pas parlé de la quatrième étape.

– La quatrième est une sorte de balance qui équilibre les bonnes actions faites et celles qui suivront, par un pouvoir qui peut être dangereux s'il est mal utilisé.

– Quel pouvoir ?

– Tu n'es pas encore prête, Emma, ni notre lecteur, à en savoir plus. Pour le moment, je te donne ce livre pour que tu puisses aider Martin Denker : il a besoin de toi.

– Mais attendez, j'ai une question. Si la deuxième étape pour moi est d'aider Martin Denker, et si le lecteur décide de réaliser ses rêves avec Jonathan Bauer dans sa troisième étape, une fois que j'en aurai fini avec Martin, Jonathan, lui, sera sans doute déjà entre de bonnes mains, donc je n'aurai personne !

– Emma, il y a d'autres personnes dans ce monde qui perdent tout du jour au lendemain et je trouverai pour toi la personne avec qui tu pourras avancer.

– Votre histoire est quand même super compliquée... Car si le lecteur n'a pas besoin de votre troisième étape, alors Jonathan avancera tout seul.

– Ne t'en fais pas, il y aura toujours quelqu'un pour avancer avec Jonathan et partager avec lui toutes les expériences qui feront que leur rêves à tous deux se réaliseront.

On entend des cris au loin. Des gens accourent vers l'angle de la rue.

– Qu'est-ce que c'est ? Jonathan ?

– Emma, je t'en prie, continue ta route. Ce qui arrive à Jonathan est triste, et tu n'as pas besoin de ça pour le moment. Aide

Martin, guide-le ; à travers lui et tes choix, tu comprendras certaines choses et cela t'aidera aussi.

– Vous reverrai-je ?

– Il se pourrait que je rende visite à Martin un jour, et à ce moment j'aurai une pensée pour toi.

– Je lirai donc votre pensée pour moi ?

– Oui.

Albert donne à Emma un baiser sur le front, et il s'en va. Elle le regarde s'éloigner à pas lents, indifférent à la violence du monde, comme s'il était protégé de cet endroit.

*
**

Emma retourne tranquillement vers la maison de sa mère ; une terrasse de café l'attire, elle s'assied. Elle ouvre le livre et commence à le lire.

Au bout d'un moment, elle marque une pause. Elle réfléchit un instant, pose un doigt sur ses lèvres, puis elle lève les yeux au ciel, vous regarde et, comme pour vous remercier, vous offre son plus beau sourire...

Remerciements

Nous tenons à remercier toutes les personnes qui nous ont aidés et soutenus durant l'élaboration de ce roman, nos familles et nos amis : Claire China, Evane Michoux, Benoît Loreau, Arnaud Tillet, Stephan Kot et Thierry Paupe.

Merci à Sylvana Bergonzi et Charlotte Weber pour leurs critiques constructives.

Merci à Maxime Chattam, sans qui rien n'aurait été possible.

Merci à Michel Lafon pour sa confiance, ainsi qu'à toute son équipe : Huguette Maure, Sophie Renoul et Maggy Noël, pour leur investissement dans ce projet et leur formidable travail.

Enfin... merci à vous, qui avez accepté de rentrer dans l'aventure et de relever le défi.

Direction littéraire
Huguette Maure
assistée de
Sophie Renoul

Composition PCA
44400 – Rezé

Impression réalisée sur CAMERON par

BRODARD & TAUPIN
GROUPE CPI
La Flèche

pour le compte des Éditions Michel Lafon
en mars 2006

Imprimé en France
Dépôt légal : mars 2006
N° d'impression : 34817
ISBN : 2-7499-0397-1
LAF 740